KB244638

# 근대 일본의 번역론

엮은이

**야나부 아키라** 柳父章, Yanabu Akira(1928~2018)
도쿄대학 졸업. 모모야마가쿠인대학 명예교수.

**미즈노 아키라** 水野的, Mizuno Akira(1949~2024)
도쿄외국어대학 졸업. 아오야마가쿠인대학, 릿쿄대학 교수. 일본통역번역학회장.

**나가누마 미카코** 長沼美香子, Naganuma Mikako
히로시마대학 졸업. 도쿄대학 박사. 릿쿄대학, 고베시외국어대학 교수.

옮긴이

**구인모** 具仁謨, Ku In-mo
동국대학교 국어국문학과 박사. 연세대학교 글로벌인재대학 교수. 주요 논저로『한국 근대시의 이상과
허상』(2008),『식민지 조선인을 논하다』(2010),『유성기의 시대, 유행 시인의 탄생』(2013),『『오뇌의 무도』
주해』(2023) 등이 있다. thdaquino@yonsei.ac.kr

**김동건** 金東建, Kim Dong-kun
도쿄대학 종합문화연구과 박사 수료. 성균관대학교 비교문화연구소 연구원, 일본학 연계전공 강사. 논
문으로「무술변법기청조의 대한 수교 결정 과정」(2008), 역서로『세일러복의 탄생』(2025) 등이 있다.
kimdk95@skku.edu

**박진영** 朴珍英, Park Jin-young
연세대학교 국어국문학과 박사. 성균관대학교 국어국문학과 교수. 주요 논저로『한국의 번안소설』(전 10
권, 2007~2008),『번안소설어 사전』(2008),『신문관 번역소설 전집』(2010),『번역과 번안의 시대』(2011),『책
의 탄생과 이야기의 운명』(2013),『탐정의 탄생』(2018),『번역가의 탄생과 동아시아 세계문학』(2019),『번
역가의 머리말』(2022) 등이 있다. bookgram@skku.edu

## 근대 일본의 번역론

**초판발행** 2025년 11월 15일

**엮은이** 야나부 아키라 · 미즈노 아키라 · 나가누마 미카코
**옮긴이** 구인모 · 김동건 · 박진영

**펴낸이** 박성모
**펴낸곳** 소명출판
**출판등록** 제1998-000017호
**주소** 서울시 서초구 사임당로14길 15 서광빌딩 2층
**전화** 02-585-7840
**팩스** 02-585-7848
**이메일** somyungbooks@daum.net
**홈페이지** www.somyong.co.kr

**ISBN** 979-11-7549-011-6 93800
**정가** 38,000원

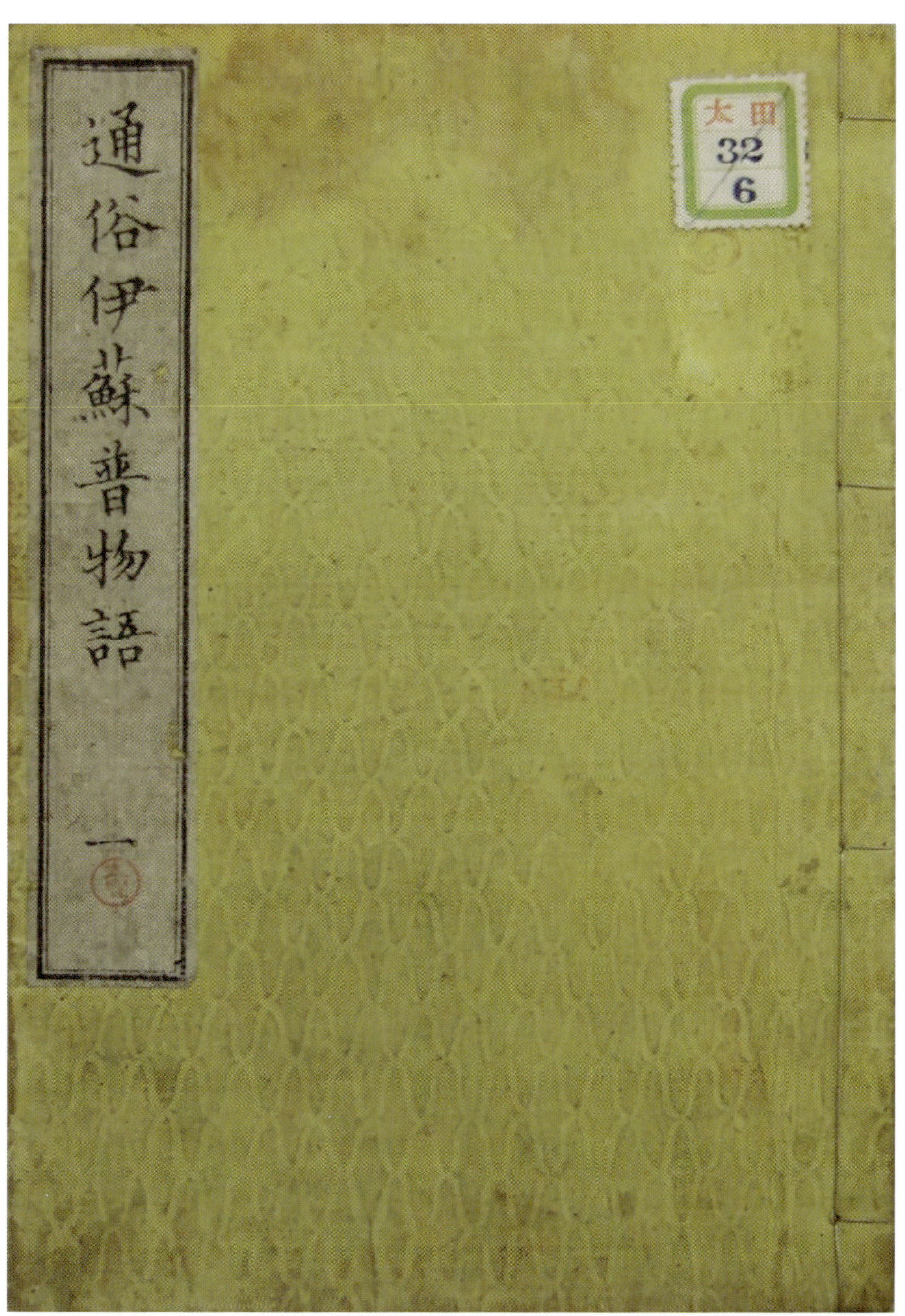



〈자료 1〉『통속 이솝 이야기』, 1873.

〈자료 2-1〉 『텔레마코스 화복담』, 1879.

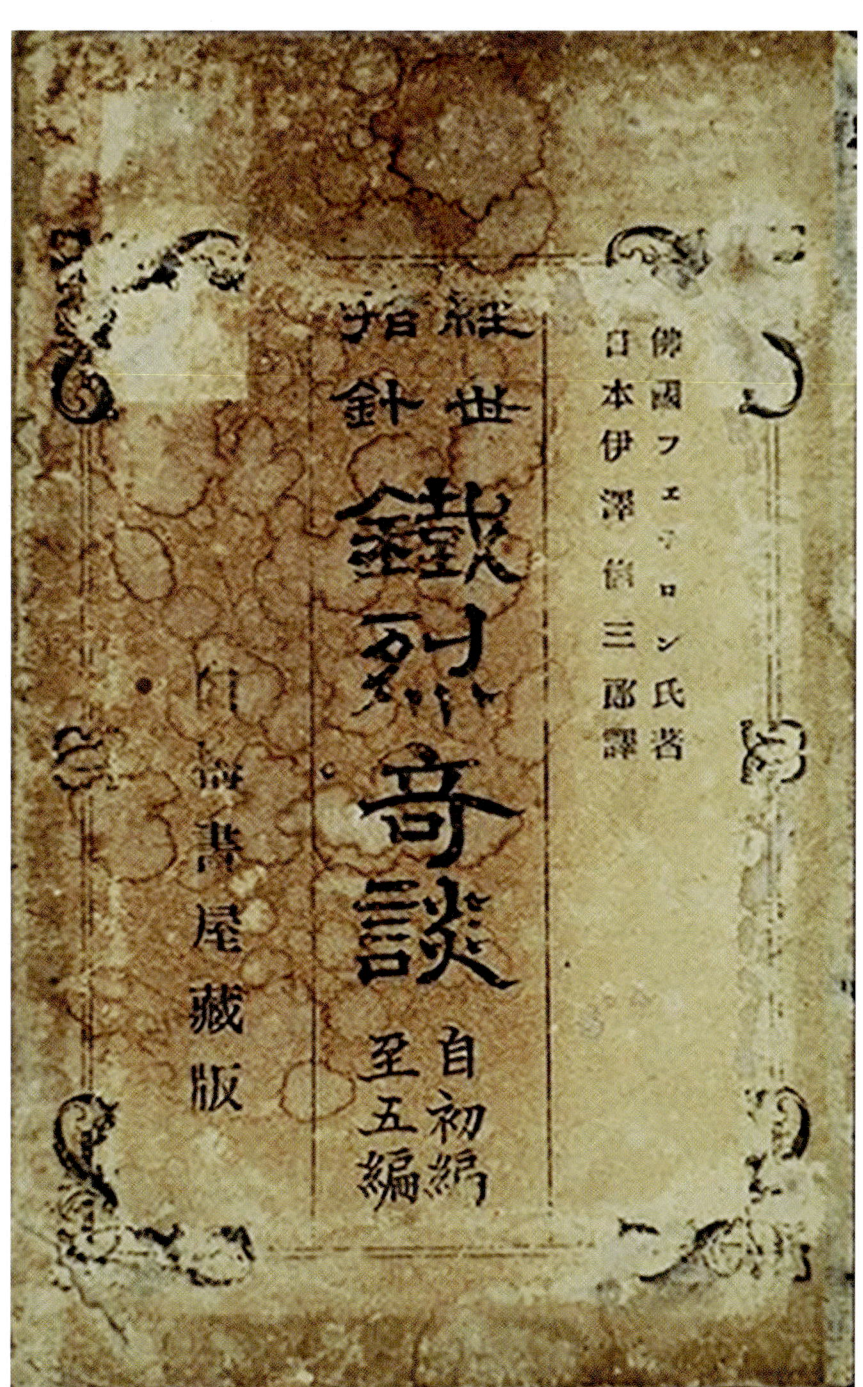


〈자료 2-2〉『텔레마코스 기담』, 1883.

〈자료 3〉 『자유태도 여파예봉』, 1884.

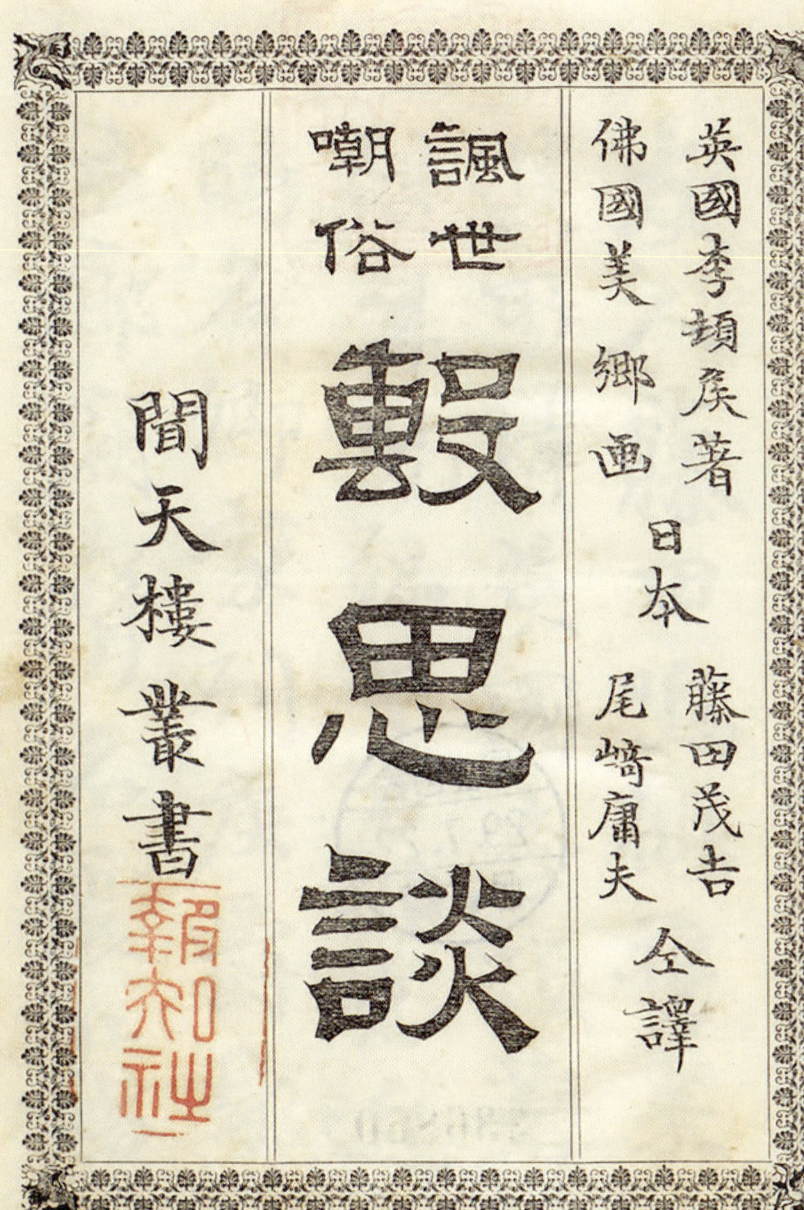



〈자료 4〉『풍세조속 계사담』, 1885.

〈자료 6〉 『밤과 아침』, 1889.(초판)

〈자료 6〉 『밤과 아침』, 1893.(재판)

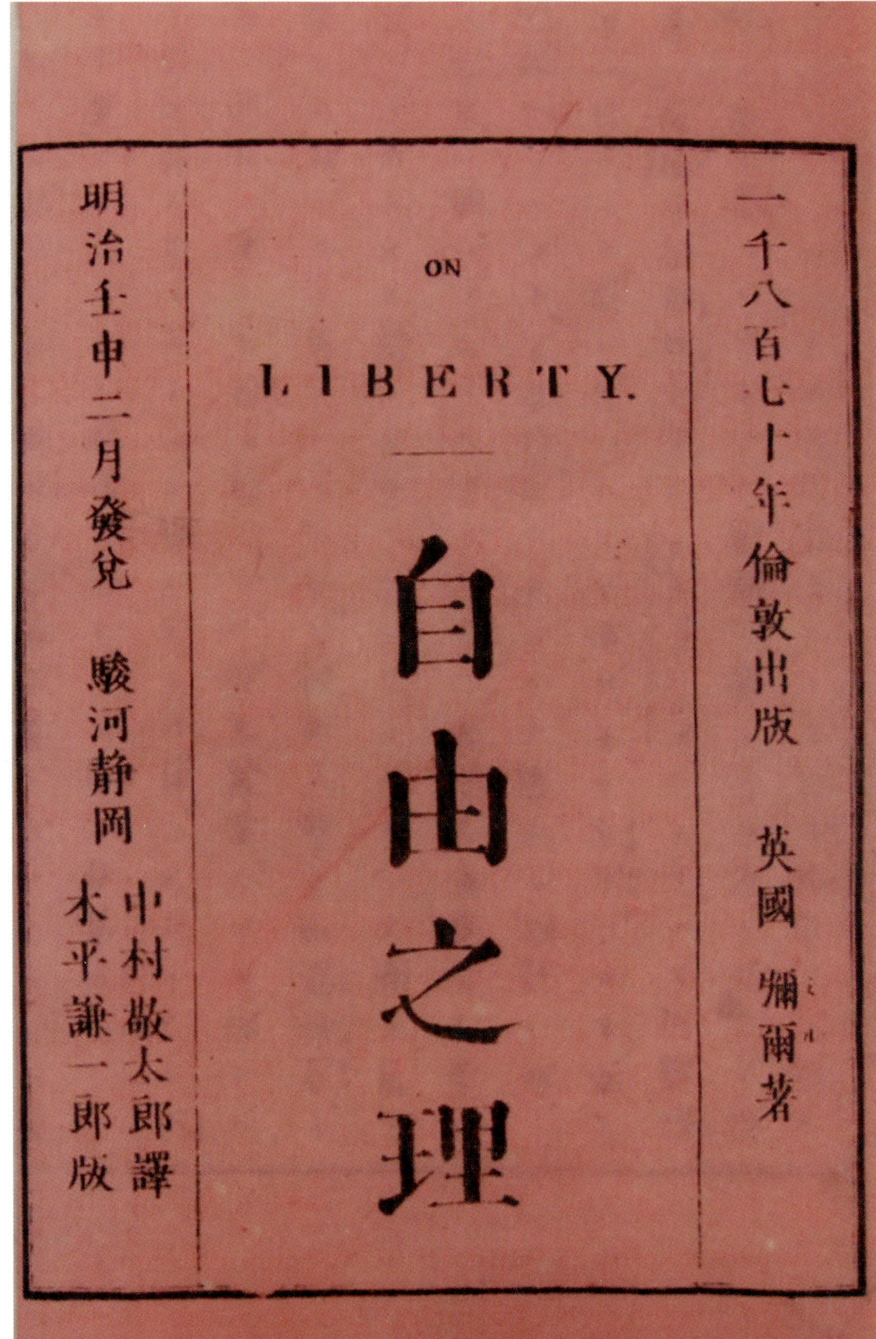


〈자료 7〉『자유지리』, 1872.

明治三十年十二月出版

福澤全集緒言　全

時事新報社發兌

〈자료 8〉『후쿠자와 전집 서언』, 1895.

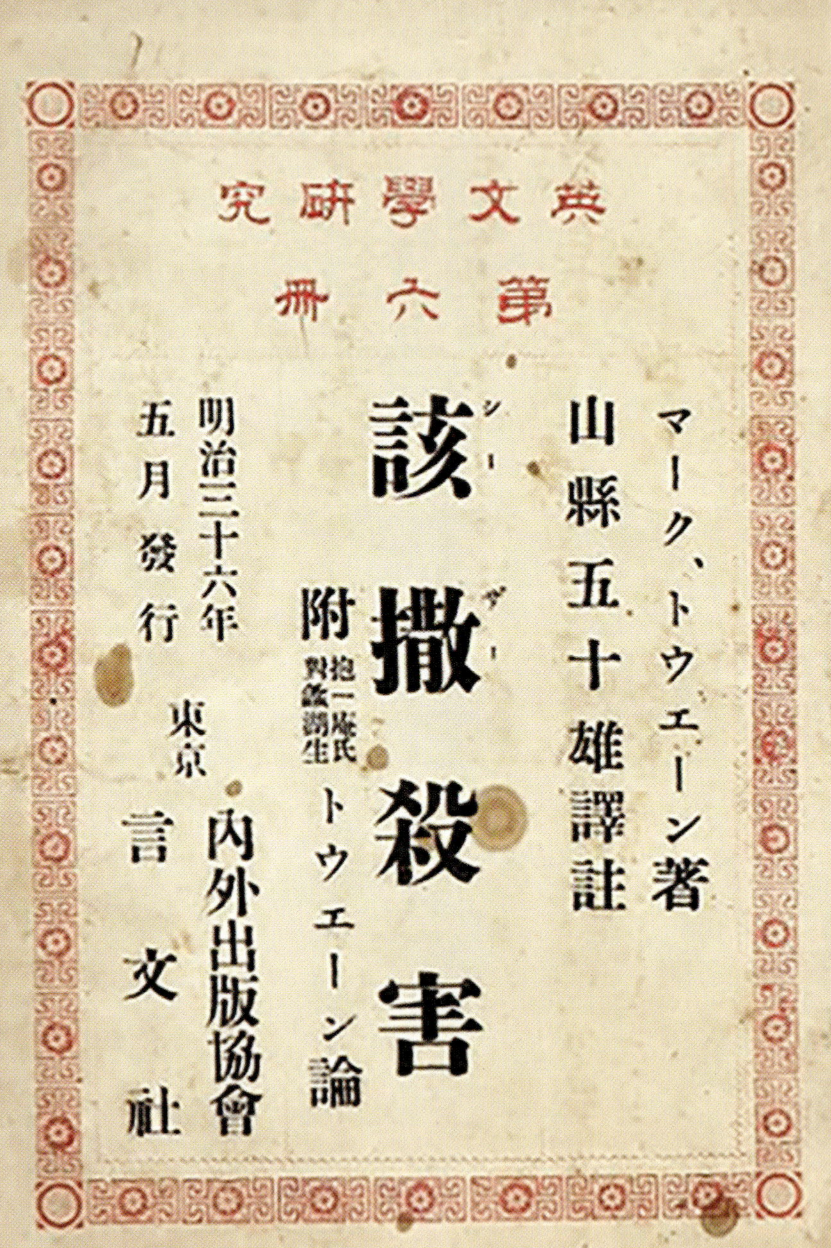


〈자료 10〉 『시저 살해』, 1903.

〈자료 11〉『해조음』, 1905.

# HOW TO PROPERLY TRANSLATE ENGLISH INTO JAPANESE.

英文譯解法

高橋五郎

東京 同文館 藏版



〈자료 14〉『영문 역해법』, 1908.

〈자료 15〉 『즉흥시인』, 1902.

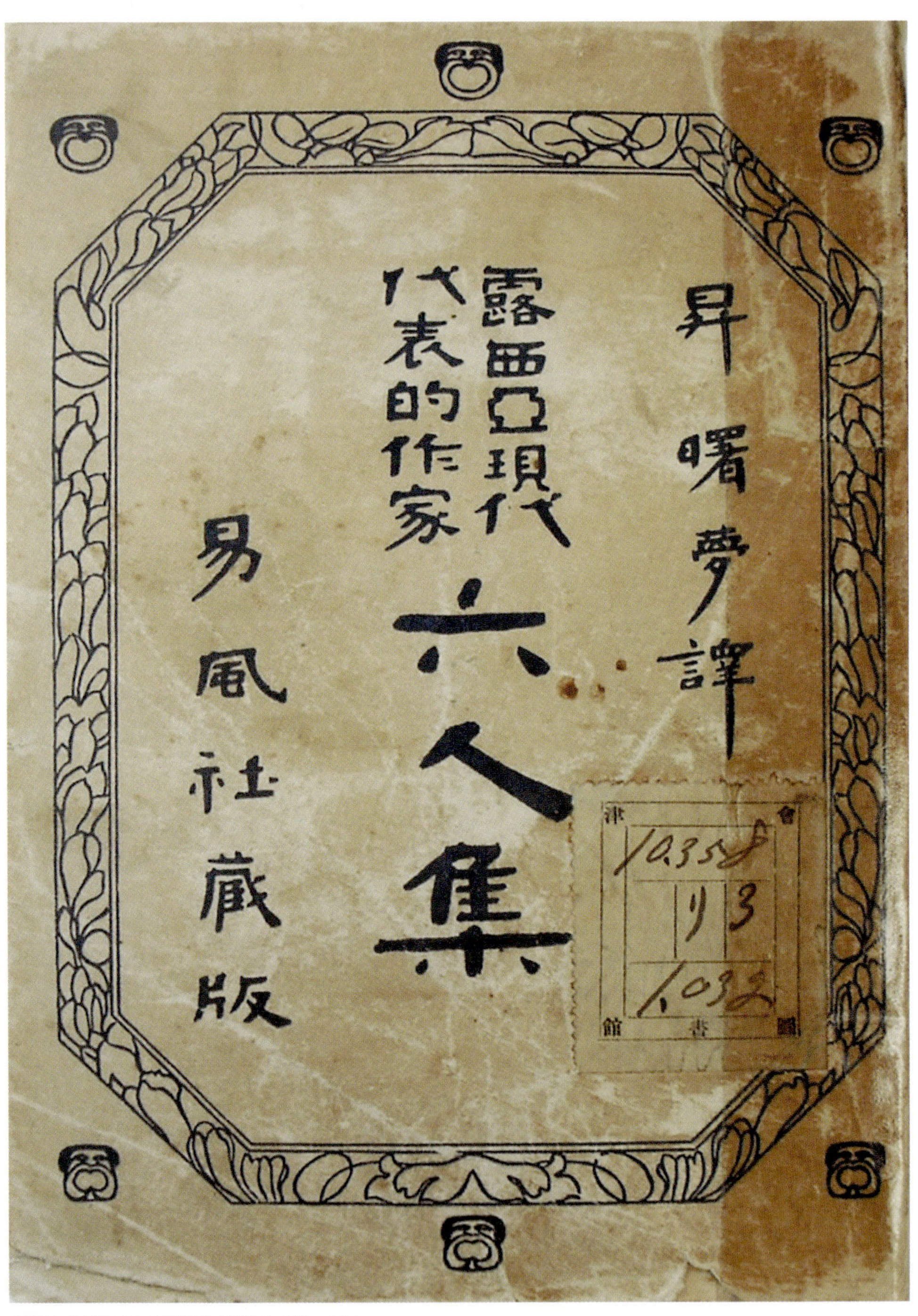


〈자료 17〉 『러시아 현대 대표 작가 6인집』, 1910.

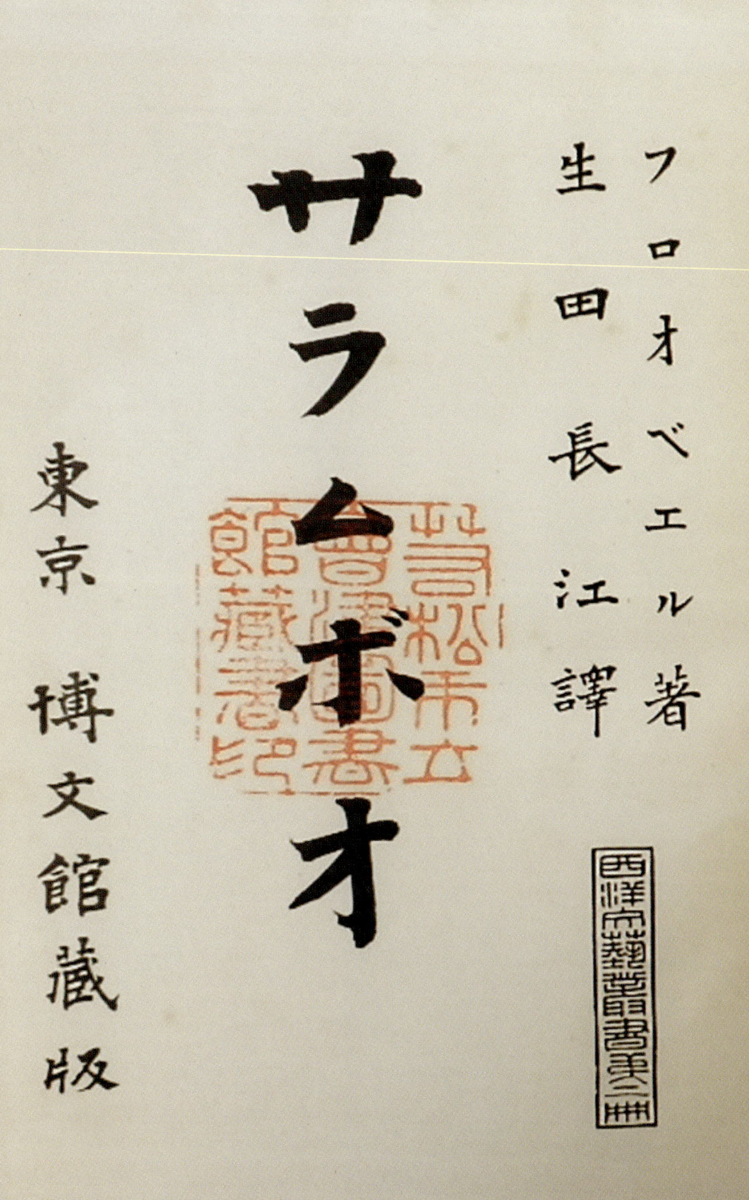


〈자료 19〉 『살람보』, 1913.

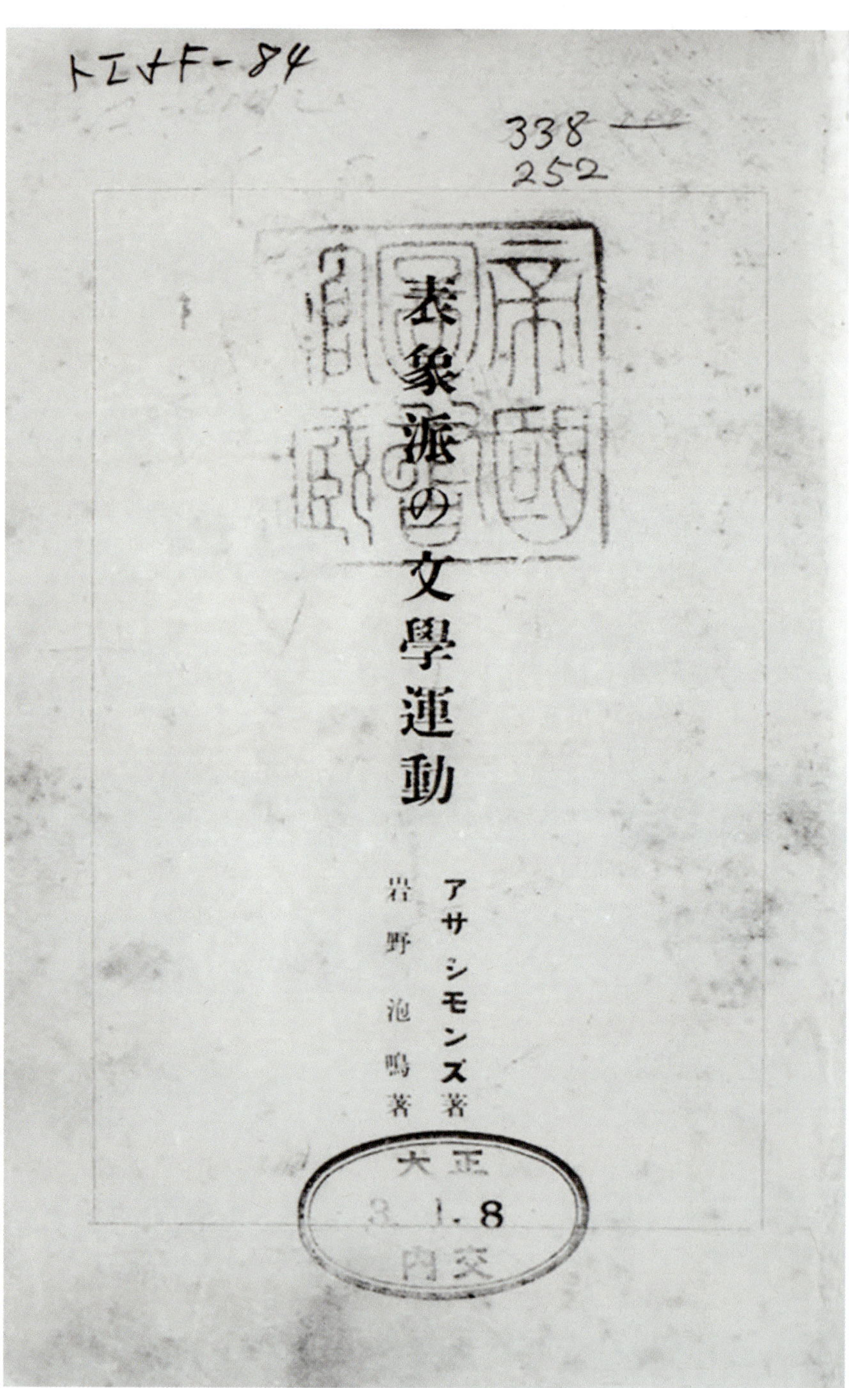


〈자료 20〉『표상파의 문학운동』, 1913.

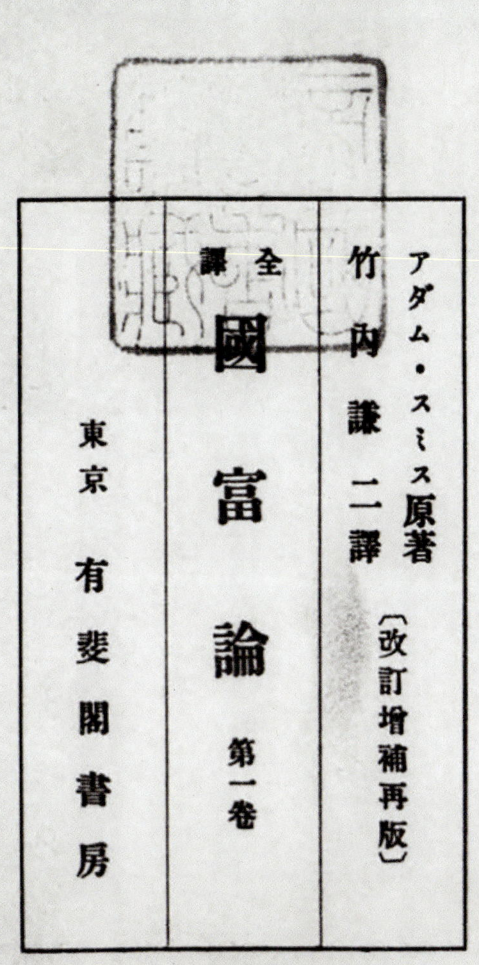


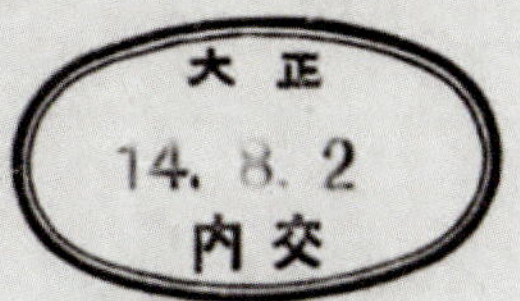


〈자료 21-1〉『국부론』, 1925.

〈자료 21-2〉『국부론』 상, 1927.

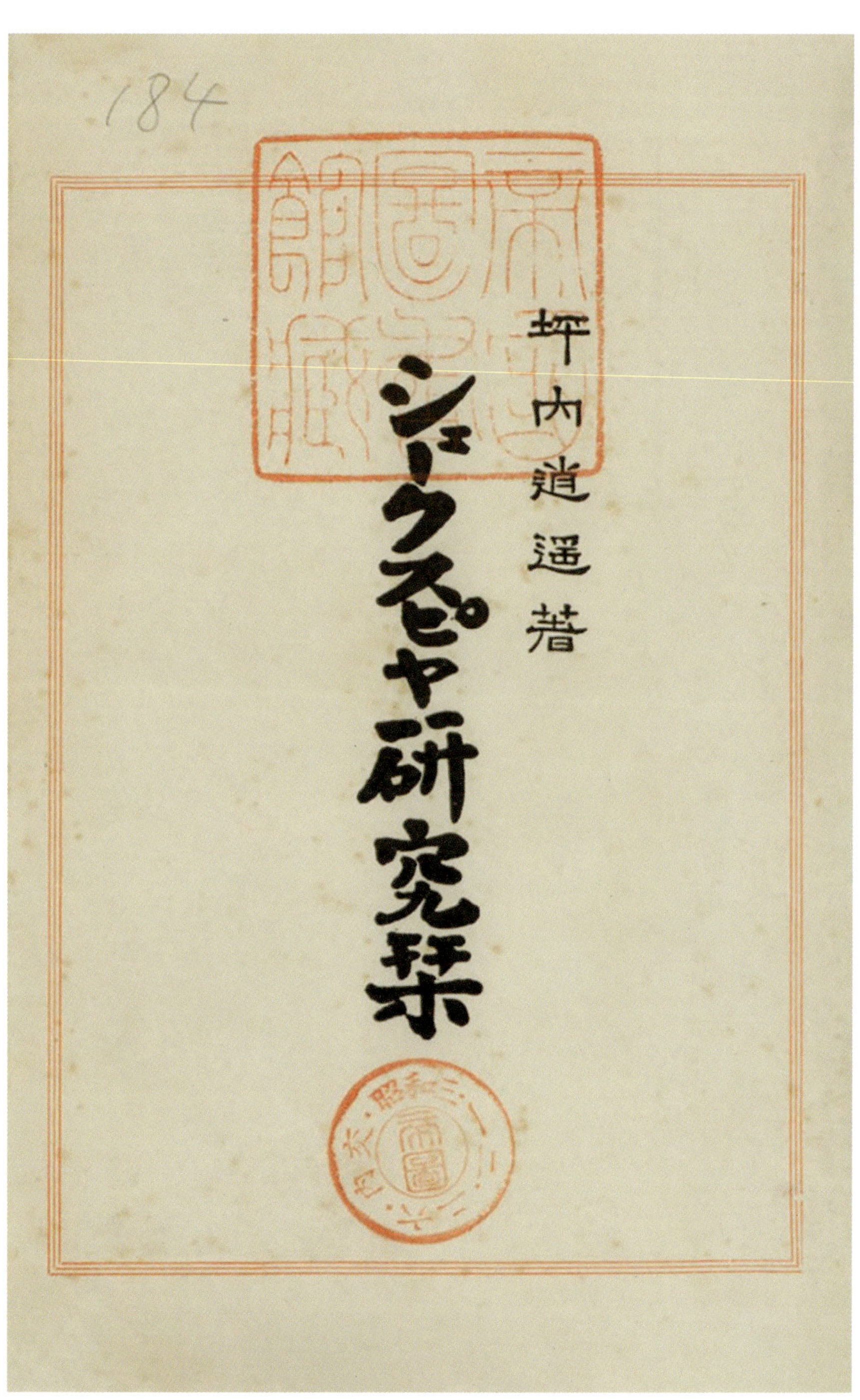


〈자료 22〉『셰익스피어 연구 안내』, 1928.

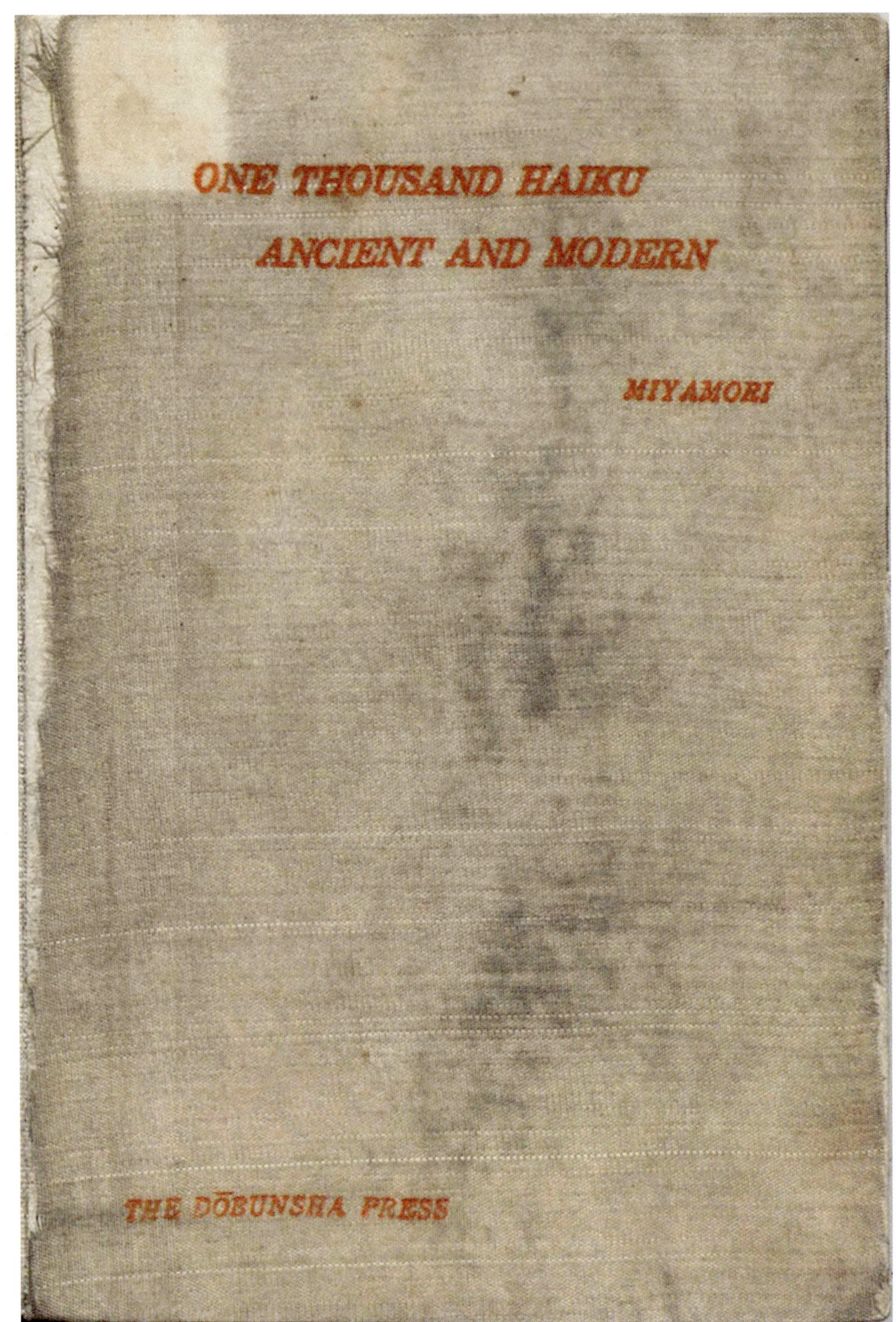


〈자료 23〉 『*One Thousand Haiku, Ancient and Modern*』, 1930.

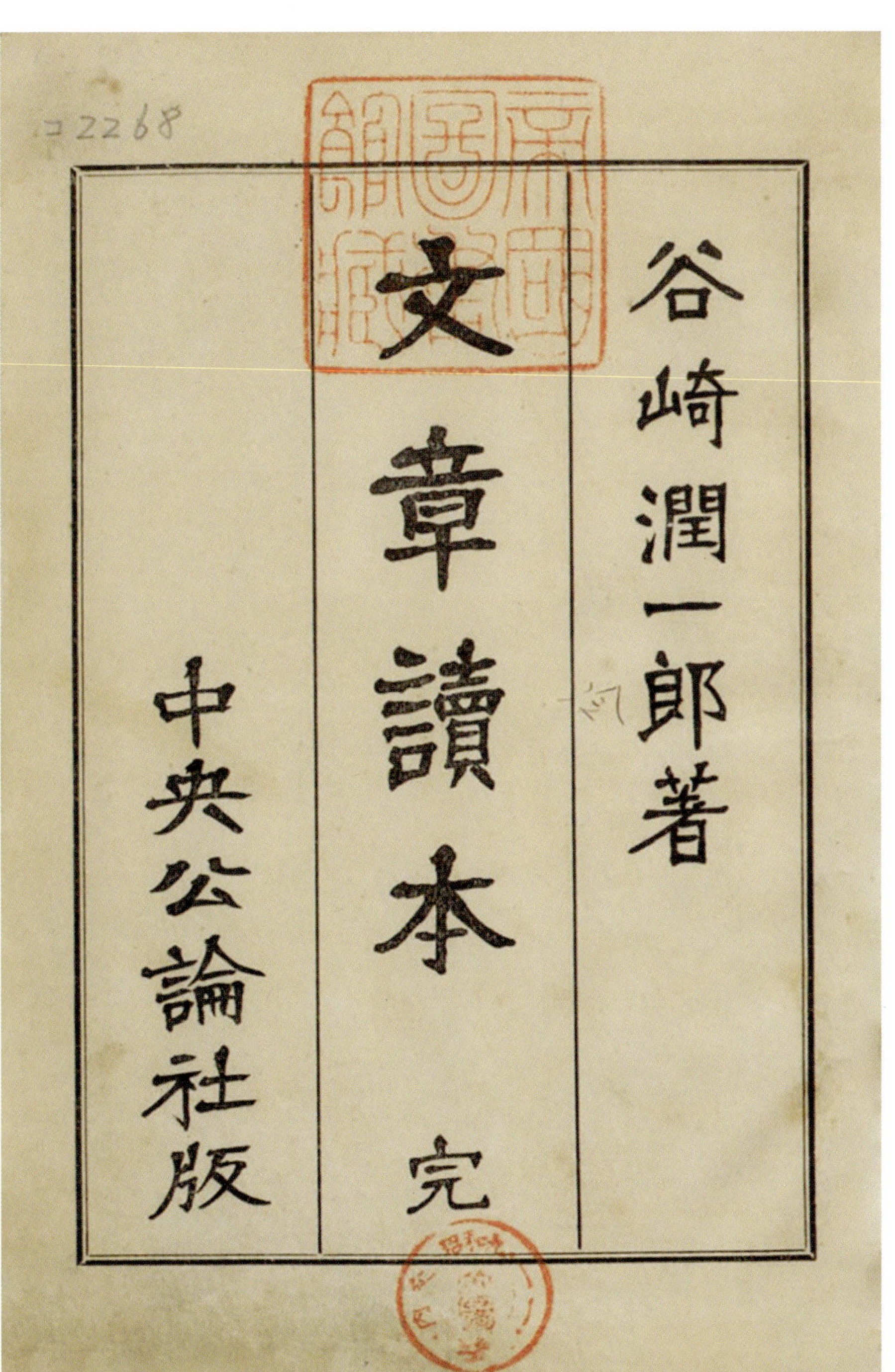



〈자료 25〉『문장독본』, 1934.

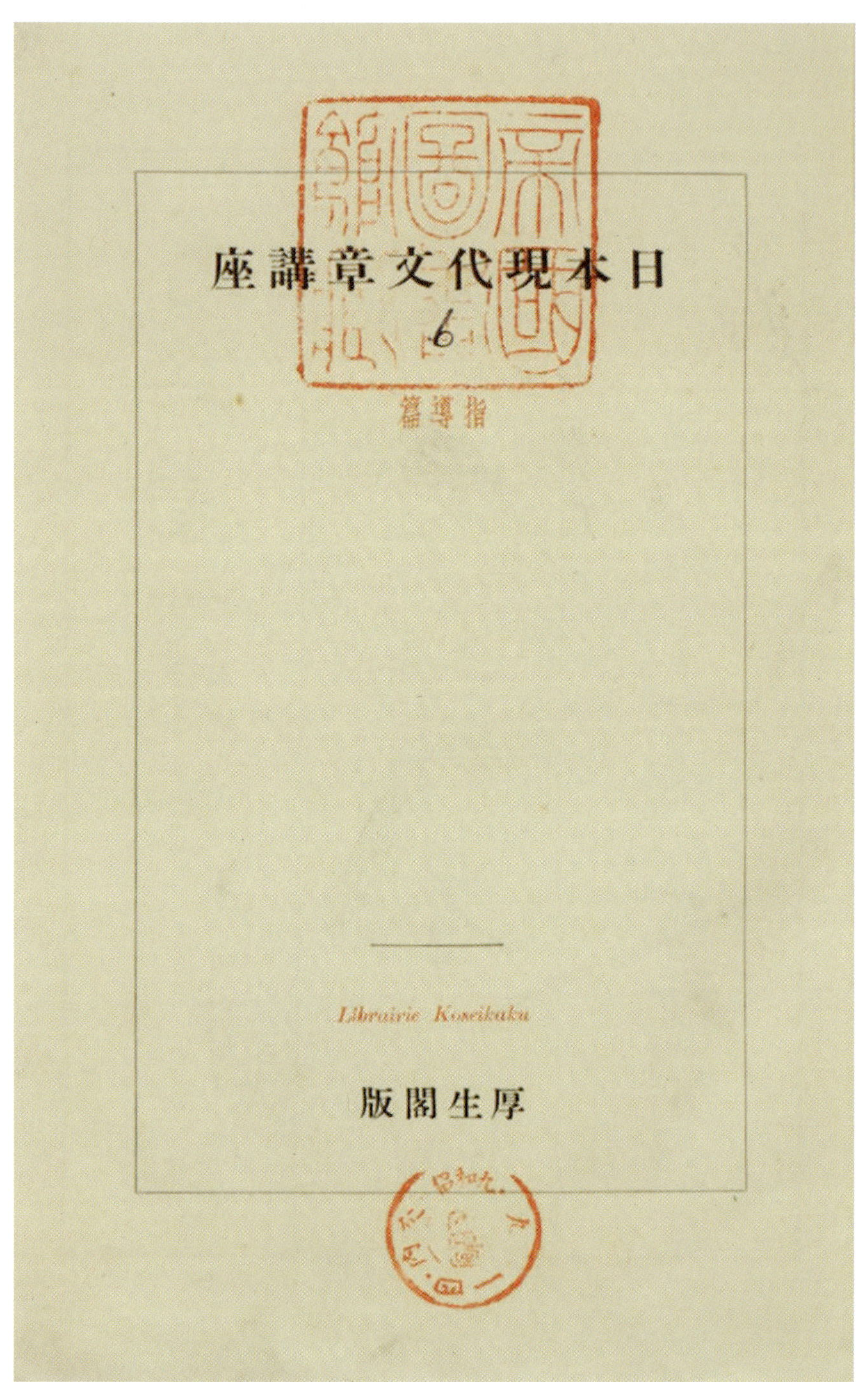

〈자료 26〉『일본현대문장강좌』 6, 1934.

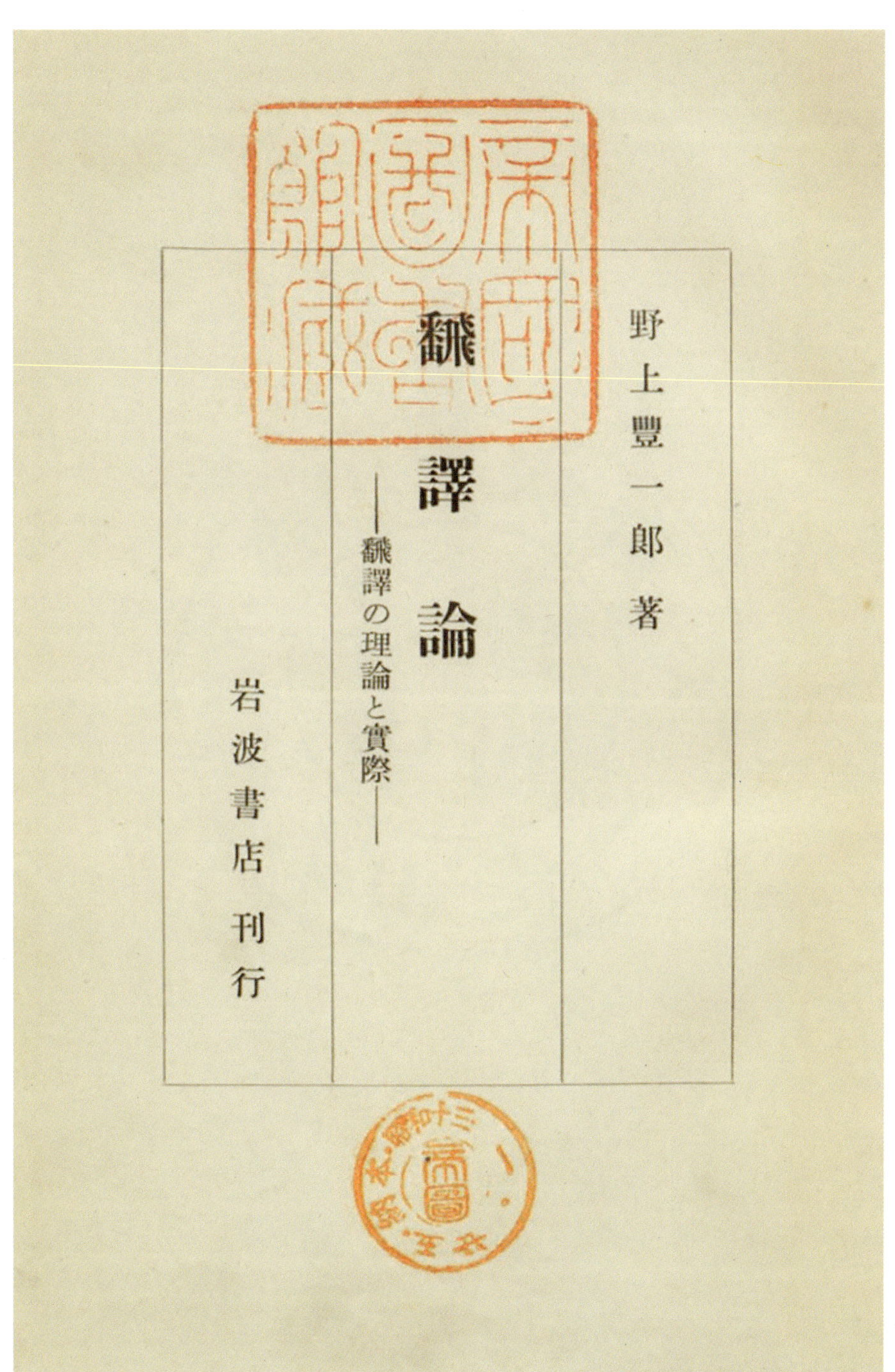



〈자료 27〉『번역론』, 1938.

〈자료 29〉『라쿠추 서신』, 1946.

한국연구원
동아시아
메모리아
**2**
EAM 002

TRANSLATION IN MODERN JAPAN

# 근대 일본의 번역론

야나부 아키라 · 미즈노 아키라 · 나가누마 미카코 엮음
구인모 · 김동건 · 박진영 옮김

## 일러두기

1. 이 책은 『일본의 번역론 — 앤솔러지와 해제』(호세이대학 출판국, 2010)를 번역한 것이다. 한국어판 제목은 『근대 일본의 번역론』으로 고쳤다.
2. 원저에 수록된 편자의 글 순서를 일부 바꾸어 제1부에 재배치했다. 제2부의 자료와 해제는 순서를 바꾸지 않았다.
3. 몇몇 자료에서 단락마다 반복되는 번호나 부호는 생략했다.
4. 일본어판 편자가 붙인 주는 [편자 주]로 표시했으며, 별도의 표시가 없는 주는 모두 한국어판 역자가 붙인 것이다.
5. 원문 자료와 인용문에서 편자나 해제자가 덧붙인 간단한 설명 또는 루비는 괄호 안에 표시하거나 불필요한 경우 생략했다.
6. 원문 자료와 인용문에서 방점으로 강조된 부분은 고딕 글꼴로 표시했으며, 서양 고유명사의 곁줄 표시는 편의상 생략했다.
7. 연도는 시대별 특성을 고려하여 모든 경우에 일본 연호를 드러내고 괄호 안에 서기를 표시하는 방식으로 통일했다.
8. 중판, 복간, 재수록된 서지의 발행 연도는 세미콜론(;)으로 구분했다.
9. 권두화보에 수록한 사진은 일본 국립국회도서관 디지털 컬렉션(http://dl.ndl.go.jp)에 온라인으로 공개된 이미지다.

번역이란 무엇인지 설명하는 일은 까다롭고, 어떻게 번역해야 올바른지 답하기는 더 어렵다. 그렇다고 추상적인 이론에 기대어 말하는 것은 허망하기 십상이며, 몇 마디로 선언하거나 한두 편의 글로 정리한들 별반 도움이 되지 못한다. 번역은 매우 구체적인 실천일 뿐 아니라 역사적인 문제이기 때문이다.

번역에 관한 다양한 논의를 간추리거나 시각과 방법의 변천을 꿰뚫는 일은 한결 지난하다. 원작과 번역, 번역가와 독자, 번역된 것과 번역되지 않은 것을 둘러싼 분분한 생각들이 늘 새로운 지평을 열어 왔기 때문이다. 번역이 자기 나름의 이론과 역사를 지니게 되면서 번역론은 실천적이고 역사적인 기억으로 쌓여 왔다. 그런데 근대에 접어들면서, 기껏해야 150년 안팎의 짧은 시간 동안 번역이 폭발적으로 늘어났고, 번역론도 독자적인 학문 영역을 이룰 만큼 질적인 비약을 거듭했다. 경위야 어떻든 간에 근대라는 시공간이 세계사적인 범위에서 대화와 교류, 혹은 갈등과 충돌을 빚어낸 덕분이다.

따라서 번역론은 시대사상의 맥락과 번역의 현장을 떠나서는 성립할 수 없으며, 번역가의 자기반성과 독자의 비판에도 단련되어야 한다. 그렇지 못한 번역론은 한낱 어학 지식이나 소통 기술의 하나로 번역을 전락시킬뿐더러 새로운 상상력의 발견과 창조적인 재해석을 꿈꾸지 못하도록 억누르게 마련이다. 번역론의 사명은 번역을 역사적 구체성 속으로 되돌려 주는 데 있다.

『근대 일본의 번역론』은 근대의 도래와 함께 문학이라는 것을 새롭게 상상해 내는 도정에서 번역이 어떤 위상과 역할을 담당했는지 잘 보여준다. 번역을 통해 서구의 근대성을 빠르게 자기화한 사례의 하나로 흔히 일본을 꼽곤 한다. 특히 메이지 시기에 초석을 닦은 번역문화는 근대 일본의 모델을 주조한 것이나 다름없다. 이 책은 일본의 근대 번역이 조급한 흉내 내기나 따라잡기에 그친 것이 아니라 타자와의 만남을 통해 자국어를 재발견하고 근대문학을 창출해 낸 원동력임을 생생하게 보여준다.

이 책에 실린 31편의 자료와 해제에서 잘 드러나듯이 일본은 메이지 초기부터 번역문화를 진지하게 다루었다. 근대 지식과 사상을 전방위적으로 받아들이는 과정에서 무엇보다 문학 번역이 중요한 논점으로 떠올랐다. 타자의 문화와 만나는 태도, 번역을 바라보는 시각과 실제 방법론, 번역어와 언문일치라는 근대 문장의 형성에 이르는 핵심 과제들 속에서 비로소 근대문학이 탄생하고 성장했다. 그리고 1930년대에 이르면 세련된 수준의 번역론이라 일컬을 만한 성과를 거두면서 점차 독자적인 이론과 역사를 정립하기 시작했다.

따라서 단순히 번역인가 반역인가, 직역이냐 의역이냐, 혹은 번역 불가능성이니 오역이니 하는 진부한 문제의식에 사로잡혀서는 안 된다. 또 일본 번역론의 시대별 변천이나 근대적 발전사로만 이해해서도 곤란하다. 이 책의 가장 큰 미덕은 번역론이 마땅히 지향해야 할 보편성을 드러낸 점에 있되 그러기 위해서 어디까지나 번역의 역사성에서 출발해야 한다는 사실을 뚜렷이 보여준 데 있다. 거듭 강조하거니와 번역 실천에 기반을 두지 못한 번역론은 아무런 쓸모가 없으며, 번역론의 단편적인 인용과 편의적인 재활용만큼 소모적인 일은 없다.

한편 이 책을 통해 근대 한국의 번역론을 떠올리지 않을 수 없다. 최근 10여 년 동안 근대 번역에 대한 관심이 높아지고 한국의 번역문학에 관한 연구가 진척되었다. 뒤늦게나마 값진 진일보임이 틀림없다. 그러나 역사적 구체성을 바탕으로 한 이론적 상승을 이루지 못했으니 아직 번역론이라 일컬을 만한 단계에는 미치지 못하고 있는 형편이다. 근대 한국의 번역론 역시 흩어진 주요 자료들을 앤솔러지로 엮고 체계적인 시선으로 바라보면서 새로운 지평을 기대할 때가 임박했다.

또 한국어로 번역된 문학이란 무엇이며, 근대 한국의 번역론이란 어떤 것인가 하는 물음은 우리를 동아시아 번역론으로 이끌 것이다. 번역론은 한국문학의 근대성을 새롭게 바라보고 동아시아의 역사성 속에서 한국의 번역을 입체화하는 지름길이다. 앞으로 우리가 함께 나서야 할 숙제다.


번역론이라는 어렵고 중요하며 즐거운 여정을 세 연구자가 함께했다. 이 책은 구인모 선생님과 김동건 선생님이 나누어 옮겼다. 특히 메이지 시기의 문장과 자료에 밝은 최고의 문헌 전문가들이다. 자료 가운데 미심쩍은 대목이 눈에 띄면 원전을 재확인하여 바로잡기도 했다. 일본어 능력을 제대로 갖추지 못한 필자는 초고를 가다듬는 데에서 그쳤다. 다만 이 책에 이바지한 몫이 가장 근소하더라도 갖가지 실수나 잘못에 대한 책임은 대부분 필자가 짊어져야 마땅하다.

이 책에 소개된 자료 가운데 메이지 초기의 텍스트는 오늘날 일본 독자에게도 무척 난해하다. 이를 한국어로 옮기기 위해서는 우리에게도 일종의 번역론이 요구되었다. 결론적으로 말하자면 적어도 자료의 경우에는 다소 어색함을 무릅쓰더라도 될 수 있는 대로 글자 그대로 직역하기로 했다. 150여 년 전 일본어 문장을 매끄럽게 읽을 수 있다고 해서 반드시 바람직한 번역은 아니리라는 생각에서다. 지금 우리 시대의 눈에 낯선 번역 문장 자체가 이 자료들이 지닌 역사성을 더 잘 드러낼 수 있을 것이다.

이 책의 번역에 뛰어든 지 오래되었으나 이런저런 사정으로 몇 년 동안 미루어 왔다. 호세이대학 출판국에 양해를 구한다. 무엇보다 새로운 번역론과 만나기를 기다려 온 한국의 번역가, 연구자, 독자들에게 널리 헤아려 주십사 청한다. 그사이 이 책을 한국어로 번역하여 내놓는 의의가 빛바래지 않았다는 사실은 한편으로 다행이지만 다른 한편으로 큰 불운이기도 하다. 모쪼록 한국의 번역과 번역론에 작은 보탬이 되기를 바란다.

마지막으로 이 책의 출간을 지원해 준 한국연구원 김영민 이사장, 이영준 원장, 김상원 전 원장, 소명출판 박성모 대표와 이선아 편집자를 비롯한 편집진에게 감사 인사를 전한다. 한국연구원과 소명출판의 협력을 발판으로 성균관대학교 비교문화연구소가 뜻깊은 학술 총서를 안정적으로 이어 올 수 있었다. 특히 이 책을 계기로 동아시아 메모리아의 색채와 방향이 더 분명해지고 앞으로 나아가야 할 길도 훤히 열리리라 믿는다.

2025년 10월
옮긴이들을 대표하여
박진영

# 차례

# 일본의 번역에 대한 역사적 전제
야나부 아키라

## 1. 일본적 번역 방법의 원형

나는 일본의 번역 문제를 고대 중국과 조선을 통한 한자 수용에서 시작하지 않으면 안 된다고 생각한다.

한자는 원래 외국어인 중국어 문자다. 고대 야마토 사람들은 이윽고 '음독'과 '훈독'이라는 독자적인 방법으로 이 외국어를 읽게 되었다. 이것이 '번역'의 시작이다.

한문의 음독과 훈독 관습은 곧 한문 훈독체라는 새로운 일본어 문체를 만들어 내게 되었다. 이 단계에서 외국어인 한문이 한문 훈독체라는 일본어로 결정적으로 '번역'된 것이다.

『일본서기』에 의하면 한자와 한문이 고대 야마토에 들어온 것은 오진應神 천황 16년285 백제에서 왕인王仁이 『논어』와 『천자문』을 가지고 도래하여 태자 우지노와키이라쓰코菟道稚郞子에게 익히게 한 것이 시작이라고 한다.

이는 한자를 제대로 받아들인 것에 관한 기록일 뿐 한자는 그 이전에 도래한 듯하다. 그중에서 유명한 것은 기타큐슈에서 발견된 금인金印으로 후한 건무 중원 2년57 광무제가 기타큐슈 왕에게 주었다는 "한위노국왕漢委奴國王"이라는 글자가 새겨져 있다. 이 밖에도 고분 등에서 한자가 새겨진 거울이 발견되기도 하는데, 그것은 당시 야마토 사람들에게 과연 '문자'였을까? 아마 단순한 모양으로 받아들여졌을 것이다.

3세기경 야마토의 일부 엘리트가 수용하고 배우기 시작한 한문은 처음에는 중국어 음을 따라 야마토 말 식의 음으로 그대로 읽은 것으로 생각되지만 이윽고 이 한문 문자를 야마토 말에 맞추어서 읽거나 야마토 말의 어순에 따라 치환해서 읽으려고 하기 시작했다. 이것이 '한문 훈독'의 시작이다.

그 초기의 예로 스이코推古 천황 15년607 호류지法隆寺의 약사불藥師佛 광배光背 명문銘文에 "지변대궁치천하천황池邊大宮治天下天皇 대어신노사시大禦身勞賜時 (…중략…) 태평욕좌고太平欲坐故 장조사약사상작사봉조將造寺藥師像作仕奉詔 (…중략…)"라고 적혀 있다. 여기에서 예컨대 '대어신大禦身'으로 되어 있는 것은 한어漢語가 아니라 전통적인 야마토 말 '오오미'의 한자 표현이며, 또 '약사상작藥師像作'과 '약사상'의 뒤에 '작作'이 오는 것은 한문이 아니라 야마토 말의 어순이다. 이렇게 외국에서 도래한 한자를 야마토 말에 끼워 맞추어 읽는 '훈독'과 외래의 한문을 야마토 말 식으로 어순을 바꾸어 읽는 '훈독'법이 이때 시작되었던 것을 읽어낼 수 있다.

여기에서 '훈독'이라는 용어는 낱낱의 한자를 읽는 법과 한문 어순을 바꾸어 읽는 방법인 '한문 훈독' 양쪽의 의미로 사용된다.

낱낱의 한자 읽기로서 '훈독'은 '쿤요미'라고도 하는데, 한자의 온요미로 음에 가까운 야마토 말의 음으로 읽는 '음독'보다 늦게 시작되었다. 그 후 '훈독'은 '음독'과 함께 '한문 훈독'이라는 읽기 방법 속에서 사용되면서 오늘날까지 이르고 있다.

이 '한문 훈독'이라는 읽기 방법은 근대 이후의 '번역'에서도 특히 중요하다. 그것은 머잖아 근세에서 근대에 걸쳐 일본인이 서양어와 만나게 되었을 때 이 '한문 훈독' 방법이 형태를 바꾸어 '영문 훈독', '불문 훈독' 등으로 계승되기 때문이라고 생각한다. 이에 대해서는 뒤에서 자세히 말하겠지만, 요컨대 일본인은 전통적인 야마토 말 계열의 일본어와 별도로 번역용으로 또 하나의 일본어 글말, 즉 '한문 훈독체'를 만들어 온 것이다. 이것이야말로 세계에서 보기 드물게 일본인이 길러 온 독특한 번역 방법이었다.

고대 이래 야마토 사람들이 중국과 조선에서 열심히 수용한 한자 문화의 중핵은 불교와 유교다.

불교는 고대 인도에서 주변 각지로 선교와 불전佛典 번역이 이루어져 이윽고 7세기 당나라 현장玄奘, 602~664에 의해 대규모로 중국어 번역이 실현되었다. 중국어 번역의 경문은 그 후 고대 야마토에 전해졌다. 그 뒤로 중국과 조선에서 불교를 수용해 왔으나 경전은 중국 원문 그대로였다. 승려는 중국어를 일본 식으로 음독하고, 일반 신자는 그대로 들어 온 것이다. 불교 전래 이래 현대에 이르기까지 천 수백 년 동안 불교 사원에서 사용하는 경전은 감히 일본어로 번역해 오지 않았다. 일본식이라 해도 문자는 중국어인 상태이기 때문에 일반 신자는 그 의미를 잘 알지 못한다. 예컨대 『반야심경』 첫머리의 구절 "관자재보살觀自在菩薩 행심반야行深般若 바라밀다시波羅密多時"를 "칸지자이보사쓰 교진한냐 하라미쓰다지"와 같이 읽는 것이다.

사람들은 승려의 독경讀經을 그 의미는 잘 모르는 채 머리를 숙이고 듣고 있었다. 이후 오늘날까지도 거의 똑같다. 대다수 일본인이 잘 알고 있듯이 절의 승려는 이처럼 독경하고, 대다수 불교 신자는 이처럼 머리를 숙이고 듣는 것이다. 나는 여기에 일본 번역문화의 원점이 있다고 생각한다.

한문을 일관되게 '음독'으로 읽는 것은 특히 불교의 독경이지만 낱낱의 한자 '음독'은 한자 '훈독'과 함께 '한문 훈독' 방법에서도 받아 이어지고 있다. 그 후, 특히 근대 이후 한자에 의한 일본식 조어에서 '자음어字音語'라고도 불려서 예컨대 '사회', '개인', '연애' 등과 같이 대량으로 생산되어 일본어 번역어에서 중요하게 되었다.

불교의 가르침은 한자 문자의 '형形'과 함께 존재한다고 믿어진다. 말의 의미 내용보다 그 외형적인 음과 문자, 넓은 의미의 '형'이 중시되고 있다. 의미 불명이라도 고마운 가르침이라고 생각한다. 그렇다기보다 실은 의미 불명이기 때문에 고맙다고 생각하는 것이다. 일본인과 한자 문화권 이외의 사람들은 이러한 사정을 이해하기 힘들 것이라 생각되지만 뒤에 더 자세히 설명하기로 한다.

한문 훈독체가 이렇게 만들어지고 있던 고대에 이와 대조적으로 전통적인 야마토 말에 의한 화문和文이 형성되기 시작했다. 한문 훈독체는 법률, 학문 등 체제 지배자의 도구로 남성이 담당하고 있었지만 화문은 무라사키 시키부,[1] 세이 쇼나곤[2] 등 상류 귀족 여성을 중심으로 온나데女手라고도 불렀다. 그리고 이 오토코데男手와 온나데는 일본어 문체의 이중 구조를 형성하여 중세와 근세를 거쳐 현재까지 이어지고 있다.


## 2. 한문 훈독에서 서양문 훈독으로

유사 이래 일본은 중국의 한자 문화를 받아들여 왔다. 한자 문화의 중심은 불교와 유교다. 불교 전래와 같은 무렵 조선을 경유하여 유교 경전

---

1    무라사키 시키부(紫式部, 973?~1031?) : 헤이안시대 황실의 궁녀. 시인. 『겐지 모노가타리』의 작가.
2    세이 쇼나곤(淸少納言, 966?~1025?) : 헤이안시대 여성 가인. 『미쿠라노소시』의 작가.

이 건너왔다. 유교의 경우는 불교 경전의 수용과 조금 달라서 일본어 식으로 받아들이려고 노력했다. 불교는 종교이고 경전 독자는 그 의미를 이해하는 것보다 줄곧 그 자체로 들으며 믿는다는 경향이 강하지만, 유교는 인생 철학의 가르침이고 경전 독자는 읽고 생각하며 납득하려고 했기 때문일 것이다. 거기에서 원전을 소중히 하면서 애써 일본어에 가깝게 하여 읽으려는 방법이 길러지게 된다. 그것이 한문 훈독이라는 방법이다.

그것은 먼저 원문의 주요한 말, 명사, 동사 등을 원어의 문자 그대로 보존하며 그대로 음으로 읽거나음독, 온요미 뜻으로 읽는다훈독, 쿤요미. 이러한 훈독이란 원문의 단어를 일본어로 치환하는 번역이다. 그다음에 원문의 말 순서를 일본어 구문에 따라 치환한다. 그리고 원문의 말에 일본어 고유의 부속어를 덧붙이는 것이다. 예컨대 『논어』의 한 구절 "자왈子曰 학이시습지學而時習之 불역열호不亦說乎 유붕자원방래有朋自遠方來 불역낙호不亦樂乎 인부지이불구人不知而不懼 불역군자호不亦君子乎"[3]를 "子曰く, 學んで時に之を習う, 不亦說乎マタヨロコバシカラズヤ 朋トモ有りて遠方自ヨリ來たる, 亦樂しか不乎, 人知ら不して懼れ不, 亦君子なら不乎"와 같이 읽는 것이다.

이러한 한문 훈독식 독서법은 이윽고 17세기 이후 네덜란드 서적이 들어왔을 때 계승되었다. 더욱이 근대가 되어 영어 등 서양어 서적이 대량으로 유입되었을 때도 이어졌다. 나는 이것을 난문蘭文 훈독, 영문 훈독 등으로 이름 붙이고 있다. 이것은 오늘날에도 이르고 있다. 오늘날 일본 학교의 외국어 교육에 미치고 있는 것이다.

여기에서 먼저 근세 네덜란드어 '훈독', 내가 말하는 '난문 훈독'에 대해

---

3    공자 왈, 배우고 때로 이를 익히니 또한 즐겁지 아니한가. 벗이 있어 멀리에서 오니 또한 즐겁지 아니한가. 사람들이 알아주지 않아도 근심하지 않으니 또한 군자가 아니겠는가. 『논어』「학이(學而) 편」 제1장. '근심하다(懼)'는 '노여워하다(慍)'의 잘못.

서 살펴보도록 하자.

에도시대는 쇄국시대로 알려져 있는데, 겨우 규슈의 나가사키를 통해서 외국과 교섭이 있었다. 특히 막부의 정치가이며 학자이기도 한 아라이 하쿠세키[4]는 서양 학문과 문화가 우수함을 느끼고 『서양기문西洋紀聞』을 저술하여 네덜란드 서적 수입의 선구가 되었다. 8대 장군 도쿠가와 요시무네德川吉宗, 1684~1751가 '교호享保 개혁'이라 불리는 개명 정책을 수립하여 네덜란드 서적을 수입하게 되자 네덜란드어를 읽고 번역하려는 난학자蘭學者, 란가쿠샤가 조금씩 나타났다.

막부의 도서 담당 관원 아오키 곤요[5]는 당시로서는 개명 정책인 감저甘藷, 고구마 재배를 추진한 감저 선생으로 알려져 있는데, 네덜란드어 학습을 추진한 초기 난학자다. 아오키 곤요는 난학蘭學, 란가쿠 학습의 지침서도 썼다.

아오키 곤요를 사사師事하여 난학을 배운 마에노 료타쿠[6]는 메이와 8년1771 센주 고쓰카바라[7]에서 스기타 겐파쿠[8] 등과 죄수 시체 해부에 입회한다. 그때 본 인체 모습이 지참한 난서蘭書의 해부도와 정확하게 일치하는 것을 알고 놀란 일이 스기타 겐파쿠의 『난학사시蘭學事始』에 적혀 있다. 마에노 료타쿠와 스기타 겐파쿠는 곧 난서의 해부학서 『타헬 아나토미아』[9] 번역에 착수하여 안에이 3년1774 『해체신서解體新書』라는 획기적인 번역서가 간행되었다.

---

4　아라이 하쿠세키(新井白石, 1657~1725) : 에도시대 중기의 무사. 유학자. 시인.
5　아오키 곤요(靑木昆陽, 1698~1769) : 에도시대 중기의 유학자. 난학자.
6　마에다 료타쿠(前野良澤, 1723~1803) : 에도시대의 의학자. 난학자.
7　에도시대부터 메이지 초기까지 도쿄 센주에 있었던 형장.
8　스기타 겐파쿠(杉田玄白, 1733~1817) : 에도시대의 의학자. 난학자.
9　쿨무스(Johann Adam Kulmus, 1689~1745)의 *Anatomische Tabellen*(1722)로 네덜란드어판 제목은 *Ontleedkundige Tafelen*(1734).

난학은 그 후 각지의 유지에 의해 열심히 연구되었는데, 그 사람들에게 널리 읽히게 된 것이 마에노 료타쿠의 제자 오쓰키 겐타쿠[10]가 덴메이 8년1788에 간행한 『난학계제蘭學階梯』다.

『난학계제』의 예문부터 보기로 하자. 「성어成語」라는 장에 이렇게 적혀 있다. 시작의 예를 인용한다(여기에서 란카蘭化 선생이라는 것은 마에노 료타쿠를 말하는 것이다).

「성어」의 전 8장 란카 선생이 저술한 난역전蘭譯筌에 실린 바를 증감하여 말마다 번역한 글자譯字를 붙이고 아울러 역문譯文을 만들었다. 그 예를 보이면 다음과 같다.

Jk wensch  u goeden dag  myn heer

我 望　　 伱吉　　 日 君 吾

나 귀군의 좋은 날嘉日을 희망한다.

이것은 평소에 다른 사람과 만나서 먼저 말하는 인사다.

여기에서 원문 네덜란드어의 한마디에 대해 하나씩 대응하는 역자譯字를 덧붙여 가고 있다. 이것이 첫 번째이고, 다음으로 그 역자의 일본어다. 제1단계에서는 전부 한자이지만 그다음에는 일본어 가나를 섞어 그것을 일본어 어순에 따라 연결해서 읽어 간다는 2단계의 방법이 사용되고 있다는 점에 주목하기 바란다.

그다음으로 「역장譯章」이라는 장에서 이 사정이 명쾌하고 이야기되고 있다.

---

10  오쓰키 겐타쿠(大槻玄澤, 1757~1827) : 에도시대 후기의 난학자.

역자譯字를 남김없이 붙이는 것이 끝나면 한 장章을 관통하는 의미를 그 선생님에게 질문해야 한다. 그 선생님이 자세히 설명해서 가르쳐 주어도 문장의 어로語路까지 익숙해진 지나支那 서적의 취향이 아니면 초학자는 쉽게 이해하기 힘들다. 그 가르침을 받은 훈역訓譯의 전문을 펴서 열중하여 몇 번이라 할 것 없이 숙독 암송하면 자연히 빙석冰釋[11]하여 그 뜻이 통하는 것이다. 그 문의 한마디마다 역자를 추가한다 해도 지나의 서를 화독和讀[12]하는 마음으로 전도顚倒[13]를 사용하여 독해하지 않으면 위에서 아래로 순직順直[14]하게 읽어낼 수 없는 것이다. 이는 당시의 구염舊染[15]으로 어쩔 수 없는 바다. 지나의 직행우독直行右讀,[16] 화란의 횡행좌독橫行左讀[17]은 그 읽는 법은 가로와 세로의 차이지만 뒤집지 않아도 통하는 것은 똑같은 일이다.


이렇게 한문 훈독체가 쇄국시대의 조그마한 틈을 통해 외부 세계에 열리려고 하고 있던 시대와 똑같은 무렵, 한편에서는 그와 대조적으로 외래의 유교와 불교에 의한 한문체를 배격하고 고대 야마토 노래 등을 전하는 전통적 화문으로 돌아가려는 사상도 움직이기 시작했다. 가다노 아즈마마로,[18] 가모노 마부치[19]에 의해 시작되어 이를 계승한 모토오리 노리나가[20]는 『고지키古事記』, 『만요슈萬葉集』, 더욱이 『겐지 모노가타리源氏物語』

---

11  얼음 녹듯이 의심이나 의혹이 풀림.
12  일본어로 읽는 것.
13  뒤에서 읽어 나가는 것.
14  순서를 따라 직독함.
15  오래된 습관.
16  위에서 아래로 내리읽고 오른쪽에서 읽어 가는 것.
17  옆으로 읽고 왼쪽에서 읽어 가는 것.
18  가다노 아즈마마로(荷田春滿, 1669~1736) : 에도시대 중기의 국학자. 가인.
19  가모노 마부치(賀茂眞淵, 1697~1769) : 에도시대 중기의 국학자. 가인.
20  모토오리 노리나가(本居宣長, 1730~1801) : 에도시대의 국학자. 문헌학자. 언어학자.

등을 배워 가라고코로漢意를 배격하고 시키시마敷島[21]의 야마토 마음을 이야기했다.


## 3. 개국, 번역이 꽃피는 시대

가에이 6년[1853] 페리 제독이 이끄는 미국 함대가 우라가에 내항한 이래 일본의 정치 정세는 일변한다. 막부는 서양 사정을 알 필요성을 통감하고 먼저 서양어를 습득한 엘리트를 양성할 준비를 시작했다. 안세이 4년[1857] 막부는 에도에 반쇼시라베쇼蕃書調所을 설치하고 막부 신하의 자제를 모아 교육하기 시작했다. 교육과 연구는 순전히 네덜란드어였다. 쇄국 이래 서양이라고 하면 먼저 네덜란드였기 때문이다.

난학은 에도 외에도 오사카에 오가타 고안[22]의 의학 중심인 데키주쿠適塾[23]가 있어서 전국에서 젊은이들이 모여들어 열심히 공부했다. 후쿠자와 유키치는 여기에서 배우고 있었는데, 25세 때 주군 오쿠다이라가家의 명령으로 에도의 번저藩邸에서 난학을 가르치게 되었다. 어느 날 요코하마 거리에 외출했다. 그때 후쿠자와 유키치가 견문한 경험은 시대 변화를 잘 이야기하고 있다. 『후쿠옹 자전福翁自傳』에서 후쿠자와 유키치는 이렇게 쓰고 있다.


그런데 여기 또다시 큰 불안한 마음이 생겼다. 내가 에도에 온 이듬해, 즉 안

---

21    일본을 가리키는 말.
22    오가타 고안(緒方洪庵, 1810~1863) : 에도시대 후기의 의사. 난학자.
23    정식 명칭은 데키테키주쿠(適適齋塾). 1838년 개교하여 메이지 원년인 1868년 폐교.

세이 6년[1859] 5국 조약이라는 것이 발포되어 요코하마가 막 개항한 지 얼마 되지 않아서 나는 요코하마를 구경하러 갔다. 그때 요코하마라는 곳은 외국인이 드문드문 와 있어서 움막 같은 집들이 곳곳에서 조금씩 생겨나고 외국인이 그곳에 살면서 가게를 내고 있었다. 그곳에 가 보니 말이 하나도 통하지 않았다.

(…중략…)

요코하마에서 돌아와 나는 다리가 피곤해서가 아니라 실로 낙담했다. 이건, 이건 도무지 어쩔 수 없구나. 지금까지 몇 년 동안 죽을힘을 다해 네덜란드어 책 읽는 것을 공부했는데 그 공부한 것이 지금은 쓸데없구나. 상인의 간판을 봐도 읽을 수 없구나. 알고 보니 정말로 허무맹랑한 짓을 했구나. 실로 낙담했다. 그러나 결코 낙담하고 있을 때가 아니다. 저기서 행해지고 있는 말, 쓰인 문자는 영어나 프랑스어가 틀림없다. 이러나저러나 지금 세계에서 영어가 보통으로 행해지고 있다고 것은 익히 알고 있다. 무엇이든 저것은 영어임이 틀림없다. 지금 우리나라는 조약을 맺어 문호를 열고 있다. 그렇다면 앞으로는 영어가 필요하게 될 것이 틀림없다. 양학자로서 영어를 알지 못하면 도무지 아무것도 통하지 않는다. 앞으로는 영어를 읽는 것 말고는 방법이 없다. 요코하마에서 돌아온 다음 날, 한번은 낙담했지만 동시에 또 새로이 뜻을 다져서 그 이래로는 일체 만사를 영어로 각오를 정했는데, 이제 그 영어를 배운다는 것을 어떻게 해야 할지 막막했다.

이렇게 여러모로 헤맨 끝에 마침내 이렇게 깨달았다.

요컨대 처음 우리가 난학을 버리고 영학英學으로 옮기려 할 때 진실로 난학을 버리고 몇 년 공부한 결과를 헛되이 여겨 생애 두 번의 간난신고라 생각한 것은 크게 잘못된 것이며, 실제로 보면 난蘭이든 영英이든 똑같이 횡문橫文으로 되어 있고 그 문법도 거의 똑같다면 난서를 읽는 능력은 저절로 영서에도 적용되어 결코 무익하지 않으리니 물에서 헤엄치는 것과 나무에 오르는 것이 전혀 다르다고 생각한 것은 일시의 헤맴이었음을 깨달았다.

즉 영학英學, 에이가쿠 공부도 난학 수득법修得法과 똑같아서 기본적으로는 한문 훈독의 방법을 기준으로 한 것이었다.

후쿠자와 유키치는 그 후 만엔 원년1860 막부 사절단이 간린마루咸臨丸로 미국에 갈 때 수행원으로 사절을 따라 샌프란시스코 등을 견문하고, 또 분큐 원년1861 유럽 사절단에 번역 담당으로 수행하여 영국 등을 순방했다. 이러한 체험을 밟아 『서양사정』 등의 저작을 발표한다. 그리고 안세이 5년1858 후쿠자와 유키치는 란가쿠주쿠蘭學塾를 창설하여 나카쓰 번옥藩屋 부지 안에서 가숙家塾으로 가르치고 있었는데, 게이오 4년1868 '게이오 기주쿠慶應義塾'라 명명하여 번과 국가로부터 독립한 근대 교육의 기초를 쌓았다.

영어 학습은 이미 메이지 이전 막부에서도 중요시되어 반쇼시라베쇼가 설치되어 이윽고 가이세이쇼開城所가 되었다. 메이지 신정부는 이를 계승하여 메이지 3년1870 다이가쿠난코大學南校를 개설하고 영어, 프랑스어, 독일어 등 서양어를 교육하게 했다. 교관으로는 외국인 교사를 고용하고 서양어 발음부터 본격적으로 가르치려 했다.

그러나 학생 수에 비해 외국인 교사 수가 적었기 때문에 일본인 조교가 외국어 교육을 하는 경우가 많아졌다. 이러한 경위로 외국인 교관에 의해 정확한 발음부터 배우는 것을 '정칙正則'이라 하고, 이와 달리 일본인 교관에게 배우는 것은 '변칙變則'이라고 이름 붙였다. 변칙은 역독譯讀 중심의 공부이며, 난학 이래의 훈독적 학습법을 계승하게 되었다.

섬나라 일본에는 외국인의 도래가 적다. 그럼에도 불구하고 일본인은 전통적으로 향학심이 왕성하여 일찍이 한문을 열심히 수용하여 배우고, 또 근대 이후에는 맹렬히 서양 서적을 배우려 했다. 이러한 문화적 환경 속에서 외국어 학습은 필연적으로 '역독'이라는 방법, 여기서 말한 '변칙' 이 중심이 되지 않을 수 없었다.

정부의 다이가쿠난코와 마찬가지로 후쿠자와 유키치의 게이오기주쿠 에서도 영어 교육이 중요시되었다. 후쿠자와 유키치 자신은 난학도 영학 도 순전히 '역독'으로 배워 왔지만 게이오기주쿠에서는 '정칙'적인 학습 을 중시하여 교육하려 한 듯하다.

모즈미 지쓰오[1989]는 「정칙 영어와 변칙 영어」라는 장에서 게이오기주 쿠의 영학 교육을 설명하고 있는데, 메이지 5년[1872] 미국인 선교사 캐러 더스[24]를 교사로 맞이해 그의 의견을 참고하여 영어를 교육하려 했다고 한다. 그러나 외국인 교사는 캐러더스 한 사람뿐으로 그 밖에는 모두 게 이오기주쿠 출신이었기 때문에 '정칙' 교육은 실제로 불가능했다고 말하 고 있다.


## 4. 한자 조어 일본적 번역의 요점

"한학 수득修得의 유풍을 그대로 계승한"후쿠자와 유키치 학습법의 가장 첫 번째는 원어의 한 단어에 일본어 한 단어를 대응시키는 것이다. 서양어의 관사, 복수형 등 일본어에 없는 것은 무시되지만 명사, 동사, 형용사 등 의

---

24  크리스토퍼 캐러더스(Christopher Carrothers, 1838~1921) : 1869년 입국한 미국인 선
    교사. 히로시마 영어학교와 오사카 영어학교 교사. 1882년 귀국.

미의 중심이 되는 말은 반드시 대응어를 붙이지 않으면 안 된다. 그런데 막말 이래 개국에 눈뜬 엘리트들이 가장 열심히 번역하려고 뜻을 둔 것은 의학, 공학에서 법률, 정치, 철학, 예술 등 당시 일본에 없는 서양 선진 문화의 말이었다.

선진 문명의 고급 개념의 말에 대해서는 고대 이래 한자가 사용되었다. 한자는 원래 중국어 문자이지만 야마토 사람들은 이를 말하자면 하나의 일본어로 사용하고 있었다. 이미 말한 것처럼 한자를 중국어 음으로 흉내 낸 '음독'과 별도로 의미가 가까운 야마토 말을 대응시켜 '훈독'하는 방법이 있었다.

그러나 '훈독'으로는 선진 문명의 개념에 대응할 수 있는 야마토 말이 어차피 모자란다. 고급 개념을 파악하기 어렵다. 또 새로운 외래 문명이 가져온 환경에 대응하는 말이 요청된다. 새로운 말을 만들지 않으면 안 된다. 거기에서 한자에 의한 조어라는 방법이 발명된다. 그것은 기본적으로는 한자 두 글자를 조합해서 새로운 한 단어를 만드는 방법이다. 한 글자 한 글자로는 중국어 의미의 말이지만 두 글자를 합하여 한 단어로 만들면 새로운 말이 되기 때문에 다른 새로운 의미를 띨 수 있었다.

이 조어법은 고대 이래의 조어법을 계승한 것이다. 한자 두 글자의 조어라는 방법은 일찍이 야마토 사람들이 한자와 만나고 얼마 되지 않은 무렵부터 시작되었다.

예를 들면 인명이 그러하다. 오모토大伴, 모노베物部, 오노小野 등, 그리고 이후 오늘날에 이르기까지 인명의 성은 다나카田中, 스즈키鈴木, 하토야마鳩山 등 거의 한자 두 글자의 한 단어다. 중국, 한국 등에서 인명의 성이 김, 이 등 거의 한 글자인 것과 대조적이다.

나라시대 와도 6년[713] 『풍토기』를 선진[25]할 때 지명에는 '좋은 글자'를 사용하도록 하라는 조서가 내렸다. 또 헤이안시대 초기 『엔기시키延期式』[26]에는 "두 글자를 사용하고 반드시 좋은 이름을 취하라"고 적혀 있다. 예를 들면 '기노쿠니木國'는 '기노쿠니紀伊國'지금의 와카야마현라고 표기되었다. '기노木'에는 의미가 있는데, '기노紀伊'은 멋있어 보이는 문자이기는 해도 의미가 없다. 한자의 원래 의미에서 생각하면 무의미하지만 '기노紀伊'라는 지역의 땅 이름으로 새로운 의미가 부여된 것이다. 중국에도 두 글자 한 단어의 지명과 숙어가 있지만 두 글자 속 한 글자 한 글자의 한자 의미가 살아 있다. 이에 비해 일본제는 두 글자 한 단어가 원칙으로 두 글자 속 한 글자 한 글자의 의미는 무시되어도 괜찮다. 혹 이 한 글자의 의미가 살아 있더라도 조금 다른 의미가 된다.

그 후 일본제 한자 두 글자 조어는 내가 또 하나의 일본어 문체라고 말한 한문 훈독 문체의 주요한 요소가 되어 갔다. 그것은 근세와 근대의 난학, 영학 등에 계승되어 선진 이문명異文明 언어의 번역 용어로 사용되고 있는 것이다.

두 글자 조어가 새로운 의미를 만들어 냈다는 것은 예컨대 '사회社會'와 '회사會社'가 똑같은 한자를 사용하면서도 우리가 전혀 다른 의미로 사용하고 있는 것에서 알 수 있다. '기차'가 왜 'locomotive train'이라는 의미가 되는가, '은행'이 왜 'bank'라는 의미가 되는가? 그 이유는 요컨대 이렇게 만들어진 한자 두 글자 조어가 소재로서의 한자와는 별도로 새로운 일본어라는 것이다.

---

25  문서를 만들어 천황에게 바침.
26  율령(律令)의 시행 세칙을 정리한 법전.

예를 들어 '철학'이라는 말은 니시 아마네[27]의 조어인데, 원래는 'phi-losophy'의 번역어로 '희철학希哲學'으로 번역되었다. '희希'는 'philosophy'의 'phil'에 대응하는 번역어였다. 고대 그리스 소크라테스시대의 이야기를 읽으면 이 'phil'이라는 것은 '사랑하다'와 같은 의미로 매우 중요한 말이었다. 소크라테스는 자신의 'philosophy'가 지식만 중시하는 'sophist'의 학문과 달리 지식을 '사랑하는' 것이라 말했다고 한다. 니시 아마네는 이것을 이해하여 '희希'라고 하는 '원하다', '바라다'라는 의미의 말을 더한 것이다. 그런데 그 중요한 '희希'가 빠지고 '철학'이 되어 버렸다. 즉 여기에서 중요한 것은 한자 두 글자라는 일본제 한자어의 '형形'인 것이다.

예컨대 '개인'이라는 말은 우리 모두 잘 알고 있는 것처럼 취급하고 있지만 이것도 원래 번역어였고 그 내력이 굉장히 수상쩍다. 이것은 에도시대 후기, 19세기가 시작될 무렵 중국에서 선교하고 있던 영국인 모리슨[28]이 그의 저서 『영화자전英華字典』에서 'individual'을 중국어로 번역하여 "홀로 한 사람이 있다獨有一個人"고 적은 것에서 시작되었다. 그것이 곧 "홀로 한 사람獨一個人"이 되었다.

그 후 다시 일본에 전해진 사전에는 '일개인一個人'으로 번역되었다. 이윽고 일본인에 의해 메이지 24년1891에 출간된 『불화사림佛和辭林』에서 'individual'은 '개인'이 되어 있었다. '獨有一個人' → '獨一個人' → '一個人', 여기까지는 그 나름대로 'individual'의 의미를 어떻게든 전달하고 있지만 '個人'이 되면 무의미한 한어다. 이 한자에서는 원래 의미가 전혀 전

---


27　니시 아마네(西周, 1829~1897) : 에도시대 말기와 메이지 초기의 서양 철학자. 계몽주의자.

28　로버트 모리슨(Robert Morrison, 1782~1834) : 중국에서 처음 활동한 영국 개신교 선교사. 한문 성서 번역가.

달되지 않는다. 요컨대 한자 두 글자로 조어한다는 일본제 조어법을 따랐을 뿐이다.

말의 '의미'보다 '형'이 중요했던 것이다. 단적으로 말하자면 의미 불명인 상태에서도 감사하게 받아들인다. 그러한 읽기 방식이 가능한 것이다. 불교 경문을 음독하여 수용해 온 문화 전통은 이렇게 한자의 음독 조어에 계승된 것이다.

이와 같은 말의 읽기 방식을 나는 '카세트 효과'라 이름 붙이고 있다. 카세트casette라는 프랑스어의 원래 의미는 보석 상자다. 작고 아름다워서 매료된다. 그러나 그 속에 무엇이 들어 있는지는 모른다. 모르는 채로 무엇인가 멋진 것이 들어 있는 것처럼 수용되는 효과다.

말은 그 의미보다 먼저 그 음과 문자의 형태로 나타나 사람들의 마음을 끌어당긴다. 처음에 '형'으로 존재하고 매료되기 때문에 이윽고 그 의미가 점차로 이해되는 것이다.


## 5. 말의 형과 의미

말의 형과 의미에 대해서는 언어학의 고전적 이론이 있다. 소쉬르의 'signe기호'는 'signifiant형'과 'signifé의미'로 만들어져 있다는 설이다. 이 설에 의하면 말의 '형'과 '의미'란 한 장 종이의 앞뒤와 같이 분리하기 힘든 하나의 구조라는 것이다. 내가 이상에서 말한 한자 조어를 이 설에 비추어 생각해 보면 소쉬르가 말하는 이 구조와는 분명히 다르다.

소쉬르의 설은 기본적으로 서양어의 말을 전제로 생각하고 있다. 영어, 프랑스어 등 서양어 문자는 표음문자라고 하여 구어가 기본이어서 '형'은 먼저 말의 음이며 문자는 음을 옮긴 것이다. 그러므로 말의 음의 '형', 문자의 '형'은 그 '의미'와 밀접하게 연결되어 있다. 이에 반해 중국과 일본 등의 한자는 표의문자라고 하여 문자의 '형'이 중시되어 있다. 고래로 중국 문자학에서는 말을 "형, 음, 뜻義"이라는 세 가지 요소로 생각하는 전통이 있다. 문자의 '형'은 음을 옮긴 것이 아니며, 문자의 '형'이 음이나 뜻과는 독립하여 중시된다.

게다가 일본은 이 문자의 '형'을 원래 이문화異文化인 중국에서 빌려와 자기 문화의 주요한 용어의 소재로 사용해 온 것이다.

내가 이상에서 말한 한자 조어는 분명히 먼저 문자의 '형'이 전제로 생각되고 있다. 한자의 이러한 취급 방식은 시점을 바꾸면 중국어의 문자 취급 방법을 이어받은 것처럼 보인다. 중국에서는 고래로 다수의 민족이 공존하면서 그 제諸 민족의 말이 있어 구어가 서로 통하지 않는 경우가 많다. 그러한 상황 속에서 한자는 공통어로 취급받았다. 더욱이 한자는 고래로부터 여러 가지 자형을 만들어 전해져 왔다. 그러므로 '형'을 보면 곧바로 그 '의미'를 알 수 있다고는 말할 수 없다. 예컨대 성인 공자가 '인仁'이라는 말로 그 가르침을 말했지만 그 제자들에게 '인'이란 무엇인가 반복적으로 질문을 받았다. 말하자면 처음에 문자의 '형'이 있었고, 그 '의미'는 그 '형' 속에서 구해지는 것이다.

문자의 형이 어떻게 중시되어 왔는가 하는 것은 서도書道라는 문화 전통이 잘 이야기해 주고 있다. 서도의 필법으로 그 서예가의 인품과 사상까지 읽어낼 수 있다고 말해져 왔다. 청의 건륭제는 자금성 최고의 보물은 왕희지의 글이라 말했다고 한다. 서양에서는 알파벳 필적에서 필자의 마음과 사상을 읽어낸다는 것은 대개 생각할 수 없을 것이다. 한자 문화의 전통에서는 사상가가 말하는 말은 먼저 그 말의 '형'으로 드러나 있는 것이며, 그 의미는 '형' 배후의 저편에서 구하는 것이라 말해 왔다.

일본에서 번역 한자 조어가 만들어지는 것은 먼저 다른 문명의 새로운 '의미'를 번역하려고 하지만 표기할 수 있는 문자가 없는 경우다. 여기서 새로운 문자의 '형'을 만들어 거기에 새로운 '의미'를 의탁하려고 한다. 그 '의미'는 문자가 이미 담당하고 있는 것이 아니라 조어에 의해 새롭게 부여되는 것이다. 그것을 부여한 사람은 조어한 사람, 대부분 번역어를 처음 만든 번역가 등이다.

그런데 말은 조어한 사람의 손을 떠나 불특정 다수의 앞에 나타난다. 이 다수의 사람들에게는 조어된 새로운 '형'의 말이 지닌 '의미'가 바로 이해되지 않는다. 즉 말은 먼저 '의미' 불명한 '형'으로 출현하여 거기에 사람들이 '의미'를 묻게 되는 것이다.

이렇게 하여 새롭게 사람들 마음에 나타난 조어는 처음에는 그 '의미'가 충분하게 이해되지 않지만 읽히고 쓰이며 점차 사람들의 생활 속에 익숙해져 가게 되고 그 '의미'를 지니기 시작한다. 그런데 여기에서 주의하지 않으면 안 되는 것은 새로운 '형'에 수반하여 키워지는 '의미'는 번역가 등 조어 책임자가 처음에 기대한 '의미'와 반드시 일치하지는 않는다는 점이다. '사회'의 '의미'는 'society'와 똑같지 않다. '근대'의 '의미'도 'modern'과 똑같지 않다. 꽤 비슷하지만 똑같지는 않다. 대부분의 번역어는 고급 용어일수록 그 원어의 서양어 '의미'와 반드시 어긋난다.

말의 '형'과 '의미'의 이러한 관계는 한자뿐 아니라 본래 언어의 본질과 관련 있는 것이라 생각한다. 유아가 말을 배우기 시작할 때도 역시 그렇다. 유아는 먼저 소리로 들어온 말의 음을 스스로 반복하며 입으로 배운다. 그 의미는 당연히 잘 알지 못한다. 반복해서 귀로 듣고 입으로 말하는 사이에 그 말이 출현하는 문맥, 주변의 모습 등을 통해 조금씩 그 의미를 알아 가게 되는 것이다. 또 젊은이들이 고급 학문 용어 등을 배워 가는 과정에서도 그러할 것이다. 그리고 대체로 다른 문화의 말과 만나서 어떻게든 이해하려고 하는 과정에서 똑같은 과정을 통하는 것이 보통일 것이다.

새로운 말을 만났을 때 그 '의미'는 당장에는 잘 이해되지 않는다. '의미'는 잘 몰라도 먼저 그 '형'에 매료된다. 발음되는 말의 울림과 문자의 외형적인 '형'에 매료되어 거기에서 말을 경험해 가게 되는 것이다.

특히 일본인은 고대 이래 오늘날에 이르기까지 승려가 불교 경문을 음독하는 것을 머리를 숙이고 감사하게 받아들이는 문화 전통 속에서 자라왔다.

그것은 언어에 대한 상식에 반하는 것처럼 보일지 모르지만 '의미'를 잘 이해할 수 없는 '형'이 사람을 끌어당기는 것이다. 특히 젊은이들, 그리고 시대가 변화하여 이문화, 이언어異言語가 대량으로 유입되는 시대에 더욱 그러하다.


## 6. 카세트 효과, 카세트 문화

번역어로서 익숙하지 않은 한자어가 많이 나타남에 따라 일반적으로 번역어가 아닌 한자 말도 많이 유행하기 시작한다. 번역어와 같이 얼핏 어려워 보이는 한자가 생활의 필요를 벗어나 사람들에게 선호되어 유행하는 것이다.

쓰보우치 쇼요의 『당세서생기질當世書生氣質』에는 당시 서생들의 회화가 생동감 있게 묘사되어 있는데, 예를 들면 다음과 같은 식이다.

여기부터가 나의 참회懺悔, 콘페션지. 사실은 말하기 힘든 것이지만 말하기 힘든 것은 역시 미련未練, 위크니스이라고 생각하니깐 마음껏 너에게 말하고 장래의 결백을 고백한다. 나의 질물質物, 플레지로 하려고 생각하지만.

좋아詢佳, 라이트, 그래야만 너다.이와나미문고판, 1937; 1988, 80면


이렇게 왕성하게 영어 단어가 가타카나 루비로 붙여져 사용되었다. 그런데 이러한 가타카나 말에는 대체로 한자가 할당되어 사용되고 있다. 그것도 일상어라기보다 일부러 어렵게 바꿔 말한 것 같은 한자어다. 한편 이 인용문에서도 알 수 있는 것처럼 이러한 번역어 이외에 한어 또한 왕성히 사용되고 있다. 그것 역시 고의로 난해하게 만든 한자어다.

이 두 종류의 말투는 밀접한 관련이 있다고 생각한다. 즉 영어 학습에 밤낮 여념이 없는 서생들이 영어 학습이란 한자어로 치환하는 것이라는 훈련의 결과 난해한 한자어 사용에 이례적으로 친숙해져 가는 것이다. 원래의 서양어 개념은 원래 일본에 없었던 것이기 때문에 당연히 그 번역 한자어는 난해하다. 이는 영어 학습이란 즉 영어 단어 하나하나를 한자어로 치환한다는 일본의 전통적 어학 수득법에서 나오는 것이다.

같은 소설에서 서생들의 회화에 다음과 같은 대목이 있다.


속되게 말하는 오텐파お轉婆, 말괄량이이지만 그녀가 활발하다고 하여 서생 무리가 좋아하는 소녀다.이와나미문고판, 1937; 1988, 46면


여기에서 '오텐파'가 '활발'로 바꿔 말해지고 있다. 의미가 거의 똑같지만 '오텐파'가 "속되게 말하는" 표현인 것에 비해 '활발'은 "서생 무리"가 선호하여 입에 올리는 표현이다. 번역어 이외의 한자어도 "속된" 말을 피

하고 일부러 그다지 사용되지 않는 한자 표현을 선호하여 사용했다는 것을 알 수 있다. 이러한 것에서도 당시 서생들의 한자어 유행이 번역 조어의 영향이었음을 알 수 있다.

이것이 내가 말하는 '카세트 효과'가 나타나는 것인데, 왜 '활발'이 선호되었는지 그 의미에 따른 이유란 없다. 젊은이들에게는 요컨대 '갓코이이',[29] '갓코' 즉 형形에 대한 감각적인 가치가 소중한 것이 될 따름이다.

미지의 언어 수용에 대해 이상과 같이 말해 온 것은 사물의 이해가 언어 이해의 기본이기 때문으로 일반적으로 이문화 문물과의 만남에 대해서도 꽤 들어맞는다고 생각한다.

언어 문제에 한정되는 것은 아니다. 대체로 섬나라 일본에는 거의 언제나 압도적인 기세로 이문화가 도래해 왔다. 그리고 사람들은 정체를 알 수 없는 이문화의 용도와 의미를 묻기보다 먼저 그것을 그대로 받아들이려고 했다.

고대 야마토의 야요이시대, 동탁銅鐸이라 불리는 종 같은 이상한 형태의 물체가 출현했다. 당시에는 귀중했을 터인 청동제로 대량으로 만들어졌다. 큰 것은 1미터가 넘는 것도 있고, 게다가 꼼꼼하게 만들어져 있다. 시마네현의 가모 이와쿠라 유적에서는 한 군데에 39개나 있었고 땅 속에 묻혀 있었다. 분명히 실용적인 용도가 있었던 것은 아니다. 그런데 노력과 자재를 다해 만들어졌다. 도대체 무엇 때문인가? 이 기묘한 '형'은 어떤 '의미'를 가지고 있었는가?

전문 연구자에게도 명확한 답은 없다. 결국 제사나 의례라든지 주술에 사용된 것이리라 한다. 이해할 수 없는 것이 발견되었을 때는 그런 답이

---

29　근사하다, 멋있다는 뜻.

곧잘 이야기되는데, 요컨대 잘 모른다는 의미일 것이다.


## 7. 번역학<sup>Translation Studies</sup>과 대비하여

일본에서는 특히 근대 이후 세계에서 보기 드물 만큼 번역이 열심히 대량으로 이루어졌는데, 한편으로 번역 그 자체의 방법과 의의에 대한 이론적인 연구는 드물었다. 이 책은 그 적지 않은 예 가운데 연구자들이 열심히 탐색하여 소개하는 것이다.

이에 비해 유럽이나 미국에서는 번역학이라고 할 만한 'Translation Studies'가 성대하게 논해지고 있다. 대학에서 연구 학과 등이 생기고 학회가 발족하게 된 것은 20세기 후반부터이지만 근원을 따라가 보면 그리스 고전의 라틴어 번역을 문제로 삼은 2,000년 전쯤부터 번역에 대한 논의가 시작되었다.

로마시대에는 로마인이 그리스 문명을 존경하여 그리스어에서 라틴어로의 번역이 직역으로 기울어지기 쉬운 것을 비판한 키케로<sup>Marcus Tullius Cicero, B.C. 106~43</sup>의 번역론이 있었다. 이윽고 히에로니무스<sup>Hieronymus, 340?~430?</sup>는 그리스어 성서를 라틴어로 번역했는데, 그때 직역을 배제하고 스타일을 중시하는 번역론을 말했다. 우수한 번역가는 또 번역 이론가인 경우가 많다. 16세기에 기독교 성서를 근대 독일어로 번역하여 프로테스탄트 기독교의 새로운 시대를 연 루터<sup>Martin Luther, 1483~1546</sup>도 자신의 독일어 번역 성서에 대해 번역이 모어로 표현되고 있다고 자신 있게 말했다.

일본은 앞서 내가 말한 바처럼 세계에서 보기 드물게 번역이 번성한 나라이지만 그 번역에 대한 논의가 구미에 비해 드문 것은 왜일까?

구미에서 번역론이 번성한 배경에는 먼저 기독교의 영향이 있다고 나는 생각한다. 그래서 기독교에서 번역의 역사를 그 선교를 중심으로 간단히 되돌아보고자 한다.

예수 자신은 당시 예루살렘 지방의 아람어로 말했다. 히브리어였다는 설도 있지만 사후 제자들은 당시의 국제어인 그리스어로 예수의 말을 써서 남겼다. 이민족이 섞인 땅에서 태어난 기독교는 그 성립부터 번역이 중대한 일이었던 셈이다. 이윽고 제자들은 예수의 말을 전하려고 각지에 가서 포교했다. 이민족, 이언어의 사람들에게 전달하기 위해서는 번역이 중요하다. 로마에 전해지자 탄압의 시대 이후 로마의 국교가 되어 히에로니무스에 의해 라틴어로 번역된 성서 『불가타Vulgata』가 만들어졌다. 그것이 오늘날까지 로마 가톨릭의 정규 성서다. 한편 16세기부터 인문주의와 인쇄 기술의 발전을 배경으로 유럽의 각 지역 언어로 성서를 전하고 싶다, 알고 싶다는 요구가 일어나 종교 개혁의 시대가 되었다. 루터는 독일어로 번역하여 로마 교회에 정면으로 싸움을 걸었다. 틴들William Tyndal, 1494~1536은 성서를 영어로 번역한 죄로 번역서가 광장에서 불태워지고 틴들 자신도 십자가에 매달린 뒤 화형당했다. 그러나 그 후 영국 국교회는 틴들 번역을 많이 채용하여 1611년 『흠정역 성서Authorized Version』를 간행했다.

그보다 이전에 고대 그리스 문명은 고대 로마인에 의해 왕성하게 라틴어로 번역되었다. 세네카Lucius Annaeus Seneca, B.C. 4~A.D. 65 등은 이 고대 로마시대의 번역가였다. 이윽고 고대 그리스 문명 세계는 7세기에 일어난 이슬람교의 아랍 문명에 의해 정복되는 한편 중세 서양 세계가 로마 가톨릭 중심으로 보수화된 시대에 고대 그리스의 학문과 문화는 아라비아어로 계속 번역되었다. 이베리아반도의 코르도바는 그 중심지로 근대 서양의 고전 그리스학은 거기에서 한 번 더 번역되어 서양에 전해졌다.

그 후 가톨릭도 프로테스탄트를 배워 선교에 열심히 나서게 되고 서양 밖의 아시아, 아프리카, 남미로 가서 그 지역의 언어로 번역했다. 서양인이 해외에 나갈 때 그 선두에는 선교사가 있었다. 식민지 지배시대에는 나쁜 짓을 저질렀다고 하여 비난받는 점도 있지만 선교사 대부분은 선의였다. 선교사뿐 아니라 식민지 지배의 근저에는 지배자들의 기독교 정신이 흐르고 있었다.

일본에 최초로 기독교를 전한 것은 하비에르<sup>Francis Xabier, 1506~1552</sup>로 1549년 인도를 거쳐 가고시마에 상륙하여 기독교의 가르침을 전했다. 당시 하비에르를 따라온 선교사들은 성서 등의 교전敎典을 번역했는데, 그 번역 방법은 낱낱의 말보다 의미를 중시하는 기독교 전통의 번역으로 예컨대 오늘날 '사랑'으로 번역되는 'agape'는 '소중한 것'이라고 번역되었다.

선교사는 세계 각지에 가장 먼저 나가서 현지 언어 사전을 만들었다. 18세기 인도 각지 언어의 서양식 사전이 서양 선교사들에 의해 만들어졌다. 19세기에 영국 선교사 모리슨이 만든 중국어 사전은 근대 초기 일본 사전의 모델이 되었다. 모리슨은 중국어 역 성서를 정리했고, 그것은 후의 일본어 역 성서에서도 참고되었다.

이상 기독교 선교와 번역의 역사를 요약해서 회고해 보았다.

그 역사 속에서 번역은 목숨을 걸고 행해졌다. 화형을 각오했으며, 번역을 계기로 전쟁도 일어났다. 목숨을 걸고 전하려고 한 것은 언어의 '의미<sup>signifié</sup>'다. 언어의 '형<sup>signifiant</sup>'을 바꾸어 그 내용의 '의미'를 전달하려고 한 것이다. '형'을 바꾸어 그 '의미'를 전달한다는 것이 과연 어디까지 가능한지 묻기 시작한 것이 '번역론<sup>Translation Studies</sup>'이다.

대체로 세계 번역사에서 종교 문서의 번역이 가장 많고 그 의미도 중요하다. 기독교는 그중에서도 특히 선교에 열심이었으며, 따라서 번역을 중시해 왔다. 기독교 이외의 경우, 예컨대 이슬람교는 신자에게 아라비아어로 코란을 읽도록 권했고, 유대교에서는 구약성서 이래 히브리어가 중시되었다. 언어의 '형'을 바꾸는 것보다 원래의 '형'에 의해 그 '의미'를 바로 전하고 싶다고 생각한 것이다.

한편 기원전 4세기경 인도에서 석가가 제창한 불교는 기원 전후 무렵부터 북방과 남방의 여러 나라 언어로 조금씩 번역되어 전달되었는데, 경문이 정돈된 번역으로 알려진 것은 후한의 2세기 중엽 안스安息으로부터 뤄양洛陽에 도래한 『아함경阿含經』의 한역漢譯이다. 이후 한역 불전은 서역 각지와 인도 등에서 온 도래승渡來僧에 의해 점차 이루어지게 되었다. 이미 언급한 대로 7세기 당나라 때 현장의 번역이 유명하다. 당시 당나라에서는 국외 여행이 금지되어 있었기 때문에 몰래 탈출하여 텐산산맥을 넘어 인도에 들어가 환영받으면서 수행하고 17년에 걸쳐 고국 당나라로 돌아갔다. 그 후 가지고 돌아온 경문 번역에 전념하여 『대반야바라밀다경』 600권 등을 원문에 충실하게 번역했다. 한역 불전은 이윽고 조선에 전해지고, 5세기 무렵 조선에서 야마토로 전해졌다.

야마토에 전달된 불교 교전은 한문인 채로 음독되어 전해졌다. 이후 오늘날에 이르기까지 불전은 순전히 독경되어 왔다. 사람들은 그 '의미'의 해석을 듣고 설명을 듣는 것도 있다. 그렇지만 '의미'는 '형'을 벗어난 것이 아니라 '형' 속에 있는 것처럼 요청되었다.

서구 번역론 중에는 내가 지금까지 말해 온 일본의 번역 방법과 꽤 닮은 예도 있다. 19세기 초 독일의 슐라이어마허Friedrich Schleiermacher, 1768~1834는 번역의 기본으로 독자를 원작자에 접근시키는가, 원작자를 독자에 접근시키는가 하는 두 가지 방법이 있다고 말하면서 전자의 방법을 설명했다. 그는 고대 그리스와 로마의 작품을 잘 배워 번역했기 때문에 그 원작자란 존경하는 그리스와 로마의 고전 작가들이었던 것 같다. 무엇보다 일본에서는 이후 한문 훈독체라는 번역용 문체를 만들어 번역가 스스로 이 문체에 따라 번역해 온 것인데, 슐라이어마허는 의식적인 방법으로 '원작자' 중심을 말하고 있었던 것이다.

슐라이어마허가 말한 이 방법은 그 후 서구 번역 이론가들에게 여러모로 계승되었는데, 현대 이론가 베누티Lawrence Venuti의 '이질화異質化, foreignization'와 '동화同化, domestication'도 그 예로 이 책의 해제 가운데 잘 소개되어 있다.

무엇보다 양자의 방법이 일견 비슷하지만 베누티의 경우는 현대 영미권의 번역이 순전히 영미인이 이해하기 쉽도록 만드는 '동화' 경향이라는 점에 대한 비판이었다. 말하자면 영어 제국주의에 대한 비판이다. 그리고 그 비판으로서 '이질화'는 니란자나Tejaswini Niranjana 등의 포스트콜로니얼리즘에 계승되고 있다.


## 8. '주어' 구문의 형성

고대 이래 한문 음독·훈독체가 일본의 번역에 미친 영향과 별도로 근대 이후 서양 여러 언어의 번역은 일본어에 새로운 변혁을 불러왔다. 즉 '주어'와 '문말어文末語'를 가진 '문文'의 형성이다. 그것을 여기에서는 한마디로 '주어' 구문이라고 이름 붙여 두자.

결정적인 전기는 메이지 20년1887 전후 대일본 제국 헌법의 작성 과정에서 찾아왔다. 메이지 22년1889 근대 일본에서 처음으로 발포된 헌법은 거의 독일어 원안의 번역이었다. 당시 이토 히로부미는 프로이센에서 이른바 왕권신수설에 의거한 보수적인 헌법학을 배우고, 독일인 법학자 뢰슬러K. F. Hermann Roesler, 1834~1894를 내각 고문으로 맞아들였다. 뢰슬러가 제국 헌법의 원안을 집필한 것이다. 이토 히로부미와 헌법 기초자들은 이 독일어 초안의 일본어 역에 기초하여 뢰슬러의 조언을 받으면서 헌법을 만들었다.

제국 헌법의 내용이 프로이센 헌법의 영향을 받았다는 것은 지금까지 연구자들에 의해 지적되어 왔지만 여기에서 문제로 삼는 것은 그 문체다. 특히 대부분의 조문에서 앞머리 문구는 "무엇 무엇은"으로 시작한다. 예컨대 "제1조 대일본 제국은 만세일계의 천황이 이를 통치한다"에서 시작하여 "천황은 ……", "제국 의회는 ……" 등의 문구가 나열되어 있다.

이것은 독일어 원안이 "Das Kaisertum Japan ist eine auf ewig unheilbare Erbmonarchie (…중략…) Der Kaiser ist (…중략…) Der Reichstag besteht" 등 독일어 주어로 시작하는 문구에 대응하고 있기 때문이다. 즉 단어의 번역인 동시에 '주어'라는 구문 기능의 번역이었다.

서양어의 주어 번역에 "무엇 무엇은"을 할당하는 번역법은 이미 근대 이전 난학에서 시작되었다. 그러나 근대 헌법 문체의 영향이 압도적으로 크다. 서양어의 주어를 "무엇 무엇은"이라고 하는 번역법은 사실상 대일본 제국 헌법부터 시작되었다고 생각할 수 있다.

더구나 예문의 "무엇 무엇은" 안에는 훗날 일본어 문법에서 모두 '주어' 혹은 '주격'이 아니라 주격이 주제화主題化한 것과 목적격이 주제화했다고 취급되는 것 등이 포함되어 있는데, 나는 서양어의 주어 번역으로 출현한 일본어의 "무엇 무엇은"이 모두 일본어에서 괄호를 친 '주어'의 출현이었다고 생각한다.

그리고 그 이후 "무엇 무엇은"이라는 문구는 번역문의 주어뿐 아니라 근대 일본어 문의 법률문, 학술문 등에서 '주어' 자격으로 관용적으로 많이 쓰이게 된다.

"무엇 무엇은"이라는 문체가 공식적인 문장에서 근대 이후 이 무렵에 처음으로 등장했다는 사정은, 예컨대 근대 이전의 법령 문장과 비교해 보면 일목요연할 것이다. 예를 들어 7세기의 17조 헌법은 "화和로서 귀貴함을 삼고……"로 시작한다. 17세기의 무가제법도武家諸法度에서는 "문무궁마文武弓馬의 도道를 순전히 즐길 것"이라고 말했다. 또 근대 초기 5개조 선서문에는 "널리 회의會議를 일으키고 만기萬機를 공론公論에서 결정해야 할 것"이라고 되어 있다.

그런데 여기에서 출현한 "무엇 무엇은"이라는 '주어'문은 일본어 역사상 일찍이 없던 새로운 기능을 가지고 있었다.

원래 "무엇 무엇은……"이라는 주격 조사 '와は'는 고대 이래의 일본어다. 그러나 근대 이후 출현한 'は'의 용법은 달랐다. 오노 스스무1978의 설명에 의하면 예컨대 "옛날 옛날 할아버지와 할머니가 있었습니다. 할아버지는……"과 같이 처음으로 출현하는 명사는 '할아버지가'처럼 '가が'로 받는 것에 비해 'は'는 이미 나온 명사를 받는 역할이었다. 그런데 헌법의 'は'는 "대일본 제국은"과 같이 당시의 대다수 국민에게 새롭게 출현한 명사를 받는 용법으로 사용된 것이다.

그 후 이 'は'는 법률문에서도 학술문에서도 사용되게 되었다. 예컨대 "학문의 목적은……"이라든지 "국가 존립의 목적은……" 등 당시 학자의 논문에서 왕성하게 사용되었다.

이 새로운 주격 조사 'は'는 다수 독자에게는 미지의 것이지만 쓰는 사람인 저자에게는 기출既出인 것이다. 즉 대다수 국민은 모르겠지만 법률 제정자이자 학자인 저자 나는 알고 있다, 그러니 가르쳐 주겠다는 식의

권력적 배경에서 발언을 지탱하고 있는 것이다.

주어는 먼저 술어의 동사에 대응하는 행위자이며, 행위하는 인간을 표현하는 경우가 많다. 인간이 이 세상 무대의 중심 존재라는 생각은 특히 근대 이후 소설에 의해 표현되어 왔다. 서양에서는 근대 이후 신분적 제약에서 해방된 무명의 일개 시민을 중심인물로 삼아 인간을 내면적으로 묘사하는 소설이 쓰이게 되었고 널리 지지받았다. 바르트Roland Barthes, 1915~1980는 삼인칭 대명사 사용에 의해 무명의 일개 시민이 근대소설의 주인공으로 등장하게 되었다고 설명한다. 예를 들어 소설 『보바리 부인』 1856~1857을 쓴 플로베르Gustave Flaubert, 1821~1880는 실연하여 자살한 한 여성을 우연히 신문 기사로 알게 되어 소설의 테마로 채용하면서 "보바리 부인은 나"라고 말한 바 있다.

무명의 일개 시민은 서양어에서는 삼인칭 대명사로 표현된다. 프랑스어에서는 'il'과 'elle', 영어에서는 'he'와 'she'다. 근대 일본의 초기, 서양 소설의 영향을 받은 일본에서는 서양어 삼인칭 대명사의 번역어로 조어된 '카레彼, 그'와 '카노조彼女, 그녀'를 주인공으로 한 소설이 왕성하게 쓰이게 되었다.

예컨대 메이지 37년1904 오자키 고요[30]는 소설 『다정다한多情多恨』에서 "그는 지금 그 처와 사별했다"고 썼다. 그리고 다야마 가타이[31]는 메이지 40년1907 일본 근대소설의 선구로 여겨지는 소설 「이불」을 다음과 같이 시작하고 있다.

---

30  오자키 고요(尾崎紅葉, 1868~1903) : 메이지 시기의 소설가. 1885년 겐유샤(硯友社)를 결성하여 잡지 『가라쿠타문고(我樂多文庫)』 창간. 『곤지키야샤(金色夜叉)』 (1897~1902)의 작가.
31  다야마 가타이(田山花袋, 1872~1930) : 소설가. 자연주의문학의 선구가 된 「이불」 (1907)의 작가.

고이시가와의 기리시탄자카에서 고쿠라쿠스이로 나오는 길게 뻗은 완만한 비탈길을 내려가면서 그는 생각했다. '이것으로 나와 그녀의 관계는 일단락을 고했다.

이렇게 '그'와 '그녀'가 일본 소설의 무대에서 활약하기 시작한 것인데, 이 말의 기능이 메이지 헌법의 '주어'와 공통적이라는 점에 주목하고 싶다. 즉 먼저 '그'와 '그녀'라는 한자가 인간을 가리켜 사용되게 된 것은 근대 번역 이후의 일이며, 애당초 전통적인 일본어 문법에 삼인칭 대명사라는 기능의 말이 없었다. 그리고 근대소설에 등장한 '그'와 '그녀'가 독자에게 갑자기 미지의 존재로서 모습을 드러냈다. 특히 소설이 '그'와 '그녀'로 시작하는 경우가 그러하다. 물론 소설가에게는 기지旣知의 인물일 터이기 때문에 소설 진행과 함께 점차로 밝혀지게 되지만 중요한 것은 일반 독자에게는 미지에서 시작한다는 사정으로, 여기에는 역시 어떤 종류의 권력관계가 있다.

소설 속에서 '그'와 '그녀'는 괴로워하고 실연도 할 것이다. 소설 작가 자신도 당시에는 사회적 지위가 꼭 높은 것은 아니었다. 그러나 박래舶來의 사상과 예술을 열심히 구하고 있던 젊은 독자들에게 소설은 고급의 문화이며, 소설 작가는 그 고급문화의 전도자였던 것이다.

다니자키 준이치로는 쇼와 초기에 발표한 『문장독본』1934에서 당시 일류 잡지에 실린 학자의 논문을 "체재는 일본문이더라도 실은 외국문이 둔갑한 도깨비"라며 비판하고 있다.〈자료 25〉참조 그러나 그렇게 말하는 자신도 일찍이 젊은 시절 「인어」라는 소설에서 이렇게 반성하고 있다.

당시 나는 지금도 많은 청년들이 그런 것처럼 애써 서양문 냄새 나는 국문을 쓰는 것을 이상으로 하고 있었습니다. 그래서 이 문장 중에도 '그는', '그를', '그의' 등의 대명사가 많이 사용되고 있습니다만<sup>주코문고판, 1996, 79~80면</sup>

그리고 근대 이후의 문장이 다량의 번역 한자를 남용하게 된 폐해에 대한 대책으로 다음과 같이 가르친다.

문장을 짓는 경우 먼저 그 문구를 실제로 소리 내어 암송하고 그것이 술술 말할 수 있는지 없는지 시험해 보는 것이 필요하며<sup>주코문고판, 1996, 44면</sup>

즉 문장어가 "소리 내어" 귀로 듣는 말로 돌아가야 한다는 뜻이니 고대 이래 한문체에 대하여 화문의 전통을 말하고 있는 것이다.

일본어 연구자 미카미 아키라<sup>三上章, 1903~1971</sup>는 일본어에는 원래 서양어의 'subject'에 대응하는 주어가 없다고 주장했다. 근대의 시작 이래로 '주어'라는 문법 개념이 문부성<sup>현재의 문부과학성</sup>의 학교 교육 문법으로 채용되어 오늘날에 이르고 있어서 일본어에 '주어'가 없다는 미카미 아키라의 설은 공식적으로는 무시당한 채 남아 있다. 나는 기본적으로는 이 미카미 아키라의 설이 말 그대로라고 생각한다. 그러나 또 전통적 화어·화문에는 주어가 없지만 근대 이후 번역에 의해 만들어진 서양문 훈독체, 즉 오늘날의 이른바 현대 구어문에는 새롭게 '주어'가 만들어진 것이라 할 수 있다. 그래서 이 글에서도 작은따옴표를 붙여서 '주어'라고 표현한 것이다.

# 9. 주어 구문의 종지형

서양어 센텐스는 원칙적으로 주어로 시작하여 술어가 그다음 정도에 오는 것인데, 센텐스 끝에서 피리어드 등으로 멈춘다는 것 이외에 명확한 문형은 그다지 없다. 이를 받아들여 근대 일본어의 '문'에서는 어쨌거나 '주어'는 이렇게 만들어 왔지만 그 끝의 형이 문제였다.

원래 전통적인 일본어 문에서는 주어에 상당하는 기능의 말이 없었으나 술어는 언제나 중요했고 문장이 술어 중심으로 의미를 형성해 왔다. 그래서 그 술어는 문장의 끝쯤에 온다. 술어는 동사와 형용사 등이지만 일본어에서 그 동사와 형용사 뒤에 통상 활용 어미, 조사, 조동사 등이 이어져서 문장을 끝내는 종지형을 만들어 왔다.

거기에서 센텐스의 번역으로 만들어진 '문'은 센텐스에 종지가 있다는 것에 응하여 '문'에도 '종지'가 있고, 게다가 그 종지에는 일본어의 성격상 술어의 종지형을 분명히 하지 않으면 안 된다.

이렇게 형성되어 간 '문' 끝의 종지형에는 '데아루<sup>である</sup>:-이다'형, '다<sup>だ</sup>:-이다'형, '데스<sup>です</sup>:-ㅂ니다'형, '타<sup>た</sup>:-았(었)다'형, '루<sup>ル</sup>:-다'형 등이 있는데, 여기서는 그중에서 'である'형과 'ル'형에 대해서 설명하고자 한다.

### 1) '데아루<sup>である</sup>' 형

'である'형은 서양어 문법의 코플라<sup>copula</sup>, 일본어 번역 문법 용어로 '연사<sup>連辭</sup>', 영어에서는 be동사의 번역 결과로 만들어졌다. 예를 들면 "I am a cat"을 영문 훈독 방법으로, 즉 원문의 각 단어에 일본어를 대응시켜 술어를 끝에 가져오는 등 어순을 바꾼 다음 활용 어미와 조사, 조동사 등 부속어를 보충하여 번역해 보자.

여기에서 am^be동사이 수행하고 있는 코플라 기능의 말은 원래 일본어에 없다. 그러나 be동사에는 원래 '존재한다'는 의미와 코플라의 두 가지 기능이 있다. 거기에서 일본 번역가는 '존재'의 의미로 be동사에 '있다'를 대응시켰다. 그러면 이 영문은 일본어의 본래 어순에 따라 먼저 "나-고양이-있다"로 번역된다. 다음으로 일본어의 부속어를 보충하면 "나는 고양이다"가 될 것이다.

이 'で+ある'는 서양어에서 be동사가 자주 사용되는 것에 응하여 번역 일본문과 번역적 일본문, 즉 근대 일본어 문에서도 자주 사용되어 이윽고 문말형文末形으로 정착한 것이다.

'である'가 서양어 코플라의 번역어로 사용된 것은 근대 이전 난학자의 번역부터 시작된 것이지만 더욱이 근대 이후의 영문, 독문, 불문 등의 번역에서 왕성하게 사용하게 되었다. 그 결과 번역 어법이 이윽고 일본어에 새로운 형을 만들어 갔다. 이른바 현대 구어문이라고 말해지는 일본어 '문'의 문말형으로 'である'가 만들어졌다고 생각한다.

### 2) '루ル'형

'ル'형이라는 것은 동사 '먹다', '가다' 등과 같이 활용 어미가 '우ウ'단으로 종지형이 되는 어형을 일반적으로 말하는 것이다. 'た' 종지형이 번역 약속으로 과거형이 된 것처럼 'ル'형도 근대 초기 번역에서 현재형으로 약속되었다. 그리고 이른바 현대 구어문의 '문'말 형식의 주요한 형태의 하나가 되었다.

'ル'형은 왜 번역에서 현재형이 된 것인가? 예컨대 "I eat cornflakes in the morning"이라는 영문이 있다면 번역해서 "나는 아침에 콘플레이크를 먹는다"라고 '먹는다'라는 어형 변화를 할당하는 것이 보통이다. 동사

'eat'은 'eat, ate, eaten'으로 변화하고 여기서는 현재형이다. 그러나 또 동사의 원형으로 사전 등에 등록된 형이기도 하다.

한편 일본어 동사에는 현재형과 과거형처럼 시제의 변화형은 없지만 활용형이 있다. 활용형에서는 보통 종지형이 사전 등에 등록되어 이른바 원형에 대응된다. 그 결과 영어의 현재형이 일본어의 종지형으로 번역된 것이다.

서양어의 독일어나 프랑스어 등에서는 현재형도 어형이 변화하여 원형과 다른 경우가 많지만 영어는 특히 현재형의 어형 변화가 적다. be동사와 have동사를 빼면 삼인칭 단수형에 s가 붙는 정도다. 근대 초기 이래 영어 번역이 많았던 사정도 있어서 이렇게 'ル'형이 현재형 번역으로 대체로 정착한 것일 터다.

그런데 'ル'형은 원래 전통적인 일본문에도 있었지만 'ル'형의 종지가 제대로 된 문체로는 취급되지 않았다. 일본문에서는 술어의 동사와 형용사 뒤에 '타마후給ふ', '케루ける', '요우よう', '요よ' 등 조동사와 조사가 덧붙여져서 끝나는 것이 보통으로 이것을 국어학자는 '진술陳述'이라고 부르면서 발언자의 주체적 표현이며 일본어의 중요한 특징이라고 설명해 왔다. 'ル'형으로 끝내는 것은 'た'로 끝내는 것과 마찬가지로 이 진술이 결여된 문체이며, 남 앞에 정식으로 보여주는 문체가 아니다. 그래서 특별한 경우의 용례로 희곡의 설명 부분인 '도가키'[32]나 집안의 일기문 등에 사용되었다.

이 정식적이지 않은 문체가 먼저 번역을 통해 사용되기 시작했는데, 그 다음에 번역의 장을 떠나 널리 사용되게 된 데에는 메이지 문호 나쓰메 소세키의 문체 덕분이라는 점이 크다고 나는 생각한다.

예를 들어 나쓰메 소세키의 『나는 고양이로소이다』에서 서로 이야기를 나누는 장면이 있다.

"사양할 필요는 없으니까 죽지" 하고 메이테이가 일언지하에 갈파한다.

"죽는 것은 싫네" 하고 주인은 이해할 수 없는 고집을 부린다.

"태어날 때 숙고해서 태어난 사람은 아무도 없지만 죽을 때는 누구나 걱정하는 것 같군요" 하고 간게쓰 군이 데면데면한 격언을 말한다.

여기에서 'ル'형은 장면을 생동감 있게 하는 효과로 현재형으로 사용되고 있었다고 생각한다. 영어 교사 나쓰메 소세키는 교실에서 현재형 'ル'형을 반복해서 가르쳤을 터다. 나쓰메 소세키의 문장에는 당시로서는 진기하게 'ル'형이 많고, 그 직접적인 영향은 잡지 『호토토기스不如歸』 등을 통해 스즈키 미에키치[33] 등 제자들에게도 미치고 있었다.

'ル'형 또한 학교 영어 교육의 영향으로, 'である'나 'た' 등과 마찬가지로 언어 고유의 사정에서는 다분히 우연의 결과로 새로운 일본어에 추가되어 갔던 것이다.

---

32　가부키 각본에서 대사 이외의 무대 설명과 배우의 행동 지정이 적힌 부분.

33　스즈키 미에키치(鈴木三重吉, 1882~1936) : 소설가. 동화 작가. 아동 문예지 『아카이 도리(赤い鳥)』를 창간한 일본 근대 아동문학의 선구자.

## 10. 번역 문체와 일본 문화  **표면의 일본어**

일찍이 고대 야마토 사람들은 '훈독'이라는 독자적인 방법으로 중국어로 된 글, 한문을 읽게 되었다. 이것이 '번역'의 시작이었다.

한문 훈독 습관은 이윽고 한문 훈독체라는 새로운 일본어 문체를 만들어 내게 되었다. 이 단계에서 외국어인 한문이 한문 훈독체라는 일본어로 결정적으로 '번역'된 것이다.

한문 훈독체는 이윽고 널리 서양어문 훈독체로 자라나고, 한자 조어를 많이 포함하여 번역 중심으로 발전해 왔다. 그것은 이를테면 또 하나의 일본어다. 그것은 일상어 등에서 관용되는 전통적인 야마토 말 중심의 일본어와 대립하면서 일본어의 이중 구조를 만들어 왔다.

이처럼 서로 대립하는 두 가지 일본어는 먼저 글말과 입말의 이중 구조다. 일찍이 문자가 없었던 일본어는 중국에서 도래한 한문을 통해 이윽고 고유한 글말, 한문 훈독체를 형성했다. 그것은 필연적으로 도래 문화의 담당자였던 지배 계급의 남성에 의해 법률과 학문 분야에서 널리 쓰이게 되었다. 한편 야마토 말 계열의 일본어는 남성과 여성을 포함하여 공적인 일을 떠난 일상생활의 장에서 사용되었는데, 이윽고 한자로부터 가나 문자가 발명되고 가나 문자에 의한 글말이 만들어졌다. 그리고 지배 계급의 교양 있는 여성들을 중심으로 가나 문자로 일상적인 편지글과 일기, 더욱이 노래와 소설 등 문학 작품도 만들어져 갔다. 이렇게 만들어진 문장체로서 화문和文은 한문 훈독체의 오토코데에 대하여 온나데라고 불렸다. 이렇게 일본어는 글말에서도 이중 구조를 형성해 왔다.

대체로 언어 구조는 인간 문화의 기본 구조이기 때문에 일본어의 이러한 구조는 일본 문화의 심부를 지탱하는 것으로 생각된다. 그것은 지금까지도 일본 문화론 연구자들에 의해 지적되어 온 '다테마에建前, 겉말'와 '혼네本音, 본심'라든가 '오모테表, 겉'와 '우라裏, 속'라는 이중 구조에 대응한다.

그런 전제에서 나는 특히 번역론이라는 관점으로 말해 두고 싶다.

일본에서는 고대 이래, 근대 이후에도 번역이 선진 문화를 수용하는 역할을 짊어져 왔다. 번역되는 대상의 언어는 일본인이 모범으로 삼아야 할 만한 선진 문화를 표현하고 있을 터였다. 법 제도와 학문과 예술 작품, 더욱이 일상의 오락 작품에 이르기까지 거의 모든 일본인은 번역을 통해 열심히 선진 문화를 도입하려고 해 왔다. 번역해야 할 작품은 분명히 말하자면 자신이 가지고 있는 것보다 뛰어나고, 번역가는 그 뛰어난 문화의 소개자라고 일반적으로 평가받아 왔다. 사실 이는 세계에서 보기 드문 번역관이다.

특히 서양 제국, 그중에서도 영미 문화권에서 번역이 번성했지만 번역에 대한 일반적인 평가는 일본과 크게 다르다. 그러한 사정은 그들의 '번역론Translation Studies'을 통해 알려져 있지만 뭐니 뭐니 해도 자신의 언어·문화가 우위에 있다는 자신감이 중심에 있다. 세계 이문화에 대한 지식욕은 있어도 자신들이 우위에 있다는 자신감이 배경을 이루고 있는 것이다.

이와 대조적으로 일본에서는 번역에서 생겨나 번역이 만들어 온 문체가 일상 문체에 대해 우위의 '오모테'로 평가받아 왔다. 예컨대 관청의 공식 용어는 '우라'의 장에 사는 일반인에게는 이해하기 힘든 문체로 쓰인다. 학술 용어도 그러하다. 훌륭한 내용을 표현하는 것이기 때문에 그것이 당연하게 여겨져 왔다. 다수 민중은 관청과 학문 용어가 난해하고 이해하기 힘들다고 생각해도 이해하기 힘든 것은 공부가 모자란 자신 탓이라며 입 다물고 물러난다.

이렇게 번역이 만들어 온 '오모테'의 문체가 우리 문화에 미친 영향으로 지적해 두고 싶은 것은 먼저 한문 훈독체, 서양문 훈독체로 사용된 일본제 한자 조어다. 이에 대해 나는 지금까지 많은 저서 등으로 말해 왔다. 예를 들어 사회, 개인, 근대, 권리, 자유 등은 '오모테'의 공적 문장으로 빈번하게 사용되어 왔기 때문에 그 의미가 당연히 널리 알려진 것으로 생각되어 왔지만 원래 번역어였고 사람들의 일상생활과는 친숙함이 부족하다. 우리들의 '우라'의 장에는 어울리지 않고 웬만해서는 입에 올리지도 않는다. 일상생활의 장에서 이러한 언어가 입에 올려지거나 하면 주변의 분위기가 딱딱해진다는 것은 언어의 의미가 일상생활 속에 살아 있지 않다는 것이다. 한자 조어에 이어 근대 이후에는 앞서 내가 말한 '주어문', 즉 '주어'라는 시작이 있고 문말형이라는 끝이 있는 문체의 영향이 중요하다고 생각한다.

대체로 사물에는 '시작'이 있고 '끝'으로 시간을 구획하지만 일본의 전통적인 음악, 예컨대 노能[34]의 음악은 언제 시작되었는지도 모르게 시작되어 또 언제인지도 모르게 지나간다.

서양에서 도래한 여러 문화는 사물에 '시작'과 '끝'이 있다는 것을 가르친다. 그러나 그것은 우리 생활 속에서 일단 그럴듯하게 받아들여지고 있어도 '오모테' 취급이 된다. 사물은 '우라'의 장면에서는 애당초 '오모테' 따위 없이도 그냥 그렇게 되어 있는 것이고, 또 사물은 명확한 '끝' 없이 지나가는 것이라고 느껴지는 것이다.

특히 여기에서 주목해 두고 싶은 것은 근대 이후 인위적으로 만들어진 번역문화적 사회 기구, 제도 등이다. 확실히 그것들은 일찍이 그 '시작'이 있었지만 일본 사회에 일단 정착하자 움직이기 힘들 만큼 이미 있었던

---

34　가마쿠라시대 후기부터 무로마치시대 초기에 성행한 전통 가무극.

것처럼 일반적으로 받아들여지기 십상이다.

예컨대 사회적인 결의 기관은 일정한 토론이 있고 그 '끝'에 결론이 있다는 제도로 되어 있는 경우가 많은데, 그 '끝나는' 방식에 주목하고 싶다. 예를 들어 공식적인 회의장이라는 '오모테'에 비해 실질적으로는 술집이나 요정처럼 별도로 마련된 '우라'의 장에서 어째서인지 모르겠지만 결정되어 가는 경우도 많은 것이다. 또 '담합談合'이라는 사회 습관으로 특유하게 '끝내는' 방식이 있다. 공식적으로 비난받는 경우가 많지만 일본인이 모이는 자리에서는 '담합'이 곳곳에서 끊이지 않고 행해지는 듯하다.

'우라'의 해결법이 언제나 그 나름으로 도움이 되어 온 덕분에 '오모테'의 구조가 정면에서 비판되는 일이 드물었다. 그 때문에 강고한 '오모테' 구조가 벽에 부딪혀도 그 결정적 해결법으로 혁명이라는 '끝내기' 방식은 역사상 매우 드물었다.

이는 관점에 따라서는 일본적인 '우라'의 인간관계를 중시한 어떤 종류의 현명한 처리 방법이며, 하나의 일본 문화라고 할 수 있는 것이 아닐까? '오모테'의 처리에 의한 '끝내기' 방식이 있어도 그것은 그것으로써 정면에서 싸우는 일 없이 받들어지고 그 '우라'에서는 다른 방식으로 일이 처리되어 가는 셈이다.

**참고문헌**


『日本書紀』(720); 『日本古典文學大系 68 - 日本書紀 下』, 巖波書店, 1965.

다니자키 준이치로(谷崎潤一郎), 『文章讀本』(1934), 中公文庫, 1996.

먼디(J. Munday), *Introducing Translation Studies*, Routledge, 2008; ジェレミー・マンデイ, 鳥飼玖美子 監譯, 『飜譯學入門』, みすず書房, 2009.

모즈미 지쓰오(茂住実男), 『洋語教授法史研究』, 學文社, 1989.

스기타 겐파쿠(杉田玄白), 『蘭學事始』(1815), 巖波文庫, 1982.

쓰보우치 쇼요(坪內逍遙), 『當世書生氣質』(1885~1886), 巖波文庫, 1937; 1988.

아라이 하쿠세키(新井白石), 『西洋紀聞』(1715), 巖波文庫, 1936.

야나부 아키라(柳父章), 『飜譯語成立事情』, 巖波新書, 1982.

__________________, 『近代日本語の思想』, 法政大學出版局, 2004.

오노 스스무(大野晋), 『日本語の文法を考える』, 巖波新書, 1978.

오쓰키 겐타쿠(大槻玄澤), 『蘭學階梯』·『和蘭文法書書成』 1(1783), ゆまに書房, 2000.

헵번(J. C. Hepburn), 『和英語林集成』(1867), 講談社學術文庫, 1980.

후쿠자와 유키치(福澤諭吉), 『福翁自傳』(1898), 巖波文庫, 1978.

# 이 선집을 읽기 위하여

미즈노 아키라

　이 책의 제2부에서는 메이지 초기부터 1945년까지 일본의 주요 번역론 텍스트 31편을 골라 수록하고 해제를 붙였다. 처음부터 번역론으로 쓴 텍스트 외에도 번역 태도와 방침을 밝히고 있는 번역서의 서문, 서언, 예언例言, 범례 등도 포함하여 될 수 있는 대로 일본의 번역에 관한 사고방식을 역사적으로 개관할 수 있도록 노력했다. 분량 관계상 일부분만 수록한 것도 많지만 쉽게 볼 수 없는 텍스트는 전문을 수록하도록 유의했다. 또 이 책에서는 양적으로는 적지만 사회과학, 어학, 영화 자막 등 문학 이외 장르의 번역론도 채용했다.

　외국의 번역론 선집은 최근에 나온 것만 꼽더라도 로빈슨[1997], 웨이스보트·아이스테인손[2006], 체스터맨[1989], 겐츨러[2001], 르페브르[1992] 등이 있다. 중국어권에도 류징즈[1989]를 비롯하여 다수의 '번역론집'이 존재하며, 마사장[2006·2017]이 편집한 영역 선집이 전 2권으로 간행되었다. 한편 일본의 번역론 선집은 지금까지 없었던 것은 아니지만 수록된 것이 적거나 현대에 치우쳐 있어 일본 번역론의 전체적인 윤곽을 묘사하는 데에는 불충분한 것이었다고 말하지 않을 수 없다. 이 책은 번역 연구자는 물론 문학 연구자와 독자를 위해 묻혀 있던 일본 번역론의 풍부함을 집성하려는 시도다.

　이 책의 큰 특징은 텍스트 선정과 해설을 주로 번역 연구Translation Studies의 관점에서 행하고 있는 것이다.번역 연구에 대해서는 먼디(2009) 참고 이제 이 책에 수록된 텍스트가 어떻게 위치되고 서로 어떤 관계에 있는지 통일적인 관점을 취할 수 있도록 간략하게 조감도를 묘사해 보자. 여기에서 중심적인 개념이 되는 것은 번역 연구에서 사용되는 '규범norms'이라는 사고방식이다. 규범이란 투리1995가 제안한 개념으로 "어떤 커뮤니티가 공유하는 일반적 가치 내지 사고방식(무엇이 바르고 무엇이 잘못된 것인가, 무엇이 적절하고 무엇이 부적절한가)을 특정한 상황에 어울리게 적용 가능한 작업 지시로 번역한 것"이다. 한마디로 말하자면 "번역이란 어떠한 것이어야 하는가"라는 사고방식을 말하는 것이다. 규범은 일반적으로 구속력을 동반하지만 그 효력에는 강약의 폭이 있다고 생각해도 괜찮다. 구체적인 제재와 벌칙을 동반하는 강력한 규범부터 '관례convention' 정도의 것, 개인에게 의식적·무의식적으로 내면화된 약한 규범까지 여러 단계가 있다.

예컨대 자주 사용되는 '직역'과 '의역'이라는 말은 대립하는 번역 규범에서 생겨난 번역 수법을 보여주고 있다고 할 수 있다. 다만 이 말은 여러 가지 의미 내용이 포함되어 버리기 때문에 여기에서는 오해를 피하기 위해 '직역'과 '의역'이라는 말을 각각 '기점 언어 중시'와 '목표 언어 중시'라는 의미로 사용하기로 한다(기점 언어란 예컨대 영어에서 일본어로 번역하는 경우라면 영어를 가리키며, 그 경우 목표 언어는 일본어를 가리킨다). 그런 다음 여러 가지 번역론을 '기점 언어 중시'인가 '목표 언어 중시'인가 하는 시각에서 살펴 가는 것이다. 그러나 이는 '번역 규범translation norm'에 불과하며, 일본의 경우는 번역 규범 외에 문체 규범, 문장 규범도 동시에 생각할 필요가 있다. 이 책이 다루고 있는 역사적 범위 안에서 메이지 20년대1887~1896까지는 '문어·아문雅文'과 '언문일치구어'라는 대립하는 문장 규범이 존재했다고 생각할 수 있다. 거기에서 가로축으로 '기점 언어 중시'-'목표 언어 중시'의 스케일, 세로축으로 '문어'-'구어'의 스케일을 취하면 대부분의 번역론은 4개의 사분면 어딘가에 위치 지을 수 있다.

다만 메이지 30년대[1897~1906]에 들어가면 문어조는 거의 모습을 감춘다.사토 다카시, 1966

　더욱이 '기점 언어 중시'-'목표 언어 중시'의 스케일은 '구문파歐文派'-'화문파和文派'라는 또 하나의 문장 규범과 표리일체가 되어 있다. 즉 기점 언어 중시의 규범에 따르면 번역은 구문맥歐文脈이 강한 문장이 되고, 목표 언어 중시의 규범을 본받아 따르면 화문맥和文脈, 혹은 초기에는 漢文脈이 강한 문장이 된다. 일본 근대의 문장은 기본적으로는 화문맥과 한문맥이 일체가 된 넓은 의미의 화한和漢 혼용문이지만 메이지 이후에는 여기에 구문맥이 더해진다. 그리고 이 구문맥이 주류가 되어 메이지 20년[1887] 전후 "문장상 드물게 보는 대전환"세코 가타시, 1968이 이루어진다. 근대 문장사文章史는 구문맥 섭취의 역사이며, 거기에서 "번역문이 힘차게 역할을 수행했다"에고야마 쓰네아키, 1956고 볼 수 있는 것이다. 이 점에서 종래의 문학사는 번역의 역할을 과소평가하고 있다. 이 '구문맥'-'화문맥'의 축을 넣음으로써 예컨대 모리타 시켄의 번역론은 기점 언어 중시의 자세를 보여주고, 그 번역도 실제로 기점 언어 중시의 스타일이며, 번역 문장은 문어한문 훈독체로 약한 구문맥이 보인다는 것처럼 위치 설정을 할 수 있게 된다. 다만 이것은 어디까지나 잠정적인 틀이며, 이 준거 틀에 잘 들어맞지 않는 경우도 생겨난다. 어쨌든 이처럼 조감도를 묘사함으로써 독자는 일본의 번역가들이 어떤 규범에 근거하여 번역해 왔는지 개관하기 쉽게 될 것이다.

　또 하나 주의하지 않으면 안 되는 것은 규범이 가변적이며, '교섭negotiation'을 행한다는 것이다.투리, 1999 교섭이라는 말에 약간 위화감을 느낄지 모르지만 간단히 말하자면 규범 간의 상호 작용을 말하는 것이다. 예컨대 이 책의 마지막에 수록된 요시카와 고지로와 오야마 데이이치의 왕복 서신은 전형적인 규범의 교섭이며, 야마가타 이소와 하라 호이쓰안의 논쟁

또한 교섭의 한 형태라고 할 수 있다. 그 밖에 번역 서평, 비평, 비판 등을 통해 규범이 교섭되어 타협과 합의, 혹은 경합과 대립이 생겨난다. 교섭에는 번역가, 연구자, 비평가뿐 아니라 번역의 독자, 출판사, 편집자를 비롯한 여러 사회적 참여자가 관계하는 경우도 있다. 이와 같은 교섭 과정을 통해 어떤 시기에 우위에 있던 규범이 약한 위치에 있던 규범을 대체하거나 하여 규범이 재편되어 간다.

또 이 책에서 종종 사용하는 '이화적異化的 번역'과 '동화적同化的 번역'이라는 용어도 언급해 두고 싶다. 이화적 번역과 동화적 번역은 영어로 각각 'foreignizaition[foreignizing translation]'과 'domestication[domesticating translation]'인데, 베누티[1995]가 독자적인 의미를 담아 사용했기 때문에 어떤 종류의 편향이 개입되어 있다. 베누티는 영어권 국가의 번역은 동화적 번역을 통해 자국의 문화적·정치적·경제적 목적을 위해 외국 문화를 수탈하는 폭력적 행위라고 파악하는 한편 이화적 번역은 민족 중심주의, 문화적 나르시시즘, 문화 제국주의에 대한 '저항'을 위한 전략을 포함하고 있다고 말한다. 그러나 멜드럼[2010]이 지적하고 있는 것처럼 일본의 문맥에서는 동렬에서 생각할 수 없다. 일본에서는 동화적 번역이 반드시 부정적인 뉘앙스를 띠고 있지 않으며, 베누티가 우려하는 것과 같은 효과를 가지지 않는 것이다. 또 이화적 번역도 영어권에서와 같은 저항의 의미 내용을 가지고 있지 않고, 오히려 일본어 개량改造 지향성이 눈에 띈다. 이 책에서는 이 두 가지 용어를 슐라이어마허와 베르만과 같은 본래의 의미 내용으로 사용하고 있다.

그러면 수록된 31편의 텍스트에 대해 간결하게 설명해 둔다.

### 1) 메이지 6년[1873] 와타나베 온 『통속 이솝 이야기』 예언

메이지 초기의 대표적 번역으로 나카무라 마사나오의 『서국입지편』[1870], 『자유지리』[1872, 이 책에서는 다카하시 마사지로의 『자유의 권리』에서 언급], 가미조 신지의 『후세의 꿈 이야기』[1874], 나가미네 히데키의 『아라비아 이야기』[1875] 등이 있는데, 역자의 번역 태도가 표명되어 있는 것을 선택한다는 이 책의 방침에 기반하여 이 책을 채용했다. 이 「예언」에서 아동 계몽과 교육이라는 번역 목적을 명시하고 번역 태도를 선명하게 드러냈다는 점에 주목해야 할 것이다. 문체는 문어성이 짙은 속문체이며, 쉬운 이해를 주지로 하는 목표 언어 중시의 태도와 원문 존중·기점 언어 중시의 태도가 병존하고 있고, 문체 규범과 번역 규범이 미형성된 상태를 잘 드러내고 있다.

### 2-1) 메이지 12년[1879] 미야지마 하루마쓰 『구주소설 텔레마코스 화복담』 서

### 2-2) 메이지 16년[1883] 이자와 신자부로 『경세지침 텔레마코스 기담』 서언

메이지 10년대[1877~1886]에 페넬롱의 『텔레마코스의 모험』 번역 두 가지가 잇달아 출간되었는데, 그 번역 태도가 달랐다. 메이지 12~13년[1879~1880]에 간행된 미야지마 하루마쓰 번역이 '내용 편중'[목표 언어 중시]이었던 것에 비해 메이지 16년[1883] 이자와 신자부로 번역의 「서언」에는 '외형 존중'[기점 언어 중시]의 의지가 분명히 보인다. 말하자면 번역 규범의 경합이 보이는 것이다. 이 후자의 흐름이 이윽고 메이지 18년[1885] 『계사담』에 의한 전환점으로 연결되는 것이다.

### 3) 메이지 17년[1884] 쓰보우치 쇼요 『시저 기담 자유태도 여파예봉』 부언

쓰보우치 쇼요 초기의 대표적인 번역이며, 쓰보우치 쇼요에게는 첫 번째 셰익스피어 번역이다. 우치다 로안[1926]은 "길굴오아佶倔聱牙[1]한 번역 냄새를 벗어난 모범적 번역문이라고 매우 격하게 칭찬받았으나 그 번역체는 각본보다 조루리淨瑠璃, 즉 음률 있는 산문이었다"고 평한다. 번역 태도는 메이지 13년[1880]에 간행된 『춘풍정화春風情話』다치바나 겐조 명의로 된 쓰보우치 쇼요의 번역와 마찬가지로 동화적 번역목표 언어 중시이며, 문체도 과도기의 특징을 나타내고 있다. 거기에는 지식 계급뿐 아니라 대중이 독자로 등장한 배경이 있다고 생각된다. 이 「부언」은 메이지 11년[1878]『화류춘화花柳春話』오다 준이치로 역 이후 점차 '의역적'목표 언어 중시 번역 규범이 형성되어 가는 것을 반영하고 있다. 해제에서는 이븐-조하르의 다원 시스템 이론과의 관련에 대해서도 언급하고 있다.

### 4) 메이지 18년[1885] 후지타 모키치·오자키 야스오 『풍세조속 계사담』 예언

메이지 시기 번역론을 말할 때 이 텍스트는 특히 중요한 의의를 지닌다. 이 번역은 모리타 시켄에 의해 "주밀周密 문체의 기원"『밤과 아침』 서으로 여겨져서 그 「예언」과 함께 번역사에서 획기적인 의의를 지닌다고 여겨진다(다만 모리타 시켄의 평가는 약간 과장된 것이며, 주밀 문체 자체는 메이지 초기 나카무라 마사나오까지 거슬러 올라갈 수 있다). 『계사담』의 「예언」에 나타난 주장은 "문학을 문학으로서 번역 소개해야 한다"야나기다 이즈미, 1941는 것인데, 이는 번역 전략으로는 기점 언어 중시의 구문歐文 직역적 번역이 된다. 이후 "이 태도, 이 체재, 이 문체가 당분간 번역문학계의 주된 조류가 된"야나기다 이즈미, 1935; 1961 것이다. 간단히 보기 어려운 텍스트이기 때문에 「예언」 전문을 수록했다.

---

1    문장이 난삽하여 읽기 힘들고 이해하기 어려움.

## 5) 메이지 20년<sup>1887</sup> 모리타 시켄 「번역의 수칙」

## 6) 메이지 22년<sup>1889</sup> 모리타 시켄 『밤과 아침』 서

『계사담』의 주밀 문체를 완성시킨 것은 '번역왕'으로 일컬어진 모리타 시켄이다. 모리타 시켄이 번역에 대한 감상을 말한 텍스트가 몇 가지 있지만 여기에서는 번역 태도를 가장 솔직하게 보여준 「번역의 수칙」과 메이지 중기까지 번역 문체의 변천을 대체적으로 정리하고 있는 『밤과 아침』의 「서」를 수록했다. "혹시 할 수 있다면 그 말의 모습이 동양과 서양이 다르면 다른 그대로 어느 정도든 보이고 싶다"<sup>모리타 시켄, 1906; 1991</sup>는 모리타 시켄의 번역 이념은 분명히 기점 언어 중시의 번역 규범을 보여주고 있다. 모리타 시켄은 또 "현재 일본의 문장이 더욱 그 움직임을 발달시키고 자유자재로 뒤얽히는 생각을 옮기기 위해서는 어떻든 당연히 이 서양의 조구조사<sup>造句措辭, 익스프레션2</sup> 즉 문장 배치법을 모범으로 삼지 않으면 안 될 것"<sup>모리타 시켄, 1888; 1981</sup>이라면서 구문맥 도입을 일본어 개량안으로 제기하고 있다. 「번역의 수칙」에서 첫 번째 수칙 "원문과 무연한 어떤 나라 특유의 말을 섞어 넣지 말 것", 네 번째 수칙 "번역 문장은 될 수 있는 대로 평이하고 정상적인 말을 골라 특유의 유래와 이의<sup>理義</sup>를 포함하지 않으며 벽습<sup>癖習</sup> 없는 말을 택할 것"이라는 지적은 번역 언어에서 문화적 함의를 제거하려는 자세를 나타내는 것이다. 이쿠타 조코가 『살람보』의 「역자서」에서 거론한 '보편적 일본어'와 노가미 도요이치로가 『번역론』에서 말한 '단색판<sup>모노크롬</sup>적 번역'에서 그 반향을 들을 수 있을 것이다.

---

2    구를 짓고 말을 부림.

## 7) 메이지 28년<sup>1895</sup> 다카하시 마사지로『자유의 권리』 범례

이 책에는 사회과학·인문과학계의 번역(가)도 몇몇 소개되어 있다. 문학 번역만 번역이 아니라는 이유도 물론 있지만 다른 장르의 번역 사상에서는 규범의 존재 방식도 바뀐다고 생각하기 때문이다. 해제에서도 밝힌 대로 이「범례」는 "나카무라 마사나오와 후쿠자와 유키치로 대표되는 메이지 초기의 번역 스타일과 그 후 쇼와 말기까지 사회과학·인문과학계에서 주류가 된 번역 스타일<sup>이른바 번역조(飜譯調)</sup>의 분수령"이 된다. 바꿔 말하면 그것은 번역 규범의 전환점이며, 이후 오랫동안에 걸쳐 지배적으로 된 기점 언어 중시의 번역 규범의 출발점이라는 것이다. "읽기 쉽고 이해하기 쉬운" 번역이 사회과학·인문과학 분야에서 등장한 것은 비교적 최근의 일이다.

## 8) 메이지 30년<sup>1897</sup> 후쿠자와 유키치『후쿠자와 전집 서언』

이 서언[3]에는 번역과 일본어 문체에 대한 후쿠자와 유키치의 사고방식이 잘 드러나 있다. 앞서 언급한 다카하시 마사지로의『자유의 권리』의「범례」에서 보인 번역 태도와 달리 번역하는 방법도 그렇지만 이른 시기에 "힘써 난해한 문자를 피하고 평이함을 위주로 하는" 문체의 평이화를 시도한 점이 주목된다. 이는 속문을 사용하면서도 그 속에 거리낌 없이 한어<sup>漢語</sup>를 이용하여 "아속<sup>雅俗</sup>을 뒤죽박죽 혼합시켜" 의미를 쉽게 이해할 수 있도록 함을 우선하는 문체였다. 이 문체는 이미 메이지 말기에 "메이지 문장에 풍체<sup>風體</sup>와 용어의 혁신을 더하여 일대 산문으로 하여금 지향하는 바를 알게 했다"<sup>이와키 준타로, 1906</sup>고 평가되었다. 후쿠자와 유키치 문장

---

3    『후쿠자와 전집 서언』은 후쿠자와 유키치 자신이 직접 편찬한『후쿠자와 전집』(전 5권, 1898)에 앞서 별도로 출간한 단행본으로 전집 제1권에도 수록되었다.

의 목적은 "세속에 통용되는 속문으로써 세속을 문명으로 이끄는 것"이며 번역에도 그것이 반영되어 있다. 해제에서는 미국의 독립선언서 번역을 분석하며 후쿠자와 유키치 문장의 사상적 배경도 논한다. 후쿠자와 유키치의 문장은 기본적으로 문어문이지만 해제에서도 말한 것처럼 그 번역 태도는 동화적이었다. 야마모토 마사히데[1965]는 『서양사정』, 『학문을 권함』, 『동몽교초童蒙教草』[4] 등의 문장을 "어법상으로 구어문이라 부르지 않는다 해도 어휘상 뚜렷하게 구어 본위였고, 언문일치의 큰 기반을 닦는 역할을 달성했다"고 위치 짓고 있다.

### 9) 메이지 32년[1899] 우치무라 간조 『외국어 연구』 제1장

우치무라 간조는 종교가로 보통 번역론의 문맥에서 문학가·번역가로 언급되지는 않지만 넓은 의미에서 어학서에 나타난 번역 사상으로 소개했다. 여기에서 우치무라 간조는 소쉬르식의 언어관에서 번역 불가능성을 이끌어 내면서 그로부터 외국어 학습과 연구의 필요성을 주장하고 있다. 그러나 해제에서 설명한 것처럼 우치무라 간조 안에는 번역 가능성과 불가능성이 공존하고 있다고 말해도 좋다. 그것은 메이지 30년[1897] 번역 시집 『애음愛吟』의 「자서」에서 "시는 직역을 허락하지 않을 뿐 아니라 또 이것을 의역하는 것도 매우 어렵다. 그러므로 이를 번역함에는 그저 정신역精神譯의 외길이 있을 뿐"이라는 구절에도 나타나 있다. 불가능을 가능하게 하는 정신역이란 "그가 아는 보통의 일본어"에 의한 자유역自由譯이었다.

---

4　영국 챔버스 형제(William & Robert Chambers)의 *The Moral Class-book*(1839)을 번역한 것으로 어린아이들의 수신 도덕을 위한 이야기를 모은 책.

### 10) 메이지 36년[1903] 야마가타 이소『시저 살해』「트웨인론 여론[餘論]」

야마가타 이소와 하라 호이쓰안의 오역 논쟁은 아마 일본 번역사에서 가장 유명한 오역 논쟁이겠지만 구체적으로 어떠한 것인지는 오늘날 그다지 알려져 있지 않다. 이 책에서는 지면 관계로『시저 살해』중에서 야마가타 이소가 논쟁의 경과를 정리하면서 하라 호이쓰안의 오역을 지적한 부분만 수록했지만 이 논쟁을 단순한 오역 문제로 왜소화시켜서는 안 될 것이다. 이 논쟁의 주요 쟁점은 특정한 장르의 문체 규범과 번역 규범에 있었기 때문이다. 그리고 야마가타 이소 자신의 번역에 대한 사고방식은 "직역보다는 오히려 원작의 요령을 전할 수 있는 의역"이 좋다는 것이었다.사토 미키, 2007

### 11) 메이지 38년[1905] 우에다 빈『해조음』서

『해조음』은 일반적으로 신체시시대에서 상징시시대로 이행하는 계기를 이룬 명역 시집으로 자리매김되며, 그「서」의 끝부분은 운문의 번역 방침의역·자유역을 선명하게 드러낸 것으로 종종 인용된다. 그런데「서」에서 로세티를 인용하고 있는 부분은 난해하고 오독이기도 하다. 해제에서는「서」가운데 로세티의 사고방식과 우에다 빈의 사고방식이 혼재되어 있음을 밝힌다.

### 12) 메이지 39년[1906] 후타바테이 시메이「나의 번역 기준」

이 에세이는 일본의 번역론 가운데 가장 유명한 것이라 말해도 괜찮을 듯하다. 후타바테이 시메이는『계사담』, 모리타 시켄의 주밀 문체, 직역으로 이어지는 계보에 연결된다. 문체에 대해 야마모토 마사히데[1965]는 후타바테이 시메이가『국민의 벗』애독서 앙케트에 답하면서 "시켄 선생역, 탐정 위베르"라고 적은 것을 언급하며, "이는 후타바테이의 「밀회」 및 「해후」의 정치精緻한 언문일치체 번역문이 이 시켄조調의 언문言文에 충실한 주밀적 번역법을 하나의 매개로 삼아 그것이 더욱 언문일치화된 진보에 의해 드디어 언문일치에 의한 참된 번역 정조正調에 도달할 수 있었다고 볼 수 있을 것"이라고 모리타 시켄이 후타바테이 시메이에게 미친 영향과 관련성을 지적하고 있다. '주밀 번역'이라는 이름의 구문歐文 직역 문체가 모리타 시켄에서 후타바테이 시메이로 계승된 것이다. 후타바테이 시메이 이전 주밀 문체에 의한 번역과의 차이는 후타바테이 시메이가 번역한 실제 작품이 언문일치 형성에 크게 공헌한 점이다. 즉 후타바테이 시메이의 「밀회」와 「해후」라는 번역 작품은 번역 규범에 멈추지 않고 문학 언어의 문체 규범 형성에 큰 영향을 미친 것이다.

### 13) 메이지 39년<sup>1906</sup> 스에마쓰 겐초 「번역상에서 본 일본문과 구문歐文」

스에마쓰 겐초의 이 글은 이미 후타바테이 시메이의 「밀회」를 비롯한 주요 번역이 갖추어진 메이지 후기 단계에서 일본어로 서양 작품을 직역할 수는 있지만 직역 문장이 인위적이고 부자연스럽다고 주장한다. 그렇게 되는 까닭은 일본어가 사상에 동반되는 형태로 발전되지 않고 미성숙하기 때문이라고 말한다. 다만 스에마쓰 겐초가 구체적인 일본어의 결점으로 주로 거론하는 것은 일본어가 언문일치가 아니라는 점이다. 해제에 설명된 것처럼 스에마쓰 겐초는 실제 번역에서 '통속문'에 의한 언문일치를 시도하고 있다. 그러나 그 번역문을 보면 오랜 수사修辭 의식에서 빠져나왔다고 할 수는 없다. 다만 이와모토 요시하루[5]는 『은방울꽃』의 'love'

---

5    이와모토 요시하루(巖本善治, 1863~1942) : 평론가. 교육가. 사업가. 메이지여학교
     교장.『여학잡지(女學雜誌)』편집자.

번역 방식에 대해 높이 평가하고 있다.<sup>야나부 아키라, 1982</sup>

## 14) 메이지 41년<sup>1908</sup> 다카하시 고로 『영문 역해법<sup>譯解法</sup>』

우치무라 간조에게 보이는 것처럼 영어 교육과 학습서에 나타난 번역관도 놓칠 수 없다. 왜냐하면 그것은 많든 적든 그 시대의 지배적인 번역 규범을 반영하고 있을 가능성이 있고, 장래의 번역가와 문학가의 번역에 영향을 미칠 가능성이 있기 때문이다. 다카하시 고로는 번역가인 동시에 영문학자이기도 했다. 이 책은 영어 학습자를 대상으로 삼은 것이지만 다카하시 고로의 번역에 대한 사고방식도 엿볼 수 있다. 이 책에서는 제3장 일부를 수록했다. 여기에서 다카하시 고로는 축자역, 직역, 의역 3종의 번역법을 거론하며 직역을 추천한다. 그러나 모리타 시켄이 원문에 "마음에 새기다"로 되어 있다면 그대로 "마음에 새기다"로 번역해야 하며 "간에 새기다"로 해서는 안 된다고 한 것에 대해 다카하시 고로는 "Nothing venture, nothing have"와 같은 속담을 직역해서는 안 되며 그것에 대응하는 "호랑이굴에 들어가지 않으면 호랑이 새끼를 얻을 수 없다"와 같이 번역해야 한다고 주장한다. 직역의 주장에도 미묘한 차이가 있다는 것을 알 수 있다. 또 오늘날 '번역 영문법'의 선구와 같은 기술도 보인다.

## 15) 메이지 42년<sup>1909</sup> 모리 오가이 「『즉흥시인』 시대와 오늘날의 번역」

모리 오가이가 번역에 관해 쓴 문장 가운데 여기에서는 그다지 거론되지 않은 담화 필기 텍스트를 골랐다. 이미 언문일치가 진행되어 일본어 구어체가 만들어지는 과도기에 모리 오가이가 일본어 번역 문체에 대해 어떻게 생각하고 있었는지 잘 알 수 있다. 번안의 필요성을 설파하여 목표 언어 중시처럼 보이기도 하지만 "되도록 원문대로 말과 구의 배열 등도 지나치게 바꾸지 않는다"는 기점 언어 중시의 경향도 보인다.

### 16) 메이지 42년[1909] 우치다 로안 「원문의 인상과 번역문의 운치」

이 밖에도 우치다 로안이 번역을 언급한 글이 있지만 이 책에서는 가장 평이하게 정리되어 있다고 생각되는 이 텍스트를 소개한다. 번역의 제일의第一義는 "원작이 주는 것과 동일한 임프레션을 독자에게 주는 것"에 있다는 명쾌한 주장이 이루어진다. 이를 번역 전략에 적용하면 "이른바 번역 냄새가 없는 것처럼, 나지 않도록 명심하는"[우치다 로안, 1911; 1983] 것이 되며, "직역 등을 하는 사람은 일본문을 잘 쓸 수 없기 때문"[우치다 로안, 1918; 1987]이라는 술회와 연결된다. 뒤에 나오는 이쿠타 조코의 『살람보』의 「역자서」에서 "과거의 작은 일본어"라는 말은 우치다 로안으로 대표되는 것과 같은 목표 언어 중시의 번역 규범을 가리키는 것이라 여겨지는데, 번역에 대한 이식적인 태도와 실제 번역이 괴리되는 점이 있다. 해제에서 지적하는 것처럼 우치다 로안의 실제 번역 작품에는 이화적 요소도 포함되어 있었다.

### 17) 메이지 43년[1910] 노보리 쇼무 『러시아 현대 대표적 작가 6인집』 자서

노보리 쇼무는 러시아문학에서는 후타바테이 시메이 뒤에 "노보리 쇼무시대가 있었다"[무샤노코지 사네아쓰]고 말할 정도로 큰 영향을 끼친 번역가다. 이 「자서」에는 노보리 쇼무의 번역관이 간결하게 보인다.

노보리 쇼무는 "원작의 형식과 내용에 동등한 비중을 두었다"고 말하지만 해제에서 지적하는 것처럼 실제로는 "'형식'이 있어야만 '내용'도 있다." 그것은 노보리 쇼무가 다른 텍스트에서 "원작자가 애써 고심한 문장, 형식도 내동댕이치고 무엇이든 술술 잘 이해되고 멋지게 우리글로 고쳐 만들어서 (…중략…) 누구나 쓸 수 있는 천편일률적인 일본문으로 해 버릴 염려가 생긴다"든지 "번역은 반드시 번역 냄새를 동반하는 것으로 (…중략…) 어차피 번역할 정도라면 그 내용을 전함과 동시에 그것을 담고 있는 형식도 무너뜨리지 않고 유감없이 전하는 것이 아니면 번역으로서 가치가 없다"노보리 쇼무, 1909고 말하고 있는 점에서도 납득된다. 이와 같은 기점 언어 중시의 번역 태도는 이미 노보리 쇼무의 데뷔작인『백야집白夜集』머리말에서 "작가에게는 작가 고유의 가락이라는 것이 있고, 작품에는 작품 특유의 색이라는 것이 있다. 또 (…중략…) 러시아 작품에는 러시아 특유의 향기라 할 수 있는 것이 있지 않으면 안 된다"노보리 쇼무, 1909는 말에도 나타나 있다. 또 해제에서는 노보리 쇼무 번역의 과도적 성격과 한계도 지적된다. 그리고「자서」말미의 "군데군데 복자伏字를 넣었다"는 기술에서는 1908년 적기赤旗사건에서 1910년 대역사건으로 이어지는 시대 분위기를 읽어낼 수 있다.

### 18) 다이쇼 2년1913 모리 오가이「번역본『파우스트』에 대하여」

해제에서 "작가가 이 경우에 이런 의미의 것을 일본어로 말하고자 한다면 어떻게 말할까"라는 모리 오가이의 발언을 슐라이어마허와 관련하여 논하고 있다. 이 말은 얼핏 보면 목표 언어 중시의 동화적 번역 규범을 보여주는 것처럼 생각할 수 있지만 다른 텍스트와 번역문을 참조하면 그렇게 간단하게 말할 수 없다는 것이 시사된다.

### 19) 다이쇼 2년1913 이쿠타 조코『살람보』역자 서

이쿠타 조코는 괴테, 루소, 톨스토이, 투르게네프, 니체, 끝내는 마르크스의『자본론』번역까지 손대서 번역의 실제 작품 면에서도 큰 영향을 미쳤다. 이 번역은 번역가 이쿠타 조코의 번역에 대한 주장이라는 점보다 신감각파 작가, 특히 초기의 요코미쓰 리이치에게 영향을 주었다는 점에서 논급되는 경우가 많다. 다른 저작의 기술까지 합쳐서 생각하면 이쿠타 조코는 모리타 시켄에서 후타바테이 시메이로 이어지는 계보에 속한다. 『살람보』에 나타난 "큰 일본어"는 다니자키 준이치로가 『문장독본』을 쓰게 한 동기가 되었다.<sub>사토 하루오, 1940; 이노우에 겐, 2009</sub>

### 20) 다이쇼 2년<sup>1913</sup> 이와노 호메이 『표상파의 문학운동』 역자 서 · 예언

이것 또한 그 영향 면에서 유명한 텍스트다. "청신한 사상에는 청신한 어법이 필요하다"는 말에서 보이는 것처럼 직역적<sub>기점 언어 중시</sub> 규범을 체현한 번역 태도라고 일단 말할 수 있지만 '봉역棒譯'<sup>6</sup>의 주장을 보면 통상의 직역과는 양립할 수 없는 면을 지니고 있다. 이 『표상파의 문학운동』의 일본어도 다니자키 준이치로가 『문장독본』을 쓰게 만든 한 원인이 되었는지 모른다.

### 21-1) 다이쇼 14년<sup>1925</sup> 다케우치 겐지 『국부론』 후기

### 21-2) 쇼와 2년<sup>1927</sup> 기가 간주 『국부론』 (상) 역자 서

정확하기 비길 데 없는 번역과 직역주의의 다케우치 겐지 역 『국부론』과 원문의 의미를 중시한 기가 간주 역 『국부론』. 자세는 얼핏 보면 대조적이나 공통된 것은 많든 적든 정확한 번역을 지향하는 '번역조'라는 규범의 존중 혹은 그 규범과의 교섭이다. 해제에서는 번역문 분석을 통해

---

6    원문의 순서대로 내리 번역한다는 뜻.

그 구체적인 모습을 밝힌다.


### 22) 쇼와 3년[1928] 쓰보우치 쇼요 「나의 번역에 대하여」

이 텍스트는 쓰보우치 쇼요 만년의 저작에 수록되어 있는데, 쓰보우치 쇼요가 만년에 스스로 번역 태도의 변천을 5기로 나누어 말한 귀중한 증언이다. 여기에서 각 시기에 유력한 번역 규범의 교섭과 시대 배경의 관계를 읽어내는 것도 재미있을 것이다.


### 23) 쇼와 8년[1933] 고미야 도요타카 「홋쿠發句 번역의 가능성」

이것은 하이쿠 영역英譯에 관한 번역론이다. 고미야 도요타카는 원문의 문화적 내용과 전통적 가치관 등 모든 것이 번역에 의해 충실하게 재현된다고 할 수 없는 이상 번역은 불가능하다고 주장했다. 이 번역론은 번역 불가능성을 둘러싸고 많은 논의를 끌어내는 계기가 되었다. 번역 불가능성이란 또 충실한 번역이라는 번역관이 운문에 적용된 경우의 논리적 귀결이라고도 할 수 있다. 이 대극에 있는 것이 우에다 빈으로 대표되는 번역시의 전통이다.


### 24) 쇼와 8년[1933] 하기와라 사쿠타로 「시 번역에 대하여」

하기와라 사쿠타로 연구에서 거의 거론되지 않는 텍스트다. 고미야 도요타카의 「홋쿠 번역의 가능성」을 둘러싼 논쟁에 촉발되어 쓴 글이지만 하이쿠뿐 아니라 시의 번역 가능성 문제에도 파고들고 있으며, 후에 야콥슨[1959; 2004]이 이론화한 언어의 함의와 연합connotations and associations에 의한 번역 불가능성과 창조적 전위creative transposition의 논의를 선취하고 있는 부분에 독자적인 의의가 있다.

**25) 쇼와 9년[1934] 다니자키 준이치로 『문장독본』「서양 문장과 일본 문장」**

번역에 대한 다니자키 준이치로의 사고방식이 표명된 텍스트다. 마루야 사이이치[1977]는 이 텍스트가 다니자키 준이치로의 '자기비판'이며 "다니자키 자신의 문체 위기가 또한 현대 일본어의 위기와 함께 겹쳐 있었다"고 지적하는데, 동시에 그것은 이쿠타 조코로 대표되는 문체 규범과 그것을 만들어 낸 번역 규범에 대한 강한 반발이기도 하다. 다만 다니자키 준이치로의 주장은 구문맥의 제한에 역점을 두었고, 그 자신의 번역까지 함께 생각하면 단순하게 의역의 주장이라고 말할 수는 없다.

**26) 쇼와 9년[1934] 나카무라 하쿠요 「번역문의 표현과 지도」**

언문일치 운동의 확립·완성기에 『죄와 벌』[1914]을 번역한 나카무라 하쿠요는 노보리 쇼무보다 거의 한 세대 아래이지만 이 텍스트에서 후타바테이 시메이와 노보리 쇼무의 전통에 연결되는 기점 언어 중시의 번역 태도를 명확히 밝히고 있다. 해제에서는 나카무라 하쿠요와 동시대의 요네카와 마사오 번역이 비교된다. "도스토옙스키 작품에는 장황하고 지루한 폐단이 있다고 말한다. 만약 번역가가 이 속설을 듣고 그에게 장황하다고 생각되는 부분을 마음대로 삭제하여 번역하면 어떨까?" 하는 나카무라 하쿠요의 말은 훗날 하라 다쿠야[7]와 기타미카도 지로[8] 논쟁에서 하라 다쿠야의 발언을 떠올리게 하는 점이 있다.

**27) 쇼와 13년[1938] 노가미 도요이치로 『번역론 – 번역의 이론과 실제』**

기점 언어 중시의 번역 규범에 관한 이론적 표현으로 그 찬반 여하를

---

7    하라 다쿠야(原卓也, 1930~2004) : 러시아문학가. 도쿄외국어대학 교수.
8    기타미카도 지로(北御門二郎, 1913~2004) : 톨스토이 전문 번역가.

불문하고 중요한 텍스트다. 그러나 해제에서 지적한 바와 같이 노가미 도요이치로의 사고방식이 흔들리고 있기 때문에 어디를 읽느냐에 따라 오해가 생길 가능성이 있다. 노가미 도요이치로는 처음에는 '무색적無色的 번역'을 부정했으나 「번역의 이론」에서는 "원작에 담겨 있는 사상과 감정을 그 이상도 그 이하도 아닌 등량等量으로 옮겨 담아야 한다"고 말한다. 그리고 '균등한 표현'을 얻기 위해 두 가지 번역 태도, 즉 "서양 것을 서양 것같이 번역한다"는 태도와 "일본적인 것으로 재구성한다"는 태도를 들면서 중간적인 '제3의 태도'를 제안한다. 이는 내용과 의미만 전한다고 여겨지는 '단색판모노크롬적 태도'다. 그 후에 쓴 「번역의 태도」에서도 '등량적 효과'를 낳는 방법이 '무색적 번역'임을 재확인한다. 그런데 마지막에 수록된 「곤냐쿠문도蒟蒻問答」에서는 '단색판적 번역'을 "매우 소극적으로" "떳떳하게 여기지 않으며" "본격적인 번역이 나와도 좋은 때"라 말하면서 그 '본격적인 번역'이란 "서양 것을 번역하려면 무엇보다 서양 것같이" 하는 일로 '단색판적 번역'을 포기하고 기점 언어 중시의 번역 태도를 선명하게 드러내기에 이른다.

### 28) 쇼와 14년1939 오타 다쓰오 「슈퍼임포즈에서 일본어의 빈곤」

이것은 전쟁 전에 쓴 자막 번역에 관한 에세이다. 오타 다쓰오는 서양 영화 배급 업무에 종사한 인물인데 경력은 잘 알려져 있지 않다. 오타 다쓰오는 "외국어에서 파견된 사절임을 그만두고 일본어로 맞이하는 사절이 되지 않으면 안 되는 것"이라면서 슐라이어마허를 떠올리게 하는 메타포를 사용하여 목표 언어 수용영화 관객을 중시하는 번역 태도를 보여주고 있다. 비교적 널리 읽힌 노네스1999; 2004에 인용되어 해제에서도 그 평가가 문제시되고 있는데, 노네스 평가의 옳고 그름을 생각하는 데에도 텍스트 전문을 수록하는 의의가 있을 것이다.

### 29) 쇼와 19년[1944] 오야마 데이이치·요시카와 고지로 『라쿠추洛中 서신』

이 책의 끝을 장식하며 총괄하는 것은 중국문학 연구자와 독일문학가의 번역을 둘러싼 유명한 왕복 서신이다. 요시카와 고지로에게 "번역은 (외국문학 연구의) 방편이자 수단"이며 "하나하나의 말을 정성스럽게 찾아가는 것"이 중요하지만, 오야마 데이이치에게 번역은 그 자체가 '창조'이자 '예술'이 아니면 안 된다. 이 들어맞지 않는 논의에 관해 해제에서는 번역의 목적과 기능의 차이라는 시점에서 설명하고 있다. 이 왕복 서신은 문자 그대로 서로 다른 번역 규범 간의 교섭으로 파악할 수 있다.

전쟁 종결이 가까운 쇼와 20년[1945] 겨울 시노다 하지메[1978][9]는 근로 동원으로 일하는 공장에서 돌아오는 길에 교토 햐구만벤의 헌책방에서 『가쿠카이學海』라는 잡지를 손에 쥐었다. 그리고 거기에 있던 「서신6」에서 요시카와 고지로의 문장을 읽고 "겁쟁이로 하여금 일어나게 하는" 충격을 받았다.


**참고문헌**

젠틀러(E. Gentzler), *Contemporary Translation Theories*, London & New York : Routledge, 2001(2nd edition).

노네스(A. M. Nornes), "For an Abusive Subtitling" (1999) in L. Venuti ed., *Translation Studies Reader*, London & New York : Routledge, 2004(2nd edition).

노보리 쇼무(昇曙夢), 『白夜集』, 章光閣, 1908.

__________, 「補助智識の必要」, 『文章世界』 4-13, 1909.

---

9  시노다 하지메(篠田一士, 1927~1989) : 영문학자. 번역가. 평론가. 도쿄도립대학 교수.

로빈슨(D. Robinson), *Western Translation Theory : From Herodotus to Nietzsche*, Manchester : St. Jerome Publishing, 1997.

류징즈(劉靖之) 主編, 『飜譯論集』, 臺灣書林出版社, 1989.

르페브르(A. Lefevere) ed., *Translation, History, Culture : A Sourcebook*, London : Routledge, 1992.

마루야 사이이치(丸谷才一), 『文章讀本』, 中央公論社, 1977.

마사 장(Martha P. Y. Cheung) ed., *An Anthology of Chinese Discourse on Translation 1 : From Earliest Times to the Buddhist Project*, Manchester : St. Jerome Publishing, 2006.

__________________________, *An Anthology of Chinese Discourse on Translation 2 : From the Late Twelfth Century to 1800*, London & New York : Routledge, 2017.

먼디(J. Munday), 鳥飼玖美子 監譯, 『飜譯學入門』, みすず書房, 2009.

멜드럼(Fukuchi Yukari Meldrum), *Contemporary Translationese in Japanese Popular Literature : A Descriptive Study*, Saarbrücken : LAP LAMBERT Academic Publishing, 2010.

모리타 시켄(森田思軒), 「日本文章の將來」(1888), 『明治文學全集 26－根岸派文學集』, 筑摩書房, 1981.

__________________, 「飜譯の苦心」(1906), 加藤周一・丸山眞男 校注, 『日本近代思想大系 15－飜譯の思想』, 巖波書店, 1991.

사토 다카시(佐藤孝), 「明治期文學の文章－言文一致體の發生を中心として」, 近代語學會 編, 『近代語研究』 2, 武蔵野書院, 1968.

__________________, 「雜誌『英語靑年』に見られる明治・大正の英文學飜譯規範」, 『Sauvage 北海道大學大學院國際廣報メディア研究科院生論集』 3, 2007.

사토 하루오(佐藤春夫), 「現代文章論」(1940), 『定本佐藤春夫全集』 22, 臨川書店, 1999.

세코 가타시(瀨古確), 『改訂近代日本文章史』, 白帝社, 1968.

시노다 하지메(篠田一士), 「洛中書問」, 『讀書の樂しみ』, 構想社, 1978.

야나기다 이즈미(柳田泉), 『明治初期飜譯文學の研究』, 春秋社, 1935; 1961.

__________________, 『初期明治文學の輪郭』, 日本放送出版協會, 1941.

야나부 아키라(柳父章), 『飜譯語成立事情』, 巖波新書, 1982.

야마모토 마사히데(山本正秀), 『近代文體發生の史的研究』, 巖波書店, 1965.

야콥슨(R. Jakobson), "On Linguistic Aspects of Translation" (1959) in L. Venuti ed., *The Translation Studies Reader*, London : Routledge, 2004(2nd edition).

에고야마 쓰네아키(江湖山恒明), 『日本文章史』, 河出書房, 1956.

우치다 로안(内田魯庵), 「飜譯文に就いて」(1918), 『内田魯庵全集－補卷』 3, ゆまに書房, 1987.

________________, 「日本の文學に及ぼしたる歐洲文學の影響」, 『日本文學講座』 18, 新潮社, 1926.

________________, 「『罪と罰』の新譯及び舊譯出版時代の回想」(1911), 『内田魯庵全集 3－回想』 1, ゆまに書房, 1983.

웨이스보트(D. Weissbort), 아이스테인손(A. Eysteinsson) eds., *Translation : Theory and Practice : A Historical Reader*, New York : Oxford University Press, 2006.

이노우에 겐(井上健), 「外國語と母語との對話－谷崎潤一郎と佐藤春夫の飜譯」, 『圖說飜譯文學總合事典 5－日本における飜譯文學(硏究編)』, 大空社・ナダ出版センター, 2009.

이와키 준타로(巖城準太郎), 『明治文學史』, 育英舍, 1906.

체스터맨(A. Chesterman) ed., *Readings in Translation Theory*, Helsinki : Oy Finn Lectura Ab., 1989.

투리(G. Toury), *Descriptive Translation Studies and beyond*, Amsterdam & Philadelphia : John Benjamins, 1995.

________________, "A Handful of Paragraphs on 'Translation' and 'Norms,'" in Christina Schäffner ed., *Translation and Norms*, Clevedon : Multilingual Matters, 1999.

# 향후 연구를 위한 안내

나가누마 미카코

이 책의 제2부는 메이지와 다이쇼 시기부터 쇼와 전반기[1945년 이전]까지 시대를 설정하여 일본의 번역론을 탐구하기 위한 텍스트 31편을 수록하고 있다. 각각의 해제에서 거론한 참고문헌을 실마리 삼아 더욱 심화된 연구로 나아갈 수 있다. 여기에서는 될 수 있는 대로 해제에서 다룬 참고문헌과 겹치지 않도록 하면서 일본 번역론을 연구하는 시각을 일부 소개한다. 일본 번역론의 이른바 수맥을 찾는 관점에서 다음 세 가지 주제로 정리해 본다.

첫째, 야나부 아키라의 대표적 저작. 야나부 아키라의 담론은 1970년대 이후 일본 번역론의 상징적인 사건이다. 일본어론[번역어·번역 문체]부터 일본 문화론까지 망라하는 야나부 아키라의 '카세트 효과'는 번역의 보편성과 어떻게 길항하는가? 이는 '문화 번역'을 넘어 '번역문화'라는 시점에서 일본발[發] 번역론을 제기할 수 있는 가능성을 탐색하는 문헌들이 될 것이다.

둘째, 번역 연구에 관한 일본 국내 번역서. 번역 이론의 번역이라는 메타 번역은 일본 번역계가 외부의 번역론을 어떻게 수용해 왔는가 (혹은 수용하지 않았는가)를 나타내는 지표이기도 하다. 어쨌거나 번역을 말하기 위한 메타 언어는 연구의 틀을 생각하는 공통 언어로서 불가결하다.

셋째, 번역을 특집으로 삼은 일본 잡지. 이는 번역 텍스트의 외부에 있는 텍스트들이다. 제라르 주네트의 텍스트 담론을 빌려 말하자면 이 책에서는 번역 텍스트에 딸린 '페리텍스트péritexte, 책에 포함된 파라텍스트'에 주목하여 번역서에 첨부된「서언緒言」,「부언附言」,「예언例言」,「범례凡例」,「서叙·序」,「여론餘論」,「후기書後」 등도 엄선했다. 시대의 흐름에 민감한 잡지의 특집호는 '에피텍스트épitexte, 책 밖의 파라텍스트'로 사회·문화적 콘텍스트를 시야에 넣은 번역 연구에 가장 적합할 것이다.


## 1. 야나부 아키라의 저작

1970년대 이후 일본의 주요 번역론으로 야나부 아키라의 연구가 있다. 서양에서도 번역학의 역사는 그다지 오래되지 않았다. 이 분야에서 기념비적인 논문으로 꼽히는 홈즈J. S. Holms의 "The Name and Nature of Translation Studies"는 1972년 코펜하겐에서 개최된 국제응용언어학회에서 발표한 뒤 수정한 것이다. 묘하게도 그해 일본에서 야나부 아키라의 첫 저서가 상재되었다. 대표적인 저작을 출간 연도순으로 들면 다음과 같다.

『번역어의 논리―언어로 보는 일본 문화의 구조』, 호세이대학 출판국, 1972.

『문체의 논리―고바야시 히데오의 사고 구조』, 호세이대학 출판국, 1976.

『번역이란 무엇인가―일본어와 번역문화』, 호세이대학 출판국, 1976.

『번역의 사상―'자연'과 네이처』, 헤이본샤, 1977; 지쿠마학예문고, 1995.

『번역문화를 생각한다』, 호세이대학 출판국, 1978.

『비교 일본어론』, 일본번역가양성센터, 1979.

『'일본어'를 어떻게 쓰는가』, PHP연구소, 1981; 호세이대학 출판국, 2003.

『번역어 성립 사정』, 이와나미신서, 1982(한국어와 독일어로 완역, 영어로 초역抄譯되었음).[1]

『현대 일본어의 발견』, 데라코야출판, 1983.

『번역 학문 비판-일본어의 구조, 번역의 책임』, 일본번역가양성센터, 1983.

『갓God과 상제上帝-역사 속의 번역자』, 지쿠마쇼보, 1986; 『'갓'은 신인가 상
제인가』, 이와나미현대문고, 2001.

『한 단어 사전-문화』, 산세이도, 1995.[2]

『번역어를 읽는다』, 마루야마학예도서(고보샤), 1998.

『한 단어 사전-애愛』, 산세이도, 2001.

『'비秘'의 사상-일본 문화의 오모테와 우라』, 호세이대학 출판국, 2002.

『근대 일본어의 사상-번역 문체 성립 사정』, 호세이대학 출판국, 2004.


## 2. 일본어로 출간된 번역 연구 이론서

외부에서 온 번역론은 일본에서 수용되었는가, 그렇지 않은가? 그 한
단면을 탐색하면서 일본어로 번역된 주요 저작을 번역서 출간 연도순으
로 소개한다.

루벤 브로워 편, 일본과학기술번역협회 편역, 『번역의 모든 것』, 일본과학기
술번역협회, 1970.[3]

테어도어 사보리, 벳쿠 사다노리別宮貞德 역, 『번역 입문-그 이념과 기법』, 야

<hr>

1   야나부 아키라, 서혜영 역, 『번역어 성립 사정』, 일빛, 2003; 김옥희 역, 『번역어의 성립』,
    마음산책, 2011; 김옥희 역, 『프리덤, 어떻게 자유로 번역되었는가』, AK커뮤니케이션
    즈, 2020.
2   야나부 아키라, 박양신 역, 『한 단어 사전-문화』, 푸른역사, 2013.
3   Reuben Arthur Brower ed., *On Translation*, Cambridge : Harvard Univ. Press, 1959.

시오출판사, 1971.[4]

유진 나이다, 나루세 다케시成瀬武史 역, 『번역학 서설』, 가이분샤출판, 1972.[5]

유진 나이다・찰스 타버・노아 브라넨, 사와노보리 하루히토澤登春仁・마스카와 기요시枡川潔 역, 『번역-이론과 실제』, 겐큐샤출판, 1973.[6]

조르주 무냉, 이토 아키라伊藤晃 외역, 『번역의 이론』, 아사히출판사, 1980.[7]

움베르토 에코 외, 다니구치 이헤이谷口伊兵衛 편역, 『에코의 번역론』, 지리쓰쇼보, 1999.

조지 스타이너, 가메야마 겐키치龜山健吉 역, 『바벨 이후-언어와 번역의 제상(諸相)』 상・하, 호세이대학 출판국, 1999~2009.[8]

앙투안 베르만, 후지타 쇼이치藤田省一 역, 『타자라는 시련-낭만주의 독일의 문화와 번역』, 미스즈쇼보, 2008.[9]

프란츠 푀히하커, 도리카이 구미코鳥飼玖美子 감역監譯, 『통역학 입문』, 미스즈쇼보, 2008.[10]

미카엘 우스티노프, 하토리 유이치로服部雄一郎 역, 『번역-그 역사・이론・전


4   Theodore Horace Savory, *The Art of Translation*, London : Jonathan Cape, 1957.

5   Eugene Albert Nida, *Toward a Science of Translating*, Leiden : Brill, 1964.

6   Eugene Albert Nida · Charles Russell Taber · Noah Samuel Brannen, *The Theory and Practice of Translation*, Leiden : E. J. Brill, 1969.

7   Georges Mounin, *Les Problèmes Théoriques de la Traduction*, Paris : Gallimard, 1963; 조르주 무냉, 이승권 역, 『번역의 이론적 문제점』, 고려대 출판부, 2002.

8   George Steiner, *After Babel : Aspects of Language and Translation*, New York : Oxford University Press, 1992(2nd edition).

9   Antoine Berman, *L'épreuve de L'étranger : Culture et Traduction dans L'Allemagne Romantique*, Paris : Gallimard, 1984; 앙투안 베르만, 윤성우・이향 역, 『낯선 것으로부터 오는 시련-독일 낭만주의 문화와 번역』, 철학과현실사, 2009.

10  Franz Pöchhacker, *Introducing Interpreting Studies*, London : Routledge, 2003; 프란츠 푀히하커, 이연향 외역, 『통역학 입문』, 이화여대 출판문화원, 2009.

망』, 하쿠스이샤, 2008.[11]

괴테 외, 미쓰기 미치오三ツ木道夫 편역, 『사상으로서의 번역―괴테부터 베냐민과 블로흐까지』, 하쿠스이샤, 2008.

제러미 먼디, 도리카이 구미코 감역, 『번역학 입문』, 미스즈쇼보, 2009.[12]

앤서니 핌, 다케다 가요코武田珂代子 역, 『번역 이론의 탐구』, 미스즈쇼보, 2010.[13]


## 3. 번역을 특집으로 삼은 일본 잡지

### 1) 『문장세계』

일본 잡지의 번역 특집을 중심으로 주된 내용을 개관해 둔다. 초기의 것으로서는 메이지 39년1906에 창간된 『문장세계』다야마 가타이 편집 제4권 제13호 「나의 번역 태도」, 제5권 제11호 「번역문에서 받은 감화」 등 작은 특집이 있다. 전자에는 이 책에 수록된 모리 오가이와 우치다 로안의 텍스트도 수록되어 있다. 『문장세계』는 특집 외에도 번역에 관한 글을 몇 차례 게재했다. 예를 들면 다음과 같다.

---

11  Michaël Oustinoff, *Que Sais-je? : La Traduction*, Paris : P.U.F., 2007; 미카엘 우스티노프, 조준형 역, 『번역』, 고려대 출판문화원, 2020.

12  Jeremy Munday, *Introducing Translation Studies*, Abingdon & New York : Routledge, 2008; 제러미 먼디, 정연일·남원준 역, 『번역학 입문―이론과 적용』, 한국외국어대 출판부, 2006.

13  Anthony Pym, *Exploring Translation Theories*, Abingdon & New York : Routledge, 2010.

(1) 『문장세계』 1-4~1-6, 하쿠분칸, 1906.6~8.

시평時評 「바바 고초馬場孤蝶의 번역에 대하여」 외

『문장세계』 제1권 제4호 시평 중 나에 관한 비난은 경솔하다고 할 수 있지 않을까? 세누마 가요瀬沼夏葉 여사의 「6호실」은 『문예계』에 발표될 당시 이미 읽었는데, 생략된 곳이 너무 많아 독자의 의혹을 불러일으키므로 『예원藝苑』 제6호에서 내 번역에는 생략된 곳이 없다는 것을 말해 두었다.제1권 제5호, 「바바 고초의 말을 전함」

(2) 『문장세계』 2-1, 하쿠분칸, 1907.1.

일본의 문장은 구문歐文 수입에 따라 일대 변화를 겪었다. 메이지의 시문時文이라는 것이 곧 이러하다.도야베 슌테이(鳥谷部春汀, 春汀散史), 「메이지의 번역가」

(3) 『문장세계』 4-13, 하쿠분칸, 1909.10.

특집 「나의 번역 태도」

모리 오가이, 「『즉흥시인』 시대와 오늘날의 번역」

우치다 로안, 「원문의 인상과 번역문의 운치」

도가와 슈코쓰戶川秋骨, 「어학의 정확과 원작의 맛」

노보리 쇼무, 「보조 지식의 필요」

구사노 시바지草野柴二, 「번역문 특유의 맛」

소마 교후相馬御風, 「어학 본위와 느낌 본위」

지바 기쿠코千葉掬香, 「충실하게, 그리고 자유로운 번역」

오늘날 우리 문단은 외국문학 번역에 기대하지 않고서는 아직 만족할 수 없다고 생각한다. 이 문제에 대해 여기 제가諸家의 포부를 듣고자 한 기자의 미약한 뜻은 이에 근거를 두고 있다.편집부

(4) 『문장세계』 5-11, 하쿠분칸, 1910.8.

　　특집 「번역문에서 받은 감화」

우치다 로안, 「번역문과 문장의 진보 발전」

오사나이 가오루小山內薰, 「번역문에서 내가 얻은 이익」

모리타 소헤이森田草平, 「번역물과 나의 문장」

나카무라 슌유中村春雨, 「무명 번역가의 번역문」

도쿠다 슈세이德田秋聲, 「대가의 번역보다는 젊은이의 번역」


메이지의 문장이 외국문학 번역에서 여러 가지 영향을 받고 있다고 기자는 평소 믿고 있어서 이번에 여기서 내건 의미의 제목 아래 제가의 고견을 얻어 보았다.[기자]


(5) 『문장세계』 6-8, 하쿠분칸, 1911.6.

콤마로 되어 있는 곳에 콤마를 찍고 피리어드와 패러그래프가 다른 곳은 역시 다르게 두며 명사나 동사 등도 되도록 원문 그대로 적당한 일본어를 가지고 왔는데, 다만 피동의 동사형만은 많은 경우 일본어를 찾기 위해 바꾸기도 했다.[바바 고초, 「번역의 문장과 창작의 문장」]


(6) 『문장세계』 7-2, 하쿠분칸, 1912.2.

　　노보리 쇼무, 「연구와 번역 10년」

- 어학에서 문학으로

- '고골' 평전과 잡지 『사명使命』시대

- 『러시아문학 연구』와 『백야집白夜集』

- 『6인집』: 러시아문학 소개자로서의 자각

- 번역의 태도와 고심


(7) 『문장세계』 7-3춘풍호, 하쿠분칸, 1912.2.

「번역의 이익」

서양 대가의 단편 등을 번역해 보는 것도 문장을 쓰는 사람에게는 매우 이익이 된다고 생각한다. 표현의 새로운 맛, 그것을 얻으려는 데에는 특히 그것이 좋다.편집부

「일본어 번역의 한적漢籍과 양서洋書」

독자는 유럽 문예의 번역가에게 크게 감사해야 할 이유가 있다. 어쩌다 보이는 오역을 지적하며 좋아하는 사람은 오히려 미워해야 한다. 완전한 번역은 바람직하나 완전함을 구한다면 번역은 성립하지 않는다. 원문을 함께 보라고 할 수밖에 없지만 일반 독자는 원문을 읽을 수 없지 않은가?편집부


(8) 『문장세계』 7-4~7-5, 하쿠분칸, 1912.3~4.

우리 국어와 통하지 않는 번역 방식은 오역이거나 아니면 변변치 못한 것이다. 그와 동시에 단지 뜻만 통하면 그만이라는 셈으로 원문에 없는 말까지 넣어 부연하는 것도 졸렬하거나 정확하지 않다. 뜻이 통하는 직역, 이것이 원문에 가장 충실한 번역이라고 할 수 있다.이와노 호메이(巖野泡鳴), 「현대 번역계 일별(상·하)」


(9) 『문장세계』 8-9, 하쿠분칸, 1913.7.

최근 독서계에서 가장 두드러진 현상 가운데 하나는 번역의 유행이다. 그 범위는 문학뿐 아니라 철학서와 과학서도 뒤이어 번역되고 있다.가타가미 노부루(片上伸), 「외국문학의 번역 양상」

(10) 『문장세계』 8-10, 하쿠분칸, 1913.8.

우부카타 도시로生方敏郞, 「문단 암류지暗流誌 — 오역 지적의 역사」

- 번역계의 파라다이스

- 만두灣頭에 웅크리고 있는 사자의 호이쓰안

- 바바 고초의 오역 씨름

- 우에다 빈 박사의 『마음』

- 『아버지와 아들』에 찬물을 끼얹은 수상한 자는 누구

- ○○○ 씨와 '무학문맹인 문학가 나가이 가후永井荷風'

- 『방탕아』 오역 지적의 흑막

- 근대사상사近代思想社와 그 사업


세상은 지금 번역 유행의 세상이다. (…중략…) 그러나 지금까지 번역물의 성과라 할 만한 것을 생각해 보면 많은 경우 진정한 의미의 번역에서 상당히 먼 번역이 되었다.고미야 도요타카, 「오역 지적론」


(11) 『문장세계』 8-13, 하쿠분칸, 1913.11.

외국문학과 국민성, 번역의 영향, 이러한 것들을 서로 생각해 보는 재료를 조금이나마 보내고자 한 것이다.도키 젠마로土岐善麿, 土岐哀果, 「번역과 국민성」


## 2) 쇼와 전반기

쇼와 전반기1926~1945에 발간된 특집호의 편집자 후기 등에는 "번역의 업을 가벼이 여기는 경향이 있는 우리나라 독서계", "이 나라의 문화에 중대한 문제가 되는 번역", "번역문학 범람시대" 등 당시 일본 사회의 번역에 대한 시선이 엿보이는 기술이 남아 있다.

(1) 『도서 전망書物展望』 6-4, 쇼모쓰덴보샤, 1936.4.

　　특집 「번역문학의 전망」

미우라 하야오三浦逸雄, 「번역문학의 문화성」

고토 스에오後藤末雄, 「프랑스문학과 나」

다자이 세몬太宰施門, 「발자크의 위대함」

나카무라 하쿠요, 「번역자의 감상」

오다케 히로기치大竹博吉, 「소비에트문학의 번역에 대하여」

무라마쓰 마사도시村松正俊, 「번역계와 독일문학」

후나기 시게노부舟木重信, 「괴테의 미완 희곡 『격앙된 사람들』」

나가타 히로사다永田寛定, 「에스파냐문학과 번역자의 감상」

야노 호진矢野峰人, 「우에다 빈 선생의 번역시」

나가마쓰 사다무永松定, 「로렌스의 편지 등」

이치노혜 쓰토무一戸務, 「지나문학支那文學의 번역」

장혁주,[14] 「루쉰, 그 외」

진사이 기요시神西清, 「번역을 주저하는 의견」

히라타 도쿠보쿠平田禿木, 「나의 번역에 대하여」

호리구치 다이가쿠堀口大學, 「즐거운 노고」

야마다 다마키山田珠樹, 「무모한 일을 한 추억」

아키바 도시히코秋庭俊彦, 「체호프의 서정미」

미야하라 고이치로宮原晃一郎, 「입센의 일본어 번역」

다카하시 겐지高橋健二, 「번역 잡기雜記」

---

14　장혁주(張赫宙, 1905~1998) : 소설가. 문학평론가. 번역가. 식민지 시기에 일본 문단
　　에서 활동하다가 해방 후 일본에 귀화. 본명 장은중(張恩重). 일본식 이름 노구치 미노
　　루(野口稔), 노구치 가쿠추(野口赫宙).

주가쿠 분쇼壽岳文章, 「블레이크를 번역하면서」

히나쓰 고노스케日夏耿之介, 「신경문학神經文學 총담叢談」

구스야마 마사오楠山正雄, 「번역의 과거와 현재」

혼다 아키라本多顯彰, 「쓸쓸한 번역가」

사사키 나오지로佐佐木直次郎, 「번역의 고락 초抄」

무라야마 도모요시村山知義, 「나와 독일문학 번역」

사사키 다카마루佐佐木孝丸, 「오역, 악역」

이지마 다다시飯島正, 「헝가리문학의 번역」

이토 세이伊藤整, 「번역에 찌듦」

오다 다케오小田嶽夫, 「루쉰과 번역」

우에다 스스무上田進, 「번역 야화夜話」

이부키야마 지로伊吹山次郎, 「생각나는 대로」

야노 후미오矢野文夫, 「보들레르『악의 꽃』번역」

센게 모토마로千家元麿, 「내가 애독하는 시집과 존경하는 시인에 대하여」

야나기 료柳亮, 伊藤義治, 「프랑스 애서愛書 고考」

쓰카하라 겐지로塚原健二郎, 「새로운 마을의 추억」

이시이 겐도石井硏堂, 「하라 호이쓰안과 나」


이번 호 특집 「번역문학의 전망」은 자칫 번역의 업을 가벼이 여기는 경향이 있는 우리나라 독서계에 각성을 촉구하는 것이다.


오늘날 외국문학 번역은 그 원작자와 번역가의 이름을 보고 나서가 아니면 쉽게 손에 들지 않는 정도가 되었다. 그도 그럴 것이 아무리 명작이라도 그 번역에 적임자를 얻지 못하면 엉망이 된다. 지금도 어학적으로 더 정확한 직접 번역보다 원작자의 호흡을 남김없이 전하는 중역重譯에 매력을 느끼는 경우가 적지 않다. 결국 문학 번역은 원작에 대한 문학적 이해력과 그 나라 국어에 정통할 것, 더욱 중요하게는 번역문에 숙달할 것을 기대하지 않으면 안 된다. 몸소 외국문학에 관여하지 않더라도, 특히 오늘날처럼 번역물이 범람하는 시대에 통절히 느끼는 바다. 또 그것은 외국문학에 대한 독자의 요망이기도 하다.[사]

이토 쇼조(齋藤昌三), 「특집 여록(餘祿)」


(2) 『이성理性』 1-4, 리세이샤, 1937.8.

　　　특집 「번역의 문제」

요시이 료이치吉井良一, 「번역 기술의 현 단계」

이쿠미 에쓰지井汲越次, 「일본문학의 해외 수출」

오구리 다카노리小栗孝則, 「시의 일본어 번역에 대하여」

아다치 스스무足立進, 「자본론의 일본어 번역」

오타케 스스무大竹進, 「일본어 번역 성서에 대하여」

가모 기이치加茂儀一, 「영역 성서 성립사 비망록」

아마카스 세키스케甘粕石介, 「번역문화와 일본적 문화」


이번 호는 이 나라 문화에서 특히 중대한 문제인 번역을 각 분야 전문가들의 입장에서 검토했다.[후기]


(3) 『문학계』 6-10, 문예춘추사, 1939.10.

　　　기시다 구니오岸田國士 · 가와카미 데쓰타로河上徹太郎 · 아베 도모지阿部知二 좌담회,

　　　「번역문학의 제諸 문제」

－ 번역의 실제 1

- 번역의 실제 2

- 번역과 문화의 교류

- '셰익스피어'에 대하여

- 말하는 언어와 쓰는 언어

- 웅변에 대하여


메이지 이래 다양한 문학이 번역으로 일본에 수입되고 소개되었는데, 그것이 한 차례 끝나서 그로부터 점차 소화시키고 배워 익혀 가는 시기가 되었다.[가]

와카미 데쓰타로


우리도 서양의 언어라는 것에서 확실히 벗어나 일본어로 쓰려고 하는 그러한 번역을 하게 되었는데[기시다 구니오]


말이나 프레이즈<sup>관용구</sup>로 원작의 맛을 내고자 하는 직접적인 방식은 오히려 실패로 귀결할 가능성이 많은 듯하다.[아베 도모지]


(4) 『신초新潮』 37-8, 신초샤, 1940.8.

「번역문학의 제 문제」

혼다 아키라本多顯彰, 「번역하는 이의 입장」

도쿠나가 스나오德永直, 「원작자와 번역가」

다카가키 마쓰오高垣松雄, 「번역 기술技術의 연구」

곤 히데미今日出海, 「번역물 범람시대」

사토 사쿠佐藤朔, 「현대문학의 경우」

신조 요시아키리新庄嘉章, 「번역의 제 문제들」

하루야마 유키오春山行夫, 「번역의 기능」

이토 세이, 「번역문학이라는 것」

나카노 시게하루中野重治, 「잡담 삼아」

오쿠보 야스오大久保康雄, 「번역가의 입장에서」


번역문학 범람시대라는 지금, 번역에 대해 논하는 일이 적지 않다는 것이 이상할 리 없지만 이번 호에서는 각 방면에서 번역문학에 대해 기탄없는 검토와 격의 없는 의견을 토로해 주셨다. 번역문학에 대해 좋은 가르침을 얻는 것으로 여러분의 정독을 바라는 바다.「기자 소식」

## 3) 전후戰後 시기

이 책에서 다룬 시기를 지나 전후에도 주로 문학이나 언어학 관련 잡지에서 번역이 다루어졌다. 대표적인 것은 다음과 같다.

특집 「번역문학의 독법」, 『국문학 해석과 감상』 18-9, 시분도, 1953.9.

「번역에 대하여」 외, 『언어생활』 26, 지쿠마쇼보, 1953.11.

「번역문학」, 『문학』 24-5, 이와나미쇼텐, 1956.5.

특집 「번역문학의 종합 탐구」, 『국문학 해석과 교재 연구』 4-5, 가쿠도샤, 1959.4.

특집 「번역의 문제」, 『영어문학세계』 3-12, 에이초샤출판, 1969.3.

「번역 이론과 실천」, 『영어청년』 116-12, 겐쿠샤, 1970.12.

특집 「번역에 관하여」, 『언어』 1-4, 다이슈칸쇼텐, 1972.7.

특집 「번역의 원리」, 『언어』 4-6, 다이슈칸쇼텐, 1975.6.

「톨스토이 번역의 현대적 의미」, 『아사히 저널』 21-45, 아사히신문사,

1979.11.16.

「톨스토이 번역의 의의-하라 다쿠야原卓也 씨에게 답하는 형식으로」, 『아사히 저널』 21-49, 아사히신문사, 1979.12.14.

「나의 번역론 외」, 『아사히 저널』 22-2, 아사히신문사, 1980.1.18.

「번역1」, 『문학』 48-11, 이와나미쇼텐, 1980.11.

「번역2」, 『문학』 48-12, 이와나미쇼텐, 1980.12.

특집 「번역과 영미문학」, 『영어청년』 127-9, 겐쿠샤, 1981.12.

특집 「번역·통역」, 『언어생활』 384, 지쿠마쇼보, 1983.12.

소특집 「문학 연구와 번역의 제 문제」, 『일본의 과학자』 18-12, 스이요샤, 1983.12.

특집 「번역의 세계1」, 『언어』 13-5, 다이슈칸쇼텐, 1984.5.

특집 「번역의 세계2」, 『언어』 13-6, 다이슈칸쇼텐, 1984.6.

특집 「일본 문화에서의 번역」, 『계간 문학』 3-1, 이와나미쇼텐, 1992.1.

「번역의 시학-앙리 메쇼닉」, 『현대시 수첩』 39-7, 시초샤, 1996.7.

특집 「번역과 일본 문화」, 『국제교류』 73, 다이이치호키출판, 1996.10.

특집 「번역」, 『비교문학연구』 69, 도쿄대학 비교문학회·고분샤, 1996.12.

특집 「번역이란 무엇인가?」, 『계간 파롤』 7, 파롤샤, 1997.8.

특집 「번역」, 『일본어학』 18-3, 메이지쇼인, 1999.3.


### 4) 번역 전문지

이러한 번역 특집 등과 별도로 1970년대에는 번역 전문지가 창간되었다. 『성서 번역 연구』는 성서 번역을 특화한 전문지이다. 『계간 번역』 제1호[1973.4]에 기재된 편집 방침에서는 널리 번역 연구를 시야에 포함한 번역 전문지임을 엿볼 수 있다. 이 잡지는 제7호[1975.6]로 폐간되었다. 이듬해 11

월에 창간된 것이 『번역의 세계』다. 창간호 편집자의 발언에서 실무 번역으로 시야를 넓힌 잡지임을 알 수 있다.

### (1) 『성서 번역 연구』, 일본성서협회, 1970~

일본의 성서 번역에 관한 연구 성과가 발표되고 있으며, 현재 일본어 성서의 번역 사정을 알기 위한 참고서이기도 하다. 창간 당시에는 연 2회 간행 예정이 있었는데, 현재 부정기적으로 간행하고 있으며 제33호[2014]가 최신호다.[15]

성서 번역 잡지를 간행하는 일은 오랫동안 현안이었는데, 이번에 창간호를 세상에 낼 수 있게 된 것은 편집 동인의 기쁨입니다. (…중략…) 1970년에 일본성서간행회의 구역舊譯 성서 번역과 New English Bible의 구역 성서도 완성할 예정이므로 이들 번역 또한 새로운 지침을 줄 것이라 생각합니다. 1970년대가 성서의 일본어 번역에서 약진하는 10년이 되기 바랍니다. 성서 신역新譯이라 해도 과거의 번역을 전혀 무시하는 것이 아니라 오히려 그 축적을 통해 새로운 경지를 개척해야 합니다. 우리나라에서도 메이지·다이쇼·쇼와 세 시대에 저마다 위원委員 번역이 나왔으므로 그들의 상호 관계를 발판으로 삼아 출발해야 합니다.제1호 편집위원장, 다카하시 마사시(高橋虔), 「편집 후기」

### (2) 『계간 번역』, 일본번역연구회·미키쇼보, 1973.4~1975.6.

① 『계간 번역』은 '넓은 의미의 번역'에 대해 다각적 연구와 정보 전달을 목표로 하는 전문지입니다.

② 이제까지 번역이 우리나라 근대 문화의 형성 과정에서 매우 큰 역할을

---

15　일본성서협회는 2014년 5월부터 『New 성서 번역』을 간행하여 제10호(2025.3)에 이르고 있다.

해 왔음에도 불구하고 이를 정면에서 논하는 일은 안타깝게도 매우 단편적으로만 이루어져 왔습니다. 이 잡지는 실제로 번역에 종사하는 전문가뿐 아니라 번역에 어느 정도 관심을 지닌 분들의 발언을 폭넓게 구하고 있습니다.

③ 이는 또 독자를 단지 문학으로 한정하지 않고 사회과학에서도 자연과학에서도 무릇 번역과 관계하는 모든 분야의 분들을 상정하고 있는 것입니다.

④ 그리하여 이 『계간 번역』은 번역을 통해 문학과 문화, 또 정치, 경제, 그리고 사회를 생각하는 공통의 광장으로 삼고 싶습니다.

⑤ 본시 전문지이므로 번역의 새로운 가설이나 대담한 발상의 소개와 발표, 혹은 번역 기술의 향상을 도모하는 것, 뛰어난 신인의 발굴 등 『계간 번역』이 맡아야 할 역할과 책임이 무겁고 크다고 생각하고 있습니다.<sup>제1호「편집 방침」</sup>


### (3) 『번역의 세계』, 대학번역센터, 1976.11~

단체명은 1977년 '일본번역가양성센터', 1987년 '주식회사 바벨'로 개칭되었고, 잡지명은 2000년부터 『e트랜스』, 그 후 *eTrans Learning*을 거쳐 *The Professional Translator*로 변천했다.


『번역의 세계』라는 제호에서 이 소책자에 담긴 기대와 내용의 정도가 느껴지리라 생각한다. 번역이라는 매우 넓은 영역 혹은 심오한 분야에 임하여 설렘과 흥분을 금할 수 없다. 지금까지 번역의 존재 방식과 번역관에 날카로운 메스를 대어 앞으로 국제적인, 나아가 우주적인 입장에서 새로운 번역의 존재 방식을 탐색하고자 한다. (…중략…) 번역이란 일반적으로 학술 관계, 특히 문학을 상정하는 경향이 많은 듯하며, 번역 지망자도 역시 이 방면이 많다. 그런데 실제로는 각 관청, 기업 등에서 실무 방면의 번역가가 많이 필요하다. 실무에 뛰어난 어학 우수자를 바라고 있는 것이다. 이 잡지는 이 점에도 특히 착안하여 실천 번역 강좌를 개설하여 의욕적으로 실무 번역을 다룰 작정이다.<sup>제1호</sup>



### 5) 업계 전문지

1980년대에는 커리어<sup>특히 어학 및 업무</sup> 지향의 업계 잡지가 등장했다. 『번역 사전』<sup>알크</sup>이 1980년 11월 『별책 *The English Journal*』로 창간되었으며, 이후 한 번을 제외하고는 매년 한 권씩 발간되고 있다. "번역 일을 하고자 하는 이를 위한 완전 가이드", "프로가 되다! 커리어로 이어지다!" "번역가가 되려는 이의 필독 잡지" 등의 부제에서 느껴지는 인상 그대로 학술지나 문예지와는 분명히 구별되는 기획이다. 월간지로는 1985년 11월 『외국어 스페셜리스트』<sup>이카로스출판</sup>가 창간되었다(1992년 잡지명을 『통역 번역 저널』로 개칭, 2004년부터 격월간, 2008년부터 계간으로 발행). 비슷한 잡지로 『통역·번역 커리어 가이드』<sup>재팬타임즈</sup>, 『번역·통역 직업 내비』<sup>알크</sup>, 『통역사·번역가가 되는 책』, 『특허 번역 슈퍼 가이드』, 『당신도 출판 번역가가 될 수 있다』<sup>이카로스출판</sup> 등 무크가 있다.

### 6) 최근의 잡지

일본에서 이 분야의 학술 연구로는 '통역이론연구회'를 모체로 삼아 2000년 9월 통역 연구에 관한 일본 최초의 학술 단체 '일본통역학회'가 설립되었고, 그 학회지로 『통역 연구』가 창간되었다. 실질적으로는 번역 연구도 포함하여 출발했는데, 2008년 실태에 맞게 학회명을 '일본통역 번역학회'로 개칭하고 학회지도『통역 번역 연구』로 바꾸어 오늘날에 이른다. 2007년 이 학회 내 번역연구분과회가 엮은『번역 연구로의 초대』 제1호가 창간되었고, 2010년 제4호부터 웹 저널로 이행했다.

메이지 시기 번역 자료에 기초를 둔 출판물을 전문으로 하는 나다출판센터가 편집하는 소책자『번역과 역사 – 문학·사회·서지』는 2000년 7월 창간되어 이후 격월로 발행되고 있다.그 전신은『메이지 번역문학 통신』 1~14, 1997.9~2000.5

한편 2000년 이후 최근 잡지에서는 다음과 같은 번역 특집이 꾸려졌다.

(1)『경계와 일본문학 – 번역과 그 주변』, 제23회 국제일본문학연구집회 회의록, 국
　　문학연구자료관, 2000.3.
강연 스티븐 카터,「제영題詠의 번역」
가타누마 세이지潟沼誠二,「우치다 로안의 시대」
슝후이쑤熊慧蘇,「『통속 당현종唐玄宗 군담』의 번역 방법」
안드레아 라오스,「『정가경백번자가합定家卿百番自歌合』의「춘부春部」에 대하여」
소냐 얀첸,「『겐지 모노가타리』의 서술체 번역 문제」
정병호,「실용주의 번역에서 예술 언어 번역으로」
이응수,「『신국왕新國王』에 나타난 한국관」
나가시마 요이치長島要一,「모리 오가이가 번역한 스트린드베리」
장영순,「문화 번역으로서 영화 이야기」
리위후이李郁蕙,「타이완의 '일본어문학'에서 번역의 장치」
칸라야니 시타스완,「타이어 번역의 일본문학」

(2) 『한 권의 책』 5-8, 아사히신문사, 2000.8.

특집 「번역가」

야가와 스미코矢川澄子, 「변변찮은 번역가의 변」

미야와키 다카오宮脇孝雄, 「번역가를 향해 계단에 오르는 북 가이드」

야마오카 요이치山岡洋一, 「사전에 관해 생각하는 것」

마쓰우라 레이松浦伶, 「번역 편집자의 여록餘錄」

스즈키 지카라鈴木主税 · 하세가와 히로시長谷川宏 대담, 「번역의 요체는 일본어
센스」


(3) 『별책 사상 트레이스 1』 918, 이와나미쇼텐, 2000.11.[16]

특집 「서양의 망령과 번역의 정치」

사카이 나오키酒井直樹, 「서문」

① 서양과 그 타자

디페시 차크라바르티, 「인도 역사의 문제로서 유럽」

우카이 사토시鵜飼哲, 「어떤 정동情動의 미래」

치아 펑謝平, 「보편적인 지역」

사카이 나오키, 「서양의 탈구脫臼와 인문과학의 지위」

② 지역성의 정치학

강내희, 「모방과 차이」

류젠즈劉健芝 · 쉬바오창許寶強 · 천순신陳順馨, 「번역의 정치성과 어카운터빌리티」

울리히 요하네스 슈나이더, 「앎의 횡령은 해적 행위가 아니다」

타니 바로우, 「중국 여성에 관한 지역 연구에서 은의恩義의 영역과 페미니즘

---

16   『흔적』 1, 문화과학사, 2001.1. 다언어 문화 이론 저널 『흔적』은 영어, 일본어, 한국어로
     동시에 편집되었으며, 한국어판은 제4호(2012.7)까지 간행되었다.

의 망령」

③ 번역과 근대

존 크라니어스카스, 「번역과 문화 횡단의 작업」

왕샤오밍王曉明, 「번역의 정치학」

김소연, 「허공에 매달린 근대」

피터 오스본, 「번역으로서 모더니즘」

④ 류젠즈・피터 오스본・왕후이汪暉・사카이 나오키 좌담회, 「인터내셔널리즘과 『트레이스』」

「『트레이스』에 부쳐」

자크 데리다, 추아뱅횟蔡明發, 모리나카 다카아키守中高明, 브렛 드 베리, 위즈중于治中, 해리 하루투니언, 사키야마 마사키崎山政毅, 줄리안 빅터 코쉬만, 에릭 알리에즈, 크리스토퍼 핀스크, 가라타니 고진柄谷行人, 장-뤽 낭시, 강상중, 체 치엔즈


『트레이스』는 다언어로 간행되는 문화 이론과 번역 잡지다. 특정 지역에서 생산된 이론 지知에 존재하는 세계의 흔적traces에 주의를 기울이며, 또 다양한 장소의 실천적 사회관계에서 이론이 스스로 어떻게 구축하고 변용되는지 탐구하는 비교 문화 이론을 추구하는 잡지다.「이 잡지의 목적」


(4) 『계간 유구悠久』 87, 오후, 2001.10.

특집 「개국기의 번역」

야나부 아키라, 「번역 – '만남'의 시점에서」

구라시마 도키히사倉島節尙, 「오역의 역사」

히라카와 스케히로平川祐弘, 「'God'와 '신神'」

시마조노 스스무島薗進, 「'종교'와 'Religion'」

나카야마 로쿠로中山綠朗,「근대 기술의 도입과 번역어」

하라다 히로지原田博二,「네덜란드어시대 네덜란드 통역」

이시다 스미오石田純郎,「네덜란드어시대 의학서의 번역 사정」


서구어 번역은 중세까지 거슬러 올라가 쇄국시대에도 난학자의 손으로 이루어졌습니다. 메이지에 들어서자 서구어가 홍수처럼 유입되었는데, 예컨대 니시 아마네가 '필로소피'를 처음에는 '유교儒敎', 다음으로 '희현학希賢學', 마지막으로 '철학哲學'으로 번역한 것은 널리 알려진 바와 같습니다. 당시 서구의 신문화·신지식을 어떻게 조어造語하여 번역했을까요? 또 어떻게 재래의 말에 새로운 의미를 담아 사용하고 있었을까요? 여기에 담긴 문제점을 특집으로 삼아 보았습니다.「편집 후기」


(5)『일본아동문학』47-6, 일본아동문학자협회·고미네쇼텐, 2001.12.

특집「아동문학의 번역을 생각한다」

사쿠마 유미코作間由美子,「번역이라는 창으로 본 세계 아동문학의 현황」

미야케 오키코三宅興子,「'이와나미 소년문고'의 개역에 관하여」

가토 준코加藤純子 인터뷰,「밀리언셀러『해리 포터』시리즈를 번역 출판한 마쓰오카 유코松岡佑子 씨」

고다마 도모코小玉知子,「『메님들』과『레모네이드』」

히시키 아키라코菱木晃子,「스웨덴 아동문학 번역을 둘러싼 이모저모」

나카 유미코中由美子,「나에게 번역의 의미」

노자카 에쓰코野坂悦子,「어린이의 눈, 어른의 눈」

모타이 나쓰우母袋夏生,「말의 마력에 홀려서」

이시이 모모코石井桃子는 『곰돌이 푸』 등 영어권 아동문학의 번역에서도 이름 나 있지만 번역의 전제가 되는 것은 '읽기'일 것이다. 이번 호 특집 「아동문학의 번역을 생각한다」에서는 읽는 것, '타자'에 다가가는 일의 곤란함과 즐거움이 드러난다.미야카와 다케오(宮川健郎), 「편집 후기」

(6) 『문학계』 56-10, 문예춘추, 2002.10.

특집 「번역문학의 부富」

다카하시 겐이치로高橋源一郎·시바타 모토유키柴田元幸 대담, 「90년대 이후 번역문학 베스트 30」

"브로스키, 핀천, 디릴로……. 일찍이 전집 붐시대만큼은 아니지만 아직도 뿌리 깊은 팬의 지지를 바탕으로 뛰어난 번역서가 차차 세상에 나오는 번역 대국 일본. 그 최신 성과를 생각한다."편집부

니모토 류이치新元良一, 「백가쟁명의 현대 아메리카문학」

도요자키 유미豊崎由美, 「당세 가이분外聞, 외국문학 출판 사정」

무토 야스시武藤康史, 「작가가 번역에 도전할 때―모리 오가이에서 무라카미 하루키까지」

(7) 『일본의 철학』 4, 일본철학사포럼·쇼와도, 2003.12.

특집 「언어 혹은 번역」

스에키 후미히코末木文美士, 「'인간'의 언어, 죽은 이의 언어―'말할 수 없는 것'에 관하여」

야기 세이이치八木誠一, 「종교의 언어와 번역―신역 성서의 '장소론적 언어'와 새 공동 번역에 관하여」

제임스 하이시그, 「철학 번역의 탈성화脱聖化」

야나부 아키라, 「번역의 사상-번역으로 만들어진 '주어'」

번역이란 어떤 세계로부터 다른 세계로 몸을 뒤집는 것이라 말할 수 있을지 모르겠습니다. 그러나 다른 한편으로 번역은 새로운 세계와 만나는 일이기도 합니다. 그것에 번역의 창조성이 있습니다.<sup>후지타 마사카쓰(藤田正勝), 「편집 후기」</sup>


(8) 『국문학 해석과 교재의 연구』 49-10, 가쿠도샤, 2004.9.

「번역-번역이란 무엇을 번역하는 것인가」

가라타니 고진, 「번역가 후타바테이 시메이-일본 근대문학의 기원으로서 번역」

오무카 도시하루五十殿利治, 「모더니즘의 번역-다이쇼시대 신흥미술운동의 실천」

야나부 아키라, 「나카에 조민中江兆民은 왜 『민약역해民約譯解』를 한문으로 번역했는가」

이즈카 에리토飯塚惠理人, 「『와칸로에이슈和漢朗詠集』에서 요쿄쿠謠曲로」

시바타 모토유키柴田元幸·와다 다다히코和田忠彦 대담, 「번역과 문학」

야마다 준지山田潤治, 「16세기 일본의 크리스천 번역」

세키이 미쓰오關井光男, 「번역의 언어와 화폐-이야기의 언어 교환」

고바야시 지구사小林千草, 「몸짓이 대사를 뛰어넘을 때-노能와 교겐狂言에 나타나는 연극의 '번역'」

오카무라 다미오岡村民夫, 「축어逐語 번역가의 계보학을 위한 서문-보들레르, 말라르메, 베냐민」

노야 후미아키野谷文昭 인터뷰, 「번역-정열과 냉정, 언어의 자리바꿈에 의한 마술」

요모타 이누히코四方田犬彦,「둘시에나-이스라엘에서」

스즈키 마사미鈴木正美,「내면과 거울 저편-러시아 시의/로의 번역」

노자키 킨野崎歡,「번역 이론과 번역 사이에서-프랑스문학의 경우」

도에다 히로카즈十重田裕一,「감촉의 베이징 일본 근현대문학 번역의 현재」

모리나카 다카아키守中高明 서평,「와다 다다히코和田忠彦 저『목소리, 의미가 아닌 나의 번역론』」

소개「이이 하루키伊井春樹 편,『해외의『겐지 모노가타리』의 세계-번역과 연구」


문학의 역사는 번역의 역사였다고 말해도 좋은 일본에서 문화 번역을 포함하여 고려해야 할 것이 무수한데, 이 특집에서는 본질에 접근한 논고를 많이 게재할 수 있었습니다.마키노 마스호(牧野十寸穗),「편집 후기」


(9)『유레카』37-1, 세이도샤, 2005.1.

특집「번역 작법」

시바타 모토유키柴田元幸·가네코 야스시金子靖,「당신은 '자기 소거'를 할 수 있는가? 제로 지향의 번역 게임, 최강의 플레이어는 이렇게 말하다」

가네코 야스시,「철저 검증! 시바타 모토유키의 번역 작법」

기시모토 사치코岸本佐知子,「번역 빙글빙글 일기『실록 마음에 걸리는 부분』출장판出張版」

오타 나오코太田直子,「은막 한구석에서-글자 수가 모자란다고 외치다, 지극히 사적인 자막 번역 입문」

주조 쇼헤이中条省平,「프로와 창부娼婦-야마다 고이치山田宏一 씨에게 듣는 번역 생업」

젯쓰 도모유키舌津智之, 「빛나라! 유명한 오역 타이틀 30선」

오타 신太田晋, 「Just a Complicated Game XTC, 일본(어) 여행」

호리코시 고이치堀越孝一, 「상대의 몸이 되어 번역하는 것－그것이 기대에 어긋나는 일도 있다」

다카야마 히로시高山宏, 「번역의 곤란함, 난해함, 혹은 목숨 걸기」

노자키 칸, 「번역은 날마다 새롭다－호리구치 다이가쿠 재입문」

다카토 히로미高遠弘美, 「칭찬과 동정－명역 시집에 넘치는 '사랑'의 모습」


물론 번역이란 오리지널의 대용품이 아니다. 그 자체가 확고한 하나의 작품이다. 그러나 번역가는 원작에 대한 가장 세심하고 간절한 독자인 동시에 아직 보지 못한 독자에게 번역 작품을 내보내는 저자이기도 한 양가적인 미디엄이다.편집부, 대(大) 앙케트 「나의 번역 작법」


① 당신이 '명역'이라고 생각하는 번역서와 그 이유를 알려 주십시오.

② 번역할 때 특히 염두에 두고 있는 것은 무엇입니까?

③ 자신의 번역 중에서 이건 고생했다, 내가 했지만 명역이다, 오역이었나 (결례를 용서해 주십시오) 등등 특히 인상 깊은 일과 그 이유를 알려 주십시오.

④ 언젠가 번역해 보고 싶은 책이 있다면 알려 주시겠습니까?

데구치 유코出口裕弘, 오카야 고지岡谷公二, 다나베 다모쓰田邊保, 시미즈 시게루淸水茂, 히라오카 도쿠요시平岡篤賴, 시미즈 도루淸水徹, 아베 요시오阿部良雄, 와타나베 모리아키渡邊守章, 안도 모토安藤元雄, 아마자와 다이지로天澤退二郎, 마쓰우라 히사키松浦壽輝, 요시다 가나코吉田加南子, 다니 마사치카谷昌親, 호시노 모리유키星埜守之, 스즈키 쇼鈴木晶, 다카하시 게이高橋啓, 스즈키 게이스케鈴木圭介, 마쓰바 쇼이치松葉

祥一, 나가하라 유타카長原豊, 도미하라 마유미冨原眞弓, 이시즈 지히로石津ちひろ, 니쿠라 슌이치新倉俊一, 미야타 쿄코宮田恭子, 후지카와 요시유키富士川義之, 시무라 마사오志村正雄, 이마무라 다테오今村楯夫, 가자마 겐지風間賢二, 다쓰미 다카유키巽孝之, 가토 미키로加藤幹郎, 오모리 노조미大森望, 야나시타 사이지로柳下毅一郎, 시마다 요이치嶋田洋一, 고노스 유키코鴻巣友季子, 이와부티 다쓰지巖淵達治, 이요시 미쓰오飯吉光夫, 나카무라 아사코中村朝子, 스즈키 히토코鈴木仁子, 다케무라 도모코武村知子, 구도 유키오工藤幸雄, 누마노 미쓰요시沼野充義, 구스카케 요시히코沓掛良彦, 와다 다다히코和田忠彦, 스즈미 다다시鼓直, 노야 후미아키野谷文昭, 가와무라 사토코田村さと子, 안도 데쓰유키安藤哲行, 후지이 쇼조藤井省三, 정경모[17]

(10) 『언어문화』 22, 메이지가쿠인대학 언어문화연구소, 2005.3.

특집 「번역」

사카이 세실坂井セシル, 「번역의 역학」

요모타 이누히코四方田犬彦, 「번역과 반대로, 번역으로」

카린 가로, 구도 스스무工藤進 역, 「번역의 즐거움에 대하여」

도미야마 히데토시富山英俊, 「에즈라 파운드 시의 일본어 번역에 관한 약간의 관찰」

아베 마르크 노네스, 야마모토 나오키山本直樹 역, 「욕지거리 자막을 위하여」

자크 헨리크 레비, 「번역하여 손상된 문자」


실제로 번역 작업을 하고 있는 사람들 사이에서 이론적 고찰을 말하는 일에 강하게 망설이는 경향이 있는데, 작년에는 다양한 장에서 번역가가 자기 일에

---

17　정경모(鄭敬謨, 1924~2021): 통일운동가·정치평론가·저술가·번역가. 1970년 일본에 망명. 김지하, 문익환, 이병주, 황석영 등의 작품을 일본어로 번역.

대해 발표하는 기회가 많았던 듯하다. 우리 대학 언어문화연구소는 2003년 12월 초빙 강좌 형식으로 파리 제7대학 일본문화학과 사카이 세실 교수를 청하여 강연회를 열었다. 근년의 번역론 성과와 사회학적 방법론을 구사하여 일본문학의 프랑스어 번역이 어떻게 받아들여져 왔는지 명석한 분석을 전개하여 여러 가지 문제를 제기해 주셨다.자크 헨리크 레비, 「편집 후기」

(11) 『문학계』 60-6, 문예춘추, 2006.6.

　　국제 심포지엄 「세계는 무라카미 하루키를 어떻게 읽는가」

이미 국제 공통어가 된 '무라카미 하루키'. 세계 각국의 번역가를 모아 3월 26일 도쿄대학에서 열린 국제 워크숍을 전문 채록한다.편집부

「번역 현장에서 보는 무라카미 세계의 매력」

안내인 시바타 모토유키柴田元幸 · 누마노 미쓰요시沼野充義

발표자 Erdös György헝가리, Mette Holm덴마크, Jonjon Johana인도네시아, Tomas Jurkovic체코, Ika Kaminka노르웨이, Dmitry Kovalenin러시아, 賴明珠타이완, Serguei Logatchev러시아, Jay Rubin미국, 葉蕙말레이시아

「글로벌리제이션 가운데 무라카미 문학과 일본 표상」

안내인 후지이 쇼조藤井省三 · 요모타 이누히코四方田犬彦

발표자 Corinne Atlan프랑스, Alfred Birnbaum미국, Angel Bojadsen브라질, Ted Goossen캐나다, Uwe Hohman독일, 김청미한국, 梁秉鈞홍콩, Ivan Logatchev러시아, Anna Zielinska-Elliott폴란드

(12) 『언어』 36-4, 다이슈칸쇼텐, 2007.4.

특집 「번역 신세기 — 해석과 월경의 다이나미즘」

가와이 쇼이치로河合祥一郎, 「셰익스피어의 원전과 번역」

시모자키 미노루霜崎實, 「『어린 왕자』, 일본어 번역의 표현 배리에이션」

후지이시 다카요藤石貴代, 「김소운[18]과 무라카미 하루키 사이」

스즈키 노리히사鈴木範久, 「성서 번역과 일본어」

이이 하루키伊井春樹, 「타자들이 본 『겐지 모노가타리』」

도야마 시게히코外山滋比古, 「번역 잡고雜考」

오쿠모토 다이사부로奧本大三郞, 「외국인의 잠꼬대」

고노스 유키코鴻巢友季子, 「번역 왕래－아이 짱과 앨리스 사이」

하세가와 히로시長谷川宏, 「E. H. 곰브리치 『미술 이야기』의 공동 번역」


강 물결처럼 언어는 변화를 멈추지 않는다. 하지만 그것에 맞서듯 표현을 아로새기며 작품의 생명을 새로이 단련해 가는 번역가들의 일이 있다. 그 마음이야말로 변함없지 않겠는가? 그러한 것을 생각하면서 일찍이 좌절했던 『카라마조프의 형제』 새 번역에 착수했다.「편집 후기」


(13) 『논좌論座』 148, 아사히신문사, 2007.9.

특집 「심화하는 '번역'」

나카시마 미나中島美奈, 편집부, 「왜 지금 새로운 번역인가」

주조 쇼헤이中条省平, 「무라카미 하루키 번역의 섬세함과 과잉」

가토 하루히사加藤晴久, 「번역이란 충실함의 예술이다」

이케가미 요시히코池上嘉彦, 「언어학은 번역에 도움이 되는가」

사토 겐지佐藤健二, 「언어의 '알 수 없음'과 대면한다」

---

18  김소운(金素雲, 1907~1981) : 시인. 아동문학가. 수필가. 번역가. 식민지 시기에 시집, 동요집, 민요집 등을 편찬하여 일본어로 번역.

무라카미 요이치로村上陽一郎·야나세 나오키柳瀬尙紀 대담, 「번역과 교양을 둘러싼 '괴물'」

야마오카 요이치·벳쿠 사다노리·야나부 아키라 인터뷰

알 수 없는 것은 내 잘못. 한 권의 번역서를 다 읽지 못할 때 늘 그렇게 생각했다. 번역문에 문제가 있는 것이 아닌가 하고 생각하게 된 것은 한참 나중의 일. 원저자의 생각이 난해하면 도전할 마음이 생긴다. 하지만 바로 그 앞에서 '이해 불능'에 빠진다면 아무래도 조금 견딜 수 없다. 연기에 둘러싸인 것이 아니라 어려움과 깊이를 정확하게 전해 주는 번역이 늘어나는 것을 기뻐하고자 한다.나카시마 미나, 「편집 수첩」


**(14) 『이문화異文化 연구』 2, 야마구치대학 인문학부 이문화교류연구소, 2008.3.**

특집 1 「번역학의 시도」

야마모토 마유미山本眞弓, 「번역학의 시도－시가·역사·종교 개념의 번역에 관하여」

오쿠다 아쓰시奧田敦, 「쿠란을 텍스트로 삼는 해석학의 가능성에 대하여」

우스이 히로유키臼井裕之, 「다니카와 슌타로谷川俊太郎와 윌리엄 올드의 '만남'과 '공명'」

톈위안田原, 「번역 검증으로 본 다니카와 슌타로의 시 세계」

야마다 간토山田寬人, 「'중일전쟁'이란 무엇인가?」

특집 2 「번역의 다원성」

힌터에더-엠데 프란츠, 「비평적 독서로서 번역」

슈테판 루드밀라 비스너, 「답할 수 있는 질문으로서의 번역」

나카오 미쓰노부中尾光延, 「기억의 번역 공방工房」

가토 다케오加藤丈雄, 「사람과 사람, 그리고 말」


(15) 『국문학 해석과 교재 연구』 53-7, 가쿠도샤, 2008.5.

특집 「번역을 넘어서」

야나부 아키라, 「처음에 말이 있었다」

히다 요시후미飛田良文, 「메이지시대에 생겨난 번역어」

가와이 쇼이치로, 「셰익스피어 번역사의 단서와 현재-나쓰메 소세키의 쓰보우치 쇼요 비판에 관하여」

오니시 히사요大西比佐代, 「아메노모리 호슈雨森芳洲와 번역」

아라 고노미荒このみ, 「'버락 오바마'를 번역한다」

마쓰모토 미치히로松本道弘, 「동시 번역의 어려움」

후지 마사루富士秀, 「자동 번역기는 어디까지 진보하는가」

후지이시 다카요藤石貴代, 「서정의 덫-김소운과 김시종[19]」

다카하시 구니히코高橋都彦, 「페르난두 페소아를 번역한다-『불안의 서』와 마주하다」

젯쓰 도모유키舌津智之, 「오역의 명작 미국문학 작품의 일본어 제목 재검증」

히구치 사토루樋口覺, 「몽상의 시학-부단한 창조적 배신」

에토 히로유키江藤裕之, 「번역이라는 이름의 예술-언어의 치환에서 창작으로」

슈쿠야 무쓰오宿谷睦夫, 「단카의 번역」

이케우치 오사무池內紀 특별 에세이, 「카프카 이전과 카프카 이후」

다른 문화와 접하는 것은 자기 문화를 되돌아보는 일이기도 합니다. 언어도 그렇고 문화도 그렇고 사상도 그렇습니다. 자기만 보고 있으면 깨닫지 못하는

---

19　김시종(金時鐘, 1929~) : 재일문학가. 시인. 1948년 4·3항쟁 후 일본으로 밀항.

것이 타자를 통하면 분명히 보이게 됩니다. 앞으로 국문학 연구를 해 가는 데에도 분명 번역은 큰 힌트를 줄 것입니다. 세계와 이어지는 일은 '국문학'에서 큰 테마가 될 것이 분명합니다.오시마 게이이치로大島圭一郎, 「편집 후기」

(16) 『원근遠近』 23, 국제교류기금·야마카와출판사, 2008.6.

특집 「번역이 만드는 일본어」

가시마 시게루鹿島茂·가메야마 이쿠오龜山郁夫·고노스 유키코 권두 정담鼎談, 「일본어는 번역으로 어떻게 단련되어 왔는가」

나카무라 모모코中村桃子, 「번역은 인간관계를 표현하는 일본어의 보고다」

로저 펄버스, 「인간은 언어가 달라도 같은 것에 매혹된다」

미야타 노보루宮田昇, 「'수입 번역 대국', '무단 번역 대국'이라는 오해를 풀다」

편집부, 「테마로 보는 일본의 번역문화」

안도 스스무安藤進, 「번역의 아날로그 사고를 디지털 기술이 떠받치다」

야마가타 히로山形浩生, 「'프로젝트 스기타 겐파쿠'가 번역의 방법을 바꾸다」

번역 언어는 실로 번역된 시대의 일본어와 가치관의 거울이라고 할 수 있습니다. 편집을 마치고 신구 번역을 비교해서 읽어 보거나 명작으로 평가받는 번역을 다시 읽게 되었습니다.니시노 유키(西納由紀), 「편집 후기」

(17) *Review of Japanese Culture and Society* 20, 조사이대학 국제학술문화진흥센터 기요紀要, 2008.12.

The Culture of Translation in Modern Japan

Indra Levy, "Introduction : Modern Japan and the Trialectics of Translation"

Andre Haag, "Maruyama Masao and Kato Shuichi on Translation and Japanese Modernity"

Yanabu Akira, "Translation Words : Formation and Background[excerpts], Shakai — The Translation of a People who had no Society[translated by Thomas Gaubatz]; Kare and Kanojyo — The Shifting Referents of Two Translation Pronouns[translated by Andre Haag]"

Saeki Junko, Indra Levy trans., "From Iro[Eros] to Ai = Love : The Case of Tsubouchi Shoyo"

Yoshimoto Takaaki, Hisaaki Wake trans., "On Tenko, or Ideological Conversion"

Christine M. E. "Guth, Hokusai's Geometry Atsuko Ueda, Sound, Scripts, and Styles : Kanbun kundokutai and the National Language Reforms of 1880s Japan"

Miri Nakamura, "Monstrous Language : The Translation of Hygienic Discourse in Izumi Kyoka's The Holy Man of Mount Koya"

Melek Ortabasi, "Brave Dogs and Little Lords : Some Thoughts on Translation, Gender, and the Debate on Childhood in Mid Meiji."

Jan Bardsley, "The New Woman of Japan and the Intimate Bonds of Translation"

Michael Emmerich, "Making Genji Ours : Translation, World Literature, and Masamune Hakucho's Discovery of The Tale of Genji"

Yanabu Akira, Indra Levy trans., "In the beginning, there was the Word"

Aragorn Quinn, "Annotated Bibliography of Translation in Japan"

근대 일본은 번역의 문화다. 근대 일본 독자와 작가 사이에서 오랫동안 당연시되어 온 이 단순한 명제는 이제 영어와 다른 서양어로 연구하는 일본학 학자들 사이에서도 빠르게 힘을 얻고 있다. (…중략…) 이 책은 번역문화로서 일본 이라는 개념이 '일본'과 '번역'에 대한 우리의 이해와 접근에 생산적으로 개입할 수 있는 다양한 방식을 조명하기 위해 기획되었다.<sup>Indra Levy, "Introduction"</sup>

(18) 『주간 독서인』, 독서인, 2010.12.29.
가와토 미치아키<sup>川戸道昭</sup>·사카키바라 다카노리<sup>榊原貴教</sup> 대담, 「번역문학에서 근대 일본의 기초를 보다―『도설<sup>圖說</sup> 번역문학 종합사전』<sup>전 5권, 오조라샤</sup> 간행을 계기로」

일본은 세계의 온갖 문학 작품을 번역으로 읽을 수 있는, 세계에서 드문 번역문학 대국이다. 또 근대 일본은 그로부터 다양한 것을 흡수하며 발전해 왔다고 할 수 있다. 그러나 지금껏 번역문학을 체계적으로 훑어본 연구라고 할 만한 것은 좀처럼 시도되지 못했다.<sup>편집부</sup>

이상이 2010년까지 문헌의 일부다. 이 한정된 자료가 지금까지 일본의 번역론을 모두 설명하는 것은 아니며, 그런 의미에서 이 장은 미완성이다. 더구나 앞으로 수맥이 어디로 향할 것인가? 향후 동향에 계속 주목하고자 한다.

제2부

# 근대 번역론
# 자료와 해제

# 이솝 우화



## 예언

이번에 내가 역술譯述한 이 이솝 씨의 우언寓言 비유는 덕교德敎를 부녀와 아이들에게 가르쳐 보일 첩경으로 어떤 시골 아이나 아낙네라도 그 이치를 쉽게 이해할 수 있는 것이다. 마치 우리나라의 라쿠고落語[1]와 다를 바 없다. 그래서 지금 그 번역어도 이해하기 쉬운 것을 주지로 삼아 원문의 뜻에 따르면서도 속언이어俗言俚語[2]로 옮겨 썼다. 바라건대 보는 이에게 이 이야기가 그저 유익했으면 하여 의미가 깊고 그윽함에 주의하였으며, 또한 더욱 알기 쉽게 설명을 덧붙여 동몽童蒙[3]을 설유說諭할 수 있다면 내 본뜻에 지나지 않는다. 만약 문장의 졸렬함과 번역어의 비루함을 논박하는 이가 있더라도 크게 보면 역자의 뜻과 다르지 않을 것이다.

번역서가 원문의 면목을 고치지 않고 존중해야 한다는 것은 말할 나위도 없다. 그러나 나의 이 역술은 의미의 철저함을 주지로 삼아 앞뒤 문기文氣와 흐름의 세勢에 따라 문장을 단어로 바꾸기도 하고, 단어를 문장으로 바꾸기도 했다. 크고 작은 단락의 순서를 앞이나 뒤로 바꾸기도 했으며, 원문에서 떼어 놓거나 덧붙여 쓰기도 했다. 보면서 어떤 요구도 의심

---

1    일본의 전통 재담. 만담.
2    항간에서 쓰는 속어. 속된 말.
3    어려서 아직 사리에 어두운 아이.

도 말기 바랄 뿐이다.

만약 이 책의 차례를 원서에 따라 번역할 때는 제목이 같은 것이 있어서 혼란이 생기기 쉽다. 그래서 이번에는 중복되는 제목을 고쳐서 찾아보는 편의를 더했다.

나는 이 책을 역술하면서 먼저 이이俚耳[4]에 쉽게 들어갈 수 있는 것을 초역抄譯했다. 의미를 이해하기 어려운 것은 남겨 놓기도 했다. 훗날 한가한 때가 있으면 그것도 모으고 더해 번역하여 상재上梓[5]하기로 한다. 원서를 보는 이는 이 책을 읽고 빠진 부분이 있더라도 오해 없기 바란다.

원서에 '어떤 이', '다른 이'라고 되어 있어서 이야기의 흐름을 잃은 곳은 임시로 그 이름을 '갑'이나 '을'과 같은 식으로 붙여 두었다.

또 '우물'이라 옮겨야 할 말을 '큰 도랑'이라 번역하거나 '잃어버린 소'로 옮겨야 할 곳을 '집소'라 번역함과 같은 것이 적지 않다. 이러한 낱말들은 이야기의 형편에 따른 것이며 구태여 원래 단어에 집착하지 않았다. 그러니 보는 이는 이 한 가지만 두고 비판하지 않았으면 한다.

그런가 하면 '마시고'라 쓸 것을 '마시고'로 쓰고 '노야老爺'라 쓸 것을 '할아버지'라 쓴 것과 같은 유도 많다.[6] 이것은 여리閭里[7]의 입말을 따른 것으로 표기의 옳고 그름은 신경 쓰지 않았다.

'톤頓'과 '조도丁度' 등과 같이 단지 소리만 빌려 쓴 글자들이 있다. 이 글자들에 특별한 뜻이 있는 것은 아니다. 독자께서는 잘 살피시기 바란다.

'보補'라고 쓴 것은 내가 논평을 덧붙여 둔 곳이다. 또 '경經'이라고 쓴 것

---

4　[편자 쥐] 세상 사람들의 귀.
5　[편자 쥐] 책을 출판하는 일.
6　예스러운 말 대신 당시의 표기, 한자어 대신 일상의 입말에 가깝게 썼다는 뜻. 원문에서 든 예는 각각 '吸ふて'와 '吸つて', '老爺'와 'ぢいさん'.
7　[편자 쥐] 시골. 촌락.

은 『경제설략經濟說略』[8]에 있는 이야기를 그러모아 번역한 것이다.

13과 같이 서양 숫자를 각 장마다 붙여 둔 것은 내가 이미 출판한 이 『이솝 이야기』 원서의 항목 수와 맞추기 위해 편의상 덧붙여 둔 것이다.

그리스와 같이 오른쪽에 두 줄을 그은 것은 지명이며, 또 헤라클레스와 같이 오른쪽에 한 줄을 그은 것은 사람이나 사물 이름이니 문장의 뜻에 따라 이해하기 바란다.

온溫 다시 씀

---

8    나가타 겐스케(永田健助, 1844~1909) 편술(1879).

와타나베 온渡部温은 덴포 8년1837에 태어나 메이지 31년1898에 사망했다. 부친은 막부 관리였다. 처음에는 난학蘭學을 공부하다가 나중에는 영학英學에 뜻을 두어 막부 문관으로 양학洋學을 연찬研鑽했다. 유신 후에도 신정부에서 영학을 가르쳤고, 메이지 10년1877 도쿄외국어학교 교장이 되었다.

『통속 이솝 이야기』는 "쓰조쿠 이솝 모노가타리"라고 읽는다. 이 책은 화철본和綴本9 전6권인데, 지금까지는 메이지 5년1872에서 메이지 8년1875 사이에 권의 순서에 따라 출판된 것으로 알려졌지만 현재는 메이지 6년1873에 간행된 것으로 판명되었다.도요문고(東洋文庫)판 다니카와 게이이치의 해설 참조 메이지 21년1888 증정판이 나오면서 목판이 활판으로 바뀌어 읽기 좋은데, 「예언」은 다소 짧아진 정도로 내용에는 큰 변화가 없다. 마찬가지로 메이지 5년1872 여름 와타나베 온이 번각飜刻한 Thomas James 편 *Aesop's Fables*영문이 원전이다. 또 이 책은 소학교 교과서에도 채용되었다.

이 「예언」의 의의는 메이지 초기에 "이해하기 쉬운 것을 주지로 삼아 원문의 뜻에 따르면서도 속언이어로 옮겨 썼다"는 번역 방침과 동시에 "번역서가 원문의 면목을 고치지 않고 존중해야 한다는 것은 말할 나위도 없다"는 원문 존중, 기점 언어 중시의 번역 규범의 맹아가 엿보인다는 데 있다. 와타나베 온은 번역의 목적이 '동몽아이들'의 계몽과 설유에 있으므로 의미를 중시하여 "앞뒤 문기와 흐름의 세" 즉 문맥과 이야기 흐름에 따라 센텐스를 명사구로, 또 명사구를 센텐스로 변환하거나 단락의 전후를 뒤바꾸는 등 조작을 가했다고 미리 말해 두고 있다. 문체는 "평이한 문어체 지문에 경묘輕妙한 구어체 회화문을 끼워 넣은"다니카와 게이이치의 해설 것

---

9    일본의 재래식 방법으로 맨 책.

이었는데, 도미타 히토시[1991]는 "전체적으로 결코 세련된 것은 아니며, 일부 직역체도 남아 있다"고 평가한다. 그 번역의 한 단면을 보자.

FABLE 5. THE WOLF AND THE CRANE

A Wolf had got a bone stuck in his throat, and in the greatest agony ran up and down, beseeching every animal he met to relieve him : at the same time hinting at a very handsome reward to the successful operator. A Crane, moved by his entreaties and promises, ventured her long neck down the Wolf's throat, and drew out the bone. She then modestly asked for promised reward. To which, the Wolf, grinning and showing his teeth, replied with seeming indignation, "Ungrateful creature! to ask for any other reward than that you have put your head into a Wolf's jaws, and brought it safe out again!"

Those who are charitable only in the hope of a return, must not be surprised if, in their dealings with evil men, they meet with more jeers than thanks.


제3. 늑대와 학 이야기

어느 늑대가 목구멍에 큰 뼈가 걸려서 이리저리 미쳐 날뛰니, 나의 이 고통을 구할 이 있으면 잘 보답하리라 울부짖었다. 학이 그 괴로움을 보고 가엾게 여기며 한편으로는 잘 보답하리라는 말에 마음이 움직여 내가 구하겠노라 하고 긴 부리를 늑대 입에 넣어 뼈를 뽑아내고서는 보답을 하라고 정중히 요구하니, 늑대가 눈을 부라리고 이빨을 드러내며 "무어라, 이 배은망덕한 것, 너야말로 늑대인 내 입에 모가지를 들이밀지 않았더냐. 그 모가지를 잘리지 않은 것만으로도 요행이다. 무슨 보답이 있느냐, 멍청한 놈 같으니"라 꾸짖었다.

보답을 얻으려는 생각으로, 또는 은혜를 받으려는 생각으로 남에게 베푸는 것은 우연히 악인에게 베풀게 되면 은혜는커녕 오히려 욕을 먹게 되는 것이니 어쩔 수 없는 일이다. 무엇이든 남을 돕거나 남에게 베푸는 것이 보답을 목적으로 하는 것은 옳지 않다.

품사에 구애받지 않고 비교적 자유롭게 번역한 것을 알 수 있다. 다만 의미는 정성껏 담아내고 있다. 이를 『아마쿠사본天草本 이솝 이야기*ESOPONO FABVLAS*』신무라 이즈루,[10] 1939와 비교해 보자.

### 학과 늑대 이야기

어느 날 늑대 목에 큰 뼈가 걸려서 너무 어쩔 줄 몰라 학의 곁에 가서 "이 곤란함을 도와 구해 다오. 그대밖에 도울 이 또 없으니 이 곤란함을 도와준다면 물과 물고기처럼 친해질 것이며 거기에 평생 그 은혜를 잊지 않겠다"고 말하자 학이 그 연유를 보고 가엾게 여겨 "그럼 입을 벌리라" 하고 부리를 넣어 뼈를 집어 꺼내며 "아까 한 약속을 잊지 말라"고 하자 늑대가 이 말을 듣고 크게 노하여 "너는 무슨 말을 하느냐? 나야말로 은혜를 베풀어 지금 네 녀석의 머리를 내 마음대로 잘라 먹지 않고 도와준 것도 은혜라고 생각하지 않느냐" 하자 학은 무익한 고생만 하고 떠났다.

### 속마음

은혜도 모르는 악인에게 은혜를 베풀고자 할 때에는 그저 천도天道에 대하여 하시라.

---

10　신무라 이즈루(新村出, 1876~1967) : 언어학자. 문헌학자. 교토대학 교수.

이 아마쿠사본의 원전은 라틴어로, 포르투갈어식 로마자로 표기되어 1593년에 간행된 것이다. 번역문에는 모모야마시대[11] 게이한京阪[12] 지방의 구어가 쓰였다. 와타나베 온의 번역 쪽이 한자가 많아 언뜻 어려워 보이지만 덧붙은 루비를 보면 그다지 차이가 없다. 메이지 시기에 출판된『이솝 이야기』의 저본을 검토한 기사카 모토이[1993]는 주요 텍스트의 첫머리 문형 분석을 통해『통속 이솝 이야기』가 더 문어성文語性이 짙은 속문체라 말한다. 동시에 메이지 전기의『이솝 이야기』는 많든 적든『통속 이솝 이야기』를 모델로 삼고 있는데 "그만큼『통속 이솝 이야기』가 담당한 역할이 컸으며, 근대 동화 문장의 성립에 영향을 끼친 바 컸다"고 말하고 있다.


**참고문헌**

기사카 모토이(木坂基),「明治期の『伊蘇普物語』の文章」, 山內洋一郎·永尾章曹 編,『近代語の成立と展開繼承と展開』2, 和泉書院, 1993.

도미타 히로시(富田仁),『東西文學の接點』, 早稻田大學出版部, 1991(新版).

메이지문화연구회(明治文化硏究會) 編,『明治文化全集 22－飜譯文藝篇』, 日本評論社, 1967.

신무라 이즈루(新村出) 飜字,『天草本伊曾保物語』, 巖波文庫, 1939.

와타나베 온(渡部溫) 譯, 다니카와 게이이치(谷川惠一) 解說,『通俗伊蘇普物語』(東洋文庫 693), 平凡社, 1873; 2001.


11  16세기 후반 오다 노부나가(織田信長)와 도요토미 히데요시(豊臣秀吉)가 집권한 아즈치 모모야마시대(安土桃山時代).

12  교토와 오사카를 가리키는 말.

# 텔레마코스의 모험



## 서언

이 책의 원본은 프랑스 도사道士 페넬롱 선생의 저술로 이 책이 말하는
바는 나라의 군주 된 자의 정교政教를 주로 하여 간난, 쾌락, 화복, 흥폐興廢
를 겉으로 드러내고 성의, 정심正心, 치국, 평천하를 마음속에 담아 풍자와
논평을 가장 간곡하게 하며 또한 문장을 절묘하게 했으니, 명장과 어진
선비를 칭송하는 시부詩賦라 할 만한 것이다. 그런 고로 여러 나라말로 번
역되어 혹은 시가로 읊고 소설 패사稗史의 으뜸된 자로 유럽 각국에서 상
찬받는 바 성대하다. 당시 선생이 이 책을 쓸 무렵 깊이 감추고 세상에 알
리지 않은 채 한아閑雅한 벗으로 삼아 둔 것을 불충한 하인이 끄집어내어
작자 모르게 출판했는데, 그때 프랑스 왕 루이 14세는 자신의 정치를 풍
자하고 비평하는 바가 있다고 보아 간행을 금지하고 그 출처를 추궁하여
선생을 벌하고 채지采地[1]에서 내쫓았다. 실로 저 1699년, 우리 겐로쿠 12
년, 지금으로부터 181년 전 일이다. 선생이 죽은 후 1717년, 우리 교호 2
년, 지금으로부터 163년 전, 그 친척이 재판再版하여 다시 이를 세상에 내
놓아 선생의 뇌명雷名이 더욱더 세상에 울려 누구라도 모르는 자가 없기
에 이르렀다. 이처럼 진기한 책을 내가 거칠게 다듬어 번역해 낸 것은 너

---

1    [편자 주] 영지(領地)라는 뜻.

무나 탄식할 만한 일이지만 다이세이도大盛堂 주인의 재촉이 잦고 사양하기 어려워 붓을 든다. 본디 엄밀한 의미에서 학예의 서적은 아니므로 말을 꾸미지 않고 오로지 그 뜻을 뜻으로서 본문을 풀었다. 미리 보는 이의 지루함을 막고자 『텔레마코스 화복담禍福譚』이라 제목을 붙여 36권으로 모두 끝맺되 나무 덩굴이 계속 이어지듯이 속속 권卷을 고치고 편編을 거듭할 것이니 끝까지 내일을 기다리기 바란다.

　이제 이 책을 보는 이가 알기 쉽도록 한 장의 권두 그림을 실어 이 이야기 발단의 의미를 뚜렷이 했다. 이 그림은 본문보다 17년 전의 정황이다. 이를 헤아리면 지금으로부터 3천여 년 전 옛날, 그리스 여러 나라 왕후들이 힘을 모아 군졸 10만, 군함 1,200척으로 트로이라는 성을 쳐서 10년의 세월을 보내며 끝내 이겼다. 이 싸움은 기원전 1194년에 시작하여 1184년에 끝난 세상에 이름 높은 공성전으로 옛 역사에 소상하다. 이타카국의 왕 율리시스[2]도 동맹 왕후들과 함께 트로이 출정에 임하였는데, 친구 멘토에게 그 나라의 정치보다 강보에 싸인 외아들 텔레마코스의 교양을 맡기고 출전했다. 그로부터 10년 후 전쟁에서 이기고 개선하는 항해 중에 풍랑을 만나 표류하며 여러 섬을 떠돌고 갖가지 일을 겪으며 본국으로 돌아오지 못한 채 또 10년을 보냈다. 이것이 이 책의 발단이다. 이로부터 먼저 텔레마코스는 멘토와 함께 율리시스의 종적을 찾고자 남몰래 본국을 떠나 여러 섬을 표류하며 간난신고와 쾌락을 겪으니 인간 만사 온갖 화복의 이야기다.

메이지 12년[1879] 4월
산도山道의 한사寒士 미야지마 하루마쓰
도쿄의 여우旅寓[3]에서 쓰다

---

2　오디세우스의 라틴어 이름.

3　객지에서 묵고 있는 방.

# 서언

대저 이 책 문장의 절묘함은 그 나라에 전하는 문림文林의 규범이라 할 만한 것이지만 그와 우리는 언어 문장이 다르다. 가령 직역하더라도 능히 그 묘함을 옮길 수 없다. 이는 역자가 탄식하는 바로서 고심 또한 심하였다. 고로 원문에 따라 번역해 가되 될 수 있는 대로 작자 생각의 긴밀함을 해치지 않고자 했다. 이 역자 또한 삭제하여 잃느니보다 도리어 중복하여 잃는 편이 낫다고 여겼다. 고로 문장이 종종 혼융渾融이 이지러지고 말의 기세가 중복을 면치 못하는 곳이 있어 보는 이들 여러분의 사상을 번거롭게 할까 두렵다. 바라건대 여러 군자께서 그 잃음을 책망하고 그 부족함을 바로잡아 주신다면 다행스럽겠다는 것이 이 역자의 뜻이다.[4]

---

4    **[편자 주]** 이 「서언」의 문장 그 자체는 번역자 이자와 신자부로의 붓으로 된 것이 아니라 오기소노 간진(荻園閑人, 모리 시게토(森重遠)의 필명)에 의한 것이다. 모리 시게토는 이자와 신자부로의 형 이자와 슈지(伊澤修二, 1851~1917, 교육자로 유명)의 장인이다. 「서언」 가운데 "나 또한 누열(陋劣)함을 돌아보며 이윽고 교열·첨삭의 책임을 맡았도다"라 말한 것처럼 그는 이자와 신자부로의 번역문을 교열하고 게다가 다소 출자를 하는 등 이 번역서 출판에 크게 협력한 듯하다. 속표지에 "시로우메쇼야(白梅書屋) 장판(藏版)"이라 기재되어 있는데 이 시로우메쇼야란 모리 시게토의 서재 명칭이다(야니 기다 이즈미, 1935; 1961, 379면).

『구주소설 텔레마코스 화복담』의 역자 미야지마 하루마쓰宮島春松, 또는 하루키는 가에이 원년1848 시나노 마쓰시로 번사藩士의 아들로 태어나 번의 사관학교에서 영어와 프랑스어를 배웠다. 메이지 3년1870 상경한 후 도쿄카이세이가쿠인東京開成學校에서 프랑스어를 배우고, 그 후 육군성에 들어가 번역관으로 프랑스 병서 번역에 종사했다. 또 도쿄에 아악협회雅樂協會를 창립하는 등 아악 진흥에도 진력한 인물로 알려져 있다. 메이지 37년1904 57세의 일기로 사망했다.

『경세지침 텔레마코스 기담』의 역자 이자와 신자부로伊澤信三郎는 안세이 3년1856에 태어났다. 메이지 7년1874 19세 때 도쿄외국어학교에 입학하여 프랑스어를 수학했다. 메이지 13년1880 센슈학교專修學校, 훗날 센슈대학에 입학했는데『텔레마코스 기담』은 재학 중에 간행한 것이다. 졸업 후 니혼은행, 요코하마쇼킨은행에서 근무했으며 프랑스 리옹, 영국 런던에 부임했다. 그사이 메이지 20년1887 리옹의 시립직물학교를 졸업하여 메이지 22년1889 귀국한 후에는 직물 사업을 일으켰다. 다이쇼 14년1925 70세로 사망했다.

미야지마 하루마쓰와 이자와 신자부로의 약력에 대해서는 야나기다 이즈미1935; 1961에 수록된 「『텔레마코스 화복담』 역자 미야자와 하루마쓰 전」,「『텔레마코스 기담』 역자 이자와 신자부로전」을 참조했다.

미야지마 하루마쓰가 번역한『텔레마코스 화복담』1879~1880과 이자와 신자부로가 번역한『텔레마코스 기담』1883 모두 17세기 프랑스문학가 페넬롱François de Salignac de La Mothe-Fénelon 의 『텔레마코스의 모험Les Aventures de Télémaque』1699의 일본어 번역이다. 메이지문화연구회1967에서『텔레마코스 화복담』 해제를 집필한 다카하시 구니타로[5]에 따르면 이 번역은 메이지 11년1878에 출판된 쥘 베른의 『80일간의 세계일주』 번역과 더불어 메이지 초기에 번역된 프랑스문학 중에서도 중요한 작품이라 한다.

메이지 초기 번역문학 연구자 야나기다 이즈미1935; 1961, 17면에 따르면 이 두 책에 앞서 메이지 11년1878에도 나가자와 마사요시長澤正毅에 의해 『페넬롱 이야기』가 같은 책의 일본어 번역으로 출판 기획되었다고 한다. 메이지 초기 불과 5년여 동안 세 차례나 번역이 시도된 사실에서 당시 일본 문화가 외국 문화 수용에서 추구한 것을 이 작품이 어떻게 체현하고 있었는지 짐작할 수 있을 것이다. 그런 의미에서 번역문학과 시대 추세가 밀접한 관련을 드러내며, 메이지 초기 번역문화의 한 단면을 엿볼 수 있는 번역 작품이다.

또 『텔레마코스 화복담』에 대해서는 역자 미야지마 하루마쓰가 「서언」 가운데 이 번역을 36권으로 완결시키겠다고 말했으나 메이지 12년1879 5월 제1권 발행 후 이듬해인 메이지 13년1880 제8권까지 간행으로 끝났다. 앞서 언급한 다카하시 구니타로에 의하면 현존하는 것이 제1권에서 제8권까지로 그 후 몇 권까지 간행되었는지 미상이나 원서의 약 3분의 1까지라 한다.

이 원저 『텔레마코스의 모험』은 트로이 전쟁에 출정한 오디세우스의 아들 텔레마코스의 모험담을 빌려 정치적 교훈, 제왕학을 묘사한 이야기로 저자 페넬롱이 당시 루이 14세의 왕세손인 부르고뉴 공의 교육을 위해 쓴 것이라 한다.야나기다 이즈미, 1935, 66면 이러한 정치적 주제를 담은 소설이 번역된 배경에는 메이지 7년1874 이타가키 다이스케板垣退助[6] 등의 민찬

---

5    다카하시 구니타로(高橋邦太郎, 1898~1984) : 번역가. NHK 기자 겸 아나운서.
6    이타가키 다이스케(板垣退助, 1837~1919) : 메이지 유신의 원훈(元勳). 자유민권운동

의원 설립 건백서 상신 이후 자유민권운동의 융성을 배경으로 하여 메이지 10년대[1877~1986]에 현저했던 서구 정치소설 번역 유행이 있었다고 말할 수 있을 것이다. 야나기다 이즈미[1935; 1961, 20면]는 미야지마 하루마쓰의 『텔레마코스 화복담』이 출판된 메이지 12년[1879] 단계에서 정치소설은 아직 일본 문화 가운데 확립되어 있지 않았고, 이 번역도 정치소설이라기보다는 오히려 소설로서의 재미에 이끌려 번역되었다고 고찰하고 있다. 다만 『텔레마코스 화복담』의 「서언」 앞머리에도 그 정치적 내용에 주목한 서술이 있듯이 비록 아직 맹아적인 것이었다 하더라도 작품의 정치적 주제에 대한 흥미와 관심이 생겨나기 시작한 것은 틀림없다고 하겠다. 메이지 16년[1883] 『텔레마코스 기담』으로 다시 번역된 것도 그러한 정치소설에 대한 관심과 수요가 높아진 사정을 드러낸다고 여겨진다.

다음으로 두 번역의 구체적인 번역 자세를 각 「서언」에서 살펴보자. 미야지마 하루마쓰는 『텔레마코스 화복담』의 「서언」 가운데 다음과 같이 서술하고 있다.

본디 엄밀한 의미에서 학예의 서적은 아니므로 말을 꾸미지 않고 오로지 그 뜻을 뜻으로서 본문을 풀었다. 미리 보는 이의 지루함을 막고자

즉 학문적인 책이 아니므로 어구 일자일구一字一句에 구애받지 않고 그 의미의 이해와 전달에 유의하여 독자가 싫증나지 않게 읽을 수 있도록 번역한다는 입장이다.

이 번역이 간행된 메이지 12년[1879]은 번역 본연의 자세로 원작을 환골

___

지도자.

탈태시켜 일본풍으로 자유역 혹은 번안하여 소개·이입하는 것이 중심이었던 시기다.『텔레마코스 화복담』도 예외가 아니어서 에도시대의 게사쿠戲作,[7] 요미혼讀本[8]의 전통을 따르듯이 낭랑한 7·5조 문체를 사용하여 번역했으며, 인명이나 지명도 그 음을 한자에서 빌려 붙이는 등텔레마코스 '哲烈', 멘토 '萬執', 트로이 '十老' 등 목표 문화에서 수용하기 쉽게 하려는 의도, 이른바 동화적同化的 번역 태도domestication가 현저하다. 한편으로 이 번역서의 삽화는 등장인물 등의 모습을 극단적으로 일본화하지 않고 로마풍 의장意匠으로 그리고 있다. 당시에는 외국문학 번역이라 하면 그 삽화는 가부키 장면 같은 것이거나 완전히 일본 인물·풍속을 그린 것이 적지 않았다. 그런 의미에서 이 삽화 자체에서는 작품이 외국의 문학임을 눈에 보이는 형태로 제공하고자 한 의도가 분명하다. 이러한 동화적 번역 태도와 외국문학임을 주장하는 삽화 방침의 양립에는 외국문학으로서 새로움을 유지하는 한편 번역문은 일본인이 이해하기 쉽게 하는 것을 제일의第一義로 삼은 번역 출판의 방향성이 있었음을 간파할 수 있다.

한편 이자와 신자부로에 의한 메이지 16년[1883]의 『텔레마코스 기담』은 미야지마 하루마쓰와 같이 원저의 '뜻' 전달을 제일의로 하는 동화적 번역 자세는 취하고 있지 않다. 이자와 신자부로의 번역 태도에 대해서「서언」을 쓴 오기소노 간진荻園閑人, 森重遠은 다음과 같이 말하고 있다.

대저 이 책 문장의 절묘함은 그 나라에 전하는 문림의 규범이라 할 만한 것이지만 그와 우리는 언어 문장이 다르다. 가령 직역하더라도 능히 그 묘함을 옮길 수 없다. 이는 역자가 탄식하는 바로서 고심 또한 심하였다. 고로 원문에 따

---

7　에도시대의 통속적인 오락 소설.
8　에도시대 후기의 전기적(傳奇的) 소설.

라 번역해 가되 될 수 있는 대로 작자 생각의 긴밀함을 해치지 않고자 했다. 이 역자 또한 삭제하여 잃느니보다 도리어 중복하여 잃는 편이 낫다고 여겼다. 고로 문장이 종종 혼용이 이지러지고 말의 기세가 중복을 면치 못하는 곳이 있어

즉 일본어로 쓴 것처럼 유려한 문장이 될 수 없는 부분이 있더라도 원문에 따라 원작자의 문장을 해치지 않도록 했다는 번역 태도가 분명히 언급되어 있다.

야나기다 이즈미가 지적한 바이지만 미야지마 하루마쓰의 번역이 내용 편중인 데 비해 이자와 신자부로의 번역 태도에는 외형 존중의 뜻이 분명히 드러나 있다. 메이지 18년[1885]에 출판된 『계사담』의 「예언」[자료 4] 참조에서는 그때까지 내용 편중이었던 자유역 중심의 번역 자세에 대해 명확하게 이의를 제기하면서 내용뿐만 아니라 형식도 정확하게 번역해야 한다는 번역관을 제시하고 있다. 이것이 메이지 번역문화의 큰 분기점이 되었다는 것은 지금까지 여러 차례 지적되어 왔다. 이 『텔레마코스 기담』의 「서언」에도 외형 존중이 드러나 있는 것에 대해 야나기다 이즈미[1935; 1961, 36~37면]는 『텔레마코스 기담』의 번역 자세 표명이 『계사담』만큼 적극적이지는 않으므로 이 단계에서 번역관의 큰 전환점이 될 수는 없었다고 말하고 있다. 그러나 메이지 번역관의 큰 전환점이 된 『계사담』에 앞서 그러한 자세가 드러나 있다는 점에서 『텔레마코스 기담』은 역시 특필할 만한 사례임이 틀림없을 것이다.

같은 원문에서 번역한 것이면서도 불과 4년의 기간에 이러한 번역 전략의 변화가 나타나 있어 메이지 번역 상황에서 흥미로운 사례라 할 수 있다.

## 참고문헌

메이지문화연구회(明治文化硏究會) 編,『明治文化全集 22 － 飜譯文藝篇』, 日本評論社,
    1967.
야나기다 이즈미(柳田泉),『明治初期飜譯文學の硏究』, 春秋社, 1935; 1961.
____________________,『政治小說硏究』上, 春秋社(松柏館書店), 1935.

# 줄리어스 시저



## 부언

원본은 본래 대본의 변변찮은 경우와 비슷하게 단지 대사만 사용해 지은 것으로 이른바 희곡은 아니다. 여기 인폰院本[1]과는 체재가 전혀 다른 것을 오늘날 이 나라 사람들을 위해 일부러 인폰체로 번역한다면 원본과 비교해 볼 때 혹 부적절한 대목이 많을 터. 독자들은 이를 헤아리시라.

전문의 의미가 통하기 쉽게 함을 가장 중시하여 조루리淨瑠璃[2]체로 옮기기 쉬운 곳은 그에 따르고 대사로 풀기 쉬운 곳은 또 그에 따랐다. 대체로 원본의 뜻을 잃지 않도록 힘쓸 뿐. 원래 이 나라 이원梨園의 자제子弟[3]들에게 주어 곧장 그것을 연희하도록 한 것은 아니다. 안목 있는 이는 인폰의 규준을 따름을 비웃지 마시라. 원본의 뜻을 될 수 있는 대로 잃지 않고자 힘썼다 하더라도 그 가운데 저들과 우리의 사상이 다른 그대로 어떻게 해도 번역하기 어려운 대목이 없지 않다. 그런 것들은 역자의 궁리로 일부러 취사取捨하거나 또는 환골換骨한 것도 있다. 그러한 유의 것은 골계해학의 대목에 많으니 원본과 비교하여 보는 이는 몸소 역자의 당혹을 살펴 주시기를.

---

1   에도시대 조루리의 책. 마루혼(丸本).
2   샤미센(三味線) 반주에 맞추어 낭창(朗唱)하는 가면 음악극.
3   연극계의 젊은이, 곧 배우를 가리키는 말.

이 책에서 인명은 한자로 표기했는데 단지 '표제'의 편의상 쓰였을 뿐이며, 그렇다 하더라도 이른바 유토요미[4]도 있고 만요요미[5]와 비슷한 것도 있으니 행여 책망치 마시기를.

쇼요 유진逍遙遊人 쓰다

---

4 두 자로 된 한자에서 앞의 글자는 뜻, 뒤의 글자는 음으로 읽는 방식.
5 한자의 음을 빌려 읽는 방식.

쓰보우치 쇼요坪內逍遙는 안세이 6년1859에 태어난 영문학자·번역가로 본명은 쓰보우치 유조坪內雄藏다. 『시저 기담該撒奇談 자유태도自由太刀 여파예봉餘波銳鋒』의 역자명으로는 이 본명이 기재되어 있다. 메이지 9년1876 도쿄대학 전신인 도쿄카이세이가쿠인에 입학한 후 같은 학교 및 도쿄대학 문학부 재학 중 외국인 강사 서머스[6]와 호손[7]으로부터 셰익스피어 등 영문학을 배웠다. 재학 중인 메이지 13년1880 22세 때 다치바나 겐조橘顯三라는 이름으로 월터 스콧의 『래머무어의 신부*The Bride of Lammermoor*』1819의 일본어 번역인 『춘풍정화春風情話』를 출간했다. 메이지 16년1883 도쿄대학을 졸업하고 도쿄전문학교훗날 와세다대학 강사가 되어 영문학을 강의했다. 메이지 17년1884 자신의 첫 셰익스피어 번역으로 『줄리어서 시저*Julius Caesar*』를 옮긴 『자유태도 여파예봉』을 출판한다. 메이지 18년1885 『소설신수小說神髓』와 『당세서생기질當世書生氣質』을 상재했다. 그 후 셰익스피어를 비롯한 영문학 연구와 연극 비평 등에서 활약했다. 특히 메이지 24년1891 『와세다문학』 창간1898년 휴간, 연극개량운동 참가, 시마무라 호게쓰[8] 등과 문예협회[9] 설립1906, 셰익스피어 작품 평석評釋 집필, 다수의 영문학 논문 집필 등 정력적인 활동을 펼쳤다.

메이지 42년1909부터 본격적인 셰익스피어 번역에 착수, 쇼와 3년1928 전체 번역을 완료하여 『신수新修 셰익스피어 전집』1933~1935으로 간행했다. 그 후에도 몸소 번역 개정에 힘을 기울여 타계하기 직전까지 계속했다.

---

6　제임스 서머스(James Summers, 1828~1891) : 영문학자. 도쿄카이세이가쿠인 교사.

7　윌리엄 애디슨 호손(William Addison Houghton, 1852~1917) : 영문학자. 도쿄카이세이가쿠인 교사.

8　시마무라 호게쓰(島村抱月, 1871~1918) : 극작가. 연출가. 문예평론가. 와세다대학 교수. 신극 운동 지도자.

9　쓰보우치 쇼요와 시마무라 호게쓰가 중심이 되어 결성한 신극 운동 단체로 제2기 『와세다문학』을 간행.

쇼와 10년[1935] 77세로 영면했다.

셰익스피어의 『줄리어스 시저』를 번역한 『자유태도 여파예봉』은 쓰보우치 쇼요가 도쿄대학 졸업 직전인 메이지 16년[1883]부터 번역하기 시작한 것으로 이듬해인 메이지 17년[1884] 도요칸東洋館이라는 출판사에서 간행되었다. 야나기다 이즈미[1935; 1961]가 말한 바와 같이 이 제목에는 당시 사회에 널리 퍼져 있던 자유민권운동과 정치에 대한 관심이 반영되어 있다.

이 번역에 덧붙은 「부언附言」에는 당시 쓰보우치 쇼요의 번역 태도가 명쾌하게 서술되어 있다. 첫째, 당시 쓰보우치 쇼요의 생각으로는 일본인에게 희곡 형식이란 인폰가부키의 대본이니 일본인 독자가 알기 쉽게 서양 희곡 형식이 아닌 이 인폰 형식을 채용하여 번역했다.

둘째, 쓰보우치 쇼요는 원문의 내용을 잃어버리지 않는 데 주의하면서도 한편으로는 독자가 의미를 알기 쉽도록 번역하는 것도 중시했다. 인폰의 형식을 본뜬 것은 물론 원문의 사상이 일본의 그것과 다른 경우에 "취사하거나 환골한 것도 있다"는 태도는 그때까지 메이지 번역이 일반적으로 행하던 목표 문화 지향으로 독자가 쉽게 수용할 수 있도록 고려한 동화적 번역 태도를 답습한 것이다.

쓰보우치 쇼요는 후에 『셰익스피어 연구 안내』[1928] 가운데 이 『자유태도 여파예봉』에 대한 자신의 번역 태도에 관해 "문체가 조루리 같은 7·5조로 매우 야무지지 못한 자유역이었다. 요컨대 그것은 나에게뿐만 아니라 우리 번역문학의 제1기였다"고 말했다.〈자료 22〉참조 실제로 메이지 11년[1878] 이후 불워-리턴[10]이나 디즈레일리[11]의 정치소설이 잇따라 번역되는 등 메이지 20년[1887]경까지 일종의 번역소설 붐이 일었던 것은 이미 지적되어 온 바인테요시타케 요시노리, 1968, 212~215면; 곤도·주디, 2009, 472면, 이 시기 번역은 일본 독자가 알기 쉽도록 대담한 번안과 자유역이 대세였다. 쓰보우치 쇼요 자신도 메이지 13년<sup>1880</sup>에 번역한『춘풍정화』나 메이지 18년<sup>1885</sup> 불워-리턴의『리엔치, 로마의 마지막 호민관<sub>Rienzi, the last of the roman tribune</sub>』<sup>1835</sup>을 번역한『카이사르전慨世士傳』에서 상당한 자유역을 행하고 있다.

이「부언」에서 독자가 "원본과 비교하여" 읽을 가능성이 되풀이하여 언급되는 데에서 알 수 있듯이 쓰보우치 쇼요는 셰익스피어 원저를 읽을 만한 영문학에 종사하는, 혹은 영어 원저를 읽을 만큼 교양을 지닌 독자를 상정하고 있었다. 그러한 독자를 대상으로 한다면 더 엄밀한 번역 자세여도 이상하지 않다고 여겨지지만 그럼에도 불구하고 동화적 번역 자세를 선택한 배경에는 당시 번역소설의 수용 양상이 있었을 것이다.

당시 번역소설의 독자는 쓰보우치 쇼요가 상정하고 있던 고학력의 교양 있는 독자뿐 아니라 일반 대중도 많이 포함되어 있었다. 마에다 아이<sub>1973; 2001, 153~158면</sub>에 의하면 메이지 10년대<sup>1877~1886</sup>는 자유민권사상의 보급과 더불어 대중도 사회·정치에 관심을 지니게 되어 서양에서 이입된 새로운 사상에 대한 지적 호기심이 높아지던 상황이었다. 그 가운데 시정의 청년들은 정치사상서 연구회·강독회를 적극적으로 개최하여 난해한 사상서를 읽을 수 있는 정도까지 되었다고 한다. 이러한 청년들이 쓰보우치 쇼요가 상정하고 있던 교양 있는 엘리트 독자와 마찬가지로 정치소설 번역 유행의 일단을 도맡고 있었을 터다. 또 고학력 독자에게도 서구 사상을 곧바로 이해할 수 있는 번역은 그 수요에 맞아떨어졌던 것 같다.『일본

---

10   에드워드 불워-리턴(Edward George Earle Bulwer-Lytton, 1803~1873) : 영국 소설가. 극작가.

11   벤저민 디즈레일리(Benjamin Disraeli, 1804~1881) : 영국 정치가. 보수당 당수. 총리. 작가.

문단사』에서 메이지의 문학 상황을 극명하게 서술한 이토 세이[1953, 204~205면]에 따르면 당시 젊은 엘리트들은 서구화 정책을 추진하는 정치 세계에서 입신출세를 약속받은 존재였고 서양 정치사상을 알고자 갈망하고 있었다. 그래서 설령 원작을 환골탈태한 번역이었다 하더라도 서양 사상을 쓴 정치소설의 번역·번안이 유행했다고 한다.

쓰보우치 쇼요는 연구자로서 배운 영문학을 세상에 널리 알릴 뿐 아니라 자유민권 사상을 배경으로 하는 정치소설 번역 유행에 반응하여 정치적 주제를 지닌 『줄리어스 시저』를 번역했을 터다. 그런데 앞서 말한 바와 같이 정치소설 번역은 지식계급뿐 아니라 대중도 그 대상 독자로 삼고 있었다. 그런 덕분에 당연히 독자가 이해하기 쉬운 것을 번역 전략의 결정적 요소로 고려하지 않을 수 없었던 것으로 보인다.

즉 당시 영문학을 주도하고 있던 쓰보우치 쇼요일지라도 대중적인 독자가 쉽게 수용할 수 있는 것에 입각하여 번역하는 일이 당연했다. 「부언」에 표명된 쓰보우치 쇼요의 번역 자세는 이러한 배경에서 선택된 것일 터다.

번역 연구의 선구적 연구자 중 한 사람인 이븐-조하르는 '다원 시스템polysystem'이라는 이론을 제창하여 번역문학을 목표 문화의 문화적·문학적·역사적 시스템의 일부로 고찰했다. 이 이론에서는 어떤 문화 가운데 번역문학이 주요한 위치를 차지하는 세 가지 대표적인 경우를 들고 있다. 1) '젊은' 문학이 확립되려고 하는 때, 2) 그 문화의 문학이 '주변적'이거나 또는 '약해서' 자국에 결여되어 있는 문학 타이프를 수입할 때, 3) 문학사의 중요한 전환기에 기존의 모델이 충분하다고 보이지 않을 때다. 나아가 이븐-조하르에 의하면 번역문학의 지위가 높은 경우 목표 언어의 문학 모델을 따르는 데 제약이 적지 않으므로 관례를 파괴하기 쉽도록 기점 텍스트 지향의 번역 텍스트를 만들어 내는 경향이 있다. 『자유태도 여파예봉』의 경우 구미문학의 이입에 따라 일본 근대문학이 발전하기 시작하는 시기에 번역된 것으로 번역문학이 문학 시스템 속에서 주요한 위치를 차지할 조건에 있었음에도 불구하고 실제 번역 전략에서는 이븐-조하르의 설명과 반드시 엄밀하게 들어맞지는 않는다. 그 점에서 당시 일본 번역문학의 다원 시스템과 번역 전략의 관련은 독자성을 지닌다고 생각되는데, 이븐-조하르의 이론 자체나 그 응용 가능성의 검증을 통해 메이지 전반기의 일본 번역 상황을 상세하게 고찰할 수 있을 것이다. 『자유태도 여파예봉』의 「부언」은 당시의 다원 시스템과 번역 전략의 관계를 시사하는 한 예라고도 말할 수 있다.


## 참고문헌

가와토 미치아키(川戸道昭), 『明治のシェイクスピア』, 大空社, 2004.

곤도(Kondo Masaomi) · 주디(Judy Wakabayashi), "Japanese Tradition" in Baker & Saldanha eds., *Routledge Encyclopedia of Translation Studies*, London & New York : Routledge, 2009(2nd edition), pp.468-476.

마에다 아이(前田愛), 『近代讀者の成立』, 巖波書店, 1973; 2001.

먼디(J. Munday), 鳥飼玖美子 監譯, 『飜譯學入門』, みすず書房, 2009.

쓰보우치 쇼요(坪內逍遙), 『シェークスピヤ研究栞』, 早稻田大學出版部, 1928.

야나기다 이즈미(柳田泉), 『明治初期飜譯文學の研究』, 春秋社, 1935; 1961.

요시타케 요시노리(吉武好孝), 「飜譯·飜案文學」, 日本の英學100年編集部 編, 『日本の英學100年－明治編』, 研究社, 1968.

이븐-조하르(I. Even-Zohar), "The Position of Translated Literature within the Literary Polysystem"(1978) in L. Venuti ed., *The Translation Studies Reader*, London & New York : Routledge, 2004(2nd edition), pp.199~204.

이토 세이(伊藤整), 『日本文壇史』 1, 講談社, 1953.

재단법인 쇼요 협회(財團法人逍遙協會) 編, 『坪內逍遙事典』, 平凡社, 1986.

# 커넬름 칠링리 언행록



**자료 4_ 풍세조속 계사담**(후지타 모키치 · 오자키 야스오)

## 예언

이 책은 원제는 『커넬름 칠링리 언행록*Kenelm Chilingly : His Adventures and Opin-ions*』이라 하는데, 리턴 후작의 가장 만년의 저작으로 후작이 사망하던 해에야 겨우 탈고해서 사망 후에 이르러 비로소 간행되었다. 계사繫思 두 글자는 특히 그 방음邦音이 원제 중의 머리글자 두 개의 영음英音과 가까워서[1] 채용하여 이 책을 명명하고, 거기에 또 전편의 대의를 취하여 머리에 씌우기를[2] 조세풍속嘲世諷俗[3]의 네 글자로 한 것이다. 저자의 뜻은 오로지 영국사회의 실제 생활의 현상을 묘사하고 유행과 풍속을 묘사하고 일세를 풍규諷規[4]하는 것에 있다. 그래서 그 가장 뜻을 둔 것은 대의제代議制의 폐단을 교정함에 있다.

패사稗史[5]는 문文의 미술에 속하기 때문에 구안構案[6]과 문사文辭를 기다려서 그 묘妙를 보아야 할 것임은 말할 나위도 없지만 세상의 번역가 대부분은 그 구안만 취하여 그것을 발표하는 문사에는 절대로 마음 쓰는 일

---

1     계사(繫思)의 일본어 발음 '케이시'를 가리킨다. 방음과 영음은 각각 일본어와 영어의 음.
2     표제 앞에 작은 글씨로 두 줄로 나누어 쓰는 쓰노가키(角書)를 가리킨다.
3     세상을 비웃고 속세를 풍자함.
4     [편자 주] 가볍게 의견을 말하는 것.
5     [편자 주] 소설.
6     [편자 주] 안을 만드는 것. 구상.

없이 원문의 진상을 잃어도 일부러 고려에 넣지 않는 것은 동서 언어 문
장이 똑같지 않음에 의한 것이라 할지라도 미술의 문을 번역한다는 것의
본뜻을 잃어버리고 마는 것이 이보다 심한 것이 없다. 역자, 적이 이에 탄
식하여 서로 꾀하여 일종의 역문체譯文體를 창의하여 어격語格이 허락하는
한 힘써 원문의 형상과 모습, 면목을 보존하는 것을 기하며, 이를 위해서
사소한 것과 관계된 방문邦文[7]의 법도法度[8] 같은 것은 오히려 이를 무너뜨
리는 것도 일부러 돌아보는 바 아니다. 정치精緻한 사상을 서술하는 데에
서 왕왕 어쩔 수 없기 때문이다. 영국의 현자 칼라일[9] 씨가 독일 대가 괴
테 씨의 책을 번역함에 거의 일자일구一字一句를 증손增損[10]하지 않고 역문
이 이미 이루어져 정채精彩가 원문보다 줄어듦이 없었다. 논자가 말하기
를 칼라일은 참으로 괴테를 잘 번역했다, 다만 아직 이를 영문으로 하지
는 못했을 뿐이라고. 애당초 우리는 영국과 어맥語脈의 원류, 발달의 정도
가 처음부터 서로 매우 현수懸殊[11]되어 있어 영국과 독일 두 개의 언어가
그 본종本宗을 똑같이 하고 그 진도進度를 균등히 하는 것과 다르다. 그렇
기 때문에 원문의 어구를 늘이거나 줄이지 않는 일과 같은 것은 할 수 있
는 바가 아니다. 그래서 이를 방문으로 할 수 없는 병폐 또한 따라서 많지
않을 수 없다. 역자가 칼라일 씨의 마음으로써 마음을 삼으려고 하는 것
은 동시東施가 찡그림[12]을 따라 하는 것보다 더욱 심한 것이 있음은 스스
로 인정하는 바다. 그렇지만 이미 스스로 창의라고 하는 구격舊格을 가지

---

7　　일본 문장.

8　　[편자 주] 규칙.

9　　토머스 칼라일(Thomas Carlyle, 1795~1881) : 영국의 사상가. 역사가.

10　[편자 주] 증감.

11　[편자 주] 매우 떨어져 있음.

12　[편자 주] 통상 "서시(西施)의 찡그림을 흉내 내다"(『장자』 「천운(天運)」의 고사에 의
　　함). 타인을 모방하는 일을 하는 것을 비웃는 말. 찡그림을 따라 하다.

고 신체新體를 논하며 이를 방문이 아니라 하는 것도 애초에 그 비웃음을 감수하려 한다. 다만 역자의 조로천식粗鹵淺識[13]으로 원의에 틀린 것이 있다면 많은 군자들께서 지적에 인색하지 않으면 다행스럽겠다.

책에서 철학에 관련된 의론은 간결한 어구로 하며, 이해하기 어려운 것은 혹 감주嵌注[14]를 더하고 혹 평어評語에서 이를 설시說示[15]했다. 또 책 속에서 원증援證[16]한 고실故實[17] 명칭과 같은 것도 마찬가지다.

시는 영어와 라틴어 모두 물론 번역하는 데 한시로 하였다. 격조 운각韻脚[18]이 서로 다르기 때문에 곤란이 가장 심하고, 그 성적도 따라서 뜻을 채우지 못한 것이 많다. 그러나 원문의 어구를 유지하는 데 뜻을 쓴 것은 다른 산문체 부분에서도 조금도 다르지 않다.

매회 머리에 연구일쌍連句一雙을 보충하여 총평과 제호를 대신해 독자가 유람瀏覽[19]하는 데 편하게 했다.

원서 제2편 제1, 2 양 회는 편의를 위해 이를 합역合譯하여 1회로 하고, 전편 21회를 20회로 촬약撮約[20]했다. 그러나 그 장구章句는 증손한 것이 없다.

총평에서 같은 이에 의해 이루어진 여러 평을 열거하여 기재할 때는 특히 첫 번째 평에만 평자의 이름을 적고 이하는 생략함에 따른다.

메이지 18년[1885] 11월

역자들 적음

---

13  [편자 주] 도움이 되지 않는 지식이 천박한 것.

14  주석을 새김.

15  알기 쉽게 설명해 보임.

16  원용하여 인증함.

17  [편자 주] 오래된 일.

18  [편자 주] 운(韻)과 같음.

19  [편자 주] 훑어보는 것.

20  [편자 주] 요약.

　후지타 모키치藤田茂吉, 호 메이카쿠(鳴鶴), 1852~1892는 메이지 초기의 신문 기자·정치가다. 『유빈호치신문郵便報知新聞』 주간으로 입헌개진당 결성에 참가했다. 저서로 『문명동점사』, 『제민위업록濟民偉業錄』이 있다.

　오자키 야스오尾崎庸夫는 후쿠이현 출신으로 생몰년 모두 불명이다. 『유빈호치신문』 기자로 입헌개진당원이다. 번역으로 『각국헌법통사』[1887]가 있다.

　『계사담』의 역자에 대해서는 뒤에 소개하듯이 아사히나 치센朝比奈知泉, 1862~1939이라는 유력한 설이 있다.

　아사히나 치센은 메이지·다이쇼 시기의 신문 기자로 미토水戸[21] 번사 집안에서 태어났다. 도쿄제국대학 법과에 입학했다가 중퇴했다. 『유빈호치신문』 기자를 거쳐 1892년 『도쿄니치니치신문』 주필이 된다. 구가 가쓰난,[22] 도쿠토미 소호[23]와 같이 일컬어졌다. 저작으로 『아사히나 치센 문집』, 『노기자의 추억』 등이 있다.

　후지타 모키치·오자키 야스오 역 『풍세조속 계사담』은 처음에 『유빈호치신문』에 연재되어 메이지 18년[1885] 11월 초편, 메이지 21년[1888] 5월 중편이 간행되었다. 불워-리턴의 소설 『커넬름 칠링리Kenelm Chinllingly』의 번역이다. 전역全譯이 아니라 전 8부 중 5부로 중단되었다. 번역가는 명목상 후지타 모키치와 오자키 야스오로 되어 있지만 도쿠다 슈세이[1914][24]에 의하면 "사실은 오자키 야스오의 번역이고, 메이카쿠는 그 번역의 서문을

---

21　지금의 이바라키현.

22　구가 가쓰난(陸羯南, 1857~1907) : 언론인. 정치평론가.

23　도쿠토미 소호(德富蘇峰, 1863~1957) : 언론인. 사상가. 정치평론가. 1890년 『국민신문』을 창간했으며, 1910년 조선총독부 기관지 『경성일보』 감독으로 부임했다.

24　도쿠다 슈세이(德田秋聲, 1872~1943) : 자연주의 작가. 신문 기자. 하쿠분칸 편집자.

작성한 사람으로 교열자이며 좌역찬평자佐譯纂評者[25]"라고 되어 있다. 그러나 야나기다 이즈미[1939]에 의하면 실제로 번역한 것은 아사히나 치센이라 한다. 그것은 다음과 같은 사정에 의한다.

이는 후지타 메이카쿠, 오자키 야스오 공역이라 되어 있고 종래 보통은 오자키의 번역에 메이카쿠가 가필했을 것으로 되어 있지만 사실 이를 번역한 것은 청년 아사히나 치센이다. 나는 아사히나 씨에게 물어보아 비로소 그것이 판명되었다. 아사히나는 메이카쿠가 기르던 서생의 한 사람이었다. 그것을 『호치신문』에 실을 때 사원인 오자키의 이름을 빌리게 하여 자기도 교열 정도는 했다, 그것이 출판할 때도 그대로 명의인이 된 것이라 한다.야나기다 이즈미, 1939, 14면

아사히나 치센은 당시 도쿄제국대학 법과 학생이었다.야나기다 이즈미, 1935; 1961 그러나 이 「예언」이 누구 손에 의한 것인가는 분명하지 않다. "역자들 적음譯者等識"이라고 되어 있기 때문에 아사히나의 글에 메이카쿠가 가필했다고 볼 수도 있을 것이며, 거의 전면적으로 메이카쿠가 집필했을 가능성도 있다.

번역사에서 『계사담』의 중요성은 많은 논자에 의해서 지적되어 왔다. 일반적으로는 『계사담』에 의해 번역의식에 새로운 전기슈베린-하이, 2004, 획기야마모토 마사히데, 1965가 찾아왔다고 되어 있다. 요시다 세이이치[1960]는 이 "획기적인 저술"이 "겨우 이때 이르러 번역의식 혹은 문학의식이 들어온 것을 보여주는 것"이라 말한다. 야나기다 이즈미[1935; 1961]는 더욱이 번역

---

25   번역을 도와준 사람.

의식은 "이 역본이 나옴에 미쳐 완전한 의식적 표현을 얻"고 "내용 편중의 무의식시대로부터 내용과 외형을 함께 중시하는 의식시대에 들어왔다"고 보며, 『화류춘화』가 "번역 내용 그 자체에 의해 한 전기를 만들었다고 한다면 『계사담』은 번역 태도에 의해 하나의 새로운 시기를 그었다"고 말한다. 또 가와토 미치아키[2002]는 『계사담』의 「예언」이 "소설이란 문장에 의한 예술이며, '구안'과 '문사'가 상호 영향을 주어 비로소 그 '묘'가 출현한다"는 것을 자각하고 "새로운 '역문체' 창조의 필요성을 호소했다"는 것, 그리고 "그 실례를 보여주었다"는 점에서 『계사담』의 획기적인 의의를 발견해 내고 있다. 모리타 시켄[1889; 2003]은 마스다 가쓰노리의 『밤과 아침』의 「서」[자료 6] 참조에서 『계사담』의 역문에 대해 "혹 어렵고 깊어 통하기 힘든 것이 없지 않다 하더라도 그 원본에 임하는 근엄하고 정미精微함, 오늘날 무수한 주밀周密 문체는 그 기원을 이에 거슬러 올라가 찾을 수 있다"고 적었다. 이하는 『계사담』의 앞머리 부분이다.

SIR PETER CHILINGLY, of Exmundham, Baronet, F. R. S, and F. A. S., was the representative of an ancient family, and a landed proprietor of some importance. He had married young, not from any ardent inclination for the connubial state, but in compliance with the requeset of his parents.

영국 엑스먼덤읍에서 피터 칠링리라고 불리는 사람은 배러넷[26]의 작위를 지니고 칙선학사회원勅撰學士會院 및 고고학회 회원에 걸맞은 토지도 가지고 있으며 오래된 가문으로 유명한 칠링리 일족의 적통 자손이다. 이 사람은 젊을 때

---

26　준남작.

결혼했지만 원래 스스로 바라는 바 있어서 결혼을 요청한 것이 아니라 완전히
부모의 뜻에 맡겼던 것이다.

『계사담』의 이 번역문은 예컨대 이듬해 출판된 와타나베 오사무渡邊治
역『정계의 정파政界之情波』에서 "It was a rich, ward night, at the beginning
of August ……"를 "마침 여름 저녁이 되어 기와를 녹이는 한낮 무더위
의 기승은 사라지고 여전히 푹푹 찌는 듯한 밤바람이라도 맞이할 무렵인
데……"와 같이 구시대의 수사를 벗어나지 못한 번역과 비교하면 그 정치
함이 한층 두드러진다. 그러나 도쿠다 슈세이[1914] 등은 "그 번역문으로서
가치는 일반인의 귀에 매우 멀어 마치 교과서를 대하는 것과 같이 답답하
다"고 말하며 이하의 제1편 제15장의 한 절을 인용하여 "이른바 역자가 창
의한 일본문으로서는 오히려 퇴보라고 말하지 않으면 안 된다"고 적었다.

커넬름은 대를 걸쳐 길러 온 수풀의 그늘을 따라 자기 집으로 돌아가고 있
었는데, 그 길은 일대 전체가 풀로 덮여 있고 졸졸 흐르는 시냇물이 그 옆을 통
과하여, 지금이라도 헤어진 음객吟客이 찾아갈 먼지로 가득 덮인 대로에 비한다
면 시원하고 깨끗함은 같이 논할 바가 못 되었다. 이 길을 가는 자의 마음도 절
로 평정해질 것이었지만 상상이 속에 충만한 사람은 자기 집의 경치를 흉중에
떠올리고 자기 집의 푸른 하늘을 뇌리에 그릴 것이다.

원문은 다음과 같다.

KENELM retraced his steps homeward under the shade of his "old hereditary
trees." One night have thought his path along the green-swards, and by the side

of the babbling rivulet, was pleasant and more conductive to peaceful thoughts than the broad, dusty thoroughfare along which plodded the wanderer he had quitted. But the man addicted to the reverie, forms his own landscapes and colors his own skies.

그러나 그 「예언」에서 "사소한 것과 관계된 방문의 법도 같은 것은 오히려 이를 무너뜨리는 것도 일부러 돌아보는 바 아니다. 정치한 사상을 서술하는 데에서 왕왕 어쩔 수 없기 때문이다"라는 부분에도 주목해야 할 것이다. 그것은 번역이 원작에 가까워지도록 하기 위해서 충실성으로 "목표 언어의 관심을 침범"이븐-조하르, 1990하는 것도 신경 쓰지 않는다는 번역 태도를 명확하게 보여주고 있기 때문이다. 다음과 같은 부분에서는 알기 쉽게 쓴 표현과 한어에 의한 영어 어법사태 파악, construals의 직역이라는 구문맥歐文脈이 병존하고 있다.

The exception to their connubial happiness was, after all, but of a negative description. Their affection was such that they sighed for a pledge of it, fourteen years had he and Lady Chilingly remained unvisited by the little stranger.

이같이 세상에 부족한 것 없는 부처夫妻에게 유일한 모자람이 있었다. 그것은 소극적인 종류에 속하는 모자람이지만 부처의 애정 깊은 사이에서 언제나 탄식의 씨앗이 되었다. 그것이 무엇인가 하면 칠링리 부인과 그 남편이 결혼 후 14년의 세월을 지내는 동안 아이라는 아름다운 보배어린아이를 말함의 문안을 받지 못한 것이다.

또 「예언」 중에는 "영국의 현자 칼라일 씨가 독일 대가 괴테 씨의 책을 번역함에 거의 일자일구를 증손하지 않고 역문이 이미 이루어져 정채가 원문보다 줄어듦이 없었다"고 되어 있는데, 실제로는 칼라일의 『빌헬름 마이스터』 번역이 원문으로부터 크게 일탈되어 있다고 지적받고 있다.프랑스, 2000

『계사담』의 영향·계승에 대해서 기사카 모토이1988는 이 번역문의 문체주밀 문체가 "새로운 구문형歐文型 표현 규범의 일종으로서 그 후의 평론 문체의 형성에도 영향을 주었다고 생각된다"고 말하며, "근대의식의 표현에 실질적인 힘을 가지는 데에는 이르지 못했다"고 하면서도 "번역 문장에서 보이는 것과 같은 한문 훈독체 한어와 구문 직역체歐文直譯體의 결합에 의한 신문체의 생성은 이윽고 메이지 중기의 근대 표현으로서 구문맥 발생의 기반을 만들어 갔다"는 평가를 부여하고 있다. 야마모토 마사히데1965는 "『계사담』 이후 이런 종류의 한문조漢文調에 구문 직역체가 더해져 일본문의 어격을 무시한 생경하고 어수선한 주밀 문체가 점차 확산"되고 그것을 대성한 것이 모리타 시켄이라고 말한다.

끝으로 소설로서의 『계사담』과 문체의 관계에 대해서 언급해 두자. 에토 준1958은 「예언」의 번역 태도를 가리켜 "이는 번역 문제에 대한 의식적인 태도의 표명임과 동시에 종래의 '사대부문학'의 문체 그 자체가 새로운 사상과 격돌하여 변질될 수밖에 없게 된 계기를 말하는 것으로서 주목할 만하다고 할 것이다. 말하자면 「예언」에 나타난 인식의 이면에는 오래되어 형해화한 말의 질서와 새롭고 보다 이론적인 '정치한 사상'이 날카롭게 대립하고 길항하고 있었다"고 말하는 동시에 소설로서의 『계사담』은 『빌헬름 마이스터』 풍의 교양소설인데 역자들은 거기에 포함된 대의제 비판만 중시하고 있다면서 "문체에 대한 미의식과 위기의 정치의식 사이의 무참한 분열"을 지적하고 있다.

## 참고문헌

가와토 미치아키(川戸道昭), 「初期飜譯文學における思軒と二葉亭の位置－その文體を中心に」, 川戸道昭·中林良雄·榊原貴教 編, 『續明治飜譯文學全集(飜譯家編 5)－森田思軒集』1, 大空社, 2002.

기사카 모토이(木坂基), 『近代文章成立の諸相』, 和泉書院, 1988.

도쿠다 슈세이(德田秋聲), 『明治小說文章變遷學』, 文學普及會, 1914.

모리타 시켄(森田思軒), 「益田克德『夜と朝』叙」(1889), 川戸道昭·中林良雄·榊原貴教 編, 『續明治飜譯文學全集(飜譯家編 2)－福地櫻痴·益田克德集』, 大空社, 2003.

슈베린-하이(F. von Schwerin-High), *Shakespeare, Reception and Translation : Germany and Japan*, London & New York : Continuum, 2004.

야나기다 이즈미(柳田泉), 『明治初期飜譯文學の研究』, 春秋社, 1935; 1961.

______________________, 『政治小說研究』下, 春秋社(松柏館書店), 1939.

야마모토 마사히데(山本正秀), 『近代文體發生の史的研究』, 巖波書店, 1965.

에토 준(江藤淳), 「近代散文の形成と挫折－明治初期の散文について」, 『文學』26-7, 1958.

요시다 세이이치(吉田精一), 『明治大正文學史』, 角川書店, 1960.

이븐-조하르(I. Even-Zohar), "The Position of Translated Literature within the Literacy Poly-system," *Poetics Today* 11-1, 1990, p.45~51.

프랑스(P. France), *The Oxford Guide to Literature in English Translation*, Oxford : Oxford University Press, 2000.

# 번역의 수칙



오늘날 외국문 번역을 유심히 보건대 그 교졸巧拙과 고하高下의 차이가 다양하여 한가지는 아니나 요컨대 대체로 나로서는 우선 확정할 대강의 수칙을 갖고 있지 못하다. 대부분 어떤 수칙이나 범례도 없이 그저 막연하고 등한히 자구를 엮어내어 가로 문장을 세로 문장으로 바꾸는[1] 일과 같으니 그 폐단이 백 가지여서 일일이 들 수 없을 정도다. 가령 그 뚜렷한 한두 가지를 꼽자면 가장 널리 저지르는 폐단은 지나支那의 책 가운데 경전의 말[2]을 서양문 번역에 사용하는 일이다. 경어經語는 격언과 속담의 유로 예컨대 "태산보다 무겁고 홍모鴻毛[3]보다 가볍게"라든가 "명간銘肝하다"[4]와 같은 말이며, 전어典語는 고사故事와 유래가 있는 숙어로 예컨대 "삼사三舍를 피하다"[5]라든가 "전모全貌를 엿보다"와 같은 말이다. 원래 번역이라는 것은 원문의 사상과 의취意趣를 자기 나라 글로 바꾸어 말하는 일이다. 서양인의 머릿속에는 '무거운 것'과 '가벼운 것'을 '태산'과 '홍모'에 비유하는 의취가 결코 있을 리 없는데, 만약 그것을 번역하여 '태산'과 '홍모'라 말한다면 그것이 '무거운 것'과 '가벼운 것'이라 말하는 것만은 이해되더라도 단지 그 원문이 가리키는 것을 전할 뿐 원문의 의취는 바야흐로 사라져

---

1 가로쓰기로 된 서양어를 세로쓰기로 된 일본어로 옮긴다는 뜻.
2 경어(經語)와 전어(典語). 중국 경전의 법식과 도리에 맞는 말.
3 기러기 털. 매우 가벼운 것.
4 간에 새기다. 명심하다.
5 군대가 사흘간 행군하는 거리만큼 피하다. 상대를 두려워하여 멀리 피하다.

없어지고 마는 것이다. 원문에 "마음에 새기다"라 되어 있으면 곧바로 "마음에 새기다"로 번역할 것이지 그것이 마치 "간에 새기다"와 서로 들어맞는다고 해서 "간에 새기다"라 번역해서는 안 된다. 원문 그대로 "마음에 새기다"라 쓰는 것은 단지 원문의 "명심하다"라는 뜻만 전하는 것이 아니어서 우리가 "간에 새기다"라 하는 경우 서양인은 "마음에 새기다"라고만 말해도 그 의취를 전할 수 있다. 전어에 이르러서는 원문과 전혀 무연한 것을 끌어와 그 사이에 삽입하면 그 뜻을 설명해야 분명해질 것이다.

　이는 실로 사소한 것일지라도 만약 문학의 세계에서 이를 바라본다면 그 관계는 결코 작지 않다. 외국의 글을 교묘하게 우리 글로 바꾸어 말하면서 더구나 그 의취까지 될 수 있는 대로 그대로 전하는 것은 문학 세계에서 한층 묘기라 일컬을 만하다. 하물며 마음을 이에 쓰기를 막연하고 등한히 하여 자구를 얽는 불충분한 통변通辯, 통역이 되고 만다면 원문의 의취는 여기에서 사라지고 그 정신을 잃고 말 것이 뚜렷하다. 듣건대 옛날 지나에서 불교를 전하기 위해 당대의 빼어난 한림학사翰林學士 수십 명의 힘을 모아 번역에 종사하게 했다. 그리하여 그들이 이룬 바를 보자면 진한秦漢 시대의 고체古體도 아니고 변려駢儷[6]의 신체新體와도 다르게 글자를 구사하고 구를 만들어 전혀 다른 모습의 면목을 갖추었다. 수십 명의 학사들이 모여 이에 힘을 기울였더라도 만약 꺼리는 바 없이 제멋대로 지나 고유의 경전의 말을 사용하여 되는 대로 지나문으로 썼다면 실로 주머니에서 그것을 찾느니보다 쉬웠을 것이다. 그런데 일찍이 누구도 이에 미친 바 없다. 이는 그 번역의 수칙과 범례를 먼저 확정해 두어야 원문의 의취를 될 수 있는 대로 그대로 전하기를 바랄 수 있는 것이다. 원문의 의취를

---

6　4자와 6자로 된 구를 대구로 구성한 한문 문체.

될 수 있는 대로 그대로 전하고자 바란다면 실로 이와 같이 해야 한다.

소라이[7]가 『태평기太平記』[8]의 엔야 판관[9] 참사讒死 조목을 지나문으로 번역한 것은 과연 그 필력의 풍부함을 보인다. 하지만 그 가운데 "師直怒曰善書者緩急果何用"이라 함은 원문에서 "모로나오師直는 크게 기분이 상하여, 아니, 아니, 정말 쓸데없는 것은 손으로 쓴 것인가"를 말한 것인데, 모로나오가 실망하여 의지가지없는 동시에 부끄럽고 분하여 스스로 견딜 수 없는 모습과 목소리를 아울러 생생하게 드러내 준다. 또 일찍이 겐엔蘐園의 문인門人들[10]이 모여 『성쇠기盛衰記』의 사네모리[11] 전사 조목을 번역하면서 그 "비단 예복을 입고 있어 정히 이름 있는 대장인가 싶어도 따르는 병졸조차 없으니 그렇지 않은 듯하고"라 한 데에 이르러서는 모두 붓이 군색해져[12] 나아가지 못했다. 때마침 야마가타 슈난[13]이 뒤늦게나마 곧장 붓을 들어 "將服而無從者"라 하니 일동이 탄복하여 말하기를 "과연 그렇도다, 멋들어지고 간결하게 지나문으로 바로잡았구나" 했다. 그러나 "將服而無從者"로는 도저히 원문의 의취를 그대로 전하기 어려웠다. 지나의 글에 익숙한 소라이나 슈난과 같이 뛰어난 이들이 지나의 글에 가장 가까운 일본의 글을 번역하는 데에서도 그 어려움이 이와 같았다. 대저 일국의 글에는 그 나라 고유의 의취와 정신이 있어 그것을 그대로 타국의

---

7 [편자 주] 오규 소라이(荻生徂徠, 1666~1728). 에도시대 전기·중기의 유학자. 고문사학(古文辭學)을 수립. 별호는 겐엔(蘐園). 그의 문하를 겐엔학파라 부른다.

8 무로마치시대의 군키모노(軍記物).

9 『태평기』에 가탁한 시대물의 하나인 에도시대 조루리 『가나데혼 추신구라(假名手本忠臣蔵)』의 등장인물 엔야 다카사다(鹽谷高貞).

10 [편자 주] 오규 소라이의 문하.

11 헤이안시대의 무사 사이토 사네모리(齋藤實盛).

12 [편자 주] 괴로워하며.

13 [편자 주] 야마가타 슈난(山縣周南, 1687~1752). 에도시대 중기의 유학자. 오규 소라이를 사사(師事).

글로 고치는 것은 거의 불가능한 정도의 일이 되기 때문이다. 하물며 오늘날 사람이 일본문과 가장 거리가 먼 서양문을 번역함에 있어서랴. 대단히 주의에 주의를 거듭해도 오히려 그 지난함을 깨닫는다. 하물며 막연하고 등한히 하는 사이 때늦게 됨에 있어서랴.

지나 경전의 말 다음으로 번역 세계에 누를 끼치는 것은 일본의 사어詞語다. 사어는 일본 특유의 시詞의 무늬에 속하는 말의 부류로 저 "오죽吳竹[14]의 세상", "오랜 하늘" 등 관사冠辭,[15] 또는 "행방은 흰 구름", "몸 버린 쪽배의 키" 등 계사繫辭[16]다. 만약 맹자의 문장을 번역하여 "과인 능히 선왕의 음악을 즐기지 아니하고 그저 오죽의 세속 음악을 즐기나니"[17]라 한다면 포복절도하지 않을 이 드물 것이다. 그런데 오늘날 사람이 서양문을 번역할 때 종종 이런 부류가 있다. 무릇 경전의 말과 사어는 어떤 나라에 고유하고도 특유한 것이다. 그 고유하고도 특유한 것을 다른 나라 글에 뒤섞으면 그 뒤섞은 대목은 이미 어떤 나라에서 스스로 생겨난 글이지 다른 나라의 글을 번역한 것이라 말할 수 없다.

다음은 내가 평소 번역의 수칙을 대체로 아래와 같이 확정해 두어야 한다고 생각하는 것이다.

첫째, 경전의 말과 사어 등 모두 원문과 무연한 어떤 나라 특유의 말을 섞어 넣지 말 것.

둘째, 다만 나라마다 어떤 경우에 꼭 어떤 말로 한정된 것이 있으니 그러한

---

14  솜대. 담죽(淡竹).
15  상투적인 수식어.
16  덧붙여 설명하는 말.
17  "寡人非能好先王之樂也, 直好世俗之樂耳." 『맹자』 「양혜왕(梁惠王) 하편」 제1장.

경우에는 그 어원이 피아彼我 서로 같든 다르든 따지지 말고 곧장 반드시 그것을 사용해야 한다. '폐하'는 '섬돌 아래'라는 뜻으로 영어 '마제스티'와 다르며, '나余'는 '남음餘'의 뜻으로 넘치는 인물의 겸손함이니 영어의 '아이'와 다른 것 등등이다. '폐하'나 '나余'를 번역에 사용하는 것은 도리어 잘못이다.

셋째, 경어 가운데 어떤 나라에만 각별한 의취와 사상을 담지 않은 성어成語라 일컬어지는 것이 있다. 예컨대 "잘못은 고치기를 꺼리지 말라"[18]는 말은 공자의 성어인데 그 말 가운데 지나에 한정된 특유의 의취가 없다면 만약 이와 같은 사상을 말하는 서양문이 있을 때 이 성어를 빌려 그것을 번역하는 일도 불가하지 않음.

넷째, 이를 요컨대 번역 문장은 될 수 있는 대로 평이하고 정상적인 말을 골라 특유의 유래와 이의理義를 포함하지 않으며 벽습僻習 없는 말을 택하고 대화의 말을 사용하여 문장의 도道에 따라 바라건대 더없이 훌륭하게 쓸 것.


오늘날 사람들은 대담하게 매콜리[19] 씨의 글도 번역하고 위고 씨의 글 또한 번역한다. 조금이라도 문학 세계의 지위를 이해할 수 있는 것이라면 부끄러움이나 망설임 없이 그것을 바라니 먼저 스스로 창피해야 할 대가와 명가의 글도 조금도 사양치 않고 신경 쓰지 않으면서 아무렇지 않게 척척 그것을 번역해 버린다. 매콜리 씨의 글도 번역하고 위고 씨의 글 또한 번역한다. 그런데 그 필력은 어떠하며 수칙은 어떠한가? 아, 오늘날 번역계에는 온갖 대담한 이들만 모인다. 대담한 이들은 이미 이 정도면 충분하다. 나는 머지않아 소심한 이들이 나타나기를 바란다.

---

18  "過則勿憚改." 『논어』 「학이(學而) 편」 제8장 및 「자한(子罕) 편」 제24장.
19  토머스 배빙턴 매콜리(Thomas Babington Macaulay, 1800~1859) : 인도에 서구식 교육 제도를 도입한 영국 정치가. 역사가. 평론가.

모리타 시켄森田思軒, 본명 모리타 분조(森田文蔵)은 분큐 원년[1861] 7월 20일 빗추 노쿠니 가사오카무라오늘날 오카야마현 서부에서 태어났다. 어린 시절부터 『서유기』, 『수호전』 등에 친숙했다. 메이지 9년[1876] 도쿄 미타의 게이오기주쿠 본교로 편입학했다. 게이오기주쿠시대에 영어를 배워 훗날 번역가로 활약하기 위한 바탕이 마련되었다. 메이지 15년[1882] 10월 모리타 시켄이 21세 되던 해 호치샤報知社에 입사해 『유빈호치신문』 기자로 근무했다. 청나라오늘날 중국에 부임하는 등 특파원으로도 기사를 집필했다. 그리고 메이지 18년[1885] 11월부터 『유빈호치신문』 주필 야노 류케이矢野龍溪[20]의 외유에 동행하여 유럽, 미국을 돌아 이듬해 8월 일본으로 돌아왔다. 메이지 19년[1886]부터 『유빈호치신문』에 신설한 소설란 「가하통신嘉坡通信 호치총담報知叢談」대중화 노선으로 이행에 따른 지면 쇄신에 수반하여 대신문[21]에서 처음으로 탄생한 평담속어(平談俗語)의 소설란을 담당했다. 같은 해 10월 이 「호치총담」란에 게재된 「인도 태자 치르마 이야기」원작자 미상가 모리타 시켄 최초의 본격적인 번역 활동이다. 그 난과 『국민의 벗』 등 잡지에 발표한 쥘 베른, 빅토르 위고, 에드거 앨런 포 등 외국 작품 번역이 널리 인기를 끌었다. 또 모리타 시켄은 영어 이외의 외국어를 몰랐기 때문에 프랑스어 작품 번역은 영역에서 중역重譯했다. '번역왕'이라 불린 모리타 시켄이었으나 메이지 30년[1897] 11월 36세 때 장티푸스에 걸린 후 복막염으로 옮아 같은 달 14일 짧은 생애를 마감했다(모리타 시켄의 상세한 경력은 시라이시 시즈코[2005]에 소상하다).

---

20 　야노 류케이(矢野龍溪, 1851~1931) : 메이지 초기의 정치가. 언론인. 소설가.
21 　지식인을 대상으로 정치, 경제, 논설 등을 위주로 하는 신문. 대신문과 달리 대중적인 성격의 소신문은 흥미 위주의 읽을거리를 중심에 두었다.

「번역의 수칙」은 메이지 20년[1887] 10월 『국민의 벗』에 발표된 글로 모리타 시켄이 번역에 관해 쓴 에세이의 대표작이라 할 수 있는 것이다. 당시 많은 번역가가 취한 역출법譯出法을 폐단이라며 "원래 번역이라는 것은 원문의 사상과 의취를 자기 나라 글로 바꾸어 말하는 일"이라는 주장을 바탕으로 네 가지 '수칙'을 내걸어 어떠한 역출법을 취해야 하는지 논하고 있다. 모리타 시켄은 원문의 형식과 의취를 보존·재현하는 것에 힘을 기울였다. 「번역의 수칙」에서 첫 번째 수칙이 가리키는 바와 같이 번안 등 원문의 내용만 전하는 번역문이 아니라 원문의 표현 방법도 일본어 번역의 독자에게 전하고자 시도한 것이다. 기점 텍스트의 관용구 부류를 일본문에서 오랫동안 사용된 관용구 등으로 바꾸어 쓰는 일을 부정한 것은 "원문의 의취를 될 수 있는 대로 그대로 전하는" 것을 번역의 목표로 삼았기 때문이다. 모리타 시켄이 담당하고 있던 「호치총담」에 게재된 번역 작품은 그 내용에 더해 문장 자체도 독자와 문단의 주목을 받은 듯하다. 이야기의 신기함만 사람들의 흥미를 끌던 메이지 초기 번역문학의 제1기와 제2기『밤과 아침』의 「서」, 〈해제 6〉 참조와 달리 모리타 시켄이 번역을 발표한 무렵에는 독자가 문장과 문체에서도 서양 요소를 느낄 수 있게 되어 모리타 시켄의 작품에서 보이는 새로운 문체를 매우 흥미롭게 받아들인 것이다.

이 에세이에서 중요한 것은 두 번째 수칙에서 첫 번째 수칙과는 다른 의견을 서술하여 일본 독자에게 전하는 것을 주지로 한 유연성이 엿보인다는 점이다. 실제로 번역에 종사하던 모리타 시켄은 단일한 역출법만으로는 번역 실천에서 대응할 수 없는 경우가 있음을 깊이 이해하고 있었다. 첫 번째 수칙을 보면 강한 축어성逐語性을 추구하고 있던 것처럼 보이지만 동시에 모리타 시켄은 모든 말을 예컨대 "마음에 새기다"처럼 직역하는 것은 "도리어 잘못된" 역출이 된다고 생각하고 있었음을 알 수 있다. 성어관용구는 기점 텍스트의 표현을 살릴 필요가 있지만 기점 텍스트의 말 전부에 대해 그러한 태도를 취하는 것이 아니라 '마제스티Majesty'와 '폐하'처럼 '어원' 즉 말의 성립이 다르더라도 대응하는 말을 사용할 때도 있다는 것이다. 이처럼 '어원'에 구애되지 않고 목표 언어에서 적당한 말을 사용하는 것이 기점 텍스트의 "사상과 의취"에 관계없다고 모리타 시켄이 판단한 말에 관해서라고 생각하면 첫 번째 수칙과 모순되지 않는다.

세 번째 수칙은 형식과 의미 가운데 어느 한쪽에만 중점을 두지 않고 경우에 따라 유연한 역출법을 취하도록 권하는 것이다. 이 수칙은 "어떤 나라에만 각별한 의취와 사상을 담지 않은 성어"라면 그것을 번역문에 사용해도 좋다는 것이다. 즉 목표 언어이 경우 일본어의 모든 성어를 사용해서는 안 된다고 생각한 것은 아니라고 말할 수 있다. 이 세 번째 수칙에서 기점 언어와 목표 언어에 특유한가 아닌가에 주목하여, 기점 언어에 특유한 것이라면 그것을 활용하고 목표 언어에 특유한 것이라면 그것의 사용을 피해야 한다고 생각했음을 알 수 있다. 또 모리타 시켄의 서평 「번역본 『죄와 벌』」1892에서도 형식을 중요시하는 것은 기점 언어 특유의 것을 일본 독자에게 전하기 위해서라고 말했다. 마지막으로 "이를 요컨대"로 시작하는 네 번째 수칙에서는 중국의 경어와 전어, 혹은 일본어 사어를 사용할 때 중국이나 일본의 문화가 짙게 표현되는 것을 피해야 한다는 입장이 거듭 드러나 있다.

첫 번째 수칙에서 드러나는바 기점 언어의 형식을 존중하고 목표 텍스트에서의 재현을 권장하는 사고는 번역 이론의 역사에서도 자주 나타난다. 외국어 요소를 자국어로 들여와야 한다는 주장은 18~19세기 독일의 신학자·철학자·번역가 슐라이어마허, 20세기 프랑스의 번역 연구자·번역가 베르만, 현대 미국의 번역 연구자·번역가 베누티 등의 번역론에서 확인된다. 각각의 논자가 모리타 시켄과는 다른 콘텍스트에 놓여 있어 서기점 언어와 목표 언어의 관계성, 시대 배경, 목적 등에 차이가 있어서 안이하게 비교할 수는 없으나 어떤 논자든 원문의 표현 방법을 목표 언어에서 재현하는 역출법을 유효한 방법으로 파악하고 있다. 슐라이어마허는 번역가가 행해야 할 일로 원저자와 번역 독자들 사이에 어떤 관계를 구축할 것을 상정한다. 「번역의 여러 가지 방법에 대하여」1813; 미쓰기 미치오, 2008라는 강의록에는 번역가에게 선택 가능한 두 가지 길이 제시되어 있다. "저자를 될 수 있는 대로 그대로 두고 독자가 저자 쪽으로 향하도록 움직이거나 혹은 독자를 될 수 있는 대로 그대로 두고 저자가 독자 쪽으로 향하도록 움직인다."38면 이 가운데 어느 한쪽이 번역가가 더듬어 찾아가는 길이라는 것이다. 슐라이어마허는 이 두 가지 방법의 절충이란 없으며, 두 가지를 동시에 행하면 신뢰할 가치가 없는 번역일 뿐이라 말한다. 첫 번째 방법에서 "독자는 애당초 이질적인 장소로, 번역가의 장으로 움직인다"고 한다. 이는 번역가가 원작에서 얻은 것과 똑같은 인상을 목표 텍스트의 독자에게 전하고자 하는 것이다. 슐라이어마허는 이를 원작자가 스스로 옮긴 것 같은 번역이라 설명하면서 문예 번역의 방법으로 권장한다. 즉 이질적인 요소를 지닌 번역이 좋다는 것이다.

　베르만의 주장은 슐라이어마허와 마찬가지로 목표 텍스트에 이질적인 요소를 들여오는 번역법을 취한 것이다. 베르만1948; 2008, 322면 원주은 번역이란 최선에 다음가는 '차선'이 아니라 주장한다. "번역은 차선책 따위가 아니다. 외국어 작품이 '밖의 것'이라는 자격으로 우리 곁에 다가오는 바로 그때 작품의 존재 양태를 칭하여 번역이라 말한다. 좋은 번역이란 외국어 작품을 우리에게 읽을 수 있도록 하면서도 그러한 외래성<sup>étrangeté</sup>을 머무르게 하는 것이기도 하다." 베르만은 "전달 가능성을 방패막이 삼아 외국어 작품의 외래성을 계통적으로 부정해 버리는 번역"을 **'잘못된 번역'**<sup>16면, 강조는 원문</sup>이라 부르면서 외래성을 머무르게 하는 번역 작품을 좋은 번역이라 생각한 것이다.

베누티는 '동화<sup>同化, domestication</sup>'와 '이화<sup>異化, foreignization</sup>'라는 두 가지 번역 전략에 관해 논하고 있다.<sup>1995; 2008, 1998</sup> 베누티의 이 두 가지 개념<sup>번역 전략</sup>을 받치고 있는 것은 슐라이어마허의 개념이며, 베르만의 논고를 참조하고 있다. 동화 전략에 의해 번역이 이루어지면 기점 텍스트의 이질성<sup>목표 언어의 규범·가치관과의 차이</sup>은 존중되지 못하며, 목표 문화에 친숙해진 목표 텍스트가 생겨난다. 그렇게 되면 그 번역 텍스트는 번역 작품이라는 사실이 인식되기 어려워지고, 그때 번역가는 비가시성<sup>투명성</sup> 높은 존재가 된다. 한편 이화 전략에서는 목표 언어의 규범에서 벗어난 역출법을 취하게 되어 번역하는 작품을 선택하는 단계에서도 목표 언어의 지배적인 문화가 보통 좋아하지 않고 배제하는 문화의 작품이 선택된다. 베누티는 앵글로-아메리카문학계에서는 동화 전략이 지배적이라면서 그런 상황을 변화시키기 위해 동화 전략을 비판하고 그 대신 이화 전략을 취해야 한다고 말한다.

슐라이어마허가 제시한 두 가지 번역법 중 독자가 이질적인 장소, 즉 원작자의 장으로 움직여 목표 텍스트가 이질성을 띠는 방법은 모리타 시켄의 첫 번째 수칙에서 기점 언어의 표현 방법을 번역의 독자에게 전해 가르친다는 주장과 연결되는 것이다. 이 점은 베르만이 외래성이 머무르는 번역이 좋은 번역이라는 것, 또 베누티가 동화 전략이 아니라 이화 전략을 취하도록 권한 것과도 공통이다. 이화 전략은 번역가가 비가시적이지 않은 역출법이며, 목표 언어의 규범에서 벗어나 목표 텍스트를 만들어

내는 전략이다. 모리타 시켄은 "간에 새기다"가 아니라 "마음에 새기다"로 번역하려고 했다. 이는 이질적인 요소를 지니도록 하는 역출법, 베누티의 용어로 말하자면 이화 전략을 취해야 한다고 생각했다고 말할 수 있다.

성서 번역가이자 번역 연구자이기도 한 나이다[1964, 172면]는 모리타 시켄이 「번역의 수칙」에서 역출의 예로 제시한 "간에 새기다"와 "마음에 새기다"와 비슷한 예를 동적[기능적] 등가의 예로 들고 있다. 나이다는 서구 제 언어에서는 감정의 중심이나 성격의 중심적 요소로 'heart[心]'를 사용하지만 다른 많은 언어에서는 'liver[간]', 'abdomen[배]', 'gall[쓸개]'이 사용되는 것을 동적 등가의 예로 든다. 나이다는 번역에서 동적 등가를 가져오는 것을 중요시하고 있어서 모리타 시켄이 첫 번째 수칙에서 주장한 바와 연결되지는 않지만 이렇게 비슷한 예가 현대 번역학 이론서에도 사용되고 있는 점은 매우 흥미롭다.


「번역의 수칙」에서 말한 주장과 비슷한 생각은 모리타 시켄의 다른 문장에서도 확인된다. 「문장 세계의 진언陳言」[『국민의 벗』, 1887], 「우리나라 한학의 현재와 장래」[『와세다문학』, 1892, 그전 해 와세다문학회 강연 초고], 「번역본 『죄와 벌』」[『국회』, 1892, 우치다 로안 번역 『죄와 벌』 서평] 등도 참조하기 바란다.


**참고문헌**

나이다(E. A. Nida), *Toward a Science of Translating : With Special Reference to Principles and Procedures Involved in Bible Translating*, Leiden : E. J. Brill, 1964.
모리타 시켄(森田思軒), 「文章世界の陳言」(1887), 『明治文學全集 26 - 根岸派文學集』, 筑摩書房, 1981.
　　　　　　　　　　, 「飜譯の心得」(1887), 加藤周一·丸山眞男 校注, 『日本近代思想大系 15-飜譯の思想』, 巖波書店, 1991.

모리타 시켄(森田思軒), 「我邦に於る漢學の現在及び將來」(1892), 加藤周一・前田愛 校注, 『日本近代思想大系 16-文體』, 巖波書店, 1989.

__________________, 「譯本『罪と罰』」(1892), 山本正秀 編, 『近代文體形成史料集成-發生篇』, 櫻楓社, 1978.

베누티(L. Venuti), *The Translator's Invisibility : A History of Translation*(2nd edition), London : Routledge, 1995; 2008.

__________________, *The Scandals of Translation : Towards an Ethics of Difference*, London : Routledge, 1998.

베르만(A. Berman), 藤田省一 譯, 『他者という試錬-ロマン主義ドイツの文化と飜譯』(1948), みすず書房, 2008.

슐라이어마허(F. Schleiermacher), 「飜譯のさまざまな方法について(ベルリン王立科學アカデミー講義」(1813.6.24), 미쓰기 미치오(三ツ木道夫) 編譯, 『思想としての飜譯-ゲーテからベンヤミン, ブロッホまで』, 白水社, 2008.

시라이시 시즈코(白石靜子) 監修, 『森田思軒とその交友-龍溪・蘇峰・鷗外・天心・涙香』, 松柏社, 2005.

# 밤과 아침

**자료 6_ 밤과 아침**(모리타 시켄)

## 서

이미 우리나라 소설의 추세가 바야흐로 일변하려고 한다. 오다[1] 씨가 번역한바 『화류춘화』가 효시다. 그리고 이는 실은 리턴 씨의 『맬트래버스』다. 이후 서양 소설이 우리나라에 번역되는 것이 어지러이 떼 지어 일어났다. 하지만 그 문체는 대개 동양의 옛것에서 비롯되었다. 아직 새로운 면목을 그 가운데 드러낸 것은 없다. 후지타 씨가 『계사담』을 번역하는 데 이르러 조구조사造句措辭[2]의 특별한 한 기축機軸을 드러냈다. 혹 어렵고 깊어 통하기 힘든 것이 없지 않다 하더라도 그 원본에 임하는 근엄하고 정미精微함, 오늘날 무수한 주밀周密 문체는 그 기원을 이에 거슬러 올라가 찾을 수 있다. 또 『계사담』 역시 실은 리턴 씨의 『커넬름 칠링리』다. 그 얼마나 매우 기이한 만남인가? 일찍이 리턴 씨의 정치 세계에서의 생애를 보자면 소년 시절에 비컨즈필드 백작[3]을 알아서 그를 아일랜드당의 수령으로 추천했다. 글래드스턴[4] 씨를 휘하의 관리로 선발하여 이오니아 제도에 파견했다. 그의 감식안은 늘 보통 사람들보다 앞서 있었다. 그

---

1    오다 준이치로(織田純一郎, 1851~1919) : 니와 준이치로(丹羽純一郎). 언론인. 번역가.
2    구를 짓고 말을 부림.
3    비컨즈필드 백작(Earl of Beaconsfield)은 벤저민 디즈레일리. 〈해제 3〉 참조.
4    윌리엄 유어트 글래드스턴(William Ewart Gladstone, 1809~1898) : 영국 총리. 자유당 당수.

렇기는 해도 또한 어찌 그의 저작이 사후에 멀리 우리나라에 들어와 항상
문학 세계의 추이에 앞장설 줄 알았으랴. 아, 추이란 기세다. 리턴 씨의 한
기세에 무엇이 있겠는가? 그러나 종래의 자취로 말미암아[5] 생각해 보건
대 마스다[6] 씨가 이를 구역口譯하고 와카바야시[7] 씨가 이를 필기한 것이다.
그리하여 또한 우리나라 문학 세계에 일변을 일으킬 조짐이 아니랴.

시켄 거사居士 찬撰

---


5  **[편자 주]** 지금까지의 사례를 참고하여.

6  마스다 가쓰노리(益田克德, 1852~1903) : 메이지 초기의 정치가. 실업가. 도쿄해상보
　 험 창립자.

7  와카바야시 간조(若林玵蔵, 1857~1938) : 속기사.

메이지 유신 후 격동의 시대에 문학 번역도 번역에 대한 자세와 역출법 등의 면에서 급격한 변화를 이루었다. 이 시기 문학 번역의 변동을 적확하고 알기 쉽게 요약한 것이 메이지 22년[1889]에 간행된 번역서 『밤과 아침』[불워-리턴, 마스다 가쓰노리 역]에 수록된 모리타 시켄의 서문이다[모리타 시켄의 약력에 대해서는 〈해제 5〉 참조]. 메이지 초기 문학 번역의 변용 양상을 세 작품을 계기로 삼는 변화로 설명하는 이 서문은 후에 메이지 시기의 문학 및 문학 번역 연구자 야나기다 이즈미[1935; 1961]도 '삼변설三變說'로 언급한 중요한 자료다. 모리타 시켄이 본문 가운데 설명한 세 가지 변화를 야나기다 이즈미에 따라 제1기, 제2기, 제3기로 나누면 다음과 같다.

메이지 11년[1878] 『화류춘화』[불워-리턴, 오다 준이치로 역, 『어니스트 맬트래버스』[8]와 『앨리스』[9] 초역] 발표까지가 제1기다. 제1기는 메이지의 가장 초기 번역문학인데, 야나기다 이즈미[1935; 1961, 5면]에 의하면 그사이에 나온 다른 작품 수는 채 10편도 되지 않는다. 번역 작품은 서양을 알기 위한 '도구'[12면]이며, 번역문에 대해 말하자면 원문의 형식을 존중하는 생각이 적고 서양에 관한 지식을 일본 독자에게 전하는 일이 당시 가장 중요한 사항이었다. 모리타 시켄이 「서」 가운데 '효시'라 일컬은 『화류춘화』부터 제2기가 시작된다. 이 작품은 인기를 끌었으나 모리타 시켄이 "서양 소설이 우리나라에 번역되는 것이 어지러이 떼 지어 일어났다. 하지만 그 문체는 대개 동양의 옛것에서 비롯되었다. 아직 새로운 면목을 그 가운데 드러낸 것은 없다"고 말하고 있는 것처럼 문체 면에서 제1기의 번역법에서 큰 변화는 아니었다(1878~1879년 초판은 한문 직역체로 가타카나가 쓰였고, 1883~1884년 재판

---

8   *Ernest Maltravers : or The Eleusinia*(1837).
9   *Alice, or The Mysteries*(1838). 『어니스트 맬트래버스』의 속편.

『통속 화류춘화』는 모두 후리가나,[10] 바킨[11] 유의 7·5조로 되어 있다. 13면). 이 번역법으로 산출된 작품은 번안 작품에 가깝다고 하겠다.

　　메이지 18년[1885] 『풍세조속 계사담』후지타 모키치·오자키 야스오 역으로 쓰여 있으나 실제로는 아사히나 치센 역이라는 불워-리턴, 『커넬름 칠링리』의 번역. 〈해제 4〉 참조 출판부터 메이지 22년[1889] 『밤과 아침』이 나올 때까지가 제3기다. 제2기까지의 번역의식은 『계사담』을 계기로 크게 변화한다. 『계사담』은 원문 존중을 지향한 번역서이며, 그것이 완전히 이루어지지는 못했지만 "조구조사의 특별한 한 기축을 드러냈다"고 모리타 시켄이 평가하고 있는 것처럼 번역가의 태도가 변화하는 계기가 된 중요한 작품이다.〈자료 4〉 참조 모리타 시켄은 주밀체주밀 문체를 크게 성공시킨 인물로 평가되지만 『계사담』을 주밀 문체의 기원이라 말하고 있다("그 원본에 임하는 근엄하고 정미함, 오늘날 무수한 주밀 문체는 그 기원을 이에 거슬러 올라가 찾을 수 있다"). 또 모리타 시켄의 주밀체는 한문조와 영어의 축어적 번역문 요소가 복잡하게 뒤섞인 것이어서 한어漢語를 사용한 한문조로 평가되는 동시에 축어성이 높고다만 모리타 시켄 이전의 문학 번역 작품과 비교하는 경우 원문의 형식을 번역문에서 재현하려고 시도한 문체다. 모리타 시켄이 『계사담』을 높이 평가한 한 가지 이유는 모리타 시켄 자신이 번역에서 형식을 중요시했기 때문이다. 문체 등 형식에 주의가 기울어져 있던 제3기 이후에 활약한 모리타 시켄은 원작의 형形과 표현을 중시하는 의견을 많이 남기고 있고, 이 책에 수록된 「번역의 수칙」에서도 그 일단을 엿볼 수 있다. 다만 이 『계사담』에 의해 원문에 대한 의식이 높아진 것은 제1기, 제2기와 비교하여 말하는 것이니 제3기 이후에도 초역이 행해지고 있었으며, 목표 텍스트를 중시하는 역출법이 완전히 사라졌다는

---

10　한자 옆에 읽는 법을 가나로 단 것. 루비.
11　교쿠테이 바킨(曲亭馬琴, 1767~1848) : 에도시대 후기의 요미혼 작가.

식의 극단적인 이야기는 아니라는 점에 주의해야 할 것이다.

모리타 시켄의 「서」가 붙은 이 『밤과 아침』이라는 작품은 불워-리턴의 *Night and Morning*[1841] 번역인데, 모리타 시켄의 설명대로 마스다 가쓰노리의 구술역口述譯을 와카바야시 간조가 속기한 번역본이다. 『밤과 아침』이 축어역이 아닌 의역이며, 전편이 언문일치로 역출되었다는 것도 특징이었다. 모리타 시켄은 「서」의 마지막에서 『밤과 아침』에 대해 "또한 우리나라 문학 세계에 일변을 일으킬 조짐이 아니랴" 하여 새로운 변화가 초래되리라 말하고 있다.


**참고문헌**

가와토 미치아키(川戸道昭), 「初期翻譯文學における思軒と二葉亭の位置－その文體を中心に」, 川戸道昭·中林良雄·榊原貴教 編, 『續明治翻譯文學全集(翻譯家編 5)－森田思軒集』 1, 大空社, 2002.
야나기다 이즈미(柳田泉), 『明治初期翻譯文學の研究』, 春秋社, 1935; 1961.

# 자유론



## 범례

번역의 업은 원래 용이하지 않다. 하물며 나와 같이 노망천학<sup>魯莽淺學</sup>[1] 한 사람이 이 어려운 글을 번역하니 쉬울 수 있겠는가? 나는 번역을 하면서 소심익익<sup>小心翼翼</sup>[2]하며 일자일구<sup>一字一句</sup>도 적당히 하지 않았지만 그래도 오류나 탈락이 많을 것이다. 세상의 군자께서는 이를 지적하고 높은 가르침 주시기를 아까워하지 마시기 바란다.

원문이 간단하면서도 심오하여 초학자에게 난해한 부분에는 "역자 왈"이라는 주해를 삽입했을 뿐 아니라 오두<sup>鼇頭</sup>[3]에도 자구의 해석, 고사의 인증, 스스로의 평어 등을 더하여 초학자에게 도움이 되도록 한다.

원서 중에 이탤릭체로 적은 자구 및 문장을 이해하는 데 주목해야 하는 자구에는 ◎◎의 권점<sup>圈點</sup>을 붙이고 흑백, 청탁, 유형무형, 음양, 존비, 정부 인민 등 서로 대조되는 자구, 즉 쌍관어사<sup>雙關語辭</sup>에는 어로<sup>語路</sup>를 소통시키기 위해서 ○○●●의 권점을 붙인다. 그 밖에는 일체의 권점을 남용하지 않고, 따라서 이 책의 권점은 다른 책의 권점과는 큰 차이가 있

---

1    재주가 둔하고 학문이 얕음.
2    담력이 작고 겁이 많음.
3    본문 위 여백에 써 놓은 주해.

다. 독자는 이를 양해하시기 바란다.

제1장, 제2장 등의 구획은 패러그래프를 말하는 것이다. 1, 2, 3 등의 숫자는 센텐스의 구획이다. 이는 주로 원서와 대조해 보는 사람의 편리함을 도모하기 위해서다. 따라서 약간 영어 능력이 있는 사람이라면 되도록 원서와 대조하여 보시기 바란다.

이 책의 초편은 특히 의미가 깊고 무거워 초학자가 들어가기 힘들지만 전편을 통독하고 처음과 끝을 대조하며 숙독완미熟讀玩味[4]하면 활연관통豁然貫通[5]할 뿐 아니라 흥미가 계속하여 솟아나 자신도 모르게 절로 흥이 나게 됨에 이를 것이다. 따라서 초학자인 사람은 초편의 난해한 점에 신경 쓰지 말고 먼저 전편을 통독해 주시기 바란다.

---

4    뜻을 잘 생각하여 차분하게 읽고 음미함.
5    환하게 통하여 도를 깨달음.

다카하시 마사지로<sup>高橋正次郎</sup>에 대해서는 메이지 28년<sup>1895</sup>에 출판된 『자유의 권리』 번역서가 있는 것 외에 거의 아무것도 알려져 있지 않다. 이 번역서는 국립국회도서관에 소장되어 디지털 컬렉션으로 공개되어 있지만 생몰년조차 불명이라고 되어 있다.[6]

원저는 존 스튜어트 밀의 『자유론<sup>On Liberty</sup>』이다. 이 책의 번역으로는 메이지 5년<sup>1872</sup>에 출판된 나카무라 마사나오[7] 역 『자유지리<sup>自由之理</sup>』가 자유민권운동의 선구가 되기도 해서 매우 유명하다. 번역과 정치사상의 관점에서도 참으로 흥미로워서 야나부 아키라<sup>1976·1982</sup>, 이시다 다케시<sup>1976</sup>, 마쓰자와 히로아키<sup>1993</sup>, 야마시타 시게카즈<sup>1973</sup>가 각각의 입장에서 논하고 있다.

이 책은 나카무라 마사나오, 다카하시 마사지로 이후에도 반복되어 번역되었다. 예컨대 다이쇼 3년<sup>1914</sup> 히라이 히로고로<sup>平井廣五郎</sup> 역, 다이쇼 14년<sup>1925</sup> 오미야 신사쿠<sup>近江屋晋作</sup> 역, 쇼와 10년<sup>1935</sup> 야나기다 이즈미 역, 쇼와 21년<sup>1946</sup> 이치바시 젠노스케<sup>市橋善之助</sup> 역, 쇼와 42년<sup>1967</sup> 하야자카 다다시무<sup>坂忠</sup> 역과 미즈다 히로시<sup>水田洋</sup> 역, 쇼와 46년<sup>1971</sup> 시오지리 고메이<sup>鹽尻公</sup>

---

6    **[편자 주]** 다만 내가 아는 한 유일한 예외로 가토 고이치(加藤浩一)의 「On Liberty第二番目の飜譯者 — 高橋正次郎のこと」가 『日本'ミルの會'會報』 제3호(1982.4)에 수록되어 있어 어느 정도 경력을 알 수 있다. 그에 의하면 다카하시 마사지로는 1860년 막부 말기 에도에서 불교용품 상인의 장남으로 태어났다. 메이지에 들어서 월터 데닝에게 영어를 배웠다. 간다 오가와마치의 영화학사(英華學舍) 교장 등을 맡았다. 메이지 20년(1887)부터 메이지 23년(1890)에 걸쳐 샌프란시스코에서 유학했다. 귀국 후 메이지 28년(1895) 『자유의 권리』를 출판하고 그 후 하와이에 건너가 일본어 신문 주필이 되었다. 메이지 35년(1902)경에 귀국하여 다이쇼 10년(1921) 61세로 사망했다고 한다.

7    나카무라 마사나오(中村正直, 1832~1891) : 메이지 초기의 계몽 사상가. 『서국입지편』과 『자유지리』 번역가.

明·기무라 다케야스木村健康 역 등 10명이 안 된다. 그중에서 특히 다카하시 마사지로 역과 그「범례」에 주목하는 것은 나카무라 마사나오와 후쿠자와 유키치로 대표되는 메이지 초기의 번역 스타일과 그 후 쇼와 말기까지 사회과학·인문과학계에서 주류가 된 번역 스타일이른바 번역조(飜譯調)의 분수령이 되었다고 보이기 때문이다.

이 점은 번역문을 비교하면 잘 이해할 수 있을 것이다. 제1장 아홉 번째 단락 앞부분을 예로 나카무라 마사나오 역과 다카하시 마사지로 역, 시오지리 고메이·기무라 다케야스 역, 원문을 보자.

**나카무라 마사나오 역, 『자유지리』**1872; 1926, 14면

내가 이 논문을 만드는 목적은 인민의 회사(즉 정부를 말한다)로써 일개의 인민을 취급하고 이를 지배하는 도리를 설명하는 일이다. 즉 어떤 이는 율법 형벌로써, 어떤 이는 교화 예의로써 전체 동료로부터 개개의 한 사람에게 시행하고 행해야 할 한계를 강구하는 일이다. 원래 사람은 각각 자유의 권權이 있고, 원래 우리가 원하는 바에 따라 행동을 하는 셈이라 타인에게 억제받는다든가 하는 일은 없다. 그렇다면 왜 동료 회사에 지배되는가. 답하여 말하길, 인민이 자유롭게 일을 하고 서로 손해가 없다면 동료가 협의하는 회사는 필요 없는 것이지만 그중에는 한쪽의 자유는 한쪽의 부자유가 되며 한편의 이利는 한편의 해害가 되는 것도 있는 까닭에 정부가 있어 인민 자유의 권의 안에 개입하여 이것과 서로 관계하고 돌보아주는 것이 없을 수 없는 것이다. 그렇다면 인민이 각각 스스로 수호하기 위해서 동료 회사, 즉 정부에 지배되는 것인 까닭으로, 정부라는 것은 인민을 보호하는 쓸모뿐이다.

**다카하시 마사지로 역, 『자유의 권리』**1895, 22~23면

◎ 제9장 1. 이 책의 목적은 사회가 강제 통제<sup>사용하는 수단의 유형력인 형벌이든 혹은 무형</sup>력인 여론의 제재든로써 개인을 다루는 것을 충분히 통솔할 수 있는 매우 간단한 원리를 말하는 것에 있다. 2. 그 원리는 다음과 같이 인류가 (개인적이든 공동적이든) 모든 타인의 행동의 자유에 간섭할 수 있는 유일한 목적은 스스로 보호하는 것, 이것뿐이다.

**시오지리 고메이 · 기무라 다케야스 역, 『자유론』**<sup>1971, 24면</sup>

이 논문의 목적은 사용되는 수단이 법률상의 형벌이라는 형태의 물리적인 힘인지 혹은 여론의 정신적 강제인지 여부와는 상관없이 무릇 사회가 강제와 통제의 형태로 개인과 관계하는 방법을 절대적으로 지배하는 자격이 있는 것으로서 하나의 극히 단순한 원리를 주장하는 것이다. 그 원리란 인류가 그 구성원 누군가 한 사람의 행동의 자유에 개인적이든 집단적이든 간섭하는 것이 오히려 정당한 근거를 가진다고 생각되는 유일한 목적은 자기 방위<sup>self-protection</sup>라는 것에 있다.

**J. S. Mill**<sup>1859; 1977, 223면</sup>

The object of this Essay is to assert one very simple principle, as entitled to govern absolutely the dealings of society with the individual in the way of compulsion and control whether the means used be physical force in the form of legal penalties, or the moral coercion of public opinion. That principle is, that the sole end for which mankind are warranted individually or collectively in interfering with the liberty of action of any of their number, is self-protection.

나카무라 마사나오 역과 다카하시 마사지로 역을 비교하면 두 가지 점을 지적할 수 있다. 먼저 언어의 레벨에서는 야나부 아키라[1976·1982], 이시다 다케시[1976]가 논한 것처럼 메이지 초기에는 여기에서 사용되고 있는 'society'와 'individual', 그리고 'liberty'라는 말을 이해하는 것이 극단적으로 어려웠다. 예를 들어 'society'에 대해서 말하자면 당시에는 번역어로서 사용할 수 있는 적절한 말이 없었다. 밀이 'society'라는 말로 표현한 실체가 일본에는 없었기 때문이다. 그리고 나카무라 마사나오는 "인민의 회사, 즉 정부를 말한다", "전체 동료", "동료 회사" 등 몇 가지 말을 사용하여 밀의 주장을 전달하려고 했다.

이에 대해 다카하시 마사지로는 힘들이지 않고 '사회'로 번역하고 있다. 메이지 5년[1872]에 이 시대를 대표하는 천재 나카무라 마사나오가 고생했던 개념을 메이지 28년[1895]에는 이해할 수 있게 되었던 것일까? 그 배경으로서 일본에 'society'의 실체가 형성되어 왔던 것일까? 그렇지는 않을 것이다. 메이지도 중반 이후가 되면 이들 어휘의 의미는 이해할 수 없어도 번역어만큼은 거의 정해졌다. 이 'society'라면 일단 '사회'라고 번역하게 되었다. 다카하시 마사지로 역이 이 점을 보여준다.

두 번째로 번역 스타일이 크게 바뀌었다는 것이다. 나카무라 마사나오 역은 다카하시 마사지로 역의 두 배 이상의 길이가 있다. 그리고 "원래 사람은 각각 자유의 권이 있어서" 이하의 부분은 원문과 어떻게 대응하고 있는 것인지 잘 모르겠다고 생각할 수 있을 터다. 나카무라 마사나오는 여기에서 원문의 행간까지 읽고 원문의 의미를 한문 훈독조로 표현하는 방법을 취하고 있는 것이다.

이에 대해서 다카하시 마사지로는 현재의 독자 대부분에게 익숙한 스타일로 번역하고 있다. 양보절과 삽입구를 괄호로 처리하고 있는 점에서는 약간 다르지만 원문의 주부와 술부를 거의 그대로 주부와 술부로 하고 있는 점, 뒤에서 앞으로 번역해 가는 방법을 취하고 있는 점 등으로 번역조의 스타일을 사용하고 있다.

다카하시 마사지로 역을 보면 약간 이상한 부분이 있는 것을 알게 된다. 단락 앞머리의 "◎ 제9장"과 1, 2라는 숫자다. 그 의미는 「범례」에 적혀 있다.

제1장, 제2장 등의 구획은 패러그래프를 말하는 것이다. 1, 2, 3 등의 숫자는 센텐스의 구획이다. 이는 주로 원서와 대조해 보는 사람의 편리함을 도모하기 위해서다. 따라서 약간 영어 능력이 있는 사람이라면 되도록 원서와 대조하여 보시기 바란다.

다카하시 마사지로는 앞에서 말한 바와 같이 『자유의 권리』 역서가 있는 것 외에는 거의 알려져 있지 않은 인물이지만 그래도 주목할 만한 것은 「범례」의 이 항목 때문이다.

메이지 5년[1872]에 나카무라 마사나오가 『자유지리』를 번역했을 때 원문을 읽는 독자가 있을 것이라고는 생각하지 않았을 터다. 그래서 원저자가 원저로 독자에게 전달하려고 한 사고방식을, 그러한 사고방식에 전혀 생소한 일본 독자에게 전달하는 것에만 전념한 것이다. 따라서 'society'라는 간단한 말조차 고심했던 것이며, 원문의 행간까지 읽고 일본어로 표현하려고 한 것이다.

이에 대해서 다카하시 마사지로는 원서와 대조하면서 읽는 독자를 상정하고 있다. 그 때문에 무엇보다 중시한 것은 원문을 독해할 수 있도록 하는 것이다. 바꿔 말하면 원문의 표면이 어떻게 되어 있는지 독자에게 전달하는 것이다. 이것이 그 후에 거의 100년간 사회과학·인문과학계의 번역에서 주류가 된 사고방식의 원점이다.

　시오지리 고메이 · 기무라 다케야스 역은 그 후의 『자유론』 번역을 대표하는 것이 되었다고 말할 수 있을 것이다. 이를 읽으면 메이지 28년[1895]의 다카하시 마사지로 역과 그 후의 번역의 차이가 얼마나 작은지 알게 될 것이다. 번역어가 조금 다르고 구문의 번역 방식이 조금 다를 뿐으로 번역의 기본적인 스타일은 다르지 않다. 원서를 읽는다는 목적에 맞추어 최적화된 번역 스타일이 오랫동안에 걸쳐 계속 사용되어 온 것이다. 이러한 번역 스타일에서 벗어나려는 움직임이 사회과학 · 인문과학계의 고전 번역에 나타나게 된 것은 매우 최근의 일이다.


## 참고문헌


나카무라 마사나오(中村正直) 譯, 『自由之理』(1872), 『明治文化全集』 5, 日本評論社, 1926.

다카하시 마사지로(高橋正次郎) 譯, 『自由ノ權利』, 丸善書店, 1895; 國立國會圖書館デジタルコレクション(http://dl.ndl.go.jp).

마쓰자와 히로아키(松澤弘陽), 『近代日本の形成と西洋經驗』, 巖波書店, 1993.

밀(J. S. Mill), *On Liberty* (1859), in *The Collected Words of John Stuart Mill* XVIII, John M. Robson ed., University of Toronto Press, Routledge and Kegan Paul, 1977(http://oll.libertyfund.org).

시오지리 고메이(鹽尻公明) · 기무라 다케야스(木村健康) 譯, 『自由論』, 巖波文庫, 1971.

야나부 아키라(柳父章), 『飜譯とは何か』, 法政大學出版局, 1976.

＿＿＿＿＿＿＿＿＿＿＿＿, 『飜譯語成立事情』, 巖波書店, 1982.

야마시타 시게카즈(山下重一), 「明治初期におけるミルの受容－『自由之理』および『利學』を中心として」, 羽賀祥二 編, 『幕末維新論集 11－幕末維新の文化』, 吉川弘文館. 1973.

이시다 다케시(石田雄), 『日本近代思想史における法と政治』, 巖波書店, 1976.

# 후쿠자와 전집 서언



**자료 8_ 후쿠자와 전집 서언(후쿠자와 유키치)**

40여 년 이래 내가 저술하고 번역한 여러 글을 모아 새롭게 간행하게 되어 간단하게 그 출판 취지를 한마디 하여 권두에 적어 두고자 한다.[1] 애당초 나의 저역서는 그 수가 결코 적지 않지만 그때그때 만들어 그때마다 흩어져 내가 본 바를 천하에 피로披露[2]한 다음에는 이른바 상황이 굴러가는 대로 맡겨 두어 주인조차 일찍이 알지 못하고[3] 세월이 옮아감과 함께 그 쓴 책들을 세어 봐도 세기 힘드니 주인 스스로도 잊어버려 실소하는 경우가 없지 않다. 지금 이를 간행하여 흩어짐을 막는 일은 하나는 나 자신의 자손을 위하는 것이고, 또한 나를 알아주는 사람들과 친구들을 위한 것이다. 실제로 얼마 전 간행하기로 마음먹은 동시에 집안을 샅샅이 뒤져 보았지만 어느 틈엔가 장서가 사방으로 흩어져 그 반도 남아 있지 않았다. 어쩔 수 없이 옛 지인들에게 심부름꾼을 보내 혹은 빌리거나 물려받거나 해서 겨우 전부 모을 수 있었는데 그 수고로움은 참으로 쉽지 않은 것이었다. 오늘날 이러한 상황이니 앞으로 5년이 지나고 7년이 지나 나의 사후에라도 이른다면 수색의 수고로움은 열 배가 되어도 여전히

---

1 후쿠자와 유키치가 직접 편찬하여 1898년 1월부터 5월까지 지지신보샤(時事新報社)에서 전 5권으로 간행한 『후쿠자와 전집』을 가리킨다. 『후쿠자와 전집 서언』은 한 달 전인 1897년 12월 같은 출판사에서 단행본으로 출판되었으며, 『후쿠자와 전집』 제1권 맨 앞에도 포함되었다.
2 글을 펴 보임. 일반에게 널리 알림.
3 자신이 쓴 글들이 어디로 갔는지 알 수 없다는 뜻.

찾을 수 없는 것이 있을 것이니 인정상 적이 안타까운 바다. 일신의 사정 私情은 잠시 놔두고 널리 세간을 쳐다보면, 오늘의 일본은 옛적 일본이 아니고 이른바 신일본이라 칭하여 구래의 구관舊觀을 고쳐 문명 제국과 교제함에 감히 손색없는 데 이르렀다. 그러나 신일본은 하루아침에 탄생한 것이 아니니 인과관계의 이치를 따져 보면 가까이로는 40년, 멀리로는 400년, 그 이상도 넘어 변천해 온 연혁의 실마리를 발견할 수도 있을 것이다. 그렇다고는 해도 어쨌든 일본이 옛 문물을 파괴하고 신문물 수입의 대활극을 연기한 것은 즉 개국하여 40년간의 일로서 그동안의 줄거리가 되고 장부帳簿가 되어 전 국민으로 하여금 자유개진自由改進의 무대에 새로운 춤을 추게 한 것이 많다. 그 가운데 나의 저서와 번역서 또한 스스로 그 일부분을 차지하고 있다고 말해도 감히 부끄럽지 않으니 내가 마음껏 말하며 기탄하지 않는 바다. 그렇다면 그 줄거리와 장부를 이것저것 모아 이를 후세에 보존하는 것은 근세 문명의 연원과 유래를 아는 데에서 저절로 이익이 없지 않을 것이며, 역사상의 필요라 말해도 과언이 아닐 것이다.

이상은 옛글을 새롭게 간행하는 이유이니 이야기하는 김에 지난날 내가 많은 책을 저술하고 번역한 그 유래와 인연을 기억나는 대로 한 절씩 적어 두는 것도 저절로 세상 사람들의 참고에 무익하지 않을 것이다. 먼저 첫 번째로 내가 쓴 문장이 대체로 평이하여 읽기 쉽다는 것은 세간의 평론이 이미 인정하고 있고 필자 또한 스스로 그렇게 믿어 의심하지 않는 바다. 지금 그 유래를 말하매, 40여 년 전 나는 오사카에 있는 대학의 오가타 고안 선생 문하에 있었다. 선생은 평생토록 온후 독실하여 손님을 맞이하는 데에서나 문하생을 거느리는 데에서나 친절하게 가르쳐 주시며 응대를 지겨워하지 않아 진실로 보기 드문 높은 덕의 군자였다. 그런데 이 선생님이 일단 글 쓰는 데 임할 때는 대담하다고도 도량이 넓다고도 무어라 칭하기 힘든 대담한 분으로서 그 의론에는 매번 사람을 놀라게 하는 데가 있었다. 당시 조고쿠上國[4]에서 난학의 대가라고 하면 먼저 선생님 한 분으로 문하생은 언제나 넘치고 저서와 번역서도 매우 많았다. 그런데 오사카를 제쳐 두면 에도 쪽에서는 난학으로 일문을 세운 분들이 매우 많아서 그중 가장 유명한 것은 스기타 세이케이[5]였다. 이분은 참되고 흠 없는 학자로서 그 네덜란드 책을 번역하는 데에 용의주도하여 일자일구一字一句도 함부로 하지 않고 원문 그대로 번역하는 스타일이었다. 그 때문에 자구와 문장이 매우 고상하여 세속적인 느낌을 벗어나 잠깐 손에 들고 읽어 내려가는 것만으로는 쉽게 이해하지 못하되 몇 번 숙독하면 즐거움이 끊이지 않는 명문으로 이 선생님이 세상에 출판한 번역서 또한 적지 않았다. 이 두 스승은 동서[6] 학문의 두 오제키[7]로서 명망과 학식이 서로 막상막하로 각각 자신 있어 하면서도 그 번역 스타일에 이르러서는 철두철미하게 정반대였다. 오가타 선생님은 앞서 말한 바와 같이 전혀 자구에는 신경 쓰지 않고 네덜란드어의 문법을 밝혀 그 난문을 해석하는 것을 가장 자신 있어 하지만 번역하는 스타일에서는 원서를 경멸하여 안중에 두지 않았다. 그 지론으로 말하기를 애당초 번역은 원서를 읽을 수 없는 사람을 위한 작업이다. 그런데 번역서 중에 쓸데없이 어려운 문자를 늘어놓아 한 번 두 번 읽어도 의미를 이해하기 어려운 것이 있다. 필경 원서에 읽

---

4    에도시대의 교토와 오사카를 가리키는 말.
5    스기타 세이케이(杉田成卿, 1817~1859) : 에도시대 후기의 난학자. 『해체신서』를 번역한 스기타 겐파쿠의 손자.
6    간토 지방과 간사이 지방.
7    스모의 등급 중 요코즈나(横綱)의 다음가는 등급을 가리키는 말로 같은 무리 중에서 가장 뛰어난 사람.

매여 무리하게 한자어를 사용하려고 한 죄과로서 그것의 극치는 번역서와 원서를 대조하지 않으면 이해하지 못함에 이르는 매우 가소로운 것이라, 운운한 것은 우리 문하생들이 늘 듣는 바였다. 그 지론이 실제로 나타난 한 예를 말하자면, 어느 때 문하생의 한 사람인 쓰보이 신료坪井信良[8]라 하는 사람이 멀리서 무엇인가 번역했다고 하여 선생님께 초고를 보내어 교열을 청하였는데, 선생님은 빨간색 붓을 잡고 몇 번이나 이를 첨삭했다. 그때 나는 마침 선생님 옆에 있어 친히 그 모습을 엿보았는데, 선생님의 책상 위에는 원서 없이 그저 번역 초고를 첨삭할 뿐이었다. 원서를 보지 않고 번역서에 붓을 드는 것은 아마도 선생님 한 사람일 것이다. 그 글쓰기에 대담한 것이 대체로 이와 같았다. 그때 나는 주쿠塾[9]에서 네덜란드인 펠 원저의 축성서築城書[10]를 번역할 때였다. 어느 날 선생님이 나에게 이르기를 지금 그대가 번역하는 축성서는 병서다. 병서는 무가武家의 쓰임으로 무가를 위하여 번역하는 것이다. 그러니 열심히 문자에 주의해서 결코 난해한 문자를 쓰지 말라. 그 이유는 온 일본에 무가가 많다고 해도 대개는 무학하고 글을 모르는 이의 무리뿐이니 이들에게 난해한 문자를 쓰는 것은 금물이다. 시험 삼아 그들을 평균하여 보라. 그대들은 나이도 젊고 원래 한학 선생은 아니지만 사족 중에서는 일단 글을 알고 있는 학자라 말해도 좋을 것이다. 그런데 이 글을 아는 학자가 양서를 번역하는 데 어려운 글자와 문장을 사용하려고 하면 그저 쓸데없이 독자에게 고충이 될 뿐이다. 그러하기 때문에 번역의 문자는 단순히 그대가 아는 만큼을 한

---

8  쓰보이 신료(坪井信良, 1823~1904) : 에도시대 후기와 메이지 초기의 의사.

9  오가타 고안의 데키주쿠(適塾), 즉 데키테키사이주쿠(適適齋塾).

10  C. M. H. Pell의 *Handleiding tot de kennis der versterkings-kunst*로 오토리 게이스케(大鳥圭介, 1833~1911)가 1860년 『築城典刑』이라는 제목으로 번역하여 간행했다.

도로 하되 진실로 사전 같은 것으로 조사하고 검토하는 일은 쓸데없다고 할 만하다. 옥편 또는 잡사류편雜事類編 등도 좌우에 비치해 두어서는 안 된다. 사정을 알 수 없거나 난해한 문장을 만들어 낼 가능성이 있기 때문이다. 다만 사람의 기억에는 자연히 한계가 있어서 쉬운 문자도 문득 잊어버리는 일이 많다. 그때에는 민간의 간단한 사전[11]으로도 충분할 것이다. 의학계에는 학자가 많아서 자연히 번역에 대한 의론이 시끌벅적할 때도 없지 않으나 그대는 의학계에 인연이 없고 실력이 뻔한 무가를 상대하니 부디 어려운 문자를 사용하지 말라고 경계하신 선생님의 친절한 주의는 부친이 자식을 가르치는 것보다도 더하여 나는 이를 깊이 마음에 아로새겨 그 이래로 일찍이 잊어버린 적이 없다. 문장을 기초할 때 나도 모르게 붓 끝에 어려운 문자가 나타나려고 하면 바로 선생님의 경고를 생각해 내고 이를 고치는 데 주저하지 않았다. 예를 들면 축성서의 한 구절에 "응당 있어야 하는 재료 운운"이라 적고 마음이 적이 편치 않아 "마침 가지고 있는 물건 운운"으로 바로 고치고 비로소 만족한 것 정도는 매번 있는 일이라 일일이 소개할 틈도 없다. 내가 저역서를 평이함으로 일관하는 것은 실로 선생님이 가르쳐 주신 것으로 오늘에 이르기까지 끝없는 스승의 은혜에 감사하는 것이다. 그 후 에도에 와서 종종 저술과 번역을 시도함에 이르러서도 힘써 난해한 문자를 피하고 평이함을 위주로 하는 것은 일찍이 염두에서 사라지지 않았다. 동시에 에도의 양학 사회를 보니 저역의 책이 원체 많아 모두 가나 혼용의 문체이긴 한데, 자칫 한자어를 사용하여 문장 쓰기의 정아正雅함을 높이 쳤다. 이 때문에 저역하는 것은 원서의 문법을 잘 읽어내어 문의文意를 이해하는 것은 용이하지만 타당한 번역을 얻는 것이 어

---

11  한자의 음을 가나로 표시할 뿐 자세한 설명이 없는, 간편하고 실용적인 사전.

려워 학자의 괴로움은 순전히 여기에 있을 뿐이었다. 그 사정을 숨김없이 말하자면 한학이 유행하는 세상에서 양서를 번역하고 서양 학설을 말하는 데에서 문장의 속됨은 보기 괴롭다 하여, 말하자면 한학자를 향해 용모를 꾸미는 것과 같았다. 대개 100년 이래의 번역법이지만 이래서는 도저히 오늘날의 쓰임을 처리하는 데에 충분하지 않다고 믿고 이에 따라 적이 연구한 경위는, 한문의 한자 사이에 가나를 끼워 넣고 속문 가운데 소로候[12]의 글자를 제거하는 것도 아울러 저서와 번역서의 문장을 이룰 것이라 말하지만, 한문을 토대로 하여 생겨난 문장은 가나를 섞기는 했어도 역시 한문이라서 문의를 이해하기 어렵다. 이에 반해 속문 속어에서 소로의 문자를 뺀다고 해도 그 근본이 속되기 때문에 민간에서 통용될 것이다. 다만 속문의 모자란 부분을 보충하는 데 한자어를 사용하는 것은 매우 편리하여 결코 버려도 되는 것이 아니다. 문장 쓰기의 사정에 맡겨서 사양할 것 없이 한어를 이용하고 속문 중에 한어를 끼워 넣고 속어를 가지고 한어에 접속하여 전아함과 속됨을 엉망진창으로 혼합시킴으로써 마치 한문 사회의 영지靈地를 범하고 그 문법을 문란하게 하여 그저 빨리 이해하는 데 알기 쉬운 문장을 이용하여 통속 일반에 널리 문명의 새 사상을 얻게 한다는 것을 취지로 삼았다. 바로 이 취지에 기초하여 출판한 것이 『서양여행 안내西洋旅案內』, 『궁리도해窮理圖解』 등의 책이다. 당시 나는 사람들에게 말하기를 이들 책은 교육 없는 농민과 초닌町人[13]들이 이해할 수 있을 뿐 아니라 산에서 막 내려온 하녀로 하여금 창가 너머로 들려주어도 그것이 무슨 책인지 알 수 있을 정도가 아니면 나의 본뜻이 아니라 했다. 그래서 문장을 기초하여 한학자 등의 교정을 구하지 않은 것은 물론이려니와 특히 문

---

12   겸손한 말투인 "……입니다", "……습니다"에 해당하는 에도시대의 문어체.
13   에도시대 도시에 거주하는 상공업자.

자에 대한 학식이 없는 집안의 부인과 어린아이 등에게 명하여 반드시 한 번은 초고를 읽혀서 그 이해할 수 없다고 호소하는 부분에 반드시 어려운 한자어가 있는 것을 발견하여 이를 고친 일이 많았다. 그뿐만 아니라 나의 마음속에서 이미 한문에 신경 쓰지 않는다고 결정한 이상 힘써 이 주의를 밝힐 것을 바랐다. 예를 들면 "이를 모르는 채 앉아 있다"거나 "이 일을 오해한 죄다"라고 말하면 한문의 어조로서는 그렇게까지 난문이 아니지만 일부러 이를 고쳐서 "이것을 모르는 것은 잘못이다" 또는 "이 일을 잘못 생각한 것은 주의를 다하지 않은 것이다"라고 적는 것과 같은 일이다. 소년 때부터 한문에 익숙해진 자신의 습관을 고쳐 세속을 따르려고 하는 것은 매우 고생스러운 것이다. 또 자의字義에 대해서도 마찬가지로 예를 들면 공恐과 구懼는 한문에서는 반드시 그 구별을 분명히 하지만 화훈和訓[14]에서는 두 글자 모두 오소루라고 읽기 때문에 먼저 세간의 보통 예를 따라 공恐만 사용했다. 그 밖에 나의 저역서 중에는 한문류의 자의가 틀린 것이 매우 많다. 사실 나 자신도 그 전반적인 형편을 모르는 것은 아니지만 어쨌든 통속적으로 이해만 된다면 그것으로 좋다고 일부러 신경 쓰지 않고 넘어갔다. 요는 세간의 양학자들의 도량을 넓히고 호탕하게 이끌며 한자를 멸시하게 하려고 한 일시의 임기응변이었음을 알아야 할 것이다.

또 내가 젊은 십칠팔 세 무렵, 옛 번藩의 땅인 부젠 나카쓰豊前中津[15]에 있을 때 집안의 형이 친구와 무엇인가 문장에 관해 이야기할 때 그 담화 중에 화문和文의 가나 사용은 진종眞宗의 렌뇨 쇼닌蓮如上人[16]의 『오후미사마御文章』만 한 게 없다, 이것은 명문이다, 운운하며 거듭 칭찬하는 것을 옆에

---

14    한자를 일본어 뜻으로 읽는 방식.
15    지금의 규슈 오이타현 나카쓰시.
16    렌뇨(蓮如, 1415~1499) : 무로마치시대의 고승. 쇼닌(上人)은 존칭.

서 듣고 비로소 렌뇨 쇼닌이 문장가임을 알았다. 그러나 그 문장이라는 것이 어떠한 서적에 있는지 본 적도 없고 그저 한때 선배의 문담文談으로 흘려들었을 뿐이었다. 그 후 수년을 거쳐 에도에 와서 양서 번역을 시도함에 이르러 전년의 일을 떠올리고 위에서 말한 『오후미사마』 합본 1책을 사서 보았더니 평이한 가나 혼용의 문장으로서 매우 읽기 쉬웠다. 이거 재밌네, 하고 몇 번이나 통독하고 숙독하여 한때는 암기할 정도였던 일도 있다. 이 때문에 불교에 대한 신심이 일어날지는 의심스럽지만 다소라도 가나 문장 스타일을 배울 수 있었던 것은 렌뇨 쇼닌의 공덕이라 할 것이다.

또 다카타니 류슈[17] 선생은 원래 구 나카쓰 번사藩士로서 내 모친의 재종형제여서 자연스럽게 친척 간 교제도 있었고, 분고豊後[18] 호아시 반리帆足萬里[19] 선생의 문하에서 나의 부친과도 교류가 있었다. 한학에서는 깊이 경전의 뜻에 통해서 문장에 이름난 인물이었다. 유신 후 도쿄에 거주하시며 때로 우리 집에 내방하셨는데, 담화는 늘 그러하듯 문담文談이었다. 선생께서 말씀하시기를, 그대는 어리고 박명하여 아무것도 몰랐겠으나 옛날 존엄한 후쿠자와 하쿠스케福澤百助 선생이 문단을 독차지하여 감히 다툴 자가 없었던 것은 내가 친히 본 바다. 그 아버지에 그 아들이로다. 오늘 그대의 저역서를 보건대 문장이 매우 신묘하다. 다만 유감스러운 것은 그대가 한문을 모르고 가나가 섞인 속된 글에 치우친 것뿐이다. 그렇기에 그대도 이제부터 뜻을 세워 정문正文을 배울 생각이 없는가? 만약 그 뜻이 있다면 다른 이를 번거롭게 할 것 없이 내가 스스로 이를 가르치는

---

17    다카타니 류슈(高谷龍洲, 1818~1895) : 막부 말기 후젠 나카쓰 번의 유학자. 한학자.
18    지금의 오이타현.
19    호아시 반리(帆足萬里) : 에도시대 후기의 유학자.

것도 괜찮다. 그대의 재능으로써 공부한다면 불과 반년만 공부해도 홀연히 일본 제일의 문장가가 되어 제2의 후쿠자와 하쿠스케 선생이 생기는 것은 내가 확실히 보증하는 바다, 운운하셨다. 과연 친척 사이이며 또 망부의 친구이니 조금도 거리낄 것 없이 그저 친절함에서 나온 권고이므로 나로서도 그 지극한 정에 대해서 받아칠 만한 말도 없었다. 그러기에 이제 와서 스스로 한학·한문 선생임을 좋아하지 않을뿐더러 오히려 이를 배척하려고 하여 공부하는 중이기 때문에 선생께는 매우 안되었지만 원래 이에 따를 뜻이 없어 고개 숙여 먼저 감사의 인사를 드렸다. 선생님이 주신 충고는 분에 넘치고 매우 감사한 말씀입니다만 저는 알고 계신 대로 3세에 부친을 여의고 교육을 보살펴 주는 사람이 없어 한학도 아무런 소득이 없고 약관에 양학을 배우고 지금은 저술과 번역 등을 하며 그 문장은 그저 통속적인 글 일변도일 뿐 망부에 대해서는 부끄러울 따름이지만 저의 붓은 이미 세속류의 습관을 이루었기 때문에 이제 와서 이를 고칠 수도 없습니다, 운운하며 적당하게 감사하며 헤어졌던 적도 있다. 그 뒤 스스로 홀로 생각건대 류슈 선생이 망부 이래의 옛 연고로서 이렇게까지 깊이 충고하셨으니 그 밖에도 또 반드시 동감하는 사람이 있을 것이다. 그러나 나의 문장은 처음부터 세속이라고 결심하여 세속에 통용되는 속문으로써 세속을 문명으로 이끄는 것, 마치 진종의 개조開祖 신란 쇼닌上人[20]이 스스로 육식하며 육식하는 남녀를 교화한 것과 같이 효빈效顰[21]을 배워 어디까지나 세속 평이의 문장법을 밀고 나가 세속과 함께 문명의 가경佳境에 도달하려고 하는 것을 본원으로 하여 일찍이 초심 일념을

---

20  신란(親鸞, 1173~1263) : 가마쿠라시대의 고승으로 진종의 종조(宗祖).
21  중국 춘추시대의 미녀 서시의 고사에서 유래한 말로, 본질을 이해하지 않고 겉모습만 흉내 내는 것.

바꾼 적 없는 오늘날, 도저히 선생의 충고에 따를 수 없다고 각오하고 그 충고와 동시에 도리어 더더욱 속문주의의 뜻을 굳게 한 것이야말로 틀림없는 경위였다. 또 이에 관한 사소한 일을 기록하고자 나의 인장印章에 삼십일곡인三十一谷人의 다섯 글자를 새긴 일이 있다. 이것은 골짜기에도 산에도 지명 등에 관계된 것도 아니다. 삼십일三十一을 한 글자로 하면 세世 자가 되고 곡인谷人의 인人을 변으로 하여 좌우에 배열하면 속俗 자가 되는 까닭에 즉 세속이라는 뜻을 붙인 것으로 전년 류슈 선생의 문담을 들은 후 특별히 새겨 장난삼아 생각한 것의 자취다.

또 왕정 유신 후의 메이지 초년, 오사카에 의학교 같은 것을 관에서 설치하여 나의 옛 친구 중에 이 학교에 봉직하여 의서를 번역하는 사람이 있었다. 어느 날 나는 오사카에 놀러 가서 그 학교를 한번 보았는데 학교에 재직하던 한 사람이, 지금은 그 사람을 기억하지 못하는데(쓰보이 호슈[22]였다고 생각함), 나를 맞이하여 같이 이야기하며 여러 원서 등을 보기도 했다. 그 친구가 책 중에서 원문의 한 글자를 가리키면서 이 글자를 무엇이라고 번역하면 적당할까? '들어맞히다'라는 글자인데 번역어로는 곤란하다. 그대는 지금까지 몇 번이나 번역한 적도 있었을 터이니 이러한 글자를 보았을 때 무엇이라 해야 하느냐 하는 상담에 나는 크게 웃으며 그대는 지금 번역어에 곤란하다고 입으로 말하면서 그 입으로 이미 적당한 말을 내뱉어 원 글자를 번역해 내지 않았는가? 그대가 말하는 것처럼 '들어맞히다'가 진실로 적당한 일본어로서 더할 나위 없는 번역어다. 나라면 바로 이 일본어로서 원래 글자를 번역할 작정이다. 당초에 그대들이 서양의 원서를 번역할 때 네모난 문자만 사용하는 것은 무엇 때문인가? 결국

---

22　쓰보이 이슌(坪井爲春, 1824~1886) : 에도시대 후기와 메이지 초기의 의학자. 호는 호슈(芳洲).

에는 한학류漢學流의 기분을 맞출 작정이겠지만 지금 문명 세계에 한자를 천착할 한가로운 세월이 있지도 않을 테고, 마찬가지로 안중에 한학자는 없다고 배짱을 부리면서 그저 신지식의 전파에 힘쓸 뿐이라고 운운하며 친구 사이에 달리 기탄하는 바 없이 서로 생각하는 바를 담화한 적이 있다. 당시에는 양학 사회의 사람 수도 많지 않았고 서로 친밀했던 것이 일종의 비밀 결사나 마찬가지로 타인에게 말해서는 안 되는 사항이라도 서로 털어놓고 말하는 것이 보통이었는데 이는 지금 사람들이 모르는 바다.

번역문의 일은 대체로 이상과 같은 방침으로 먼저 편리를 얻었으나 그 다음으로 곤란한 것은 겨우 서양의 신사정을 수입함에 따라 이를 대표하는 새 문자가 전혀 없다는 점이었다. 처음에는 한서를 이것저것 막 뒤져서 상당한 문자일지도 모르겠다고 억지를 부렸지만 도저히 보람이 없었다는 것이 도리에 맞을 것이다. 원래 문자는 관념의 부호에 지나지 않는 것이기 때문에 관념의 형 없는 곳에 그림자인 문자를 구하는 것은 마치 눈을 모르는 인도인에게 눈의 시를 짓게 하는 것과 같이 도저히 쓸데 없는 짓이기 때문이다. 결국 내가 옛것이 되어[23] 신일본의 새 문자를 제조한 것이 그 수가 또한 적지 않았다. 예를 들면 영어의 스팀은 종래 증기라고 번역한 예가 있었는데, 무엇인가 한 글자로 줄일 수 없을까 생각하여 딱히 목적도 없이 장서인 『강희자전』을 끄집어내서 그저 무작정 불화변, 삼수변의 부수를 수색하는 가운데 기汽라는 글자를 보고 그 주해에 물의 기운이라고 되어 있으니 재미있다고 홀로 수긍해서 비로소 기의 글자를 사용했다. 다만 『서양사정』 삽화에 "증기제인蒸滊濟人" 운운하고 적은 것은 대구를 위해 증 한 글자를 더한 것이다. 오늘날 세상에는 기차라거나 기

---

23   송사에서 유래한 "自我作古代". 선례에 얽매이지 않고 자신이 독창적인 것을 시작한다는 뜻.

선 도매상이라 하여 참으로 보통 쓰는 말이지만 그 근본을 찾는다면 32년 전에 내가 무턱대고 찾아서 붙였던 것을 즉석의 재치에 맡겨 별생각 없이 판본에 실은 것이야말로 기 자의 발단일 것이다. 또 당시에는 카피라이트의 의의를 포함하는 문자도 없었다. 관허官許라고 말하면 약간 비슷하지만 그 내용은 정부의 심기를 건드리지 않는다는 뜻을 보여줄 뿐이며, 에도의 관례에 의하면 구사조시臭草紙[24]는 마치 도시요리町年寄[25]의 권한으로 취급하고 그 이상인 학자의 저술은 세이도聖堂,[26] 또 번역서라면 반쇼시라베쇼蕃書調所라 칭하는 정부의 양학교에서 허가하는 법이니 저서 발행의 명예와 권리를 저자의 전유로 돌린다는 사유권의 의미를 아는 자가 없었다. 따라서 나는 그 카피라이트의 가로문자를 직역해서 판권版權이라는 새 문자를 제조했다. 그 외에도 우리 친구 사이에서 만든 새 글자도 매우 적지 않다. 이름은 잊어버렸는데, 어떤 학우가 횡문橫文에 있는 달러 기호 $를 보고 세로로 비슷한 불弗 자를 사용하여 달러로 읽게 하는 것과 같은 것은 재미있는 발상이었다. 이에 반해 내가 포스트오피스를 비각장飛脚場, 포스티지postage를 비각인飛脚印이라 번역하여[27] 우편의 우郵 자를 마음에 떠올리지 못하고, 북키핑을 초아이帳合라고 번역하여 부기簿記의 글자를 사용하지 않은 것은 너무 지나치게 속되었던 까닭인지 오늘날 세상에 행해지는 것을 보지 못한다.

---

24  에도시대에 유행한, 삽화가 포함된 이야기책.
25  에도시대의 도시나 마을 관리인.
26  공자를 모신 사당. 에도시대 후기의 교육 기관인 유시마 세이도(湯島聖堂).
27  히캬쿠(飛脚)는 에도시대에 편지, 문서, 화물 등을 배달하던 운송업자.

# 『서양사정』

『서양사정』은 내 저역서 중에서 가장 널리 세상에 알려져 사람들이 가장 많이 볼 수 있는 책으로 그 초편[28]처럼 저자의 손으로 발매된 부수도 15만 부를 밑돌지 않는다. 이에 더해 당시 가미가타上方[29] 쪽에서 유행하던 위판僞版까지 여기에 보탠다면 20만 내지 25만 부는 틀림없을 것이다. 지금 그 출판에 이르기까지 사정을 말하자면, 나는 앞서도 말한 것처럼 오사카의 오가타 선생 문하에서 난학을 배웠고 대체로 난서蘭書라면 주쿠 안에 있는 의서든 물리학 책이든 이를 이해하는 것은 매우 쉬웠다. 원서가 드문 세상이기 때문에 무언가 난해한 원서는 없는가 하고 탐구하여 마침내 여러 원서의 서문 또는 서언 등을 베껴서 동창생과 함께 강독할 정도로 해 왔기에 원서를 읽고 원서를 번역하는 데에는 일단 지장이 없었다. 다음으로 에도에 와서 영서英書를 읽기에 뜻을 품고 딱히 교사도 없어 순전히 난영蘭英 대역사전을 상대로 이삼 년 고생하여 대략 영문을 이해할 수 있게 되었다. 그러나 네덜란드어 책이든 영어 책이든 이를 읽는 것은 다만 문법을 근본으로 하여 사전에 호소하는 것만으로 그 밖에는 의지할 만한 것이 없었다. 그러니 그 나라의 보통의 말로서 누구에게나 알려져 있고 거의 사전에 주해할 정도의 필요가 없는 것은 바로 우리 일본인이 해석하기에 가장 고통을 겪는 문자로서 한 글자가 의심스럽기 때문에 전문의 처리에 당혹스러웠던 것은 매번 있는 일이었다. 실제로 우리가 고심했던 문자를 하나둘 이야기하자면, 오사카에 있을 때 무슨 병서

---

28　『서양사정』은 초편 3책(1866), 외편 3책(1868), 제2편 4책(1870) 등 총 10책으로 간행되었다.

29　에도시대의 교토와 오사카를 가리키는 말.

를 보는데 바시스<sup>basis</sup>라는 난어가 있었다(영어로 베이스라고 한다. 지금은 근거지 정도로 번역할 것이다). 몇 번을 읽어도 이해가 안 되고 네덜란드어 사전을 찾아보면 바시스는 근본이다. 예를 들면 알칼리가 바시스로서 초산은 슈르라고 되어 있어 화학에 관한 설명뿐 병사에는 조금도 관계가 없었다. 도저히 알 수 없다고 단념하고 그 후 에도에 와서 누군가 병서에 밝은 양학자는 없나 하고 사방으로 수소문했는데, 시타야下谷에 사는 이시카와 헤이타로石川平太郎 선생은 세이슈 쓰번勢州津藩[30]을 위해 전문적으로 병서를 읽어 당시 유일한 선생이라 듣고 그 문을 두드려 질문했다. 그러나 이시카와 선생 역시 문법 사전의 학자로 질문자가 모르는 것은 선생도 역시 몰랐다. 또 영서에서 다이렉트 택스, 인다이렉트 택스직접세, 간접세를 말함라는 단어를 보았는데 조금도 알 수 없었다. 다이렉트는 직접 도달한다는 뜻으로 여기에 인이라는 부정이 앞에 오니 직접 도달하지 않는다는 뜻이다. 거기까지는 이해할 수 있는데 세금에 직접 도달한다, 직접 도달하지 않는다는 것이 무슨 말인지 여러 종류의 사전을 조사해 보아도 주해가 달린 것은 없고 선배 노성老成의 학자들에게 질문해도 결국 설명을 얻지 못했다. 그래서 요코하마에 거주하는 외국인에게 물어보려고 해도 막부 법규가 매우 번잡하고 내외인이 서로 편지를 주고받는 일도 어려운 상황이었기 때문에 서생이 글에 대해서 잘 모르는 것을 질문하는 것 같은 일은 도저히 이루어질 수 없었으니 당시 우리 독서생들의 여의치 않음을 미루어 짐작할 수 있을 것이다. 그런데 분큐 원년1861 겨울 막부가 유럽 각국으로 사절 파견을 결정하면서 나 또한 그 수행을 명 받았다. 이듬해 봄에 먼저 프랑스에 도착해서 그다음에 영국, 네덜란드, 프러시아, 러시아, 포르

---

30    지금의 미에현 쓰시.

투갈 등 여러 나라를 순회하여 문명의 문물, 눈과 귀에 새롭지 않은 것이 없었다. 그런데 체재하는 중에 여러 인사들에게 면회하여 가르침을 듣는 중에 그쪽 사람들이 정성 들여 강의하는 학술상의 일은 그쪽이 생각하는 만큼 우리 쪽에서는 신기하지 않았다. 예를 들면 증기 기관은 석탄의 열로 물을 비등시키고 그 물기운의 팽창력을 이용하여 기계를 움직이는 것이다, 기선은 운운, 기차는 운운. 또 전신은 신기한 것 같으나 그것은 엘레키토르[31]의 기를 긴 바늘의 선에 전달하여 선의 한끝에서 기계를 움직이면 선의 길이가 몇백 몇천 리가 되더라도 순식간에 음신音信의 기호를 종이에 기록하니, 운운하며 설명하는 것이 매우 자세했다. 그렇지만 증기, 전기와 같은 것은 일본에 있을 때 가능한 한 힘을 다하여 그 대체大體를 연구하여 당시로서는 최근의 패러데이 전지 등도 이미 원서를 숙독하여 질릴 때까지 이해했다. 그 때문에 외국인이 친절하게 깊이 설명하는 그 후의는 고마웠지만 사실 이들 강의에 여행 중의 중요한 시간을 사용하는 것은 차마 하지 못할 일이었다. 안된 일이나 그쪽은 다른 일을 핑계로 이야기를 그만두게 하고, 이쪽이 순전히 알고 싶은 것은 종전에 사전을 찾아보아도 탐구할 수 없었던 사항만에 있다고 하여 먼저 대체적인 방향을 정해서 그쪽에 착수하여 적당한 사람을 선정해서 질문을 시도해 보았다. 그랬더니 그쪽에서는 너무 보통의 말할 것도 없는 일뿐이라 아무래도 바보같이 생각하는 것 같았지만 질문자에게는 굉장히 어려운 난문일 따름이었다. 예를 들어 정치상으로 일본에서는 세 명 이상 무언가 내부적으로 이야기를 맞추는 자들을 도당徒黨이라 칭하며 도당은 정부의 게시판에 부정한 행위로 명기되어 가장 무거운 금제禁制인데, 영국에는 정당이라는

---

<sup>31</sup> 네덜란드어 electriciteit에서 유래한 말로 마찰기전기(摩擦起電機).

것이 있어 청천백일에 정권 주고받기를 다툰다고 한다. 그렇다면 영국에서는 처사횡의處士橫議[32]를 용서하고 바로 그때의 정법政法을 비방하는 것도 처벌받지 않는 것인가? 이러한 난폭으로 일국의 치안을 유지한다는 것이 너무나도 신기하고 무슨 일인지 조금도 이해하기 어려워 그때부터 여러 가지로 의심스럽고 이해가 가지 않아 일문일답했다. 그리하여 겨우 영국 의원의 유래, 제실帝室과 의원의 관계, 여론의 세력, 내각 경질의 관습 등 점차 이를 듣고 따라서 비로소 그 사실을 얻은 것 같기도 하고 여전히 얻지 못한 것 같기도 하다. 눈에 보이는 모든 인사人事가 그저 분명하지 않아 법률은 학자의 학문이라 말하고 대언인代言人[33]은 타인의 소송을 맡아 죄인을 위해 변호하는 자라고 하여도 일본에 있을 때 당국에 대법백개조大法百箇条가 있다는 것을 들었을 뿐인 서생으로서는 조금도 이해하지 못했다. 민간 장사꾼의 업무에 생명보험회사가 있고 해상보험회사가 있다는 것은 과연 재미있는 방법이라고 생각했으나 그 구조를 자세히 이해하는 것은 매우 쉽지 않았다. 그들의 우편 사업 조사에 고생했던 것은 지금도 기억에 남아 잊히지 않는다. 프랑스의 수도 파리 체재 중에 어디엔가 편지를 보내고자 하여 우연히 들렀던 손님 한 사람에게 그 절차를 물었는데, 손님은 지갑에서 네모나게 인쇄된 종잇조각을 꺼내어 이 인지印紙를 편지에 붙여서 보내면 바로 상대방에게 도달할 것이라 하였다. 그것은 히캬쿠야飛脚屋[34]에 부탁하는 것인가 하고 물으니 아니라 한다. 파리에 그런 히캬쿠야는 없고, 동네 어딘가에 상자와 같은 것이 있기 때문에 그

---

32  『맹자』에서 유래한 말로 벼슬이 없는 지식인이 정치를 마음껏 논하는 것. 일본의 경우 막부 말기에 번에 속하지 않은 사무라이들이 평등하게 정치를 논한 것을 말함.
33  변호사.
34  에도시대에 편지, 문서, 화물 등을 배달하던 업체.

저 그 상자 안에 던지면 편지는 자연히 겉봉투의 송부 장소에 도달한다
고 한다. 점점 알 수 없게 됨을 견디지 못했다. 에도의 히캬쿠야인 교야京
屋, 시마야島屋에 편지를 부탁하매 에도에서 교토, 오사카까지 7일 안에 도
착하게 한다면 편지 한 장에 금 2보步의 정가이며, 날짜를 한정하지 않는
다 해도 한 편에 이삼백 문文을 지불하게 된다. 그런데 프랑스에서는 그
저 인지를 붙이면 편지가 마치 혼자서 상대방에게 도착한다니 이는 참으
로 신기하다 생각하여 억지로 손님을 잡아 앉히고 전체적인 경위를 들었
지만 그날은 요령을 얻지 못하고 헤어졌다. 다음날 이쪽에서 손님의 집에
찾아가서 잘 알지 못했던 나머지를 질문하고 그래도 납득되지 않아 거듭
방문하는 등 거의 시간을 소비하기를 사나흘 하여 비로소 납득되어 과연
교묘한 통신법이라고 홀로 감동한 것은 다름 아니라 오늘날 우리나라 일
반에 행해지고 있는 우편법이다. 그 밖에 병원, 구빈원救貧院, 맹아원盲啞院,
전광원癲狂院,³⁵ 박물관, 박람회 등을 눈으로 보아 신기하지 않은 것이 없었
고 그 유래와 그 쓰임을 듣고 심취하지 않은 것이 없었다. 그 모습은 마치
오늘날 조선인이 처음 일본에 와서 보는 것마다 묻고 놀라는 상황과 다
르지 않았다. 조선인은 그저 놀라기만 하는 자가 많지만 당시 우리 동행
의 일본인은 놀랄 뿐 아니라 그 놀람과 동시에 부러워하고 이를 우리 일
본국에도 실행하려고 하는 야심을 스스로 금하려 해도 금할 수 없었다.
즉 내가 유럽 체재 1개년 사이 도처에서 필기하여 돌아와 이를 정리하고
또 횡문의 저서를 참고하여 저술한 것이 『서양사정』의 일부다.

　이상과 같이 여러 가지로 견문을 필기한 것은 다만 일본에 돌아가 서
양에서 출판된 원서를 읽어 이해할 수 없고 사전을 보아도 알 수 없는 사

---

35　정신병원.

항만을 목적으로 하여 한줄기 그 방향으로만 관심을 가졌기 때문에 당초 사정에 대해 자세하게 다 쓰지는 못했다. 모두 표면을 한번 훑는 정도의 견문으로서 매우 천박한 기사이지만 이 천박한 기사가 왜 큰 세력을 얻어 일본의 온 사회를 풍미했는가 하면, 당시 우리나라는 개국한 지 얼마 되지 않아 아래나 위 모두 적응할 바를 모르고 제 번의 뜻 있는 자는 유신을 경영하는 중이었다. 대개 그 뜻 있는 자는 모두 번 중의 훌륭한 인물이며 선조 이래 우리 고유의 무사도에 길러져서 그 활발함과 영민함, 얽매이지 않는 호방함은 거의 천성으로 매우 대담했다. 그러나 본래 지나支那의 문학과 도의에는 매우 깊지 못하고 유학의 심오한 정신에서 본다면 거의 무학이라 말하지 않을 수 없었다. 이 무학의 일파가 유신의 대사업을 이루고 이제 선후 처리의 일단에 이르러 쇄국양이鎖國攘夷가 어리석음은 이미 이를 간파하고 개국한다고 결단은 했지만 나라를 열고 문명에 들어가려고 하는 데는 무언가 의거할 바가 없을 수 없었다. 훌륭하신 유지들도 당황하고 있을 때 눈에 띈 것이 근저近著의 『서양사정』으로 일견이는 재미있고 이것이야말로 문명 계획에 좋은 재료일 것이라 하여 한 사람이 이를 말하면 만인이 이에 응하여 조정에서도 재야에서도 서양 문명을 말하여 개국의 필요를 말하는 자는 『서양사정』 한 부를 좌우에 비치하지 않은 자가 없었다. 『서양사정』은 마치 새 없는 마을의 박쥐, 무학 사회의 나침반으로서 유신 정부의 새 정령政令도 혹은 이 소책자로부터 생겨난 것이 있을 것이다. 매우 신기한 일 같지만 당시 일본 온 나라에 서양류의 신사상을 전달하는 출판 저서로서는 거칠고 빠진 것이 많고 천박하면서도 그저 이 책자만으로서 바로 그때의 시의에 맞았다. 또 그와 동시에 그 신설新說이 용이하게 실제로 행해져서 장애가 없었던 것은 당국과 사인士人들이 한학에 빠진 것이 깊지 않아 한마디로 이를 평하자면 그 무학 때문이었다고 단정하지 않을 수 없다. 권두에 적은 바와 같이 오가타 선생이 일본 온 나라의 무가는 대개 무학으로 문자를 모른다고 말씀하신 것은 실제 사실이었다. 유신의 유지들이 사안을 판단함에 대담 활발한 것치고는 글자를 아는 것이 매우 깊지 못하고 설령 그것을 알아도 그것에 별로 신경 쓰지 않고 넘어가서 무사도 하나를 가지고 나라에 보답하는 대의를 중히 여겼다. 참으로 자국의 이익이라면 다른 일에 따르지 않고 물이 낮은 곳으로 가는 것처럼 옛것을 버리는 일에 인색하지 않으며 새로운 것에 들어가는 일을 주저하지 않아 변천통달変遷通達,[36] 자유자재로 운동하는 식이었던 것이 천박한 『서양사정』도 일시에 환영받았던 까닭이다. 즉 일본 인사의 뇌는 백지와 같았다. 참으로 국가의 이익이라 들으면 마음속에 새기고 그 단행함을 주저하지 않았다. 이를 저쪽 지나인, 조선인 등 유교주의에 길러져서 마치 자신을 대단히 여겨 자만자족하는 허문虛文이 머릿속에 종횡으로 마구 적혀 있던 자들과 비교하면 똑같이 취급할 수 없다. 그렇다면 유신 당초에 우리나라의 영단英斷은 당국과 사인의 다수가 한문·한학을 맛본 것이 깊지 않았기 때문이라 할 수 있다. 기묘하게 말하자면 일본의 문명은 사인이 배운 것이 없었기 때문에 주어진 성과라 해도 과언이 아니라 할 것이다.

36  변천함에 막힘이 없음.

후쿠자와 유키치福澤諭吉, 1835~1901는 막부 말기인 덴포 5년[1835] 나카쓰 번 사 후쿠자와 하쿠스케의 차남으로 오사카에서 태어났다. 부친은 13석石 2인人의 급여를 받는 하급 무사로서 오사카의 구라야시키倉屋敷[37]에서 나 카쓰 번의 가이마이카타廻米方[38]로 근무했다.

후쿠자와 유키치는 막부 말기부터 메이지 초기 격동의 시대 속에서 젊 을 때부터 열심히 난학, 그리고 독자적으로 영학을 배워 드디어 막부의 군함에 수행원으로 참가하여 미국에 갔다. 그 후 유럽 파견 사절단의 번 역 담당으로 고용되어 세계 각지를 시찰했다. 남보다 배로 향학심이 왕성 하여 구미를 여행할 때 비용을 마련하여 현지에서 많은 책과 사전을 구 입했다.

이와 같은 체험에서 후쿠자와 유키치는 오랜 쇄국 속에서 지내던 일본 민중에게 널리 세계의 모습을 알리는 일에 강한 사명감을 지니고 있었다. 그래서 『서양사정』과 『학문을 권함』 등 많은 저작을 써서 당시의 베스트 셀러로 만들었다. 이러한 저작 중에는 후쿠자와 유키치 자신의 번역이 많 이 포함되어 있다. 이 『서양사정』 초편 속에 미국 독립선언서 앞머리 부 분의 번역이 있으니 아래에 인용하기로 한다. 그리고 이에 대한 원문 및 그에 대한 나의 번역을 나란히 고찰해 보고자 한다.

처음에 원문, 그다음에 현대 일본의 전형적인 번역을 싣는다. 원문이 유명한 문장이기 때문에 현대 일본어 번역도 여러 가지가 있지만 여기에 서는 굳이 나 자신의 번역으로 적겠다. 현대 일본의 전형적인 번역 문체 로 보아주었으면 한다. 이것과 비교하면 후쿠자와 유키치 번역의 특징을

---

37 에도시대 번의 쌀 창고 겸 가옥.
38 에도시대에 원격지로 쌀을 운송하는 관리.

잘 알 수 있을 것이다. 그 후에 후쿠자와 유키치 번역을 소개하기로 한다.

### 원문

When in the course of human events it becomes necessary for one people to dissolve the political bands which have connected them with another, and to assume among the powers of the earth, the separate and equal station to which the Laws of Nature and the of Natures's God entitle them, a decent respect to the opinions of mankind requires that the should declare the causes which impel them to the separation.

We hold these truths to be self-evident that all men are created equal, that they are endowed by their Creator with certain unalienable Rights, that among these are Life, Liverty and the pursuit of Happiness.

### 야나부 아키라 역

인간의 역사 속에서, 한 국민이 종래 타 국민에 결합되어 있던 정치적 결합을 끊고 자연의 법과 자연의 신의 법에 의해 부여되어 있는 자립, 평등의 지위를 지상의 강국 속에서 점하는 것이 필요하게 되었을 때 그 국민이 분리하지 않을 수 없었다는 이유를 선언해야만 하는 것은 인류의 의견에 대한 당연한 경의가 요청하는 바다.

우리는 자명한 진리로서 모든 인간은 평등하게 만들어졌고 그들의 조물주에 의해 일정한 박탈될 수 없는 권리를 부여받아 그 속에 생명, 자유, 행복의 추구가 포함되어 있다는 것을 믿는다.

### 후쿠자와 유키치 역1866; 1980, 139~140면

인생 어쩔 수 없는 시운時運으로 일족의 인민, 타국의 정치를 벗어나 물리천
도物理天道의 자연에 따라 세계 중의 만국과 동렬同列하고 별도로 일국을 세울 때
이르러서는 그 건국하는 까닭의 원인을 진술하고 인심을 살펴 이에 포고하지
않을 수 없다.

하늘이 사람을 낳은 것은 억조億兆 모두 일철一轍[39]로서 이것에 부여함에 움직
일 수 없는 통의通義를 가지고 하였다. 즉 그 통의란 사람이 스스로 생명을 보전
하고 자유를 요구하고 행복을 기원하는 종류로서 그 밖에 이것을 어떻게든 할
수 없는 것이다.


이상의 원문은 독립을 선언하는 문장이기 때문에 격식을 갖춘 장중한
문체의 장문으로 되어 있다. 특히 앞머리의 패러그래프는 전체가 하나의
센텐스로 되어 있어 이러한 긴 센텐스에서 번역이 어떻게 되는지, 여기에
서 일본어 번역의 문제가 분명히 보인다.

먼저 원문 초두의 When 이하로 긴 문장이 계속된다. 일반적으로 연체
수식구連體修飾句와 그 피수식어와의 관계로 영문에서는 원칙으로서 연체
수식구는 명사 등 수식되는 말의 뒤에 연결된다. 그 때문에 관계대명사가
자주 사용된다. 이러한 구문이 일본어로의 번역에서 먼저 문제다. 이에
반해 일본어에서는 원칙으로서 연체수식구가 피수식어 앞에 놓인다. 앞
에 실은 나의 번역문에서는 이 원칙을 충실하게 지키고 있다.

원문에서는 When 이하의 수식구가 길게 3행에 걸쳐 있다. 이에 대한
나의 번역에서도 이 When의 대응어는 겨우 3행째에 ……로 될 '때'라는
말이 되어 나타난다. 일본문 독자에게는 이 '때'가 나타날 때까지 의미의

---

39　수레바퀴가 굴러간 것같이 똑같음.

파악은 대기 상태가 된다.

거기에서 후쿠자와 유키치 번역을 보면 "인생 어쩔 수 없는 시운에서"라고 위에서 말한 '때'에 대응하는 말이 '시운'으로 빨리 나타나 있어 이해하기 쉽다. 계속되는 문장을 보아도 "…… 벗어나", "…… 동렬하고", "…… 진술하고", "…… 수 없다"의 술어로 결말을 짓는 짧은 문구의 구성으로 의미가 일단 깨끗하게 끝나는 문장이 계속되고 있다.

일반적으로 영문에서는 센텐스sentence 속에서 의미가 가장 중요한 것은 '주어subject'로 센텐스의 선두에 나타난다. 다음으로 '술어'가 원칙으로서 그다음 정도에 나타난다. 즉 중요한 말이 센텐스의 시작 쪽에 나타난다. 이에 대해 일본문에서는 의미가 가장 중요한 것은 '술어'로 센텐스에 대응하는 '문'이 끝나는 쪽에 나타난다. 후쿠자와 유키치 번역문은 바로 이 일본문의 구조를 파악하고 있기 때문에 이해하기 쉬운 것이다.

여기에서 구문의 문제를 떠나 단어로서의 번역어 문제를 다루어 보고 싶다. 원문의 두 번째 패러그래프에 'Rights'라는 중요한 말이 있다. 나의 현대어 역에서는 '권리'라고 되어 있다. 이것이 후쿠자와 유키치 번역에서는 '통의通義'다. '권리'와 '통의' 중에서 어느 쪽이 'right'의 번역어로 적합한가?

'권리'와 같은 말은 한자의 의미에서 생각하면 'right'의 번역어로서 전혀 적합하지 않다. '권權'이란 원래 '힘'이라는 의미로 '권력', '권한' 등의 조어에는 적합하다. 이 이상한 번역어가 왜 사용되게 되었는가 하고 그 역사를 보자면, 간단하게 말해 국제법에서 국가의 'right'를 문제 삼는 장면에서 사용되어 국가의 'right'에는 국가의 힘이 깊이 관계되어 있기 때문에 일단 그럴듯하다고 생각되었기 때문이다. 이 용어 '권'이 그 뒤 어느 틈엔가 일본에서 'right'의 번역어로 정착되어 버린 것이다.

일반적으로 일본에서 한자 조어에 의한 서양어 번역에서는 원어의 의미와 번역에 사용되고 있는 한자의 의미가 어긋나는 경우가 매우 많다. 예를 들면 '개인'이라는 번역어는 'individual'의 의미를 전혀 전달하고 있지 않다. '경제'와 '철학'도 마찬가지 예다. 한자 번역어의 이와 같은 성격에 대해 나는 지금까지 저서 등에서 수없이 지적해 왔기 때문에 여기에서는 자세한 설명을 생략하기로 한다.

후쿠자와 유키치의 번역어는 그렇지 않았다. 먼저 한자라는 "네모난" 문자를 가능한 한 피하려고 했다. 한자를 사용하는 경우에도 이 '통의'라는 번역 조어와 같이 한자의 의미부터 생각해서 이해하기 쉽게 조어했다.

후쿠자와 유키치의 이와 같은 번역법은 어디에서 온 것일까?

번역에 관한 후쿠자와 유키치의 기본적인 사고방식을 말하는 문장은 사실 그다지 없다. 번역론을 생각하기에는 너무 바쁜 시대를 살아갔던 것이다. 그중에서 그나마 여기에 게재된 『후쿠자와 전집 서언』만이 그 자신의 번역에 관해 정리된 사고방식을 전달하고 있다. 아래에 그 일부를 인용해 보자.

그 친구가 책 중에서 원문의 한 글자를 가리키면서 이 글자를 무엇이라고 번역하면 적당할까? '들어맞히다'라는 글자인데 번역어로는 곤란하다. (…중략…) 하는 상담에 나는 크게 웃으며 그대는 지금 번역어에 곤란하다고 입으로 말하면서 그 입으로 이미 적당한 말을 내뱉어 원 글자를 번역해 내지 않았는가? (…중략…) 당초에 그대들이 서양의 원서를 번역할 때 네모난 문자만 사용하는 것은 무엇 때문인가?

당시 나는 사람들에게 말하기를 이들 책은 교육 없는 농민과 초닌들이 이해할 수 있을 뿐 아니라 산에서 막 내려온 하녀로 하여금 창가 너머로 들려주어도 그것이 무슨 책인지 알 수 있을 정도가 아니면 나의 본뜻이 아니라 했다. 그래서 문장을 기초하여 한학자 등의 교정을 구하지 않은 것은 물론이려니와 특히 문자에 대한 학식이 없는 집안의 부인과 어린아이 등에게 명하여 반드시 한 번은 초고를 읽혀서 그 이해할 수 없다고 호소하는 부분에 반드시 어려운 한자어가 있는 것을 발견하여 이를 고친 일이 많았다.

여기에서 '하녀', '부인과 어린아이 등'과 같은 표현이 나오는데, 슬쩍 언급하고 있는 것처럼 보이는 이들 표현에 시대를 앞선 후쿠자와 유키치의 혜안이 드러나는 것처럼 생각된다.

후쿠자와 유키치는 당시 무사의 교양으로서의 한자·한학의 소양을 충분히 익히고 있었지만 문장을 쓸 때는 이상과 같이 특히 한자·한학의 문체가 아니라 일본의 전통적 야마토 말 계열의 문체로 쓰려고 했다. 특히 번역어·번역문에서 당시의 풍조에서는 탁월하게 굳이 "이해하기 쉬운" 표현을 의식하고 있었다.

메이지 초년부터 시작되는 근대 일본의 번역 문체사 속에서 후쿠자와 유키치의 시도는 선두를 달리고 있었지만 이를 계승한 사람은 적었다. 일본의 번역어, 번역 문체사는 고대 이래의 전통을 받아서 한자·한문을 수용한 이래 한문 훈독조에서 난문 훈독, 영문 훈독이라는 방법으로 흘러갔기 때문에 이 흐름은 지금까지도 계속되고 있다고 나는 생각한다.

고대 이래로 정부의 문서와 학자의 문장은 남성이 적는 것이었다. 이에 비해 같은 무렵 여성에 의해 사적인 장소를 중심으로 야마토 말 계열의 모노가타리物語, 수필 등이 생겨났다. 그것은 '오토코데男手'에 대해 '온나데女手’라고 불렀다. ‘오토코데’와 ‘온나데’는 이후 일본어 문체의 역사를 관통하며 서로 대립하는 양대 조류가 되었는데, 외국어 번역에서는 고대 이래로 언제나 ‘오토코데’ 중심이었다. 후쿠자와 유키치의 ‘온나데’적 번역은 예외였다고 말할 수밖에 없다.

　‘오토코데’와 ‘온나데’라는 대립하는 개념으로 일본의 문체사·번역사를 요약하려 해 보았지만 구미에서 번성하는 번역학translation studies에서도 이와 꽤 비슷한 대립 개념이 사용되고 있다. 이론가에 따라 용어는 다소 다른 경우가 있지만 현대 번역 이론가 베누티의 용어로 정리해서 말하자면 ‘이질화異質化, foreignization’와 ‘동화同化, domestication’다. 번역의 기본적 방법으로 어느 쪽을 취하는가 하는 문제로서 현대 번역학의 초기 무렵부터 제안되었다. 이미 19세기 초 슐라이어마허는 번역가가 “작가는 그대로 두면서 독자를 작가에 가까이 가게 하는가 혹은 독자는 그대로 두고 작가를 독자에게 다가가게 하는가” 하는 두 가지 길 가운데 하나를 채택한다고 논했다. 전자는 번역의 ‘이질화’, 후자는 ‘동화’라는 것이 된다. 이 제언의 사고방식은 그 후 번역 이론가 슈타이너와 철학자 데리다 등에게도 계승되고 있다. 어느 쪽도 ‘동화’를 비판하고 ‘이질화’의 번역법에 호의적이다.

　‘동화’가 비판되었다는 것은 사실 현실적으로는 서구 세계의 번역에서 ‘동화’ 경향이 지배적으로 되었기 때문이다. 특히 영국, 미국의 영어권에서는 압도적으로 동화의 경향이 강하다. 즉 영어로 읽기 쉬운 번역이 일반적으로 선호되고 요청된다. 일반 독자도 출판사도 그렇게 요구하고 번역가도 그 경향에 따른다. 현대의 번역 이론가 베누티는 이른바 영어 제국주의라고도 할 만한 이 경향을 정면으로 비판하고 번역의 ‘이질화’를 계속 외치며 스스로 번역으로 실천하고 있다.

이 서구 번역학의 기본적인 대립 개념에 비추어 보면 앞서 말한 '오토코데'와 '온나데'는 어떻게 위치 지어지는 것일까? 후쿠자와 유키치의 번역을 나는 '온나데'라고 개괄했지만 그것은 일본의 다수 민중의 말투를 중시한 번역 방법이다. 즉 동화라 말할 수 있을 것이다. 이에 대하여 '오토코데'는 어떠한가? 내가 영문 훈독체라 말했지만 이것은 원래 외국어인 한문을 훈독하는 방법을 계승하고 있기 때문에 '이질화'라 말할 수 있지 않을까? 그렇지만 여기에서 조금 더 자세하게 고찰해 두자면 일본에 한자가 들어온 것은 고대다. 이후 한자·한문체는 일본어에 도입되어 일본어의 일부가 되어 있다. 그리고 한자·한문체는 고대 이래 특히 외래의 언어와 문화를 수용하는 경우에 사용되었다. 근대 이후 서양어와 서양 문화를 주로 '오토코데'로 받아들여 온 것도 그 전통에 따르고 있는 것이다.

그것은 전통적인 화어和語·화문和文에 대해서 말하자면 또 하나의 번역용 일본어로서 '이질화'를 내부에 포섭하고 있는 것이다.

문명론적으로 본다면 일본은 이 '이질화'의 번역 전통에 따라 특히 번역에 열심인 나라였던 셈이다. 근대 이후 급속한 서양화·근대화의 성공은 그 덕분이었다고 말할 수도 있을 것이다.

일본의 번역은 '오토코데', '이질화'가 주류다. 오늘날에도 그렇다. 서양의 번역이 문명 선진국을 자부하는 영미를 중심으로 '동화'가 주류였다는 것과는 다르다. 문명 후진국의 자각으로 '이질화'가 지배적이었던 것이다.

그래서 서양에서 최근의 번역 이론가가 '동화' 조류를 비판하고 '이질화'를 주장하고 있지만 후쿠자와 유키치는 일본의 번역 주류인 '이질화'를 비판하고 '동화'를 주장했던 것이다.


후쿠자와 유키치의 '온나데'적 번역의 흐름을 조금 더 탐구해 보고자 한다.

후쿠자와 유키치는 『후쿠옹 자전』1899; 1978에서 "문벌 제도는 부모의 원수로소이다"14면라는 유명한 발언으로 알려진 것처럼 당시의 봉건 제도를 철저하게 비판했다.

이 비판 정신은 지식에서 나온 것이 아니라 후쿠자와 유키치 가족 내부와 그 주위의 생활 체험으로부터 몸에 익힌 것이라고 나는 생각한다. 그 경위를 설명하고 싶다.

후쿠자와 유키치는 소년 시절부터 그 시대에는 보기 드문 반권력, 반권위의 반항심을 아울러 지니고 있었다. 예컨대 이나리 신사[40] 안에 무엇이 들어 있는지 몰라 열어 보았더니 돌이 들어 있기에 그 돌을 버리고 다른 돌을 넣어 두었다. 또 이웃에 있는 시모무라라는 저택의 이나리님을 열어 보았더니 신체神體가 어떤 나무인지 나무패이기에 이것도 내버리고 태연하게 있었다. 곧 하쓰우마[41]가 되어 사람들이 깃발을 세우거나 북을 두드리고 신주神酒를 올리며 떠들썩거리고 있었기 때문에 후쿠자와 유키치는 우습게 여겼다. "바보 녀석들, 내가 넣어 둔 돌에 신주를 올리고 절하다니 재미있군"이라며 홀로 기뻐했다는 경험23면이 이야기되고 있다.

이 비판 정신이 봉건 제도라는 스케일에까지 미치고 있는 것에는 후쿠자와 유키치의 가족을 둘러싼 체험이 있었다. 후쿠자와 유키치의 부친은 오랫동안 오사카의 구라야시키에 근무하며 "허무하게 불만을 억누르고 세상을 떠나는 것이야말로 유감일 것"14면이라는 이유로 동정받고 있었다. 또 형은 한학·유학을 충실히 배워 언젠가 후쿠자와 유키치가 방에

---

40    일본 신화에 나오는 벼의 신을 모시는 신사. 마을마다 신사가 있고, 개인 주택에서 이나리 신을 모시기도 한다.
41    음력 2월의 첫 오일(午日)로 이나리 신사의 축제일.

서 못 쓰는 종이를 밟고 지나가자 돌연히 "너는 눈이 보이지 않느냐. 이것을 보아라. 무엇이라고 적혀 있느냐. 오쿠다이라 오카시와데노카미[42]라는 존함이 적혀져 있지 않느냐"며 꾸중했다고 한다. 형은 한학·유학에 충실한 서생이었다.

이러한 가족 가운데 후쿠자와 유키치의 모친만큼은 꽤 달랐던 듯하다. 모친의 행동에 관해 이렇게 말하고 있다.

대체로 하등 사회의 사람과 교제하는 것을 좋아하여 출입하는 농민이나 상인은 물론 에타[43]나 비렁뱅이라도 거리낌 없이 가까이 오게 하고 경멸하지도 않고 싫어하지도 않으며 말도 매우 정중했다.21면

나카쓰에 한 사람의 여자 거지가 있어 바보 같고 미친 사람처럼 매우 가난한 자가 자기 이름인지 남이 붙였는지 치에, 치에라고 하며 매일 저잣거리에서 음식을 받으며 돌아다녔다.

(…중략…) 그러자 모친이 매번 날씨가 좋은 날에는 "오치에,[44] 이리 들어와"라며 앞마당에 불러들여 봉당의 풀 위에 앉히고 자신은 옷소매를 걷어붙여 자세를 갖추어 거지의 이를 잡기 시작하고 나도 돕도록 호출받았다.21면

『후쿠옹 자전』의 문장은 당시의 솔직한 표현으로 적혀 있어 오늘날의 눈으로 보면 차별 용어 등이 여러 군데 보이지만 여기서는 그대로 인용해 두었다.

---

42    율령제의 관직명으로 다이젠시키(大膳職)의 장관. 오쿠다이라는 성씨.
43    일본의 천민 신분.
44    앞에 'お(御)'를 붙여서 치에를 친근하게 부른 말.

이 모친의 사람됨과 행동이 아마 후쿠자와 유키치에게 깊이 영향을 남겼을 것이라고 나는 추측한다. 즉 '오토코데'를 내버려 두고 '온나데'의 문장을 굳이 선택했던 후쿠자와 유키치의 정신 형성에 끼친 영향이다. 후쿠자와 유키치는 태어날 때부터 두뇌가 명민하고 소년 때부터 날카로운 비판 정신을 지니고 있었지만 당시 일본을 크게 뒤덮고 있던 봉건 제도를 비판하기에는 아직 지식도 얕았고 본인이 감당할 수 있는 문제가 아니었을 터다. 이 체제 안에서 약한 자는 언제나 하층에 놓이고 괴롭힘을 당하고 있었다. 후쿠자와 유키치의 모친은 직감적으로 그런 약한 자들에게 공감하고 있었다. 그것은 체제 비판과 같은 지식이 아니라 순전히 직감적인 상냥한 마음에서였다.

후쿠자와 유키치는 그 상냥한 마음을 받아들여 거기에서 굳이 의식적으로 눈을 외부로 향해 인간을 상하 관계로 차별하는 사회에 대한 비판으로 향해 간 것이라 생각한다. 후쿠자와 유키치의 '온나데' 중시의 번역 방법은 시대를 앞선 비판 정신의 발로였다.

후쿠자와 유키치는 그 후 미국, 유럽 등을 방문하여 문명 세계의 정세를 알고 당시 일본의 대표적인 계몽가로서 활동하게 되지만 아마도 그 이전 소년 시절에 모친에게서 가르침을 받은 '상냥한 마음'으로부터 문명관의 기본을 기른 것이리라 나는 생각한다.

**참고문헌**

데리다(J. Derrida), "What is Relevant Translation?" (2001) translated by L. Venuti, in L. Venuti ed., *The Translation Studies Reader*, Routledge, 2004(2nd edition).
베누티(L. Venuti), *The Scandals of Translation : Towards an Ethics of Difference*, Lon-

don : Routledge, 1998;

슐라이어마허(F. Schleiermacher), "On the Different Method of Translating" (1813) in L. Venuti ed., *The Translation Studies Reader*, Routledge, 2004(2nd edition).

스타이너(G. Steiner), *After Babel, Aspect of Language and Translation*, Oxford University Press, 1975; 1998.

야나부 아키라(柳父章), 『飜譯とは何か』, 法政大學出版局, 1976.

후쿠자와 유키치(福澤諭吉), 「西洋事情 初編 卷之二」(1866), 『福澤諭吉選集』1, 巖波書店, 1980.

＿＿＿＿＿＿＿＿＿＿＿＿＿＿＿, 『福翁自傳』(1899), 巖波文庫, 1978.

# 외국어 연구



시인 괴테가 말하기를 "하나의 외국어를 안다는 것은 하나의 신세계를 발견하는 것"이라 하였다. 히브리어에 통달해 보지 않겠는가? 이 언어는 지금으로부터 4천 년 전 옛날로 거슬러 올라가 모세, 다윗의 깊은 생각을 바로 그들의 언어에서 찾아볼 수 있는 편리함과 쾌감을 우리에게 제공할 뿐 아니라 그 연구는 그 근원을 같이하는 언어인 아랍어, 시리아어, 아시리아어, 칼데아어 등의 고찰로 우리를 이끌고, 서아시아 6천 년간의 문화를 우리 앞에 열며, 기왓장이나 석탑 표면에서 옛 기록[1]을 읽고, 우리로 하여금 뒤섞이고 어수선한 오늘을 떠나 멀리 인류의 시조와 함께 인류 지혜 개발의 기인基因을 이야기하는 느낌을 가질 수 있게 할 것이다.

인도어를 깨우쳐 보지 않겠는가? 베다경[2]의 비밀이 우리 앞에 열리고 인도 철학의 연원을 여기에서 찾아볼 수 있을 것이며, 동양 사상의 남상濫觴을 여기에서 추구하는 데 편리하다. 그럴 뿐만 아니라 범어梵語[3]를 아는 것은 바로 인도의 서쪽 이웃인 페르시아의 고대를 알려고 하는 욕망을 우리 마음속에서 일으켜 우리로 하여금 베다경으로 만족할 수 없게 하며, 또 젠다교[4]에서 자라투스트라의 깊은 뜻을 연구해 보겠다는 갈증을 느끼

---

1    [편자 주] 오래된 기록 문서.
2    [편자 주] 바라문교의 성전인 베다.
3    산스크리트어.
4    젠드 아베스타(Zend Avesta)를 줄여 부른 말. 조로아스터교.

게 할 것이다. 또 범어에 통달해서 근세 인도어로 옮겨 가는 것은 매우 쉽다. 마라타[5] 음音, 벵골 음, 구자라트[6] 음은 모두 범어가 변화한 것이고, 또 그것에 페르시아, 아라비아어가 화합하여 지금의 힌두스탄어가 있는 것이며, 히말라야산맥 이남의 대륙적 반도[7]의 매우 흥미로운 종교와 철학은 실로 이 성스러운 언어를 깨우치는 것에 의해 우리의 소유가 될 수 있을 것이다.

만약 유럽어의 범위를 말한다면 어떨까? 혹시 또 유럽어 구역을 말하고자 하는가? 앞서 말한 인도어, 페르시아어도 그 지파支派로서 아르메니아어는 지금도 여전히 서아시아에 존재하는 유적이다. 슬라브어는 그 대부분의 토음土音[8]과 함께 유럽 동남부 여러 나라에 널리 퍼져 있고, 이른바 로맨스어라는 것은 이탈리아, 프랑스, 스페인, 포르투갈에 그 뿌리를 깊이 내리고, 튜턴어는 독일어가 되어 독일, 네덜란드에서 말해지고, 노스어로서 스웨덴, 노르웨이, 덴마크[9]의 여러 나라에서 사용되고, 색슨어로서 영국 민족의 국어라든가 켈트어에 게일, 킴릭, 웨일스, 맹크스, 아모리칸 등의 구별이 있어 프랑스 서북 구석 브르타뉴에서 아일랜드, 스코틀랜드를 걸쳐서 토어土語 속음俗音이 되어 지금 여전히 그 자취가 있다. 유럽어의 하나에 통달하는 것은 사실 이들 여러 종류의 국어로 우리를 소개하는 지도指導가 될 것이며 오늘날의 문명을 그 정화와 정수에서 구하려고 하는 이는 반드시 이들 유럽어의 하나에 의지하지 않으면 안 될 것이다.

여기에 의견을 내는 이가 있어 다음과 같이 말한다.

---

5　마하라슈트라를 중심으로 한 인도 서부와 중부 지역.

6　인도 북서부 지역.

7　인도를 가리킴.

8　[편자 주] 지역 특유의 발음. 방언과 사투리.

9　[편자 주] 서(瑞)는 스웨덴(瑞典), 나(那)는 노르웨이(那威), 정(丁)은 덴마크(丁抹).

우리에게는 우리의 영광스러운 일본어가 있다. 우리는 외국어를 배울 필요가 없다. 우리가 만약 해외 사정을 알려고 한다면 그것을 번역하면 될 것이다. 외국어를 배우는 것은 우리 쪽에서 항복하여 그들에게 복종의 뜻을 표하는 것이다. 우리는 의연하게 우리의 위엄을 지키고 우리의 와카和歌로 우리의 소회를 말하고 우리의 직립 문자[10]로 우리의 생각을 전달하고 그들로 하여금 결국에는 일본어를 배우게 할지언정 우리 쪽에서 나아가 그들의 해행 문자[11]를 알려고 하는 것과 같은 짓은 결코 해서는 안 된다. 그들의 단테, 셰익스피어에 무엇이 있나? 우리에게는 쓰라유키貫之,[12] 나리히라業平[13]가 있지 않은가? 그들에게 모틀리,[14] 랑케[15]가 있다. 우리에게는 산요,[16] 리켄[17]이 있지 않은가? 외국어 연구는 애국심을 감쇄할 염려가 있다. 국가적 관념을 희박하게 하는 해가 있다. 그들이 만약 프랑스어 혹은 영어로써 우리에게 질문한다면 우리는 우리의 일본어로 그들에게 답할 뿐이다.


가을이 오면 짙은 단풍잎도 흩날리리니
내가 벤 큰 칼의 피 안개를 보라


일본 남자의 성정은 실로 이와 같아야 하지 않겠는가?

---

10  세로로 내리쓰는 문자라는 뜻으로 가로로 쓰는 서양 문자에 대해 일본어를 가리키는 말.
11  게걸음처럼 써 나간다는 뜻으로 가로로 쓰는 서양 문자를 가리키는 말.
12  기노 쓰라유키(紀貫之, 872~945) : 헤이안시대의 시인.
13  아리와라노 나리히라(在原業平, 825~880) : 헤이안시대의 시인.
14  존 로스롭 모틀리(John Lothrop Motley, 1814~1877) : 미국의 역사학자. 외교관.
15  레오폴트 폰 랑케(Leopold von Ranke, 1795~1886) : 실증주의 사학을 확립한 독일의 역사학자.
16  라이 산요(賴山陽, 1780~1832) : 에도시대의 역사가. 『일본외사』의 저자.
17  나카이 리켄(中井履軒, 1732~1817) : 에도시대의 유학자. 한학자.

일본 무관 아무개가 일찍이 유럽에 도착하여 어떤 나라의 제왕을 알현했다. 왕은 기뻐하며 그를 맞이하여 먼저 프랑스어로 그를 응대했다. 그러나 그가 프랑스어를 이해하지 못하는 것을 보자 다시 영어로 대화를 시도했다. 그렇지만 그가 또 이것도 이해하지 못하자 왕은 이탈리아어를 시도하고 독일어를 시도했다. 그렇지만 그가 여전히 이것도 이해하지 못하자 다른 두세 개 국어로 시험해 보았다. 그렇지만 그가 그 하나도 이해하지 못했기 때문에 왕은 실망한 나머지 그가 동반한 통역관으로 하여금 그에게 고하여 말하길 "짐이 무학無學하여 아직 일본어로 경과 함께 말할 수 없는 것을 슬프게 생각한다"고 말했다. 이때 일본 무관조차도 얼굴이 빨개진 나머지 식은땀이 등을 적셨다고 전해진다.

또 다른 일본 무관 아무개가 있어 언제나 무용武勇으로 북쪽에서 명성을 떨쳤다. 일찍이 관의 명을 띠고 유럽을 두루 다녔다. 먼저 샌프란시스코에 도착하여 팰리스 호텔에 머물렀다. 하루는 배가 고파 호텔에 돌아와 통역관을 기다릴 새가 없어 바로 식당에 들어가 음식을 주문하려 했으나 한마디도 통할 수 없었다. 따라서 할 수 없이 메뉴판을 들고 마구잡이로 그중 하나를 가리켰다. 급사는 고개를 끄덕이며 가고 잠시 후 수프 한 접시를 들고 왔다. 아무개는 일의 성공을 매우 기뻐하며 다시 메뉴판을 손에 들고 앞서 주문한 것 다음에 있는 것을 가리켰다. 급사는 가서 또 다른 종류의 수프 한 접시를 들고 왔다. 아무개는 일이 약간 실패한 것을 안타깝게 생각하면서도 세 번째 효과를 볼 것을 바라며 마찬가지로 벙어리 행위를 반복했기 때문에 그의 앞에 놓인 것은 또 수프였다. 이렇게 그는 다섯 번의 실패를 거듭하여 여섯 종류의 수프를 다 마시고, 그 후에 온 그의 동행자에게 고하여 말하기를 "미국인은 수프를 심하게 즐기는구나"라 하였다. 또 그를 응대한 급사도 일이 너무나도 기괴한 것에 놀랐을 것이

다. 다음날 신문에는 「일본 무관과 여섯 잔의 수프」라는 재미있는 기사가
실렸다 한다.

그렇지만 이는 언어적 무식에서 오는 불리함이 가장 심한 경우일 터다.
번역을 통해서는 사상을 완전하게 이해할 수 없다는 것은 어학상의 항칙
恒則이다. 사상이 이를 표현하는 언어 그 자체에 존재한다면 그 번역이 아
무리 정확한 것이라도 말을 바꾸어 생각의 참된 실체를 다른 것에 통하
게 하기는 매우 어렵다. 이는 뿌리를 같이하는 언어에서조차 그러하다
고 한다. 하물며 뿌리가 다른 언어는 어떻겠는가? 독일어로 번역한 사옹
沙翁[18] 작품이 그 묘미가 반감되는 것처럼 영어로 번역한 괴테의 걸작 중
에는 거의 차마 읽을 수 없는 것이 있다. 『하쿠닌잇슈百人一首』, 『고킨와카
슈세이古今和歌集成』를 영어 또는 독일어로 번역한 것이 원뜻을 완전히 훼
손한 느낌이 있는 것은 물론이다. 나는 아직도 칼라일의 일본어 번역으로
성공한 것이 있다는 말을 듣지 못했고 워즈워스, 휘트먼을 일본어로 번역
하는 것은 거의 이루기 어려운 작업이라 믿는다. 혹 정치학 서적을 번역
하는 데에서도, 혹 번역하기에 가장 쉬운 과학서류에서도 원뜻을 틀리지
않고 일본어로 번역하는 것은 실로 매우 어려운 작업이라 한다. 그것은
유럽어와 일본어가 그 본바탕을 완전히 달리하며 말 글자의 구조, 문구의
조직에 이르기까지 그 취향을 완전히 달리하기 때문이다. 풍속을 달리하
고 종교가 다르고 인생관을 달리하는 피아 사이에 개입하여 그들의 뜻을
우리에게 전달하고 우리의 실체를 그들에게 옮기는 것의 곤란은 이 업에
종사해 본 사람만이 잘 숙지할 수 있는 것이다.

영어의 홈을 가정이라 번역하여 겨우 원뜻의 반을 옮기는 데 충분할

---

18  [편자 주] 셰익스피어.

뿐이며, 젠틀맨은 신사도 아니고 군자도 아니라 젠틀맨은 젠틀맨으로 이를 우리나라 사람에게 전달하는 번역어는 있지 않다. "The Christian is the God Almighty's gentleman"이라는 유명한 한 구절을 우리말로 번역해 보자. "기독교도는 전능한 신의 신사다"라고 번역하는 것밖에 달리 방도가 없을 것이다. 그렇지만 원어의 고귀하고 장엄한 의미는 이 번역문에 하나도 나타남이 없다. 기독교도는 그들에게 명예를 일컫는 것이지만 우리에게는 능욕과 멸시의 말로써 우리의 '신', '전능'의 두 글자에는 경외와 엄숙의 뜻이 적다. 신사는 우리에게는 화려하게 차려입은 자를 일컫는 말로써 백치도 화족華族의 줄에 끼면 신사다. 도적도 사업에 성공하면 신상紳商[19]이니 도덕적으로 넓은 도량과 상식적 풍채를 갖춘 젠틀맨이라는 영어의 뜻에 통하는 데 가장 불완전한 번역어라 하겠다. 영어에 숙달해서 영국인의 의지를 꿰뚫어 보며 그 감정에 물들고 그 사상에 무젖어야 비로소 "전능하신 신의 젠틀맨"이라는 어구의 아름다움과 심원함을 완전히 알 수 있다.

그들을 우리에게 전달하는 것의 곤란함은 물론이거니와 우리를 그들에게 전달하는 것의 곤란함도 보여주겠다. 영국인 디킨스 씨 번역에 의한 사다이에[20] 경의 『햐쿠닌잇슈』를 읽으매 의미가 어수선하게 뒤섞여 때때로 우리로 하여금 배를 쥐고 웃게 만드는 느낌이 없지 않게 만든다. 아베노 나카마로[21]의 「아마노하라天の原」를 아래와 같이 기이한 영어 번역으로 읽으면 감정 없고 의미 없는 한 편의 열등한 시에 지나지 않는다.

---

19　[편자 주] 품위와 지위를 갖춘 상류 상인.

20　후지와라노 사다이에(藤原定家, 1162년~1241) : 헤이안시대 말기와 가마쿠라시대 초기의 시인. 『햐쿠닌잇슈』 편찬자.

21　아베노 나카마로(阿倍仲麻呂, 698~770) : 나라시대의 견당 유학생.

On every side the vaulted sky

    I view : now will the moon have peered,

I trow, above Mikasa high

    In Kasuga's far-off land upreared.


    우리의 '할복'은 명예를 중히 여기고 목숨을 가벼이 여기는 행위이지만 그의 번역어인 'suicide'는 실의하거나 실연한 자의 절망적 자살을 의미한다. 그의 'love'라는 말을 우리에게 전달하는 말이 없음과 동시에 또 우리의 '효'를 완전하게 표현하는 말이 그에게 있지 않다. 주신구라忠臣蔵[22]를 영어로 번역하니 영국인은 그 참뜻이 어디에 있는지 이해하는 데 괴로워한다. 복수는 우리에게 덕이며 그들에게는 죄다. 피아 사상의 격절이 실로 이와 같다.

    언어는 사상이 음성 또는 자형에 나타난 것이니 그런 까닭에 사람의 사상에 들어가지 않고 그 언어를 이해하는 것은 어렵다. 그래서 언어를 배운다는 것은 그것에 의해 나타나는 사상을 이해하기 위해서다. 영어의 'love'를 일본의 '아이愛, 사랑'라고 이해해서는 아직 'love'의 의의를 다 알았다고 할 수 없다. 'love'는 'leave'와 같은 뿌리의 말로서 '가다', '버리다'를 의미한다. 그래서 그것이 변하여 'believe믿다, 맡기다' 같은 말을 만드는 것을 본다면, 자기를 버리고 다른 이에게 맡긴다는 뜻이 되지 않으면 안 되고, 이것을 우리말의 'めづ메즈'[23]와 대조하면 절로 다른 뜻의 말임을 알게 될 것이다. 'めづ'의 뜻을 찾아보는 것은 어렵다. 혹은 '褒め出づ호메이즈'[24]의

---

22    에도시대에 일어난 할복과 복수사건을 바탕으로 만들어진 분라쿠와 가부키 공연.

23    사랑하다. 아끼다.

24    칭찬하다.

축약이라고도 말하고, 혹 'めづらし珍奇'가 되어 표현되는 것을 본다면 'め目,메'25에서 온 말일지도 모른다. 그렇지만 양자 어느 쪽의 근사根詞에서 온 말이든 영어의 '러브'라는 말과는 전혀 다른 뜻의 말이라는 것은 논하지 않아도 분명하다. 크롬웰은 그의 영국을 '러브愛'했다고 말할 수 있을 것이다. 이것을 'めで메데'26했다고는 할 수 없다. 우리에게 크롬웰의 마음이 없다면 우리는 그의 '러브'라는 것을 이해할 수 없다.

따라서 넓은 도량을 가지려 한다면, 외국인의 사상을 그 가장 좋고 가장 뛰어난 점에서 찾아보려 원한다면, 우리는 깊고 자세한 외국어 연구를 필요로 한다.

이를 요약하자면 그의 언어를 모르는 것은 그를 모르는 것이다. 그의 언어에 통하지 않고 그와 친밀하게 교제함을 맺으려 하는 것은 거의 이룰 수 없는 일이다. 외국어 지식에서 유래하지 않는 외교는 표면적 예식에 지나지 않고, 그를 믿고 그에게 신뢰받아 심정의 깊은 밑바닥에서 그와 함께 영구한 평화로운 관계를 맺으려 한다면 그의 언어와 통하고 그의 생각을 이해하고 그의 느낌을 갖고 나의 느낌으로 삼지 않으면 안 된다. 자국의 언어만으로 만족하는 국민은 필경 양이쇄국攘夷鎖國의 백성이 됨을 벗어나지 못할 것이다.

그런 까닭에 문명국에서는 외국어 연구가 지위와 교양 있는 사람의 수양에서 가장 중요한 부분으로 인정되고 있다. 구미의 정치가, 문학가, 과학자는 물론 참으로 보통의 지식을 가진 자라고 일컬어지는 사람으로서 자국의 언어 외에 두셋의 외국어를 못하는 자는 드물다. 빅토리아 여왕이 주요 유럽어를 사용하는 데 자유로울 뿐 아니라 또 만년에 이르러 인도

---

25 눈.

26 사랑하다. 귀여워하다. 감탄하다.

어 연구에 종사하여 범어를 이해하고 이제는 그녀의 궁정에서 시종하는 인도인과 힌두스탄어로 능숙하게 이야기를 나눌 수 있는 것과 같은 일이라든지, 고 글래드스턴 씨가 그리스, 라틴, 프랑스, 이탈리아, 독일, 스페인어의 여러 언어는 물론 80세의 고령에 이르러 입센, 비에른스티에르네의 작품도 그들의 국어로 읽으려는 욕망을 일으켜 스칸디나비아어 연구에 종사하여 그가 죽기 전 거의 그 목적을 달성한 것과 같은 일이라든지, 혹은 고 비스마르크 공이 프랑스어를 유창하게 말하고 영미인이 그를 방문하면 그들이 그의 독일어를 말할 수 없는 것에 상관하지 않고 힘써 영어를 써서 그들과의 우의를 이끌어 낸 것과 같은 일, 혹은 지금의 러시아 황제 니콜라이 폐하가 18세 때 이미 5개국 언어에 통한 것과 같은 일, 실로 구미 각국에서 어학 연구는 국교의 기초를 만들고 준조樽俎[27]의 일례禮에 미치기 전에 이미 상호의 국민적 사상과 감정을 깨닫고 이로써 선린의 우호를 완수할 수 있었던 것과 같은 일은 우리 동양 섬나라 국민이 이해하기 힘든 부분일 것이다.

　나는 일찍이 튀르키예인 아무개를 알게 되었다. 그는 그리스인으로서 시리아국 스미르나항[28] 사람이다. 그의 집은 과자 제조를 업으로 삼았는데, 그는 그의 튀르키예어와 그리스어 외에 영어를 잘 이해하고 이탈리아어와 프랑스어도 통하였다. 언제나 나에게 말하기를 "우리나라에서는 과자 가게 어린아이라도 두세 개의 외국어를 알 필요가 있다"고 하였다. 따라서 그의 식견의 범위가 우리보다 몇 배나 뛰어남을 알 수 있을 것이다.

　최근에 영국인 아무개가 러시아 서북쪽 라플란드[29]에 여행한 자의 기

---

27　**[편자 주]** 국제상의 회견·담판
28　지금의 튀르키예 이즈미르항.
29　스칸디나비아 북부 지역.

사를 읽으니 그 유럽 벽지의 땅에서조차 농부, 나무꾼이 적어도 3개 국어를 사용할 수 있는 것을 보았다고 한다. 덴마크 사람으로 영어와 독일어를 모르는 자는 드물다. 네덜란드인으로 영어와 독일어와 프랑스어를 모르는 자는 없을 것이다. 러시아 인사는 외국어에 정통한 것으로 외교 사회에서 유명하다. 이 지식이 있어 이 외교가 있는 것이며, 유럽인이 언제나 유럽 이외의 국민을 볼 때 이방인과 같은 생각을 가지고 대하는 것은 결코 까닭 없는 것이 아니다.

　외국어 연구가 애국심을 감쇄한다니, 아아, 기이한 반박이 아니겠는가? 영어에 정통하고 『마리아 슈트아르트』라는 명작을 펴낸 시인 실러는 애국심이 결핍된 사람이었을까? 자국의 언어에 뛰어나고 독일어를 사랑했던 칼라일 그 사람은 가장 명백하게 영국 문인이었다. 프랑스문학에 매우 심취했던 프리드리히 대왕은 지금의 독일 제국의 기초를 정하고 프랑스 풍습과 사상을 그의 본국에서 배격함에 가장 힘쓴 사람이었다. 후쿠자와 유키치 씨가 그의 영어에 정통함에 의해 일본에 진력한 공적은 얼마나 위대한가? 나라를 사랑하지 않는 자야말로 자국의 문자만 가지고 만족할 것이다. 나라를 사랑하고 일본을 세계 최대국으로 만들고자 원하는 이는 널리 해외의 언어에 정통하고 단테를 그의 이탈리아어로 읽고 괴테를 그의 독일어로 조사하고 셰익스피어를 그의 다면적인 영어로 맛보고 세르반테스를 스페인어로 이해하고 입센을 그의 노르웨이어로 읽고 카몽이스[30]의 『우스 루지아다스』를 그의 포르투갈어로 읊을 야심을 가지지 않으면 안 된다.

---

30　루이스 바스 드 카몽이스(Luís Vaz de Camões, 1524~1580) : 포르투갈 시인.

일본의 기독교 사상가 우치무라 간조<sup>内村鑑三, 1861~1930</sup>는 만엔<sup>萬延</sup> 원년<sup>1861</sup> 조슈<sup>上州31</sup> 다카사키<sup>高崎</sup> 번사의 장남으로 태어나 개명파였던 부친의 의향으로 11세부터 영어를 배웠다. 좌막파<sup>佐幕派32</sup> 출신의 양학자로 영어에 뛰어났던 것은 메이지 시기의 많은 기독교 지도자<sup>우에무라 마사히사,33 에비나 단조,34 니지마 조35</sup>의 공통점이다.

1877년 16세로 당시 최첨단 관립 고등교육 기관이었던 삿포로 농학교에서 배우며 거기에서 기독교와의 만남이 있었다. 선교사의 지도가 거의 없는 가운데 학생들이 딱히 신앙상의 지도자를 가지지 않은 채 영어에 의한 성서의 배움만으로 기독교의 진수를 이해하고 삿포로 독립기독교회 건설에 이른 것은 그들의 경탄할 만한 지력을 증명하는 것이라 한다.<sup>시마다 마사요시, 2008</sup>

우치무라 간조가 기독교에 귀의하는 과정은 대표작『나는 어떻게 기독교도가 되었는가』<sup>영문</sup>에 기록되어 있다.

메이지 17년<sup>1884</sup>의 도미는 다른 유학생과 비교하자면 미국 선교사단의 원조도 없는 고난의 나날이었다. 양호 시설에서 간호인으로 일한 다음 애머스트대학에서 공부하고 거기에서의 '회심<sup>回心</sup>' 경험에 의해 미국적인 복음주의의 핵심을 체득함에 이른다(나아가 우에무라 마사히사와 함께 복음주

---

31  지금의 군마현.

32  에도 시기 말기에 막부를 옹호한 정치 파벌.

33  우에무라 마사히사(植村正久, 1858~1925) : 기독교 신학자. 사상가. 일본기독교회 지도자.

34  에비나 단조(海老名彈正, 1856~1937) : 기독교 신학자. 사상가. 교육자. 일본조합기독교회 지도자.

35  니지마 조(新島襄, 1843~1890) : 기독교 신학자. 교육자. 교토 도시샤영학교(同志社英學校) 설립자.

의라는 초창기 일본 기독교계의 방향성을 결정짓는다).

　귀국 후 우치무라 간조는 일본과 일본인의 교화에 헌신하기 위해 학교 교육에 종사하지만 선교사와의 대립과 일고―高 불경사건[36] 등에 의해 목적을 이루지 못하고, 메이지 26년1893경부터 일본어와 영어 저작 활동에 들어가 『기독교도의 위안』, 『구안록求安錄』, 『나는 어떻게 기독교도가 되었나』 등을 잇달아 출간했다. 그 후 우치무라 간조는 스스로 창간한 『성서의 연구』, 『무교회』를 축으로 사회 개혁 운동, 그리스도 재림 운동, 반전론 등을 내걸고 성서연구회의 성서 강해講解, 저작 활동, 게다가 전국에 걸친 정력적인 선교 활동을 전개해 가는데, 『외국어 연구』는 이 저작시대에 주필을 맡았던 『도쿄독립잡지』의 연재를 정리한 것이다. 이 논고는 젊을 때부터 영어에 친숙했던 '영어의 달인'에 의한 실용적 책으로 메이지 32년1899 독립잡지사에서 간행되었다. 자신이 쓴 서문에는 "유럽어, 특히 영어의 본바탕 및 특성을 독자에게 소개하고 그 연구의 정신을 이야기하려 한다"는 출판 의도가 진술되어 있다. 장 구성은 「외국어 연구의 이익」, 「세계의 언어에서 영어의 지위」, 「평민적 언어로서의 영어」, 「영어의 미」, 「외국어 연구의 방법」, 「일본어에 나타난 유럽어」, 「박언학博言學[37]과 지명」, 「최량最良의 영어 독본, 영역 성서」로 이어지며 부록으로 「영어 자습 독학의 주의注意」, 「스페인어의 연구」 두 편이 덧붙여져 있다. 이 책에 수록된 것은 제1장 「외국어 연구의 이익」 전문이다.

　이 제1장에서는 번역과 관련하여 언어 상대론 및 번역 불가능론이 기술되어 있다고 알려져 있다. 먼저 앞머리에서 "하나의 외국어를 이해하는

---

36　훗날 도쿄대학 교양학부에 해당하는 구제(舊制) 제일고등학교인 일고의 '교육칙어' 봉독식에서 우치무라 간조가 메이지 천황의 서명에 절을 하지 않은 사건.

37　언어학.

것은 하나의 신세계를 발견하는 것"이라는 괴테의 말이 소개되어 외국어
에 능통하면 유대, 인도, 유럽의 종교와 철학을 자신의 것으로 할 수 있다
고 기술되어 있다. 그 후 일본인이 외국어를 말할 수 없기 때문에 일어난
진기한 사건을 인용한 다음에 그것보다 훨씬 중대한 영향이 있다고 말한
다. 즉 "사상이 이를 표현하는 언어 그 자체에 존재한다면 그 번역이 아무
리 정확한 것이라도 말을 바꾸어 생각의 참된 실체를 다른 것에 통하게
하기는 매우 어렵다." 이 "사상이 이를 표현하는 언어 그 자체에 존재한
다"는 말은 "언어는 각각 다 (…중략…) 조금씩 다른 형태로 개념을 표현
하고 있다. (…중략…) 말이 없으면 개념이 성립하지 않고 개념이 유지되
는 일조차 없다"고 하는, 언어와 개념을 일체로 보는 훔볼트의 번역 불가
능론미쓰키 미치오, 2008과의 유사성을 생각하게 한다. 그러나 여기에서 우치무
라 간조의 번역 불가능론은 자세히 보면 몇 가지 측면을 지니고 있다고
생각된다.

가장 먼저 우치무라 간조에게는 일본인에게 외국어를 배우게 하고 싶
다는 강한 생각이 있었다. 외국어를 배울 필요는 없다, 번역으로 충분하
다, 혹은 "외국어 연구는 애국심을 감쇄한다"는 설이 소개되어 있는데, 실
제로 그와 같은 설을 제창하는 사람이 있었을 것이다. 저널리스트로서 정
치 평론을 많이 집필하던 이 시기, 우치무라 간조는 당시 정권 내부에 "많
은 번역가에게 둘러싸여서" 외국어를 배우려고 하지 않는 각료가 있는
것을 비판하고 있다.「NOTE AND COMMENT」, 1897 일본은 내향적으로 될 것이 아
니라 외국어를 구사하여 세계에 맞서야 한다고 생각하던 우치무라 간조
에게 번역은 그것을 방해하는 것이었다. 즉 여기에서의 의론은 번역 불가
능론이 아니라 번역 불필요론이다. '세계화'는 '진리화'라는 우치무라 간
조의 진보 사관「세계화된다는 것의 뜻」, 1898은 후에 좌절하게 되지만 다언어주의

에 대립하는 것으로서의 번역이 때때로 전술적인 이유로 사용되었던 것을 생각하면 이 비판은 정당한 지적이었다고 할 수 있다.

두 번째로 문화의 번역 불가능론은 서양뿐 아니라 일본에서도 어떤 의미에서 뿌리 깊게 존재하는 사고방식이었다. 예컨대 고미야 도요타카〈자료 23〉 참조와 하기와라 사쿠타로〈자료 24〉 참조가 그 일례이며, 다니자키 준이치로도 『문장독본』〈자료 25〉 참조에서 사상과 언어그 고유의 문화·문맥는 일체의 것이라는 사고방식을 진술하고 있다. 우치무라 간조는 문학가가 아니지만 'suicide'와 'love'에 대한 언급에서 보이는 것처럼 개념의 번역 불가능성에 대해서 논하고 있는 점은 동시대 일본의 문화 번역 불가능론과 공통되고 있다.

세 번째로 우치무라 간조가 언어 상대론과 번역 불가능론을 실제로 배웠던 것도 생각할 수 있다. 우치무라 간조는 미국 유학 중 애머스트대학에서 1년간에 걸쳐 독일어 수업을 받으며 괴테도 읽었고 훔볼트적인 사고방식의 영향을 받았을 가능성이 충분히 있다. "번역을 통해서는 사상을 완전하게 이해할 수 없다는 것은 언어학상의 항칙"이라는 말에서도, 제1장 이외의 장에 등장하는 언어 유형론에서도 우치무라 간조가 당시의 첨단 언어학에 어떠한 형태로든 접하고 있었던 것은 틀림없다.

한편 우치무라 간조와 훔볼트의 번역 불가능론에는 분명한 차이도 있다. 'Gentleman'이라는 말을 다룬 부분에서 우치무라 간조는 "영어에 숙달해서 영국인의 의지를 꿰뚫어 보며 그 감정에 물들고 그 사상에 무젖어야 비로소 '전능하신 신의 젠틀맨'이라는 어구의 아름다움과 심원함을 완전히 알 수 있다"고 말하고 있다. 이 "감정에 물들고 그 사상에 무젖는다"는 말에는 진리는 '실험'경험·체험에 의해 이해된다는 우치무라 간조의 지론이 반영되어 있다. 그것은 우치무라 간조에게는 자연도 인생 경험도 성경조차도 거기에서 신의 뜻을 읽어내야 할 형태와 문자에 불과하기 때문이다.「독서 소감」, 1913 훔볼트가 언어의 모습은 "정신의 순수한 에너지에 의해 (…중략…) 무에서 생성된다"고 쓰면서 "언어에는 놀랄 만한 특질이 갖추어져" 있어 "민족의 정신이 언어에 손질을 가하면서 언어는 무한히 고양된다"는 점에서 번역이 자국어 의미의 깊이와 표현력을 확대한다고 본 것에 반해 우치무라 간조는 그러한 언어의 적극적인 힘과 그것을 끌어내는 번역의 힘을 그다지 인정하고 있지 않다. 문필 활동으로 일본 사회와 기독교계에 큰 영향을 준 우치무라 간조이지만 "언어를 배우는 것은 그것언어에 의해 나타나는 사상을 이해하기 위한 것"이며 언어는 사고를 '실험'하기 위해 혹은 독서에 의해 사상의 배경을 알기 위한 대상에 불과한 것이다.

이와 같이 '정신'의 에너지보다 '사상 내용'의 이해를 우선하는 자세는 합리주의적 언어관이며 번역 가능성과도 통하는 것이지만 이는 우치무라 간조 사상의 중심에 있던 기독교의 기본 자세에서 보자면 당연한 것이다. 성서 번역에서는 12세기에 처음으로 진리성령가 문자가 아닌 '내용'과 동일시되는 것처럼 되었다고 알려졌다.먼디, 2009 그 후 성서 내용의 해석은 가톨릭에서는 바티칸에 맡겨지고 프로테스탄트에서는 각 교파에 맡겨져 있다. 무교회주의를 내건 우치무라 간조의 성서에 대한 '실험'도 이 전통에 연결되어 있다고도 말할 수 있을 것이다. 그리고 기독교 신자의 의무가 전도라 한다면 성서 번역도 당연히 '가능'하게 된다(우치무라 간조는 성서 개역 위원도 담당했다).

이상과 같이 단순하다고는 말하기 어려운 우치무라 간조의 번역관을 번역 연구의 입장에서 본다면 두 개의 시점을 생각할 수 있다. 하나는 우치무라 간조의 번역 불가능론 내지 가능론이 무엇을 대상으로, 무엇을 목적으로 한 번역에 대한 주장인지 정리하는 것이다. 문화라서 번역 불가능한 것인가, 신의 진리라서 가능한 것인가, 정보 전달이라서 가능한 것인가 하는 점을 정리해야 할 것이다. 거기에 더하여 그 주장의 배후에 있는 것도 생각해야 할 것이다. 급격한 이문화 접촉이 일어난 시대의 국제적·국내적 상황은 어떠한 것이었는가, 그리고 기독교 선교시대의 신학적·사회적 상황(예컨대 기독교와 일본 사회, 우치무라 간조와 선교사, 우치무라 간조와 일본 교회의 대립 등)이라는 큰 문맥과 함께 우치무라 간조의 텍스트에 대한 태도를 생각해 갈 필요가 있다.

**참고문헌**

먼디(J. Munday), 鳥飼玖美子 監譯, 『飜譯學入門』, みすず書房, 2009.
미쓰기 미치오(三ツ木道夫) 編譯, 『思想としての飜譯―ゲーテからベンヤミン, ブロッホ
　　　まで』, 白水社, 2008.
시마다 마사요시(嶋田順好), 「余は如何にして基督信徒となりし乎」, 『キリスト教と文化』
　　　23, 靑山學院宗敎センター, 2008, 81~103면.
우치무라 간조(內村鑑三), 『內村鑑三全集』, 巖波書店, 1980~1984.
―――――――――, 「NOTE AND COMMENT」, 『萬朝報』, 1897.10.28; 『內村鑑三
　　　全集』 5, 巖波書店, 1981.
―――――――――, 「世界化さるるの意」(思考錄), 『東京獨立雜誌』 4, 1898; 『內村鑑
　　　三全集』 6, 巖波書店, 1980.
―――――――――, 「讀書所感」, 『聖書之硏究』 156, 1913; 『內村鑑三全集』 20, 巖波
　　　書店, 1982.

# 시저 살해

**자료 10_ 트웨인론 여론**餘論 **(야마가타 이소)**

나는 호이쓰안[1] 씨에게 보낸 두 번째 편지에서 "실례입니다만 당신이 번역하신 「시저 참살 기사」를 원문과 대조해 보았사온데, 거의 축자역逐字譯이라고 고백하셨음에도 불구하고 군데군데 몇 구절이 빠져 있는 곳도 있고 여기저기 심한 오역이 눈에 띄는 것은 대단히 유감스럽사옵니다"라 말했다. 내가 근거 없이 씨의 번역문을 비난하려는 것이 아님을 입증하기 위해 가장 눈에 띄는 탈락 구절과 가장 심한 오역을 아래와 같이 지적해 둔다.

1. 원문 23행 "In imagination I have seen" 이하 제33행 "envied by the morning paper hounds!"에 이르기까지 대체로 10행은 씨의 번역문에서 완전히 탈락되었다. 이 10행 중에는 속어도 있고 슬랭[2]도 있어서 이해하기 어렵다. 씨가 이를 탈락시킨 것은 바로 이 때문이다. 그런데 씨는 공언하기를 "어구, 조사措辭,[3] 결구結構[4] 전부 원문에 의거하여 거의 축자역입니다"라 했고 또 "트웨인에 이르러서는 문제없이 술술 읽으실 수 있습니다"라 말했다.

2. 원문 제48행부터 제54행에 이르는 6행을 씨는 "어제 우리 로마의 하늘에는 처연한 구름 덮이고 땅에는 비린 피 깔려, 사람들의 가슴이 무너지고

---

1 하라 호이쓰안(原抱一庵, 1866~1904) : 메이지 초기의 소설가. 번역가.
2 슬랭(slang). 비어(卑語).
3 말을 부림. 문자를 선택하거나 배치하는 용법.
4 얽은 짜임새.

사람들의 마음은 미치니, 사려 있고 어진 마음 있는 이는 인류가 그토록 가볍게 여기는 법률을 그토록 **무겁게 여기는** 로마의 앞날을 생각하며 울더라"라고 번역했는데 원문 "the gravest laws are so openly set at defiance"는 가장 엄정한 법률이 그토록 공공연히 업신여겨졌다는 의미로 전혀 반대다. 이에 이어지는 제54행에서 제60행까지 번역도 올바른 번역이라 말하기 어렵다.

3. 원문 제60행의 "the Emperor-elect"를 씨는 "뽑힌 국왕"이라 번역했으나 바른 번역은 "황제로 뽑힌 사람"[5]으로 씨는 'elect'라는 형용사의 의미를 알지 못했던 듯하다.

4. 원문 제68행 "Rome would be the gainer"부터 제73행 "drunken vagabonds over night"까지를 씨는 "우리는 로마의 정치가 100명을 모두 다 100년의 국왕으로 선거하여 놓고자 간절히 바란다. 그리하여 후일 비로소 우리 로마는 영원히 아름다운 나날을 우러르며 따뜻한 바람에 젖어 들 수 있으리라"고 번역했으나 원문에는 "로마의 정치가 100명"이라는 말이 없고 또 "국왕"이라는 말도 없다. 그 외에도 원문에 없는 말이 많이 삽입된 대신 원문에 있는 많은 말이 탈락되어 있다.

5. 원문 제73행부터 제88행 사이에서 씨의 번역문에는 많은 생략이 있어서 원문의 흥미를 전하지 못하는 점이 많다.

6. 원문 제121행 "Cassius (commonly known as the 'Nobby Boy of the Third Ward')"라는 한 구절은 씨로서는 아마 무엇을 의미하는지 알 수 없었을 것이다. 물론 번역되어 있지 않다.

7. 원문 제145행 부근부터 제158행 사이에서 씨의 번역문에는 또 많은 생략

---

5    다음 황제로 선택된 사람이라는 뜻.

이 있다. 그러나 이 근처는 원문의 의미를 절반도 이해하지 못한 것 같다.

8. 원문 제159행 이하 제194행에 이르러 시저 살해의 광경을 그린 곳에서는 씨도 힘을 다해 번역한 것으로 보이는데 문장이 자못 교묘하다. 그러나 씨는 한 가지 어지간히 우스꽝스러운 오역을 했다. 원문 제181행에서 제182행에 이르는 "great Caesar stood with his back against the statue, like a lion at bay" 같은 구절을 씨가 "시저는 만두<sup>灣頭</sup>에 웅크리고 있는 사자처럼 의연히 폼페이 상<sup>像</sup> 아래에서 머리카락을 곤두세우며 일어났다"고 번역한 것은 우습다.[6]

9. 원문 제199행에서 200행의 "There was nothing in the pockets" 같은 골계 취미는 씨로서는 이해할 수 없었을 것이다. 또 그곳에서 아래 몇 행의 의미도 제대로 알고 있는 것인지 모르겠다.

10. 원문의 종결 제240행 이하 "Later<sup>후보, 後報</sup>"의 번역은 거의 없고, 씨의 번역 끝에는 "천하 모두 침묵해야 한다. 만약 홀로 침묵하지 못하는 이가 있다면 그것은 마크 안토니[7] 아닌가. 그의 열렬한 변설<sup>辯舌</sup>이야말로 들을 바로다"라고 되어 있다. 우습더라도 원문에 이러한 의미의 어구가 조금도 없는 것이야말로 유감이다.

이상은 가장 눈에 띄는 탈락과 가장 심한 오역을 들었을 뿐 호이쓰안 씨의 번역과 원문을 일자일구<sup>一字一句</sup> 대조하면 이 밖에도 얼마나 많은 오류와 탈락이 있을지 거의 헤아리기 어렵다. 겨우 7면 200여 행의 단편으로, 게다가 트웨인의 글 중에서 가장 이해하기 쉬운 것 가운데 하나를 번역하면서 씨는 이와 같이 많은 오류와 탈락을 드러냈다. 이와 같은데 씨는

---

6　"like a lion at bay"는 "궁지에 몰린 사자처럼"이라는 뜻.

7　마르쿠스 안토니우스(Marcus Antonius)의 영어식 이름.

오히려 트웨인의 글을 번역하지 않고도 술술 읽을 수 있다고 할 수 있는가? 아니, 이를 번역할 자격이 있는가? 아니, 트웨인의 글을 평론할 자격이 있는가? 나는 그것을 대단히 의심하는 사람이다.

5월 4일 『아사히신문』의 호이쓰안 씨 고백에 따르면 씨의 가슴속에는 내 글의 우스꽝스러움에 대해 말하고 싶은 바가 들끓고 있지만 지면이 없어서 이를 다음 주로 넘기기로 했다고 한다. 나는 눈을 비비며 씨의 박론駁論을 기다리고 있었더니 다음 주 월요일, 즉 5월 11일 『아사히신문』에는 한마디 반박도 게재되지 않았다. 아마 지면 형편으로 인해 씨가 말하고 싶었던 바가 일주일 사이 들끓던 끝에 증발하여 그림자도 형태도 남지 않기에 이른 것은 아닐 것이다.

5월 13일 교정에 즈음하여<br>IY생 다시 씀

야마가타 이소山縣五十雄, 1869~1959는 오사카중학, 일고[8]를 거쳐 도쿄제국 대학 영문과에 진학했으나 중퇴했다. 『소년문고』와 『청년문靑年文』 편집을 담당했다. 필명은 슈코蠢湖. 메이지 31년[1898] 『요로즈초호萬朝報』 영문란을 편집했다. 이후 *The Herald of Asia, The Japan Christian Intelligencer*, 『서울 프레스』[9] 영문 저널리스트로 활약하고 외무성 촉탁으로 공문서 영역에도 관계했다.

『시저 살해』는 메이지 36년[1903] 5월 내외출판협회·겐분샤言文社에서 마크 트웨인 저, 야마가타 이소 역주譯註, 『영문학 연구 제6권─시저 살해, 부附 호이쓰안 씨 대 슈코생 트웨인론』으로 간행되었다. 이 『영문학 연구』는 "일본 최초의 외국문학 역주譯註 시리즈"가와토 미치아키, 2009a다.

옛날 하라 호이쓰안原抱一庵, 1866~1904이라는 번역가가 "a lion at bay궁지에 몰린 라이언"를 "만두灣頭에서 울부짖는 라이언"으로 번역한 것을 야마가타 이소에게 힐난당하자 부끄러움을 견딜 수 없어 자살했다는 전설이 아직도 유포되고 있다.요시타케 요시노리, 1967 그러나 사실 오역 때문도 아니고 자살하지도 않았다. 이 전설의 기원이 된 일본 번역사에 남을 논쟁의 발단은 하라 호이쓰안이 호이쓰안 주인抱一庵主人이라는 이름으로 메이지 36년[1903] 4월 6일 『도쿄아사히신문』에 「특별통신 시저 참살사건」이라는 제목으로 Mark Twain의 "The Killing of Julius Caesar "Localized""" 번역을 게재하고 그에 대한 감상은근히 찬사을 야마가타 이소에게 구한 데 있다. 하라 호이

---

8    최초의 구제(舊制) 고등학교인 제일고등학교. 제국대학 예과 과정에 해당하며, 오늘날 도쿄대학 교양학부.

9    한국통감부 및 조선총독부 기관지로 발행된 영어판 일간지 *The Seoul Press*(1907~1937).

쓰안의 태도가 못마땅했던 야마가타 이소는 솔직한 의견을 써서 보냈는데, 하라 호이쓰안은 4월 20일 『도쿄아사히신문』 지면에 야마가타 이소의 답장을 전문 인용하여 반론하면서 공개 논쟁이 되었다. 야마가타 이소는 이 논쟁의 경위를 다음 달에 출간한 『시저 살해』 가운데 상세히 썼다. 야마가타 이소는 마지막에 「여론餘論」으로 10개 항목에 걸쳐 하라 호이쓰안 번역의 탈락과 오역을 구체적으로 지적한 것이다. "like a lion at bay"를 "만두에 웅크리고 있는 사자처럼"이라고 오역했다는 지적이 그 가운데 나타난다. 하라 호이쓰안은 이에 대한 반론을 행하지 못한 채 『시저 살해』가 출간된 지 1년 이상 지나 수용되어 있던 정신병원에서 병사했다.

이시이 겐도[1936][10]는 "이 오역 문제가 일어나기 전부터 다소 정신에 이상이 왔다고 말하는 이도 있는데, 진작 알았더라면 상대하지 않았을 것이라고 야마가타 씨도 매우 안타까워하며 후회했다"고 썼다.

그러나 이 논쟁은 단지 오역과 탈락을 둘러싼 것만은 아니었다. 야마가타 이소가 첫 답장에서 쓴 것처럼 그 핵심은 하라 호이쓰안의 "근엄하고 장중한" 문체가 트웨인의 저널리즘 문체를 흉내 낸 문장과 유머를 번역하는 데 적당하지 않은 것이 아닌가 하고 의심한 데 있다. 말하자면 장르의 문체 규범stylistic norms과 번역 규범translational norms의 문제인 것이다. 아래에서 원문, 하라 호이쓰안 역, 야마가타 이소 역을 대조해 본다.

---

10　이시이 겐도(石井研堂, 1865~1943) : 소년 잡지 편집자. 메이지 문화사 연구자. 작가.

원문

Our usually quiet city of Rome was thrown into a state of wild excitement yesterday by the occurrence of one of those bloody affrays which sicken the heart and fill the soul with fear, while they inspire all thinking men with forebodings for the future of a city where human life is held so cheaply and the gravest laws are so openly set at defiance. As the result of that affray, it is our painful duty, as public journalists, to record the death of one of our most esteemed citizens — a man whose name is known wherever this paper circulates, and whose fame it has been our pleasure and our privilege to extend, and also to protect from the tongue of slander and falsehood, to the best of our poor ability. We refer to Mr. J. Caesar, the Emperor-elect.

**하라 호이쓰안 역, 「특별통신 시저 참살사건」**

어제 우리 로마의 하늘에는 처연한 구름 덮이고 땅에는 비린 피 깔려, 사람들의 가슴이 무너지고 사람들의 마음은 미치니, 사려 있고 어진 마음 있는 이는 인류가 그토록 가볍게 여기는 법률을 그토록 무겁게 여기는 로마의 앞날을 생각하며 울더라.

슬프도다. 우리는 오늘날 우리 신문이 이르는 곳에 그 명성이 달하지 않을 데 없는바, 그리고 서쪽으로 동쪽으로 더욱 저 멀리 그 사람의 명성을 퍼뜨리는 것이 우리의 즐거운 특권인바, 게다가 또 무지無智한 자의 참구독순讒口毒唇으로부터 그 사람을 방어하는 것이 우리들 시민 대부분의 의무인바, 그 사람 위에 드리운 흉참凶慘함을 붓으로 쓰지 않을 수 없도다.

그 사람 줄리어스 시저 군. 뽑힌 국왕.

야마가타 이소 역, 『시저 살해』

우리의 평소 한정閑靜한 로마시는 어제 다시 선혈 낭자한 소요가 일어나 인심이 흉흉하고 안심되지 않은 상태에 빠졌다. 이들의 소요는 사람의 마음을 아프게 하고 정신을 떨게 하며 또 모든 사려 있는 사람들로 하여금 인명을 그토록 업신여기고 가장 엄정한 법률을 그토록 공공연히 멸시하는 도읍이 결국 어찌 되어 갈 것인지 근심을 일으키게 하니, 그 소요의 결과로 우리 신문 기자라는 자들이 여기 우리가 가장 존경하는 한 시민의 사망을 보도하지 않을 수 없음을 통탄하지 않을 수 없다. 그 사람, 그 이름은 적어도 이 신문이 닿는 곳이 그 어디든 묻지 않아도 모를 리 없으며, 그 사람의 명예를 널리 알리고 또 불초하지만 힘닿는 데까지 참무허언讒誣虛言의 혀로부터 보호하는 것은 우리가 기뻐하고 또 특권으로 삼는 사람이라야 한다. 그 사람은 곧 제이. 시저 씨, 황제에 견주어진 사람이다.


하라 호이쓰안의 오역"법률을 그토록 무겁게 여기는"은 "업신여기는", "뽑힌 국왕"은 "차기 국왕"의 잘못은 별개로 하더라도 하라 호이쓰안의 번역문에는 옛 수사의 자취가 보이고 한어 문맥도 강해서 야마가타 이소의 번역문 쪽이 훨씬 이해하기 쉽다. 특히 "a man" 이하의 동격同格 부분의 번역문 차이는 결정적이다. 가쓰우라 요시오[1980]는 야마가타 이소 번역은 "70여 년이라는 큰 시차를 그다지 느끼지 못하는 일본어"이지만 하라 호이쓰안의 문장은 "당시로 말하면 의무 교육만 받은 일반 대중이 한번 읽어 오른쪽에서 왼쪽으로 줄줄 이해할 수 있었는지"라 평했다. 야마가타 이소와 하라 호이쓰안 모두 저널리즘의 내부 사람이었는데, 영문 신문 편집을 오랫동안 담당한 야마가타 이소와 일본어 신문사를 전전하며 소설을 쓰고 번역을 했던 하라 호이쓰안은 트웨인의 문체를 파악하는 방식과 그 번역 규범에 관해서도 차이가 있었다고 여겨진다.

하라 호이쓰안에 대해서는 우치다 로안[1927a·1927b; 1985], 이시이 겐도[1936], 『근대문학연구총서』7[1957], 아키야마 유조[1998], 가와토 미치아키[2009b]를 참조. 또 잡지 『신소설』 9-10[1904]에 「고 하라 호이쓰안 씨 추상록追想錄」이 있고, 이나무라 데쓰겐[1987]에 초록되어 있다.


## 참고문헌


『近代文學硏究叢書』7, 昭和女子大學近代文學硏究室, 1957.

가쓰우라 요시오(勝浦吉雄), 『飜譯の今昔－マーク·トェインの言葉, 日本人の言葉』, 文化評論出版, 1980.

가와토 미치아키(川戸道昭), 「對譯叢書·注釋叢書の流行－山縣五十雄譯注『英文學硏究』」, 『圖說日本飜譯文學史』, 大空社·ナダ出版センター, 2009a.

______________________, 「『聖人か盜賊か』－原抱一庵の死」, 『圖說日本飜譯文學史』, 大空社·ナダ出版センター, 2009b.

아키야마 유조(秋山勇造), 「原抱一庵」, 『埋もれた飜譯－近代文學の開拓者たち』, 新讀書社, 1998.

______________________, 「原抱一庵と山縣五十雄のマーク·トェイン論爭」, 『明治飜譯異聞』, 新讀書社, 2000.

요시타케 요시노리(吉武好孝), 『飜譯事始』, 早川書房, 1967.

우치다 로안(內田魯庵), 「原抱一庵」(1927a), 『內田魯庵全集』4, ゆまに書房, 1985.

______________________, 「抱一後談」(1927b), 『內田魯庵全集』4, ゆまに書房, 1985.

이나무라 데쓰겐(稻村徹元) 監修, 『近代作家追悼文集成』2, ゆまに書房, 1987.

이시이 겐도(石井硏堂), 「原抱一庵と私」, 『書物展望』6-4, 1936.

# 해조음



## 서

역술 방법에 대해 역자 스스로 말하는 것을 좋아하지 않는다. 다만 시 번역의 각오에 관하여 로세티[1]가 이탈리아 고시古詩 번역의 서문에서 말한 것과 똑같은 입장을 지니고 있다고 고백한다. 이방의 시문의 미를 이식하려고 하는 이는 이미 성어成語로 풍부한 자국 시문의 기교 때문에 청신한 취미를 희생시켜서는 안 된다. 더구나 이른바 축어역逐語譯은 반드시 충실한 번역이 아니어서는 안 된다. 그래서 "東行西行雲眇眇 二月三月日遲遲"[2]를 "저리 갔다 이리로, 구름은 아득히. 이월 삼월, 해는 한가로이"라고 훈訓으로 읽었을 신탁神託[3]은 물론이려니와 오에노 아사쓰나[4]의 니조二條[5] 집에서 모노하리노니[6]가 "달에 끌려 장안 백 척 누樓에 오르다"[7]라 읊은 예를 좇은 곳도 많다.

메이지 38년[1905] 초가을
우에다 빈

---

1    단테 가브리엘 로세티(Dante Gabriel Rosseti, 1828~1882) : 영국 시인. 화가.
2    스가와라노 미치자네(菅原道眞, 845~903)의 「讀樂天北窓三友詩」.
3    『今昔物語集』 권24 제28 「天神御製詩讀示人夢給語」의 고사. 〈해제 11〉 참조.
4    오에노 아사쓰나(大江朝綱, 886~958) : 헤이안시대의 학자.
5    일본의 공가(公家) 가문으로 5대 셋칸케(攝關家)의 하나.
6    [편자 주] 빨래나 바느질 등 허드렛일을 하는 여자.
7    『今昔物語集』 권24 제27 「大江朝綱家尼直詩讀語」의 고사. 〈해제 11〉 참조.

　우에다 빈上田敏은 메이지 7년1874에 태어나 다이쇼 5년1916에 사망했다. 영문학자, 평론가, 시인. 도쿄 쓰키지 출신으로 도쿄제국대학 영문과를 졸업했으며, 도쿄제국대학 재학 중 『제국문학』 창간에 참가했다. 번역시집 『해조음海潮音』 외에도 『목양신牧羊神』, 『사화집詞華集』, 『몸을 다하여』 등이 있다.

　번역시집 『해조음』은 메이지 38년1905 혼고쇼인本鄕書院에서 간행되었으며, 일본 상징시 운동의 선구로 이후 시단에 큰 영향을 주었다.

　여기에서는 우에다 빈이 번역시 번역 태도를 밝히고 있는 「서」의 마지막 부분을 수록했다. 산구 마코토[8]는 「역시론譯詩論」1934에서 이 부분을 가리켜 "오늘날 더욱 의연하게 그 가치를 잃지 않는 역시의 진정한 요체를 설명한 것"이라 평가했다.

　그러나 우에다 빈의 서술은 몹시 이해하기 어렵다. 먼저 "로세티가 이탈리아 고시 번역의 서문에서 말한 것"이란 로세티의 *The Early Italian Poets : Together with Dante's Vita Nuova*[1861] 서문을 가리킨다. 로세티의 원문 전반부에는 다음과 같은 대목이 있다.

　리드미컬한 번역의 생명선은 바로 이 계명이다. 즉 좋은 시가 나쁜 시로 바뀌어서는 안 된다는 것. 시를 신선한 언어로 표현하는 유일하고 진정한 동기는 가능한 한 미의 자산을 하나 더 새로운 민족에 부여하는 것이어야 한다. 시는 정확한 과학일 수 없으므로 번역의 축어성은 이 주요 법칙에 전적으로 부차적이다. 나는 충실성이 아니라 축어성을 말하는 것으로 이는 결코 같은 것이 아

---

8　산구 마코토(山宮允, 1890~1967) : 시인. 영문학자. 1914년 제3차 『신사조』 창간.

니다. 축어성이 이렇게 성공의 일차적인 조건과 결합할 수 있을 때 그 번역가는 운이 좋은 것이니 그 결합을 위해 최대한 분투해야 하며, 오직 의역으로만 그러한 목적을 이룰 수 있다면 그것이 그의 유일한 길이다.

시마다 긴지[1951]는 이 대목을 "시는 과학이 아니므로 이를 문자 그대로 번역하는 것은 하나의 새로운 미를 자국어에 부여하는 번역문학의 제일 의第一義의 하위에 놓인다. 물론 직역으로 이 제일 주의主義에 이를 수 있다면 다행이며 또 노력해야 하지만 그렇지 않을 때는 유일한 첩경으로 패러프레이즈로 목적을 이룬다"고 요약했다. 데니스[2000]는 서문의 이 부분을 분석하여 로세티의 번역의 프라이어리티를 다음과 같이 정식화했다.

1) 미학적 견지에서 만족스러운 목표 언어의 산출
2) 오리지널 정신에의 '충실성Fidelity'
3) 가능하다면 '축어적' 내지 정확한 의미의 번역

문제는 "이미 성어로 풍부한 자국 시문의 기교 때문에 청신한 취미를 희생시켜서는 안 된다"는 부분이다. 보통으로 읽으면 "자국어의 관용어구 중에 원작의 표현에 훌륭히 대응하는 표현이 있다고 해서 그것을 번역어로 사용함으로써 원작의 '청신한 취미'를 희생시켜서는 안 된다"는 말일 것이다. 확실히 로세티의 서문 후반부에는 "Often would he avail himself of any special grace of his own idiom and epoch,"라 되어 있어서 이것이 "이미 성어로 풍부한 자국 시문의 기교 때문에"에 대응하고 있는 것처럼 보인다. 그러나 그 앞뒤에는 다음과 같이 쓰어 있다.

번역가의 일은 (…중략…) 자기 부정과 같은 것이다. 자기 언어의 관용이나 시대의 은혜를 이용하려고 해도 자기의 의지가 제한된 번역가로서는 쉽게 할 수 있는 일이 아니다. 어떤 리듬을 구사하고자 해도 원작자의 시의 구조 때문에 할 수 없는 경우가 많으며, 어떤 구조를 구사하고자 해도 원작자의 시의 리듬 때문에 그것도 안 된다.

로세티는 이처럼 기점 언어 측의 제약 때문에 번역가가 마주치는 곤란을 열거하고 마지막으로 알라딘과 마법의 램프 이야기에 빗대어 오래된 램프가 새로운 램프로 교환되지 않았다면 번역가로서는 다행이라 말하고 있다. "청신한 취미를 희생시켜서는 안 된다"는 표현은 어디에도 없으며 함의되어 있지도 않다. 따라서 "이미 성어로 풍부한 자국 시문의 기교 때문에 청신한 취미를 희생시켜서는 안 된다"는 문구는 로세티의 것이 아니라 우에다 빈의 독자적인 것인 셈이다.

"그래서" 이하 "東行西行雲渺渺 (…중략…) '달을 따라 장안 백 척 누에 오르네'라 읊은 예를 좇은 곳도 많다"는 대목에는 『곤자쿠모노가타리슈今昔物語集』 권24의 두 가지 이야기가 깔려 있다. 전자는 「제28-천신이 지으신 시 읽기를 사람의 꿈에 보여주신 이야기」로 옛 천신스가와라노 미치자네이 지은 시 "東行西行雲渺渺 二月三月日遲遲"를 어떤 사람이 기타노 덴진北野天神에 참배하면서 읊자 그날 밤 꿈에 천신이 나타나 "저리 갔다 이리로, 구름은 아득히. 이월 삼월, 해는 한가로이"라 읽어야 한다고 가르쳐 주었다는 이야기다. 후자는 「제27-오에노 아사쓰나家의 하녀가 시 읽기를 바로잡은 이야기」다. 옛날 오에노 아사쓰나라는 대단히 뛰어난 학자가 있어서 재상까지 되었는데 70여 세에 죽었다. 어느 해 8월 15일 밤 한시문을 읽는 무리 10여 명이 고<sup>故</sup> 아사쓰나의 니조 집으로 가서 그 황폐해진 집에서 "踏沙被練立淸秋 月上長安百尺樓"라는 당나라 시인의 시를 읊고 있자 일찍이 그 집에서 빨래 등 허드렛일하던 하녀가 나타나 "당신들께서는 지금 '달은 장안 백 척 누에 오르니'라 읊으셨습니다만 돌아가신 재상께서는 '달에 끌려 백 척 누에 오르다' 하고 읊으셨습니다" 하여 읽기를 정정했다는 이야기다.마부치 가즈오·구니사키 후미마로·이나가키 다이이치 교주·역, 2001; 고미네 가즈아키 교주, 1994 참조 야스다 야스오1959는 전자가 축어역, 후자가 의역의 예로 인용된 것이라 말한다. 이는 우에다 빈의 의도를 정확하게 드러내고 있다고 생각된다. 전자는 한문 훈독에 따라 강한 한문맥漢文脈을 화문맥和文脈에 더 근접시킨 것이며, 후자는 해석의 문제로 볼 수 없는 것도 아니다. 중국어 전문가의 가르침에 따르면 원문을 보통으로 읽는다면 "달은 장안 백 척 누에 오르니"라 한다.

시마다 긴지1951는 "모든 『해조음』의 번역 방식은 축어역에 가까운 주밀체와 극히 대담한 자유체自由體의 두 가지인데, 대체로 전자는 소곡小曲·소품小品에 많으며 후자는 장편에 많다"고 말한다. 야노 호진1936은 『해조음』과 『목양신』을 비교하여 전자는 "의역에 가까운 것이 많고" 후자는 "거의 전부 축자역에 의한 것이라 해도 좋다"고 한 다음 "이는, 그러나 역자의 태도가 세월이 지남에 따라 점차 변화했다기보다 오히려 원시의 성질에 의해 결정된" 것이라면서 "의역은 항상 이른바 축자역에 의한다기보다 원시의 정신을 한층 잘 살리기 위해 이루어지는 것"이라 말한다.

고어 사용에 관해서는 우에다 빈 자신이 다음과 같이 말하고 있다.

아무리 생각해도 메이지의 국어에는 우선 세련과 조탁이 필요하다. 이른바

'연마'하지 않으면 안 되는 용어를 순정純正하게 만들고 싶다. 한자로 인해 눈에 호소하는 생경한 사이비 한어漢語를 될 수 있는 대로 배척하고 싶다. 소생이 지난해 일본 고어의 부활에 힘쓸 때 아문雅文답게, 실은 전혀 그렇지 않은 일종의 문체로 외국문학을 번역해 본 것은 이런 목적에 관련된 일종의 시도였다.우에다 빈, 1909; 1980

『해조음』의 역시에 대해서는 평가가 나뉜다. 일반적으로는 "『해조음』이 명역이라는 것은 모두 일치하는 바다. 그의 조심누골彫心鏤骨[9]의 역술은 도리어 창작의 고된 일이었다. 참으로 이방의 시문의 미를 화어和語의 아순雅醇으로 옮겨 운율과 색채의 향기를 한없이 지면에 실어 넣은 위업은 전대에도 보지 못했고 다이쇼와 쇼와를 통틀어도 뒤를 잇는 것이 전혀 없다. 근대 시단의 어머니는 바로 이 사람이다"기타하라 하쿠슈, 1929; 1986라든가 "『해조음』의 역시로 소개됨으로써 상징시란 무엇인가를 이해하고 자신의 시적 태도의 지침으로 삼은 젊은 시인들도 많았다. (…중략…)『해조음』에 의해 근대 일본의 번역시는 누가 보더라도 선연한 예술의 꽃을 피웠다"가메이 슌스케, 2005는 평가가 있다.

그러나 샤쿠조쿠오리구치 시노부[10]는 「시어로서의 일본어」1950; 1967에서 "번역 기술이 문학일 필요는 없다", "번역문 그 자체가 문학이 되기에 앞서 원작의 어학적 이회理會[11]와 그 국어의 개성적인 음예陰翳[12]를 몰각하는 것이 되어서는 안 된다"는 시점에서 "우에다 빈 씨의 기술은 감복해 마지않

---

9    마음에 새기고 뼈에 사무치도록 고심함.
10   오리구치 시노부(折口信夫, 1887~1953) : 민속학자. 시인. 가인. 야나기타 구니오(柳田國男)의 제자. 호 샤쿠조쿠(釋迢空).
11   사리를 회득(會得)함.
12   하늘이 구름에 덮여 어두움. 침침한 그늘.

으나 문학을 번역하여 문학을 낳은 데에 문제가 있다"고 비판한다. 그리고 "일본 시의 새로운 발상법을 발견하기 위해 새로운 문체를 구축하는 수단으로 그러한 완전한 번역문을 많이 얻어 그것들의 모형으로 많은 시를 짓고 그 결과 새로운 시를 쌓아 간다"는 방법을 대치시킨다. 또 시노다 하지메1969[13]는 "어떤 이는 이를 매우 유려하고 전아典雅한 번역문, 번역시라 하지만 내게는 그것이 사어死語로 만들어진 이상야릇한 번역문으로밖에 보이지 않는다"고 말하면서 "『해조음』 이후의 명역 시집은 바야흐로 유럽 시와 일본 시 사이에 불필요한, 아니, 차라리 유해한 완충 지대를 만들어 냈다"는 평가를 내렸다.시노다 하지메, 1962 최근에는 우사미 히토시1993가 보들레르의 「박모薄暮의 노래Harmonie du soir」 번역을 들어 "장식 과다", "이것은 거의 보들레르에 따른 '변주'여서 이미 '번역'의 영역에서 다분히 일탈해 있다"고 분석했다.

## 참고문헌

가메이 슌스케(龜井俊介), 「明治·大正の名譯詩集」, 龜井俊介·沓掛良彦, 『名詩名譯ものがたり』, 巖波書店, 2005.

고미네 가즈아키(小峯和明) 校注, 『新日本古典文學大系 36 - 今昔物語集』 4, 巖波書店, 1994.

기타하라 하쿠슈(北原白秋), 「明治大正詩史槪觀」(1929), 『白秋全集 21 - 詩文評論』 7, 巖波書店, 1986.

데니스(H. M. Dennis), "The Translation Strategies of Dante Gabriel Rossetti, Ezra Pound and Paul Blackburn," in Helen M. Dennis ed., *Ezra Pound and Poetic Influence : The Official Proceedings of the 17th International Ezra Pound Conference, held at Castle*

---

13    시노다 하지메(篠田一士, 1927~1989) : 도쿄대학 영문과 졸업. 문학 연구자, 도쿄도립대학 교수.

*Brunnenburg, Tirolo di Merano*, Amsterdam & Atlanta∶Rodopi, 2000.

마부치 가즈오(馬淵和夫)·구니사키 후미마로(國東文麿)·이나가키 다이이치(稻垣泰一) 校注·譯, 『新編日本古典文學全集 37－今昔物語集』 3, 小學館, 2001.

산구 마코토(山宮允), 「譯詩論」, 『英語英文學講座』, 英語英文學刊行會, 1934.

샤쿠조쿠(釋迢空, 오리구치 시노부, 折口信夫), 「詩語としての日本語」(1950), 『折口信夫全集』 19, 中央公論社, 1967.

시노다 하지메(篠田一士), 「近代詩とサンボリズム」, 日本近代文學館 編, 『日本近代文學と外國文學』, 讀賣新聞社, 1969.

＿＿＿＿＿＿＿＿＿＿＿＿＿＿＿, 「海外詩と近代詩」, 三好達治·伊藤信吉 編, 『近代文學鑑賞講座 23－近代詩』, 角川書店, 1962.

시마다 긴지(島田謹二), 『飜譯文學』, 至文堂, 1951.

야노 호진(矢野峰人), 「上田敏先生の譯詩」, 『書物展望』 6-4, 1936.

야스다 야스오(安田保雄), 「『海潮音』－序を中心に」, 『國文學解釋と教材の研究』 4-5, 1959.

우사미 히토시(宇佐美齊), 「韻文詩飜譯の二つの可能性－上田敏と柳澤健による「LE BA-TEAU IVRE」飜譯の試み」, 『人文學報』 73, 京都大學人文科學研究所, 1993.

우에다 빈(上田敏), 「小生の飜譯」(1909), 『定本上田敏全集』 7, 教育出版センター, 1980.

# 나의 번역 기준



번역이란 어떻게 해야 하는 것인가? 그 기준은 사람마다 제각각 다르므로 본래 일률적으로 말할 수 없다. 그렇다면 나는 지금껏 내가 해 온 방법에 대해 말하기로 한다.

대체로 구문歐文은 그저 읽으면 아무것도 아니지만 잘 음미해 보면 스스로 일종의 음조가 있어서 소리 내어 읽어 보면 억양이 잘 우러난다. 즉 음악적이다. 그래서 남이 읽는 것을 듣고 있어도 제법 재미있다. 실제 문장의 의미는 묵독默讀하는 편이 훨씬 알기 쉬워도 자신의 미심쩍은 지식으로 충분히 알 수 없는 곳도 소리 내어 읽으면 재미있게 느껴진다. 이것은 확실히 구문의 한 가지 특질이다.

그런데 일본의 문장에는 이러한 가락이 없다. 대체로 질질 끌어서 묵독하는 데 지장은 없지만 소리 내어 읽으면 매우 단조롭다. 비단 억양 따위가 분명치 않을 뿐 아니라 원래 읽는 방법이 제대로 되어 있지 않아서 소리 내어 읽기에 부적당하다.

그러나 적어도 외국문을 번역하고자 하는 바에는 반드시 그 문조文調도 옮겨야 한다는 것이 내가 번역을 하는 데에서 먼저 형식상의 기준으로 삼은 하나다.

한편 콤마나 피리어드 찍는 방법 등을 연구하자 곧장 눈에 띄었던 것은 구를 겹쳐서 같은 것을 말하는 일이다. 일례를 들자면 매콜리의 문장 등에 자주 나타나는 'in spite of' 같은 것이 그러하다. 의미상으로는 두 개나 세 개, 아니면 네 개로 충분한 것을 음조 관계상 하나 더 덧붙여 말하는 식이다. 그러나 의미는 이미 다 말했고 원래 의미가 다른 것을 쓸 수는 없으니까 어쩔 수 없이 중복되는 불필요한 것을 말한다.

이는 단어에서도 나타나는데 일본어의 '무턱대고'[1] 등이 한 예다. 또는 "강하고 엄하게 그를 나무랐다"라든가 "부드럽고 모나지 않게 설득했다"라든가[2] 하는 유의 구문에서 자주 보는 것과 똑같은 예다. 이는 모두 문장의 의미를 분명히 하는 이외에도 음조 관계상 부사를 넣고 싶어서 넣거나 두 개로 충분한 형용사에 하나를 더해 세 개로 만들기도 하는 것이다. 콤마 찍는 방법 등도 단지 의미상으로만 찍는 것이 아니라 문조 관계상 찍는 경우가 적지 않다.

따라서 외국문을 번역하는 경우 의미만 생각해서 그에 중점을 두면 원문을 망칠 우려가 있다. 모름지기 원문의 음조를 이해해서 그것을 옮기지 않으면 안 된다고 나는 믿고 있다. 그래서 콤마와 피리어드 하나라도 함부로 버리지 말고 원문에 콤마가 세 개, 피리어드가 한 개 있으면 번역문에도 역시 피리어드 한 개, 콤마 세 개라는 식으로 원문의 가락을 옮기고자 했다. 특히 번역을 시작한 무렵에는 단어의 수도 원문과 똑같게 하며 문형文形[3]도 무너뜨리지 않고 오로지 원문의 음조를 옮기는 것을 목적으로 삼아 문형에 대단히 애썼다. 하지만 막상 실제로는 좀처럼 생각대로 되지 않았고 때로는 아무리 해도 나의 기준에 맞지 않는 것도 있었다. 그래서 나는 내 기준에 따라 번역할 수 있는 수완이 없다고 체념하기도 했지만 그것은 결코 본의가 아니었으므로 그 후 매우 오랫동안 어렵더라도

---

1   원문 'やたらむしやう'는 '함부로(やたら)'와 '괜히(むしょう)'를 합한 말.
2   원문은 각각 "强く嚴しく彼を責めた"와 "優しく角立たぬやうに說得した".
3   일본어 문장의 종지형. 제1부 야나부 아키라의 글 참고.

문형 측면에서 이 방침을 취했다.

그런데 완성된 결과는 어떠한가? 나의 번역문을 보면 실로 몹시 읽기 어렵고 길굴오아佶倔聱牙[4]다. 어색하기만 해서 어떻게든 만듦새가 나쁘다. 따라서 세간의 평판도 나쁘다. 어쩌다 칭찬해 주는 이도 있었지만 대체로 비난의 목소리가 많았다. 그러나 내가 고심한 결과, 잘못되었다는 느낌을 이해하여 이곳이 실패했다고 지적하는 이도 없었고 또 이곳이 어느 정도는 성공했다고 보아준 이도 없었다. 그래서 칭찬받더라도 기준과는 상관없으므로 기쁠 리 없고 비난받더라도 예상과 어긋나므로 계발될 바는 아무것도 없었다. 말하자면 나 홀로 씨름하고 있었던 것이니 실제로는 훼예포폄毁譽褒貶[5]에서 초연하게 그저 어떤 점에 주목하여 고생하고 있었던 셈이다. 그도 그럴 것이 문학에 대한 존경의 마음이 강했기 때문에, 예컨대 투르게네프가 창작할 때의 마음이 매우 신성했으니 그것을 번역하는 데에서도 마찬가지로 신성하지 않으면 안 되며 한 글자 한 구절이라도 소중히 여기지 않으면 안 된다고 믿은 것이다.

그렇다 하더라도 원래 문장의 형태는 자연히 그 사람의 시상詩想에 따라 다르므로 투르게네프에게는 투르게네프의 문체가 있고 톨스토이에게는 톨스토이의 문체가 있다. 그 밖에도 대개 일가를 이룬 이에게는 저마다 독특한 문체가 있다. 이러한 것은 일본에서도 지나에서도 마찬가지인데, 문체는 그 사람의 시상과 밀접한 관계가 있어서 문조가 각자 다르다. 따라서 이를 번역하는 데에서도 어떤 한 종류의 문체를 누구에게나 적용시킬 수는 없다. 투르게네프는 투르게네프, 고리키는 고리키, 각자 다르게 그 시상을 터득하여 엄밀히 말하자면 앉으나 서나 마음을 원작자와

---

4    문장이 난삽하여 읽기 힘들고 이해하기 어려움.
5    남을 헐뜯음과 칭찬함.

똑같이 하여 충실히 그 시상을 옮길 수 있을 정도로 하지 않으면 안 된다. 이는 실로 번역의 근본적인 필요 조건이다.

이제 투르게네프에서 실례를 찾아 말해 보면 그의 시상은 가을이나 겨울이 아니라 봄의 모습이다. 봄에서도 초봄이나 한창때의 봄도 아니라 늦봄의 모습이라 마치 벚꽃이 난만하고 만발하여 바야흐로 지기 시작하려는 때다. 멀리 희뿌연 하늘에 아름답게 아슴푸레한 봄의 달빛이 비치고 있는 밤, 양쪽으로 벚나무가 늘어선 좁고 긴 길을 더듬어 가는 듯한 풍취가 있다. 요컨대 곱고 아름다운 가운데 어쩐지 쓸쓸한 데가 있는 것이 투르게네프의 시상이다. 그리고 그 당연한 결과로 그의 소설에는 그러한 기분이 감돌고 있기 때문에 번역하는 데에서 그러한 마음을 잃지 않도록 항상 그 사람이 되어 쓰지 않으면 일쑤 문조와 어울리지 않게 되어 버린다. 그럴 때 헛되이 콤마나 피리어드, 또는 그 밖의 문형에만 집착하는 것은 바람직하지 않다. 우선 근본이 되는 시상을 잘 이해한 후 시형詩形을 망가뜨리지 않게 번역하도록 해야 한다.

실제로 내가 투르게네프를 번역할 때 애써 그의 시상을 잃지 않고 진정 나 스스로 그의 시상에 동화될 심산이었으나 아무리 해도 솜씨 좋게 성공하지 못했다. 성공하지 못했다 하더라도 기준은 역시 그 점에 있었다. 다만 내가 그사이 여러 가지로 생각해 보니 대체로 내가 세운 기준에 따라 번역하는 것이 반드시 실패라고 단언할 수는 없을지도 모르지만 적어도 나에게는 어려운 방법이라 여겨졌다. 왜냐하면 우선 나에게는 일본 문장을 잘 쓸 수 없는, 일본 문장보다 러시아 문장 쪽을 더 잘 이해할 것 같은 기분이 들 만큼, 즉 원문을 음미할 수 있는 능력은 있으나 이를 리프로듀스[6]하는 능력은 갖추지 못한 것이다.

그래서 그 밖의 다른 번역 방법은 없는 것인가 하고 여러 가지로 연구해 보니 주콥스키[7]식의 방법이 재미있게 여겨졌다. 주콥스키는 러시아 시인인데 오히려 번역가로 명성을 얻었다. 바이런을 많이 번역했는데 그것이 교묘하다. 더구나 당시 러시아는 그 사회 상태가 바이런의 아류를 왕성하게 낳은 시대였는데, 특히 주콥스키와 같은 이는 철중쟁쟁鐵中錚錚[8]한 인물이었다. 그러므로 굳이 애쓰지 않아도 바이런의 시상과 합치할 수 있어 크게 성공한 것인지도 모르지만 어쨌든 그의 번역문은 훌륭한 러시아 문장으로 이루어져 있다.

그러나 이를 바이런의 원시와 비교해 보면 그 말투가 대단히 다르다. 원문의 측기仄起를 평기平起로[9] 하거나 평기를 측기로 바꾸고, 원문에 운韻이 있는 것을 무운無韻으로 하기도 하며, 혹은 원문에 없는 형용사나 부사를 덧붙여 제멋대로 재단하고 있다. 즉 많은 부분에서 원문을 전부 허물어뜨려 자기 마음대로의 시형으로 단지 의미만을 번역했다. 그런데 그 양자를 읽고 비교해 보면 어떠할까? 영문이 원래 자기에게 조금 성에 차지 않는다며 지나치게 큰소리칠 리는 없겠으나 어쨌든 원시보다 번역 쪽이 취향도 시상도 잘 이해된다. 원문으로는 열 번 읽어도 알 수 없지만 번역으로 한 번만 읽어도 아름다운 여러 대목들을 이해할 수 있다. 게다가 그 임프레션을 생각해 보면 자못 바이런답다. 즉 이를 요약하자면 미심쩍은 영어로 바이런을 음미하기보다 주콥스키의 번역을 읽는 편이 애를 덜 쓰

---

6    재생(reproduce).

7    바실리 안드레예비치 주콥스키(Vasilii Andreevich Zhukovskii, 1783~1852) : 러시아의 낭만파 시인. 번역가.

8    여러 쇠붙이 가운데서도 유난히 맑게 쟁그랑거리는 소리가 남. 즉 같은 무리 가운데 가장 뛰어남.

9    한시의 근체시에서 기구(起句) 둘째 자를 사성(四聲) 가운데 측운(仄韻)이나 평운(平韻)의 글자를 쓰는 것.

고도 더 많이 얻는 셈이다.

　그래서 나는 번역은 그렇게 하지 않으면 성공할 수 없다고 생각했다. 내 번역 방법은 형태에 사로잡힌 결과 필력이 형태에 속박되기 때문에 읽기 어렵고 갑갑하게 된다. 이처럼 적절하게 주콥스키와 같이 형태는 전혀 별개로 하고 단지 원작에 담긴 시상을 발휘하는 편이 좋다고 생각했다. 막상 나는 겁쟁이라서 그렇다고 해서 이를 결행하지는 못했다. 왜냐하면 주콥스키 식으로 하려면 나에게 충분한 필력이 있어서 설령 원시를 망가뜨리더라도 그 시상으로 새로운 시형을 덧붙이지 않으면 안 되는데 내게 그런 필력이 있는지 미덥지 않다고 생각했기 때문이다. 지금껏 해 온 번역법으로 보자면 설사 성공하지 못하더라도 형태는 원문에서 포착해 낸 것이므로 대단히 잘못되지는 않는다. 그렇지만 주콥스키식을 따라 성공하면 광채가 찬란하겠으나 혹 실패하면 끝장, 그보다 낭패가 없으니 어지간히 내 수완을 믿는 생각이 없으면 해낼 수 없다. 나는 아닌 게 아니라 그만큼 대담하지는 못했으므로 아무래도 위태롭게 생각하여 단행할 수 없었다. 그래서 여전히 예전 번역법으로 했으나……

　그러나 그것은 이전에 내가 진지한 생각으로 번역에 종사하던 무렵의 일이다. 요즘에는, 아니, 더 말하지 않으련다.

후타바테이 시메이二葉亭四迷, 본명 하세가와 다쓰노스케(長谷川辰之助)는 메이지 유신 3년 전인 겐지 원년1864에 태어나 메이지 42년1909, 즉 다이쇼 개원 3년 전 러시아에서 일본으로 귀국하던 도중 인도의 벵골만에서 사망했다. 오늘날 후타바테이 시메이는 메이지 20년1887부터 메이지 22년1889에 걸쳐 단속적으로 발표한 『뜬구름』으로 "일본 근대문학의 아버지"라는 높은 평가를 얻고 있지만 『뜬구름』 발표 당시의 평판은 결코 좋지 못했다. 후타바테이 시메이의 업적으로 『뜬구름』과 더불어, 혹은 그 이상으로 평가받는 것은 『뜬구름』 제2편과 제3편 사이에 발표한 투르게네프의 두 편의 소품 번역 「밀회」와 「해후」다.

메이지 21년1888에 발표된 「밀회」와 「해후」 또한 발표 당시에는 문체적으로 너무 새로움이 지나쳐 읽기 어렵다고 비난하는 목소리가 많았다. 하지만 발표 후 20년쯤 지나 신진 자연주의 작가 다야마 가타이와 시마자키 도손,[10] 상징파 시인 간바라 아리아케[11] 등에 의해 재발견되었다. 간바라 아리아케1909; 1964는 「밀회」의 문체에 대해 "러시아 소설가 투르게네프의 번역이라고는 하나 이상하고, 무심코 읽어 보면 교묘하게 속어를 사용한 언문일치체. 그 진기한 문체가 귓가에서 친근하게, 끊임없이 속삭이고 있는 듯한 느낌이 들어 일종의 형언할 수 없는 쾌감과 그리고 어딘지 마음 밑바닥에서 그것에 반발하고 싶은 생각이 싹터 온다. 너무나 친근하게 말하는 것이 까닭 없이 싫었던 것"이라 말했다. 「밀회」의 원본인 투르게네

---

10    시마자키 도손(島崎藤村, 1872~1943) : 시인. 소설가. 자연주의를 대표하는 『파계』
      (1906)의 작가.
11    간바라 아리아케(蒲原有明, 1875~1952) : 시인. 상징주의 시의 선구자.

프의 「СВИДАНИЕ」는 일인칭으로 된 『사냥꾼의 일기』인데,[12] 가련한 농민 소녀와 오만한 하인의 마지막 '밀회'가 소녀에 대한 동정, 하인에 대한 증오의 마음과 아울러 숲의 아름다움을 배경으로 담담하게 그려져 있다.

후타바테이 시메이는 「밀회」와 「해후」를 번역할 때 일인칭 대명사 '나'를 써서 원문에 충실하게 번역해 냈다. 게다가 일기 특유의 과거 회상 시점을 원문에 충실하게 번역하기 위해 과거형으로 쓴 러시아어 동사를 줄곧 'た-았(었)다'형을 사용해 번역했다. 예컨대 「밀회」는 다음과 같이 시작하고 있다. "가을 9월 중순 무렵 어느 날 나는 자작나무 숲속에 앉아 있었던 적이 있었다." 간바라 아리아케가 시인의 직감으로 "귓가에서 친근하게, 끊임없이 속삭이고 있는 듯하다"고 묘사한 새로운 문체는 이렇게 만들어진 것이다.

「나의 번역 기준」은 메이지 39년[1906] 잡지 『성공』에 게재된 후타바테이 시메이 만년의 에세이로 이와나미판 전집에는 '감상' 항목의 하나로 수록되어 있다. 여기에서 후타바테이 시메이는 '번역의 기준'으로 일본문에는 없는 구문歐文 특유의 원문의 '음조'를 옮기는 것을 필두로 삼아 그것을 위해 "콤마와 피리어드 하나라도 함부로 버리지 말고 원문에 콤마가 세 개, 피리어드가 한 개 있으면 번역문에도 역시 피리어드 한 개, 콤마 세 개라는 식으로" 했다고 분명히 말하고 있다. 후타바테이 시메이의 번역론 중에서 여러 번 거듭 인용되는 이 대목은 「밀회」와 「해후」를 번역하고 있던 "내가 진지한 생각으로 번역에 종사하던 무렵"의 번역 태도를 보여주는 것이라고 생각된다. 실제로 「밀회」와 「해후」를 투르게네프의 원문과 비교해 보면 구두점 수, 특히 구점句點의 수는 원문의 '피리어드'와 거의 일

---

12 「밀회」는 투르게네프의 『사냥꾼의 일기』 일부를 단편소설로 번역한 작품.

치한다. 특히 「해후」에서는 구점뿐만 아니라 콤마의 수와 어순까지 재현하고자 한 젊은 후타바테이 시메이의 청신한 노력의 흔적을 확연히 읽을 수 있다. 「밀회」와 「해후」는 러시아문학 작품의 번역 명수로 이름 높았던 진사이 기요시1949; 1965[13]가 "말의 진정한 의미에서 엄밀한 번역을 추구하여 피눈물 나게 고심했던 점에서 후타바테이 시메이에 미치는 사람은 메이지 이래 오늘날까지 전혀 출현하지 않았다"고까지 말할 정도였다.

　정작 이토록 철저한 원문 존중의 축어역이었던 「밀회」와 「해후」에서 일인칭 대명사가 '나'로, 러시아어 동사 과거형이 'た'형으로 번역된 것이 당연한 것처럼 생각되고, 또 당연한 것으로 여겨져 왔다. 그러나 실은 'た'형이 산문에서 과거 시제를 나타내는 문말사文末詞로 사용된 것은 일본문학사에서 이것이 처음 있는 일이었다. 러시아문학가 기무라 쇼이치1956, 44면는 「해후」 번역문을 "축어역이라 해도 이 정도로 충실한 것은 거의 다른 유례가 없다"고 절찬한 뒤 "번역문이 단조롭게 흘러가는 것도 신경 쓰지 않고 동사의 과거형을 몇 개씩 겹치고 있는 것도 원문을 그대로 옮긴 것"이라 말한다. 그러나 「밀회」와 「해후」 이전의 산문 작품 중에서 'た'형이 원래 동사의 과거형이었음을 나타내는 용례는 없다. 후타바테이 시메이가 투르게네프의 소품에서 자주 사용한 러시아어 동사의 과거형을 원문에 충실하게 번역하고자 했을 때 비로소 'た'형이 과거 시제를 나타내는 문말사로 채용된 것이다.

　후타바테이 시메이 자신에게도 또한 과거 시제를 표시하는 문말사 'た'의 발견은 신선한 것이었는데, 「밀회」와 「해후」를 전후하여 발표된 『뜬구름』 제2편과 제3편에서 'た'형의 사용이 현격하게 늘어나고 있는 것은 주

---

13　진사이 기요시(神西淸, 1903~1957) : 러시아문학가. 번역가. 소설가. 문학평론가.

목할 만하다. 그중에서도 「밀회」, 「해후」와 병행하여 썼다고 추정되는 제 2편에서 'た'형의 사용은 'る-이다'형의 거의 두 배 반이나 되어 'た'형을 연속으로 사용하여 쓴 지문은 구문歐文으로 쓴 삼인칭 소설의 지문과 가까운 형태로 다듬어지기 시작했다. 후타바테이 시메이의 친구로 소설가, 평론가, 번역가로 이름을 날린 우치다 로안1925; 1980, 314면은 "제2편에 이르자 종래의 문장형을 완전히 무시한 전혀 새로운 문체가 시작되었다. 후타바테이 시메이가 직접 한 말에 따르면 드디어 글이 막혀서 붓이 움직이지 않게 되자 노문露文으로 쓰고 나서 번역했다 한다"고 말한다. 우치다 로안의 증언을 믿는다면 과거 시제를 나타내는 문말사 'た'가 번역의 산물이었다는 것이 더욱더 분명하게 된다.

위와 같이 후타바테이 시메이의 「밀회」와 「해후」의 번역론과 번역 실천을 번역 연구의 입장에서 분석하면 후타바테이 시메이는 철저한 원문 지상주의에 따라 종래의 일본문에는 없던 참신한 문체를 만들어 냈다고 하겠다. 즉 물음표와 느낌표, 게다가 백점[14]이라는 새로운 부호까지 사용해 가며 원문의 구두법을 충실히 재현하여 러시아어 원문의 음조를 옮기려고 했다. 또 일인칭 대명사 '나'와 과거 시제를 나타내는 문말사 'た'를 사용해 러시아어 원문의 문법을 충실하게 재현하여 종래의 일본문에서 예를 찾기 어려운, 주어와 과거 시제가 명료하게 표현된 새로운 글을 창조한 것이다. 이는 독일의 신학자이자 철학자 슐라이어마허가 제창한 이화적異化的 번역,[15] 즉 번역 과정에서 원문의 언어와 자국어의 차이를 적극

---

14  시로텐(シロテン). 구점과 두점(讀點)의 중간에 해당하는 반종지(半終止) 부호. 고마시로텐(ゴマ白點)이나 시로고마텐(白ゴマ點)으로도 불렸다. 기타무라 도코쿠(北村透谷), 후타바테이 시메이, 야마다 비묘(山田美妙) 등이 사용했으나 정착되지 못했다.

15  [편자 주] 이화적 번역(foreignizaton)에 대해서는 미쓰기 미치오 편역, 『사상으로서의 번역－괴테부터 베냐민과 블로흐까지』, 하쿠스이샤, 2008 중 프리드리히 슐라이어마

적으로 받아들여 자국어를 개조해 나아가고자 하는 의식을 바탕으로 한 번역이었다. 후타바테이 시메이는 당시 새로운 글말을 모색하고 있었던 것이다.

그러나 자국어를 개조해 나아간다는 이 의식이 명확했다 하더라도 자기의 활동에 자신이 없었으며 후타바테이 시메이 스스로 당시 많은 비평가들과 마찬가지로 「밀회」와 「해후」에서 만들어 낸 새로운 문체를 "그런데 완성된 결과는 어떠한가? 나의 번역문을 보면 실로 몹시 읽기 어렵고 길굴오아다. 어색하기만 해서 어떻게든 만듦새가 나쁘다"고 전면적으로 부정하게 된다.

그러한 전면적인 부정의 결과가 메이지 29년<sup>1896</sup>에 출판된 개역改譯 「밀회」와 「기우奇遇」인데,[16] 후타바테이 시메이는 여기에서 초역初譯의 문체를 크게 바꾸었다. 그 개변이 가장 현저하게 나타나는 것은 문말사 'た'의 수와 의미다. 그것은 당시 문단에서 독설가로 이름 높았던 사이토 료쿠<sup>1889;</sup> <sup>1966, 203면</sup>[17]가 「소설 핫슈八宗」[18]에서 "담뱃대를 들었다 담배를 뭉쳤다 담배통에 넣었다 불을 붙였다 들이마셨다 연기를 뿜었다"고 후타바테이 시메이의 문체를 비꼬는 글을 써서 「밀회」 초역의 문체를 비웃은 데에서 상징적으로 드러나는 문단의 불평에 반발하는 것이었다.

이 개역은 후타바테이 시메이가 새롭게 만들어 낸 문체를 종래의 일본 문체로 되돌리는 것이라고 일본문학사가文學史家로부터 대체로 나쁜 평판

---

허, 「번역의 여러 가지 방법에 대하여」 참조.

16 「밀회」와 「해후」가 처음 발표될 때 제목은 각각 「아이비키(あひびき)」와 「메구리아이(めぐりあひ)」인데, 후자를 개역하면서 「기우(奇遇)」로 제목을 바꾸었다.

17 사이토 료쿠(齋藤綠雨, 1868~1904) : 메이지 시기 소설가. 문학평론가.

18 쓰보우치 쇼요, 후타바테이 시메이, 아에바 고손(饗庭篁村), 야마다 비묘, 오자키 고요, 모리타 시켄 등 당시의 인기 작가 6명을 풍자하고 조롱한 평론.

을 얻었다. 그러나 실제로 후타바테이 시메이가 소거한 ‘た’형을 러시아
어 원문의 동사형과 대조해 보면 그 소거 방식이 어떤 확연한 규칙성에
기반하고 있음을 알 수 있다. 러시아어 동사에서는 보통 불완료체와 완료
체가 짝을 이루고 있어서 불완료체 동사가 상황을 묘사하거나 지속 중인
동작, 반복적이거나 관습적인 동작을 표현하는 데 비해 완료체 동사는 구
체적인 일련의 동작의 완료<sup>경우에 따라서는 시작</sup> 및 완료의 결과를 나타낸다. 후
타바테이 시메이는 초고에서 자주 나타나는 ‘た’형을 소거하기 위해 원
문의 러시아어 동사가 불완료체 과거형인 경우에는 주로 ‘てゐた<sup>-고 있었다</sup>’
형을 ‘てゐる<sup>-고 있다</sup>’형으로 고치고, 완료체 과거형인 경우에는 ‘た’형을 연
용 중지형連用中止形 ‘て-고’로 고쳐 몇 개의 문장을 연결하는 방법을 취했다.
그 결과 개역 원고에 남은 ‘た’형은 주로 완료체 과거형의 번역이어서 그
의미도 과거 시제가 아니라 완료 시제를 나타내는 것이 되었다. 특히 「해
후」를 개고한 「기우」를 읽어 보면 후타바테이 시메이가 고친 동사형의
선택이 규칙적이라는 점에 놀라게 된다.[19]

　이 개역에서 시도된 번역 방법은 후타바테이 시메이가 그 후 평생 일
관하여 계속 사용한 것으로 고골 작품을 번역할 때 특히 효과적이었다.
그도 그럴 것이 고골 작품에서는 역사적 현재형, 즉 불완료체 현재형의
번역어로 ‘てゐる’형이 사용되기 시작해서 「밀회」와 「기우」 개역에서 ‘て
ゐた’형이 기계적으로 ‘てゐる’형으로 치환된 것과 달리 원문의 동사형에
충실하게 의미 있는 번역 방법이었기 때문이다. 그런데 후타바테이 시메
이는 고골 작품으로는 「초상화」, 「옛사람」, 「광인 일기」 3편밖에 남기지
않았다. 그것은 후타바테이 시메이가 투르게네프 작품을 9편이나 번역하

---

19　[편자 주] 이에 대해서는 Cockerill Hiroko, *Style and Narrative in Translations : The Contribution of Futabatei Shimei*, Manchester : St. Jerome, 2006, 제2장에서 상세히 논했다.

고 「나의 번역 기준」에서 마지막까지 투르게네프 작품의 번역 방식을 이야기하면서도 고골 작품의 번역 방식에 대해서는 한마디도 하지 않은 것과 대조적이다.

「나의 번역 기준」 후반부는 '투르게네프의 문체'를 재현하기 위해 "그 시상을 터득하여 엄밀히 말하자면 앉으나 서나 마음을 원작자와 똑같이 하여 충실히 그 시상을 옮길 수 있을 정도로 하지 않으면 안 된다"며 실제적인 번역론에서 멀어진 추상론에 가까워지고 있다. 또 주콥스키의 바이런 번역을 인용하여 '필력'만 있다면 '원작의 시상'을 '원작의 형태'에 얽매이지 않고 자유롭게 재현할 수 있을 것이라 말하고 있다. 이것은 곧 자유역을 권하는 것이지만 결국 후타바테이 시메이는 투르게네프의 문체를 자유롭게 재현할 만큼 '필력'이 없어서 종래와 같이 축어역을 할 수밖에 없었다고 말한다. 이는 투르게네프 문체와 후타바테이 시메이 자신의 문체가 얼마나 다른 것인지 보여주는 말일 것이다. 거꾸로 여기에서 후타바테이 시메이가 고골의 문체에 관해 한마디도 하지 않은 것은 고골과 후타바테이 시메이 문체의 유사성을 암시하고 있는 것처럼 보인다. 더군다나 여기에서 가장 중요한 것은 후타바테이 시메이의 후기 번역 방법이 일견 자유역처럼 보이지만 실은 축어역이었다는 점이다. 즉 중기와 후기 번역도, 투르게네프도 고골도 포함하여 모두 축어역이며, 특히 러시아어 원문의 동사형 완료 시제를 재현하고자 했다는 의미에서 이화적 번역의 시도였다고 결론 내리고 싶다.[20]

---

20　[편자 주] 후타바테이 시메이의 고골 작품 번역, 특히 「초상화」에 대해서는 위의 책 제4장에서 상세히 논했다.

## 참고문헌

간바라 아리아케(蒲原有明), 「『あひびき』に就て」(1909), 『二葉亭四迷全集』1, 巖波書店, 1946.

기무라 쇼이치(木村彰一), 「二葉亭のツルゲーネフものの飜譯について」, 『文學』, 1956.5.

사이토 료쿠(齋藤綠雨), 「小說八宗」(1889), 『明治文學全集 28－齋藤綠雨集』, 筑摩書房, 1966.

우치다 로안(內田魯庵), 「おもひ出す人人」(1925), 『明治文學全集 98－明治文學回顧錄集』, 築摩書房, 1980.

진사이 기요시(神西淸), 「二葉亭の飜譯態度－特にツルゲーネフの場合について」(1949), 『二葉亭四迷全集』9, 巖波書店, 1965.

# 번역상으로 본 일본문과 구문<sup>歐文</sup>



**자료 13_ 번역상으로 본 일본문과 구문(스에마쓰 겐초)**

읽는 것과 쓰는 것에서 일본문과 구문歐文에 대하여 같은 수준의 실력이 있는 사람으로 비교하면 대체로 일본의 사상 문장을 구문으로 쓰거나 번역하는 것은 서양의 사상 문장을 일본문으로 쓰거나 번역하는 것보다 훨씬 쉽다. 그 이유 중 하나는 일본의 언어 문장과 서양의 언어 문장이 그 조직의 근원에서 똑같지 않은 것이 있는 데에도 의하겠지만, 그러나 또 필경 일본의 언어 문장이 서양의 언어 문장 정도로 아직 성숙되어 있지 않다는 데 귀결시키지 않으면 안 될 것이다. 시험 삼아 영어, 프랑스어, 독일어가 서로 번역된 것을 보면 그 교묘함에 이르러서는 거의 그것이 번역물이라는 흔적도 남기지 않고 그 자신이 훌륭한 문장을 이루고 있다. 이는 영어, 독일어, 프랑스어 각각 그 문장 조직의 성립은 다르지만 그들의 사상이 상호 유통되고 있는 모습은 마치 큰 강물 속에 몇 줄기의 작은 지류를 이루는 것과 마찬가지로, 따라서 그 고유의 말하는 법에서 근저에 상호 관련되는 것이 있어 똑같이 발달해 갔다는 점에 기초한다고 말해야 할 것이다. 따라서 영서를 프랑스어로 번역하고 독일어로 번역하고 또는 독일서를 영어로 프랑스로 번역한 책을 보면 그 문장이 자연스럽게 되어 있어 조금도 무리한 흔적이 보이지 않는다. 그런데 일본의 언어 문장은 서양의 것에 비해 그 조직이 근원부터 다를 뿐 아니라 아직 발달이 완전하지 않다. 예를 들면 서양과 같이 치밀한 사상을 말로 드러내는 경우에는 그 언어가 아직 충분하지 않다. 대체로 일본의 언어 문장은 여전히 유치한 지경에 있다고 말해야 할 것이다. 거기에서 구문을 가지고 일본문을 번역하면 구문 상호의 사이 정도까지는 가지 않아도 모두 볼 만한 것을 만들 수 있지만 일본문을 가지고 구문을 번역하면 진실로 볼 만한 번역은 생기지 않는다. 그러나 만약 일본의 언어 문장을 지나支那의 언어 문장과 비교한다면 언어의 근원으로부터 구문과 비교하는 것에 일층 편의한 점이 있다. — 적어도 일본의 언어로서는 서양의 사물을 직역은 할 수 있지만 지나문에는 움직임이 자유롭지 않은 부분이 있어 번잡한 언어의 주석으로 이를 보충하지 않으면 그 의미를 충분히 번역할 수 없는 예가 적지 않다. 말을 바꾸자면 일본어는 그 성질상 서양의 가장 진보된 치밀한 사상을 직역적으로 말로 드러낼 수 있다. 그러나 직역문은 이를 문장상에서 보면 일본 고유의 언어와 달라져서 신기한 언어를 창조하고 성립시키고 있는 신기한 문장이 되어 있다. 따라서 그 고심한 흔적이 참으로 인위적이고 부자연스럽다. 예를 들면 내가 유럽에 있을 때 출판한 『일본의 그림자』를 최근에 일본문으로 번역했는데, 일본어 번역으로서는 일단 잘했다고 할 수 있을 것이다. 그러나 이를 같은 책의 프랑스어 번역과 비교해서 읽어 보면 프랑스어 쪽이 한층 교묘하고 문장상으로 말해도 약간의 무리한 흔적도 없고 완전히 번역물이라고 볼 수 없을 정도다. 즉 현재의 일본의 언어 문장이 미성숙한 상태에 있는 것은 부정할 수 없다. 물론 일본의 현재 언어가 현재 사상에 동반해서 발달하고 있지 않다는 점에서 그 미성숙을 인정하는 것이며, 만약 옛것을 써서 표현하는 데에서는 재래의 문자와 언어로써 훌륭한 문장을 짓는 것에 딱히 부족함을 볼 수 없다. 예를 들면 『겐지 모노가타리』 시대의 사상을 그 시대의 문자 언어로 쓴 『겐지 모노가타리』를 보면 조금도 인위적인 곳 없이 자연스럽고 훌륭하게 만들어져 있다. 다만 오늘날에는 일반적인 사상이 진보한 것에 비하여 언어 문자는 의연히 구태를 남기고 있기 때문에 그것을 쓰는 데에서 매우 불충분함을 느끼는 데 이른 셈이다. 흡사 근래 신진 문사의 통폐가 그간의 사정과 이토록 서로 조응하는 것은 또한 기이한 일이다. 신진 문사가 쓴 소설 등을 보건대 사상은 충분한데 학문이 이에 미치지 못하는 것이 잘 드러난다. 예를 들면 어떤 사정에 대하여 쓴 표현의 상황 등은 매우 교묘하지만 문자의 소양이 부족하기 때문에 사용하고 있는 언어에 적확하지 않은 숙지熟字 등이 매우 많다. 따라서 여전히 아직 성숙하고 있는 도중에 있음을 벗어나지 못한다. 그런데 일본의 언어 문장이 사람들의 사상이 발전하는 수준까지 발달하는지 어떤지는 다른 문제다. 다만 일본문과 구문이 서로 일장일단이 있는 것은 인정하지 않으면 안 될 것이다. 일본의 언어 문장이라고 해도 구문이 미치지 못하는 장점이 존재함이 없지 않을 것이다. 예를 들면 우아한 사상, 비애悲哀의 시가적 사상을 말로 드러내는 데는 구문으로 번역할 수 없는 특색이 있다. 나는 이를 무시하는 것은 아니지만 전체적으로 말하면 장점이 적고 단점이 많다.

다음으로 또 번역상으로 말하면 구문을 일본문으로, 또 일본문을 구문으로 도저히 번역할 수 없는 경우가 적지 않다. 즉 똑같은 언어상에서 똑같은 감각을 줄 수 없는 경우다. 그것은 오랫동안 습관적으로 사람의 두뇌에 스며 들어가 있는 바의 숙어와 사물 이름이다. 이것을 번역하는 것은 거의 불가능하다고 말할 수 있을 것이다. 예컨대 일본어의 '쓰키미',[1] '하나미'[2] 같은 말은 서양에도 달이라는 글자가 있고 꽃이라는 글자가 있고 본다는 글자도 있지만 그 똑같은 문자를 맞춰 보아도 똑같은 사상을 드러낼 수는 없다. 이 점에 이르러서는 서양의 언어를 일본어로 번역하는

---

1    달 보기. 달구경.
2    꽃 보기. 꽃놀이.

것도 마찬가지 곤란함이 있다. 만약 서양 언어끼리, 즉 영어를 독일어로 또는 프랑스어로 서로 번역하는 데에서는 이러한 곤란을 거의 보지 못한다. 이는 앞서 말한 것처럼 그들 각각의 언어가 하나의 큰 강의 작은 지류인 관계를 가지고 서로 관련된 연혁이 있기 때문이다. 그러나 이는 만국의 풍속, 습관, 사상이 점점 접근함에 따라 그 간격이 점차로 작아지는 도리가 있다.

만약 저술상에서 일본문과 구문을 비교하면 거의 5할 이상은 일본문 쪽이 곤란하다고 말하지 않으면 안 될 것이다. 그 첫 번째 이유는 구문은 모두 언문일치이며 자신이 생각한 대로 적으면 문장을 이루지만 일본문 쪽에서는 사상을 머릿속에서 구성하여 이윽고 붓을 들 때 어떤 식으로 이를 써낼 것인지에 대해 다시 사고를 다듬지 않으면 안 된다. 즉 이중으로 사고하는 데 애쓸 필요가 있는 셈이다. 또 일본문 쪽은 붓을 잡고 적어도 행체行體[3]로 쓰지 않으면 안 된다. 그 때문에 수고를 필요로 하는 것이 막대하다. 구문에서는 가장 간이한 초체草體[4]로 쓰더라도 인쇄소에서 활판을 잘 만들 수 있다. 이뿐만 아니라 속기술 및 타이프라이터가 있기 때문에 구술만 한다면 그것이 쑥쑥 문장이 될 뿐 아니라 타이프라이팅을 사용하면 바로 인쇄한 것이 되어 나온다. 일본에도 속기법이 있지만 문장과 언어가 다르기 때문에 한자 혼용 문체로 구술한다는 것은 매우 곤란하다. 하물며 타이프라이팅이라는 것은 완전히 불가능하다. 물론 서양 학자라도 구술하여 받아쓰게 할 수 없는 사람도 적지 않은데, 이는 그 사람의 습관이 반드시 자기가 쓴다는 식으로 되어 있기 때문이다. 스콧은 그의 만년에는 구술하여 모두 필기하게 했는데, 실내를 거닐면서 생각을 가

---

3    약간 흘려 쓴 서체.
4    필기체.

다듬어 구술해서는 필기시켰다. 서양 학자로 구술에 익숙한 자는 모두 다른 사람으로 하여금 속기시키고 있다. 아니, 오늘날에는 관용·상용의 편지 등을 거의 모두 타이프라이팅으로 쓰게 하고 있다. 우리도 유럽에 있을 때는 저술도 편지도 대개 그렇게 했다. 언문일치 문장이 구술필기를 할 수 있도록 되어 있기 때문에 명상하면서 입으로 진술할 수 있어서 사상을 집중한다는 점에서 가장 편리하다. 일본문과 같이 생각하는 것과 쓰는 것에서 이중 삼중의 수고를 필요로 해서는 저작자에게는 비상한 손실이라 하지 않을 수 없다.

(담화 필기)

스에마쓰 겐초末松謙澄, 1855~1920. 호 세이효(青萍). 원래 이름은 노리즈미. 보통 겐초라 읽음는 신문 기자와 관료를 거쳐 정치가로서 요직을 역임한 인물인데 문학 관련의 공적도 크다. 공사관 서기생 견습으로 영국에 건너가 그 후 케임브리지대학에서 문학과 법학을 공부했다. 같은 대학 재학 중에 『겐지 모노가타리』의 세계 최초의 영역초역(抄譯)을 출판한 것으로도 저명하다. 스에마쓰 겐초가 영국에서 보낸 편지와 그 관련 자료에 기반한 유학시대의 모습에 대해서는 다마에 히코타로1992와 고야마 노보루1999 등에 자세하다. 영국에서 귀국한 직후인 메이지 19년1886 스에마쓰 겐초는 『연극 개량 의견』, 『일본 문장론』 등을 잇달아 출간했다. 「번역상으로 본 일본문과 구문」은 메이지 39년1906 12월 문예지 『문장세계』다야마 가타이 주필, 1906년 3월 창간에 게재된 담화 필기다.

메이지·다이쇼시대에 다채로운 재능을 발휘하며 활약한 스에마쓰 겐초는 영문학 번역가로서도 중요한 발자취를 남기고 있다. 일본어로의 번역에서 스에마쓰 겐초가 실천한 것은 '통속문通俗文, 평속문(平俗文)'이라는 문체이며 동시대의 번역문학에 미친 영향도 적지 않다. 야마모토 마사히데1965, 651면 『근대 문체 발생의 사적 연구』에서 "주밀 문체로부터 언문일치라고 하는 제3의 시기를 획을 긋게 한 저작이 후타바테이 시메이역의 「밀회」였다는 것은 말할 것도 없지만 「밀회」 출현 이전에 이미 번역문학의 번역문상에서는 구어의 분자分子가 점차로 증가하는 경향이 보여 왔다"고 말하면서 주밀 문체를 말한 모리타 시켄과 언문일치체를 완성한 후타바테이 시메이 사이에 스에마쓰 겐초의 번역 작업을 위치시키고 있다.

스에마쓰 겐초는 스스로의 번역 전략을 어떻게 생각하고 있었던 것일까? 메이지 21년[1888]에 출판된 스에마쓰 겐초·니노미야 구마지로[5] 공역 『은방울꽃*Dora Thorne* 』Bertha M. Clay 제1권의 「예언」에서는 언문상근言文相近[6]의 통속적인 번역 문체를 다음과 같이 주장하고 있다. 번역가 자신에 의한 담론으로서 아래에 인용해 둔다.

> 번역의 체재는 이미 보통어가 된 것 이외에는 애써 한자어를 생략하고 고아古雅에 관계하지 않고 저속함에 떨어지지 않는 일종의 통속문을 사용했다. 이는 역자가 가장 고심한 바로서 그 목적은 단지 눈으로 보는 것뿐 아니라 귀로 들어도 쉽게 이해할 수 있게 함에 있다.

이 번역 작품에 관해 기무라 기[7]·사이토 쇼조[8]는 "번역은 한자어를 생략한 통속문을 사용하고 회화는 언문일치로서 가련한 사랑 이야기다. 문학사상 그렇게 걸작이라고 할 정도는 아니지만 역본 출판이 시기와 맞아떨어진 것인지 당시 굉장히 인기가 있었다"[1933, 58면]고 해설하고 있다. 당시 서평으로는 다카하시 고로가 『국민의 벗』에서 "문자가 그윽하고 유창하여 마치 시냇물이 졸졸 흘러내리는 것 같다"고 평가하고 있다. 동시대를 살아가는 시대 배경을 비추어 보기 위해 다카하시 고로의 서평 앞머리 부분을 일부 발췌해 보도록 한다.

> 서양 소설을 화역和譯한 것이 최근에 매우 많다. 그렇지만 대부분 그 언어를

---

5    니노미야 구마지로(二宮熊二郎, 1865~1916) : 메이지와 다이쇼 시기의 신문 기자. 편집자.
6    입말과 글말이 서로 가까움.
7    기무라 기(木村毅, 1894~1979) : 소설가. 문학평론가. 메이지 문화사 연구자.
8    사이토 쇼조(齋藤昌三, 1887~1961) : 고서학자. 메이지 문화사 연구자.

얻고 그 정신을 잃는다. 이로써 원문이라고 하는 아리따운 절세의 미인도 번역문에서 볼 때는 히나단[9]의 흙 인형에 방불한 것이 적지 않다. 그런데 이 책은 글을 쓰는 데 뛰어난 번역자가 영국에서 스스로 여러 사람의 평가를 듣고 또 스스로 읽고 맛보면서 깊이 그 아름다움을 인정한 것을 지금 여기 번역한 것이라 말하며, 그 체재를 우리나라 사람의 기호에 적합하게 지명과 인명 등을 전부 일본풍으로 고쳐 쓰고 또 그 산수의 풍광을 우리나라 식으로 만들어 그 이야기의 모양도 우리나라에서 일어난 것처럼 한다. 이것은 그 정신을 얻고 그 언사를 버린 것이로다.

이와 같이 획기적인 번역 스타일로 된 것이 『은방울꽃』의 통속문이다. 이 번역 작품에 앞서 스에마쓰 겐초는 『일본 문장론』[1886, 66~67면] 제5편 「문장의 체재」에서 이미 입장을 명확히 하고 있다.

가능한 한 다수의 인민이 이해하기 쉽게 하여 결국 언문일치를 목적으로 하는 것에 있기 때문에 제체諸體를 절충하는 데에도 가능한 한 유창하고 원활한 문세文勢를 얻는 것에 힘쓰고, 언어를 선택하는 데에도 가능한 세간에 널리 통용되는 것에 주목해야 할 것이다.

일본어의 언문일치를 의식한 스에마쓰 겐초는 거기에 이르는 과정에서 절충적인 체재와 문체를 스스로의 번역에 채용했던 것이라 생각된다. 그것이 통속 문체였다.

그런데 격동의 시대에 일본을 떠나 영국에서 배웠던 스에마쓰 겐초에

---

9    종이나 흙으로 만든 히나 인형을 진열하는 단.

게 일본어란 어떠한 언어였는가? 아득히 앞서가는 발전한 서양 문명의 한 상징인 영어와 비교하여 자기 모어를 어떻게 느끼고 있었던 것일까? 「번역상으로 본 일본문과 구문」 속에서 스에마쓰 겐초는 일본어로 서양 작품을 직역할 수는 있지만 그 문장이 인위적이고 부자연스럽다고 주장하고 있다. 그 이유는 일본어가 사상에 동반하는 형태로 발전하지 않았고 미성숙하기 때문이라는 것이다. 그리고 일본어의 결점은 언문일치가 아닌 것이라 말하고 있다. "일본의 언어 문장이 서양의 언어 문장 정도로 아직 성숙되어 있지 않다"는 지적을 비롯하여 "서양과 같이 치밀한 사상을 말로 드러내는 경우에는 그 언어가 아직 충분하지 않다. 대체로 일본의 언어 문장은 여전히 유치한 지경에 있다" 등이라 말하며 영어와의 비교에서 열등하다는 점을 중심으로 열거하고 있다. 일본의 대표적 고전 『겐지 모노가타리』를 영역하고 영문학을 통속 문체로 일본어로 옮긴 스에마쓰 겐초였지만 일본어에 대한 그의 견해는 서양 숭배 때문에 일면적이기조차 하다. 이와 같은 서양 숭배의 시점은 『연극 개량 의견』[1886, 58~59면]에서도 여기저기 보인다.

도대체 일본의 연극은 중요한 곳의 말이라는 것이 생각보다 적고 재미없는 곳에 오히려 쓸데없는 말이 많은 것이 참으로 바보 같은 이야기입니다. 특히 일본 연극에 독백이 극히 적은 것은 서양 연극에 비해 대단히 뒤떨어져 있습니다. 그 햄릿 친왕이 "투 비 오어 낫 투 비" 운운이라 독백하는 것과 같은 명문구가 더욱이 없는 것은 일본 연극에서 매우 유감입니다.

연극개량회 회장이었던 스에마쓰 겐초는 일본의 전통 연극을 부정하면서까지 서양의 번역극을 도입하는 것을 목표로 했다. 이와 같은 사고방식에 반대하는 움직임도 있었으나 급진적인 구화주의歐化主義는 스에마쓰 겐초 한 사람에게만 한정된 것이 아니었다. 그런 의미에서 「번역상으로 본 일본문과 구문」에 기술된 서양어에 편중된 관점, 즉 번역이라는 관점에서 영어와 일본어를 비교하면서도 결국 일본어의 열위劣位를 주장하는 언어관은 메이지 시기의 전형적인 일본어관의 한 측면을 상징하고 있는 것이 아닐까?

**참고문헌**

고야마 노보루(小山騰), 『破天荒'明治留學生'列傳』, 講談社, 1999.
기무라 기(木村毅)·사이토 쇼조(齋藤昌三), 『西洋文學飜譯年表』, 巖波書店, 1933.
다마에 히코타로(玉江彦太郎), 『若き日の末松謙澄－在英通信』, 海鳥社, 1992.
다카하시 고로(高橋五郎), 「批評－谷間の姫百合」, 『國民之友』18, 1888.
스에마쓰 겐초(末松謙澄)·니노미야 구마지로(二宮熊二郎) 合譯, 『谷間の姫百合』1, 金港堂, 1888.
_____________________, 『演劇改良意見』, 文學社, 1886.
_____________________, 『日本文章論』, 文學社, 1886.
야마모토 마사히데(山本正秀), 『近代文體發生の史的硏究』, 巖波書店, 1965.

# 영문 역해법譯解法



번역에는 대체로 3종의 구별이 있다. 가로되 ① 축자역, 가로되 ② 직역, 가로되 ③ 의역義譯 혹은 意譯이 이것이다. 이를 영어에 빗대면 ① Word for word translation, ② Literal translation, ③ Free translation의 3종이다. 그중 첫 번째는 순전히 일자일어一字一語의 의미와 문맥 및 어격語格[1]을 초학자에게 보여주는 것을 목적으로 하며, 반드시 그것이 자국의 언어에서 문장을 이루는지 여부를 묻지 않는 것이다. 두 번째는 가능한 한 원문에 있는 만큼의 문자를 가지고 번역하고 또 가능한 한 원문의 결구結構[2]를 유지하는데, 어쩔 수 없는 경우가 아니면 쓸데없는 췌구贅句 혹은 불필요한 변경을 원문에 더하지 않는 것을 기본색으로 한다. 세 번째는 말 그대로 원문의 의의를 취하여 자유자재로 그것을 번역하되 꼭 원문의 문자와 구조에 구애받지 않는 것이다.

생각건대 번역의 최대 요건은 먼저 원문의 정신spirit을 깊이 연구하여 그 일반의 구조 및 특수한 관념을 옮겨 내고 또 (그쪽의 문법에 상처를 주지 않는 한) 가능한 한 원본의 문체를 종이 위에 재현하는 것에 있을 것 같다. 만약 과연 그렇게 한다면 번역은 이들 3종 중의 제2, 즉 직역literal translation을 최고의 것으로 삼지 않으면 안 된다.

다만 우리로 하여금 먼저 그 제1종인 축자역word for word translation의 경개

---

1    [편자 주] 어법.
2    [편자 주] 구조.

를 설명하게 한다(이러한 종류를 또 metaphrase, word by word translation이라고도 한다). 축자역은 위에서도 말한 같이 주로 초학자를 돕기 위해 행하는 것으로 반드시 그 번역이 이쪽의 문장이 되는 것을 기약하는 것이 아니라 오히려 그저 글자 뜻과 문맥을 지시하는 것으로 그 임무를 다하는 것이다. 예를 들면 아래와 같다.

Now filial piety heaven's standard earth's justice

夫　　孝者　天　　之經,　　　地　之義,

people's conduct is man not know

民　　之行　　也,人　不　知

filially serve father mother but (only) not think

　　孝　父　母,　獨　　　不　思

father mother love children of heart

父　母　愛　子　　之心

? when they not yet left arms (embrace)

乎,方　其　　未　離　懷抱,

are hungry not able themselves eat are cold

　　餓,　　不　能　自　　哺,　寒,

not able themselves clothe are father

不　能　自　　　衣,　爲父

mother who distinguish voices discern features

母　　者　審　　　音聲, 察　　形色,

(if) laugh then for that are glad (if) cry

　　笑　則　爲之　　喜,　啼

then for that are sorry

則　爲之　憂,

이것은 지나어支那語에 대해서 가장 엄밀하게 읽어낸 축자역인데, 초학자는 아마도 그 속에서 올바른 의미를 발견하는 것이 곤란할 것이다. 그렇지만 이것은 익숙하지 않은 외국어에 시행할 수 있는 축자역임이 틀림없다.

순수한 축자역인 것은 이와 같이 일견 매우 통하지 않는 것처럼 보인다. 그러나 세심하게 고찰 연구해 보면 사실 그렇게 실용적이지 않은 것도 아니다. 위에서 보인 한문이라고 해도 **이미 그것에 익숙한 일본어로** 이에 임하면 축자역도 그렇게 곤란하지 않다. 아니, 우리 일본인이 한문을 읽는 것은 필경 이러한 **일종의 축자역**일 것이다.

(…중략…)

두 번째로 직역의 본령은 과연 어떠한가? 그 범위 및 영역은 어떠한가? 우리가 축자역을 논할 때 알게 모르게 직역의 예도 보였다. 위에서 보여준 불역 같은 것은 필경 그 또한 직역이 될 것이니 앞서 인용한 강희제의 **성유광훈**聖諭廣訓[3] 속에 있는 근효문勤孝文에는 그저 축자역만 해 두었기 때문에 지금 윌리엄 씨의 좋은 번역문을 빌려 이의 직역을 제시하면 대체로 다음과 같이 될 것이다.

Now filial piety is a statute of heaven, a principle of earth, and an obligation of mankind. Do you, who are void of filial piety, ever reflect on the natural af-

---

3　[편자 주] 강희제가 공포한 '성유(聖諭)'에 옹정제가 주석을 더한 것.

fection of parents for their children? (Even) before you left the material bosom, if hungry, you could not have fed yourselves; or if cold, you could not have put on youru own clothes. A father or mother judge by the voice, or look at the features of children, whose smiles make them joyful, or weeping excites their grief.

영미인에게 자신이 원하는 대로 근효문을 만들게 한다면 반드시 이와 같은 필법을 사용하지 않을 것이다. 이는 순수한 지나적 관념이다. 그래서 직역인 것은 즉 이를 충실하게 역출한 점에 있다고 한다. 아니, 그저 충실하게 역출해 냈을 뿐 아니라 또 충분히 이해될 것이다. 이것이 (위에서 인용한 바와 같이) 에머슨이 "All good thoughts are translatable"이라고 한 까닭일 것이다. 가장 저명한 일례는 이른바 성서 번역일 것이다. 성서가 많은 좋은 사상을 싣고 있는 것은 의심할 여지가 없고, 그것이 세계 각국의 언어로 거의 축자적으로 직역되어 있다는 것이 진실로 그 이치일 것이다. 불교가 지나에서 또한 이와 비슷했다는 것은 말할 것도 없다. 성서는 일자일구一字一句 모두 신감神感, inspired으로서 조금도 이를 늘리거나 줄이거나 첨삭하지 않는 것을 천하의 통론通論으로 삼고 있다. 따라서 종래의 성서 번역본을 본보기로 하여 5개, 10개, 20개의 외국어를 독학 자습한 자가 적지 않다. 이는 성서 번역본이 가장 직역으로 가장 정확하고 또 가장 신뢰할 만한 것이기 때문이다. 또 각국의 성서 번역본은 그저 직역일 뿐 아니라 또 문장으로서 대부분 전형이 되기에 충분한 것이다. 독일인 울필라스Ulfilas, 4세기 사람4의 고트5 역본은 너무 오래된 일이니 잠시 놓아두고, 영국 제임스 왕1603~1625의 흠정역본欽定譯本, Authorized Version과 독일 루터Luther, 1483~1546의

---

4　[편자 주] 그리스어에서 고트어로 성서를 번역한 성직자.
5　인도·유럽 어족의 동게르만 어파에 속한 언어.

자정역본自定譯本 모두 각자 양국의 언어를 용조정련鎔造精鍊[6]하는 도구가 되었다. 기독교를 믿지 않는 사람이라 하더라도 영국인은 그 성경역본이 매우 좋은 문장임을 입을 모아 칭찬한다. 독일인이 루터 역본에 대해서도 역시 마찬가지로 그러하다. 번역이라 하더라도, 특히 직역이라 하더라도 일률적으로 우습게 볼 바 아닌 것은 이와 같도다.

서양에서 이미 그러했다. 동양에서도 역시 그러함을 어찌 모르겠는가? 불교 번역에서는 처음 시도하는 작업이라 여전히 완벽을 기대하기 어렵다 하더라도 장황하기 짝이 없는 범본梵本[7]을 간결하게 번역할 수 있었을 뿐 아니라 미묘한 인도 철학조차 상응하게 한역漢譯할 수 있었던 공은 결코 무시되어서는 안 된다. 하물며 종종 절묘한 직역문을 여기저기서 볼 수 있지 않은가? 지금 순전히 기독교 성서에 대해서 말하는데 서양인의 협력이 있었다고는 해도 그 직역의 필법은 아득한 옛날부터 뛰어난 것이 있었음을 보아야 할 것이다.

(…중략…)

의역義譯은 즉 원문의 문자에 구애받지 않고 자유롭게 그 의의를 마땅한 언어로 역출하는 것임은 이미 말한 바와 같다. 종래에 우리 한학자 무리들은 (한문을 직역하는 것을 일상적으로 하면서) 일본문을 지나의 미문美文으로 의역하는 것을 능사로 삼았다. 물론 언어이언諺語俚言[8] 같은 것은 대부분 직역해야 하는 것이 아니었다. 가능한 한 바로 이와 같은 똑같은 언어이언을 찾아 그것에 맞추지 않으면 안 되었다. 예를 들면 "Nothing ven-

---

6  쇠붙이를 거푸집에 부어 물건을 만들고 잘 다듬어 냄.

7  [편자 주] 범자(梵字, 산스크리트 문자) 책. 불교 경전.

8  [편자 주] 속담과 속언.

ture, nothing have<sup>무엇을 감히 하지 않으면 아무것도 얻지 못한다</sup>”는 혹 번역하기를 “호랑이 굴에 들어가지 않으면 호랑이 새끼를 얻지 못한다”로 하고 “Hunger is the best sauce<sup>기아 혹은 공복은 가장 좋은 양념장이다</sup>”는 혹 번역하기를 “배가 고플 때는 맛없는 것이 없다”로 해야 한다. 이와 같이 “The child is father to (of) the man”[9]은 이를 좋은 의미로 하면 “백단향은 떡잎 때부터 향기롭다”[10]로 해야 하며, 또 이를 나쁜 의미로서는 “세 살짜리 혼 백 살까지도”라 해야 한다. 이와 같이 “Jack of all trades and master of none”[11]은 “온갖 능력을 갖추었으나 재주 하나가 모자란다”[12]로 해야 할 것이다. 그렇지만 이는 특별한 경우로 오히려 이상할 뿐이고 언제나 그렇게 하는 것은 아니다.

---

9　　아이는 어른의 아버지.

10　　대성하는 인물은 어릴 때부터 다른 사람보다 뛰어난 점이 있다는 일본 속담. 될성부른 나무는 떡잎부터 알아본다.

11　　무엇이든 다 해도 뛰어난 한 가지가 없다.

12　　보통 “온갖 능력을 갖추었으나 마음 하나가 모자란다”로 써서 모든 일에 능하나 참된 마음이 없다는 뜻의 일본 속담.

　　다카하시 고로高橋五郎, 본명 다카하시 고로(高橋吾良), 1856~1935에 대해서는 "메이지 시기의 계몽적 번역가로서, 영학자로서, 또 기독교적 평론가로서 모르는 사람이 없다 해도 좋을 만큼 박식·다재한 인물"이었다고 소개하면서도 "오늘날에는 잊힌 것처럼 보이는 인물"이라는 평이 있다에비사와 아리미치,[13] 1963, 1면. 다카하시 고로가 남긴 저역서 숫자가 매우 많아 그 전체상이 기무라 요시쓰구의 「다카하시 고로 선생 저역서 목록」1941과 에비사와 아리미치의 「다카하시 고로 저역서 목록」1963 등으로 정리되어 상세하기는 하지만 그중 대부분은 현재 거의 소개되는 일도 없고 참으로 잊힌 것 같다. 성서 번역업 참가에비사와 아리미치, 1964에 상세함, 각종 사전 편찬, 『리쿠고 잡지六合雜誌』와 『국민의 벗』 등의 논문 기고특히 이노우에 데쓰지로[14]와의 논쟁에 대해서는 스즈키 노리히사(1979)[15] 참조, 다수의 문학 작품 번역을 비롯한 업적 등 모든 것을 간단하게 소개하는 것은 거의 불가능할 것으로 생각된다. 스기이 무쓰로1984, 1면는 다카하시 고로의 건필가健筆家다운 면모를 "빗살을 켠다"[16]는 비유로 형용하며 "많은 양의 논고, 취급하고 있는 영역의 넓음, 내외의 문헌·전적에 관한 박인방증博引傍証,[17] 그 논란·논정의 엄격함 등 그는 당대 굴지의 논객 중 한 사람이라 일컬어도 좋다"고 말하고 있다.

---

13　에비사와 아리미치(海老澤有道, 1910~1992) : 역사학자. 릿쿄대학 사학과 교수. 국제기독교대학 대학원 교수.

14　이노우에 데쓰지로(井上哲次郎, 1856~1944) : 시인. 철학자. 『신체시초(新體詩抄)』의 공저자 중 한 명으로 신체시 운동의 선구자. 도쿄제국대학 철학과 교수. 서양 철학을 일본에 소개하고 국가주의 입장에서 기독교를 비판했다.

15　스즈키 노리히사(鈴木範久, 1935~ ) : 종교사학자. 우치무라 간조 및 일본어 성서 번역 연구자. 릿쿄대학 교수.

16　어떤 일이 끊임없이 계속된다는 뜻.

17　널리 예를 인용하고 두루 증거를 보여 논함.

여러 분야를 망라하는 저역서 가운데 영어 학습과 영어 교육에 관련된 것도 다수 있다. 메이지 41년1908에 출판된 『영문 역해법』은 영어 학습자를 대상으로 한 서적이지 번역론은 아니라는 의견도 있을 것이다. 그러나 여기에서는 일부러 근대 일본의 번역론 가운데 하나로서 주목하고 싶다. 왜 그런가 하면 '영문 역해술譯解術'의 필요성을 말하며 역독譯讀의 중요성을 체계적으로 설명하는 시점이 이른바 '번역 영문법'의 효시라고도 할 수 있기 때문이다. 이와노 호메이와 구니키다 돗포[18] 등도 다카하시 고로에게 영어를 배웠는데, 영어 교사의 입장에서 영어에서 일본어로의 번역을 논한 것이 이 책이다. 메이지 후기에 들어와 영어 학습의 환경이 정돈되는 상황과는 거꾸로 학생의 영어 능력 및 일본어 능력 약화를 탄식하는 문면도 포함되어 있다.

메이지 초기에 무법식無法式, 불규칙의 영학생英學生이 『사쓰마 사전薩摩辭書』[19]과 『소小 웹스터』를 가지고 배우면서도 도리어 비교적 훌륭한 학업을 거둘 수 있었던 것은 단지 형설지공이라고밖에 말할 수 없을 것이다. 매우 편리해진 오늘날 총아인 영학생 여러분은 모름지기 맹렬히 반성해야 할 것이며, 이러한 결심이 있어야만 비로소 법식이 유효한 것이 될 터다.136면

학생 여러분은 또 동시에 자국어 수련에 종사하지 않으면 안 된다. 설령 영어를 이해한다 해도 일본어 문장에 어둡다면 이를 교묘하게 말로 드러낼 수 없을 것이다. 이는 오늘날 공통된 병폐라 할 것인데, 신문·잡지 또는 출판사에서

---

18 구니키다 돗포(國木田獨步, 1871~1908) : 메이지 시기의 시인. 소설가. 편집자. 낭만주의 시와 자연주의문학의 선구자.
19 메이지 2년(1869)에 출판된 영일 사전.

유능한 번역자를 구하는데 이를 발견하기 쉽지 않다는 것이 일반적으로 하는
탄식이다.[139면]

이와 같은 콘텍스트에서 영어 학습과 번역을 고찰하는 시도는 100년
후의 현대에서도 여전하다고 할까, 더욱 귀중하다. 그래서 다카하시 고
로는 『영문 역해법』 제3장 「영문 역해의 충실 겸 정확해야만 할 것」[55~93면]
앞머리에서 다음과 같이 쓴다.

> 번역에는 대체로 3종의 구별이 있다. 가로되 ① 축자역, 가로되 ② 직역, 가
> 로되 ③ 의역義譯 혹은 意譯이 이것이다. 이를 영어에 빗대면 ① Word for word
> translation, ② Literal translation, ③ Free translation의 3종이다. (…중략…) 번
> 역은 이들 3종 중의 제2, 즉 직역literal translation을 최고의 것으로 삼지 않으면 안
> 된다.

번역을 '축자역·직역·의역'의 세 종류로 분류하고 그중에서 '직역'을
최고로 치고 있다. 다만 이와 같은 분류법은 꼭 다카하시 고로의 독자적
인 것이라 할 수 없다. 영국의 시인이며 번역가이기도 한 드라이든[1680;
2004][20]은 17세기에 '치환역置換譯, metaphrase · 환언역換言譯, paraphrase · 모조역模
造譯, imitation'이라는 분류를 자신의 번역서 서문에서 말하고 있다. 또 일본
에서도 안에이 3년[1774]에 간행된 『해체신서解體新書』서양어로부터의 본격적인 첫 번역서
의 「범례」에서 스기타 겐파쿠가 "번역에는 세 가지가 있다. 첫째로 번역,
둘째로 의역義譯, 셋째로 직역"이라 하여 '번역·의역·직역'의 세 종류를

---

20    존 드라이든(John Dryden, 1631~1700) : 영국 시인. 극작가. 비평가.

언급했다. 그러나 이들 말은 사용하는 사람과 그 시대에 따라서 의미가 다른 점에 주의해야 한다.

다카하시 고로는 영어의 역독이라는 관점에서 세 종류의 번역을 설명하고, '축자역'은 "초학자를 돕기 위해 행하는 것으로 반드시 그 번역이 이쪽의 문장이 되는 것을 기약하는 것이 아니라 오히려 그저 글자 뜻과 문맥을 지시하는 것으로 그 임무를 다하는 것"이라 말한다. 일본 고래의 한문 훈독이 일종의 '축자역'이며, "지나문을 순수한 일본어로 축자역하려고 시도하여 뚜렷하게 성공"한 사례도 설명하고 있다. 또 서양어끼리는 축자역을 하더라도 "왕왕 바로 문장을 이룬다"고 지적한다. 환언하면 영어와 일본어라는 어휘·문법적으로 떨어진 이언어異言語 사이에서는 그러한 '축자역'이 아니라 '직역'이 바람직하다는 것이다. '직역'에 대해서는 "즉 이를 충실하게 번역해 낸" 것으로, 더욱이 "충실하게 역출될 수 있을 뿐 아니라 또 충분히 이해될" 것으로 설명하고 있다. '직역'의 좋은 예로서 다카하시 고로가 소개하는 것은 성서 번역이다.

더욱이 제7장 「명사 역해법」172~233면에서 다카하시 고로는 추상명사의 역출 등에는 '의역義譯'을 사용할 것을 추천하고 있다. "추상명사abstract nouns 번역법과 같은 것은 가장 주의를 필요로 하는데, 그 교묘함과 졸렬함이 어떠한가에 따라서 문장을 연치妍蚩[21]한다. 심후深厚하고 다대多大한 주의와 관심을 필요로 한다 하지 않을 수 없다"고 말하며 그 역출법에 주의를 환기하고 역출 전략도 시야에 넣은 지도를 하고 있다. 다카하시 고로는 "탈태환골법脫胎換骨法은 영문 번역의 일대 요결要訣이라 하지 않을 수 없다"고 하며 다음과 같이 말한다.

---

21  [편자 주] '妍'은 아름답다, '蚩'는 추하다는 뜻으로 미추(美醜)의 뜻.

생각건대 일본 및 지나의 언어 문자는 추상적 사고와 발언을 싫어하는 것이어서, 따라서 또 (위에서 말한 바와 같이) 추상적 관념은 일본인과 청국인에게는 매우 이해하기 쉽지 않은 것이다. 그래서 영어는 그 발달 정도가 비교적 높은 까닭인지 특히 추상적 관념 및 언사를 선호하고 이에 치우친 경향이 있는 것이다. 이로써 이래저래 번역상 적지 않은 곤란을 가져오고, 적어도 우리에게는 그것을 전부 구상화具象化할 필요가 있다.193면

추상명사의 역출법에 대해서 다카하시 고로의 구체적인 예를 하나만 들어 두자. 이른바 '품사 전환'을 언급한 부분이다.

The indication of an infinitive by to without the actual expression of the verb to which belongs is q colloquialism.
그 속하는 동사의 실제 언명 없이 to에 의해서 (하는) 어떤 부정법의 표시는 이것 속어뿐.
〈수정〉 다만 to만 가지고 부정법을 드러내고 그 속하는 동사를 내걸지 않는 것은 이것 속어뿐.

다카하시 고로가 수정하여 보여준 번역 사례는 영어 예문의 명사 'indication'과 'expression'을 동사적으로 풀어내고, 더욱이 영어와 똑같은 어순의 순서대로 역출하고 있다. 명사를 동사로 품사 전환하는 전략은 비네·다블네1958; 1995의 분류에서는 전위轉位, transposition에 해당한다. 전위에는 의무적 전위와 선택적 전위가 있지만 다카하시 고로의 예는 어느 쪽도 후자다. 즉 명사 그대로를 유지하는 것도 가능하지만 동사로 풀어내는 전략으로 수정하고 있는 것이다.

영어 학습서에서 번역과 역출 방법을 논한 종류의 것으로는 메이지 중기부터 후기에 걸쳐 그 외에도 복수의 책이 간행되어 있다. 메이지 30년 1897 도야마 마사카즈[22]의 『영어 교수법』도 그중 하나다. 그 책의 제5장 「번역의 방법」에서 도야마 마사카즈는 '직역'을 지지하며 다음과 같이 쓴다.

> 세간에는 왕왕 직역을 배척하고 의역을 주장하는 무리가 있다. 그 주장하는 바는 일단 그럴듯하게 들리나 실은 매우 심하게 오해하고 있다. 그들이 직역이라 말하는 것은 일종의 도깨비적 역법인 것으로 참된 직역이 아니다. 진정한 직역은 결코 배척되어야 하는 것이 아니다.도야마 마사카즈, 1897, 44면

도야마 마사카즈의 주장에서는 메이지 시기 세간 일반에서 '직역'이라 되어 있던 수법은 '진정한 직역'이 아니라 '도깨비적 역법'에서 생겨난 '괴역怪譯', '오역', '우역愚譯'이다. '의역'에 관해서는 진정한 '직역'보다도 안이한 역법이라 하면서 "의역은 원문의 묘미에도 신경 쓰지 않고 그저 원문의 의미를 역출하는 취향인 까닭에 매우 용이한 역법이다. 따라서 그것을 주장하는 무리가 세간에 적지 않다"같은 책, 45면고 말하며 추천하지 않는다.

메이지 43년1910에 출판된 이쿠타 조코의 『영어 독습법獨習法』도 같은 종류의 책이다. 영어를 어떻게 독습할 것인가를 해설한 학습서인데, 그 가운데 번역에 관한 장이 있다. 그 책의 제9장에서 이쿠타 조코1910, 132~138면는 "읽는 것의 공부에 관해서 조금 더 주의해 주었으면 하는 것이 있다"

---

22  도야마 마사카즈(外山正一, 1848~1900) : 메이지 시기의 사회학자. 교육자. 도쿄제국대학 교수. 『신체시초』의 공저자 중 한 명. 일본어의 로마자화를 추진하고 연극 개량 운동을 펼치기도 했다.

고 말하면서 '직역과 의역'의 문제를 소개하고 앞서 소개한 도야마 마사카즈와 극히 유사한 지적을 하고 있다. "세간에는 왕왕 직역이라는 것을 배척하는 사람이 있다. 왕왕이라기보다도 오히려 많은 경우에서 대부분의 사람들이 배척"하고, 그리고 "직역 이상의 폐해가 있는 것 같은 의역만 가르치는 것"이라며 직역 배척 현상을 묘사한 후 이른바 '의역'은 엄밀한 '직역'을 할 수 없기 때문에 "되는대로 한 번역"이라 비난한다.

번역 규범은 문학 번역에 대한 담론뿐 아니라 이와 같은 영어 학습서에서도 영향을 받았을 터다.



**참고문헌**

기무라 요시쓰구(木村嘉次), 「高橋五郎先生著譯書目錄」, 『書物展望』 11-8, 書物展望社, 1941.

도야마 마사카즈(外山正一), 『英語教授法』, 大日本圖書, 1897.

드라이든(J. Dryden), "From the Preface to Ovid's Epistles" (1680) in L. Venti ed., *Translation Studies Reader*, London & New York : Routledge, 2004(2nd edition).

비네(J.-P. Vinay), 다블레(J. Darbelnet), *Comparative Stylistics of French and English : A Methodology for Translation* (1958), Amsterdam : John Benjamins, 1995.

스기이 무쓰로(杉井六郎), 「高橋五郎小論」, 同志社大學人文科學研究所 編, 『『六合雜誌』の研究』, 教文館, 1984.

스즈키 노리히사(鈴木範久), 『明治宗教思潮の研究－宗教學事始』, 東京大學出版會, 1979.

에비사와 아리미치(海老澤有道), 「高橋五郎著譯書目錄」, 『史苑』 23-2, 1963.

______________________________, 『日本の聖書－聖書和譯の歷史』, 日本基督教團出版部, 1964.

이쿠타 조코(生田長江), 『英語獨習法』, 新潮社, 1910.

# 『즉흥시인』 시대와 오늘날의 번역



세간에서는 내가 번역하거나 창작하는 것을 보며 늙어 빠진 영감이 짬짬이 하는 일이라 말할지도 모른다. 그러나 아무리 늙어 빠진들 한가한 시간을 놀고만 있을 수는 없어서, 그래서 번역이라도 하려고 했던 것이므로 태도라고 할 만한 각별한 이야기 같은 것은 없다. 실제로 내가 전에 『즉흥시인』[1] 등을 번역하던 당시나 현재나 번역하는 때의 마음에는 별로 차이가 없다고 생각한다.

그러나 번역문에서는 물론 쓰는 방식이 바뀌어 왔다. 되도록 현대의 말, 친근한 어조의 말로 원문의 취지를 망가뜨리지 않을 정도로 번역해야겠다고 생각하게 되었다. 『즉흥시인』 무렵에는 집요할 정도로 딱딱한 문장이었지만 그것을 요즘은 평이한 현대의 말로 바꾸어 온 것이다. 『살로메』[2] 등에서도 구태여 시대가 느껴지는 말을 피하고 평상시 사용하는 말을 기초로 한 대화를 사용했다. 나는 그렇게 해도 번역의 가치가 떨어진다고는 생각하지 않는다. 언젠가 어떤 사람이 번역한 『살로메』를 읽어 보니 기다유[3]처럼 갑갑한 대사여서 격식을 차린 듯한 방식이었다. 나도 한때는 그렇게 했으나 현격하게 오래된 말이 아니더라도 시대물로서의 조화가 이루어지지 않을 리 없다. 또 "~입니다"와 같은 데를 좀 더 공손하게

---

1    덴마크 동화 작가 한스 크리스티안 안데르센의 장편소설.

2    영국 작가 오스카 와일드의 희곡.

3    에도시대 인형극 조루리의 배우.

말하자면 "~이옵나이다"가 되므로[4] 그 때문에 현대어가 아니게 된다는 이유도 성립하지 않는다. 내가 생각하는 바로는 현대어를 번역문의 기준으로 삼는 일이 그다지 지장이 된다고 보지 않는다. 더군다나 말을 꾸미는 일은 수고롭고 성가신 일인데, 요즘에는 그런 꾸밈이 없는 것이 자연스럽다든가 평상시에 쓰는 말이 좋다든가 하니 수고도 더는 데다가 한결 편해진 것이다.

번역이라는 것은 역시 부분 부분에서도 말과 구句의 올바른 길을 밟지 않으면 안 된다. 하지만 다소 참작을 요하는 경우가 있어서 그런 데에서는 요령껏 할 필요가 있다. 영어에서 'I'라고 하면 그 번역 방식은 인물의 지위에 따라 '저'나 '자기'나 '나'라는 식으로 여러 가지로 갈라진다. 이러한 경우에 고심이 생기니, 특히 독일어 'du'는 '너'에 해당하는 말인데 원작에서는 어린아이가 자기 부친을 부를 때 이 'du'를 쓰고 있다. 이를 번역하는 경우 일본의 사회 상태로 보자면 부친은 당연히 자식에게 '너'라고 부르게 되어 있다. 그러나 그와 정반대로 어린아이가 그렇게 말하면 독자로서는 받아들이기 어렵지 않겠는가? 여기에서 번안의 필요가 생겨난다. 고故 후타바테이 시메이는 이런 정도의 호흡은 뛰어났던 것 같다. 어쩔 수 없는 때에는 나도 이런 조절은 했지만, 그러나 되도록 원문대로 말과 구의 배열 등도 지나치게 바꾸지 않을 생각이다.

이런 절節, 저런 말과 구가 오역이라고 성가시게 파고드는 말들이 있는 듯하나 그것이 안드레예프 등 러시아문학으로 한정되는 것은 가소로운 일이다. 내게는 번역의 오류나 조악한 곳을 지적하여 전부 없애려는 것이 아니라 그것이 우연히 일어난 문제처럼 여겨진다. 왜 그런가 하면 지

---

4　원문은 각각 "고자이마스(御座います)"와 "고자리마스루(御座りまする)"로 "-이다"나 "-있다"를 더 공손하게 표현하는 말.

금 문단에는 러시아어를 읽는 사람이 있어서 설령 작품 내용을 마음속으로 음미하지 않더라도 원작과 대조하여 곳곳에서 번역문의 잘못을 찾아낼 수 있으니 거기에서 기인한다고 생각한다. 그 증거로 노르웨이어를 이해하는 사람이 없어서 입센 번역에서 오역 문제를 들춰내는 일이 없음을 알 수 있다.

번역 비평에서도 언젠가 기쿠코[5] 군이 번역한 『건축사 솔네스』[6]에 대한 비평이 어딘가 발표되었는데, 그 번역문의 대화가 직공이 사용하는 저급한 말로 쓰여 있어서 "솔네스는 직공이 아니라 공학사工學士를 오래 지냈으니 그래서는 말이 지나치게 천하다"는 의미를 담고 있었다. 내가 마음으로부터 수긍할 만한 비평은 별로 없지만 이런 말들은 매우 적절한 비평이라 할 만하다고 생각한다.

---

5    지바 기쿠코(千葉掬香, 1870~1938) : 메이지 시기 헨리크 입센, 모리스 마테를링크 등의 번역가.
6    헨리크 입센의 희곡.

　모리 오가이森鷗外, 본명 모리 린타로(森林太郎)는 분큐 2년1862 쓰와노[7]에서 태어나 육군 군의관으로, 또 작가·번역가로 문필계에서 활약하면서 다이쇼 11년1922 그 60년의 생애를 마감했다. 모리 오가이와 그의 작품은 너무 유명하니 여기에서는 대표작 『무희舞姬』와 『시부에 주사이澁江抽齋』를 드는 것으로 그친다.

　「『즉흥시인』 시대와 오늘날의 번역」은 『문장세계』 제4권 제13호1909에 「나의 번역 태도」라는 제목으로 몇 사람의 원고와 나란히 발표된 것이다. 『즉흥시인』은 안데르센의 장편소설이며 원문은 덴마크어인데, 모리 오가이는 독일어에서 일본어로 번역했다. 이른바 중역이다. 메이지 25년1892부터 9년에 걸쳐 단속적으로 발표하여 메이지 34년1901에 완성되었다. 그리고 표제에서 '오늘날'이란 러일전쟁을 겪고 다시 창작 활동과 번역 활동을 활발하게 한 메이지 42년1909을 가리킨다. 그사이 "번역문에서는 물론 쓰는 방식이 바뀌어 왔다"고 한다. 어떤 배경에서 무엇이 바뀌었는가?

　모리 오가이는 『즉흥시인』을 "집요할 정도로 딱딱한" 의고문擬古文으로 역출했다. 예컨대 "로마에 간 적 있는 사람은 피아자 바르베리니를 알게 마련이다. 이는 조개를 들고 있는 트리톤 신의 상像으로 만든 아름다운 분수가 있는 광대한 거리의 이름이다"[8]라는 첫머리가 상징적으로 드러내듯이 한어漢語와 아어雅語를 자유자재로 구사한 문체다. 모리 오가이 번역의 독창성과 서양 신사상의 일본화에 대해서는 나가시마 요이치2005에 상세

---

7　시마네현 쓰와노마치.

8　원문은 다음과 같다. "羅馬に往きしことある人はピアッツア・バルベリイニを知りたるべし. こは貝殻持てるトリイトンの神の像に造り做したる, 美しき噴井ある. 大なる廣こうぢちの名なり."

하다. 그에 따르면 "아문체를 선택함으로써 모리 오가이는 원작의 화자를 질식시키고 번역가 자신이 대신 화자가 되어 원작의 재화再話를 시험했다"면서 "그것은 번역이라기보다 원작의 재편집이어서 창조적인 오역"이라고도 할 작품으로 "잘 익은 과일처럼 단맛과 향기를 풍겨 독자를 매료"시키게 되었다고 말한다. 당시는 후타바테이 시메이 등 언문일치의 신문체가 시험된 시기이기도 한데, 모리 오가이도 그 운동을 지지하듯이 메이지 22년1889에 구어체 번역을 시험한 바 있으나 근소한 예외를 제외한 작품은 전통적인 문장어 문체로 지었다. "이 점에서 모리 오가이는 선구자·개척자로서의 길을 끝까지 걷지 않았다. 그는 안정적인 옛길로 되돌아와 걸음을 나아가면서 이른바 세상의 대세가 뚜렷이 구어 문체 방향으로 정해진 후 그 추세를 끝까지 지켜본 다음 다시 그것으로 복귀했다"고 고보리 게이이치로1980는 말한다. 문체상의 개척자는 아니었던 모리 오가이이지만 '오늘날'인 1909년 이후에는 "되도록 현대의 말, 친근한 어조의 말로 원문의 취지를 망가뜨리지 않을 정도로 번역해야겠다고 생각"하는 것으로 바뀌었다. 예컨대 오스카 와일드의 『살로메』1909의 대사를 인용하자면 "당신은 이 입에 입맞춤하지 않았네요. 좋아요. 이제 내가 입맞춤해 줄 테니까" 등 확실히 아문체와는 전혀 다른 현대풍의 알기 쉽고 명료한 문체로 번역하고 있다.

모리 오가이가 문인으로 인식된 것은 메이지 22년1889 「소설론」이지만 동시에 번역 작품의 연재도 시작하고 있기 때문에 "모리 오가이는 번역가로서 문단에 등장했다고도 말할 수 있는데, 이러한 표현이 결코 부적당하지 않았음은 당시 독서계에서 외국문학의 번역 작품이 매우 큰 역할을 맡고 있었기 때문이다."고보리 게이이치로, 1979 즉 당시는 이븐-조하르의 폴리시스템 이론으로 말하자면 일본문학계에서 번역문학이 중심에 위치하고 있던 시기로 모리 오가이가 서양 근대문학의 번역을 통해 일본문학에 다대한 영향을 미쳤던 것은 확실하다. 언문일치를 밀고 나아가면서 일본어의 구어체가 완성되고 있던 과도기에 모리 오가이의 문체 모색이 여실히 드러난 것이 이 기고문일 것이다.

게다가 "되도록 원문대로 말과 구의 배열 등도 지나치게 바꾸지 않는다"는 태도를 표명하는 한편 일인칭과 이인칭 대명사의 번역 방식을 예로 들어 "다소간의 조절"이라는 '번안'이 필요하다고 말하고 있다. 인칭 대명사를 어떻게 번역하는가는 등장인물의 모습이나 대인 관계의 해석에 크게 영향을 미치는 것이어서 흥미로운 테마인데, 모리 오가이가 이를 '번안'이라 부르고 있는 것 자체로 주목할 만하다. 언어 체계의 차이, 이문화 요소, 그리고 문학적 요소 등을 감안하면서 모리 오가이가 채용한 '번안' 사례를 그 후 다른 번역가들의 사례와 비교·대조하는 것도 유익할 것이다.


**참고문헌**

고보리 게이이치로(小堀桂一郎), 「鷗外の譯業1」, 『鷗外選集』 14, 巖波書店, 1979.
_________________________, 「鷗外の譯業2」, 『鷗外選集』 16, 巖波書店, 1980.
나가시마 요이치(長島要一), 『森鷗外 — 文化の飜譯者』, 巖波新書, 2005.

# 원문의 인상과 번역문의 운치



근래 오역론이 제법 왕성하다. 어학으로는 적어도 현대 문인들 가운데 첫째나 둘째로 꼽히는 우에다 빈 군 같은 이조차 비난의 화살을 맞았다. 그러나 나는 무명 통신의 비평을 읽지 않지만 우에다 빈 군이 변명으로 보인 번역 "젖가슴이 축 늘어져 있다"를 비난하여 "가슴이 울룩불룩하다"로 고친 것으로 미루어 보건대 비난한 이의 지적이 합당한지 그렇지 않은지 의심하지 않을 수 없다. 서둘러 말하자면 "굿 모닝"을 "안녕하시오"라 번역한 것에 대해 "'안녕하시오'는 오역이니 '좋은 아침'이라 하지 않으면 안 된다"고 말하는 식이다.

"Good morning"이란 "너의 아침이 행복하기를 희망한다"는 의미로 근본적으로 "안녕하시오"의 의미와는 다르나 이 말의 적절한 번역이 "안녕하시오"인 것에 누구도 이의를 품지 않을 것이다. 즉 번역이라는 것은 원어에 정통하고 능숙한 것은 물론 일본어에도 충분히 정통하고 능숙하여 원어에 가장 가까운 일본어로 옮기고, 또 원작이 주는 것과 동일한 임프레션을 독자에게 주지 않으면 안 된다.

그런데 막상 번역에 임하게 되면 누구나 원문에 사로잡혀 일본어 쪽에 소홀하게 된다. 일본문으로는 누구도 이해할 수 없고 소화가 안 되는 졸렬한 것이 되더라도 그것은 번역이라서 그렇다고 번역가 자신마저 신경 쓰지 않으니 비평가나 독자 편에서도 당연한 것처럼 여긴다.

무릇 번역에서 오역을 피해야 하는 것은 당연하다. 오역으로 가득한 번역이 번역으로서 가치를 지니지 못한다는 것은 너무나 잘 알고 있다. 그러나 오늘날 오역 지적가指摘家들이 왕성하게 오역이라 일컫는 것 중에는 오역이라 할 만하지 않은 것이 많음을 인정하지 않을 수 없다. 일본어로는 극히 불완전해서 서양인이 쓴 불구의 일본어 같은 문장을 피하기 위해 원의原意를 상하지 않는 범위에서 원문의 프레이즈를 다소나마 바꾸어 말과 구句 한둘을 조금이라도 늘리거나 줄이면 곧바로 오역이라 불린다. 이른바 오역 지적가 대다수는 "굿 모닝"을 "안녕하시오"라 번역하는 요령을 이해하지 못한다.

의론은 어떤 경우든 알맞게 세울 수 있으므로 원문에 사로잡혔다고 말하거나 하면 "번역이니까 사로잡히는 것이 당연하다"고 말하는 사람이 있을지 모른다. 그러나 내가 말하는 바는 이미 우리말로 번역하는 이상 원문에 사로잡히고 원문에 눈이 멀어 일본문을 소홀히 하지 말라는 의미다.

즉 번역이라는 것은 '댓that'과 '잇it'의 직역을 이해하는 정도만으로는 안 된다. 문자를 떠나 충분히 원어를 소화할 만큼 이해해 내지 않으면 안 된다.

이는 흔히 있는 이야기인데, 학교에서 번역해서 읽어야 할 교과서를 받고서는 선생의 도움으로 그럭저럭 의미를 이해하게 된다. 그 가운데 반은 재미로 자그마한 글재주 가진 사람이 우쭐해서 번역한다. 이런 것도 번역이 아니라고는 할 수 없지만 서투른 서양인의 어설픈 일본어 같아서 제대로 된 번역이 되지는 않는다. 그러나 원문에서 벗어나지 못하기 때문에 자칫 오역은 적더라도, 오역이 없다고 해서 결코 가치 있는 번역이라 말할 수는 없다(오늘날에는 훨씬 드물지만 이전에는 이런 번역이 꽤 많았다).

매콜리의 논문 등은 여러 방면에서 교과서로 채용되었다. 따라서 번역도 매우 많이 나왔으나 매콜리의 글재주를 엿볼 수 있는 번역은 인정받지 못했다. 존슨[1]의 『라셀라스』[2]나 골드스미스[3]의 『목사』[4] 등은 원작을 읽어 보면 실로 재미있는 작품이다. 그러나 그 몇 종의 번역 중에서 읽을 만한 것이 하나도 없다. 이러한 사실은 곧 종래의 번역 중에 제대로 된 것이 없다는 증거라 할 수 있다. 나카무라 게이우[5] 선생은 말할 것도 없고 세키 신파치[6] 선생도, 나카에 도쿠스케[7] 선생도 모두 훌륭한 학자이지만 본래 한문가漢文家여서 그들의 번역에는 한문의 냄새가 떠나지 않는다. 한문이라 하면 서양문과는 자못 먼 데다가 문장 형식이 일종의 형型을 이루고 있어서 원문 형식에도 사로잡히고 번역문 형식에도 사로잡히는 경향이 있다. 이들 대가조차 그러하다. 그 밖에 한문에서도, 국문에서도, 속문에서도 우리글의 소양이 전혀 결여된 무리가 일지반해一知半解[8]의 알쏭달쏭한 이해력으로 옮긴 번역은 아예 논할 가치도 없다. 지금까지의 번역은 전부 개역할 필요가 제기될 것으로 생각한다. 각 전문 문장가와 어학자를 고문으로 삼아 다년간 고된 경영을 거쳐 이룬 성경조차 오늘날에는 개역하지 않으면 안 된다.

한마디로 번역이라 하면 곧 졸렬한 문장이라 생각한다. 이해할 수 없는

---

1    새뮤얼 존슨(Samuel Johnson, 1709~1784) : 영국 시인, 문학평론가. 영어 사전 편찬자.

2    풍자적 산문 『라셀라스(The History of Rasselas, Prince of Abyssinia)』(1759).

3    올리버 골드스미스(Oliver Goldsmith, 1730~1774) : 아일랜드 시인. 소설가. 극작가.

4    소설 『웨이크필드의 목사(The Vicar of Wakefield)』(1766).

5    나카무라 게이우(中村敬宇, 1832~1891) : 본명 나카무라 마사나오(中村正直). 메이지 초기의 계몽 사상가. 『서국입지편』과 『자유지리』 번역가.

6    세키 신파치(尺振八, 1839~1886) : 메이지 초기의 양학자. 교육자. 『메이지 영화자전(明治英和字典)』 편찬자. 공립학사(共立學舍) 설립자.

7    나카에 도쿠스케(中江篤介, 1847~1901) : 나카에 초민(中江兆民). 메이지 초기의 사상가. 언론인. 정치가.

8    하나쯤 알고 반쯤 깨달음, 즉 지식이 충분히 제 것으로 되어 있지 않거나 많이 알지 못함.

문장이라 생각한다. 대체로 번역서에 관한 신문의 비평을 읽어 보면 곧바로 알 수 있듯이 몹시 조악한 번역이라도 제법 칭찬받는 듯하다. 이는 번역이라는 것이 길굴췌아佶倔聱牙[9]의 졸렬한 글, 이해할 수 없는 글이라는 생각이 선입관으로 자리 잡아 조금이라도 읽기 쉬운 것이 있으면 이내 너그럽게 칭찬한다. 번역서라고 하면 누구나 안개를 사이에 두고 사물을 보는 듯한 느낌이 든다. 이는 여러 가지 이유가 있지만 가장 중요한 이유는 문장이 졸렬하기 때문이다.

내가 번역하면서 가장 유념하는 것은 원문을 접할 때와 동일한 임프레션을 독자에게 주고 싶다는 생각이다. 또 그와 동시에 독자로 하여금 안개를 사이에 두고 사물을 보는 느낌이 없도록 하려는 노력이다. 즉 창작을 읽는 것과 마찬가지로 꼭 작품 속의 사실을 접하는 느낌을 주고자 한다.

일일이 원문의 자구를 좇아서 될 수 있으면 원어의 순서도 바꾸지 않고 글자 수도 동일하게 어디까지나 원문 그대로 번역하려는 것은 바로 이러한 목적 때문이다. 그래서 만약 이렇게 끝까지 원문을 좇았기 때문에 도리어 목적으로 삼은 동일한 임프레션을 주지 못하거나 혹은 독자로 하여금 안개를 사이에 두고 사물을 보는 느낌이 들게 하는 듯한 결과가 되는 경우가 있다면 당연히 다소 참작을 가하지 않을 수 없으니 여기에 번역가의 고심이 있다. 요는 원문 이해력과 일본문의 기량에 있다. 나처럼 외국어에도 일본문에도 양쪽으로 미숙한 사람에게는 어쩌면 바람직하지 않을지도 모른다.

그리고 변명은 아니지만 나의 경험에서 말하자면 『부활』을 번역할 때

---

9    문장이 난삽하여 읽기 힘들고 이해하기 어려움.

원본으로 삼은 영역은 3종이다. 하나는 모드 역,[10] 다른 하나는 위너 역,[11] 이제 또 하나는 브리토프 역[12]이다. 브리토프는 어떤 사람인지 알 수 없지만 모드는 누구나 알고 있듯이 톨스토이와 가까워 사제지간이나 마찬가지인 관계인 데다가 그 영역은 톨스토이의 교정을 거친 것이다. 그래서 러시아어 원문이 오히려 불완전하다. 현재 『부활』의 러시아 원본에는 몇 군데 누락된 부분이 있다. 특히 톨스토이는 영미와 기타 대륙에 많은 애드마이어러[13]를 거느리고 있어서 원본보다 도리어 번역본 쪽이 완벽하다. 러시아인이라도 차라리 영역이나 불역 쪽을 중요시하는 듯하다(이렇게 말한다고 해서 나의 중역을 변호하는 것은 아니지만 영역이나 불역이 결코 경시할 만한 엉터리가 아님을 덧붙여 둔다).

또 이것도 내 변명처럼 들려서 매우 탐탁지 않지만 말 나온 김에 이야기하자. 어느 비평가가 나의 번역에서 '크리미널 코트'를 '순회 재판소'라고 번역한 것을 공격하면서 '크리미널 코트'는 '형사 재판소'다, 이를 '순회 재판소' 따위로 번역한 것은 터무니없는 오역이다, 굳이 우치다 로안 대 선생을 번거롭게 하면서 이렇게 큰 오역을 하게 할 필요는 없다는 식의 조롱하는 필치를 구사했다. 그러나 '크리미널'이 '형사적', '코트'가 '재판소'임은 산세이도三省堂 사전을 보면 곧바로 알 수 있다. '크리미널 코트'

---

10 L. Tolstoy, L. S. Maude trans., *Resurrection : The Works of Lyof N. Tolstoĭ*, New York : T. Y. Crowell, 1899. 루이스 모드(Louise Shanks Maude, 1855~1939)는 에일머 모드(Aylmer Maude, 1858~1938)와 함께 톨스토이 작품을 영어로 번역하고 전기를 집필한 번역가.

11 L. Tolstoy, L. Wiener trans., *Resurrection : The complete works of Count Tolstoy*, New York : J. S. Ogilvie Publishing Co., 1904~1912. 위너(Leo Wiener, 1862~1939)는 러시아 태생의 미국 언어학자. 사학자. 번역가. 미국 최초의 슬라브문학 교수.

12 L. Tolstoy, Henry Britoff trans., *Resurrection : The Awakening*, Boston : D. Estes & Co., 1900.

13 추종자(admirer).

를 형사 재판소라고 번역하게 되면 우선 『리더』[14]를 읽지 않은 사람도 이해할 수 있다. 다소 상식이 있는 사람이라면 이를 특별히 순회 재판소라고 번역한 데에는 거기에 어떤 이유가 있어야 한다는 데에 생각이 미칠 터다. 이러한 것들을 곧장 오역이라 부르고 게다가 조롱하는 문구를 휘두르기에 이르면 비평가의 신용 때문에라도 심히 유감이다.

내 경험으로는 오히려 평이한 곳에서 오역이 생긴다. 어려운 대목은 되풀이하여 연구하고 정말 이해되지 않으면 선배나 친구들에게 상담도 한다. 따라서 정성을 들였기 때문에 그럭저럭 오역하지 않고 잘되는데, 아무것도 아닌 대목은 부지중 어처구니없는 실수를 저지르게 된다. 나는 세 번 네 번 원문과 대조하는 중에 어째서 이토록 하찮은 실수를 저질렀는지 깜짝 놀라서 바로잡은 일이 몇 번이나 있다. 그러니 빠뜨린 것도 더 있을 것이다. 오역이 번역가의 흠이라는 것은 두말할 나위도 없으므로 나는 오역 지적가를 환영한다. 삼가 그 가르침을 받아서 오역한 곳을 반드시 정정訂正하여 될 수 있는 대로 완전하게 하고자 한다.

그러나 이즈음의 오역 지적가들은 조금 지나치게 오역의 문자를 남용하는 듯하다. 그리고 오역 지적가가 몇 군데 오역을 표적으로 삼아 그 번역가에게 치명타를 가한 것처럼 생각하는 것은 문학적 번역의 성질을 오해하고 있는 것이다.

만약 번역서 한 면에 몇 군데씩 오역으로 가득 차 있다면 물론 그 번역서는 0점이다. 아예 비평할 만한 값어치도 없다. 이런 것은 논할 필요조차 없겠으나 그와 동시에 지금까지의 번역처럼 문장이 미숙하고 조악해서 읽어도 의미를 이해할 수 없다면 설령 오역이 없더라도 역시 번역으

---

14  외국어 학습 초보자용 독본(Reader).

로서 가치는 전혀 없다.

요컨대 번역 비평에서 단지 오역 하나만 재잘거리는 것은 번역가나 번역서에 대한 신뢰가 낮아서일 것이다. 지금 우리처럼 번역에 종사하고 있는 이는 깊이 부끄러워하고 또 스스로 경계하여 삼가 오역 지적가의 가르침을 기다릴 줄 알아야 한다.

다만 우리 스스로 주장하는바, 그리고 세상의 번역가에게 바라는바 태도란 무엇인가를 말하자면 오역하지 않기 위해 먼저 원문에 정통하고 능숙해야 할 것은 물론 말할 나위도 없으며, 원문을 충분히 소화할 수 없어서 닥치는 대로 번역하거나 하는 짓은 터무니없이 분별없는 일이라 생각한다. 이는 논외로 하더라도 오역만 하지 않으면 번역은 다 잘된 것이라는 생각도 아직 부족하다. 그 이상으로 번역가가 마음 써야 할 것은 원문이 주는 것과 동일한 임프레션을 독자에게 주는 것을 번역의 극치로 삼지 않으면 안 된다. 이러한 효과를 지니지 못한 번역이라면 문학적 가치가 없다고 말해도 무방하다.

이 기준에서 보아 지금까지의 번역 대부분은 오역이 있는지 없는지 그런 것은 하나하나 음미하지 않아 모르겠지만 문학적 가치가 있는 것은 매우 부족한 듯하다. 대부분 개역해야만 할 듯싶다. 물론 나 같은 사람은 어학도 미숙하고 일본문도 단련되어 있지 않아 이런 소임에 걸맞은 자격이 없지만 문단의 기량 있는 여러분을 향해 깊이 촉망하는 바다.

우치다 로안內田魯庵, 본명 우치다 미쓰기(內田貢), 1868~1929은 주로 메이지 시기에 창작 활동을 한 소설가·평론가다. 다른 한편으로 번역가로서도 유명한데, 특히 우치다 로안이 영문에서 중역하여 '후치안不知庵'이라는 필명으로 메이지 25년1892 11월부터 이듬해 2월까지 발표한 도스토옙스키의 『죄와 벌』은 기무라 기1972, 401면로 하여금 "메이지 번역소설 중에서 이 정도로 심대한 감화와 영향을 준 작품은 없다. 그것은 후타바테이 시메이의 「밀회」와 나란히 실로 쌍벽을 이룬다"고 말하게 했다.

우치다 로안이 러시아문학에서 얻은 감화와 그에 대한 경도는 극히 깊어서 일본 최초의 도스토옙스키 작품 소개자로만 만족하지 않고, 메이지 27년1894 역시 도스토옙스키의 『학대받고 모욕당한 사람들』을 『손욕損辱』이라는 제목으로 발표했다(현재는 대부분 노보리 쇼무의 최초의 러시아어 번역본 『학대받는 사람들』을 따라 『학대받은 사람들』이 표제로 채택되고 있다. 또 우치다 로안이 원제를 『우니전니에 이 아스코르블렌니예』라고 그 러시아어 발음을 정확하게 기재하고 있는 것도 특기할 만하다). 이 『손욕』이라는 표제의 유래는 우치다 로안이 이 작품의 주의主意를 도스토옙스키가 "사회에서 손상당하고 모욕당하고 압제당하고 학대당하여 나락으로 떨어진 불행한 사람에게 동정을 표한 것"이라 생각한 데에서 비롯한다. 이 『손욕』은 『죄와 벌』이 영역에서 중역했더라도 번역인 것과 달리 '경개梗槪'인 점에 특징이 있다. 더구나 우치다 로안은 대부분의 시각과 달리 이 『손욕』의 주인공을 공작의 사생아로 태어난 뒤 모친을 여의고 부친의 인정이 거부되어 사회 최하층에서 '거지'로 몸이 전락해도 한 사람으로 살아남으려고 하는 "참혹한 13세 소녀 네리"로 삼고, "처음 이 책을 읽은 것은 지난 메이지 23년1890 봄이었거니와 읽기를 마칠 때까지 끝내 손에서 놓지 못하고 마지막에 네리의 종언의 말에 이르러서는 모르는 사이에 책을 던지고 장탄식을 뱉었다"<sup>우치다 로안, 1894; 1998, 22면</sup>면서 그 깊은 감동을 말하고 있다. 이 기술은 『손욕』의 본문 중에 보인다.

우치다 로안이 '경개'라고 이름 붙인 『손욕』에는 그 밖에도 도스토옙스키 원작이 "탐정소설과 유사"한 점을 지적하는 해설적인 부분이 있는가 하면 "나는 귀군을 사랑해요. 더 이상 고집부리지 않겠어요. 나를 귀여워해 준 것은 귀군뿐"이라는, 때로는 러시아어에서 번역한 것인가 싶을 만큼 정확하고 또 어휘적으로도 신선한 번역문을 구사한 곳도 있다. 훗날 여성 최초의 러시아어 번역가로 주로 체호프 작품을 세상에 알린 세누마 가요[15]는 도스토옙스키의 『가난한 사람들』 가운데 15세 소녀 바르바라의 일기를 골라 일부를 번역하여 러일전쟁이 일어난 해인 메이지 37년<sup>1904</sup> 『가난한 소녀』라는 표제로 발표했다. 이는 일본에서 처음으로 본격적인 도스토옙스키 작품 번역이었다. 그런 세누마 가요가 러시아문학과 친하게 된 계기가 우치다 로안의 『죄와 벌』, 그리고 후타바테이 시메이의 『짝사랑』(투르게네프 작. 원제는 『아샤』로 메이지 29년<sup>1896</sup>에 개역한 「밀회」, 「기우」와 나란히 출판·발표되었으며, 후타바테이 시메이가 문단에 복귀하는 계기가 되었다)이었다고 자신의 수기에서 밝힌 바 있다. 그래서 세누마 가요가 이 『손욕』을 읽었을 가능성도 높다.

우치다 로안은 그 후에도 열심히 러시아문학을 소개하고 번역했으며, 후타바테이 시메이와 그 후계자 세누마 가요와 노보리 쇼무가 손대지 않은 톨스토이의 『바보 이반』<sup>가벤카이, 1906</sup>과 『부활』<sup>마루젠, 전편 1908, 후편 1910</sup>을 각각 영역에서 중역했다.

---

15    세누마 가요(瀨沼夏葉, 1875~1915) : 소설가. 러시아문학 번역가.

그런데 우치다 로안의 번역, 주로 러시아문학 번역의 업적을 소개하는 데 지면을 할애한 것은, 우치다 로안이 자신의 번역론 가운데 "번역이라는 것은 원어에 정통하고 능숙한 것은 물론 일본어에도 충분히 정통하고 능숙하여 원어에 가장 가까운 일본어로 옮기고 또 원작이 주는 것과 동일한 임프레션을 독자에게 주지 않으면 안 된다"고 말하면서 원작에서 받은 인상을 독자에게 전하는 것을 번역의 제일의第一義로 삼고 있기 때문이다. 즉 만약 번역가가 원작에서 아무런 인상도 받지 못한 채 "오역 없이" 정확하기 비길 데 없는 번역을 하더라도 그것을 "가치 있는 번역이라 말할 수는 없다"고 주장하는 것이다. "원문이 주는 인상"을 번역의 첫 번째 요건으로 삼은 우치다 로안은 『학대받는 사람들』과 『죄와 벌』 모두 "거의 밥 먹을 틈도 아깝다시피" 이틀 밤을 지새워 읽었다면서 "몇십 시간이나 내리 버틴 탓에 피로 때문에 몸이 녹초가 되어 버려 마침내 의사에게 수면제를 받아 먹어야만 했다"<sup>「처음 『죄와 벌』을 번역한 무렵」, 기무라 기, 1972 재인용</sup>고 두 작품의 강렬한 인상을 말했다. 나아가 "그런 이유로 나는 도스토옙스키가 견딜 수 없이 재미있어서 남들에게도 종종 그것을 이야기했다. 그러나 아무리 이야기를 들려주어도 나 자신이 머리로 느낀 그대로 다른 사람이 느끼게 할 수 없었다. 아무리 설명해도 내가 생각한 그대로 느끼게 할 수 없었다. 그래서 어떻게 해서든 나의 이상한 감탄을 일반 사람들과 나누고 싶다는 마음에서 『죄와 벌』을 번역하기로 결심했다"며 번역의 동기를 회고했다.

우치다 로안이 이 「원문의 인상과 번역문의 운치」를 쓴 것은 메이지 42년<sup>1909</sup>으로 『문장세계』 제4권 제13호에 발표되었다. 우치다 로안이 이 문장을 쓴 무렵에는 또 오역 논쟁이 활발했다. 메이지·다이쇼 시기에 많은 작품을 쓴 번역가·수필가 바바 고초[16]는 메이지 37년[1904] 7월 1일 발행된 『명성明星』에 '산사람'이라는 필명으로 「부들 채찍蒲鞭」[17]이라는 제목의 글을 썼는데, 당시 발표된 4편의 번역 작품 중에서 몇 군데 오역을 지적하며 "부드러운 부들 이삭으로 채찍질하여 망신을 주었다." 이 논쟁에 대해서는 나카무라 요시오[1998]와 에가와 다쿠[1982]가 '산사람'이 실제로 바바 고초였는가 하는 문제까지 포함해서 자세히 다루었는데, 중요한 것은 오역을 지적받은 번역 작품이 모두 러시아문학 작품의 영어 중역이었다는 점이다. 에가와 다쿠는 러시아문학 작품 중역이 특히 메이지부터 다이쇼 초기에 걸쳐 많이 존재했던 사실을 지적하며 그 이유를 "일본에서 러시아문학의 매력 선행"과 "러시아어 인재의 절대적 부족"에서 찾았다. 실제로 메이지 시기에 본격적으로 번역 작품을 발표한 러시아문학 번역가는 후타바테이 시메이, 노보리 쇼무, 세누마 가요 3인뿐이며, 나중에 단발적으로 번역을 발표한 인물이 몇 사람 있을 뿐이다. 여기에 우치다 로안이 『죄와 벌』을 영어에서 번역할 수밖에 없었던 실제적 이유가 있다.

에가와 다쿠는 또 "원어 번역인가 중역인가 하는 문제가 뚜렷하고 구체적인 번역 작업에서 제기된 예"로 메이지 39년[1906] 체호프의 「6호실」의 두 가지 번역이 거의 동시에 나와 양자의 번역 질을 둘러싼 논의가 오간 사례를 들었다. 이 두 가지 번역이란 세누마 가요의 손으로 된 러시아어 원본 번역과 바바 고초의 영어 중역인데, 각각 『문학계』[4월호]와 『예원藝苑』[1~6월호]에 발표되었다. 논쟁의 발단은 중역임에도 불구하고 바바 고초가 자신의 번역을 "체호프 작품의 생략 없는 유일한 번역"이라 호언장담한

---

16  바바 고초(馬場孤蝶, 1869~1940) : 영문학자. 번역가. 문학평론가. 게이오기주쿠대학 교수.

17  죄인을 때릴 때 모욕만 줄 뿐 아프지 않은 채찍, 즉 관대한 정치를 뜻하는 말.

것인데, 이에 대해 당연히 러시아어에서 번역한 세누마 가요의 작품이야말로 "생략 없는 번역"임이 틀림없다는 반론이 일어났다. 하지만 실제로 세누마 가요 번역에는 바바 고초의 반박에서도 보이듯이 "생략된 곳이 너무 많아서 독자의 의혹이 생길 우려"가 있었다. 에가와 다쿠는 문제의 세누마 가요 번역에 관해 생략된 곳이 많다기보다 오히려 그것이 겐유샤硯友社의 문체에 가까운 낡은 문체로 쓰인 데에서 난점을 찾아냈다. 즉 바바 고초와 세누마 가요 번역을 비교하는 기준을 생략의 많고 적음이 아니라 문체의 재현이라는 점에서 구하면 세누마 가요의 러시아어 원본 번역은 "역자 자신의 색을 칠한 번역"[18]이어서 바바 고초의 영어 중역보다 못하다는 뜻을 암시한 것이다.

에가와 다쿠가 세누마 가요를 평한 것을 우치다 로안이 번역론에서 한 말로 바꾸면 세누마 가요의 번역은 아쉽게도 "원문에 접할 때와 동일한 임프레션을 독자에게 주는" 번역이 아니라는 것이다. 우치다 로안은 '문체'라는 말을 사용하지 않았으나 "문장이 미숙하고 조악해서 읽어도 의미를 이해할 수 없다면 설령 오역이 없더라도 역시 번역으로서 가치는 전혀 없다"고 말한다. 이는 곧 문체를 갖추지 못한 번역은 오역이 없더라도 번역으로서 가치가 없다고 읽을 수 있다.

우치다 로안은 또 원문이 영어 중역인가, 러시아어 직역인가는 부차적이며 '원문의 임프레션'을 재현하는 것이 번역의 근본이고 이를 위해 "일일이 원문의 자구를 좇아서 될 수 있으면 원어의 순서도 바꾸지 않고 글자 수도 동일하게 어디까지나 원문 그대로 번역하려고" 했다고 말한다. 흥미롭게도 앞서 거론한 바바 고초도 메이지 44년[1911] 『성공』 문학호에

---

18　[편자 주] 이는 노가미 도요이치로의 『번역론』(1938)에서 보이는 표현으로 노가미 도요이치로가 이상으로 삼은 '무색적 번역'과 대척점에 있는 번역을 가리킨다.

게재한 「외국문학 번역법」에서 번역의 목적을 "외국 사상의 중개, 외국 풍속의 설명, 외국 표현 방식의 중개"라고 한 다음 "원문의 구두, 즉 콤마와 피리어드 등도 바꾸지 않는다. 원문에서 행이 바뀐 곳은 물론 그대로 한다. 한마디로 말하자면 직역이다"[19]라 말했다. 우치다 로안도 바바 고초도 후타바테이 시메이가 "원문에 콤마가 세 개, 피리어드가 한 개 있으면 번역문에도 역시 피리어드 한 개, 콤마 세 개라는 식으로"〈자료 12〉 참조 한다는 한 문장으로 요약된 유명한 번역법과 마찬가지로 축자적 직역법을 택하고 있었던 것이다.

실제로 세누마 가요가 러시아어 원문에서 직역한 「6호실」과 바바 고초가 영문에서 중역한 「6호실」을 각각 원문과 비교해 보면 한 번만 읽어도 곧바로 바바 고초 편이 원문의 구두법에 충실하며 체호프의 간결한 문체에 가까움을 알게 된다. 하나하나의 문장이 긴 세누마 가요의 문체는 체언이나 'ので아(어)서'로 끝나는 경우가 많은 탓도 있어서 체호프의 원문보다 훨씬 서정적인 문체가 되었다.

그런데 마지막으로 영문에서 중역한 우치다 로안의 『죄와 벌』을 우치다 로안이 읽은 것으로 보이는 비저텔리판 휘쇼 역1886[20]과 비교해서 읽어 보면 원문의 구두법이 상당히 정확하게 재현되어 있음을 알 수 있다. 더구나 어휘 측면에서도 원문의 휘쇼 역보다 정보량이 풍부해서 때로는 러시아어 원문에서 번역한 것처럼 여겨지는 번역어나 설명도 있다. 이는 우

---

19  [편자 주] 바바 고초의 이 에세이는 나카무라 요시오(1998)에 인용되어 있다.

20  F. M. Dostoevsky, F. J. Whishaw trans., *Crime and Punishment : A Russian Realistic Novel*, London : Vizetelly & Co., 1886. 휘쇼(Frederick James Whishaw, 1854~1934)는 러시아 태생의 영국 소설가. 아동문학 작가. 휘쇼의 번역은 몇 달 뒤 미국에서도 출간되었다. F. M. Dostoevsky, F. J. Whishaw trans., *Crime and Punishment : A Russian Realistic Novel*, New York : Thomas Y. Crowell & Co., 1886.

치다 로안과 가까운 벗 후타바테이 시메이의 도움 덕분이라 생각된다. 그러나 무엇보다 두드러진 특징은 삼인칭 대명사 '그'의 사용 및 그 빈도, 과거 시제를 표시하는 문말사 'た-았(었)다' 또한 빈번하고도 연속하여 사용되고 있는 점이다.

후타바테이 시메이가 『뜬구름』과 「밀회」, 「해후」를 쓴 뒤 한때나마 문학을 내던졌다가 개역 「밀회」와 「기우」로 문단에 복귀한 바로 그사이에 쓰인 우치다 로안의 『죄와 벌』에서 과거 시제 'た'가 빈번하게 사용되고 「밀회」와 「해후」에는 사용되지 않았던 삼인칭 대명사 '그'가 자주 사용된 점은 더욱 주목할 필요가 있다. 우치다 로안 또한 영어 중역에서 후타바테이 시메이와 마찬가지로 이화적異化的 번역을 실천한 번역가였다.


**참고문헌**

기무라 기(木村毅), 「『小說罪と罰』解題」, 『明治文學全集 7 － 明治飜譯文學集』, 筑摩書房, 1972.

나카무라 요시오(中村良雄), 「『蒲鞭』論爭は第二の誤譯論爭か － 西洋文學受容史のために 11」, 『明治飜譯文學全集(新聞・雜誌編 42) － チェーホフ集』1, 大空社, 1998.

도스토옙스키(F. M. Dostoevsky), Frederick Whishaw trans., *Crime and Punishment*, London : Vizetelly & Co., 1886.

에가와 다쿠(江川卓), 「重譯 － ロシア文學の場合」, 雜誌『文學』編集部 編, 『飜譯』, 巖波書店, 1983.

우치다 로안(內田魯庵), 『損辱』(1894), 『明治飜譯文學全集(新聞・雜誌編 45) － ドストエフスキー集』, 大空社, 1998.

# 러시아 현대 대표 작가 6인집

자료 17_ 러시아 현대 대표 작가 6인집(노보리 쇼무)

## 자서

현대문학의 정신은 현대인의 정신이다. 부서지고 무르고 연약한 반응적 정신이다. 그리하여 어떤 것과도 조화하지 않고 어떤 것에도 안심할 수 없으며, 영구히 초조하고 영구히 머무를 데 없는 정신이다. 어떤 사람은 이를 동경憧憬의 불안이라 말했다. 이 정신이 나타나지 않은 문학은 설령 지금 살아 있는 사람의 작품이라도 역자는 현대문학이라 인정하지 않는다. 이러한 기준으로 보아 역자는 현대 러시아 작가 가운데에서 특히 발몬트,[1] 자이체프,[2] 솔로굽,[3] 쿠프린,[4] 아르치바셰프,[5] 안드레예프[6] 6인을 골랐다. 이 6인은 제각각의 방면, 제각각의 의미에서 현대 러시아문학을 대표하는 작가다. 그들의 작품에는 우미優美하고 다방면적인, 그리고 시종일관 무엇인가를 동경하며 영구히 동요를 멈추지 않는 현대 정신이 가장 선명하게 표현되어 있다. 그들의 작품을 접하면 작가의 불안한 언어의

---

1  콘스탄틴 발몬트(Konstantin Balmont, 1867~1942) : 시인. 번역가. 러시아 혁명 후 망명.

2  보리스 자이체프(Boris Zaytsev, 1881~1972) : 소설가. 극작가. 번역가. 전기 작가.

3  표도르 솔로구프(Fyodor Sologub, 1863~1927) : 데카당파 시인. 소설가.

4  알렉산드르 쿠프린(Aleksandr Kuprin, 1870~1938) : 소설가. 번역가. 러시아 혁명 후 프랑스로 망명.

5  미하일 아르치바셰프(Mikhail Artsybashev) : 소설가. 육체적 쾌락과 성욕을 찬미한 사니니즘 제창. 러시아 혁명 후 폴란드로 망명.

6  레오니트 안드레예프(Leonid Andreev) : 소설가. 극작가. 러시아 혁명 후 핀란드로 망명.

그늘에서 우리의 정신이 물결치고 있는 듯 여겨진다. 거기에서 또 우리는 현대인 공통의 생명을 인식하는 것이다.

현대문학에서 이들 작가의 위치와 작풍에 대해서는 엘리셰프[7] 군의 서문에 다 있으니 그것을 참고해 주기 바란다. 또 역자도 그러한 점들에 대해 각 편의 앞머리에서 간단하게나마 서술해 두었다. 그래서 여기에서는 이 책에 대한 역자의 번역 태도에 관해 조금 말해 보고자 한다.

한마디로 번역이라 하더라도 한 명의 작가를 번역하는 것과 색깔이 다른 여러 작가를 번역하는 것은 곤란한 정도가 상당히 다르다. 한 명의 작가라면 대개 스타일이 정해져 있으므로 수없이 번역해도 그다지 곤란을 느끼지 않지만 여섯 명의 서로 다른 작가를 한 사람의 손으로 번역하고, 게다가 각 작가의 특색을 원작 그대로 방불케 하는 일은 여간 만만치 않다. 자칫하면 번역문이 틀에 박혀서 천편일률이 되고 말 우려가 있다. 이러한 경우에 역자가 취한 태도는 어디까지나 나를 죽이고 원작을 살린다는 정신이었다. 그 때문에 일본문으로는 몹시 무리한 점도 있다고 생각한다. 그뿐 아니라 원작이 주는 것과 동일한 임프레션을 주기 위해서는 원문의 말과 구句에 다소 손질을 가해야 하는 경우마저 있다. 또 하나로는 일본문의 규칙상 어쩔 수 없이 원문의 피리어드를 무시한 곳도 있다. 그러나 그런 점은 극히 적으며, 전체적으로는 어디까지나 원작의 형식과 내용에 동등한 비중을 둘 작정이다. 역자의 주의主義로는 형식과 내용을 떼어 놓고 생각하고 싶지 않다. 그 사이에 경중의 차이를 따지고 싶지 않다. 많은 경우 사람의 사상과 내용은 대체로 같은 것이어서 다만 그 표현법

---

7 세르게이 엘리셰프(Sergei Eliseev, 1889~1975) : 러시아 출신의 동양학자. 일본학자. 도쿄제국대학 졸업. 페트로그라드대학 교수. 프랑스 망명 후 소르본대학 교수. 미국 하버드대학 옌칭연구소장.

에 약간 차이를 드러낸다. 문학에서도 내용과 형식이 종종 결합되어 있는데 각 작가의 특색이 깃들어 있다. 특히 현대문학에서 그러하다. 그런데 그것을 번역하는 경우 사상 표현의 양식을 무시하고 내용에만 중점을 두면 완전히 일본문이 되어 버려 원작의 특색이라고 할 만한 것을 반쯤은 잃어버리지 않을 수 없다. 그와 반대로 형식에만 사로잡히면 자연히 내용에 소홀하게 되어 원작의 정취라 할 만한 것은 더욱 옮길 수 없게 된다. 이러한 양면을 공교하게 조화시켜 가는 데, 특히 나만의 경험에서 말하자면 역자의 고심이 있으리라 생각한다. 그러므로 역자는 이 책의 6인을 번역하면서 표현된 것만으로는, 그리고 그것이 일본 독자가 이해할 수 있는 만큼은 충실하게 원문 그대로 표현하려고 노력한 것이다. 그러나 그것이 어느 정도까지 성공했는지 묻는다면 역자는 돌이켜 보건대 크게 부끄러워하지 않을 수 없는 바다.

마지막으로 양해를 구하고 싶은 것은 이 책 곳곳에 복자伏字[8]를 넣은 점이다. 이는 출판사와의 상담에 따른 것인데, 원작자와 독자에게는 참으로 죄송하지만 오늘날 그 계통의 검열이 가혹하니 피치 못할 사정이라 생각한다.

메이지 43년[1910] 5월
역자 노보리 쇼무

---

8    검열 때문에 본래 들어가야 할 글자 대신 ○, × 따위의 부호로 대신하거나 활자를 뒤집어 검은 칸으로 만든 표시.

『러시아 현대 대표 작가 6인집』은 후타바테이 시메이, 세누마 가요와 더불어 메이지 시기를 대표하는 러시아문학 번역가 노보리 쇼무昇曙夢, 본명 노보리 나오타카(昇直隆), 1878~1958의 두 번째 번역집이다. 후타바테이 시메이가 사망한 지 약 1년 후인 메이지 43년1910 6월 도쿄 에키후사易風社에서 출간된 이 책에는 발몬트의 「밤의 절규」, 자이체프의 「고요한 새벽」, 쿠프린의 「한인閑人」, 솔로구프의 「숨바꼭질」, 아르치바셰프의 「처妻」, 안드레예프의 「안개」가 수록되어 있다. 후타바테이 시메이의 마지막 번역이 메이지 41년1908 1월에 출간된 안드레예프의 『혈소기血笑記』였던 점을 염두에 두면 노보리 쇼무가 이들 6인의 현대 러시아문학가를 선택한 데에는 후타바테이 시메이의 후계자로서 자부심이 강하게 표명되어 있다고 생각한다.

후타바테이 시메이와 노보리 쇼무의 문학적 교섭에 대해 가와사키 도루1976, 636면는 요미우리문학상을 수상한 노보리 쇼무 만년의 명저 『러시아·소비에트문학사』1955의 해설·주석에서 다음과 같이 쓰고 있다. "그는 세누마 가요와 함께 니콜라이 신학교에서 수학, 세누마 가요가 첫 번역을 내놓은 해에 신학교 상급생으로 정교회 기관지에 『고골 평전』을 연재하고 있었다. 그 첫 출판은 러일전쟁이 발발한 메이지 37년1904인데, 필자가 후타바테이 시메이를 방문하게 된 것도 그해부터였다." 가와사키 도루는 또 "세누마 가요는 당시 외국어 계열과 신학교 계열이 암암리에 대립하기도 하여 후타바테이 시메이보다 오자키 고요를 사숙했지만 노보리 쇼무는 후타바테이 시메이를 접하고 러시아 정치와 문학, 혹은 번역이란 무엇인가에 관해 훈도를 받았다"고 말한다. 노보리 쇼무의 『고골 평전』은 실제로 메이지 37년1904 슌요도春陽堂에서 『노국露國 문호 고골』이라는 제목으로 출간되었다. 가와사키 도루의 해설에서 각별히 주목할 만한 것은 노보리 쇼무가 후타바테이 시메이의 번역에 기술적으로 혹은 이론적으로도 영향을 받은 듯하다고 쓴 점이다. 덧붙이자면 고골은 후타바테이 시메이의 번역 작품 가운데 3편이 포함되어 있어 편수로는 투르게네프와 고리키에 못 미치지만 미간행으로 그친 후타바테이 시메이의 첫 번역 작품이 "고골의 어떤 희곡"이었던 점을 고려하면 고골은 후타바테이 시메이가 평생 사랑하며 번역을 계속한 작가였음을 강조해 두고 싶다.

정작 노보리 쇼무는 실제로 어떻게 번역했는가? 당시 일본에 머물고 있던 러시아인 일본학자 엘리셰프는 노보리 쇼무의 번역집 서문에서 6인의 러시아 현대 작가 각각에 대해 그 작풍을 상세히 서술한 다음 노보리 쇼무의 번역문에 대해 "동군同君의 번역은 비단 원문을 조금의 착오도 없이 충실히 전할 뿐 아니라 원작의 정취도 유감없이 전하고 있다"고 말하면서 "현대 작가의 텍스트에 가장 가깝고 가장 완전한 번역"이라고 격찬하고 있다. 한편 노보리 쇼무가 「자서」에 쓴 것은 주로 자신의 '번역 태도'였다.

노보리 쇼무는 먼저 6인의 서로 다른 작가의 작품을 번역하는 곤란은 각각 다른 여섯 가지 스타일을 번역하는 것이라면서 그러한 곤란을 극복하기 위해 "역자가 취한 태도는 어디까지나 나를 죽이고 원작을 살린다는 정신이었다"고 서술하고 있다. 나아가 구체적으로 "원작이 주는 것과 동일한 임프레션을 주기 위해서는 원문의 말과 구에 다소 손질을 가해야 하는 경우마저 있다"고 말하면서 "일본문의 규칙상 어쩔 수 없이 원문의 피리어드를 무시한 곳도 있"지만 "그러나 그런 점은 극히 적으며, 전체적으로는 어디까지나 원작의 형식과 내용에 동등한 비중을 둘 작정"이라며 번역의 고심을 피력했다.

이상의 번역론을 읽으면 노보리 쇼무가 원작의 형식과 내용을 등가라고 생각한 것처럼 보이지만 실제로 노보리 쇼무는 '형식'이 있어야만 '내용'도 있다고 생각하고 있다. 또 번역에 임하여 노보리 쇼무가 얼마나 '형식'의 재현에 노력했는가를 다음의 결어에서 말하고 있다. "그러므로 역자는 이 책의 6인을 번역하면서 표현된 것만으로는, 그리고 그것이 일본 독자가 이해할 수 있는 만큼은 충실하게 원문 그대로 표현하려고 노력한 것이다." 이 결어는 노보리 쇼무가 "번역이란 무엇인가에 관해 훈도를 받은" 후타바테이 시메이가 그 번역론에서 원문의 '음조'를 옮기기 위해 "콤마와 피리어드 하나라도 함부로 버리지 말고 원문에 콤마가 세 개, 피리어드가 한 개 있으면 번역문에도 역시 피리어드 한 개, 콤마 세 개라는 식으로"<자료 12> 참조 했다고 선언한 바와 공명할 터다.

이러한 노고 끝에 이루어진 노보리 쇼무의 번역문이지만 그것을 원문과 대조해 보면 후타바테이 시메이 후기의 번역문에서도 나타나는 바와 같이 '원문의 형식'의 충실한 재현은 실제로는 거의 불가능하다는 것을 명료하게 알 수 있다. 우선 눈에 띄는 것은 노보리 쇼무 번역문의 구점句點 수가 원문의 '피리어드' 수보다 많다는 점인데, 안드레예프의 「안개」에서는 번역문이 원문보다 상당히 짧게 나뉘어 있다. 노보리 쇼무 번역문의 두점讀點 수도 원문보다 약간 많아졌다. 또 그 위치에도 상당한 이동이 보인다. 그러나 이처럼 원문의 구두점 수나 위치에 구애되는 그 자체가 무의미한 일이라는 것도 후타바테이 시메이의 번역 실천이 이미 실증하고 있는 바인데, 노보리 쇼무가 「자서」에서 쓴 바와 같이 그의 번역문은 "일본문의 규칙상 어쩔 수 없이 원문의 피리어드를 무시한 곳도 있지만" 전체적으로는 "원작이 주는 것과 동일한 임프레션"을 충분히 전할 수 있었다고 말할 수 있겠다.

노보리 쇼무는 사실 각 작가의 스타일을 구분하여 번역하려고 해서 쿠프린의 「한인閑人」 원제는 「한가로운 삶」으로 굳이 번역하자면 「한거(閑居)」의 경우 풍자가 담긴 번역문은 어딘가 후타바테이 시메이의 고골 작품 번역문을 방불케 하는 바가 있다. 또 안드레예프의 철저하게 우울한 원문도 훌륭하게 '재현'하고 있다. 그것은 전적으로 번역어의 적절함과 정확함에 의한 것이다. 부주의에 의한 두세 군데의 오역을 빼면 어휘 측면에서 원문의 정보량은 넘치거나 모자람 없이 정확하게 '재현'되어 있다고 말할 수 있겠다.

그런데 메이지 후기의 러시아문학 번역에서 후타바테이 시메이, 세누마 가요, 그리고 노보리 쇼무에 뒤이은 번역가 나카무라 하쿠요의 번역문과 비교하여 문제가 되는 점은 삼인칭 대명사 '그彼', '그녀彼女'의 사용과 문말 동사형이다. 즉 과거 시제를 표시하는 'た~았(었)다'형을 사용하는가, 사용한다면 어느 정도인가 하는 점이다. 전자에 관해 말하자면 노보리 쇼무의 삼인칭 대명사 '그', '그녀'의 사용은 원문의 사용 횟수를 큰 폭으로 밑돌면서 한정되어 있지만 매우 효과적이다. 예컨대 삼인칭으로 쓴 쿠프린의 「한인」이나 안드레예프의 「안개」에서 삼인칭 대명사 '그'는 주로 주인공을 가리킬 때 사용되었고, 일인칭으로 쓴 자이체프의 「고요한 새벽」에서는 화자가 죽어가는 친구 '알렉세이'를 가리킬 때만 사용되었다. 게다가 그 사용 빈도가 높다. '그녀'에 관해서는 더욱 흥미로운데, 현재 널리 사용되는 읽는 법을 단 '그녀カノ조'는 삼인칭 소설 중의 여주인공예컨대 안드레예프의 「안개」의 카챠을 가리킬 때 주로 사용되고, 다른 등장인물에 대해서는 '그녀카레, 그', '그녀아레, 저', '그녀아노온나, 그 여자' 등의 읽는 법을 달아 사용하고 있다. 이는 삼인칭 대명사를 거의 사용하지 않은 후타바테이 시메이와 오자키 고요에게 배워 삼인칭 대명사 '그', '그녀'를 자주 사용한 세누마 가요의 중간쯤 될 것이다.

한편 다음으로 문제가 되는 것은 동사형이다. 결론부터 먼저 말하자면

노보리 쇼무는 과거 시제를 표시하는 'た'형을 발견했지만 이후 그것을 지워 간 후타바테이 시메이나 동사형에 지나치게 주의를 기울인 세누마 가요에 비해 과거 시제를 표시하는 'た'형을 많이 사용하고 있다. 즉 원문의 러시아어가 과거형이라면 'た'형을 사용한다는 것이 원칙이다. 그런데 노보리 쇼무의 원칙에는 예외가 있어서 러시아어의 불완료체 과거형으로 쓰인 상황 묘사나 습관적인 동작, 계속 동작 등의 묘사 부분을 번역할 때 'る-다'형, 특히 'てゐる-고 있다'형을 사용하고 있는 곳이 많이 보인다. 이것은 실은 후타바테이 시메이의 중·후기 번역 작품에 일관하여 보이는 용례인데, 노보리 쇼무가 후타바테이 시메이로부터 물려받은 번역 방법 가운데 가장 현저한 예라고 생각된다. 다만 이 특정한 불완료체 과거형 동사를 'る'나 'てゐる'형으로 옮긴다는 번역 방법은 역사적 현재형, 즉 불완료체 현재형을 많이 사용한 자이체프나 안드레예프 등의 새로운 문체를 번역할 때 큰 어긋남을 가져오게 된다. 즉 불완료체 과거형과 불완료체 현재형의 번역어가 똑같이 'る'나 'てゐる'형으로 되어 버린다는 성가신 문제와 맞닥뜨린 것이다.

결국 노보리 쇼무는 원문의 동사 과거형에는 'た'형을 대응시키고 현재형에는 'る'형을 대응시키는 것을 기본으로 삼은 것처럼 보이지만 그 번역 방법은 일관성이 결여되었다. 그 결과 후타바테이 시메이처럼 독자적인 문체를 만들어 낼 수는 없었다.[9] 즉 번역문에서 동사형, 삼인칭 대명사 사용, 구두점 재현 등 무엇이든 매우 철저하게 이화적異化的 번역을 했다

---

9  [편자 주] 후타바테이 시메이는 투르게네프의 「밀회」와 「해후」에서 과거 시제를 표시하는 'た'형을 발견하고 그것을 연속해서 사용하여 독자적인 문체를 창출했다. 한편 고골의 「초상화」에서는 완료체 과거형 동사의 번역어로 사용된 'た'형과 불완료체 과거형 동사의 번역어로 사용된 'る' 및 'てゐる'형이 독자적인 번역 문체를 만들고 있다. 상세한 것은 〈해제 12〉 참조.

고는 말할 수 없다. 그러한 의미에서 노보리 쇼무의 번역론 및 그 실천은 메이지 시기의 후타바테이 시메이와 다이쇼 시기의 나카무라 하쿠요의 중간 지점에 있는 과도기적인 것이어서 후세에 문체적 영향력을 끼칠 수 없었다고 말할 수 있다. 노보리 쇼무의 번역 작품이 당시의 문학청년들에게 미친 문학적 영향은 아마도 러시아 신진 작가의 작품 '내용'에서 비롯된 것이었다고 생각된다. 만년의 노보리 쇼무가 수준 높은 러시아어 능력을 지니고서도 러시아 작가들의 작품을 실제로 번역하는 것이 아니라 러시아문학 연구자로 많은 평론을 쓰면서 작품 소개에 힘을 기울이게 된 것은 이러한 사정에 이유가 있었을 것이다.

**참고문헌**

노보리 쇼무(昇曙夢), 『露國文豪ゴーゴリ』, 春陽堂, 1904.
가와사키 도루(川崎浹), 「ロシヤ・ソヴェト文學史－解說・注釋」, 昇曙夢, 『ロシヤ・ソヴェート文學史』, 恒文社所收, 1976.

# 번역본 『파우스트』에 대하여



내가 번역한 『파우스트』에 대해 나는 그 번역본 스스로 말하게 할 심산이다. 그래서 지금 그 간행본에도 괜한 말은 일절 써넣지 않았다. 책을 펴서 맨 처음의 이른바 속표지 한 장 다음에 문예위원회 문구가 삽입되어 있는데, 그것도 위원회에서 주의를 받아 이래저래 넣은 것이다. 그다음 면에 오타 마사오 씨, 문단에서의 필명 기노시타 모쿠다로[1] 씨가 이 책의 장정을 해 주셨다는 감사의 글이 독일어로 쓰여 있는데, 그것도 문예위원회 문구를 넣도록 정해진 후 그 뒷면이 비게 되어 그것을 피하려고 작정하여 넣었다. 그것은 오타 씨가 진력하여 맡아 주신 것을 감사히 여기며 어떤 기회에 공적으로 깊이 사례하고 싶다고 생각하고 있었기 때문이다. 문예위원회가 나에게 그 기회를 준 것이다. 그 이상 어떤 것도 써넣지 않았다. 이처럼 극단적인 결벽의 결과 몹시 가소로운 일이 생겼다. 그것은 그 간행본 두 권의 어디에도 『파우스트』의 작가 볼프강 괴테의 이름이 나오지 않는다는 사실이다. 이는 어떤 사람이 알려 주어 나도 비로소 깨달았다. 이런 주의를 받은 것은 아직 본문을 교정하고 있던 때여서 어딘가 괴테 이름을 넣을 수 없는 것은 아니었다. 그러나 나는 생각했다. 대사大師는 고보弘法에게 빼앗겼다는 속담처럼[2] 『파우스트』라 하면 괴테의 『파우

---

1 　기노시타 모쿠타로(木下杢太郎, 1885~1945) : 본명 오타 마사오(太田正雄). 의학자. 시인. 극작가. 번역가. 미술사학자. 도호쿠제국대학 및 도쿄제국대학 의학부 교수.
2 　대사 칭호를 받은 것은 여럿이지만 대중적으로 잘 알려진 고보 대사가 마치 대사의 대

스트』로 되어 있으니 굳이 밝힐 것까지도 없다고 생각했다. 그래서 그대로 두었다.

그런데 오타 씨 말이 나온 좋은 기회에 이야기해 두자면, 오타 씨는 간행본 속표지의 틀과 페이지 앞머리에 있는 문양을 그려 주셨다. 처음에 어떤 것을 그릴까 상담해 주셔서 제1부는 고딕, 제2부는 앤티크 식으로 해 주십사 원했다. 앤티크는 번거롭지 않으나 고딕은 어떻게 하나 하며 오타 씨가 헤매면서 상당한 시간을 들여 그것을 찾아 주셨다. 즉 뮌스테르[3]의 돔에서 찾아 주신 것이다. 오타 씨가 해 주신 일은 이뿐만 아니다. 번역본 전부를 한번 교정해 주셨다. 실로 용이하지 않은 수고를 해 주신 것이다. 이 일은 어디에서도 밝히지 않았으므로 이 기회를 이용하여 공언해 둔다.

번역본에 아무것도 더 써넣지 않았다는 것은 거의 선례가 없는 일이라 생각한다. 그러나 여기에는 단지 번역본 스스로 말하게 한다는, 아니, 번역문 스스로 말하게 한다는 취지뿐 아니라 별도의 이유가 있다. 대체로 번역본에 더 써넣어야 할 것은 원서의 유래라든가 원작자 전기 같은 것이며 그 밖에 번역 범례 같은 것일 터다. 그 원서의 유래와 설명은 이른바 『파우스트』 문헌, 한층 넓게 말하자면 괴테 문헌인데 그 한우충동汗牛充棟[4]의 방대한 문헌 가운데 얼마든지 있다. 현재 작년 무렵부터 나온 것만 해

---

명사처럼 인식된다는 뜻.

3    대성당(Münster).

4    짐으로 실으면 소가 땀을 흘리고 쌓으면 들보까지 닿을 만큼 책이 많음.

도 엥겔[5]이라든가 트라우트만[6]이라든가 샤데[7]라든가 유포본流布本[8]만 해도 매우 많다. 나아가 전문적으로 기재하게 되면 이야기가 더욱더 번잡해진다. 그러나 나는 쿠노 피셔가 4권으로 낸 『파우스트 연구』[9]를 가장 존중한다. 그래서 그 책의 내용을 거의 전부 써서 『파우스트 고考』라는 제목으로 문예위원회에 제출해 두었다. 그다음으로 작가 전기 쪽도 마찬가지로 한없이 전문적으로 기재된 것은 별도로 하고, 나는 유포본인 비엘쇼브스키의 『괴테전』[10]이 가장 편의하게 정리된 것으로 인정한다. 그래서 나는 그 책의 초판에 의거하여 『파우스트 작가전』이라는 것을 써서 그것도 문예위원회에 제출해 두었다. 다만 비엘쇼브스키는 『우르파우스트』[11]는 알아도 『우르마이스터』[12]는 알지 못했다. 『우르마이스터』는 비엘쇼브스키가 죽은 후 발견되었기 때문이다. 그래서 나의 작가전 가운데 『빌헬름 마이스터』 대목은 『우르마이스터』 발견 경위에 의거해 썼다. 비엘쇼브스키의 책도 『우르마이스터』 일을 포함하여 개판改版되었지만 그 책은 내가 문예위원회에 작가전을 제출한 날까지 아직 수입되지도 않았다.

위에서 말한 『파우스트 고』와 『파우스트 작가전』은 번역본 『파우스트』와 같은 체재로 번역본을 출간한 후잔보富山房에서 출간해 주도록 내가 부탁해 두었다. 이는 아직 실행되지 않았지만 아마 그리될 것으로 생각한

---

5    요한 야코프 엥겔(Johann Jakob Engel, 1741~1802) : 독일 극작가. 미학자.

6    P. F. Trautmann, *Ein Moderner Faust*, Berlin : Kolbe, 1854.

7    Oscar Schade, *Faust, vom Ursprung bis zur Verklärung durch Goethe*, Berlin : Karl Curtius, 1912.

8    일반에게 널리 통하는 책.

9    Kuno Fischer, *Goethes Faust*, Heidelberg : Carl Winter's Universitätsbuchhandlung, 1860.

10   Albert Bielschowsky, *Göthe : Sein Leben und seine Werke*, Freiburg im Breisgau : St. Louis, Mo. Herder, 1895~1903.

11   『초고 파우스트(Urfaust)』. 『파우스트』 초고를 가리킴.

12   『초고 마이스터(Urmeister)』. 『빌헬름 마이스터』 초고를 가리킴.

다. 이 두 권의 책이 나오면 다른 번역서의 처음이나 끝에 덧붙이는 정도의 것은 그 가운데 갖추어질 것이라 말해도 좋을 것이다. 그렇게 보면 번역본 그 자체에 특별히 번거롭게 써넣지 않아도 좋지 않겠는가?

그렇다면 번역 범례는 어떤가 하면 나는 실제로 범례라고 쓸 정도의 조목을 갖고 있지 않다. 이즈음 나의 모든 번역이 그러하지만 나는 "작가가 이 경우에 이런 의미의 것을 일본어로 말하고자 한다면 어떻게 말할까" 하고 생각해 보고 그때 마음에 떠오르고 입 밖으로 나오는 그대로 쓰는 데 지나지 않는다. 일본어로 이렇게 말할 것이라는 그런 추측은 물론 나의 지식, 나의 재능에 한해서이므로 맞는지 어긋나는지 알 수 없다. 그러나 나에게는 그 밖에 낼 만한 수가 달리 없다. 그러므로 나의 번역문은 그런 경우 거의 필연적인 결과로 생겨난 것이다. 아무리 해도 어쩔 수 없는 일이다.

세간에서는 나의 번역을 현대어 역이라 말한다. 그러나 나는 의도적으로 현대어로 하려고 한 것은 아니다. 자연스럽게 현대어로 된 것이다. 세간에서는 또 현대어 역이라 말하는 동시에 비속하다고 말한다. 적어도 장중함을 결여하고 있다고 인정된다. 그러나 나는 옛말이 곧 아언雅言[13]이며 요즘 말이 곧 이언俚言[14]이라 느끼지 않는다. 나는 요즘 글을 쓰는 데 평속平俗[15]을 기피하지 않지만 비리鄙俚[16]는 받아들이지 않는다. 이는 사람들이 평속하다고 하는 요즘 말에서 장중한 의미도 말할 수 있다고 생각해서 요즘 말을 존중하는 동시에 요즘 말을 사용하는 일이 잘못되어 비리

---

13    우아한 말.
14    속어.
15    평범하고 속됨.
16    비루하고 천함.

에 떨어지고 말 것이라고는 생각하지 않기 때문이다. 어쨌든 나의 번역은 어떤 계획을 세워 그에 따라 착착 실행해 간다기보다 오히려 물이 흘러 도랑이 생기듯 자연스럽게 맡겨 두고 있기에 범례도 아무것도 되지 않는 것이다.

번역본 『파우스트』에는 아직 공적으로 정오正誤가 없다. 그러나 만들고 있다. 그 책을 발행한 출판사 후잔보는 초판 제1부 1,500부를 인쇄했다가 간다 대화재를 만났다. 그때 1,000부는 불타고 500부가 남았다. 다행한 일은 아직 쓰키치 활판소에서 지형紙型을 받아두지 않은 터라 그것은 화재를 면했다. 그사이 제1부 정오가 만들어졌으니 한편으로 지형을 상감象嵌[17]하여 바로잡고, 또 한편으로 정오표를 인쇄할 것을 후잔보에 요청했다. 제1부 상감은 만들어졌다. 그러나 불타고 남은 500부는 세간의 주문이 급해 정오표를 붙일 경황도 없이 내다 팔았다. 그래서 제1부는 아직 정오표 없는 책 500부가 세간에 유포되고 있으며, 그 외의 것은 상감을 마친 정본이다. 제2부 정오는 내가 만든 것이 지금 후잔보의 손에 있다. 이것도 지형을 상감하여 바로잡고 정오표 없는 책에 정오표를 붙일 작정이었는데, 세간의 주문이 급해 정오표 없는 책에 정오표를 붙이지 못한 채 내다 팔았다. 지금 세간에 나도는 것이나 후잔보에 있는 것이나 제2부는 모조리 이 정오표 없는 책이다. 아직 제2부의 지형 상감을 할 수 없다. 지금부터 상감하여 앞으로 인쇄하는 것이 상감을 마친 책이 될 터다. 그리하여 제1부 500부와 제2부의 다소 많은 부수가 정오표 없는 책으로 세간에 나와 있다. 그 속죄로 『파우스트 고』나 『파우스트 작가전』을 낼 때 『파우스트』 제1부와 제2부 정오표를 아울러 붙일 것을 후잔보에 요구했다.

---

17　인쇄 동판이나 연판을 수정하는 일.

정오에 관해 말한 김에 책의 오류라 일컫는 것에 관해 지금 조금 말해 두고 싶다. 책의 오류를 스스로 깨달은 것은 사본寫本이나 활판을 교정할 때 바로잡을 수 있다. 『파우스트』의 경우에는 교정 때 나와 오타 씨가 찾아낸 것을 정정했다. 다음으로 책이 완성되고 나서 눈으로 훑어보면서 정오할 수 있다. 『파우스트』의 경우에는 사사키 노부쓰나[18] 씨가 호의를 베풀어 한번 읽어 주신 바 되었다. 그래서 나와 사사키 노부쓰나 씨가 찾아낸 것은 정오표에 올리고 또 상감으로 바로잡은 바 되었다. 그 밖에 특히 어떤 조목에 관하여 가르침을 받아 정오한 것도 있다. 그 한 예로 제1부에서 그레트헨이 사랑이 이루어질지 그렇지 않을지 점친 꽃은 원본에 '슈테른블루메'라고 되어 있다. 이것을 '고난무라사키江南紫'라고 썼는데 나 스스로 안심되지 않아 마키노 도미타로[19] 씨에게 물었다. 그러자 마키노 씨가 정성껏 조사하여 답해 주셨다. 아무래도 독일에서 다만 '슈테른블루메'라 부르고 있는 꽃은 일본에서는 나지 않는 듯하다. 따라서 일본 이름도 한자 이름도 없는 듯하다. 그래서 그 속명屬名 '아스테르'로 고쳤다. 또 원본의 궐자闕字[20]에 관하여 후지시로 데이스케[21] 씨와 상담한 일도 있다. 이 이야기를 하는 기회에 사사키 씨에게도, 마키노 씨에게도, 후지시로 씨에게도 여기서 깊이 사례한다.

책의 오류가 자신이나 친구 손에서 발견되지 않으면 다른 곳에서 지적받게 된다. 지적받은 오류는 저자나 역자의 불학무식不學無識에서 생긴 것으로 비난받는다, 비록 정오한 뒤에 찾아내도 비난받기는 마찬가지다.

---

18  사사키 노부쓰나(佐佐木信綱, 1872~1963) : 가인. 『만요슈(萬葉集)』 연구자.
19  마키노 도미타로(牧野富太郎, 1862~1957) : 식물분류학자.
20  문장에서 실수로 빠진 글자나 경의를 표하기 위해 일부러 비워 둔 글자.
21  후지시로 데이스케(藤代禎輔, 1868~1927) : 독일문학가. 교토제국대학 교수.

번역에 관해 세간에서 기대와 흥미로 환영하는 오역 문제가 여기에서 생겨난다. 애초에 문예위원회가 『파우스트』를 번역하는 일을 나에게 맡겼을 때 무코 겐지[22] 씨가 한편으로 위원회의 감식안 부족을 안타까워하며 다른 한편으로 나의 겸손히 자제할 줄 모르는 태도를 훈계해 주셨다. 세간에서는 무코 씨의 쾌거를 보고 그다음부터는 오역자誤譯者 하면 나, 나 하면 오역자, 오역서誤譯書 하면 『파우스트』, 『파우스트』 하면 오역서라고 말하게 되었다. 나는 앞으로도 무코 씨에게도, 그 밖의 사람들에게도 많은 가르침을 받을 것이다. 나는 어떤 책에도 오류가 있게 마련이라 생각한다. 그리고 내가 쓴 책에는 그것이 매우 많을 것이라 생각한다. 이는 어떤 책에도 오류가 있으니 내 책에도 있어도 좋다는 것이 아니다. 나는 어디까지나 오류가 없도록 하고 싶다. 가르침을 받아 고치고 싶다고 생각하고 있다.

어떤 책에도 오류가 있게 마련이라는 말과 관련하여 이번에 발견한 가소로운 것이 있기에 말 나온 김에 이야기한다. 나는 『파우스트』를 번역하면서 오토 하르나크[23]판을 사용했다. 그것은 제1부와 제2부가 한 권으로 되어 있어서 전후를 대조하여 보기에 편리하기 때문이다. 그리고 무언가 의심스러운 것이 있으면 3권으로 된 『조피엔 아우스가베』[24]를 꺼내 보았다. 그런데 이미 전부 번역하고 나서 일이다. 어느 날 화학을 하는 친구가 찾아와서 잡담하는 중에 내가 이렇게 말했다. "괴테는 시인인 동시에 자연과학자네. 게다가 『파우스트』 제2부에서 악마가 지하에 떨어져 괴로운 나머지 위에서도 아래에서도 고약한 냄새의 가스를 내뿜었다고 한 대목

---

22　무코 겐지(向軍治, 1865~1943) : 독일어학자.

23　오토 하르나크(Rudolf G. Otto Harnack, 1857~1914) : 독일의 문학 연구자. 괴테 연구자.

24　**[편자 주]** 바이마르판 『괴테 전집』(전 143권). Sophien-Ausgabe.

에서 황산을 내뿜었다고 말했네." "황화수소라도 내뿜었는지 모르겠지만 황산을 내뿜을 리는 없지." 그렇게 말하니 갑자기 원문을 보고 싶어 『조피엔 아우스가베』를 꺼내 보았다. 그랬더니 "슈베펠-스탕크 운트 조이레"[25]라고 쓰여 있어서 "유황 냄새와 신酸"이라 되어 있다. 황산이 아니다. 친구가 들여다보고는 "황화수소도 산이니까 황화수소라고 해도 좋지" 하면서 웃었다. 내가 놀라서 하르나크판을 꺼내 보니 '조이레' 앞에 '히프엔'[26] 표시가 있다. 그래서 황산이 되었던 것이다. 하르나크판에서 내가 발견한 오류는 이것 하나인데 그것도 우연히 발견한 것이다. 제2부 정오에서는 '황산'의 '황' 자를 삭제하기로 했다.

번역본 『파우스트』가 나오는 동시에 근대극협회는 제1부를 제국극장에서 상연했다. 제국극장에서 5일간 연이어 입장권이 다 팔린 일은 극장 설립 이래 처음 있는 일이라 한다. 그래서 오늘날까지 문단이 이 사실에 대해 어떤 반응을 하고 있는가 하면 일반적으로 『파우스트』가 모독당했다고 느끼는 듯하다. 그것은 먼저 『파우스트』라는 작품이 훌륭한 것이라 듣고 영문도 모르면서 모여든 어리석은 군중을 속여 협회가 성황을 거둔 일은 미친 짓거리라는 것이다. 일단 이것은 그럴싸한 말이지만 또 꼭 그렇게까지 말해야 하나 싶다. 『파우스트』가 훌륭한 작품이라는 것은 사실이라 해도 좋을 것이다. 따라서 번역본이 나빠도 다수가 그 훌륭한 작품의 그림자를 좇아 모여든 것은 나쁜 일이 아니다. 그들을 모여들게 한 것도 나쁜 일이 아니다. 제아무리 훌륭한 행사라도 떠들썩한 구경꾼들이 끼어들게 마련이다. 바이로이터 극장[27]이 열렸을 때조차 모여든 사람의 다

---

25    Schwefel-Stank und Säure.

26    [편자 주] 하이픈.

27    Bayreuther Festspielhaus.

수는 졸부나 도락가道樂家나 젠체하는 사람들이었다 한다. 본국 독일에서 『파우스트』를 상연해도 구경꾼 모두 『파우스트』를 이해하는 사람들이었던 것은 아니다. 청맹과니는 언제나 다수임이 틀림없다. 그것이 일본에서 상연된 바에는 청맹과니 수가 한층 더 많을지도 모른다. 일전에 일본에 온 오이겐 퀴네만[28] 씨는 어느 연회에서 나에게 말했다. "『파우스트』의 사상은 아무래도 일본인에게는 이해되지 않을 것이라고 말하는 사람들이 있습니다. 당신이 번역했다는 것은 사실상 그것을 반박하는 것 같은 일이 됩니다만 이 문제에 대해 당신은 어떻게 생각하십니까?" 나는 대답했다. "일본인일지라도 『파우스트』의 사상이 이해되지 않을 리가 없다고 생각합니다." 오이겐 퀴네만 씨의 말로 미루어 보자면 독일인 가운데 어떤 사람들은 일본인을 온통 청맹과니뿐이라고 여기고 있는 것으로 보인다. 그런 정도이므로 독일에서 상연했을 때의 구경꾼과 일본에서 상연했을 때의 구경꾼을 비교하면 일본에서는 독일의 경우보다 청맹과니가 많을 것으로 추정할 수 있을 것이다. 그러나 그것을 벌충하는 일이 없다고는 할 수 없다. 그것은 독일에서 평소 상연되는 경우와 달리 도쿄에서 처음 상연된 때에는 교육받은 사람들이 비교적 많이 보러 간 것으로 보인다는 점이다. 요컨대 『파우스트』에 한해 일본에서의 상연이 무의미했다고 보는 것은 잘못이 아니겠는가? 그것을 무의미하다고 하면 어떤 공연인들 무의미하지 않겠는가?

이는 단지 공연했다는 것만으로 모독이라 본 것이지만 나아가 어떻게 상연했는가 하는 측면에서 모독을 찾아낸 사람이 있는 듯하다. 그것은 나의 번역이 비리鄙俚한 점과 어느 근대극협회 회원의 연출이 천박하다는

---

28  오이겐 퀴네만(Eugen Kühnemann, 1868~1946) : 독일의 철학자. 칸트와 괴테 연구자.

점에서 『파우스트』가 장중하지 않게 되었다는 것이다. 만약 그렇다고 한다면 그것은 내가 연출자에게 잘못한 일이니 나는 연출자에게 사과해도 괜찮겠다. 그러나 이 방면의 비평을 한 이들 가운데에는 "세간에서 『파우스트』를 본질 이상으로 과대평가하는 수수께끼를 나의 평속한 문장과 연출자의 솔직한 기법으로 타파한 것이다. 나와 연출자는 우상 파괴자들"이라고 말한 사람도 있다. 이는 일종의 풍자처럼도 들리지만 어떤 친구가 말하기를 그것은 역시 참으로 우상 파괴의 쾌거라고 한 말이 아니겠느냐 한다. 그것이 어느 쪽이든 마르틴 루터의 독일어 성서 번역조차 당시에는 장중함을 훼손한 것처럼 느껴졌으므로 『파우스트』를 번역하는 사람은 나처럼 불학무식하지 않아도 다소 이런 의미의 비난을 받지 않을 수는 없지 않겠는가? 내가 루터와 나 자신을 비교하는 것은 아니다. 『파우스트』를 번역하는 것은 사람들의 자유다. 제1부는 기왕에도 번역한 사람이 있었다.[29] 미래에 한층 장중한 신역新譯이 나온다면 나도 그것을 환영하는 한 사람이 됨을 마다하지 않을 것이다.

---

29   다카하시 고로가 1904년에 처음 번역했으며, 마치이 마사지(町井正路, 1878~1946) 번역이 1912년에 출간되었다. 모리 오가이는 「고심하지 않은 이야기(不苦心談)」(1913)에서 일부러 두 번역본을 참조하지 않았다고 밝혔다.

모리 오가이森鷗外, 본명 모리 린타로(森林太郎), 1862~1922는 메이지 14년1881 19세의 젊은 나이로 도쿄대학 의학부를 졸업한 후 군의관이 되어 메이지 17년1884부터 메이지 21년1888까지 독일에서 유학했다. 귀국 후 군의관의 최고위직인 군의총감軍醫總監, 의무국장醫務局長까지 승진하는 동시에 창작과 번역 양면에서 활약하며 메이지·다이쇼 시기 일본의 문예사조에 다대한 영향을 끼쳤다.

『파우스트』의 최초 일본어 번역인 모리 오가이의 업적은 문부성 문예위원회의 위촉으로 이루어진 것으로 다이쇼 2년1913에 간행되었다. 또 흥행에서 큰 성공을 거둔 제국극장 상연도 같은 해의 일이었다. 「번역본 『파우스트』에 대하여」라는 이 에세이도 같은 해 『마음의 꽃』 제17권 제5호에 발표된 것이다.

모리 오가이는 "번역본 스스로 말하게 (…중략…) 괜한 말은 일절 써넣지 않았으며" 저자명 '괴테'조차 넣지 않은 채 그냥 두었으므로 확실히 극단적인 결벽이다. 보통 번역문에 붙이는 메타 정보로 모리 오가이 자신이 꼽고 있는 것은 원서의 유래, 원저자 전기, 번역 범례 세 가지다. 모리 오가이는 앞의 두 가지에 대해서는 쿠노 피셔의 연구서를 기반으로 한 『파우스트 고』약 270면와 알베르트 비엘쇼브스키의 연구를 소개한 『괴테전』약 400면을 별도로 집필하여 발표했으니 그 다산성에 눈이 휘둥그레질 정도다.

그리고 번역 범례로는 쓸 만한 것이 없다고 말한다. 굳이 말하자면 "작가가 이 경우에 이런 의미의 것을 일본어로 말하고자 한다면 어떻게 말할까" 하고 생각해 보고 마음에 떠오르는 그대로 쓰기 때문에 번역문은 "필연적인 결과로 생겨난 것"이라 한다. 이 표현은 일견 슐라이어마허가 말한 "작가 자신이 본래 독일어로 쓴다면 그렇게 될 것 같은 번역"이라는 말과 겹친다. 즉 "작가를 될 수 있는 대로 그대로 두고 독자가 작가 쪽으로 걸어오게 하는" 이화적異化的 번역이 아니라 "작가가 독자 쪽으로 걸어오게 하는" 동화적同化的 번역이다. 그러나 예컨대 사랑 점의 꽃으로 나온 '슈테른블루메Sternblume'에 대응하는 일본 이름도 한자 이름도 없음을 깨닫고 '고난무라사키江南紫'로 번역하지 않고 속명 '아스테르Aster'를 선택한다. 또 「번역에 대하여」라는 다른 에세이에서 '마카롱'을 '눈깔사탕'으로 할 때의 우스꽝스러움을 들면서 "애써 일본 고유의 사물을 피해 특별한 느낌을 주려고 한다"고 말한 데에서도 모리 오가이의 번역 전략이 동화적이라고 할 수는 없을 듯하다. 번역문에 임해 공들여 기술記述하고 연구하여 번역가 자신에게도 의식화되어 있지 않은 다양한 룰이나 규범을 좇아가는 일도 번역 연구의 과제일 것이다.

혹은 슐라이어마허식의 이화적 번역이란 이 예로 말하자면 "번역가 모리 오가이의 독일어 능력과 똑같은 수준의 원저자 괴테가 일본어를 습득했다고 치고, 괴테 자신이 『파우스트』를 독일어에서 일본어로 번역했다고 한다면 그렇게 될 것 같은 번역"인 것이다. 그렇게 생각해서 범례에 대한 모리 오가이의 인용 부분을 괴테가 일본인으로서 "일본어로 말한다면"이 아니라 일본어를 배운 독일인으로서 "일본어로 말한다면"이라고 읽게 되면 모순이 없어진다. 모리 오가이는 분명히 두 가지 언어문화의 차이를 의식한 번역가다. 예컨대 『파우스트』 제1부에서 '서재' 장면의 모리 오가이 번역을 인용해 본다. 늙은 파우스트가 신약성서를 그리스어 원전에서 독일어로 번역하는 대목이다.

이렇게 쓴다. "처음에 로고스 있었느니라. 말 있었느니라."
벌써 여기서 나는 막힌다. 누구의 도움을 빌려 앞으로 나아가리.

나로서는 말을 그렇게 높이 평가할 수 없다.

어떻게든 다르게 번역하지 않을 수 없지.

영靈의 올바른 교시를 받고 있다면 그렇게 할 수 있으리라.

이렇게 쓴다. "처음에 뜻마음 있었으니라."

경솔히 붓을 들지 말라,

첫 구절에 마음을 써서는 안 되리라.

온갖 사물을 만들어 이루는 것이 마음인가?

대관절 이렇게 써야 할 터가 아닌가? "처음에 힘 있었느니라."

그러나 이렇게 종이에 쓰는 동안,

아무래도 이렇게 해서는 안심할 수 없다는 느낌이 든다.

아, 영靈의 도움이다. 문득 생각이 떠올라,

안심하며 이렇게 쓴다. "처음에 행위 있었느니라."


모리 오가이는 여기에서 기점 텍스트에는 없는 '로고스'라는 말을 보완하고 있다. 이 말이 없다면 예컨대 뒤에서 드는 이케우치 오사무 번역을 참조하면 분명해지듯이 한 언어 내의 논리적인 의미 내용 그 자체에만 초점이 맞추어져 있지 않은 데 비해 일단 '로고스'라는 말이 지명되면 이 그리스어와 그 번역어로서 독일어와 그 번역어로서 일본어라는 세 언어의 관계가 입체적으로 부상한다. 다른 언어의 빛을 비춤으로써 '로고스'라는 말이 지닌 다양한 관점에 대한 사색을 심화시키고 번역에 의해 가장 본질적인 핵심에 이르는 일이 상징적으로 제시되는데, 모리 오가이는 언어 사이의 차이를 의식하여 그것을 독자에게 전하고 있다. 또 파우스트가 머뭇거린 네 개의 번역어 전부를 일단락 짓기 알맞은 한 글자의 한자로 나타내고 루비를 붙여[30] 뜻을 다하려고 한 궁리에서도 두 언어문화를 중개하는 번역가의 마음가짐을 읽을 수 있다. 그 후의 번역, 예컨대 사가라 모리오 번역[1958]과 야마시타 하지메 번역[1992]에서도 네 개의 번역어가 저마다 "말, 의미[마음], 힘, 행위", "말, 뜻[마음], 힘, 행위"라고 되어 있어서 모리 오가이의 강한 영향을 엿볼 수 있다. 또 기점 텍스트는 2행씩 각운을 단 운문이어서 번역에서도 시행에 맞추어 행을 바꾸고 있다. 이 점에서도 모리 오가이 번역은 그 후의 번역에서 일종의 규범적인 존재였던 듯하다. 한편 아래의 이케우치 오사무 번역[1999]에서는 행을 바꾸지도 않고 모리 오가이 번역어의 영향도 보이지 않기 때문에 번역의 새로운 도전으로 자리매김될 수 있을 것이다.

이건 어떤가, "처음에 말이 있었느니라." 이미 집착하게 되었지만, 그런데 어찌 된 일인가. 처음에 말이란 수긍하기 어려워. 다른 것으로 바꿔야겠어. 이러면 어떤가. "처음에 생각이 있었느니라." 느긋하고 차분하게, 함부로 펜을 놀리지 않는 모습. '생각'으로 모든 것이 표현된 것일까. 무엇이든 생겨나서 움직이는 건 '생각'인 것일까. 아니면 이건 어떤가? "처음에 힘이 있었느니라." 쓰자마자 맞지 않는다는 것을 잘 알겠다. 영[靈]이 구조선을 보내준 것일까. 번뜩하고 떠올랐다. 그러니까 이거야, "처음에 행위가 있었느니라."

모리 오가이는 이치카와 단주로,[31] 오노에 기쿠고로[32]의 가부키 전성기

---

30    모리 오가이는 위 인용문에서 4개의 번역어 "말(語), 뜻(意, 마음), 힘(力), 행위(業)"를
      괄호 안에서와 같이 각각 한 글자의 한자로 나타내고 루비를 붙였다.

31    이치카와 단주로(市川團十郎) : 가부키 배우가 세습하는 집안 이름으로, 여기에서는 제
      9대 호리코시 슈(堀越秀, 1838~1903)를 가리킨다.

32    오노에 기쿠고로(尾上菊五郎) : 가부키 배우가 세습하는 집안 이름으로, 여기에서는 제

인 메이지 20년대[1887~1896]부터 서양 연극의 형태를 일본에 이입하는 연극론을 왕성하게 논하고 있다. 모리 오가이의 연극론을 가리켜 구스야마 마사오[1971][33]는 "『소설신수』가 소설 방면에서 해 온 일을 연극 방면에서 맡아 그 영향이 훗날 깊고 멀리 미치고 있다"고 말하면서 『소설신수』에 대비해 『연극신수』라 일컫는다. 또 오야마 데이이치[1954]는 모리 오가이 역 『파우스트』를 높이 평가하며 "일본에서 쓰였어야만 하는 문학을 번역이라는 형식으로 쓴 것이다. 마치 새로운 전통을 번역으로 쌓아 올린 것"이라 말했다. 이미 있는 전통에 맞추는 것이 아니라 문학의 문체와 사상에 새로운 국면을 만들어 내고 일본문학을 풍부하게 한 점에서도 모리 오가이의 번역 작업은 바로 이화적 번역과 통하는 것이라 말할 수 있다.


**참고문헌**


구스야마 마사오(楠山正雄), 「鷗外の戲曲」, 『森鷗外全集 別卷』, 築摩書房, 1971.
모리 오가이(森鷗外), 「飜譯について」(1914), 『森鷗外全集 23 – 著作篇』, 巖波書店, 1951.
사가라 모리오(相良守峯) 譯, 『ファウスト』 1, 巖波文庫, 1958.
야마시타 하지메(山下肇) 譯, 「ファウスト悲劇」, 『ゲーテ全集』 3, 潮出版社, 1992.
오야마 데이이치(大山定一), 「文學飜譯論」, 『現代隨想全集』 21, 東京創元社, 1954.
이케우치 오사무(池內紀) 譯, 『ファウスト』 1, 集英社, 1999.


---

5대 데라시마 기요시(寺島淸, 1844~1903)를 가리킨다.
33  구스야마 마사오(楠山正雄, 1884~1950) : 연극평론가. 아동문학가. 번역가.

# 살람보



## 역자 서

나의 중역은 로베르트 합스Robert Habs의 독일어 역, 샤르트르J. S. Chartres의 영역, 매슈스J. W. Mathews의 영역에 의거한다. 다른 날 프랑스어를 읽을 수 있게 되면 다소나마 속죄할 수 있으리라 생각한다.

고유명사 읽는 법과 기타에 대해서는 히로세 데쓰시[1] 씨에게 여러모로 폐를 끼쳤다.

번역문의 용어든 문맥이든『죽음의 승리』[2] 때보다 훨씬 더 번역 냄새가 나도록 해 보았다. 특히 회화 문장 등은 일본의 특정한 시대, 특정한 계급을 연상시키는 위험을 우려하여 될 수 있는 대로 보편적인 일본어를 사용하기로 했다. 대체로 과거의 작은 일본어를 위해 죽는 일을 피하고 조금이나마 장래의 큰 일본어를 기약하도록 주의를 기울였다. 이것이 현재 고집스러운 나의 취미이자 방침이기도 하다는 것을 인정해 주셨으면 한다.

1913년 6월 1일

이쿠타 조코

---

1 히로세 데쓰시(廣瀨哲士, 1883~1952) : 프랑스문학가. 번역가. 게이오기주쿠 교수. 『불란서문학 기타』 창간(1928).
2 이탈리아 작가 가브리엘레 단눈치오 원작(1894)으로 1913년 번역.

이쿠타 조코生田長江, 1882~1936는 소설가·번역가로 『니체 전집』 완역 등 번역 외에도 『이쿠타 조코 전집』 전 12권 등 많은 저작을 남겼다.

플로베르, 이쿠타 조코 역 『살람보』는 다이쇼 2년1913 하쿠분칸博文館에서 출간되었다. 원작은 귀스타브 플로베르의 *Salambo*다. 원작은 프랑스어지만 이쿠타 조코 역은 로베르트 합스의 독일어 역, J. S. 샤르트르, J. W. 매슈스 영역의 중역이다.

『살람보』의 「역자 서」에서 말하는 '작은 일본어'와 '큰 일본어'란 다이쇼시대1912~1926 초기 이쿠타 조코와 고미야 도요타카가 사용한 말인데, '작은 일본어'는 너무나도 일본어다운 일본어, 그와 대립하는 '큰 일본어', '보편적인 일본어'는 구문맥歐文脈을 받아들여 표현 가능성을 높인 일본어를 의미한다. 고미야 도요타카는 작은 일본어에 대하여 다음과 같이 명확하게 비판했다.


서양어와 비교할 때 재래의 일본어는 훨씬 빈약하고 무력하며 조악하고 애매하다. 우리들은 (…중략…) 새로운 말을 만들고 새로운 말의 배열법을 궁리하지 않고서는 도저히 일본어 표현 능력을 풍부하게 할 수 없다.


메이지 20년대1887~1896 번역의 이상처럼 여겨진 '작은 일본어화化' 번역을 다이쇼의 오늘날에 이르러서도 대단히 귀중하게 여기는 사람이 있다는 것은 그 고리타분한 정도를 가늠할 수 없다는 점에서 나는 심히 의외라고 여기는 바다.고미야 도요타카, 1915; 1937


이 「역자 서」의 한 절은 우치다 로안으로 대표되는 번역 방식에 대한

"대담한 도전"이었다 한다.기무라 기, 1972 기점 언어 지향의 번역 규범 측에서
목표 언어 지향의 번역 규범에 대한 도전이라 말해도 무방하다. 히가시
소스이1916는 앞서 고미야 도요타카의 말을 인용한 다음 '작은 일본어화'
번역의 대표로 우치다 로안의 번역을 들면서 "(우치다 로안의) 톨스토이의
『부활』 번역에는 대단한 장점과 너무 지나치게 일본화한 단점이 말하자
면 숙맥일조菽麥一槽[3]의 모습을 드러내고 있음은 유감스러운 일"이라 말했
다. 그렇다면 그것은 구체적으로 어떠한 '작은 일본어'였는가? 우치다 로
안 역『부활』초판에서 인용한다.

> "소생의 지난 죄를 용서해 주시기를……"이라고 네플류도프가 말하자
> "뭐예요, 또 그런 말씀을…… 용서하고 말고 할 것도 없어요. 그런 지난 일
> 을……."
> "저, 소생이 말하는 것을 들어주시오. 마음으로부터 지난날의 잘못을 뉘우치
> 고 있기에 이렇게 사죄하러 왔소. 물론 소생은 그저 말로만 사죄했을 뿐 소생의
> 진심을 보일 수 없으니, 사죄의 진심을 보이기 위해 그대와 결혼할 각오이오."

다만 우치다 로안은 나중에 개역하면서 '소생'을 '나'로 바꾸는 등 번역
어 변경에 힘썼으며, 일본어 문장에 대해 "지금까지의 형식을 벗어버린
문장이 시대의 대세로 세력을 얻게 되었다. 어느 시대든 문장을 진보·발
전시키는 것은 외국문의 영향이다", "문장의 진보·발전을 재촉하는 것
은 항상 번역문의 힘"우치다 로안, 1910이라 말한 것처럼 꽤 유연한 사고방식
을 지닌 사람이었다. 따라서 이 책의 우치다 로안 항목에서도 알 수 있듯

---

3    [편자 쥐] 콩과 보리가 한 여물통에 담겨 있음. 여러 가지 것이 혼재되어 있다는 뜻.

이 '작은 일본어'가 우치다 로안으로 대표된다는 것은 조금 부적당하다고 생각한다.

「역자 서」만으로 직역을 주장했다고 보기는 어렵지만 이쿠타 조코가 『영어 독습법』1910에서 "한문 화훈和訓이 점차 용이하게, 또 솜씨 좋게 되어 온 역사를 보면 오늘날 구문歐文의 직역도 머잖아 훌륭해질 것이 틀림없다. 또 한편으로 그 직역문의 영향을 받아 일본어·일본문이 한 걸음 한 걸음 구문맥에 접근해 간다. 그런 고로 현재의 직역에 다소 폐해가 있더라도 전혀 그것을 배척해 버린다는 식의 무모한 논의는 통할 리 없다"고 쓴 점으로 보건대 이쿠타 조코는 직역적 번역 규범을 지니고 있었다고 볼 수 있다. 더욱이 여기에서 언급한 『죽음의 승리』의 「역자 서」에서 "번역문 양식은 내가 생각해도 약간 대담함이 지나칠 정도로 선택해 보았습니다. 이른바 일본 냄새가 곁들여지는 것이 견디지 못할 만큼 싫어졌기 때문입니다"라 말했다. '일본 냄새'란 이 경우 "너무 일본 것다운 특수한 경향"『일본국어대사전』, 쇼가쿠칸을 의미한다. 또 '보편적인 일본어'란 "일본의 특정한 시대, 특정한 계급을 연상"시키지 않도록 코노테이션[4]을 될 수 있는 대로 배제한 뉴트럴한[5] 문체라는 의미인데, 실제로 이쿠타 조코의 번역을 검토해 보면 반드시 원문의 표현 형식을 축어적으로 찾아간다는 의미의 직역이라 보기는 어렵다. 이 점에 대해서는 이미 다이쇼 2년1913 가타가미 노부루1913[6]가 『죽음의 승리』 번역문을 분석하며 지적한 바 있다. 이쿠타 조코 번역문의 특징을 살펴보자.이쿠타 조코 역 『살람보』의 번역문 분석은 오다기리 히로코(1980) 참조

---

4  함축. 함의.

5  중립적인.

6  가타가미 노부루(片上伸, 1884~1928) : 러시아문학가. 문학평론가. 와세다대학 러시아문학과 창설.

The Barbarians were frozen with a nameless terror. They did not even try to flee. They already found themselves surrounded.

The elephants entered into this mass of men; and the spurs on their breasts divided it, the lances on their tusks upturned it like ploughshares;


야만인들은 형언할 수 없는 **공포로 돌처럼 굳어 버렸다**. 그들은 도망가려고도 하지 않았다. 그들은 이미 포위되어 있었다.

**코끼리들**은 이 인간의 덩어리 속으로 밀치고 들어갔다. 그들의 가슴의 창이 그것을 가르고, 그들의 엄니의 투창投槍이 괭이처럼 **그것을** 갈아엎었다.


"공포로 돌처럼 굳어 버렸다"는 "인간의 심정·상황을 사물화, 무생물화한 표현"이다.오다기리 히로코, 1980 강조 표시한 데에서 알 수 있듯이 대명사도 대체로 역출되어 있고, 'The elephants'를 '코끼리들'이라고 복수형으로 명시하는 등 구문맥의 특징을 나타내고 있다.


"How are we to proceed?" they asked.

"Reflect!" said Spendius.

The two following days were spent in paying the men of Magdala, Leptis, and Hecatompylos; Spendius went about among the Gauls.

"They are paying off the Libyans, and then they will discharge the Greeks, the Balearians, the Asiatics and all the rest! But you, who are few in number, will receive nothing! You will see your native lands no more! You will have no ships, and they will kill you to save your food!"

“우리는 어떻게 해야 하지?” 하고 그들은 물었다.

“잘 생각해 봐!” 스펜디우스가 답했다.

다음 이틀은 막달라, 렙티스, 헤카톰필로스 사람들에게 돈을 주면서 지냈다. 스펜디우스는 갈리아인 사이를 서성거렸다.

“공화 정부는 리비아인에게도 돈을 주고 있어. 그다음에 희랍인, 발레아레스인, 아시아인, 기타 모든 사람들에게도 돈을 주겠지. 하지만 수가 적은 너희들은 아무것도 받지 못할 것이다! 너희들은 이제 너희들 고향을 보지 못할 것이다! 너희들은 배 한 척도 없을 것이다. 그리고 그들은 너희 식량을 절약하기 위해 너희를 죽일 것이다!”

회화 부분에서 “특정한 시대, 특정한 계급을 연상시키지” 않는 뉴트럴한 문체 지향성이 보인다. 나카무라 신이치로[1982]의 지적에 따르면 회화에는 남녀 구별이 없으며 입말에서 글말로 변모하고 있다. 또 원문에서 이인칭 주어의 ‘will’은 문맥으로 보아 분명히 명령이나 금지를 나타내는 용법인데, 이것과 단순 미래 용법을 일률적으로 ‘-ㄹ 것이다’로 번역함으로써 문맥과의 사이에 어긋남이 생겨 일종의 위화감이 생겨나고 있다. 『살람보』 번역 문체의 영향은 요코미쓰 리이치[7]의 단편 「태양」에서 분명히 볼 수 있다. 기무라 기[1972]는 “요코미쓰 리이치의 출세작 「태양」은 이 『살람보』를 밑그림으로 삼아 창작했다고 한다”고 썼다. 「태양」의 회화에서도 남녀 구별이 없고 문장어이며, ‘-ㄹ 것이다’라는 일인칭 주어의 의지 용법이 역시 일종의 위화감을 자아내고 있다.

---

7    요코미쓰 리이치(橫光利一, 1898~1947) : 소설가. 문학비평가. 신감각파 작가.

"찔러라."

"나한테 네가 없다면 나는 죽을 것이다. 내 아내가 되라. 나와 함께 가자. 너는 나에게 다시 노예 나라의 궁궐로 돌아가라고 말하지 마라. 내가 가진 것은 검일 것이다."

"기다려라. 나의 복수는 남아 있다."

"나는 복수할 것이다. 나는 너 대신, 아버지 대신 복수할 것이다."<sub>요코미쓰 리이치, 1923; 1981</sub>


요코미쓰 리이치를 포함한 신감각파 작가들은 일본적 함의<sub>일본 냄새</sub>를 배제한 번역으로 초래된 새로운 문체를 의식적으로 채용하고자 했던 것이다. 이 당시의 상황을 사토 하루오[1940; 1999][8]는 다음과 같이 회상하고 있다.

이쿠타 조코 선생은 그 후 장래의 일본어를 위해 죽는다는 의기로 축자적 직역의 번역을 발표했던 것이지만 이 또한 매우 아이러니하게 일반의 악평을 무릅쓰면서도 이른바 신감각파 이후 다이쇼 말과 쇼와 시기에 이미 장래의 일본문이 아닌 현대 일본문이 되어 버려 다니자키 준이치로 같은 보수가保守家가 『문장독본』을 쓰게 되는 동기가 되었다.

요컨대 『살람보』 같은 번역을 매개로 하여 경합하는 문장 규범, 문체 규범 사이의 교섭이 생겨나고 있었던 것이다.

---

8  사토 하루오(佐藤春夫, 1892~1964) : 시인. 소설가.

**참고문헌**

가타가미 노부로(片上伸), 「外國文學の飜譯振り」, 『文章世界』 8-9, 1913.

고미야 도요타카(小宮豊隆), 「戲曲の飜譯」(1915), 『演劇論叢』, 聖文閣, 1937.[9]

기무라 기(木村毅), 「日本飜譯史槪観」, 『明治文學全集 7－明治飜譯文學集』, 筑摩書房, 1972.

나카무라 신이치로(中村眞一郎), 『文章讀本』, 新潮文庫, 1982.

사토 하루오(佐藤春夫), 「現代文章論」(1940), 『定本佐藤春夫全集』 22, 臨川書店, 1999.

오다기리 히로코(小田桐弘子), 『横光利一－比較文學的研究』, 南窓社, 1980.

요코미쓰 리이치(横光利一), 「日輪」(1923), 『日輪, 春は馬車に乗って, 他八編』, 巖波文庫, 1981.

우치다 로안(內田魯庵), 「飜譯文と文章の進步發展」, 『文章世界』 5-11, 1910.

이쿠타 조코(生田長江), 『英語獨習法』, 新潮社, 1910.

히가시 소스이(東草水), 『飜譯の仕方と名家飜譯振』, 實業之日本社, 1916.

---

9 **[편자 주]** 글 말미에 "4. 8. 19"라고 되어 있어서 다이쇼 4년(1915)임을 알 수 있지만 발표 지면은 미상.

# 표상파의 문학운동

자료 20_ 표상파의 문학운동(이와노 호메이)

## 역자 서

단언컨대 나는 지난날 이상한 직역이 몹쓸 일이었던 것과 마찬가지로 허술한 의역 또한 해서는 안 된다고 여기는 사람이다. 오늘날 번역가로 입신한 이들 중에는 지난날 직역시대, 가깝게는 의역시대에 성장한 이가 많다. 따라서 직역하지만 않으면 의역이든 무엇이든 괜찮다고 여겨 원문의 어조나 어세語勢까지는 주의하지 않는다. 그러나 이것은 오역까지는 아니더라도 불친절한 번역이라 하지 않을 수 없다. 나는 다행히 어학 교수법이 신식이 된 이후까지 영어 교사를 지낸 경험이 있어서 전문 학자가 번역 방식에 고심했던 시대에 나도 그들과 더불어, 게다가 문학가이기 때문에 어쩌면 그들보다 더 엄밀하게 고심과 궁리를 거듭했다. 그 후 내가 항상 어학상 존경하는 오랜 벗 다카하시 고로 씨 밑에서 『역주譯註 영문학』 일부를 담당할 때, 주로 시였지만 한 행씩 번역해 가되 결코 그 앞뒤를 거꾸로 뒤집거나 하는 짓은 하지 않았다. 이번에도 그러한 방식으로 산문일지라도 문구를 앞머리부터 봉역棒譯[1] 해 가면서, 예컨대 'for', 'because', 'so……, that……'이나 'who', 'which', 'when', 'while'과 같은 접속사, 관계대명사, 또는 접속 부사로 연결된 혼성문이나 복합문도 될 수 있

---

1  원문의 순서대로 내리 번역한다는 뜻.

는 대로 원문의 순서대로 옮겼다. 이는 원문의 어조와 어세, 더욱이 원문의 성질을 충실하게 유지하는 방법이기 때문이다.


## 예언


번역문에서 "짚신을 벗다",[2] "산 하나에 백 푼"[3] 두 구절만은 재미없는 인습구因襲句였으나 청신한 사상에는 청신한 어법이 필요하다는 의미에서 나머지는 모조리 일본문으로서도 온갖 상투적인 것을 벗어던질 작정이었다. 예컨대 "자세가 없었다"라든가 "나방을 그 빛으로 끌어당겼다"와 같은 표현은 새로운 사상으로 읽으면 곧바로 깨닫는 발상법이다. "병실이 그를 요구했다"라든가 "숲의 수목들에 목차를 매기다"와 같은 것은 일본문으로서는 새로운 어법이다. 그리하여 "무엇무엇은, 무엇무엇은, 무엇무엇은", "무엇무엇에, 무엇무엇에, 무엇무엇에", "무엇무엇을, 무엇무엇을", "무엇무엇이라면, 무엇무엇이라면", 또는 "무엇무엇이지만, 무엇무엇이지만"과 같이 동격의 구절이 겹치는 것은 원문 그대로의 글투다. "무엇무엇하는 것은, 무엇무엇에서, 무엇무엇이지만, 무엇무엇 때문이다"와 같은 것도 그러하다.


---

2    여행을 마치다. 여정을 풀다. 방랑을 끝내고 한곳에 눌러앉다.
3    산 하나가 백 푼어치밖에 안 되는 황무지라는 뜻.

이와노 호메이巖野泡鳴는 메이지 6년1873에 태어나 다이쇼 9년1920에 사망했다. 메이지·다이쇼 시기 일본의 소설가·시인으로 효고현 스모토시 출신이다. 메이지학원, 센다이신학교지금의 도호쿠학원, 센슈학교지금의 센슈대학에서 수학하고 메이지 24년1891 졸업했다. 그 후 시인에서 소설가로 진로를 바꾸었다. 다야마 가타이, 시마무라 호게쓰를 잇는 자연주의 문학가로 활약했다. 주인공의 눈을 통해 작가의 주관에 의한 시점으로 모든 것을 묘사하는 '일원一元 묘사'론을 주장하여 다야마 가타이의 '평면 묘사'론과 대립했다. 평론『신비적 반수주의半獸主義』, 소설『탐닉』,『방랑』을 비롯한 자전소설 5부작 등이 있다.

다이쇼 2년1913 이와노 호메이는 시먼스[4]의 *The Symbolist Movement in Literature*1899를 번역한『표상파의 문학운동』을 신쵸사新潮社에서 상재한다. 이것은 조금 색다른 번역이었다. 번역문의 한 예를 들어 보자.

무엇인가, 그렇다면, 랭보의 시와 산문 작품의 실제 가치는, 그 다양한 종류의 상대적 가치에서 벗어나서? 대단하다고 나는 생각하지만, 그러나 이것은 아마 두세 편의 시, 더불어 더욱 한층 불명확한 숙달한 산문으로 머물게 될 것이다. 그가 프랑스 시에 도입한 것은 가깝게는 그 "자연과 함께, 여자를 데리고 있는 듯한 방랑자의 길"인데, 참으로 젊은, 참으로 미숙한, 참으로 오만한, 그리고 왕왕 참으로 묘수의 느낌이 있는 그 현실의 사물, 말하자면 우리들에게 너무나 친근하여 대부분의 사람들이 명백하게는 보기 어려운 것이다. 그는 가장 정묘精妙한 종류의 체감을 드러내면서, 조금도 언어에 양보하는 일 없이 만들고, 언

---

4    아서 윌리엄 시먼스(Arthur William Symons, 1865~1945) : 영국 시인. 비평가. 번역가. 문예지 편집자.

어를 억지로 곧장 말하게 하여, 이것을 길들이는 일은 위험한 동물을 길들이는 모습이었다.<sup>이와노 호메이, 1913; 1996</sup>

이 번역에 대한 반응은 대체로 부정적인 것이었다. 간바라 아리아케 <sup>1914; 1973</sup>는 "이 번역본의 회삽晦澁[5]함이 번역가가 취한 특별한 번역 태도에서 기인한다면 나는 번역가를 위해 이를 안타깝게 여기지 않을 수 없다. (…중략…) 내가 정독한 것은 처음 20면에 불과했다. 그러나 그 20면이 나처럼 둔한 머리로는 몇 시간의 고통이었다"고 쓰고 있다. 그러나 다른 한편으로는 이 번역이 문학사에 미친 영향은 지극히 컸다. 당시 젊은 작가, 시인, 비평가들, 즉 사이토 모키치,[6] 가지이 모토지로,[7] 이부세 마스지,[8] 고바야시 히데오,[9] 나카하라 주야,[10] 도미나가 다로[11] 등 모두 이 번역으로부터 다양한 형태로 큰 감화를 받았다. 가와카미 데쓰타로[12]는 다음과 같이 증언하고 있다.

나는 가장 결정적인 시기에 바로 이 책에 의해 형성된 것이다. 당시 나의 교우로는 고바야시 히데오와 나카하라 주야 단둘로 한정되어 있었다. 우리 셋은 오로지 이 책의 어휘로만 대화했다.<sup>가와카미 데쓰타로, 1934; 1969</sup>

---

5   언어나 문장이 어려워 뜻이 분명하지 않음. 난해함.
6   사이토 모키치(齋藤茂吉, 1882~1953) : 단카(短歌) 시인. 정신과 의사.
7   가지이 모토지로(梶井基次郎, 1901~1932) : 소설가.
8   이부세 마스지(井伏鱒二, 1898~1993) : 소설가.
9   고바야시 히데오(小林秀雄, 1902~1983) : 문학평론가. 편집자.
10   나카하라 주야(中原中也, 1907~1937) : 시인. 번역가.
11   도미나가 다로(富永太郎, 1901~1925) : 시인. 번역가. 화가.
12   가와카미 데쓰타로(河上徹太郎, 1902~1980) : 문학평론가. 음악평론가.

　그러한 문학사적 의의와 별개로 문제가 되는 것은 그 번역 방법이다. 이와노 호메이는 이 「역자 서」 외에도 「현대 번역계 일별 (상)」이라는 글에서 "뜻이 통하는 직역, 이것이 원문에 가장 충실한 번역이라 말해야 할 것이다", "그저 to나 whose의 경우만이 아니다. for, because, that, so that 이나 who, where, when 등과 같은 것도 그 앞뒤의 문구를 굳이 뒤바꾸지 않고 알기 쉽게, 그리고 원문의 힘 있는 그대로 읽어 내려갈 수 있다"<sup>이와노 호메이, 1912; 1996</sup>고 말했다. 이와노 호메이가 '봉역棒譯'이라 부른 번역 수법은 그가 창안한 것이라 볼 수는 없다. 후타바테이 시메이나 모리타 시켄 등이 이미 부분적으로 시험한 바 있고, 또 1912년에 출간되어 널리 읽힌 계몽서 『작문 강화講話 및 문범文範』 등도 그 번역 항목에서 관계사로 접속된 절의 순서를 역전시키지 말도록 권장하고 있다.<sup>하가 야이치·스기타니 다이스이, 1912; 1993</sup>

　간바라 아리아케<sup>1914; 1973</sup>는 그것이 "각 절에서 서로 관련된 의미를 떼어 놓아 무리하게 원문에 가까운 언어의 배열을 만든 바가 되어 원만한 글 뜻을 일부러 교란한다"고 평했다. 이 비판에 대해 이와노 호메이<sup>1914; 1996</sup>는 "씨 역시 인습적 어학력으로 원문을 오해하거나 그렇지 않으면 오독한 것이 아닌가? 동시에 핀트가 맞는 봉역의 진상을 모르는 것이 아닌가? 봉역에서는 결코, 특히 그렇게 '떼어 놓거나' '교란하지' 않는다"고 반론했다. 그런데 이와노 호메이의 이 반박은 정곡을 찌르는 것이었다. 왜냐하면 이 봉역이라는 번역 수법을 현대풍으로 세련되게 하면 다른 번역 수법으로는 느슨해지기 쉬운 문장 사이의 결속성을 긴축시켜 화제-평언 구조[13]나 신구 정보의 흐름을 재현하며, 매크로 정합성을 포함하는 의미

---

13　topic-comment structure.

적 정합성을 보증하는 번역을 산출할 가능성이 있기 때문이다. 시먼스의
일본어 번역은 지금껏 이와노 호메이의 번역을 포함하여 6종이 있는데,
이와노 호메이와 거의 동시대의 구보 요시노스케 번역[1925], 비교적 최근
의 마에가와 유이치 번역[1993], 야마가타 가즈미 번역[2006]을 비교해 보자.


### Arthur Symons, *The Symbolist Movement in Literature*[1899]

"I like to arrange my life as if it were a novel," wrote Gerard de Nerval, and,
indeed, it is somewhat difficult to disentangle the precise facts of an existence
which was never quite conscious where began and where ended that "overflowing
of dreams into real life," of which he speaks.


### 이와노 호메이 역[1913]

"나는 나의 생을 마치 소설처럼 배열하는 것을 좋아한다"고 제라르 드 네르
발은 기술記述했다. 실로 분란紛亂을 해결하는 데 다소 곤란한 것은 한 존재의 정
밀精密한 제諸 사실에서 그 존재는 그가 말한바 "실생활에 꿈의 충일充溢"을 어디
에서 시작하여 어디에서 끝냈는지 전혀 의식이 없었다.


### 구보 요시노스케 역[1925]

"나의 생애는 소설처럼 배열해 보고 싶다"고 제라르 드 네르발은 쓰고 있다.
그의 이른바 "현실의 생활로 범람하는 꿈"의 기점과 종점이 끊어지지 않는 생
존의 미세한 사실을 일일이 분석하는 것은 실제로 용이한 일은 아니다.


### 마에가와 유이치 역[1993]

"나는 나의 인생을 한 편의 소설처럼 구성하고 싶다"고 제라르 드 네르발은

썼지만 실제로 그가 말한 저 "현실 생활로의 꿈의 범람"이 어디에서 시작되어 어디에서 끝나는지 자신도 전혀 의식한 일이 없었으며, 그런 인간과 관련된 정확한 사실을 해명하는 일은 제법 성가신 일이다.

**야마가타 가즈미 역**[2006]

"나는 나의 인생을 마치 한 편의 소설인 것처럼 짜는 것이 좋다"고 제라르드 네르발은 쓰고 있지만 사실 네르발이 말하고 있는 "실생활에 꿈이 흘러넘쳐 파고드는" 현상이 어디에서 시작되고 어디에서 끝나는지 결코 의식하는 일 없는 한 인간의 인생을 구성하는 정확한 사실을 풀어내는 일은 조금 어렵다.


읽어 보면 분명해지듯이 구보 요시노스케 번역, 마에가와 유이치 번역, 야마가타 가즈미 번역의 기본적인 구문은 동일하다. 차이라면 구보 요시노스케 번역에는 생략이 있는 점, 마에가와 유이치 번역이 "정확한 사실"에 걸려 있는 긴 형용어구를 구점句點으로 끊어 읽기 쉽게 하고자 한 점, 야마가타 가즈미 번역이 약간 장황한 번역이 되어 버린 점 정도일 것이다. 어느 경우든 이와노 호메이 번역보다 읽기 쉽고 이해하기 쉬울지도 모르겠다. 여기에서 마에가와 유이치 번역 쪽이 자연스러운 일본어인 것처럼 여겨진다. 그러나 구보 요시노스케, 마에가와 유이치, 야마가타 가즈미 번역 모두 원문의 구문을 보존하여 어순을 변경한 결과 의미의 흐름에 혼란이 생겼다. 바꿔 말하자면 의미의 정합성을 추구하는 독자의 추론이 "정확한 사실"이라는 어구가 나올 때까지 지연되어 독자는 그때까지 서스펜스 상태에 놓이게 된다(아서 시먼스의 원문에는 동사 disentangle과 그 목적어 the precise facts of an existence가 비교적 일찍 나타나고 뒤에 an existence를 구체화해 갈 뿐이다). 마에가와 유이치 번역과 야마가타 가즈미 번역에서는 원문의 "I — Gerard de Nerval — an existence — he", "my life — the pre-cise facts — real life", "a novel — dreams"라는 어휘적 연결결속성이 보증하는 의미적 정합성을 얻기 위해 문장 끝에 이른 다음 다시 추론과 재해석이 필요하게 된다. 한편 이와노 호메이 번역 쪽은 스타일과 조사措辭[14] 측면에서 난해하여 간바라 아리아케가 말한 대로 이해조차 곤란한 대목이 있다. 그러나 이와노 호메이 번역을 조금만 바꾸면 고보 요시노스케 번역, 마에가와 유이치 번역, 야마가타 가즈미 번역을 능가하는 번역이 생겨날 가능성이 있다. 시험 삼아 이와노 호메이 번역의 어순구·절 순서을 큰 줄기에서 유지하면서 조사를 조금 현대풍으로 바꾸어 보면 다음과 같다.

"나는 인생을 소설처럼 구성하고 싶다"고 제라르 드 네르발은 썼다. 그러나 사실대로 말하자면 그와 같은 인간에 대해 사실을 정확하게 가려내는 일은 적이 어렵다. 어쨌든 네르발은 그가 말한 "실생활 속으로의 꿈의 범람"이 언제 시작되어 언제 끝나는지 전혀 의식한 적이 없었으므로.

그러나 어순그보다 정확하게는 구·절 순서를 원문대로 유지함으로써 원문의 어순이 지닌 효과를 재현하는 일이 항상 가능할 리는 없다. 특히 구조적인 차이가 큰 언어 사이에서 번역하는 경우 신택스의 제약에서 벗어나 원문과 같은 어순을 재현하기 위해서는 번역가에게 정묘한 솜씨가 요구된다. 이노우에 겐1994이 지적한 바처럼 원문의 어순을 보존하고자 하는 이와노 호메이의 '봉역'이라는 방법은 "내실 없는 방법"으로 그치고 만 것이 확실하지만 이 번역 방법은 현대적으로 말하자면 화용론적 등가성과 정보

---

14　말을 부림. 문자를 선택하거나 배치하는 용법.

구조적 등가성을 지향하는 번역과 통하는 가능성을 지니고 있다고 볼 수 있다. 「역자 서」에서 "이는 원문의 어조와 어세, 더욱이 원문의 성질을 충실하게 유지하는 방법이기 때문"이라는 문장, 또 「현대 번역계 일별 (상)」에서 "뜻이 통하는 직역"이라는 말은 현대 번역 이론 측면에서 그렇게 읽을 수 있다.

이와노 호메이 번역론의 영향은 오카 쇼헤이[15]에게도 미치고 있다. 오카 쇼헤이는 자신이 번역가이기도 해서 스탕달의 『파르므의 수도원』 등을 번역했는데, "나의 번역 방침은 원칙적으로 이와노 호메이가 아서 시먼스의 『표상주의 문학운동』[16] 번역에서 취한 방법에 따라 될 수 있는 대로 원문의 어순을 바꾸지 않고, 같은 말에는 같은 번역어를 대응시킨다는 것이었다"오카 쇼헤이, 1979면서 이와노 호메이의 번역 수법에서 영향을 받았음을 인정했다.

「예언」에는 "청신한 사상에는 청신한 어법이 필요하다"는 번역 사상이 서술되어 있다. ""자세가 없었다"라든가 "나방을 그 빛으로 끌어당겼다"와 같은 표현은 새로운 사상으로 읽으면 곧바로 깨닫는 발상법이다. "병실이 그를 요구했다"라든가 "숲의 수목들에 목차를 매기다"와 같은 것은 일본문으로서는 새로운 어법이다." 그러나 이와노 호메이가 "청신한 어법"으로 여긴 것이 기점 언어에서는 반드시 '청신'하지 않고 극히 평범하게 사용되는 어구나 관용구도 있다. 원문의 표현은 각각 다음과 같다.

---

15    오카 쇼헤이(大岡昇平, 1909~1988) : 소설가. 프랑스문학 연구자.
16    『표상파의 문학운동』을 가리킴.

① But with Gerard, there was no pose.

② The fatal transfiguration of the footlights, (…중략…) has drawn many
  moths into its flame

③ when a hospital-bed claimed him.

④ to catalogue the trees of the forest.


①의 'pose'는 '자세'라기보다 '젠체함'이라는 편이 적당할 것이다. ②는 특별히 청신하지 않다. ④의 'catalogue'는 "목록을 만들다", "열거하다"라는 의미의 동사인데 "the trees of the forest"와 같이 등장하더라도 딱히 이상하지는 않다. 이상한 것은 "목차를 만들다"라는 번역어 쪽이다. ③의 'claim'은 cancer, death, sleep, illness 등을 주어로 삼는 경우가 많은데, 'bed'를 주어로 삼는 경우도 있다. 그러나 이를 "요구한다"로 번역해서는 의미가 선명하지 않게 된다. 이와노 호메이가 취한 방법은 꽤 억지스럽지만 그럼에도 불구하고 이와노 호메이의 독특한 어휘 사용은 '봉역'을 매개로 하여 일종의 기묘한 효과를 낳고 있다. 요시다 겐이치[1962][17]는 이와노 호메이 번역에 대해 "번역은 이미 그것을 읽은 이에게 그 원문보다 진실을 말하고 있는 것처럼 여기게 하여 때로는 그 일군의 독자들에게 본국에서의 그 원문을 뛰어넘는 영향을 미치는 그러한 번역도 있다"고 말한다.

한편 「역자 서」에 『역주 영문학』이라고 되어 있는 것은 정확하게는 『역주 근세 영문학』[유호도쇼텐, 1909]이다. 이름을 든 다카하시 고로 외에도 바바

---

17    요시다 겐이치(吉田健一, 1912~1977) : 영문학자.

고초, 가타가미 노부루, 나카지마 고토,[18] 도가와 슈코쓰,[19] 시마무라 호게쓰가 집필했다. 이와노 호메이가 담당한 것은 윌리엄 워즈워스의 「영혼의 불멸을 드러내는 어린아이의 추억」, 로버트 브라우닝의 「최면술」, 너새니얼 호손의 「지나가는 화복禍福」, 에드거 앨런 포의 「까마귀」다.


## 참고문헌


가와카미 데쓰타로(河上徹太郎), 「巖野泡鳴」(1934), 『河上徹太郎全集』3, 勁草書房, 1969.

간바라 아리아케(蒲原有明), 「『表象派の文學運動』に就いて」(1914), 安田保雄・本林勝夫・松井利彦 編, 『近代文學評論大系 8－詩論・歌論・俳論』, 角川書店, 1973.

구보 요시노스케(久保芳之助) 譯, 『文學に於ける象徵派の人人』, 文獻書院, 1925.

마에가와 유이치(前川祐一) 譯, 『象徵主義の文學運動』, 冨山房, 1993.

야마가타 가즈미(山形和美) 譯, 『完譯象徵主義の文學運動』, 平凡社ライブラリー, 2006.

오카 쇼헤이(大岡昇平), 「飜譯しながら……」, 週刊朝日 編, 『私の文章修業』, 朝日選書, 1979.

요시다 겐이치(吉田健一), 『横道にそれた文學論』, 文藝春秋新社, 1962.

이노우에 겐(井上健), 「巖野泡鳴譯, アーサー・シモンズ『表象派の文學運動』」, 大澤吉博 編, 『テクストの發見』, 中央公論社, 1994.

이와노 호메이(巖野泡鳴), 「現代飜譯界の一瞥 上」(1912), 『巖野泡鳴全集』12, 臨川書店, 1996.

__________________, 「蒲原氏へ」(1913), 『巖野泡鳴全集』12, 臨川書店, 1996.

__________________, 『表象派の文學運動』(1913), 『巖野泡鳴全集』14, 臨川書店, 1996.

하가 야이치(芳賀矢一)・스기타니 다이스이(杉谷代水) 編, 『作文講話及び文範』(1912), 講談社學術文庫, 1993.


---

18　나카지마 고토(中島孤島, 1878~1946) : 소설가. 번역가. 문학평론가.

19　도가와 슈코쓰(戶川秋骨, 1871~1939) : 수필가. 번역가. 문학평론가. 영문학자.

# 국부론



## 후기

　다이쇼 10년[1921] 11월 제1권을 낸 다음 다이쇼 12년[1923] 8월 제3권을 출판하여 전역全譯을 끝내고 오늘에 이르기까지 나의 졸역에 관한 세평을 혹은 직접적으로 혹은 간접적으로 기회가 날 때마다 들었다. 그중에서도 맨 처음으로 잡지 『다이아몬드』[1921.12.21]는 원저와 대조하여 자세하게 일자일구一字一句를 깊이 파고들 연구자에게는 매우 친절한 번역서이지만 대의를 파악하려 하는 자에게는 딱딱함이 조금 과한 것 같다고 평했다. 가와카미 하지메[1] 박사는 칭찬이라기보다 오히려 후진에게 충고하는 태도로써 몇 군데 직역이 있는 것, 퇴고가 충분하지 않다는 것을 말씀하셨다『경제논총』. 다카하시 세이이치로[2] 교수는 원문에 매우 충실한 번역서로 칭찬하셨지만 '문품文品'을 표현하지 못했다고 평하셨다.『미타학회잡지』, 1924.1 또 최근 『오사카마이니치신문』에도 너무 축자역이라는 내용이 실려 있었다. 이들 여러 평을 개괄하면 요컨대 너무 직역이라는 모양이다. 나처럼 학문이 얕은 자의 졸역에 대해 이렇게 대가와 신문·잡지가 친절한 비평을 베풀어 주신 것은 이미 그것만으로도 고마운 영광이다. 그렇지만 나는 여전

---

1　가와카미 하지메(河上肇, 1879~1946) : 마르크스주의 경제학자. 교토대학 교수.
2　다카하시 세이이치로(高橋誠一郎, 1884~1982) : 중상주의 경제학자. 게이오기주쿠대학 교수.

히 원칙으로서 직역주의를 고집하고 싶다. 왜냐하면 『국부론』의 표준적
고전은 대충 기세 좋게 의역하면 그 번역의 가치가 현저히 감소하기 때
문이다. 여기에 'this'라고 되어 있나 'that'이라고 되어 있나, 단수인가 복
수인가, 이들의 미세한 차이점까지 문제가 되는 『국부론』을 향해서 의역
은 절대로 불가하다고 나는 확신한다. 이러한 의미에서 내 졸역에 뒤떨어
지지 않을 정도로 축어적인 호리 쓰네오[3] 군의 『리카도 경제원론』의 일본
어 번역(가와카미 박사는 이 "역문에 대해서는 전체의 8할까지는 내가 공역자로서 책
임을 부담할 수 있다"고 함)은 믿고 의거할 가치가 있다고 생각한다. 다만 직
역주의의 곤란한 부분은 자칫 딱딱하고 생경한 느낌이 있다는 것이다.
'유창한 직역' 그것이야말로 나의 이상이지만 내가 할 수 없는 바이니 참
으로 유감이다.

이와 같이 나는 일찍부터 초판에 가필하면서 더욱 퇴고를 거듭하여 능
력이 없으면서도 조금이라도 술술 읽히게 하고 싶다고 생각하고 있었다.
마침 그 9월 1일의 큰 난리[4]는 내 졸역의 지형紙型을 전부 망가뜨렸다. 그
래서 나에게 도리어 좋은 기회가 주어져 유감없이 자유롭게 개정할 수
있었다. 이는 마침 그해 10월 중순경부터였다. 그때부터 현재에 이르기
까지 완전히 1년 반, 간헐적이기는 하지만 나는 언제나 개정을 염두에 두
고 공무가 허락하는 한 이를 위해 시간을 할애했다.

---

3    호리 쓰네오(堀經夫, 1896~1981) : 교토제국대학 출신의 경제사상사 학자. 간사이가
     쿠인대학 교수.
4    1923년 9월 1일 발생한 간토대지진.

개정에 착수함에 앞서 나는 미리 은사 야마자키 가쿠지로[5] 박사에게 직역주의에 의할 것인가 의역주의를 따를 것인가 질문드렸다. 선생님은 "가능한 한 축어적으로 직역 방침을 취해야 할" 것이라고 충고해 주셨다. 나는 교수의 이 명언을 언제나 받들어 번역에 임하기로 했다.

"번역의 어려움은 원저의 어려움보다 더하다"고 일찍이 소세키가 말했다. 이 졸역은 나 일개인으로서는 매우 어려운 사업이었다. 게다가 그것은 일부 사람들이 보면 "뭐야, 번역인가" 하고 간단하게 정리될 만한 자질구레한 일인 것이다. 나는 세상의 이른바 원 저술가를 향해 그 오리지널리티를 존경하는 것과 더불어 때때로 그들의 싸구려 오리지널리티<sup>즉 졸렬한</sup> 번역의 출처를 밝히지 못하는 교묘한 Compilation에 심한 반감조차 가진다. 나 같은 사람은 미천하여 "밖으로 드러내지 않고 그늘에서 애쓰는 사람"일 것이다.

개정 재판에 임하여 최초의 두 권, 특히 제1권에서는 그 번역문을 거의 고쳤다. 이 쓸쓸한 마음으로, 또 사람들이 모르는 고생을 겪으며. 사람들이 만약 이 개역문의 교졸<sup>巧拙</sup>을 손쉽게 평가하려고 한다면 나의 공무와 주어진 유한한 시간과 방대한 원저의 면수와 또 완전히 단독으로 이를 달성한 일개인의 건강을 먼저 생각해 보시라. 그렇지만 이렇게 이야기한다고 해서 나는 내 일을 무리하게 변호할 생각은 아니다. 진실로 **비평할 만한 자격이 있는 자**로부터의 진심 어린 충언은 물론 내가 절실히 바라는 바다.

---

5    야마자키 가쿠지로(山崎覺次郎, 1868~1945) : 경제학자. 교토제국대학 교수.

이 개역 제1권이 이루어짐에 그 교정 업무 하나에만 관해서는 전반부는 나 스스로 보았지만 후반부는 규슈제국대학 농학부 경제학연구실에 근무하는 오호 가쓰키大穗勝城 군, 목하 후쿠오카고등학교 재학 중인 내 동생 및 처에게 의뢰했고 또 어떻든 내가 통람通覽했다.

표제는 초판에서 『부국론富國論』이라고 했다. 그 당시에는 아직 그렇게 이름 붙이는 사람이 많은 것 같았기 때문에. 그러나 어찌 된 일인지 최근 고전 연구열이 꽤 왕성해진 것과 더불어 『국부론』이라 부르는 편이 잘 통하게 되었다. 은사 모리 쇼자부로[6] 박사는 다이쇼 12년[1923] 6월 스미스 탄생 200주년 기념 강연이 있었을 때 "반 공적公的"으로 『국부론』이라고 부르게 된 뜻을 일러 주셨다. 이번부터 고쳐서 『국부론』이라 하였다.

가와카미 하지메 박사는 졸역을 평가해 주셨다.『경제논총』 14-4 그때 내가 Ashley판 발췌본의 존재를 "완전히 간과하고" 또 그 5면, 즉 제1장 「분업론」 앞머리 첫 단에 "the greater skill, dexterity, and judgement⋯⋯"[2행]라 되어 있는데, 이것은 애슐리판 발췌본에만 보이는 부분으로 (박사는 "내가 아는 한에서는 애슐리판 외에는 이와 똑같은 것은 하나도 없다"고 함) 이에 대해서 한마디도 언급하고 있지 않은데 어떻게 된 것인가 하고 말씀하셨다. 나는 애슐리판 발췌본을 오사카에 있을 무렵인 1920년 9월 2일 교토에서 구입했다. 이때 그 속표지에 "Kioto. den 2. Sep. Takeuchi"라고 기입해 두었다. 그래서 번역서 초판이 1921년 11월에 상재된 것이다. 다만 문제의 이 부분을 캐넌판과 대조해 보는 것을 간과했다. 이번에는 대조해 보았다.

---

6    모리 쇼자부로(森藏三郎, 1887~1965) : 경제학자. 도쿄제국대학 교수.

그러나 나는 실망했다. 애슐리판은 결코 교수가 특히 주의하실 정도로 신뢰할 수 있는 것이 아니다. 먼저 그 「머리말」VIII면에서 **원문은 초판**에 따른다는 취지를 명기하면서도 실제로는 초판에 근거하지 않은 부분이 여러 군데 나와서 나로 하여금 이는 본서가 초판을 따르지 않고 그 뒤의 판에 기반하여 그저 몇 부분 약간의 차이점만 초판을 참고한 것이라 생각하게 했다. 나는 번역서 중에서 그 실례를 몇 군데 지적해 두었다. 또 교수는 "the greater skill" 운운이라 되어 있는 것이 애슐리판 발췌본뿐이라고 말씀하지만 그렇지 않다. London : George Routledge & Sons, Limited. New York : E. P. Dutton And Co. 출판의 『국부론』1책, 연대 불명이지만 새롭게 출판되고 있음. 염가판 3면에도 똑같이 "the greater skill……"이라 명기되어 있다. 그리고 『국부론』 **초판** 5면 및 캐넌판에 "the greater **part of the** skill……"이라 되어 있다. 그렇지 않아도 애슐리판에는 곳곳에 오식이 보인다(캐넌판에도 오식은 확실히 있지만).

졸역 초판과 이 재판의 주된 차이를 열거하면

1. 재판에서는 스미스의 초상을 걸었다. 이는 McCulloch, *Life of Adam Smith*, Edinburgh, MDCCCLV에 있는 것에서 복각했다. 이 책은 45면의 소책자로 겨우 50부 인쇄하는 데 그쳤다. 물론 이 전기는 그 후에 M 씨의 여러 저작물에 재록되었지만.

2. 스미스가 흄에게 보낸 서한의 중판을 넣었다. 이것도 앞서 소개한 소책자에서 가져왔다.

3. 원저 제3판 서문 및 원저 제4판 서문을 제1권에 넣었다.

4. 「초판 자서」 및 「예언例言」 중에서 현재로서는 필요 없는 어구를 약간 삭

제했다.

5. 「재판 자서」를 작성하고, 이어 I장「스미스 약전」이하 VI장「국부론 촬요
撮要」를 더했다.

6. 「캐넌 씨 서문」을 번역하여 실었다. 캐넌판『국부론』에서.

7. 캐넌 씨 판에 있는 그의 두주頭註[7] 및 각주를 역출하여 추가했다. 무엇보다
도 나 자신이 더한 두주도 있고, 또 각주 가운데 현재의 우리에게 비교적
중요하지 않은 것은 삭제했다.

8. 더욱이 Dr. Wilhelm Loewenthal의 독일어 역『국부론』베를린, 1879년판 및 F.
Stöfel의 독일어 역『국부론』베를린, 1905년판을 입수하여 대조할 수 있었다.

9. 재판에서는 스미스의 원주는 * 표시를 붙이기로 했다.

10. 원저 면수를 기입해 두었다.


「이른바『제諸 국민의 부의 성질』에 대하여」는「스미스의 연구 제목이
었던 부의 제상諸相을 엿본다」라는 제목을 붙여『국가학회잡지』다이쇼
13년1924 7월호에 게재했던 것을 정정 가필하여 부연한 것이다. 「스미스
의 근본 사상 개관」은 같은 잡지의 동년 10~12월호에 연재한 것, 또「캐
넌 씨 서문」은「애덤 스미스의 사상 근원」이라는 제목으로『통계잡지』
1924.11~1925.3에 번역하여 실은 것이다. 「국부론의 성가聲價」,「스미스에게 있
어서 경제학의 대목적」및「국부론 촬요」는「국부론의 연구」로『사회학
연구』1925년 4월 창간호에 게재한 것을 약간 고친 것이다.


캐넌 씨 판『국부론』에 있는 그의「Preface」는 우리에게는 중요하지 않

---

7    본문 위쪽에 적는 주석.

기 때문에 생략했다.


나의 「국부론 촬요」와 함께 두주를 같이 읽어 주시기 바란다.


스미스의 학설, 사상에 하나하나 주석을 더하고 그 참고서를 열거한다면 캐넌 씨 말처럼 일대 백과전서를 요하게 될 것이다.

스미스의 사상 근원에 대해서는 캐넌판 『국부론』 서문에 상세한 설명이 보인다(이는 번역해 두었다). 스미스의 근본 사상에 관한 참고서로는 우인 하세다 다이조[8] 군의 「애덤 스미스와 이기심」『경제학논집』, 1923.6에 인용되어 있는 곳을 참조하라. 그 밖의 스미스의 저작, 참고서 등에 대해서는 Palgrave, *Dictionary of Political Economy* III, 1918, 422~423면J. Bonar 집필, Haldane, *Life of Adam Smith*, 1887의 부록, 1923년 히토쓰바시 상대, 게이오대학, 교토대학의 스미스 탄생 200주년 기념호 출판 및 도쿄대학 『국가학회잡지』37-7, 1923.7에 양보해 두겠다.


일찍이 나와 "일면식도 없는 한 학생" 오제키小關 군은 졸역 초판 제2권 418면 밑에서 다섯 번째 행에 있는 오식을 알려 주었다. 즉 "이는 정치체 건강 보지保持의 원리라고 생각했던 관점이 있다……"에서 "생각했던"는 "생각하지 않았던"의 오식이다. 오제키 군은 "스미스를 열심히 공부하는 연구가"라 한다. 군의 친절한 마음에 크게 감사한다.


마지막으로 다이쇼 7년1918에 역출을 기한 이래 지금에 이르기까지 직

---

8    하세다 다이조(長谷田泰三, 1894~1950) : 도쿄제국대학 출신의 재정사학자. 도호쿠
     제국대학 교수.

접 또는 간접으로 가르침을 주시고 비평과 격려를 베풀고 편의를 주셨던 선배 동료 여러분 앞에 나는 거듭하여 심심한 사의를 표한다. 특히 나의 기쁨은 동료 고지마 세이이치小島精一 군이 일전에 그 수년간 연구로 이룬 역작 『철강업 발전사론』을 출판했고, 또 머잖아 가야마 유지香山勇二, 전 이름 오다(小田) 유지 군이 J. S. 밀 연구의 일부를 출판하려 하는 것이다. 두 사람 모두 자기 연구 분야를 개척하면서 우리 친한 세 사람이 유지 형의 가마쿠라의 새 저택에 모여 각자의 일을 보여주고 서로 평하며 도와주는 것은 그나마 즐거운 일이었다. 유지 형은 밀, 세이이치 군은 철, 나는 스미스로 슬프고도 애석하게 우리 청춘을 썩히고 있다.

1925년 5월 1일
후쿠오카에서
겐지 적다

# 역자 서

본서의 원저는 서명을 *An Inquiry into the Nature and Causes of the Wealth of Nations*라 붙이고 1776년 3월 런던에서 공간公刊된 것을 초판으로 하여 이래로 저자의 생존 중에 1789년 5판까지 중판하였다. 그중에서 제2판은 초판에 특별한 변경을 가하는 일 없이 양쪽 다 상·하 2권으로 나누어 간행되었던 것이 제3판에서는 몇 가지 증보 정정을 가하여 이를 상·중·하 3권으로 나누어 공간하였다. 이후 제4판 및 제5판 모두 원저자가 아무런 특별한 보정을 가하는 바 없이 모두 3권으로 나누어져 저자의 사후 1799년까지 제9판을 내기에 이른다. 그때부터 최근에 이르는 동안 여러 나라 각지에서 간행된 본서 판본의 종류는 실로 그 수를 헤아릴 수 없을 만큼 많은데, 유익한 서설, 해제, 평론, 전기, 주석, 또는 보유補遺, 색인 등을 붙여 특히 유명한 것은 1805년 런던에서 출판된 플레이페어William Playfair판을 비롯하여 1814년 에든버러 출판의 뷰캐넌David Buchanan판, 1828년 같은 시에서 출판된 맥컬로J. R. M'Culloch판, 1835~1839년 런던 출판의 웨이크필드Edward Gibbon Wakefield판, 1869년 옥스퍼드 출판의 로저스J. E. Thorold Rogers판, 1884년 런던 출판의 니콜슨J. S. Nicholson판 및 1904년 런던 출판의 캐넌Edwin Cannan판 등의 몇 종으로 그 외는 대개 이를 복제한 것에 다름 아니다. 그중에서도 인쇄가 가장 정확하고 주석, 색인이 가장 완비된 것으로 원저 연구자가 가장 신뢰할 만한 판본은 최근의 판본인 캐넌판이라 할 것이다.

그 밖에 외국어로 된 본서의 번역은 이미 저자의 생존 중에 공간된 실러Joh. Fr. Schiller의 독일어 역 및 블라베Abbé J. L. Blavet의 프랑스어 역을 비롯하

여 루셰J. A. Roucher 및 콩도르세Marquis de Condorcet 공역의 프랑스어 역 및 가
르니에Germain Garnier의 프랑스어 역, 가르베Ch. Garve 및 되리엔August Dörrien의
공역, 애셔C. W. Asher 역, 스퇴펠F. Stöpel 역, 뢰벤탈Löwenthal 역 등 독일어 역,
폴랴트코프스키Poliatkowsky의 러시아어 역, 드뢰베Fr. Dräbye의 덴마크어 역,
오르티즈Jose Alonzo Ortiz의 스페인어 역 등 참으로 문명국의 각국어 중에서
그 번역문을 볼 수 없는 일은 없고 각국 어디에서나 몇 종의 번역본을 갖
고 있는 상황이다.

그리하여 본 원저의 가치가 어떠한지, 본 저자의 이 학문사에서의 지위
여하에 대해서는 이 학문에 뜻을 둔 사람은 물론 적어도 다소의 정치 경제
를 논의하는 사람이 이미 다 같이 인지하는 바이니 다시 우리가 감히 이에
말을 더할 필요가 없을 것이다. 경제학의 창설자로서, 재정학의 비조로서,
저자가 이 학문사에서 한층 뚜렷이 탁월하며 이래로 한 세기 이상에 걸쳐
서 정치 경제 사조의 지도자로서 동서 각국의 조야를 움직인 그 대업이 오
로지 이 저술에 있다는 것을 생각하면 그 진가를 미루어 이를 아는 데 어
렵지 않을 것이다. 도도한 수십만 어의 대저술, 그 말한 바에는 많은 선철
先哲의 연구에 힘입은 바 적지 않다 하여도 이들 선철의 말한 바를 취사선
택하여 그사이에 수많은 독창적인 이론과 연구의 결과를 더하여 이를 종
합 통일하고, 이로써 혼연한 한 계통의 학설을 구성하고 부연하여 후세의
학자, 실무가를 위해 지향할 바를 알게 했다는 것 하나는 이미 본저로 하
여금 불후의 대전大典으로 하는 데 충분한 것이다. 하물며 정치精緻하고 용
의주도한 실제의 관찰과 면밀하며 심원한 사색에서 나온 그 주장이 지금
도 이 책을 넘겨 볼 때마다 언제나 새롭게 우리를 계발하여 멈추지 않도
록 하는 데 이르러서랴. 자세히 이 책을 연구해 간다면 이래 발달하고 발
생하기에 이른 정치상, 경제상의 수많은 신사조, 신경향이 거의 전부 그

맹아를 이 책 속에서 찾을 수 있음을 알 수 있을 것이다. 초간 이래 지금에 이르기까지 150여 년 동안 복각, 주해, 번역 등의 공간이 잇달아 이루어진 것은 앞에서 말한 바와 같고 각국 각지 도처에서, 서재와 서점에서 지금도 여전히 이 책을 보지 못함이 없는 까닭 또한 이로써 알 수 있을 것이다.

그러므로 이러한 명저의 번역을 시도하면서 우리는 한뜻으로 정확하게 원문의 의미를 전달하는 것에 전념함은 물론이려니와 그러나 원문에 충실하려는 나머지 자칫 에두르고 난해한 어구에 빠지고 마는 번역문의 통폐通弊에 대해서는 가급적 이를 회피하도록 고심하여 가급적 평이하고 통속적인 어구를 사용하는 데 힘썼다. 그 결과 동일한 원어도 전후 관계상 두 가지 또는 세 가지로 번역된 경우도 적지 않았다. 또 원문의 두세 문장을 합쳐 한 문장으로 하거나 혹은 그 한 문장을 두셋의 문장으로 구획한 것도 적지 않았다. 필경 원문의 의의를 가급적 명료하게 우리나라 사람에게 전하려고 하는 미충微衷에 다름 아닐 것이다. 그 밖에 본 번역은 이상에서 열거한 각종의 판본 중에서 주로 제5판에 의거해 이외의 영문 판본과 독일어·프랑스어 번역본을 참조하여 이를 이루고, 또 주석은 원저자가 붙인 것 외에도 캐넌판을 비롯하여 그 밖의 주해 중에서 이를 취사하여 채록함과 더불어 다소 사견을 더하여 이를 보충하고, 그리하여 이들 채록하여 보충한 주석에는 괄호를 붙여 원저자의 주석과 이를 구별하였다. 변변찮은 재주로 문장이 뜻대로 되지 못하였으나 본 번역의 간행에 의해 원저의 내용이 널리 강호에 전해져 우리나라에서 이 학문을 연찬研鑽하는 데 다소 이바지하는 바 있다면 역자의 본마음은 실로 이에서 벗어나지 않을 것이다.

쇼와 2년1927 8월
기가 간주 적다

애덤 스미스1723~1790의『국부론*An Inquiry into The Nature and Causes of the Wealth of Na-tions*』1776은 경제학의 원류로 일컬어지는 명저다. 막부 말 이후 여러 가지 형태로 소개되고 연구되어 왔으며, 오코치 가즈오1978[9]에 자세하게 논해진 것처럼 번역 수도 많다. 최초의 완역은 이시카와 에이사쿠[10]·사가 쇼사쿠[11] 역『부국론富國論』이며 메이지 17년1884부터 메이지 21년1888에 걸쳐 출판되었다.

다음으로 완역한 것이 다케우치 겐지1895~1978다. 다이쇼 8년1919 도쿄대학 법학부 경제학과 졸업 후 회사에 근무하면서 번역하여 다이쇼 10년1921 26세 때『전역全譯 부국론』제1권이 유히카쿠有斐閣에서 출판되었다. 그다음 해 제2권, 2년 뒤인 다이쇼 12년1923 8월 제3권이 출판되었는데, 그 직후 "9월 1일의 큰 난리"간토대지진로 지형이 소실되었다. 그래서 곧바로 개역에 착수하여『국부론』으로 제목을 바꾸어 다이쇼 14년1925 똑같은 유히카쿠에서 출판된 것이 개정 증보 재판 제1권이다.

그 후에도 다케우치 겐지는 반복하여 개정을 행하고 사후인 쇼와 56년1981 치쿠라쇼보千倉書房판에 이르기까지 실로 60년에 걸쳐 7종의 판이 출판되었다. 다케우치 겐지는『전역 부국론』을 출판한 이후 규슈대학 조교수가 되어 같은 대학 교수, 주오대학 교수 등을 역임했다. 저서와 역서가 다수 있지만 일생의 많은 부분을『국부론』번역과 개정으로 채웠다고 말해도 과언이 아니다.

---

9    오코치 가즈오(大河內一男, 1905~1984) : 경제학자. 사회정책학자. 도쿄제국대학 교수.

10   이시카와 에이사쿠(石川暎作, 1858~1886) : 메이지 시기 대장성 관리.『도쿄경제잡지』편집자.

11   사가 쇼사쿠(嵯峨正作, 1853~1890) : 메이지 시기 오사카 조폐국 관리.『도쿄경제잡지』편집자.

쇼와 39년<sup>1964</sup>에는 『오역-대학 교수의 두뇌의 정도』<sup>유키쇼보(有紀書房)</sup>에서 오우치 효에[12] 역, 오우치 효에·마쓰카와 시치로[13] 역, 미즈타 히로시[14] 역 등의 오역을 날카롭게 지적하여 큰 화제가 되었다. "스미스도 리카도도 나의 정역正譯을 다른 사람의 오역과 같은 것으로 보고 취급한다면 매우 불편하다. 영어를 못하는 자는 마음대로 말하라. 나 홀로 나의 번역이야말로 견줄 바 없이 정확하며 깨끗한 양심에 기대어 확신하고 있는 것"<sup>다케우치 겐지, 1983, 5면</sup>이라 과시하는 글을 썼으니 굉장하다.

그리고 "견줄 바 없이 정확한" 번역이야말로 다케우치 겐지가 평생에 걸쳐 추구한 목표였다. 번역의 질을 판단할 때 기준은 여러 가지가 있지만 다케우치 겐지<sup>1983, 3면</sup>는 그중에서 정확함을 절대 기준으로 삼았다. "번역문은 산술과 마찬가지로 답은 단 하나. 따라서 그 유일한 답 외에는 오류"라 말한다. "유일한 답"을 구하는 입장에서는 직역 이외의 스타일을 생각하기 어렵다. 30세가 되는 해에 쓴 개정 증보 재판 제1권의 「후기」에도 이 자세가 실로 잘 드러나 있다. 초판에 대해 너무 직역이라는 비판이 있었으나 "나는 여전히 원칙으로서 직역주의를 고집하고 싶다"고 선언했다.

가능한 한 "축어적으로 직역 방침을 취한다"는 것이 다케우치 겐지의 일관된 자세다. 전후의 가이조센쇼<sup>改造選書</sup>판에서는 "너무 딱딱하다"는 비판을 받고 오우치 효에 역을 참고로 "딱딱한 곳을 다소 문구를 수정하여 출판"<sup>했지만오우치 효에·다케우치 겐지, 1965, 57면</sup> 기본적인 자세는 바뀌지 않았다.

---

12 　오우치 효에(大內兵衛, 1888~1980) : 마르크스 경제학자. 재정학자. 도쿄제국대학 교수.

13 　마쓰카와 시치로(松川七郎, 1906~1980) : 경제학자. 도쿄제국대학 졸업. 히토쓰바시 대학 교수.

14 　미즈타 히로시(水田洋, 1919~2023) : 경제학자. 사회사상가. 나고야대학 교수.

이와 대조적인 자세를 표명한 것이 기가 간주[1873~1944]다. 쇼와 2년[1927]에 출판된 이와나미 문고판의 『국부론』 상권 「역자 서」에서 "동일한 원어도 전후 관계상 두 가지 또는 세 가지로 번역"하고 "원문의 두세 문장을 합쳐 한 문장으로 하거나 혹은 그 한 문장을 두셋의 문장으로 구획하는" 방법도 취했다고 말하고 있다.

요컨대 원문의 표면이 어떻게 되어 있는가 하는 것이 아니라 '원문의 의미'를 일본어로 독자에게 전하는 것을 목적으로 삼고 있다고 말하며, 그 때문에 원어와 번역어의 일대일 대응을 추구하지 않는다고 선언하고 있는 것이다. 1990년대에 헤겔 번역으로 시대에 한 획을 그은 하세가와 히로시[1994; 1998][15]와 통하는 자세다.

기가 간주는 게이오기주쿠대학 경제학부당초에는 이재과(理財科)의 전통을 쌓은 경제학자의 한 사람이다. 게이오기주쿠를 졸업하고 메이지 32년[1899]에 게이오 파견 제1회 유학생으로 독일에 가서 박사 칭호를 취득했다. 귀국 후에는 게이오기주쿠에서 경제학을 가르쳤다.

『국부론』 상권은 애초에 다이쇼 15년[1926] '경제학 고전 총서'의 일부로 이와나미쇼텐에서 간행되었다. 빠르게도 이듬해인 쇼와 2년[1927] 이와나미 문고판이 출판되었다. 상권에는 원저의 제1편과 제2편이 들어 있지만 유감스럽게도 제3편 이후는 출판되지 않았다.

다케우치 겐지가 '직역주의'를 취한 것에 대해 기가 간주는 '원문의 의미'를 독자에게 전달하는 것을 목적으로 삼았다. 이 대조적인 자세 때문에 번역문에 어떠한 차이가 생기는 것일까? "동일한 원어"를 "두 가지 또는 세 가지로 번역"한 예로 제1편 제1장 제4단락을 보도록 하자. 이 긴 단

---

15    하세가와 히로시(長谷川宏, 1940~ ) : 재야 철학자. 헤겔 연구자 및 번역가.

락에 'art'라는 단어가 세 번 나온다. 누구나 다 안다고 할 만큼 쉬운 단어이지만 쉬운 단어인 만큼 의미의 범위가 넓다. 이 때문에 다음에 말하게 될 이유로 번역할 때 극단적으로 어려운 말의 하나가 된다. 이 단어가 사용되고 있는 부분을 다케우치 겐지 역, 기가 간주 역, 원문 순으로 든다.<sup>강조는 인용자</sup>

### 다케우치 겐지 역<sup>1925, 11면</sup>

그 밖의 어떠한 業<sup>업</sup>, 어떠한 제조업에서도 분업의 효과는 이 극히 사소한 것에서도 마찬가지다. 무엇보다 그 대부분에 있어서는 그렇게 노동을 몇 단계로 세분하는 것도, 또 그 정도 단순한 조작으로 끝내 버릴 수도 없지만. 그러나 분업은 이를 실시할 수 있는 한에서는 어떠한 **업**이라도 노동 생산력에서 이에 응하는 증대를 가져오는 것이다. (…중략…) 이렇게 농업상의 모든 부문의 노동을 그렇게 충분하게 완전히 분리하는 것이 불가능하다는 것은 아마도 이 농사라는 **업**에서 노동 생산력의 증진이 반드시 제조업에서의 그 증진과 병행하지 않는 이유다.

### 기가 간주 역<sup>1927, 15~16면</sup>

그 밖의 수많은 **기술** 및 제조업에서는 노동의 구분이 이와 같이 미세하게 할 수 없고 그 작업 또한 이처럼 간단하게 할 수는 없다 하더라도 그러나 어디에서도 분업의 효과는 이 사소한 시침바늘 제조와 다를 것이 없다. 분업은 어느 **업무**에서도 그것이 실행되는 한 언제나 그 실행 정도에 준해서 노동 생산력을 증진시키는 실익이 있다. (…중략…) 농업에 사용되는 각종 부문의 노동 사이에 완전한 분업을 행하는 것의 이 불가능함이야말로 생각건대 바로 농업 **노동**의 생산력 개량이 언제나 제조 공업에서의 그 개량과 평행하게 나아가지 않는 까닭의 원인일 것이다.

Adam Smith[1976, 15~16면]

In every other art and manufacture, the effects of the division of labour are similar to what they are in this very trifling one; though, in many of them, the labour can neither be so much subdivided, nor reduced to so great a simplicity of operation. The division of labour, however, so far as it can be introduced, occasions, in every art, a proportionable increase of the productive powers of labour. (…중략…) This impossibly of making so complete and entire a separation of all the different branches of labour employed in agriculture is perhaps the reason why the improvement of the productive powers of labour in this art does not always keep pace with their improvement in manufactures.

여기에서 3회 사용되고 있는 'art'를 어떻게 번역하고 있는지 살펴보면 다케우치 겐지는 "업-업-업"이지만 기가 간주는 "기술-업무-노동"이다. 다케우치 겐지가 원어와 번역어의 일대일 대응을 추구한 것에 비해 기가 간주는 "두 가지 또는 세 가지로 번역"하고 있음을 잘 알 수 있다. 또 "this very trifling one" 부분을 보면 다케우치 겐지가 "이 극히 사소한 것"이라고 바로 직역하고 있는 것에 비해 기가 간주는 "이 사소한 시침바늘 제조"라 번역하여 원문의 'one'이 무엇을 지칭하고 있는지 명시하는 방법을 취하고 있다. 또 후에 '핀'이라 번역하는 것이 상식이 된 'pin'을 "시침바늘"로 번역한 것에도 주목해 주었으면 한다. 핀에는 헤어핀도 있지만 안전핀도 있고 곤충침도 있다. "시침바늘"이라고 번역되어 있으면 어떤 핀인지 독자가 헷갈리지 않을 것이다. "원문에 충실하려는 나머지 자칫 에두르고 난해한 어구에 빠지고 마는 번역문의 통폐에 대해서는 가급적 이를 회피하도록 고심한" 자세가 나타나 있다고 생각할 수 있다.

그러나 다케우치 겐지 역과 기가 간주 역의 차이를 너무 강조하는 것은 잘못일 터다. 예컨대 몇 차례 개정을 거쳐 출판된 다케우치 겐지 역 『국부론』 상권1969을 보면 이 세 개의 'art'의 번역어는 "기술-업-기술"로 되어 있어 일대일 대응으로 되어 있지 않다. 또 위에 인용한 부분에서도 세 번째 'art'는 원문의 "this art"가 무엇을 가리키는지 명시하는 방법을 취하고 있다. 더욱이 'pin'에 대해서도 개정 증보 재판에서는 "핀"이지만 애초의 『전역 부국론』다케우치 겐지, 1921에서는 "시침바늘핀"로 번역하고 있다.

이처럼 다케우치 겐지 역과 기가 간주 역은 번역에 관해 대조적이라고 할 수 있는 자세를 표명하고 있지만 사실 번역문의 차이는 그다지 크지 않다. 다케우치 겐지는 "유려한 직역"을 이상으로 했고, 기가 가주도 "동일한 원어도 (…중략…) 두 가지 또는 세 가지로 번역"했다고 쓰기에 앞서 "한뜻으로 정확하게 원문의 의미를 전달하는 것에 전념함은 물론이려니와"라며 양해를 구하고 있다. 다이쇼에서 쇼와에 걸친 이 시대, 적어도 사회과학계의 아카데미즘 세계에서는 직역의 과도함을 반성하는 움직임이 있는 한편 다케우치 겐지가 말하는 "대충 기세 좋게 의역"하는 방법을 취할 수는 없다는 것이 상식이 되어 있었던 것으로 보인다.

이 점은 기가 간주의 「역자 서」를 주의 깊게 읽으면 이해할 수 있을 것이다. "동일한 원어도 (…중략…) 두 가지 또는 세 가지로 번역"하고 "원문의 두세 문장을 합쳐 한 문장으로 하거나 혹은 그 한 문장을 두셋의 문장으로 구획하는" 방법도 취했다고 양해를 구하고 있는 것은 뒤집어 말하면 원문의 한 문장을 한 문장으로 번역하고 원어와 번역어를 일대일로 대응시키는 것이 상식이 되어 있었다는 것을 보여주는 것이다. 다카하시 마사지로 항목에서 인용한 나카무라 마사나오의『자유지리』를 보면 분명하듯이〈해제 7〉참조 메이지 초기에는 어느 쪽의 상식도 없었다. 이러한 상식이 확립된 것은 아마도 메이지 중반 무렵이다.

원어와 번역어의 일대일 대응에 관해 이야기하자면 그 배경에는 더 일반적으로 말해 원문의 개개의 말을 각각 하나의 번역어로 번역해 가야 한다는 관점이 있고, 이에 더해 원자론이라는 당시의 세계관이 있다. 삼라만상을 원자라는 최소 단위까지 분해하여 그 조합에 의해 모든 현상을 설명하려는 사고방식인데, 요소 환원론이라고도 불린다. 이를 언어에 맞추어 보면 단어가 최소 단위이며, 단어를 이해할 수 있고 그 조합 방식이 이해되면 "산술과 같이" 유일한 정답을 얻을 수 있다는 사고방식이 된다.

이러한 사고방식에서는 원저에서 사용되고 있는 말의 의미를 하나씩 이해해 가는 것이 원저를 이해하기 위해서 불가결하게 된다. 거기에서『국부론』전편을 통해 100회 가까이 사용되고 있는 'art'를 모두 똑같은 번역어로 번역하여 독자가 'art'의 의미를 생각할 수 있도록 하는 것이 올바른 번역 방법이라고 본다. 이 때문에『국부론』에서는 'art'와 'trade'와 'industry' 등 보통의 말이 특히 번역하기 어렵게 된다.

이러한 사고방식을 강화하는 요인이 된 것이 전문 분야에서 사용되는 말은 일어일의一語一義, 일의일어一義一語 원칙에 따르고 있다고 상정하는 것이다. 이 상정이 강한 확신이 되어 있기 때문에 사회과학계 번역에서는 원어와 번역어의 일대일 대응을 당연하다고 보는 관점이 뿌리 깊었다.

이러한 관점에 문제가 있다는 것을 기가 간주가 몰랐을 리 없다. 그렇지만 번역은 번역가만으로 성립하는 것이 아니다. 독자가 있어야 비로소 성립한다. 독자의 질이 번역의 질을 규정하는 것이다. 독자가 원서를 읽을 때 참고로 번역서를 사용하고 원어와 번역어의 일대일 대응을 요구하는 이상 이 요구를 무시할 수는 없다.

적어도 사회과학계 세계에서 다이쇼 말기부터 쇼와 초기에 걸쳐 독자가 요구하는 번역 스타일은 매우 좁은 범위로 수렴되었다. 원문의 한 문장을 한 문장으로 번역하고, 원문의 각각의 말에 일대일 대응으로 번역어를 맞추어 가는 번역 방식, 요컨대 번역조翻譯調의 번역 방식이 강한 규범이 되어 있었다. 그래서 다케우치 겐지와 기가 간주가 번역에 대해 일견 대조적인 자세를 표명하면서도 번역문이라는 점에서는 꽤 닮은 스타일이 되었던 것이라 생각된다. 이러한 번역 방식은 메이지 시기에는 아마도 근대화를 위해 대량으로 필요하게 된 번역을 효율적으로 처리하는 합리적인 방법으로 채용되었을 것이다. 번역 방식을 결정하고 번역어를 결정하면 원문의 의미를 생각하고 적절한 일본어로 표현하기 위해 고생할 필요가 없어진다. 또 "대충 기세 좋게" 번역하여 원저의 의미를 곡해할 우려도 적어진다.

20대 중반에 『국부론』을 번역한 다케우치 겐지는 말하자면 번역조의 강한 규범을 매우 자연스럽게 받아들이며 직역주의를 채용했다. 이에 반해 50대 중반의 대학자였던 기가 간주는 이 규범의 문제점을 알고 있었기 때문에 이를 질곡으로 느끼고 완화시키려 했다. 지금은 번역조의 규범이 합리적이며 올바르다고 생각하는 독자가 매우 줄어들었다. 그래서 다케우치 겐지보다 기가 간주에 공감하는 사람이 많을 터다. 그러나 규범을 악이라 생각하고 번역가의 자유에 맡겨 두면 괜찮다고 생각하는 것은 일면적이다. 규범이 사라지면 방종하고 유치하게 될 뿐이다. 거기에서 픽션 번역에서는 번역조의 규범을 역으로 취하여 번역의 질을 높이려는 움직임도 출현한다. 예를 들면 원어와 번역어의 일대일 대응을 추구하지도 않고 영일 사전에 쓰인 번역어를 사용한다고도 할 수 없지만 원문의 개개의 말을 각각 하나의 번역어로 번역해 가는 방법, 원문을 정해진 순서로 번역하는 방법을 최대한으로 유지한다. 이와 같은 속박을 부과하는 것으로 원문의 의미를 충실하게 전하고 게다가 일본어로서 질 높은 번역문을 쓰는 계기로 삼는 것이다. 사회과학과 인문과학에서도 이것이 금후의 과제가 될 것이다.

## 참고문헌

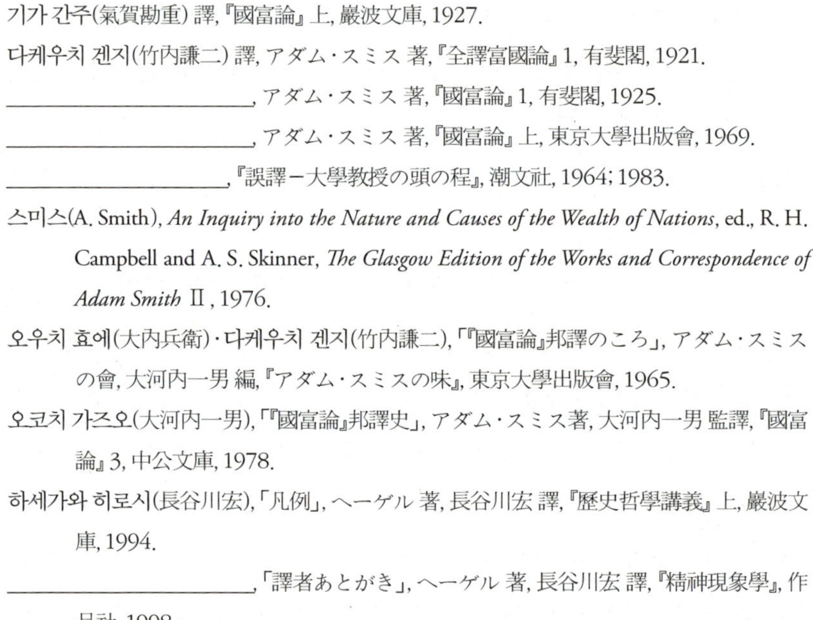

기가 간주(氣賀勘重) 譯, 『國富論』上, 巖波文庫, 1927.

다케우치 겐지(竹內謙二) 譯, アダム・スミス 著, 『全譯富國論』1, 有斐閣, 1921.

　　　　　　　　　　　　, アダム・スミス 著, 『國富論』1, 有斐閣, 1925.

　　　　　　　　　　　　, アダム・スミス 著, 『國富論』上, 東京大學出版會, 1969.

　　　　　　　　　　　　, 『誤譯－大學教授の頭の程』, 潮文社, 1964; 1983.

스미스(A. Smith), *An Inquiry into the Nature and Causes of the Wealth of Nations*, ed., R. H. Campbell and A. S. Skinner, *The Glasgow Edition of the Works and Correspondence of Adam Smith* Ⅱ, 1976.

오우치 효에(大內兵衛)・다케우치 겐지(竹內謙二), 「『國富論』邦譯のころ」, アダム・スミスの會, 大河內一男 編, 『アダム・スミスの味』, 東京大學出版會, 1965.

오코치 가즈오(大河內一男), 「『國富論』邦譯史」, アダム・スミス著, 大河內一男 監譯, 『國富論』3, 中公文庫, 1978.

하세가와 히로시(長谷川宏), 「凡例」, ヘーゲル 著, 長谷川宏 譯, 『歷史哲學講義』上, 巖波文庫, 1994.

　　　　　　　　　　　　, 「譯者あとがき」, ヘーゲル 著, 長谷川宏 譯, 『精神現象學』, 作品社, 1998.

# 셰익스피어 연구 안내



**자료 22_ 나의 번역에 대하여(쓰보우치 쇼요)**

메이지 15~16년[1882~1883] 학생 시절에 『줄리어스 시저』를 번역한 것은 셰익스피어 번역에서 나의 첫 시도였는데, 그때부터 지금까지 셰익스피어 번역에 대한 나의 태도는 적어도 다섯 번 변천을 겪었다.

『줄리어스 시저』 번역은 『자유태도 여파예봉』이라는 마루혼丸本[1]의 제명 같은 표제에서도 알 수 있듯이 문체가 조루리 같은 7·5조로 매우 야무지지 못한 자유역이었다. 요컨대 그것은 나에게뿐만 아니라 우리 번역문학의 제1기였다. 그다음으로는 메이지 28~29년[1895~1896] 『와세다문학』에 일본·중국·서양문학 강의를 게재하여 신세대 청년 계도에 편의를 제공하고자 기도했던 무렵이다. 주석을 위주로 한 번역이었기 때문에 가급적 축어역으로 하고 산문역散文譯이기는 했으나 한마디도 더하거나 빼지 않기 위해 노력한 데다가 마침 그 무렵은 국문학 부흥시대여서 우리 국문법의 속박도 받아 어느새 아문조雅文調로 기울었다. 그래서 어휘가 매우 딱딱하게 되고 붓이 나아가지 않아 원문의 풍조風調나 정취가 드러나지 않았던 것은 물론 그냥 문장으로서도 지극히 이상한 것이 되고 말았다. 잠정적으로 이를 제2기로 삼는다.

그다음으로는 실연實演을 목적으로 셰익스피어를 시역試譯했던 시대다. 즉 문예협회 시연용試演用으로 『햄릿』의 한두 막만 번역해 본 때로서 메이

---

1　전편이 하나로 수록된 조루리 대본. 인폰(院本).

지 41~42년<sup>1908~1909</sup> 넘어갈 무렵이다. 원작이 본래 무대용인 이상 그 장점과 단점 모두 이 목적에 맞추어 비로소 터득해야 할 터이지만 나도 그 당시까지는 아직 깊이 깨우치지 못했다. 그럼에도 불구하고 종래 주로 국극國劇 쇄신의 주된 참고 자료로 삼고자 셰익스피어 연구에 뜻을 두어 온 나는 이에 이르러 점점 그러한 자각이 강해지기 시작해서 오로지 실연이라는 점에 목표를 두고 『햄릿』을 번역하기 시작했다. 그런데 그 시기의 우리 극단은 오늘날과 매우 달라서 신파극이라는 것이 성립되어 있었음에도 불구하고 현재의 신극단처럼 자연스럽고 자유로운 대사 표현 솜씨는 도저히 바랄 수 없는 시대였기 때문에 『햄릿』의 번역 대사가 (실연에 도움이 되도록 도모했던 것만으로) 어느새 가부키식이 되고 7·5조가 되어 그 후 개역하여 완성하는 단계에서도 오히려 노能[2]의 교겐狂言[3] 어조만은 버리지 못했다. 이것을 제3기로 삼는다.

내가 국문의 형식에 사로잡혀 『맥베스』를 시역하고 있던 시기에 어떤 사람이 고故 래프카디오 헌[4]이 "오늘날 셰익스피어를 번역한다면 구어체로 번역하는 것이 당연하다"고 한 말을 들었다면서 문어역文語譯을 그만두라고 넌지시 충고해 주었다. 그러나 그 당시 나에게는 실연을 전제한다는 일종의 주장이 있었기 때문에 좀처럼 그것을 받아들이지 않았다. 그 후 『셰익스피어 걸작집』이라는 표제로 잇달아 몇 권을 번역하는 데 이르러서도 (상당히 재량껏 번역했음에도 불구하고) 오히려 문어맥文語脈을 버리지 못하고 있었다. 그것이 곧 『햄릿』, 『로미오와 줄리엣』, 『오셀로』를 번역했

---

2　가마쿠라시대 후기부터 무로마치시대 초기에 성행한 전통 가무극.

3　노가쿠(能樂) 공연의 막간에 상연하는 희극.

4　래프카디오 헌(Patrick Lafcadio Hearn, 1850~1904) : 일본 이름은 고이즈미 야쿠모(小泉八雲). 그리스 태생으로 일본에 귀화한 작가. 민속학자.

던 무렵이다. 일단 이를 문어와 구어 혼용 번역시대라 해 두자. 곧 제4기다. 요컨대 원작이 율어律語[5] 산문적 시어, 완전한 구어가 착종되어 이루어졌으므로 이 방법이라면 어쩌면 원작의 정취와 가락이 잘 드러나리라 여긴 것이다. 그러나 그것은 역자의 속마음이었을 뿐 성과는 시원찮았다. 문어와 구어를 부드럽게 조화시킬 필요가 있어 문어는 비교적 근세의 것을 택하는 동시에 구어는 되도록 옛것, 즉 교겐의 말이나 구舊 막부시대의 약간 오래된 속어를 사용했다. 그래서 그 말에 붙어 있는 배경이나 연상이 역자의 취향과 같지 않은 독자에게는 꽤 방해가 된 듯하여 교겐 냄새나 가부키 냄새가 난다고 비난받았다. 그래서 나로서도 만족하지 못하고 있었으므로 거듭 문어맥을 줄이는 동시에 구어를 한층 현대에 가까워지게 하여 『리어왕』을 번역했으며, 다시 또 구어의 분량을 늘려 『시저』를 번역해 보았다. 이상의 작품들은 모두 문예협회의 시연용이라는 부차 목적이 있어서 무대 효과에 필요한 원작의 특수한 모든 준비, 곧 겉치레 말의 귀천, 말의 간결함과 번잡함, 가락의 완급 등까지도 가급적 이식하려고 노력해 보았다. 그리하여 『시저』를 실연해 보니 "과연 헌의 말대로군" 하는 생각이 강해져서 또 조금 더 재량껏 번역해 보았다. 그다음을 일단 현대어 본위의 번역시대, 즉 제5기로 삼는다. 어차피 현대어 사용의 정도는 그 후에도 얼마간 변천하기는 했지만.

『베니스의 상인』, 『안토니오와 클레오파트라』, 『템페스트』,[6] 『한여름 밤의 꿈』, 『맥베스』 다섯 편은 모두 이러한 태도의 초기 번역이다. 다만 비극물의 경우 이따금 원작이 눈에 띄게 분위기가 고조되고 화려하게 되어 있어서 어쩔 수 없이 너무 두드러지지 않은 정도로, 즉 같은 어법文法으로

---

5    운율이 있는 글. 운문.
6    [편자 주] 『태풍』.

맞출 수 있는 범위 내에서 문어를 혼용하기도 했지만 대체로 지금 쓰고 있는, 또는 쓸 수 있어야 하는 문어맥의 구어로 번역했다. 정작 그러고 보니 이미 이전에 깨달았던 것을 이제야 새삼 분명히 자각했다. 하나는 셰익스피어가 실제로 불변의 세계적 극시인劇詩人이라는 것, 또 하나는 외국 문학 번역에는 비교적 현대어가 가장 좋다는 자각이다. 문어나 설령 문어가 아니어도 특수한 연상이 따르는 말로 번역하면 어쨌거나 이해하기 어렵게 되고 일본 냄새가 많이 나며 케케묵은 느낌을 띠기도 하지만 현대어로 번역해 보면 그렇지 않다. 그 복잡하고 때로는 두려울 만큼 간결하며, 고사故事와 관련된 비유가 풍부하고, 게다가 옛 문법으로 지어서 영국인조차 주석 없이는 읽을 수 없는 명문구가 이상하게도 생생하게 약동하여 그 말 하나하나가 어쩐지 직접 우리 심금을 울릴 것 같이 느껴진다. 마침내 그것을 말하는 포샤, 클레오파트라, 베아트리체, 프로스페로, 스테파노, 보텀, 맥베스, 맥베스 부인이 우리 쇼와의 오늘날 어딘가 이 근처에 있는 것이 아닌가 싶게까지 여겨진다. 어설픈[7] 화장을 씻어 버리고 단지 정취만 오로지 충실하게 있는 그대로 옮겨 보면 한마디 한마디 모두 이상하게 새롭고도 친근하게 느껴진다. 현대 구어가 함유하고 있는 현대미와 자연미가 셰익스피어 작품에 담겨 있는 불변의 자연미를 불러일으키는 것이다.

그러나 현대어 번역도 셰익스피어의 경우에는 종종 재량을 요한다. 대개 요즘 작품에 사용되는 야마노테[8]나 교외라는 식이거나 지방 사투리 육칠 할의 미숙하고 심지어 어휘가 부족한 현대어로는 부적당하다. 그렇

---

7　[편자 주] 중도반단(中途半斷). 어중간함.
8　도쿄 분쿄, 신주쿠 부근 고지대의 고급 주택가.

다고 시타마치[9]라든지 다소 경망스러운 '오이케'나 '오아시',[10] 셰익스피어 작품에는 전혀 불필요한 옛 에도 말 내지 유모 말 본위의 현대어도 곤란하다. 즉 에도의 배경이 떠올라도 안 되고, 메이지·다이쇼·쇼와의 야마노테, 교외, 밤의 긴자銀座[11]가 연상되어서도 안 된다. 그래서 현대어 번역이라 하더라도 일부 사람들이 생각하는 정도로 간단한 것이 아니다.

그런 까닭으로 나는 처음에는 충동적인 자유역, 중반쯤에는 실연용을 목적으로 다소 일본풍조차 무릅쓴 번역, 마지막에는 가급적 축어역에 힘쓰면서도 어느 쪽이든지 정취 본위, 분위기 본위라는 점에 기준을 두고 보통의 구어체와는 다소 입장을 달리하여 현대어 번역에 정착하기에 이르렀다. 그러하되 축어역 방식을 가장 충실한 번역인 것처럼 믿은 기간은 몹시 길었다. 하지만 깨우치고서 보니 말도 어맥語脈도 전부 다른데 굳이 한마디 한 구절마다 집착하는 것은 무리이기도 하거니와 쓸데없는 일임이 틀림없다. 그중에서도 원문이 율어여서 운과 평측 관계상 주로 조調를 위해 말이 증감되는 경우의 축어역은 우선 장황하게 되기 쉽고, 따라서 정취와 분위기에서 원작과 크게 멀어지게 된다. 그것도 충분히 세련되고 조탁된 서정시나 서사시라면 또 몰라도 대사 표현 솜씨의 사활이나 완급을 제일의第一義로 하는 극의 어구라면 이를 번역하는 데 반드시 임기응변으로 참작해야 한다고 생각하기 시작했다. 다음으로 전용轉用한 말의 비유은유, 메타포나 이디엄[12] 등에 일일이 구애되어 원어 그대로 번역하는 것은 뜻밖에도 아무런 도움이 되지 않는다. '철심석장鐵心石腸'[13]이나 '화안

---

9   시내 상점가나 번화가.
10   각각 감옥과 돈을 가리키는 속어.
11   도쿄에서 가장 번화한 거리.
12   관용구.
13   쇠 같은 마음과 바위 같은 정신, 즉 굳센 의지나 지조가 있는 마음.

유요花顔柳腰'[14] 등 진부한 은유, '오샤쿠'[15]나 '오코모'[16] 등과 비슷한 방언식 제유提喩, 시넥도키, 형식은 비유이지만 작가가 비유로 사용하지 않은 말이나 직역할 필요가 없는 이디엄 등에 이르면 어설프게 충실히 옮겨서 도리어 전체의 정취와 분위기를 잃는 경우가 많다. 예컨대 "Good morning, sir"는 우리의 "안녕하시오"와 전혀 다른 뜻의 말인데, 예전 어떤 사람처럼 "좋은 아침, 그대여"라 번역하면 이상할 것이다. 셰익스피어 작품의 특색은 그 용어의 품질과 그 말의 가락으로 독자 또는 청자로 하여금 직각적으로 그 인물의 성격, 기분, 감정을 터득하게 하는 점에 있다. 그러므로 번역하는 데 가장 주의를 요하는 것은 말에 나타난 품위, 즉 귀천미貴賤味, 아속미雅俗味, 현우미賢愚味, 숙특미淑慝味,[17] 혹은 완급미緩急味의 이식이다. 혹은 엄숙과 해학, 버릇없음과 정중, 존경과 모멸, 과격한 말과 냉담한 말, 번욕繁縟[18]과 간략, 완곡과 노골, 도회와 지방 등을 전혀 설명 없이 각종 대사 중에 구분하여 그려낸 것을 그대로 이식하는 일이 번역으로서는 축어역보다, 율어역보다, 그 밖의 어떤 것보다도 중요한 것이다. 그러나 이것도 내가 말하는바 광의의 현대어로 한다면 어느 정도까지는 안 될 것도 없다. 그다음으로 또 셰익스피어 작품의 관례로는 인물이 때로는 부주의하게 입에 담는 듯한 대사까지 극히 간결하게 격언 식으로 쓰여 있다. 혹은 속담을 일부러 조금 말을 바꾸어 적용한 것도 있다. 또는 같은 내용일지라도 하나는 추상적으로, 하나는 구체적으로, 또는 몇 번이나 비유를 중첩하여 말해서 나타내는 경우도 있다. 그러한 것들은 번역 방식에 따라서

---

14    꽃 같은 얼굴과 버들 같은 허리, 즉 미인을 가리키는 말.

15    동기(童妓). 술 따르기의 공손한 표현에서 온 말.

16    **[편자 주]** 거지. 거칠게 짠 거적을 뒤집어썼다는 뜻에서 온 말.

17    **[편자 주]** 선악미(善惡味).

18    **[편자 주]** 복잡·장황하고 번거로운 모양.

는 단순한 중복이 되거나 장황하게 되거나 어떤 부분은 거의 쓸데없다고 여겨지기도 한다. 그것들도 고금古今과 아속雅俗에 따라 쓰면서 융합하는 자유로운 구어체로 번역한다면 파탄이 두드러지지 않는다. 희극 속의 수많은 고로[19]와 지구치[20] 같은 농말이라도 구어의 범위를 넓히면 동음이의어의 경우 영어보다 우리 국어가 훨씬 풍부하다. 때로는 원문보다 가볍고 또 매끄럽게 번역할 수도 있는 것이다.

---

19  음에 맞추어 뜻이 같지 않은 다른 말을 만드는 언어유희.
20  비슷한 음을 가진 다른 말을 끼워 넣어 만드는 언어유희.

「나의 번역에 대하여」의 첫 발표는 쇼와 3년[1928] 와세다대학 출판부에서 상재된 『셰익스피어 연구 안내』의 마지막 제16장이다. 이 『셰익스피어 연구 안내』는 또 쇼와 8년[1933]부터 쇼와 10년[1935]에 걸쳐 간행된 쓰보우치 쇼요의 셰익스피어 전 작품의 번역인 『신수新修 셰익스피어 전집』[중앙공론사]의 마지막 제40권으로 수록되어 있다.

「나의 번역에 대하여」에서 쓰보우치 쇼요는 자신의 셰익스피어 번역 자세의 변천과 아울러 셰익스피어 작품 번역의 유의 사항에 대해 논하고 있다.

쓰보우치 쇼요에 따르면 그의 번역 자세는 다섯 시기로 나누어진다. 먼저 제1기는 『줄리어스 시저』를 『자유태도 여파예봉』으로 번역한 무렵[1882~1883]으로 "문체가 조루리 같은 7·5조로 매우 야무지지 못한 자유역이었다. 요컨대 그것은 나에게뿐만 아니라 우리 번역문학의 제1기였다"고 쓰고 있다. 이 번역 자세에 대해서는 〈해제 3〉에서도 다루었으므로 여기에서는 생략한다.

제2기는 『와세다문학』에 게재한 문학 강의의 일부로 번역한 시기다. 작품의 주해라는 의도도 포함되어 있어서 "가급적 축어역으로 하고 산문역이기는 했으나 한마디도 더하거나 빼지 않기 위해 노력했다. (…중략…) 어느새 아문조로 기울었다. 그래서 어휘가 매우 딱딱하게 된" 경향이 있었다고 한다.

제3기는 "실용을 목적"으로 하여 문예협회 시연용으로 『햄릿』을 시역한 메이지 41~42년[1908~1909]경이라 한다. "어느새 가부키식이 되고 7·5조가 되어 (…중략…) 오히려 노의 교겐 어조만은 버리지 못한" 역문체가 되었다고 설명한다.

제4기는 고이즈미 야쿠모가 구어체 번역을 넌지시 권했으나 문어맥을 버리지 못하고 있던 "문어와 구어 혼용 번역시대"라 칭했다.

그리고 최종적으로 도달한 제5기는 "문어맥을 줄이는 동시에 구어를 한층 현대에 가까워지게" 번역한 "현대어 본위의 번역시대"라 말한다.

이러한 쓰보우치 쇼요의 번역 자세의 변천은 메이지 이래 번역 규범의 변화나 번역을 둘러싼 상황과도 일치하는 부분이 많다. 제1기의 자유역 시기는 쓰보우치 쇼요도 밝히고 있듯이 극단적인 자유역과 번안이 문학 번역의 주류였던 메이지 전기의 상황과 일치한다. 그 후 축어역으로 바뀌었다는 제2기도 메이지 18년[1885] 『계사담』의 「예언」〈자료 4〉 참조, 메이지 20년[1887] 모리타 시켄의 「번역의 수칙」〈자료 5〉 참조이 외형을 중시하는 축어역·정밀역精密譯을 제기한 이후의 경향과 일치한다. 또 제2기에 쓰보우치 쇼요는 작품의 평석評釋이라는 의도로 번역하고 있었으나 메이지 후기에는 도쿄제국대학에 영문과가 설립되고[1887] 쓰보우치 쇼요가 교편을 잡고 있던 도쿄전문학교에서도 그를 중심으로 문학과가 개설되어 영문학사와 셰익스피어 강의가 시작되는 등[1890] 학문의 대상으로서 영문학 작품의 엄밀한 학구적 수용이 진행되고 있던 시기였다. 메이지의 이 시기는 이렇다 할 번역 규범의 확립이라는 점에서는 아직 미발달의 단계였는지 모르나 적어도 자유역에서 축어역으로라는 중심적 번역관의 변화가 명확히 드러나 있으며, 쓰보우치 쇼요의 번역 자세도 이러한 변화와 호응하고 있었던 것이다.

제3기에 대해서는 실연을 목적으로 하는 번역이 의도되고 있었다고 말하는 대로 문학 번역의 규범이 아니라 당시 쓰보우치 쇼요가 적극적으로 관여하고 있던 신극 운동과 관련하여 선택된 번역 자세였다. 쓰보우치 쇼요는 문예협회의 상연을 위해 번역 외에도 『오동 한 잎桐一葉』[21] 등 신가부키新歌舞伎 대본도 썼는데, 이 시기의 번역은 그러한 창작 활동과의 관계로 인해 "가부키식", "7·5조" 문체가 되었을 것이다.

제4기와 제5기의 번역 자세는 제1기와 제2기에서 보이는 자유역인가 축어역인가 하는 단순한 이항 대립의 태도에서 "원작의 정취와 분위기"를 솜씨 좋게 역출하기 위한 구체적인 방책으로 관심이 옮겨가고 있음을 알 수 있다. 이는 메이지 시기 번역에 의한 서양문학 도입 시기를 거쳐 어느 정도 정확한 번역을 추구하는 규범을 확립한 후 그 규범을 적절하게 실천하는 번역 본연의 모습을 확립하고자 한 시기와 병행하고 있다. 이처럼 구체적인 번역 실천 가운데 시행착오를 겪는 동시에 더욱이 셰익스피어 작품에 대한 학구적인 연구도 배경으로 삼으며 추구한 데「나의 번역에 대하여」라는 번역관의 의의가 있을 것이다.

이러한 메이지 이래 번역 자세의 변천을 거쳐 쓰보우치 쇼요는 "마지막에는 가급적 축어역에 힘쓰면서도 어느 쪽이든지 정취 본위, 분위기 본위라는 점에 기준을 두고 보통의 구어체와는 다소 입장을 달리하여 현대어 번역에 정착하기에 이르렀다." 또 "외국문학 번역에는 비교적 현대어가 가장 좋다"고 자각하기에 이르렀다고 말하고 있다. 그러나 여기에서 쓰보우치 쇼요가 말한 '현대어'라는 것은 약간 애매한 부분을 포함하고 있다. 그가 의미한 '현대어'란 "매우 광의의 것이어야만 한다"고 말한다. 번역가 자신의 말투가 아니며, 도쿄나 어느 지방에서 사용하는 한정된 말투가 아니다. 현대 어법에 존재하는 "고금, 아속, 내외의 말은 물론이려니와 적어도 자유롭게 입에 올릴 수 있는 정도의 말"을 모두 현대어라고 해

---

21    오사카를 무대로 도쿠가와 이에야스에 맞선 도요토미 히데요시 가문의 최후를 그린 역사극. 1894~1895년 『와세다문학』에 연재된 뒤 1904년 도쿄자(東京座)에서 초연(初演).

석한다는 것이다. 이는 셰익스피어 작품이 다양한 말과 문체를 구사하여 쓰어 있으므로 "저 천변만화하는 자유자재의 대사의 맛"을 전하기 위한 쓰보우치 쇼요의 고심 그 자체에 다름 아니다.

이러한 '현대어'의 정의와 그것을 셰익스피어 번역에서 추구한 쓰보우치 쇼요의 견해는 번역 연구의 선구적 연구자 중 한 사람인 투리가 제시한 번역 규범 개념으로 말하자면 목표 텍스트의 제시 방식도 언어적 요소를 기술하는 '운용 규범operational norms', 특히 '텍스트 언어적 규범'이 된다.먼디, 2009, 175면[22] 엄밀하게 번역 규범이라 말하는 것은 그 내용이 실제 번역과 서평 등에서 광범위하게 인정되고 있다는 점이 검증되지 않으면 안된다. 그러나 당시 와세다대학 교수로서 셰익스피어 작품의 전역全譯을 맡은 쓰보우치 쇼요가 영문학계·번역문학계에서 차지한 주도적 역할에 비추어 보면 그러한 번역관의 표명은 번역 규범 구축의 일부가 되는 데 충분한 영향력을 지녔다고 여겨질 터다.

더구나 쓰보우치 쇼요는 '현대어' 사용이라는 텍스트 번역 전체에 관계되는 규범뿐 아니라 구체적인 언어적 요소에 대해서도 말하고 있어서 대명사, 형용사라는 품사별 번역 방식부터 경어敬語나 비유 등 표현의 부분까지 언급하고 있다. 여기에서 강조된 것은 축어적인 번역으로는 오히려 오역에 가깝게 되므로 문맥에 맞게 생략하거나 전후를 조절하는 등의 궁리가 적당하게 필요하다는 것이다. 지금이야 당연하게 이루어지는 번역

---

22　[편자 주] 투리의 번역 규범이란 단순하게 말하자면 번역에서 "무엇이 바르고 무엇이 잘못인가, 무엇이 적절하고 무엇이 부적절한가"를 드러내는 지침과 같은 것으로 실제 번역 텍스트와 번역을 둘러싼 담론을 기술하고 분석함으로써 각 문화나 각 시기마다 각기 다른 상황에서 공유되었을 규범을 재구축할 수 있다고 여겨지는 것이다. '텍스트 언어적 규범(textual-linguistic norms)'은 번역 텍스트의 구체적인 번역(즉 어떠한 언어 형식·언어 소재를 사용하는가, 어떠한 텍스트를 언어적으로 만들어 내는가)에 대한 규범이다.

방법이지만 당시 쓰보우치 쇼요가 원저의 정취와 분위기를 적절하게 번역하는 방법을 확립하기 위해 시행착오를 겪으며 고심하면서 이러한 번역관에 도달했음은 상상하기 어렵지 않다.

쓰보우치 쇼요는 「나의 번역에 대하여」를 지시문 번역에 대한 설명으로 매듭짓고 있다. 셰익스피어 초학자와 처음 읽는 이의 이해를 위해 원작에는 상세하게 명기되어 있지 않은 지시문을 다양한 연구서와 주석서를 참고하여 덧붙였다는 내용이 쓰여 있다. 이처럼 외국문학 번역을 학구적인 소임의 일부로 행한다는 번역 태도가 명확하게 쓰여 있는 점을 여기에서 지적해 두어야만 할 것이다.


**참고문헌**

먼디(J. Munday), 鳥飼玖美子 監譯, 『飜譯學入門』, みすず書房, 2009.
재단법인 쇼요 협회(財團法人逍遙協會) 編, 『坪內逍遙事典』, 平凡社, 1989.

# 홋쿠發句 번역의 가능성



미야모리[1] 씨의 홋쿠發句[2] 영역이 출판되었다.[3] 여기저기서 평판이 좋다. 그러나 일반적인 문제로서 홋쿠는 과연 외국어 번역이 가능한가, 그렇지 않은가? 나는 그에 대해 상당한 의문을 품고 있다. 곳곳에서 미야모리 씨 번역이 비평되고 있음에도 불구하고 이 문제는 누구에 의해서도 다루어진 바 없다. 그뿐 아니라 사람들은 홋쿠 번역이 가능하다는 것이 실로 명백한 이치인 양 취급하여 결국 번역이 좋고 나쁨만 문제 삼고 있다. 나는 도리어 그것이 이상할 따름이다.

예컨대 바쇼[4]의 「옛 연못古池」이라는 구가 있다.[5] 미야모리 씨는 이를 "The ancient pond! / A frog plunged — Splash!"라고 번역했다. 영어에 대한 나의 어감은 몹시 미덥지 못하다. 그럼에도 나에게는 'ancient'도, 'plunged'도, 'splash'도 바쇼의 구를 염두에 두고 음미해 보면 참으로 모두 어마어마하고 과장되게 울린다. 'old'에 비해 'ancient'가 어마어마한 느낌

---

1   미야모리 아사타로(宮森麻太郎, 1869~1952) : 영문학자. 번역가. 게이오기주쿠 및 메이지대학 교수.

2   두 명 이상의 사람들이 번갈아 가며 와카(和歌)를 짓는 중세 운문 갈래인 렌가(連歌)의 첫 구(5·7·5·7·7), 또는 근세 운문 갈래인 하이카이(俳諧)의 첫 구(5·7·5). 하이카이의 홋쿠는 별도의 장르인 하이쿠(俳句)로 발전하는데, 이 글에서는 하이쿠를 가리킴.

3   宮森麻太郎, 『英譯古今俳句一千吟 —*One Thousand Haiku, Ancient and Modern*』, 同文社, 1930.

4   마쓰오 바쇼(松尾芭蕉, 1644~1694) : 에도시대 전기의 가인. 하이쿠의 명인.

5   "옛 연못이여, 개구리 뛰어드니 물소리 풍덩."

을 지닌다는 것은 말할 나위도 없을 것이다. 'splash'는 한 마리 개구리가 물에 뛰어들어 물을 가르며 울리는 기운<sup>에너지</sup>이라기보다 훨씬 큰 기운<sup>에너</sup><sup>지</sup>을 나에게 연상시킨다. 'plunge'는 물론 개구리의 동작이어도 상관없을지 모르지만 나에게는 이것도 개구리보다 더 크고 더 단단한 것이 힘차게 탄력을 지니고 급히 물속으로 뛰어 들어가는 것을 떠올리게 한다.

미야모리 씨는 자신의 번역 뒤에 다른 사람의 「옛 연못」 번역을 모두 열 가지나 참고로 덧붙여 두었다. 이를 보면 다른 번역에서도 'ancient'를 쓴 사람이 2명, 'plunge'를 쓴 사람이 2명, 'splash'를 쓴 사람이 2명 있다. 그리고 그들은 대체로 내로라하는 일본 영문학자, 아니면 일본문학사를 쓴 서양인이다. 따라서 그 사람들의 어감이야말로 신용할 만한 것이요 내 편이 틀렸음이 분명하다. 그러나 다른 측면에서 말하자면 이는 나의 어감이 잘못된 것이 아니라 실은 그들이 바쇼의 「옛 연못」을 그토록 어마어마한 것으로 느끼고 있는 것이 아닌가 하고 상상된다.

물론 「옛 연못」은 여러 가지로 해석할 수 있을 것이다. 가가미 시코[6]의 『칡의 마쓰바라』[7]에 의하면 이 작품은 마쓰오 바쇼가 먼저 "개구리 뛰어드는 물소리 풍덩" 12자를 짓고 나서 나머지 5자를 두고 고민했다고 한다. 그때 다카라이 기카쿠[8]가 '황매화'라 하면 어떻겠느냐고 물었다. 그러나 바쇼는 이를 채용하지 않았다. 그리고 마지막에 자신이 "옛 연못이여"로 하기로 정했다고 하는데, 이러한 사실도 이 구를 해석하는 대강의 **방향**은 결정해도 그 세부까지 규정할 수는 없을 것이다. 그러나 바쇼가 "개구리 뛰어드는 물소리 풍덩"에 **황매화**처럼 색채가 있고 한정이 명료한 것

---

6    가가미 시코(各務支考, 1665~1731) : 에도시대 전기의 가인. 마쓰오 바쇼의 제자.
7    가가미 시코가 1692년에 간행한 하이카이 비평집 『葛の松原』.
8    다카라이 기카쿠(寶井其角, 1661~1707) : 에도시대 전기의 하이카이 시인.

을 배합하는 일을 꺼려 **옛 연못**과 같이 색채가 없고 말하자면 막연하게 현실성을 주장하는 바가 적은 것을 골라낸 일은, 물론 한편으로 바쇼가 그로 인해 "개구리 뛰어드는 물소리 풍덩"에 주의하는 독자의 마음을 산만하게 하지 않도록 유의했음을 이야기해 주는 것임이 틀림없다. 더구나 이는 다른 한편에서 말하자면 이 구가 어떤 의미에서도 어마어마한 느낌이나 과장된 느낌과는 역행하는 **한적한** 느낌의 세계를 다루고자 했음을 명백히 이야기해 준다고 생각된다. 그러한 점에서 말하자면 제가諸家의 번역이 설령 구 전체의 인상을 선명하게 하려는 희망으로 강조하는 말을 사용한 데 지나지 않는다 하더라도 그 때문에 다소나마 사람들에게 어마어마하고 과장된 느낌을 주는 이상 그것은 바쇼의 「옛 연못」 번역이 아니라 도리어 전혀 다른 것이 되고 마는 것이다. 그러니 이는 혹 어쩔 수 없는 일인지도 모른다.

더구나 이 작품의 핵심이 물론 옛 연못에 개구리가 뛰어드는 '물소리'에 있음은 틀림없다. 그러나 그 '소리'는 실은 '소리'가 나기 전과 '소리'가 난 후, 말하자면 영원한 한적이라 말할 수 있는 것을 한 점에 응집하여 깨닫게 하기 위한 '소리'에 다름 아니라는 의미에서 '소리' 그 자체보다 오히려 '소리'의 배후에 퍼지는 그 영원한 한적에 있다고 해야만 할 것이다. 지나에 "한 마리 새 우니 온 산 더욱 그윽하다鳥鳴山更幽"라는 시구가 있다. 「옛 연못」은 그 "온 산 더욱 그윽하다"라는 말을 이용하지 않고서도 그보다 더욱 폭넓고 깊이 있는 무한한 한적함의 세계를 암시한다. 'plunged'도 'splash'도 적어도 나에게는 더 많은 시각 표상을 이끌어 내는 경향을 지닌 말처럼 보인다. 설령 청각 표상을 이끌어 낸다고 하더라도 그것이 어느 것이든 기운에너지이 너무 커서 어쨌거나 한적한 세계의 성립을 위태롭게 할 듯한 느낌이 든다. 요컨대 이는 사람들이 느끼는 방식의 차이라고 하더라도 여기에서 의심할 수 없는 것은 제가의 번역이 거의 모두 이러한 핵심을 파악하는 일을 잊고 있다는 사실이다. 제가들은 '물소리' 그 자체를 표현하는 데 정신이 팔려서 그 '물소리'에 의해 암시되는 바를 표현하는 일을 잊고 있다.

무엇보다 그중 한 사람인 C. H. Page 씨의 번역만은 어쩌면 이러한 핵심을 다소 느끼고 있었던 것이 아닌가 하고 상상할 만한 것을 지니고 있다. 그러나 그 느낀 바를 사람들에게 분명히 드러내기 위해서는 더 많은 말을 허비하지 않으면 안 될 것이다. 게다가 많은 말을 허비하게 되면 그것은 아마 홋쿠라는 가장 짧은 시형의 번역으로는 부적당한 산문시 같은 것이 되어 버리기 십상이다. 특히 언외의 표묘縹渺[9]함을 말로 분명하게 표현하게 되면 표묘함 그 자체의 멋은 사라지고 내용은 특수하게 한정된다. 무한하게 펼쳐져 갈 수 있는 것이 국부로 제한되고, 원래 것과 닮았지만 닮지 않은 것이 되어 버린다. 더구나 좋은 홋쿠의 맛은 그것이 무한히 펼쳐져 가는 힘을 작은 그릇 같은 것의 깊숙한 곳에 충분히 담아 둔다는 점에 있는 것이다.

또 홋쿠에는 홋쿠 특유의 기레지[10]라든가 데니오하[11]라 일컫는 신기하고 또 미묘하게 작용하는 특별한 말이 있다. 그리고 이 기레지와 데니오하는 예로부터 렌가나 하이카이 시인들이 심혈을 기울여 궁리해 온 만큼 거의 번역을 허락하지 않는다고 해도 무방할 정도로 복잡한 내용을 지니고 있다. 예컨대 "옛 연못이여"에서 '-이여'가 그러하다. '-이여'라는 글자는 사람들이 대부분 "The old pond!"나 "The ancient pond!"라는 우둔한 감탄

---

9    [편자 주] 희미하고 또렷하지 않은 모습.
10   렌가나 하이카이에서 앞뒤의 구를 구분하는 조사나 조동사.
11   일본어의 조사나 어미.

부호로 표현하지만 여기서 '-이여'는 훨씬 복잡한 '-이여'다. 이 '-이여'에는 물론 보통의 '-이여'와 마찬가지로 감탄의 의미도 들어 있지만 이것은 도리어 마음먹기에 따라 바꿀 수 있는 가벼운 '-이여'다. 게다가 여기에서 '-에'가 사용되지 않고 '-이여'가 사용된 까닭은 극히 가벼운 의미로 "옛 연못"과 "개구리 뛰어드는 물소리 풍덩"의 관계가 한번 끊어질 필요가 있기 때문이다. '-이여'가 기레지인 이상 '-이여'의 존재는 당연히 이 둘의 관계를 일단 끊어 버린다. 또 이 '-이여'는 오히려 이미 전부터 이어지고 있는 것을 마치 표면만 잘라낸 듯한 특별한 '-이여'다. 이로써 작가는 "옛 연못"처럼 한적한 것을 우선 독자의 머릿속에 차분히 그려 주면서 그 한적한 가운데 미묘하고 원만하게 느껴지는 "물소리"를 울리게 하는 것이다. 또 그 단락과 이어짐이 매우 근소한, 그저 한 호흡 사이에 성취되는데 이 구의 미묘한 맛이 있으며 또 이 '-이여'의 미묘한 기능이 있다. 그런데 감탄 부호에 의해 "옛 연못"과 "개구리 뛰어드는 물소리 풍덩"을 단락 짓는 것은 이러한 한 호흡의 미묘한 작용을 느릿느릿한 것으로 잡아 늘여 버린다. 그뿐 아니라 이 감탄 부호는 "옛 연못"을 받침대 위에 얹어 두고 사람들에게 어마어마한 것인 양 과시하는 어떤 느낌을 주기도 한다. 그것은 아무래도 "황매화여"를 꺼린 바쇼의 구에 굳이 "황매화여"를 갖다 붙인 것이나 마찬가지다.

이는 우리가 원구原句를 아는 데다가 그것이 번역에 의해 어떻게 표현되는지 검토하면서 생겨나는 여러 가지 문제다. 그러나 번역의 독자 대다수는 우선 원구를 모르는 사람으로 예상된다. 따라서 여기에서는 원구를 알지 못하는 서양인이 이 번역을 읽고서 대체 어떤 세계를 체험할 수 있는가 하는 점이 역시 중대한 문제가 아닐 수 없다.

예컨대 미야모리 씨는 첫 번째 번역으로는 아직 충분하지 않다고 여겼는지 따로 "The old pond! A frog plunged — / The sound of the water!"라는 두 번째 번역을 덧붙였다. 'plunge'는 남아 있으나 'ancient'와 'splash'는 다른 말로 바꾸어 놓은 것이다. 또 주註에서 이 「옛 연못」이라는 구가 눈에 호소하기보다 귀에 더 많이 호소하는 것이라는 점에 주의한다. 그러나 그런 친절한 주의를 이해한 다음 이 시의 번역을 읽는 서양인은 머릿속에 어떤 영상이미지을 구성할 수 있을까? 내가 상상하는 바로는 그것은 거의 의미를 알 수 없을 만치 삭막한 세계가 나타날 것이 틀림없으리라 생각한다.

옛 연못이라고 하면 우리가 곧장 떠올리는 것은 시노바즈 연못不忍池이나 사루사와 연못猿澤池[12]처럼 큰 연못이 아니라 평범한 집 앞마당에라도 있을 법하게 적당하지만 조금도 손질하지 않은 채 물이 고여 있는 듯한 특별한 연못이다. 그러나 서양에서는 적어도 나는 그런 연못을 본 적이 없다. 이는 내 견문이 좁은 탓인지도 모르겠으나 'pond'라고 하면 서양인이 떠올리는 것은 이런 종류의 특별한 연못이 아니라는 것만은 거의 확실하다고 말해도 좋을 것이다. 그것을 아무리 'ancient'나 'old'로 수식해본들 예컨대 시노바즈 연못이나 사루사와 연못 같은 연못을 눈앞에 떠올리면서 거기에 개구리 한 마리가 뛰어든다고 해서 무엇이 재미있는 느낌이 든다는 것인지 의아하지 않을 수 없다.

개구리라는 것도 마찬가지다. 우리가 개구리 하면 곧장 떠올리는 것은 이른 봄 물가에서 뛰어다니거나 혹은 못자리 가운데나 어딘가에서 개굴개굴하고 우는 **개구리**다. 특히 일본 시가의 세계에서는 기노 쓰라유키[13] 이래 전통적으로 개구리를 사랑스럽고 친근한 작은 동물로 다루

---

12    각각 도쿄 우에노 공원 안과 나라시 고후쿠지(興福寺) 앞에 있는 연못.
13    기노 쓰라유키(紀貫之, 872~945) : 헤이안시대의 가인.

는 데 익숙해져 있다. 하이카이의 세계에서 **개구리**는 봄을 나타내는 것으로 정해져 있다. 따라서 하이카이에 친숙한 사람에게 **개구리**는 이미 그 이름을 듣는 것만으로도 이른 봄의 포근하게 따뜻하고 기분 좋게 나른한 특별한 계절감을 불러일으키는 이름이다. 그러나 이솝이나[14] 아리스토파네스[15] 이래의 전통을 배경으로 하는 서양의 개구리가 일본인과 마찬가지의 연상을 서양인에게 불러일으키는 일은 아마 불가능할 것이다. 괴테는 여름밤 개구리 소리에 끌린 소년 시절의 애수를 그렸으나 이것도 우리가 **개구리**에게서 봄의 특별한 계절을 느끼는 것에 익숙함과는 별개의 일이다. 또 **개구리**라 하더라도 그런 특별한 계절을 느낄 수 없다면 바쇼의 이 「옛 연못」이라는 구는 '옛 연못'의 경우와 마찬가지로 바쇼가 초점을 맞춘 바를 벗어나 버려 마치 다른 것처럼 느끼지 않을 수 없는 것이다.

물론 다른 것이라고 해도 그것이 재미만 있다면 어떤 점에서 서양의 작가나 시인을 자극할 수 있을지도 모른다. 그러나 솔직하게 말하면 이것이 서양인에게 재미있을지 그렇지 않을지 의문이다. 무엇보다도 이 무렵 서양에서는 짧막짧막한 영상<sup>이미지</sup>을 제멋대로 이어 붙여서 거기에서 무언가 말로 표현할 수 없는 특별한 세계를 표현하고자 하는 제임스 조이스 같은 사람이 환영받고 있기 때문에 일본 홋쿠의 이러한 번역도 어쩌면 환영받지 못할 것이라고 할 수는 없다. 그러나 그것은 번역을 통해 바

---

14  [**편자 주**] 이솝 우화에 개구리가 등장하는 몇 가지 이야기(「왕을 바라는 개구리들」, 「개구리와 쥐」, 「황소와 개구리」 등)가 있지만 개구리는 천박한 생각으로 행동하는 생물로 묘사되는 경우가 많은 듯하다.

15  [**편자 주**] 그리스의 대표적인 희극 작가로 『개구리』라는 희극(기원전 405년)이 있다. 이 작품에는 지옥으로 향할 때 개구리의 합창이 들려오는 묘사가 있다.

쇼, 부손[16], 잇사[17]가 환영받는 것이 아니라 바쇼, 부손, 잇사의 홋쿠 번역이라고 일컬어지지만 실은 이행시 또는 삼행시가 환영받는 것이어서 다른 것이다.

홋쿠는 전통적인 예술 내에서 가장 전통적인 것의 하나이며, 민족적인 예술 내에서 가장 민족적인 예술의 하나다. 그런 만큼 그 전통 가운데 젖어 들고 그 민족 가운데 젖어 든 것이 아니면 그것은 충분히 이해될 수도 없는 예술이다. 전통적인 것이 차츰 세력을 잃어 가는 오늘날에는 전통적인 홋쿠의 세계, 특히 오래전 홋쿠의 세계는 오늘날 일본인의 이해의 지평선 저편에서 차츰 사라져 가고 있는 상태다. 그러한 홋쿠가 번역이 가능한가, 그렇지 않은가? 가능하다 해도 그것을 서양인에게 이해시키는 일이 가능한가, 그렇지 않은가? 나로서는 그것이 몹시 의문스럽다. 예컨대 우리는 오카쿠라 가쿠조[18] 씨의 『차茶의 책』 같은 형식으로 홋쿠의 맛을 서양인에게 설명할 수 있을지도 모른다. 또 예컨대 우리는 아나크레온[19]시대의 옛날부터 오늘날 시인의 시구에 이르기까지 섭렵하고 그 가운데에서 홋쿠적인 분위기를 지닌 것을 골라내어 이 홋쿠는 대략 이런 시의 분위기를 노래한 것이라고 말하는 것 같은 방법을 취하는 일도 불가능하지는 않을 터다. 그러나 오늘날과 같은 번역으로는 홋쿠 번역은 도저히 불가능한 일이라고 생각할 수밖에 없다.

---

16    요사 부손(與謝蕪村, 1716~1784) : 에도시대 중기의 가인. 문인화가.

17    고바야시 잇사(小林一茶, 1763~1828) : 에도시대의 가인.

18    오카쿠라 가쿠조(岡倉覺三, 1863~1913) : 본명 오카쿠라 텐신(岡倉天心). 메이지 시기의 사상가. 미술사학자.

19    **[편자 주]** 기원전 6세기 후반에서 5세기 전반의 그리스 서정시인. 아나크레온 시구라 일컬어지는 단순하고 명쾌한 운율의 시형이 유명하다.

고미야 도요타카小宮豊隆는 메이지 17년[1884] 후쿠오카 출신의 독일문학가이자 문예평론가다. 도쿄제국대학 재학 중 나쓰메 소세키를 사사師事하고 도호쿠제국대학, 도쿄음악학교[지금의 도쿄예술대학], 가쿠슈인대학 교수를 역임했다. 저작으로 『바쇼 연구』, 『노와 가부키』 등이 있으며, 쇼와 41년[1966] 82세로 사망했다.

제목에 있는 '홋쿠發句'란 이 경우 하이쿠俳句를 가리키는데, 고미야 도요타카는 쇼와 8년[1933]에 출판된 미야모리 아사타로의 하이쿠 영역에 대한 번역론을 전개하고 있다. 미야모리 아사타로의 이 하이쿠 영역 출판은 큰 관심을 모았던 듯한데, 고미야 도요타카는 애당초 원문에 포함된 문화적 의미나 전통적 가치관을 번역으로 모두 충실히 재현할 수는 없으며, 요컨대 목표 문화의 독자에게 충실히 전해지지 않는 이상 번역은 불가능하다고 주장하고 있다.

이 「홋쿠 번역의 가능성」의 의의는 다음과 같이 집약될 수 있을 것이다. 즉 고미야 도요타카의 이 논의가 쇼와 8년[1933]에 왕성하게 발표된 번역론의 계기가 되었으며, 그 후 쇼와 전반기에 전개된 번역론으로도 이어졌다는 점이다.

쇼와 8년[1933]은 미야모리 아사타로의 하이쿠 영역뿐 아니라 웨일리[20]에 의한 『겐지 모노가타리』 영역도 출판된 해인데, 그러한 번역 출판이 번역에 대한 관심을 그전 이상으로 끌어올린 듯하다. 고미야 도요타카가 미야모리 아사타로의 하이쿠 영역에 대한 비판으로 「홋쿠 번역의 가능성」을 『문예춘추』 8월호에 발표한 이래 그에 답하는 형식으로 많은 번역론이

---

20 아서 웨일리(Arthur David Waley, 1889~1966) : 중국과 일본 시를 번역한 영국의 동양학자. 중국학자.

전개되었다. 영문학자 산구 마코토[1934]에 의하면 그 이후 쇼와 8년[1933]에만 16편의 번역론이 잡지 등에 발표되었다. 고미야 도요타카의 번역론에 대해서는 비판의 대상이 된 미야모리 아사타로가 곧장 반론『요미우리신문』, 8.20·22·23을 발표한 외에도 시인 하기와라 사쿠타로도 이 두 사람의 번역론을 받아서 그의 독자적인 번역론을 전개했다〈자료 24〉참조. 동시에 평론가 스기무라 소진칸[21]이 고미야 도요타카의 논의에 찬동하는 번역론을 발표하고「반역(反譯)인가, 반역(反逆)인가」,『개조』9월호, 그에 반박하는 번역론이 쓰네토 교[22]에 의해 발표되었다『요미우리신문』, 9.7. 그 후에도 쓰보우치 쇼요, 다카가키 마쓰오[23]를 비롯하여 모리타 소헤이,[24] 이토 세이[25] 등에 의한 번역론이 발표되었는데, 그 대부분은 고미야 도요타카의 번역론에서 발단한 것으로 알려져 있다.

이러한 쇼와 8년[1933]의 번역론 중에서도 고미야 도요타카와 스기무라 소진칸은 번역이라는 행위가 애초에 가능한가, 그렇지 않은가를 묻고 있다. 고미야 도요타카의 논의는 어떤 국어나 문화의 근저에 있는 것을 외국어로 충실하게 옮겨 낼 수 있는 번역은 지금껏 존재한 바 없으며, 번역이 원전을 완전하게 재생산할 수 없는 이상 번역이라는 행위 자체의 실현 가능성에 대해 극히 회의적이라는 것이 주지다. 고미야 도요타카의 논의는 하이쿠를 비롯한 운문 번역에 한정되었으나 산문을 포함한 번역이라는 행위 전반에 통하는 주장이기도 하다.

이러한 고미야 도요타카의 주장에 동의한 스기무라 소진칸은 번역이

---

21 스기무라 소진칸(杉村楚人冠, 1872~1945) : 신문 기자. 하이쿠 시인. 수필가.
22 쓰네토 교(恒藤恭, 1888~1967) : 법 철학자. 교토제국대학 교수.
23 다카가키 마쓰오(高垣松雄, 1890~1940) : 미국문학가. 릿쿄대학 교수.
24 모리타 소헤이(森田草平, 1881~1949) : 소설가. 번역가.
25 이토 세이(伊藤整, 1905~1969) : 시인. 소설가. 문학평론가. 번역가.

란 원문의 의미, 가락, 말, 멋에 이르기까지 전부 충실하게 목표 언어로 옮기는 행위임이 틀림없으나 어떤 국어의 근저에 있는 것을 이해할 수 있는 사람은 그 국어를 선조에게서 물려받아 사용해 온 국민밖에 없기 때문에 애당초 번역이라는 행위는 불가능한 것이라 말한다.

스기무라 소진칸과 고미야 도요타카의 논의에 공통된 것은 번역이란 원문을 엄밀하게 그 언어의 배경에 있는 것까지 포함하여 충실하게 옮겨 내는 일이 아니면 안 된다는 전제다. 그들의 번역론은 원문에 대한 충실성을 극단적으로 밀어붙인 결과의 산물이라 생각된다. 메이지 18년[1885] 『계사담』의 「예언」〈자료 4〉 참조과 메이지 20년[1887] 모리타 시켄의 「번역의 수칙」〈자료 5〉 참조 이후 일본의 문학 번역에서는 원문에 대한 충실함을 실현하는 것이 주된 번역 규범으로 기능해 왔다. 번역 불가능성을 주장하는 고미야 도요타카와 스기무라 소진칸의 논의는 그 규범을 엄밀하게 파고든 결과 그것이 실제로는 실현되지 못한 데 대한 초조함과 체념을 드러내면서 극도로 원문 지향의 번역 규범을 반복하고 있다.

그러나 다른 한편으로 고미야 도요타카와 스기무라 소진칸의 번역 불가능론은 그러한 엄밀한 기점 텍스트 지향의 규범과는 다른 번역관이 제기된 계기가 되기도 했다. 예컨대 교토제국대학 쓰네토 교 교수는 언어란 애당초 사상이나 감정에 '반역'하는 성질을 지닌 것이며, 번역의 의의와 가치는 그것을 딛고서 말해야 마땅하다는 반론을 전개했다. 또 영문학자 사와무라 도라지로[1933, 7~8면][26]는 하나의 언어에서조차 저자의 의도를 완전히 이해하는 것은 무리이며 읽는 이에 의해 다양한 해석이 개입된다는 읽기의 본질을 주장했다. 나아가 사와무라 도라지로는 번역이라는 행위

---

26    사와무라 도라지로(澤村寅二郎, 1885~1945) : 영문학자. 도쿄제국대학 교수.

도 당연히 해석을 수반하는 작업이어서 번역은 결코 불가능한 행위 따위가 아니라는 주장으로 스기무라 소진칸에 대한 반론을 제시했다.

이처럼 고미야 도요타카 등의 번역 불가능론에 대해 원문에 대한 엄밀한 충실성보다 오히려 번역의 예술성을 강조하는 번역관이 생겨나고 있었다. 앞서 거론한 사와무라 도라지로나 산구 마코토는 번역의 목적은 원문의 모방이 아님을 강조했다. "형形의 정확함과 부정확함"보다 작품의 정신을 파악하고 예술적 가치를 중시해야만 한다.사와무라 도라지로, 1934, 6면 또 번역이란 가능한가, 불가능한가 하는 논의를 넘어 예술적 창조를 목적으로 하는 행위이며, 아무리 충실하게 영문을 이해하여 그것을 일본어로 옮긴다 하더라도 그것만으로는 기계적인 문학 작품이 되고 말아 번역이 생명을 잃어버린다고 주장했다.산구 마코토, 1934

원문에 대한 엄밀한 충실성을 제일의第一義로 삼는 번역 규범과 '문학 작품'으로서 번역이라는 규범이 서로 다른 관점에서 병렬적으로 논의되는 이러한 상황은 그 후 쇼와 전반기 내내 계속 되풀이되면서 규범의 재생산과 그에 대항하는 새로운 번역관의 적극적인 주장이라는 번역론의 두 경향을 만들어 가게 된다. 이러한 의미에서 고미야 도요타카의 번역 불가능론은 일본의 문학 번역론에서 규범의 '교섭'을 촉발했다는 의의가 크다.

고미야 도요타카와 스기무라 소진칸의 번역 불가능론은 언어와 그 문화의 상호 의존성을 강조하는 사피어-워프 가설 등과도 통하는 논의를 전개하고 있다. 또 시의 불가능성이라는 점에서는 1959년 야콥슨이 시의 번역 불가능성을 주장한 논문 「번역의 언어학적 측면에 대하여」를 발표했는데, 그보다 앞서 발표된 번역 불가능론으로 번역론사에서도 의의를 인정할 수 있을 것이다.

　　서구 번역론에서도 번역 가능성translatability과 불가능성untranslatability을 둘러싼 논의는, 예컨대 언어가 보편적으로 등가로 교환 가능하다는 관점에 따르는 주장과 사피어-워프 가설 등에서 보이는 것처럼 언어와 문화가 독자적 세계관과 결합하는 것을 강조하는 관점으로 나누어진다.베이커·샐다나, 2009, 300~303면. "Translatablity" 항목 참조 그에 대해 앞서 거론한 쇼와 전반기의 일본 번역론에서는 고미야 도요타카의 논의에서 비롯된 번역 불가능론과 그에 대항하는 주장이 원문에 대한 충실성을 둘러싼 논의와 번역의 예술성을 둘러싼 논의로 수렴되어 간다. 이와 같이 번역 불가능론을 둘러싸고 서구 번역론의 흐름과 다른 독자적인 논의의 흐름이 있었다는 점을 여기에서 지적해 두어야만 할 것이다.

## 참고문헌


베이커(M. Baker), 샐다나(G. Saldanha) eds., *Routledge Encyclopedia of Translation Studies*, London & New York : Routledge, 2009.
사와무라 도라지로(澤村寅二郎), 「飜譯の意義」(1933), 『文藝春秋』, 1934.10.
_______________________, 「飜譯論」, 『英語英文學講座』, 英語英文學刊行會, 1934.
산구 마코토(山宮允), 「譯詩論」, 『英語英文學講座』, 英語英文學刊行會, 1934.

# 시 번역에 대하여

**자료 24_ 시 번역에 대하여**(하기와라 사쿠타로)

미야모리 아사타로 씨가 영역한 하이쿠는 외국에서 대단한 호평을 얻은 듯한데, 그 번역시를 통해 외국인이 과연 어떤 감명을 받았는지 의문이다. 어쩌면 가극 〈미카도〉[1]를 구경하고 일본인을 이해했다는 정도일 것이며, 하이쿠를 'Haikai'[2]로 해석하는 정도일 것이다. 대부분의 경우 외국인에게 호평받은 일본 것은 참으로 순수한 일본이 아니라 그들의 후지산이나 게이샤 걸의 개념성으로 모순 없이 조화롭게 받아들일 수 있는 정도의 덴푸라 프라이 식 사이비 일본이다. 참으로 진정한 일본 것은 그들에게 이해되지 않기 때문에 오히려 따분할 뿐이다. 미야모리 씨의 번역이 서양에서 통하는 이유도 필시 그것이 하이카이적인 하이쿠이기 때문인지 모른다.

고미야 도요타카 씨는 번역의 불가능성을 예증하기 위해 미야모리 아사타로 씨의 다음 홋쿠 번역을 예로 들었다.

The ancient pond!

A frog plunged splash!

---

1 윌리엄 길버트(W. S. Gilbert) 각본, 아서 설리번(Arthur Sullivan) 작곡으로 1885년 런던에서 초연된 오페라 〈The Mikado〉.
2 하이카이(俳諧).

옛 연못이여 개구리 뛰어드니 물소리 풍덩

　고미야 도요타카 씨는 말한다. 이 하이쿠의 수사적 중심이 되는 것은 "옛 연못이여"의 '-이여'와 같은 기레지다. 이 경우의 '-이여'는 대상으로서 '옛 연못'이 훨씬 이전부터 거기에 있었다는 시간적인 경과, 실재적인 항구恒久 관념, 그리고 그것에 대한 작가의 주관적인 감개感慨를 표시하고 있다. 구는 그 기레지로 분리되어 있으며, 다음의 "개구리 뛰어드니"는 눈앞의 현실적 인상을 표현하고 있다. 그리고 그 현실적 인상으로서 순간이 항구적 실재의 '옛 연못' 가운데 소멸함으로써 바쇼가 관념하는 '무無'의 정적관静寂観이 표현되어 있다. 그런데 미야모리 씨의 번역에는 이 '-이여'가 '!' 부호로 쓰여 있다. 외국어의 '!'는 단순한 감탄사 부호이기 때문에 그것으로 원시原詩의 시간적 관념이나 실재적 관념을 표시할 수는 없다. 하이쿠에서 기레지 '-이여'는 대단히 풍부한 내용을 지닌 복잡한 말로 외국어의 '!'와 같이 단순한 감탄사 부호가 아니므로 이 점의 번역이 제일 불완전하다고 말한다.

　다음으로 또 고미야 씨는 말의 연상성連想性에 대해 거론했다. 즉 예컨대 '옛 연못'이라는 말은 일본인이 연상하기로는 곧장 오래된 사원의 연못이나 정원 등에 있는 한아閑雅하고 이끼 낀 작은 못을 이미지로 떠올리지만 온기 없는 서양에는 그러한 옛 연못이 없기 때문에 서양인이 이 말에서 연상하는 이미지는 알프스나 스위스 산속 등에 있는 청명하게 맑은 큰 호수일 것이다. 그런 연못에 개구리 한 마리가 뛰어든다 한들 무슨 시취詩趣나 의미가 있겠는가? 게다가 '개구리'라는 동물은 일본인에게 특별히 하이카이다운 멋의 시취를 지니고 있고 여름의 자연을 배경으로 느끼게끔 하는 계절감마저 지니고 있지만, 서양인에게는 아무런 특별한 연상이 없으며 식용 개구리의 추하고 괴이함만 떠올리는 정도일 것이다. 그렇게 본다면 이러한 번역을 통해 외국인이 하이쿠에서 받는 인상은 불가해한 이상으로 상상할 수 없다는 결론이 된다.

고미야 씨의 주장은 오히려 상식적으로도 당연한 바른 이치여서 이것이 문단에 문제를 일으킨 것이 도리어 이상할 정도다. 나처럼 외국어 지식이 없는 사람이 읽어도 앞서 든 예와 같은 영어 번역에서 바쇼의 하이쿠가 역출되었다는 생각은 들지 않는다. 솔직히 고백하자면 이러한 번역을 읽으면 우스꽝스러워서 늘 실소를 금할 수 없다. 더구나 이것이 어학자로 명성 높은 미야모리 씨의 번역이고 안팎에서 모두 최근의 '명역'이라고 호평을 얻고 있는 것을 보면 더욱더 시 번역의 불가능성을 통감하기에 이른다.

"꽃구름 속 종소리 우에노인가 아사쿠사인가"라는 구를 일찍이 옛날 어떤 사람이 다음과 같이 영역했다.

The clouds of flowers

Where is the Bells from?

Ueno or Asakusa.


서양인이 이것을 읽으면서 "장례식 시인가?" 하고 반문했다. 뜻밖이어서 들어 보니 그 말이 맞다고 수긍하게 되었다. 즉 '꽃'이라는 말은 일본인 독자에게 곧 벚꽃을 연상케 하는데 서양인 독자에게는 달리아, 튤립, 시네라리아를 연상시킨다. 거기에서 "clouds of flowers"는 그런 서양 화초가 무리 지어 핀 화단, 아니면 화환이나 꽃다발이 모인 것을 이미지로 떠올리게 한다. 또 '종'이라는 말은 일본인에게 불교 사원의 그윽한 범종을

연상하게 하는데 서양인에게는 기독교 교회의 명랑한 해음적諧音的 벨을
연상시킨다. 그래서 지금 이 번역시를 읽은 서양인의 심상에는 기독교 교
회의 벨이 울리는 마을 거리를 아름다운 화환이나 꽃다발 무리가 구름처
럼 줄지어 가는 광경, 즉 장례식 이미지가 떠오르는 것이다.

　그러므로 이 하이쿠를 만약 정당하게 번역하고자 한다면 '꽃'은 영어의
'flowers'가 아니라 일본어의 '하나花'라는 말을 그대로 원어로 사용할 필
요가 있다. 또 '종'은 'chimes'나 'bells'이 아니라 일본어의 '가네鐘'이지 않
으면 안 된다. 요컨대 원시를 원어로 나타내는 외에 번역은 절대로 불가
능하다는 결론에 이른다.

　번역 가능성이 있는 하이쿠는 연상의 내용이 지극히 적고 시취가 희박
한 대신 이지적인 설명을 내용에 포함하는 하이쿠뿐이다. 예를 들면 바
쇼의 구에서 "말을 하자니 입술 시리구나 가을바람"이나 부손의 구에서
"져서는 안 될 씨름이었노라고 잠자리 이야기런가" 같은 유類. 특히 그중
에서 가가노 조조[3] 등으로 대표되는 인정세태를 그린 인정적人情的 쓰키
나미 하이쿠[4]가 있다. 조조의 "잠자리잡이 오늘은 어디까지 뒤따라갔나",
"몸에 스미는 바람아 장지문에 손가락 흔적", "나팔꽃에게 두레박 빼앗기
고 물 얻어 오네" 등의 구는 말의 이미지나 비전에서 나오는 시취가 아니
라 인정적인 내용에서 오는 흥미를 위주로 삼은 것이기 때문에 이런 종
의 구라면 번역을 통해 외국인에게 이해시킬 수 있다. 고故 고이즈미 야쿠
모, 즉 래프카디오 헌 씨는 일본인과 일본 문화에 대한 유일하고도 최상
의 이해자였음에도 씨의 감상을 통해서도 그가 애독한 하이쿠 수준은 앞

---

3　　가가노 조조(加賀千代女, 1703~1775) : 에도시대 승려. 여성 가인.
4　　신선미가 없이 평범하고 진부한 하이쿠.

서 든 가가노 조조의 인정적 쓰키나미 하이쿠에 머물고 있다. 하물며 일본에서 살지 않고 일본문학을 전혀 읽은 적이 없으며 일본에 대해 아는 바가 거의 없는 일반 구미인이 미야모리 씨 번역을 통해 바쇼 등의 하이쿠를 이해할 도리는 없다. 어쩌면 그들이 번역을 통해 「옛 연못」 등의 하이쿠에서 느끼는 것은 「꽃구름」을 장례식 시로 느낀 외국인과 마찬가지로 원구의 시취와 전혀 다른 별개의 비전에 그들 자신의 주관으로 동양적 엑조티시즘의 환상을 그린 것일 터다.

무엇보다 시의 특질은 각각의 독자에게 각각의 주관적 환상을 주는 데 있기 때문에 번역시를 통해 외국인이 외국풍으로 멋대로 비전을 구성하고 멋대로 주관적으로 해석한다 해도 전혀 아무런 지장이 없을 터이며, 오히려 번역시 본래의 목적이 거기에 있다고도 말할 수 있다. 그런 고로 본래대로 말하자면 시 번역에 어학상의 토의는 무용하며, 차라리 역자 자신의 개인적 주관에 따라 자유롭게 멋대로 번안화飜案化해 버리는 편이 좋다. 역설적으로 말하자면 모든 번역시는 오역일수록 좋다는 결론에 이른다.

(…중략…)

포의 무운시無韻詩 「까마귀」의 표현 효과는 저 '네버모어'나 '레노어'[5] 같은 말이 쓸쓸하고 먼 묘지 한가운데에서 불어오는 바람처럼 덧없이 슬프면서도 기분 나쁜 음운이 반복되는 울림에 있다. 포는 그것을 의식적으로 반복하여 시 전체의 모티프를 그 말이 표상하는 기분의 주기적인 울림으로 구성하고 있다. 「까마귀」에서 그 음향을 빼 버리면 뒤에 아무것도 남는 것 없이 무의미한 문자의 배열에 지나지 않을 것이다. 그러니 어떤 번역가가 그것을 일본어로 옮길 수 있단 말인가? 시 번역의 불가능성은 이

---

5    각각 nevermore, Lenore.

한 예로도 알 수 있다.

내가 예전에 지은 「닭」이라는 제목의 시 한 편이 있다. 솔직히 자백하자면 이는 포의 번안이었는데, 닭의 아침 울음을 "도테쿠루, 모루토우" 등의 음운으로 표상하여 전체적으로 포의 「까마귀」와 비슷한 시상을 비슷한 표현 기교로 드러내려고 했다. 여기에서 생각할 수 있는 것은 시는 '번안'되어야 하는 것이며, '번역'되어야 하는 것이 아니라는 점이다.

"二月三月日遲遲 東行西行雲悠悠"라는 한시를 옛날 어떤 이가 일본어로 "이월 삼월 해는 한가로이, 저리 갔다 이리 갔다 구름은 아득히"라고 번역했다.〈자료 11〉참조 이는 확실히 충실한 번역이다. 그러나 이 일본어 번역시는 예술로서 가치가 없으며, 또 원시가 주는 시적 감명을 적어도 표상적으로 전하지도 못한다. 그런데 또 『신코킨슈新古今集』[6]에 다음과 같은 와카가 있다. "옛 생각 하네 초막에 밤비 내리니 눈물 고이네 산속의 소쩍새야."[7] 이는 "盧山雨聲草庵中"[8]이라는 구절이 있는 백낙천白樂天의 한시를 일본풍으로 번역한 것이라 한다. 이러한 방식은 번역이 아니다. 그렇다 하더라도 이 노래에는 예술로서 독립적인 가치가 있으며, 또 원시의 시적 무드를 훨씬 잘 본질적으로 포착하고 있다. 그래서 외국어 시에 대해 독자가 진정으로 알고자 하는 바는 시의 낱낱의 원어나 축자역의 시상이 아니라 원시 그 자체가 지니고 있는 직접적인 포에지이며 원시 그

---

6   『신코킨와카슈(新古今和歌集)』. 가마쿠라시대 초기에 전 20권으로 칙찬(勅撰)된 와카집.
7   『新古今和歌集』권3, 夏歌, 201. 후지와라노 도시나리(藤原俊成, 1114~1204)의 와카.
8   『全唐詩』권440, 69;『白氏文集』권17.

자체의 시적 무드인 것이다. 그런 고로 시는 오히려 번안해야 할 것이요 번역해야 할 것이 아니다. 앞에서 역설한바 번역은 오역일수록 좋다고 말한 것은 이 때문이다.

번역시의 역할은 단지 원시의 상념<sup>思想</sup>을 전하는 데 그치지 않는다는 제한을 둠으로써 번역의 가능성을 주장하는 이가 있다. 그러나 시의 상념이라는 것은 시의 언어가 내포하고 있는 연상, 이미지, 운율 가운데 포함되며, 화학적으로 분석할 수 없는 유기체로서 살아 있는 것이기 때문에 원시의 문학적 구성만 번역한다고 해서 시의 의미를 전할 수는 없다. 그것을 전하기 위해서는 원시의 낱낱의 말을 풀어내고 번잡한 주해<sup>註解</sup>를 덧붙일 수밖에 없으니 결국에는 역시 번역가 자신의 창작으로 번안하는 수밖에 없는 것이다.

모든 번역시는 그것이 번역가 자신의 창작이자 번안인 한에서 가치를 지닌다. 바꾸어 말하자면 시 번역가는 원작을 자기 안에서 융화시키고 자신의 예술적 육체로 세포화<sup>細胞化</sup>한 경우에만 비로소 번역가로서 저작권을 갖는 것이다. 예컨대 포 번역에서 보들레르의 경우, 이것이 바로 '명역'이다. 그리고 모든 명역은 그 자체로 번역가의 창작이며 마땅히 번안일 수밖에 없는 것이다.

모리 오가이 씨의 『즉흥시인』은 원작보다 훨씬 좋다고 정평이 나 있다. 그 번역을 읽은 사람들은 의외로 원작의 시시함에 실망하여 불평을 말했다. "『즉흥시인』은 번역이 아니야. 이건 오가이 씨의 창작이지. 우리는 오가이 씨한테 속은 거야"라고 말이다. 실로 그 말대로 『즉흥시인』은 오가이 씨 자신이 지은 번안인 것이다. 그리고 또 그런 고로 '명역'인 것이다.

　모든 좋은 번역은 '창작'이다. 그런 고로 보들레르 번역을 통해 포의 시를 읽는 사람들은 실은 보들레르의 시를 읽는 것이지 포를 읽는 것이 아니다.
　(…중략…)
　번역시를 읽는 사람들이 주의할 것은 첫째로 먼저 그 역자가 시인으로서, 문학가로서 원작자와 동등 이상 또는 동등, 그렇지 않으면 최악의 경우라도 남들만 한 정도의 재능을 지니고 있는지 그렇지 않은지 살펴보아야 한다. 역자가 만약 그만한 자격이 없고 원작자와 비교해 문제가 되지 않는 돌팔이 시인이라면 차라리 그런 번역은 아예 읽지 않는 편이 현명하다. 왜냐하면 시 번역은 번역가 자신의 창작이며 번역가의 감정과 생각, 기교, 스타일이 특수하게 동화된 혈액을 통해서만 원시의 정신을 투시할 수 있기 때문이다. 그런 고로 또 **번역된 원시의 가치는 언제나 그 번역가의 시인으로서 가치와 일치한다.** 번역가로서 혹시 돌팔이 시인이라고 한다면 원시의 가치 역시 저열한 엉터리 시에 지나지 않는 것이다. 보들레르는 프랑스인에게 포를 제값에 팔았다. 그렇지만 다른 번역가들은 대개 원작자의 가치를 떨어뜨려 헐값으로 팔고 있는 것이다.

　번역의 불가능성은 훨씬 넓고 근본적인 문제로 반드시 시뿐 아니라 문학 일반에 관계되며, 게다가 더욱 본질적으로는 외국 문화의 이식, 그것에 관계되어 있다. 일례로 'Real'이라는 말은 일본어로 '현실'이라고 번역되고 있다. 따라서 또 'Realism'은 일본어로 '현실주의'라고 번역되고 있다. 그렇지만 'Real'이라는 말은 외국어의 의미에서 단순히 '현실'만 가리키지 않으며, 훨씬 심오한 철학적 의미, 즉 어떤 '진실한 것', '확실한 것',

가공의 환영이나 가상이 아니라 정말로 '실재하는 것'이라는 의미를 지니고 있다. 그런데 일본 문단에서는 이것을 그저 '현실'이라고 번역함으로써 일본의 이른바 리얼리즘문학이 단순한 일상생활의 사실을 쓰는 것, 무의미한 현실을 평면적으로 기술하는 데 그치는 것, 이른바 '신변소설'이 되어 버린 것이다. 그리고 그러한 리얼리즘문학은 서양에는 결코 없으며 하나도 볼 수 없는 것이다. 'Naturalism'을 '자연주의'라고 번역한 것도 마찬가지로 또 오역으로, 그것이 일본문학을 기형적으로 만들고 특수한 사생문寫生文 소설을 유행시켰다.

진실한 의미를 말하자면 외국어는 결코 번역할 수 없는 것이다. 단지 유사한 말을 가지고 임시로 원어에 대응시켜 대충 임시변통으로 해 둔 것에 지나지 않는다. 그런데 일본인은 역사적으로 사상을 지니지 못한 국민이기 때문에 본래 철학적인 사상을 뿌리로 삼는 서양문학을 수입하면서 그것에 대응하는 말이 하나도 없으니 일본어 사전에서 온갖 말들을 찾아낸 후 어쩔 수 없이 '현실'이나 '자연' 따위의 번역어를 억지로 꿰맞추어 대응시켰다. 그리하여 결국 리얼리즘도 내추럴리즘도 그 밖의 어떤 서양문학도 제대로 번역할 수 없게 되어 버린 것이다.

외국 문화의 수입에서도 번역이 절대로 불가능하다는 것, 실상 '번안'밖에 할 수 없다는 것, 그 결과 모든 외국 문화의 수입이 국민 자신의 주관적인 '창작'에 불과하다는 것은 위의 일례를 통해서도 알 수 있다. 지나 문화에 동화된 일본인의 과거 역사는 특히 이러한 사실을 잘 실증하고 있다.

일본 육군에서는 모든 외국어를 일부러 어려운 일본어<sup>실은 한어</sup>로 번역해 버린다. 예컨대 '탱크'를 '군용 자동차'라고 말하거나 '장갑 자동차'라고 번역하거나 한다. 어떤 교관이 신병을 가르치며 "일본 육군은 본질적으로 외국 군대와 다르다"고 말하자 순진한 신병이 질문했다. "교관님, 사벨은 서양 칼이 아닙니까?" "사벨이 아니다. 일본 군대에서는 지휘도라고 하는 것이다. 알겠나?" "나팔은 무엇이라고 합니까?" "바보 같은 놈! 나팔은 일본어다."

이는 국수주의의 캐리커처다. 국수주의자의 관념은 모든 수입된 외국 문화를 무리하게 억지로 갖다 붙여서 부자연스럽게 창작하려고 노력한다. 그에 반해 진보적인 인터내셔널한 사람들은 외국 문화를 되도록 충실하게 원작 그대로 번역하려는 의지를 보인다. 결과로 보자면 양쪽 모두 결국 번안화하는 데 지나지 않지만 번역가로서 양심은 물론 후자의 의지 쪽이 올바른 것이다. 전자는 애초부터 오역할 것을 목적으로 오역하고 있다.

전향한 마르크시스트는 번역의 불가능성을 알았기 때문이다. 그들은 문학가보다 총명하다. 왜냐하면 일본의 문학가들은 그들의 번안화된 사이비 자연주의문학이나 사이비 리얼리즘문학으로 스스로 외국 사조의 그것과 동렬에 놓고서는 자본주의 말기의 근대문학으로 자임하면서 가소롭게도 득의양양하기 때문이다.

하기와라 사쿠타로萩原朔太郎, 1886~1942는 군마현 마에바시시에서 태어났다. 다이쇼·쇼와 시기의 시인이자 작가로 시집 『달에 짖다』, 『푸른 고양이』, 『빙도氷島』 등으로 유명하다.

「시 번역에 대하여」는 하이쿠의 번역 가능성을 둘러싼 고미야 도요타카와 미야모리 아사타로의 논쟁1933에 촉발되어 쓴 것으로 같은 해 11월 『생리生理』 3호에 발표되었다. 관련된 논고로서는 이 책에 수록된 고미야 도요타카의 「홋쿠 번역의 가능성」1933.8 이외에도 다음과 같은 것이 있다.

쇼와 8년1933

미야모리 아사타로, 「고미야 군의 홋쿠 번역론을 반박함」, 『요미우리신문』 1933.8.20·22·23.

스기무라 소진칸, 「반역反譯인가 반역反逆인가」, 『개조』, 1933.9.

쓰네토 교, 「비, 비상시적 논문非, 非常時的論文─긍정할 수 없는 소진칸 씨의 번역론」, 『요미우리신문』, 1933.9.7.

쓰보우치 쇼요, 「번역 이야기」, 『중앙공론』, 1933.9.

사와무라 도라지로, 「번역의 의의」, 『문예춘추』, 1933.10.

오기와라 세이센스이萩原井泉水, 「하이쿠 번역 시비」, 『문예춘추』, 1933.10.

다카가키 마쓰오高垣松雄, 「번역의 제諸 문제」, 『신영미문학』, 1933.10.

미야모리 아사타로, 「일본문학의 해외 진출」, 『문예춘추』, 1933.11.

미야모리 아사타로, 「번역은 문명이다」, 『중앙공론』, 1933.11.

이노우에 시게오井上思外雄, 「역시譯詩의 가능성에 대하여」, 『신영미문학』, 1933.11.

쇼와 9년1934

사와무라 도라지로, 「번역론」, 『영어영문학강좌』, 영어영문학간행회, 1934.

산구 마코토, 「역시론」, 『영어영문학강좌』, 영어영문학간행회, 1934.

산구 마코토는 「역시론」[1934]에서 고미야 도요타카·미야모리 아사타로 논쟁을 정리하면서 하기와라 사쿠타로의 이 글에 대해서는 다루지 않았다. 아마 집필 시점에서는 아직 보지 못한 듯하다. 하기와라 사쿠타로는 번역 불가능성의 논거로 하이쿠에 관해서는 언어가 지닌 연상association의 차이만 들었고, 운율이나 리듬 등의 문제에 관해서는 언급하지 않았다. 그러나 후반부의 시 번역 문제에 이르러서는 시의 번역 가능성의 주장에 대해 "연상, 이미지, 운율"의 문제를 지적하면서 시의 번역 불가능성을 주장하고 있다. 시의 의미를 전하기 위해서는 "번잡한 주해"를 덧붙일 수밖에 없으며, 결국 "번역가 자신의 창작으로 번안하는 수밖에 없는 것"이라 말한다. 하기와라 사쿠타로의 시 번역 불가능론은 〈해제 23〉에서 지적한 것처럼 원문에 대한 충실성의 요청에서 생겨난 것인데, 그와 동시에 "예술로서 독립적인 가치"가 있는 번역하기와라 사쿠타로는 번안이라는 말을 사용하고 있지만의 필요성을 호소하고 있다. 또 마지막 부분에서 'Realism'이나 'Natural-ism' 같은 개념의 번역 사례를 들어 문학 일반, 외국 문화 이식에 수반되는 개념의 번역 문제에 대해서도 다루고 있다. 여기에는 이미 야콥슨[1959; 2004]이 언급한 번역 불가능성에 관한 주요 논점이 드러나 있는데, 하기와라 사쿠타로의 논의에는 캣포드[1965]가 말한 언어적 번역 불가능성과 문화적 번역 불가능성이 혼재하고 있다. 예컨대 「옛 연못」의 경우 연상 패턴이 서로 다르다는 것은 어휘의 연합 관계의 차이, 즉 언어적 번역 불가능성을 뜻하며, 서구에 일본처럼 '옛 연못'이 존재하지 않는 경우는 목표 언어의 문화에 그것이 존재하지 않는, 이른바 언어 외적 공백extralinguistic voids

이라는 사태, 즉 문화적 번역 불가능성을 뜻한다.

하기와라 사쿠타로가 하이쿠 번역에서 왜 언어의 연상만 다루었는가 하는 의문은 이듬해 발표된 「하이쿠는 번역할 수 없다」[1934; 1976]를 함께 읽어 보면 풀린다. 하기와라 사쿠타로는 "하이쿠의 시취를 이해하기 위해서는 적어도 독자 자신이 일본 종이를 바른 집에 살면서 다다미 위에 앉아 된장국을 마시고 녹차를 마시며, 그리고 또 조상 대대로 전통으로 내려오는 문화에서 생활하지 않으면 안 된다"면서 이 점에서 하이쿠 번역은 "절망적으로 불가능하다"고 말한다. 한편 "와카의 포에지는 서양의 서정시와 서로 통하고 있고, 본질적으로 세계에 대한 국제성이 많"지만 "와카 번역의 곤란함은 반대로 그 형식의 측면에" 있으며 "격조格調, 운율의 음악"의 번역은 절망적이라 말한다. 따라서 "하이쿠 번역에서는 시의 '내용'이 불가능하고, 와카의 경우에는 거꾸로 그 '형식'이 절망적이다. 그래서 어느 쪽이든 **시 번역은 불가능하다**는 결론에 도달한다"고 맺었다.

시 번역에 대해서는 일반적으로 형식적 측면에서 번역의 곤란함이 지적되는 경우가 많다. 시 번역의 (불)가능성에 국한하면 동시대 호리구치 다이가쿠[9]가 알기 쉽게 논한 바 있다.

시를 번역하는 데에서 그 내용인바 의미는 번역으로 전할 수 있을지 모르지만 원작 시의 형식, 즉 언어에서 오는 아름다움은 어떻게 전할 수 있겠습니까? 시에서 언어는 곧 운韻이고 율律이며 음악입니다. 이것들이 시의 효과를 절반 이상 짊어지고 있는 중요한 요소입니다. 게다가 그것들은 시의 내용과 불가분의 관계에 있기도 합니다. 요컨대 그것은 내용을 두드려서 내는 울림과도 같은

---

9    호리구치 다이가쿠(堀口大學, 1892~1981) : 시인. 프랑스문학 번역가.

것입니다.호리구치 다이가쿠, 「시 번역에 관하여」

정형시의 경우 이러한 형식과 음악이란 "행의 수, 한 행의 음절 수, 한 행 내의 강박強拍·약박弱拍, 장모음·단모음, 평측平仄 교대의 규칙성, 두운과 각운 등"가토 슈이치, 1996을 의미한다.

하기와라 사쿠타로가 번역시를 어떻게 보고 있는가는 『달에 짖다』1917년 초판의 「재판 서문」1922에서도 엿볼 수 있다. 여기에서 하기와라 사쿠타로는 초판 간행 당시의 시단 상황을 회고하며 "우리 예술은 일본어의 순진성을 잃어버렸다. 달리 말하자면 일본적인 감정시대가 요구하는 일본적인 감정이 피상적인 번역시의 서양 모방으로 인해 광휘가 더럽혀지고 있다. 우리나라 시인들은 리듬을 잃어버렸다. 이러한 예술은 특수한 페단티즘[10]에 속할 것이다. 거기에서 '잘난 척'을 즐기는 한 계급의 취미가 만족된다"고 쓰고 있다. 그렇다면 이 "피상적인 번역시의 서양 모방"이 구체적으로 무엇을 가리키는가가 문제다. 그때까지 간행된 주요 번역시집이라면 모리 오가이의 『그 모습』1889, 우에다 빈의 『해조음』1905, 나가이 가후[11]의 『산호집』1913인데, 초판 간행 당시의 시단이라는 점을 고려하면 하기와라 사쿠타로가 염두에 둔 것은 『해조음』과 『산호집』일 것이다. 그러나 미요시 다쓰지[12]의 증언에 의하면 『달에 짖다』는 우에다 빈에게 헌정될 시집이었다고 한다.

---

10    현학 취미(pedantism, pedanticism).
11    나가이 가후(永井荷風, 1879~1959) : 소설가. 퇴폐적인 탐미주의를 지향한 작가.
12    미요시 다쓰지(三好達治, 1900~1964) : 시인. 문학평론가. 번역가.

하기와라 씨가 언젠가 이렇게 말했다. 나는 어쩌나 불행한 사내인가 싶었다. 『새로운 욕정』을 헌정할 작정이었던 저 철학자 노무라 와이한[13]이 그 직전에 훌쩍 자살해 버려 유일한 이해자를 잃은 것처럼 느꼈다. 이는 때마침 『달에 짖다』를 헌정할 작정이었던 우에다 빈 박사가 바로 그때 돌아가신 일과 꼭 같은 우연이구나. 어째서 나는 이토록 운 나쁘게 생겨 먹었단 말인가, 운운.<sup>미요시 다쓰지, 1963</sup>

이는 언뜻 모순된 것처럼 보인다. 그러나 훨씬 나중인 쇼와 11년<sup>1936</sup>에 쓴 「역시에 관하여」에서는 다음과 같이 말하고 있다.

결국 언어 표면의 글자 뜻 정도로 얕고 6할쯤 이해한 사람들이 가장 적절한 번역가라는 것이다. 예컨대 래프카디오 헌 같은 사람이 일본 시가의 번역가로서 가장 적임자다. 단지 어학 지식뿐 아니라 그 나라 국민 가운데 살고 그 나라 국민과 오래 함께 생활하며 풍속과 습성에 반쯤 동화된 사람은 적어도 원시의 묘미를 6할쯤 이해할 수 있다. 그런 사람들만이 참으로 좋은 시 번역가인 것이다. 우에다 빈 씨의 『해조음』 같은 것도 이러한 의미에서 나로서는 신용할 수 없다. 그런 것은 진정한 의미의 번역이 아니라 오히려 전혀 문학적인 '창작'으로서 오리지널리티가 있는 예술품으로 별종의 높은 가치로 평가해야 한다고 생각한다.<sup>하기와라 사쿠타로, 1936; 1975</sup>

이로써 하기와라 사쿠타로의 번역시에 대한 태도가 일관된 것임을 알 수 있다. 우에다 빈을 존경하여 『해조음』을 창작으로서 높이 평가하고 있으나 번역시로서는 "신용할 수 없다"는 것이다.

---

13　노무라 와이한(野村隈畔, 1884~1921) : 메이지·다이쇼 시기의 철학자. 문명비평가.

또 초판 앞머리에 있던 800자 정도의 문장이 단행본에 수록될 때 삭제되었다. 논지에는 영향이 없어서 이 책에서도 수록하지 않았는데, 『하기와라 사쿠타로 전집』 제6권에서 볼 수 있다.

보들레르에 의한 포 번역에 대해서는 샐린스2004를 참조하기 바란다. 보들레르는 1848년부터 1865년까지 18년에 걸쳐 에드거 앨런 포의 단편을 번역했다.

"二月三月日遲遲 東行西行雲悠悠"는 정확하게는 "東行西行雲渺渺 二月三月日遲遲"다. 이에 대해서는 〈자료 11〉을 참조하기 바란다.



**참고문헌**

가토 슈이치(加藤周一), 「飜譯裏切說」, 『近代の詩人 別卷－譯詩集』, 潮出版社, 1996.
미요시 다쓰지(三好達治), 『萩原朔太郞』, 筑摩書房, 1963.
사와무라 도라지로(澤村寅二郎), 「飜譯論」, 『英語英文學講座』, 英語英文學刊行會, 1934.
산구 마코토(山宮允), 「譯詩論」, 『英語英文學講座』, 英語英文學刊行會, 1934.
샐린스(E. Salines), *Alchemy and Amalgam : Translation in the Works of Charles Baudelaire*, Amsterdam & Atlanta : Rodopi, 2004.
야콥슨(R. Jakobson), "On Linguistic Aspects of Translation" (1959) in L. Venuti ed., *The Translation Studies Reader*, London : Routledge, 2004(2nd edition).
캣포드(J. C. Catford), *A Linguistic Theory of Translation : An Essay in Applied Linguistics*, Oxford : Oxford University Press, 1965.
하기와라 사쿠타로(萩原朔太郞), 「俳句は飜譯できない」(1934), 『萩原朔太郞全集』 7, 筑摩書房, 1976.
──────────────────, 「譯詩について」(1936), 『萩原朔太郞全集』 10, 筑摩書房, 1975.
호리구치 다이가쿠(堀口大學), 「詩の飜譯に就いて」, 『フランス詩人選』 特別付錄, ほるぷ出版, 발표 연도 미상.

# 문장독본



### 자료 25_ 서양 문장과 일본 문장(다니자키 준이치로)

우리가 고전 연구와 겸하여 구미의 언어와 문장을 연구하여 그 장점을 받아들일 수 있는 만큼 받아들이는 편이 좋다는 것은 두말할 나위도 없습니다. 그러나 여기서 생각해야 할 점은 언어학적으로 **전혀 계통을 달리하는 두 나라의 문장 사이에는 영구히 뛰어넘을 수 없는 담이 있고,** 그래서 애써 얻은 장점도 그 담을 넘어 가져오면 장점이 어느새 장점으로서 역할을 하지 못하고 도리어 이편의 고유한 국어의 기능까지 파괴해 버리는 일이 있다는 한 가지 일입니다. 더구나 내가 보는 바로는 메이지 이래 우리는 이미 서양문의 장점을 받아들일 만큼 받아들여서 더 이상 받아들이는 것은 곧 담을 넘는 일이 되고 말아 우리 국문의 건전한 발달에 해를 끼치는, 아니, 이미 끼치고 있습니다. 그러므로 오늘날의 경우에는 **그 장점을 받아들이기보다 지나치게 받아들여 생긴 혼란을 정리하는 편이 급선무가 아닌가** 생각합니다.

옛 가마쿠라시대 우리 선조는 한문 어법을 배워 화한和漢 혼용문이라는 새로운 문체를 만들었는데, 이마저도 잘 생각해 보면 결코 고대 지나어의 구조를 받아들였다고는 말할 수 없습니다. 예컨대 "자子 왈曰, 지止에 기其 지止할 소所를 지知하거늘 인人을 이以하여 조鳥와 여如하지 않음이 가可하랴"와 같은 풍의 말은 한문적이기는 합니다만 공자님은 이런 식으로 아래에서 위로 거꾸로[1] 말씀하시지 않았습니다. 실제로는 "於止知其所止 可以人而不如鳥乎"[2] 열네 글자를 당시 지나 음에 따라 곧이곧대로 말씀하

신 것입니다. 예나 지금이나 지나어에는 데니오하[3]가 없으며, 동사 다음에 목적격이 오는 것에 변함이 없습니다. 또 '면만綿蠻하는'[4]에서 '-하는タル'에 해당하는 것이 원문에는 없습니다. 'タル'는 'トアル'의 생략이겠습니다만 이것이 없으면 일본어로 읽을 수 없어 도무지 의미가 통하지 않으므로 오쿠리가나[5]를 붙인 것이겠지요. 그렇다면 이러한 표현도 결국 일본어의 범위를 벗어나지 않는 것으로 단지 한문을 일본어 어법에 맞추어 훈독하기 위하여 다소 무리하고도 신기한 표현을 생각해 낸 것입니다. 그래서 처음에는 한문을 훈독할 때만 사용한 그 표현을 국문으로 쓸 때도 응용한 그것이 바로 화한 혼용문입니다. 그러므로 한문의 영향으로 이와 같은 표현이 발명된 것은 사실입니다만 이런 표현 그 자체가 한문의 어법은 아닙니다. 위와 같이 우리나라와 가장 가까운 나라인 지나의 언어조차 천 년 이상이나 접촉하면서도 좀처럼 동화되지 않았는데, 하물며 관계가 얕은 서양 언어가 그토록 손쉽게 받아들여질 리 없는 것입니다.

원래 우리 국어의 결점 중 하나는 **어휘 수가 적**다는 점입니다. 예컨대 팽이나 물레방아가 도는 것이나 지구가 태양 주위를 도는 것이나 마찬가지로 우리는 '돌다轉る, 廻る'라고 합니다. 그러나 전자는 사물 자신이 '도는' 것이고 후자는 한 사물이 다른 사물의 주위를 '도는' 것이어서 양자가 분명히 다릅니다만 일본어에는 그러한 구별이 없습니다. 그러나 영어는 물론 지나어에서도 뚜렷하게 구별하고 있습니다. 일본어 '돌다'에 해당하는

1  한문의 어순을 바꾸어 훈독(訓讀)으로 읽는다는 뜻.
2  머무는 데에는 (새도) 그 머물 곳을 아는데, 사람으로서 새만 같지 못하여 되겠는가. 『대학』傳三章「釋止於至善」.
3  일본어의 조사나 어미.
4  **[편자 주]** 작은 새가 지저귀는 모양. 『시경』에 "綿蠻黃鳥止于丘隅"라는 구절이 있는데, 이를 "면만(綿蠻)하는 황조(黃鳥), 구우(丘隅)에 지(止)하다"로 훈독한다.
5  한자로 된 말을 분명히 읽기 위하여 한자 밑에 받치는 가나.

말을 지나에서 찾아보면 전轉, 선旋, 요繞, 환環, 순巡, 주周, 운運, 회回, 순循 등 실로 그 수가 많아서 모두 어느 정도씩 의미가 다릅니다. 팽이나 물레방아가 '돌다'에 해당하는 것은 선旋과 전轉 두 글자이고, 요繞는 사물의 주변을 떠나지 않은 채 휘감아 도는 것, 환環은 고리처럼 에워싸는 것, 순循은 순회하며 시찰하는 것, 주周는 한 바퀴 빙 도는 것, 운運은 변천해 가는 것, 회回는 소용돌이치며 흐르는 것, 순循은 사물에 따라가는 것 등 대단히 자세한 구별이 있습니다. 또 벚꽃이 피어 있는 화려한 느낌을 말하는 데에도 일본어로는 '화려한'이라는 형용사밖에 생각나지 않습니다만 한어漢語를 사용해도 된다면 난만爛漫, 찬란燦爛, 찬연燦然, 요란繚亂 등 얼마든지 더 있겠지요. 그래서 우리는 '빙글빙글 돌다旋轉する', '운행하다運行する' 등과 같이 한어 아래에 '−하다する'라는 말을 결착結着시켜 많은 동사를 만들고, '난만한', '난만하는', '난만하게' 등처럼 '−한な', '−하는たる', '−하게として'를 결착시켜 무수한 형용사나 부사를 만들어 국어의 **어휘** 부족을 메워 온 것인데, 이 점에서 우리가 한어에 빚진 바는 큽니다. 그리하여 오늘날에는 아무리 한어 어휘가 풍부하더라도 이미 그것만으로는 충분하지 않게 되었습니다. 그래서 우리는 택시, 타이어, 가솔린, 실린더, 미터 등과 같이 영어를 그대로 일본어화하거나 또는 형용사, 부사, 어휘, 과학, 문명 등처럼 한자를 빌려 서양의 말을 번역한 것을 사용하게 되었습니다. 이는 실제로 그렇게 하지 않으면 충분하지 않기 때문에 조금도 지장이 없습니다. 우리 선조가 일찍이 한어를 받아들인 것처럼 우리도 구미의 말을 받아들여서 국어를 풍부하게 하는 것은 참으로 훌륭한 일입니다. 하지만 모든 사물과 일에는 좋은 면만 있지 않습니다. 한어 위에 서양어, 번역어까지 더해 우리 국어는 갑자기 어휘가 풍부하게 되었습니다만 이미 여러 번 말씀드린 대로 그렇기 때문에 우리는 너무 지나치게 말의 힘에 의존해서

과하게 수다스러워지고 침묵의 효과를 잊어버리게 되었습니다.

국어라는 것은 국민성과 떼려야 뗄 수 없는 관계에 있으므로 일본어 어휘가 부족하다고 해서 반드시 우리 문화가 서양이나 지나보다 못하다는 의미는 아닙니다. 그보다는 오히려 **우리 국민성이 수다스럽지 않다는 증거입니다.** 우리 일본인은 전쟁에는 강하지만 언제나 외교 담판을 하게 되면 눌변 때문에 남에게 지고 맙니다. 국제연맹 회의에서도 여러 번 일본 외교관은 지나 외교관이 떠벌리는 것을 그저 듣기만 합니다. 우리 편에 정당한 이유가 너무 충분히 있는데도 각국 대표는 지나인의 언변에 홀려 그편을 동정합니다. **고래로 지나나 서양에는 웅변으로 알려진 위인이 있습니다만 일본 역사에서는 먼저 찾기 어렵습니다. 그와 반대로 우리는 예로부터 능변가를 경멸하는 풍조가 있었습니다.** 실제로 또 일류의 인물 중에서 말수 적고 침묵을 지키는 사람이 많아 능변가라면 이류나 삼류로 낮추는 경우가 많습니다. 그래서 우리는 지나인이나 서양인만큼 언어의 힘을 신뢰하지 않습니다. 언변의 효과를 신용하지 않습니다. 이는 무엇에서 기인하는가 하면 첫째로는 우리가 정직하기 때문일 것입니다. 즉 우리는 실행하는 것을 보여주면 아는 사람은 알아주고, 스스로 살펴서 천지신명에게 부끄럽지 않으면 따로 구시렁구시렁 변명하거나 말을 퍼뜨리거나 할 필요가 없는 기질이 있는 것입니다. 공자 말씀에도 "아첨하는 말과 알랑거리는 태도에서 어진 마음을 찾기 어렵다"[6]고 했듯이 수다스럽다 하여 거짓말쟁이라고는 할 수 없지만 서양은 몰라도 동양에서는 수다스러운 사람은 어쨌든 사물이나 일을 수식해서 실제 이상으로 부풀리는 버릇이 있어 신용하지 않는 경향이 있습니다. 그래서 군자는 말을 삼가는 것을 미덕 중 하

---

6　"巧言令色鮮矣仁." 『논어』 「학이(學而) 편」 제3장.

나로 꼽는 것인데, 유난히 일본인은 이 점에서 결벽이 심합니다. 우리 사이에는 지나에도 없는 "하라게이"[7]라는 말이 있어서 침묵을 예술 이상으로까지 여겨 옵니다. 또 '이심전심以心傳心'이라든가 '간담상조肝膽相照하다' 같은 말도 있어서 마음에 성의만 있으면 잠자코 마주 보고 있어도 자연히 그것이 상대방의 가슴에 통하며, 천만 마디 말을 허비하기보다 그런 암묵의 양해 쪽이 더 값지다는 신념을 지니고 있습니다. 우리에게 이러한 기풍과 신념이 있다는 것은 한층 깊이 생각해 보면 동양인 특유의 내성적인 성질에서 유래하는 것이어서 우리 모두 어떤 사물이나 일을 마음속으로 짐작하여 열만큼 실력이 있어도 일곱이나 여덟밖에 없는 것처럼 스스로 생각하며, 남들에게도 그렇게 보이는 것이 겸양의 덕에 부합한다고 여깁니다. 서양인은 그와 반대입니다. 열이면 열만큼 있다고 말하는 데 아무런 거리낌도 사양도 없습니다. 그들도 겸양의 덕을 모르는 것이 아닙니다만 동양식 겸양은 그들로서는 비겁하거나 고리타분하거나 혹 경우에 따라서는 부정직하다고까지 말할지도 모르겠습니다. 그러한 것은 일장일단이 있어서 어떤 일이든 의존하지 않는 서양인이 진취적이며 동양인은 퇴영적이라는 것을 보면 우리가 그들에게 배워야 할 바도 많습니다. 그러나 우열은 잠시 논하지 않기로 하고, 위에서 말한 일본인의 국민성을 생각해 보면 우리 국어가 수다쟁이에게 걸맞지 않게 발달한 것도 우연이 아님을 알게 됩니다. 또 하나 더 말해 두고 싶은 것은 우리가 섬나라 사람이어서 그런지 서양인이나 지나인에 비하면 집요하지 못합니다. 좋게 말하자면 시원시원해서 깨끗이 포기합니다만 나쁘게 말하자면 조급하고 집착하는 힘이 없어서 한 가지 일을 너무 억척스럽게 말하는 것을 싫어합니다. 말

---

7　배우가 대사나 동작에 의하지 않고 표정과 태도만으로 연기하는 것. 말이나 행동이 아니라 태도만 드러내는 것.

해 봤자 소용없다, 어차피 그 이상은 알 리 없다고 생각하거나 되는 대로 될 수밖에 없다고 생각해서 적당히 단념하고 포기해 버립니다. 이런 성질 역시 국어에 영향을 끼치고 있음이 틀림없습니다.

국어의 장점과 단점이라는 것은 이와 같이 그 국민성에 깊이 뿌리내리고 있기 때문에 **국민성을 바꾸지 않고 국어만 개량하고자 해 봤자 무리입니다.** 그러므로 우리는 한어와 서양어 어휘를 받아들여 국어의 부족을 메우는 것이 좋습니다만 그것에도 자신의 한도가 있다는 것을 잊어서는 안 됩니다. 왜냐하면 우리 국어의 구조는 적은 어휘로 많은 의미를 전하도록 이루어져 있지 수많은 어휘를 축적하여 전하도록 이루어져 있지 않기 때문입니다.

(…중략…)

서양 언어는 지나 언어와 마찬가지로 동사가 앞에 오고 그다음에 목적격이 옵니다. 또 텐스[8] 규칙이 있어 시간적으로 세밀하게 구별할 수 있으므로 앞의 동작과 뒤의 동작이 또렷이 분간됩니다. 또 관계대명사라는 편리한 품사가 있어서 혼잡을 일으키지 않고서 하나의 센텐스에 다른 센텐스를 얼마든지 이어 갈 수 있습니다. 그 밖에도 단수와 복수, 성 구별 등 여러 가지 문법 규정이 있습니다. 그런 구조이기 때문에 많은 어휘를 겹쳐 쌓아도 의미가 통합니다만 구조를 전혀 달리하는 국어 문장에 그들의 수다스러운 화법을 받아들이는 것은 술 담는 그릇에 밥을 담는 것과 같습니다. 그런데 현대 사람들은 이 사실에 깊이 유의하지 않고서 무턱대고 어휘를 함부로 낭비하는 버릇이 있습니다. 그들이 쓰는 문장은 어느 쪽이냐 하면 고전문보다 번역문 편에 가깝습니다. 소설가, 평론가, 신문 기

---

8 　시제(tense).

자 등 문필을 업으로 삼는 사람의 문장일수록 더욱 그런 경향이 있습니다. 서양인은 위에서 든 영문을 보아도 알 수 있듯이 '모두all'라든가 '가장 most' 같은 어휘를 아까워하지 않고 나란히 늘어놓습니다만 현대 일본인도 어느새 그것을 흉내내어 그럴 필요가 없는 데에서 최상급 형용사를 사용합니다. 이렇게 우리는 우리 선조가 자랑스럽게 여긴 그윽하고 고상함, 깊은 신중함을 나날이 잃어 가고 있는 것입니다.

다만 여기에서 곤란을 느끼는 것은 서양에서 수입된 과학, 철학, 법률 등 학문에 관한 기술記述입니다. 이는 그 일의 성질상 치밀하고 정확하며 구석구석 명확하게 쓰지 않으면 안 됩니다. 그런데 일본어 문장에서는 도저히 공교하고 빈틈없이 하기 어려운 흠이 있습니다. 종래 나는 독일 철학서를 여러 번 일본어 번역으로 읽은 일이 있는데, 많은 경우 문제가 조금 복잡해지면 이해할 수 없게 되는 것이 보통이었습니다. 그리고 그 이해할 수 없음이 철리哲理 그 자체의 심오함이라기보다 일본어 구조의 불완전함에서 기인함이 분명해져서 중도에 책을 내팽개쳐 버린 일도 한두 번이 아닙니다. 어쩌면 동양에도 예로부터 학문이나 기술에 관해 쓴 저술이 없지 않겠으나 우리로서는 "말하되 말하기 어려운" 목표의 경지를 존중하여 너무 드러내어 쓰기를 싫어했습니다. 이것도 한편으로는 우리가 언어의 힘에 의존하지 않는 습성에서 비롯하는 것일 터입니다만 도제 교육시대에는 제자가 직접 선생의 구전口傳을 물려받거나 또는 선생의 인격으로 도야하여 자연히 터득하는 바가 있었기 때문에 그렇게 해도 지장이 없었을 터입니다. 이렇게 생각해 본다면 우리나라 문장이 과학적인 저술에 적합하지 않다는 것은 당연합니다만 어떻게 해서든 그 결함을 메우지 않으면 안 됩니다. 오늘날 우리나라 과학자들은 어떻게 그러한 불편을 견디고 있는가 하니, 읽기에서나 쓰기에서나 대개 원어로 그럭저럭하고 있는 듯합니다. 그들은 강의할 때도 일본어 사이에 대단히 많은 원어를 끼워 넣습니다. 논문을 발표할 때도 일본문으로 쓰지만 동시에 외국문으로 발표하여 외국문 쪽을 표준으로 삼습니다. 일본문 쪽은 전문 지식과 외국어 소양이 있는 사람에게는 이해하기 쉬워도 비전문가가 읽어서는 알 수 없습니다. 나는 자주 『중앙공론』이나 『개조』 등 일류 잡지에 경제학자의 논문 등이 실리는 것을 봅니다만 그런 것을 읽고 이해하는 독자가 얼마나 있을까 하고 늘 의문이 듭니다. 그도 그럴 것이 그들의 문장은 독자에게 외국어 소양이 있다는 것을 전제로 삼아 쓴 것이어서 체재는 일본문이더라도 실은 외국문이 둔갑한 도깨비입니다. 그래서 도깨비이니만큼 알 수 없는 정도는 외국문 이상이어서 그러한 것이야말로 악문의 표본이라 해야만 할 것입니다. 실제로 번역문이라는 것은 외국어 소양이 없는 사람에게 필요한 것입니다만 우리나라 번역문은 다소라도 외국어 소양이 없는 사람에게는 이해하기 어렵습니다. 그런데 많은 사람들이 이러한 사실을 깨닫지 못하고는 도깨비 문장으로도 훌륭하게 쓰기에 모자람이 없다고 여기고 있으니 생각해 보면 참으로 우스꽝스럽지 않을 수 없습니다.

그렇다면 이 결함을 어떻게 메워야 좋은지 말씀드리자면 이는 우리가 사물을 생각하는 방식, 오랫동안 길러온 습관, 전통, 기질 등에서 비롯하는 것이기 때문에 문장만의 문제는 아닙니다. 다만 당장 생각하기로는 자기 나라 국어로 발표하는 데 부적합한 학문은 결국 빌린 학문이어서 진정으로 자기 나라 것이라 말할 수 없다는 것입니다. 그렇다면 조만간 우리는 우리 자신의 국민성과 역사에 들어맞는 문화 양식을 창조해야만 할 것입니다. 우리는 오늘날까지 태서泰西의 온갖 사상, 기술, 학문 등을 얼추 흡수하여 소화했습니다. 그래서 갖가지 불리한 조건을 부과받으면서도 어떤 부문에서는 선진국을 추월하여 그들을 지도하려고 하고 있습니다.

시대는 바야흐로 우리가 문화의 선두에 서서 독창력을 발휘해야 할 기운에 이르렀습니다. 따라서 앞으로는 헛되이 그들을 모방하지 말고, 그들에게서 배운 것을 어떻게 해서든 동양의 전통적 정신과 융합시키면서 새로운 길을 개척해 나아가지 않으면 안 됩니다. 그러나 그것은 이 독본의 범위 밖에 속하므로 여기에서는 깊이 논할 수 없습니다. 이 독본에서 다룬 것은 전문적인 학술 문장이 아니라 평소 우리 눈에 띄는 일반적이고 실용적인 문장입니다. 게다가 오늘날은 과학 교육 만능의 병폐를 얻어 그러한 일반의 실용적인 문장까지 전문적인 숙어를 사용하거나 학술적인 표현을 흉내 내서 불필요하게 정밀한 기술記述을 뽐내거나 실용 목적에서 벗어나 있습니다. 무엇보다 우리는 이러한 나쁜 습관을 고치지 않으면 안 됩니다. 내 생각으로는 실용 문장뿐 아니라 학술적인 문장의 어떤 것, 예컨대 법률서나 철학서 같은 것도 그중 어떤 것은 치밀하게 쓰면 치밀하게 쓸수록 의심이 생겨나므로 논리적 유희에 탐닉하지 않는 한 오랜 동양의 제자백가나 불가의 어록 형식 등을 빌리는 편이 우리에게는 이해하기 쉬우며, 읽은 것이 실로 몸에 익는다고 생각합니다. 하여간 어휘가 빈약하고 구조가 불완전한 국어에는 한편으로 그 결함을 보완하기에 충분한 장점이 있음을 깨달아 그것을 살리고자 노력하지 않으면 안 됩니다.

다니자키 준이치로谷崎潤一郎, 1886~1965는 탐미적 작풍으로 알려진 저명한 소설가로 번역가이기도 했다. 「그립 가문의 바르바라 이야기」[9]나중에 사토 하루오가 「춘금초(春琴抄)」[10]와의 관계를 지적한 작품이나 「카스트로의 수녀원장」[11] 등 몇 편의 일본어 번역『다니자키 준이치로 전집』제23권 수록, 또 세 차례에 이른 『겐지 모노가타리』현대어 번역이른바 다니자키 준이치로 구역, 신역, 신신역[12]도 손수 했다. 언어학자 야콥슨의 번역 분류를 원용하자면 전자는 '언어 간 번역interlingual translation'이며 후자는 '언어 내 번역intralingual translation'이다. 번역 실천가에 대한 지침도 될 수 있는 구체적인 일본어 작법을 논하고 있는 것이 쇼와 9년1934 11월에 출간된 『문장독본』인데, 그 제1장 「문장이란 무엇인가?」의 마지막 한 절이 「서양 문장과 일본 문장」이라는 제목이 붙여진 부분이다. 이것은 "언어학적으로 전혀 계통을 달리하는 두 나라의 문장 사이에는 영구히 뛰어넘을 수 없는 담이 있다"고 상정하고 서양문의 "장점을 받아들이기보다 지나치게 받아들여 생긴 혼란을 정리한다"는 문제 제기에서 시작하여 번역 문체를 "체재는 일본문이더라도 실은 외국문이 둔갑한 도깨비"로 보면서 다음과 같이 비판한다.

번역문이라는 것은 외국어 소양이 없는 사람에게 필요한 것입니다만 우리나라 번역문은 다소라도 외국어 소양이 없는 사람에게는 이해하기 어렵습니

---

9　『중앙공론』1927년 12월호 발표. 원작은 토머스 하디의 단편소설 "Barbara of the House of Grebe".

10　다니자키 준이치로가 『중앙공론』1933년 6월호에 발표한 중편소설.

11　『여성』1928년 1~4월호 발표. 원작은 스탕달의 단편소설 "L'Abbesse de Castro".

12　구역(전 26권)은 1939~1941년, 신역(전 12권)은 1951~1954년, 신신역(전 11권)은 1964~1965년에 모두 중앙공론사에서 출간되었다.

다. 그런데 많은 사람들이 이러한 사실을 깨닫지 못하고는 도깨비 문장으로도 훌륭하게 쓰기에 모자람이 없다고 여기고 있으니 생각해 보면 참으로 우스꽝스럽지 않을 수 없습니다.

구문맥이라는 '이질성'을 받아들인 번역 문체에 대한 다니자키 준이치로의 시선은 부정적이다. 일본어와 영어의 어휘·문법의 차이어휘 수, 형용사나 관계대명사에 의한 수식, 어순, 시제 등를 확인한 다음 다니자키 준이치로는 일본어로 읽기 쉬운 번역을 요구했다. 그리고 '모두'나 '가장' 따위를 현대 일본인이 "그럴 필요가 없는 데에서" 사용하는 것은 영문의 'all'이나 'most'의 흉내라고 비난한다. 또 문학뿐 아니라 "서양에서 수입된 과학, 철학, 법률 등 학문에 관한 기술"에도 눈을 돌려 예컨대 독일 철학 번역서의 난해함이 "철리 그 자체의 심오함이라기보다 일본어 구조의 불완전함에서 기인한다"고 말하며 "중도에 책을 내팽개쳐 버렸다"고 술회한다. 게다가 일류 잡지에 게재되는 학자의 경제 논문 등이 "악문의 표본"이라 규탄한다. "도깨비이니만큼 알 수 없는 정도는 외국문 이상"이라는 것이 그 이유다.

다니자키 준이치로의 번역관은 『문장독본』보다 7년 앞서 『개조』에 게재된 「요설록饒舌錄」1927.2~12이나 그 2년 후 발표한 「현대 구어문의 결점에 대하여」1929.11에 이미 명확하게 표명되어 있다.오시마 마키, 1994 번역 문체에 대한 다니자키 준이치로의 비판적 태도는 엔폰円本 전집[13] 등이 널리 유통된 쇼와 초기의 시대 배경과도 무연하지 않을 것이다. 그것은 번역문학이 '세계문학전집'으로 대중화되면서 일반 대중에게 소비되는 시대였다.이노우에 겐, 2005 한편 「요설록」에서는 번역에 의한 세계문학의 보급을 환영하면

---

13    한 권에 1엔씩 균일한 정가를 매겨 상업적으로 큰 성공을 거둔 전집이나 총서.

서도 그 영향으로 일본어의 화문맥和文脈 전통을 잃어버린 상황에 대한 불만을 다음과 같이 쓰고 있다.

> 어쩌면 세계에서 오늘날 일본 청년만큼 각국의 문학예술을 조금씩이나마 알고 있는 이들은 없을 것이다. (…중략…) 그런데 그들의 이러한 해박한 세계적 지식은 모두 가공할 만한 악문의 번역으로 얻어진 것이다. 나도 조금이나마 프랑스어를 배울 무렵 모파상 원문을 읽고 그때껏 번역으로 읽은 모파상과 엄청난 차이가 있어서 놀란 적이 있는데, 오늘날 청년의 지식이란 모두 번역된 모파상인 것이다. 물론 모르는 것보다 번역으로라도 아는 편이 좋다. 나의 학생 시절에 대륙문학의 번역은 대체로 영어에서 중역된 것이었는데, 요즘은 그렇지도 않은 듯싶고 상당히 능숙해지기도 해서 한데 싸잡아 나쁘다고 말할 수 없겠으나 그래도 구라파와 일본은 언어의 성질이 전혀 다르기 때문에 이와 같이 서양 문맥이 들어오게 되면 일본 고유의 함축된 문장미는 점점 쇠퇴해 간다고 생각한다. 일례를 들자면 일본 문장에서는 센텐스 안에 꼭 주격이 있어야 하는 것은 아니다. 그러나 서양에서는 날씨가 좋고 나쁨을 말할 때도 'It'이라는 주격을 넣는다. 이러한 표현이 일본에도 유행하게 되어 "그것은 화창한 날이었다"라든가 "그는 어떻게 된 것인가", "나는 어쩐지" 하면서 하나하나 밝힌다. 그 때문에 현재 일본문은 너무나 번거롭고 볼썽사납게 되었다.<sup>다니자키 준이치로,</sup>
> 1927; 1968, 95~96면

이러한 시대에 다니자키 준이치로의 조바심은 서양문뿐 아니라 번역문체가 채용하는 '한어'에 대해서도 드러난다. 이는 「현대 구어문의 결점에 대하여」 가운데 메이지 이래 구어문을 논하는 관점에서 현저하게 나타나 있다. "전체적으로 일본에서 한학과 양학은 양극단인 듯하지만 실은 의외로 인연이 가깝다"면서 한어 사용량의 증가가 난삽함의 한 원인이라 말한다.

  '관념', '개념' 등 성가신 말을 쓰지 않고서도 대개의 경우 '생각考'이라고만 해도 된다. 그런데 많은 평론가들이 "알고 있다' 하면 될 것을 "의식하고 있다"거나 '우수리', '나머지', '차액'이라고 하면 될 것을 '잉여'라고 하거나 하여 모든 일이 그러한 방식인데, 특히 한자를 많이 사용한다. 그중에서도 가장 눈에 띄는 것은 '-적的'이라는 글자의 남용이다. 이것은 다만 '-의'로 바꿔 써도 상관없는 경우가 매우 많다. 예컨대 '사상적 배경'은 '사상의 배경', '사회주의적 문학'은 '사회주의의 문학'으로, 이러한 사례들은 매우 많다.다니자키 준이치로, 1929; 1968, 215면

언문일치의 흐름 가운데 일본어가 적극적으로 받아들여 온 '서양 냄새', 번역 문체에 많이 사용된 한어에 관하여 다니자키 준이치로는 "한어는 메이지의 구화열歐化熱 기운에 편승하여 뜻밖에도 양어洋語와 손잡았다"고 말한다. 그리고 "참으로 일본적인 화문和文의 문맥"이 쇠퇴한 것을 개탄한다. 「요설록」이나 「현대 구어문의 결점에 대하여」에 나타난 다니자키 준이치로의 일본어와 번역에 대한 생각은 그대로 『문장독본』으로 이어져 있다. 이 사이의 추이를 모어와의 '근친상간'이라는 메타포로 번역을 말하는 바바라 존슨에 의거하여 이노우에 겐은 다음과 같이 단적으로 총괄한다.

  「요설록」, 하디, 스탕달 번역, 「현대 구어문의 결점에 대하여」를 거쳐 『문장독본』에 이르는 7년은 다니자키 준이치로에게 번역이라는 행위를 스스로 실천하면서 근대 구어문이라는 '제도'의 정통성을 규명함으로써 "모어와의 애증

관계를 새롭게"바바라 존슨 해 가기 위한 기간이었다.이노우에 겐, 1994, 360면

『문장독본』에서 전개된 번역 문체 비판에 관해서는 그 복고주의적 자세에 대한 반발도 있었다. 그러나 다니자키 준이치로와 동시대 소설가로 러시아문학과 프랑스문학을 손수 번역하고 그중에서도 체호프 번역가로 이름난 진사이 기요시는 「번역을 주저하는 의견」이라는 제목의 에세이에서 다니자키 준이치로에게 공감을 표했다.

> 번역하면서 먼저 무엇보다 불쾌하게 생각하는 것은 현대 일본어의 꼴사나운 정도다. 도대체 이래도 국어랍시고 불러야 하는지 정말로 한심스럽게 생각할 때가 있다. (…중략…) 국어 그 자체에서 비롯된 치명적인 제약으로 인해 그 긴요한 시의 발달이 저해되고 있는 현상은 창작가가 적절히 책임을 져야만 할 일임이 분명하다. 그러나 그들 중 누가 국어의 장래를 진지하게 걱정하고 있을까? 예컨대 다니자키 준이치로 씨가 옴짝달싹하지 못할 씨의 문장 정신을 『문장독본』으로 세상에 내놓았을 때 현역 문단인 중 누가 진지하게 씨의 주장을 음미했던가?진사이 기요시, 1936; 1976, 94~95면

번역론이라는 시야에서 여기 그 일부를 소개한 『문장독본』은 그전 해 상재된 『음예예찬陰翳禮讚』과 나란히 다니자키 준이치로의 대표적인 평론이다. 「서양 문장과 일본 문장」에 관해 논하는 다니자키 준이치로의 담론은 번역 실천가의 시점에 근거를 둔 문호의 번역론으로 현대에 이르는 "자연스러운 일본어", "일본어다움"을 주장하는 '의역'의 계보가 되돌아가야 할 원점이라 말할 수 있을지도 모른다.

마지막으로 보충해 두고 싶은 것이 있다. 하나는 "서양 물이 든" 문체를

혐오한 다니자키 준이치로였지만 그 자신의 문체는 마루야 사이이치[14]가
『문장독본』1977에서 지적한 바처럼 "끝끝내 구문맥을 버리지 못했다"는 점이다. 그리고 또 하나는 다니자키 준이치로 작품이 가와바타 야스나리[15]나 미시마 유키오[16] 등과 더불어 서양 오리엔탈리즘의 기대에 부응하여 일본문학의 표상을 형성해 갔다는 사실이다. 베누티1998, 71~72면도 지적한 바와 같이 특히 앵글로-아메리카의 출판계가 특정한 일본문학을 "자국어 정전"으로 받아들이는 가운데 다니자키 준이치로의 소설이 일본 근대문학의 텍스트로서 "익숙한 영어"로 수용되어 온 것이다. 이 두 가지 점이 반드시 관계가 없다고는 할 수 없다. 번역된 다니자키 준이치로 작품을 그의 구문맥과의 관계에서 고찰하는 것은 번역 연구에서 다니자키 준이치로론으로 흥미로운 테마다.

## 참고문헌

다니자키 준이치로(谷崎潤一郎), 「饒舌錄」(1927), 『谷崎潤一郎全集』20, 中央公論社, 1968.

_______________________, 「現代口語文の缺點について」(1929), 『谷崎潤一郎全集』20, 中央公論社, 1968.

마루야 사이이치(丸谷才一), 『文章讀本』, 中央公論社, 1977.

베누티(L. Venuti), *The Scandals of Translation : Towards an Ethics of Difference*, London & New York : Routledge, 1998.

야콥슨(R. Jakobson), "On Linguistic Aspects of Translation" (1959) in L. Venuti ed., *The Translation Studies Reader*, London & New York : Routledge, 2004(2nd edition).

---

14 마루야 사이이치(丸谷才一, 1925~2012) : 소설가. 문학평론가. 번역가.
15 가와바타 야스나리(川端康成, 1899~1972) : 소설가. 『설국』의 작가.
16 미시마 유키오(三島由紀夫, 1925~1970) : 소설가. 극작가.

오시마 마키(大島眞木),「谷崎潤一郎の飜譯論」, 龜井俊介 編,『近代日本の飜譯文化』, 中央公論社, 1994.

이노우에 겐(井上健),「『文章讀本』への道－谷崎潤一郎と飜譯という「制度」」, 龜井俊介 編,『近代日本の飜譯文化』, 中央公論社, 1994.

_________________,「文化と文體の飜譯をめぐって」, 秋山正幸·榎本義子 編,『比較文學の世界』, 南雲堂, 2005.

진사이 기요시(神西淸),「飜譯遲疑の說」(1936),『神西淸全集』6, 文治堂書店, 1976.

# 일본현대문장강좌



먼저 번역이라는 것을 생각해 보자.

"번역은 일종의 창작이다." 이런 말이 있다. 물론 이 경우의 '번역'은 문예 작품의 번역을 말하는 것이다. 또 내가 여기에서 말하는 번역의 의미도 내 마음대로 이에 국한하겠다. 아무튼 주어진 분량이 적다. 게다가 표현이 특별히 문제 되지 않는 보통문 번역은 굳이 거론할 필요가 없다고 생각하기 때문이다. 그러나 10매 남짓한 이 문장 속에서 계통을 세워 이야기하기는 어렵다. 모두 단적으로 내 경험을 기초로 하여 머릿속에 떠오르는 대로 나열하는 데 그칠 것이니 그런 정도에서 생각하시며 읽고 판단해 주시기 바란다.

그래서 지금 드리는 말씀이다.

"번역은 일종의 창작"이라 하더라도 엄밀한 의미에서 창작이 아니라는 것은 말할 나위도 없다. 그러나 번역가에게 창작을 하는 것과 똑같은 마음가짐이 없다면 좋은 번역이 안 되는 것은 사실이다. 아니, 마음가짐만으로는 모자란다. 자신이 창작을 할 수 있을 만큼 소질이 없다면 좋은 번역을 기대하기 어렵다. 이런 의미에서 번역은 틀림없이 일종의 창작이다. 적어도 번역에 종사하는 사람에게는 그만큼의 긍지와 열의가 없어서는 안 된다.

세상에는 번역이라 하면 어학이 되는 사람이라면 누구라도 할 수 있으리라고 생각하는 오해가 있다. 벗어나기 힘든 오해다. 일본인이고 어느 정도 문장을 쓸 수 있는 사람이라도 반드시 문예 작품을 창작할 수 있지는 않다는 것을 생각하면 이 오해는 쉽게 풀리 터이지만 이처럼 보기 쉬운 도리가 의외로 세상 사람들에게 이해되고 있지 않다는 것에는 완전히 놀랄 수밖에 없다.

여기에서 문제를 바꾸어 번역의 필수 조건인 어학으로 옮겨 가자. 어학을 못 하면 번역을 못 하는 것은 물론이다. 어학은 번역의 토대다. 토대 없이 집을 세울 수 있을 리 없음은 자명한 이치이며, 또 그 토대는 할 수 있는 한 튼튼하게 하는 것이 나을 것이 분명하다. 그렇지만 여기에서 말하는 문예 작품 번역의 경우에는 어학력보다 독서력, 즉 문예 작품을 읽어내는 힘이 필요하며, 그와 아울러 읽어낸 것을 자국의 문자로 옮기는 표현 능력, 이 두 가지가 즉 차량의 두 바퀴인 것이다. 어느 쪽이 모자라도 번역 열차는 부드럽게 나아가지 않는다.

그런데 먼저 이상의 두 바퀴는 모였다고 하자. 자, 그다음에 오는 문제는? 말할 나위도 없이 방법의 문제다. 번역의 방법은 크게 나누어 두 가지가 된다. 직역과 의역, 축자역과 자유역이다. 각각 이해득실이 있다. 그렇지만 이 득실의 문제는 잠시 놓아두기로 하자.

문예 작품의 번역에서는 작품의 내용, 무엇을 전달할 것인가 하는 문제보다 작품의 형식, 어떻게 전달할 것인가 하는 쪽이 중요하다. 정신만, 즉 의미만 파악하여 전달하는 방법은 이 경우에는 절대로 허용되지 않는다. 이 경우 번역가는 원작자에 대해 어디까지나 겸허하고 충실하지 않으면 안 된다. 하나의 감상안鑑賞眼, 비평안批評眼에 의해 원작의 표현을 마음대로 증감하는 것은 허용되지 않는다. 예컨대 보통 도스토옙스키 작품에는 장황하고 지루한 폐단이 있다고 말한다. 만약 번역가가 이 속설을 듣고 그에게 장황하다고 생각되는 부분을 마음대로 삭제하여 번역하면 어떨까? 나 같은 사람은 일견 쓸데없이 길어 보이는 그 문체에서 도스토옙스키 예술의 필수적 특징을 인정하는 것이다. 만약 그것이 없다면 적어도 지금 있는 것과 같은 도스토옙스키 예술은 없었을 것이다.

쓸데없이 길든 부족하든 모든 것은 작가의 것이다. 남이 보기에 부족하거나 쓸데없이 길다고 생각되는 것이 실은 그 작가의 작품 풍격風格을 형성하는 하나의 훌륭한 요소다. 번역가는 비평가가 아니다. 어떤 작가의 어떤 작품을 번역하려고 선택하는 데에서 번역가의 비판은 끝난다. 작품 그 자체에 손가락 하나 더하는 것도 덜어내는 것도 그에게 절대로 허락되지 않는다. 이 점에서 그는 일종의 창작가라고도 말할 수 있고, 또 전혀 그렇지 않다고도 말할 수도 있는 것이다.

여기까지 생각해 오면 앞서 남겨 둔 직역인가 의역인가 하는 문제도 자연스럽게 해결되리라 생각한다. 이른바 의역, 자유역에서는 지금 말한 근본 조건이 먼저 충족되지 않는 셈이다. 한마디로 색채라 말하고 가락이라 말한다. 그렇지만 그것은 결코 단순히 하나의 요소에서 생긴 것은 아니다. 모든 요소가 관련되고 접촉된 종합의 결과다. 좋은 예는 유화油畵다. 뚝뚝 떨어뜨린 개개 색소의 종합에서 하나의 색조가 생겨나는 것은 여러분이 늘 목격하고 있는 바다. 번역에서도 이치는 변함없다. 번역가가 그 가운데 색소 하나라도 마음대로 빼 버린다면 독자에게 주는 색조의 인상이 달라지지 않을 수 없다. 이런 경우 어차피 아무리 노력한들 원작의 풍격이라든가 맛을 그대로 번역으로 전달할 수 있겠느냐면서 자포자기하여 말하지 말라. 물론 그것은 매우 어려운 일이다. 혹 불가능한 일일지도 모른다. 그러나 그렇다고 해서 번역가가 그런 노력을 하지 않아도 좋다는 이치는 성립하지 않는다.

그러면 번역가는 원작의 사진사라면 괜찮을까? 축음기라면 괜찮은가?

형식적으로는 그것으로 충분하다고 나는 생각한다. 그러나 인간은 기계가 아니다. 기계적 정확함을 바랄 수 없는 대신 기계에서 얻을 수 없는 살아 있는 힘이 기계가 지닌 미비함을 보상한다. 번역이 일종의 창작이며 동시에 창작이 아닌 까닭의 하나가 또한 여기에도 있다.

　이렇게 나는 원칙으로서 직역, 축자역을 주장한다. 그러나 이 경우 먼저 양해를 구하고 싶은 것은 이것이 직역을 위한 직역, 축자역을 위한 축자역이 아니라는 것이다. 요는 정신에 있다. 그 정신을 가급적 그대로 독자에게 전하기 위해 먼저 형식을 정돈한다. 이것이 내가 말하려고 하는 주안점이다. 그래서 나는 번역할 때 긴 문장은 길게, 짧은 문장은 짧게 번역하도록 노력하고 있다. 즉 피리어드에서 피리어드까지를 반드시 한 문장으로 삼는 것이다. 역필譯筆의 편의로 긴 센텐스를 짧게 조금씩 자른다거나 조금씩 끊어져 있는 센텐스를 질질 끌면서 길게 쓴다거나 하지 않는 것이다. 질질 끄는 긴 문장을 그대로 번역하는 것이 꽤 힘들기도 하고, 단순히 읽기 좋고 이해하기 쉽다는 점에서 본다면 몇 개로 나누어 조금씩 끊는 쪽이 나을지도 모르겠다. 그러나 그렇게 하면 원문의 가락이 먼저 형식에서부터 무너질 것이라 생각한다. 질질 늘어지는 긴 센텐스와 조금씩 끊긴 문장에서는 읽는 경우의 감명이 확실히 다르리라 생각한다. 어차피 원작의 맛을 완전하게 전하는 것이 불가능하다고 해서 내팽개치거나 오래된 메밀처럼 조금씩 끊어진 문장으로는 일본문이 되지 않는다고 뚝딱 제멋대로 고쳐 쓰거나 하는 것은, 적어도 그것을 일본문으로 살릴 수 있도록 노력하지 않는 것은 번역가로서 무책임하다. 일본문이 되지 않는다고 말하는 것은 일본문을 고정된 것으로 생각하기 때문이다. 똑같은 일본문이라도 10년 전 문장과 오늘날 문장이 얼마나 변화했는지 생각하면 그런 기우는 바로 사라져 날아가 버릴 것이다.

이렇게 어디까지나 원작자를 존중하고 어디까지나 충실하게 번역해도 필경 번역가의 번역은 번역가의 번역이다. 아무리 같은 모토 아래 똑같은 원작을 번역해도 번역문으로서 그것은 결코 똑같은 것이 될 수 없다. 이는 음악에서 똑같은 곡을 똑같은 악기로 연주해도 연주자에 따라 전혀 똑같게 되지 않는 것과 일반이다. 이런 부분 역시 번역이 일종의 창작이라 일컬어지는 까닭의 하나인데, 이를 번역가 측에서 본다면 그런 것이 있어야 비로소 할 만한 보람이 있는 일이 되는 것이며, 또 독자 측에서 본다면 원작만 같다면 누구 번역으로 읽더라도 같은 것이라고 손쉽게 생각해 버릴 수 없는 것이다.

일반적으로 번역은 읽기 힘들다고 말한다. 그리고 명번역의 조건으로 읽기 좋을 것, 유창할 것이 먼저 꼽힌다. 그러나 나 자신은 번역이 그 나라의 창작과 비교하여 약간 읽기 힘든 것이 당연하다고 생각한다. 물론 읽기 힘든 것보다 읽기 쉬운 것이 나은 것이야 말할 나위도 없다. 만약 의미가 잘 통하지 않거나 하면 그것은 논외이지만 그렇다고 장래 번역에 뜻을 둔 사람이 번역문은 어쨌든 읽기 편하기만 하면 좋다, 유창하게만 번역하면 좋다고 그저 그것만 염두에 두면 큰 잘못이다. 원문의 표현을 살리는 것을 으뜸으로 하여 그 범위에서 가능한 한 읽기 쉽게 하는 것, 유창하게 하는 것이야말로 번역가의 첫 번째 의무일 것이다. 아무래도 이런 똑같은 형용사를 여러 번 거듭하는 문장은 읽는 데도 성가시니 어찌할 수 없다, 하나둘 줄여 두자, 이런 짓을 아무렇지도 않게 해 버린다면 이런 사람은 처음부터 예술 작품 번역을 보류하는 것이 좋을 것이다.

이상 말한 바와 같은 설명 방식으로는 「번역문의 표현과 지도」라는 주어진 과제와 약간 거리가 멀지 모르겠지만 여기에서는 일일이 번역문의 예를 들어 가며 자세히 쓸 만큼의 지면도 없고, 또 그러한 『외국문 번역 방법』 따위의 작법서 등에 설명되어 있는 것과 같은 이른바 비결이라는 것이 그다지 큰 도움이 되는 것도 아니다. 요는 원작을 잘 음미하고 이해하여 그것을 자기 것으로서 일본문으로 옮겨 쓰는 것이다. "그 정도로"[1] 하는 식으로는 안 되니 위에서부터 써 내려가라든가 "무엇무엇 하도록 뛰었다" 등과 같은 번역문은 일본어 문장으로서는 귀에 설기 때문에 "뛰어서 무엇무엇 한다"로 해야 한다는 말과 같은 것은 일반론으로서는 일단 그럴듯하게 들리지만 실제 문제로서는 어지간해서 그렇게 일률적으로 나아가지 않는다. 이런 것은 이상에서 말한 번역이라는 것의 대강을 이해한다면 개개의 경우 저절로 해결되어 갈 문제다. 모든 문장은 그 센텐스의 안목과 전후 관계에 의해 어떻게 써야 하는지 저절로 결정되는 문제다. 이상한 선입견에 얽매이는 것은 좋지 않다. 어디까지나 자기의 센스를 신뢰하여 자유롭게 나아가야 한다. 자기 스스로 창작을 할 수 있는 만큼의 소질이 없어서는 문예 작품을 번역할 수 없다는 것은 이 지점이다. 문장 쓰는 방법만 아무리 배운다 한들, 그리고 그 길에 아무리 뛰어나게 되더라도 반드시 창작을 할 수 있다고는 말할 수 없는 것과 마찬가지다.

오직 하나, 번역상 주의할 점으로 단언할 수 있는 것은 원문에 대해 고분고분해져라, 백지가 되라는 것이다. 나는 때때로 초보자의 번역문을 의뢰받아 볼 때가 있는데, 번역 경험이 적은 사람은 자칫하면 원문 앞에서 굳어져 버린다. 고분고분하게 쓰어 있는 그대로 번역하면 될 것을 굳어져 버린 나머지, 또는 훌륭한 문장으로 하려고 생각하는 나머지 쓸데없이 돌려 말하는 폐단에 빠지는 것이다. 이는 초심자들이 거의 공통으로 가진

---

1    영어의 "so that"을 번역한 말을 가리킨다.

결점이다. 오직 번역에만 해당하는 것은 아니다. 이른바 문장의식이 움직여서 문장을 위해 문장을 쓰려고 하면 이렇게 되고 마는 것이다. 이렇게 되면 원문대로라면 아무런 고생 없이 술술 머리에 들어올 것이 어색하고 부자연스러운 표현이 되어 그것이야말로 이른바 읽기 힘들고 난삽한 것이 되어 버린다. 번역이라 해도 문장이므로 문장을 쓰는 마음가짐에서는 다를 바가 없다. 꿈에서라도 문장을 위해서 문장을 써서는 안 된다. 단지 자기 문장을 쓰는 경우와 번역의 경우가 다른 것은 번역에서는 표현의 내용이 원문에 한정된다는 점이다. 그러나 이것조차 내용에 대한 표현이라는 점에서는 큰 차이가 아닐지 모른다. 그러나 표현의 형식만으로는 확실히 다르다, 얽매인다. 그래서 번역 문장은 어떤 초심자의 것이라도, 아니, 오히려 초심자의 것일수록 원문을 보지 않고서는 절대 첨삭할 수 없다. 그것만 가장 다른 점이다. 다시 한번 되풀이하여 말한다. 번역하는 이는 원문에 대해 고분고분해져라, 백지가 되라. 직역(내가 말하는 직역은 세간에서 보통 약간 나쁜 의미로 사용하는 직역과는 조금 다르다)만 하면 술술 잘 알 수 있는데 저래도 아니다, 이래도 아니라고 돌려 말하며 쓸데없이 고생시키기 때문에 오히려 알기 힘들게 만든다. 이것이 초심자 공통의 결점임을 늘 새겨 두기 바란다. 이상, 뜻밖에도 다소 혼란스러워진 감이 있다. 잘 읽고 판단해 주기 바란다.

나카무라 하쿠요中村白葉, 본명 조자부로(長三郎), 1890~1974의 「번역문의 표현과 지도」는 쇼와 9년1934『일본현대문장강좌 6 — 지도 편』가운데 한 편으로 도쿄 고세이가쿠厚生閣에서 간행되었다. 나카무라 하쿠요가 도스토옙스키의 『죄와 벌』을 일본에서 처음으로 러시아어 원문에서 번역 발표한 것은 다이쇼 3년1914의 일인데, 이때 도쿄외국어학교 동급생으로 한 살 연하인 요네카와 마사오[2]는 『백치』를 똑같이 신초시新潮社에서 출판했다. 나카무라 하쿠요와 요네카와 마사오 둘 다 이들 도스토옙스키 작품이 처음 출간된 번역 작품이었다. 나카무라 하쿠요는 또 그 전해에 노보리 쇼무의 의뢰를 받아 도스토옙스키의 『학대받는 사람들』을 초벌 번역했다. 당시 일을 나카무라 하쿠요1971, 175면는 "신학교 출신 사람[3]에게 외국어학교 출신의 실력은 이 정도인가 하고 조롱받을까 봐 두려웠다. 나는 독자 따위는 처음부터 생각하지 않고 그저 한마음으로 노보리 씨가 읽어 준다는 것만 의식하며 힘껏 노력했다"고 회상하고 있다.

나카무라 하쿠요는 이후에 주로 톨스토이, 체호프, 푸시킨의 작품 번역에 힘을 기울였는데, 도스토옙스키 번역은 동창인 요네카와 마사오가 그의 전 작품 번역을 완성했다는 사실도 있어서인지 그 후에는 의식적으로 도스토옙스키 작품 번역에는 손대지 않았던 것 같다.

쇼와 9년1934 러시아어 번역가로 명성을 확립한 다음에 집필된 이 「번역문의 표현과 지도」 속에서 나카무라 하쿠요는 먼저 "번역은 일종의 창작"이라는 말을 인용하여 "(번역가) 자신이 창작을 할 수 있을 만큼 소질이

---

2    요네카와 마사오(米川正夫, 1891~1965) : 러시아문학 번역가. 와세다대학 교수. 『도스토옙스키 전집』을 번역했다.
3    [편자 주] 노보리 쇼무를 가리킴.

없다면 좋은 번역을 기대하기 어렵다"며 문예 작품 번역에 종사하는 자의 문학가로서 자질을 문제 삼는다. 이는 학생 시절에 문예 잡지에 곧잘 투고하고 스스로 문학가를 지향한 나카무라 하쿠요다운 말이다. 또 자신의 문체를 갖지 못한 이는 번역해서는 안 된다는 뜻도 포함하고 있다.

다음으로 나카무라 하쿠요가 문제 삼은 것은 형식을 취할 것인가 내용이 먼저인가 하는 점이다. 이에 대해 형식을 취하면서 나카무라 하쿠요는 번역 방법을 "직역과 의역, 축자역과 자유역"의 두 가지로 크게 나누고 "직역, 축자역"에 손을 들어 준다. 그리고 아마도 자신의 도스토옙스키 번역을 돌아보았는지 다음과 같이 말하고 있다. "번역가는 원작자에 대해 어디까지나 겸허하고 충실하지 않으면 안 된다. 하나의 감상안, 비평안에 의해 원작의 표현을 마음대로 증감하는 것은 허용되지 않는다. 예컨대 보통 도스토옙스키 작품에는 장황하고 지루한 폐단이 있다고 말한다. 만약 번역가가 이 속설을 듣고 그에게 장황하다고 생각되는 부분을 마음대로 삭제하여 번역하면 어떨까?" 하고 의문을 표한 다음 더욱 구체적으로 자신의 번역 방법을 다음과 같이 말한다. "나는 번역할 때 긴 문장은 길게, 짧은 문장은 짧게 번역하도록 노력하고 있다. 즉 피리어드에서 피리어드까지를 반드시 한 문장으로 삼는 것이다. 번역상의 편의로 긴 센텐스를 짧게 조금씩 자른다거나 조금씩 끊어져 있는 센텐스를 질질 끌면서 길게 쓴다거나 하지 않는 것이다."

나카무라 하쿠요가 원문의 '피리어드' 수를 재현한다는 이 단순 명쾌한 번역 방법은 후타바테이 시메이의 유명한 "원문에 콤마가 세 개, 피리어드가 한 개 있다면 번역문에도 역시 피리어드 한 개, 콤마 세 개라는 식으로"〈자료 12〉 참조 했다는 원문 형식을 절대시하는 축어역의 번역 방법과 놀라울 정도로 비슷하다.

실제로 나카무라 하쿠요의 『죄와 벌』 번역문을 도스토옙스키 원문과 비추어 보면 나카무라 하쿠요 번역문 속의 구점句點 수는 도스토옙스키 원문 속의 '피리어드' 수와 거의 일치한다. 그뿐만 아니라 두점讀點을 원문의 '콤마' 수와 맞추려고 한 흔적까지 있다. 구두점 외에도 원문의 러시아어 동사의 과거형 번역어로 하나하나 충실하게 'た-았(었)다'형을 사용하거나 삼인칭 대명사 '그'를 러시아어 원문대로, 때로는 원문 이상의 빈도로 사용하거나 하는 것은 앞머리 두세 단락을 읽는 것만으로도 분명히 알 수 있다. 나카무라 하쿠요의 이 "원문 절대 존중의 번역 태도"[기무라 기, 1972, 407면]로 번역된 번역문은 후타바테이 시메이가 메이지 21년[1888]에 출판한 첫 번역 소품[小品] 「밀회」와 「해후」 번역문과 이 또한 놀라울 정도로 비슷하다. 기이하게도 후타바테이 시메이와 나카무라 하쿠요 모두 이들 처음으로 출판된 번역 작품을 쓴 것이 25세의 일이니, 젊은 번역가들의 심혈을 기울인 노력이 26년이라는 세월을 거쳐 반복된 것이다.

물론 그 26년 사이에 일본의 글말은 시시각각 변화했다. 야마모토 마사히데[1965, 33면]에 의하면 후타바테이 시메이가 「밀회」와 「해후」를 집필한 1888년은 언문일치운동의 첫 각성기에 해당하며, 나카무라 하쿠요가 『죄와 벌』을 번역한 1914년은 언문일치운동의 확립·완성기의 제1기에 해당한다. 후타바테이 시메이와 나카무라 하쿠요의 번역문이 똑같이 서구 구두법을 치밀하게 재현하고 주어를 명확하게 보여주며 과거 시제로서 'た'형을 자주 사용한 문장이었다 하더라도 독자의 수용 방식, 후세에 끼친 영향력에서는 현격한 차이가 있었다. 그러나 무엇보다 최대의 차이는 번역가 나카무라 하쿠요가 그 원문 존중의 축어역의 구체적인 방법을 평생 바꿀 필요가 없었다는 점이다. 즉 후타바테이 시메이처럼 자신의 번역문을 다시 읽어 보고 "읽기 어렵다, 길굴오아[4]다"[〈자료 12〉 참조] 하는 이유로 개역을 내면서, 똑같은 축어역이지만 과거 시제를 표시하는 문말사文末詞 'た'를 줄이고 완료상完了相을 표시하는 'た'를 남기는 번역 방법 변경의 필요성을 강제 받지 않았다는 것이다.

나카무라 하쿠요의 『죄와 벌』과 같은 해에 출판된 요네카와 마사오 역 『백치』1914를 각각 도스토옙스키의 원문과 비교하면서 읽어 보면 나카무라 하쿠요의 "직역, 축자역"의 번역 방법이 얼마나 철저한 것이었는지 더욱 분명해진다. 먼저 요네카와 마사오의 『백치』 번역문의 구점 수를 도스토옙스키 원문의 피리어드 수와 비교해 보면 요네카와 마사오의 구점 수가 압도적으로 많아졌다는 것을 알 수 있다. 요네카와 마사오에게 한 문장을 두 문장으로 하는 것은 아주 당연하고 때로는 4개, 5개로 "긴 센텐스를 짧게 조금씩 자르고" 있는 것이다. 요네카와 마사오는 또 삼인칭 대명사 '그'와 '그녀'를 상당한 빈도로 사용하고 있지만 나카무라 하쿠요만큼 원문의 사용 횟수에 충실하지 않으며, 사용하지 않아도 의미가 충분히 통하는 곳에서는 생략하거나 고유명사를 사용하곤 한다.

문말사 'た' 혹은 동사의 'た'형과 동사의 'る'-다형에 대해서는 더욱 흥미로운 용례가 요네카와 마사오의 『백치』 번역문 속에 많이 보인다. 나카무라 하쿠요가 문말사 'た' 혹은 동사의 'た'형을 과거 시제사로서 도스토옙스키 원문에 있는 러시아어 동사의 과거형 번역어로 하나하나 대응시켰다는 것은 앞서 말했다. 요네카와 마사오는 기본적으로 원문의 과거형으로 쓰인 러시아어 동사를 'た'형으로 번역해 낸 것이지만 일부 예외가 있다. 그것은 어떤 종류의 불완료체 과거형의 러시아어 동사에는 'た'형이 아니라 'る'형, 또는 'ている'-아(어) 있다형의 동사에 대응시키고 있는 것

---

4    [편자 주] 문장이 읽기 힘들고 어려움.

이다. 즉 인물과 상황의 묘사, 습관적 행위와 계속 동작을 묘사하는 것에 사용된 불완료체 과거형의 러시아어 동사를 'る'형 또는 'ている'형으로 번역하고 있다.

특히 흥미를 북돋는 것은 『백치』의 여주인공 나스타샤 필리포브나가 딴살림하는 첩인 것에 반발해 시골구석에서 가출하여 도회에 있는 남편 토츠키의 저택에 표연히 나타나는 장면에서 토츠키 눈앞에 나타난 나스타샤를 표현할 때 원문의 동사가 불완료체 과거형으로 쓰여 보통이라면 "앉아 있었다"고 번역해야만 하는 곳인데 장면을 강조한 나머지 "앉아 있다"가 아니라 "서 있다"고 번역한 것이다. 원문의 인상이 너무 강해서 역자의 머릿속에서 나스타샤의 이미지가 변해 버렸는지도 모르겠지만 요네카와 마사오의 이 오역에는 흥미로운 데가 있다.

그런데 이 불완료체 과거형 동사를 'る'형 또는 'ている'형으로 번역해 낸다는 것은 실은 후타바테이 시메이가 「밀회」와 「해후」의 개역인 「밀회」와 「기우奇遇」 속에서 규칙적으로 행한 번역 방법이었다. 또 후타바테이 시메이의 후계자인 노보리 쇼무도 똑같은 번역 방법을 채용하고 있다. 다만 다른 점은 후타바테이 시메이가 규칙적으로 'る'형이나 'ている'형을 러시아어 원문의 불완료체 과거형 동사의 번역어로 대응시킨 것에 비해 노보리 쇼무는 규칙성을 결여한 것이고, 요네카와 마사오에 이르러서는 자의적이기까지 한 것이다. 요네카와 마사오의 이 자의적인 'る'형 또는 'ている'형 채용은 단조롭게 되기 쉬운 문말의 'た'형 연속 사용을 가능한 한 피하고 일본어 문장으로서 자연스러운 형태로 한다는 의식이 움직인 것으로 생각된다. 번역 용어로서의 삼인칭 대명사 '그'와 '그녀'의 사용을 가능한 한 삼간 것도, 구점을 많이 만들어 도스토옙스키의 "장황한" 문장을 짧게 한 것도 읽기 쉬운 일본어를 목표로 삼은 요네카와 마사오의 독특한 번역 방법이었다.

요네카와 마사오는 훗날 『백치』 출판 당시를 회고하며 『백치』의 평판은 대체로 좋았으나 일부에서 "번역문이 너무 유창하기 때문에 인상이 겉돌아 한 걸음 한 걸음 멈춰서 독자로 하여금 생각하게 만드는 힘이 결핍되어 있다"고 비평하는 사람이 있었다고 말한 다음 "러시아 소설의 일본어 번역은 문자의 중개라는 점에서 말하자면 러시아인이 원문을 읽는 것과 마찬가지로 용이하게 일본인에게도 읽혀야 하는 것이며, 부자유한 외국어를 읽을 때의 괴로움과 의심스러움이 없다고 책망한다면 약간 엉뚱한 지적일 것"1962, 46면이라고 반론한다.

나카무라 하쿠요는 이 번역문의 읽기 쉬움이라는 점에 대해 「번역문의 표현과 지도」를 정리하면서 다음과 같이 말하고 있다. "일반적으로 번역은 읽기 힘들다고 말한다. 그리고 명번역의 조건으로 읽기 좋을 것, 유창할 것이 먼저 꼽힌다. 그러나 나 자신은 번역이 그 나라의 창작과 비교하여 약간 읽기 힘든 것이 당연하다고 생각한다. 물론 읽기 힘든 것보다 읽기 쉬운 것이 나은 것이야 말할 나위도 없다. 만약 의미가 잘 통하지 않거나 하면 그것은 논외이지만 그렇다고 장래 번역에 뜻을 둔 사람이 번역문은 어쨌든 읽기 편하기만 하면 좋다, 유창하게만 번역하면 좋다고 그저 그것만 염두에 두면 큰 잘못"이라고 요네카와 마사오의 주장을 정면에서 반론하고 있다.

나카무라 하쿠요의 이 에세이 전문은 후타바테이 시메이와 마찬가지로, 아니, 삼인칭 대명사의 다용이라는 점에서 본다면 후타바테이 시메이 이상으로 이화적異化的 번역 방법을 채용한 나카무라 하쿠요가 자연스러운 일본어를 지향하는 동화적同化的 번역 방법을 채용한 동급생 요네카와 마사오에 대해 이의를 제기한 문장으로도 읽을 수 있다.

## 참고문헌

기무라 기(木村毅),「內田魯庵譯『小說罪と罰』解題」,『明治文學全集 7－明治飜譯文學全
　　　集』, 筑摩書房, 1972.
나카무라 하쿠요(中村白葉),『ここまで生きてきて－私の八十年』, 河出書房新社, 1971.
야마모토 마사히데(山本正秀),『近代文體發生の史的硏究』, 巖波書店, 1965.
요네카와 마사오(米川正夫) 譯,『白癡』(ダスダエーフスキ 作), 新潮社, 1914.
＿＿＿＿＿＿＿＿＿＿＿＿＿＿,『鈍・根・才－米川正夫自傳』, 河出書房新社, 1962.

# 번역론 – 번역의 이론과 실제



## 1. 완전한 번역

번역의 기능과 효용을 고찰하려면 용어를 적절하게 규정해 두어야 한다. 번역Translation은 **이반**移搬이나 **이전**移轉이라는 원뜻을 지닌다. 'Translation' 은 라틴어의 'Translationem'이 어원으로 동사는 'Transferre옮겨서 운반하다'다. 하나의 매체에서 다른 매체로 사상·감정을 이반, 즉 하나의 국어에서 다른 국어로 내용을 바꿔 옮기는 것이다. 바꿔 옮긴 내용은 처음의 것과 동질·동량이지 않으면 안 된다. 비유해서 말하면 옷을 갈아입는 것처럼[1] 옷은 바뀌어도 내용이 바뀌어서는 안 된다.

역시 번역에는 'Version'이라는 말이 사용된다. 이것도 라틴어에서 빌려 온 말로 원어의 'Vertere'는 **변경한다**는 의미를 지닌다. 위의 비유를 사용하면 옷을 바꾸는 것이다. 'Translation'은 내용을 바꿔 옮기는 것이고, 'Version'은 옷을 갈아입는 것이다. 결국 똑같은 것이지만 전자는 내용에 대해서 말하고 후자는 형식에 대해서 말한다. 그러나 오늘날 실제 용어로서는 'Version'에는 일정한 제한이 있고 고전어, 특히 라틴어를 영어로

---

1   [편자 주] 빌라모비츠-묄렌도르프 교수의 "Jede rechte Übersetzung ist travestie"라는 말의 travestie는 a change of vesture의 의미다. 그는 겉옷이 바뀌어도 내용은 바뀌지 않는 것, 나아가 육체가 바뀌어도 정신이 바뀌지 않는 것에 비유하여 번역은 일종의 metempsychosis(전생, 轉生)라고도 말했다.

고쳐 말한다든가 반대로 영어를 라틴어로 고쳐 말하는 것과 같은 그러한 일의 특정한 기구, 예컨대 대학·전문학교의 연습 과목 명칭으로 이러한 말이 사용되며, 또 그러한 특정 기구에 의해 만들어진 번역에도 이런 말이 사용된다. 예컨대 'Authorised Version'이라든가 'Revised Version'이라든가 하는 것이다. 그러나 옛날 퀸틸리아누스[2] 무렵에는 이 말이 광의의 'Metaphrase'의 의미로 사용되고 있었다.

'Metaphrase'는 본래 그리스어로, 로마시대에 걸쳐 'Paraphrase'의 동의어로 사용되고 있었는데 근대, 특히 드라이든의 *Ovid's Epistle* 이후에는 말 한마디 한마디, 한 행 한 행에 대한 엄밀한 번역을 의미하게 되었다. 많은 사전에서는 직역이라고 되어 있지만 오늘날 우리가 말하는 직역과는 다르다. 우리가 말하는 **직역**이란 말 한마디 한마디, 한 행 한 행을 충실하게 바꿔 옮기는 것이지만 충실함만 그 조건이 되는 것은 아니며, 생경한 미완성과 같은 것도 조건이 된다. 원문의 'idiom'을 다루지 못하는 생경한 미완성의 번역을 우리는 직역적인 번역으로 배척한다. 그런데 'Metaphrase'에는 전혀 그런 의미가 없다. 그뿐 아니라 'Metaphrase'는 때때로 운문을 산문으로, 또 산문을 운문으로 고쳐 쓰는 경우에도 이 말이 사용된다. 드라이든이 밀턴의 'blank verse'를 'rhyme'으로 바꾸거나 포프[3]가 던[4]의 산문을 운문으로 고쳐 쓰거나 하는 때에도 이 말이 사용되었다.

그러나 특히 고전적 작가의 작품을 근대어로 고쳐 쓰는 경우에는 'Paraphrase'라는 말이 사용된다. 'Para'는 그리스어로 **이외**以外의 의미를 지

---

2 　마르쿠스 파비우스 퀸틸리아누스(Marcus Fabius Quintilianus, 35?~100?) : 고대 로마 제국의 수사학자.

3 　알렉산더 포프(Alexander Pope, 1688~1744) : 영국 시인.

4 　존 던(John Donne, 1572~1631) : 영국 성직자. 시인.

녀서 원래 것을 표현되어 있는 것 이외의 말로 평이하고 이해하기 쉽게 고쳐 말할 때 사용된다. 사전에는 대부분 의역으로 되어 있고, 또 그러한 자유역은 일종의 의역임이 틀림없지만 'Paraphrase'의 본래 용도는 주로 고전어의 난해한 표현을 부연하면서 근대어로 고쳐 말하는 것에 있기 때문에 예컨대 드라이든과 포프가 초서를 근대어로 바꾸어 쓴 것 등이 적절한 예라고 되어 있다. 그래서 그것은 동일 국어 내에서의 근대화에 한정되어 있기 때문에 타국어를 바꿔 옮기는 것을 필요 조건으로 하는 번역과는 별종의 문제가 된다.

번역과 비슷한 것으로 번안이 있다. 영어의 'Adaptation'이다. 이것은 외국의 어떤 작품에서 그 구성이나 사상을 빌려와 그것을 자국의 풍습에 적합하도록 고쳐서 지은 것이다. 고쳐서 지은 것은 번안자의 것이지만 그 기저에는 원작의 구성이라든가 사상이 현존하고 있다. 그것이 한층 자유롭게 되어 모작imitation이 되면 어느새 원작은 일종의 모델에 지나지 않는 것으로 그 기저의 구성을 이루지 않는다. 그러나 번안이든 모작이든 어느 쪽도 번역과 비슷한 것이기는 해도 물론 번역의 권내에 들어갈 만한 것은 아니다.

번역의 일종으로 중역重譯, Re-translation이라 일컬어지는 것이 있다. 예컨대 호메로스를 번역하는데 직접 그리스어에서 번역하지 않고 간접으로 영역이라든가 독일어 역이라든가 프랑스어 역에서 번역한다든지 혹은 톨스토이를 번역하는데 러시아어 원서를 저본으로 삼지 않고 모드[5]의 영역서를 저본으로 한다든가 그러한 방식을 취하는 것이다. 이는 저본으로 삼은 중개 작품이 정확하고 훌륭한 번역인 경우에 허락될 수 있으며, 또

---

5 톨스토이 작품을 영어로 번역하고 전기를 집필한 에일머 모드(Aylmer Maude, 1858~1938)와 루이스 모드(Louise Shanks Maude, 1855~1939) 부부.

사실 불충분한 그리스어 지식으로 『오디세이』가 번역되느니 오히려 부처와 랭[6]의 정평 있는 영어 산문 역에서 번역되는 쪽이 어느 만큼 많이 믿을 만한지 알 수 없는 듯한 경우도 있다. 그렇지만 가장 바람직한 것은 호메로스는 호메로스의 그리스어에서, 톨스토이는 톨스토이의 러시아어에서 번역해 주었으면 하는 것이다.

그것에는 번역가의 자격이라는 것이 문제가 된다. 번역가는 먼저 번역해야 하는 작품을 충분히 **그 쓰여 있는 국어**로 이해하고 감상할 수 있는 능력의 소유자이지 않으면 안 된다. 바꿔 말하면 **어학의 정확한 지식**의 소유자이지 않으면 안 된다. 번역가는 또 동시에 원작자의 사상·경향을 연구하여 번역되어야 하는 작품이 원작자의 제작·발표 과정에서 어떠한 지위를 차지하고 있는지, 또 문학사적 관점에서 보아 그 작품이 어떠한 존재 가치를 요구해야만 하는 것인지, 그러한 것을 명백하게 인식하고 있지 않으면 안 된다. 바꿔 말하면 번역의 선정은 **문학상의 명쾌한 비판**을 지니고 출발한 것이 아니면 안 된다. 그렇지 않다면 그 번역이 설령 얼마나 교묘하게 완성되어 있더라도 우리의 문화 건설에서 아무런 중대한 목적을 갖지 않는 것이 되어 결국 단순한 생각, 변덕, 혹은 영리적 출판업자의 손에 휘둘리는 불쌍한 심부름꾼 이상 아무것도 아닐 것이다. 우리는 짧고 바쁜 인생을 살고 있기 때문에 서로 그런 무용한 것에 매달리는 노력은 생략해야 할 것이다.

자각 있는 훌륭한 번역가에 대해서 보자면 그 태도는 자연히 두 가지로 나뉘어져 하나는 무엇보다 원작자를 중시하여 어디까지나 원작에 충실하고자 하는 것이다. 또 하나는 반대로 독자를 중시하여 독자의 이해와

---

6    아일랜드 고전학자 사무엘 헨리 부처(Samuel Henry Butcher, 1850~1910)와 스코틀랜드 시인 앤드루 랭(Andrew Lang, 1844~1912).

취미를 목표로 하는 것으로, 이러한 구별이 있다는 것은 이미 말했다. 이른바 수용적 태도와 적합적 태도다. 전자의 경향을 지닌 번역가는 때로는 너무 충실함을 의도하여 독자를 내버려 둘 때가 있고, 후자의 경향을 지닌 번역가는 때때로 독자를 너무 고려하여 원작자를 희생하기도 한다. 우리 문단의 번역가 중에 쇼요, 후타바테이, 오가이 등의 선배는 대체로 후자의 경향을 지녔고 그 이후의 연소한 번역가 중에는 오히려 전자의 경향을 지닌 자가 많다. 하나는 계몽적이며, 다른 하나는 학구적이다. 그러나 상상할 수 있는 한 **최상의 번역가**는 이 두 가지 태도를 함께 지니고 독자를 충분히 친절하게 고려함과 더불어 원작자에 대해서는 어디까지나 충실하지 않으면 안 된다.

그러한 전망 위에서 기대되는 **완전한 번역**은 첫째, 원작에서 표현된 말 한마디 한마디의 마지막까지 정확한 의미를 파악하여 전하지 않으면 안 된다. 다음으로는 사용된 국어의 특성이 원작 국어의 특성을 가장 근사한 정도에서 연상시키는 것이지 않으면 안 된다. 마지막으로 그렇게 해서 정리된 번역이 전체로서 조사措辭·어법이라는 점에서 보더라도, 문세文勢·격조라는 점에서 보더라도 원작의 그러한 것들과 동질·동량의 **옮김**이 되어 있지 않으면 안 된다.

그러나 그러한 완전한 형태를 구비한 번역이 과연 얼마나 많이 실재하고 있는가는 당연히 다른 문제에 속한다.

## 2. 무색적無色的 번역

상술한 바와 같이 완전히 이상적인 번역은 그것을 상상할 수는 있지만 실제로는 용이하게 발견되는 것이 아니다. 왜냐하면 번역가의 진실한 자격은 창작가의 그것보다 쉬운 것이 아니기 때문이다. 번역가는 적어도 두 가지 국어에 뛰어난 사람이지 않으면 안 된다. 셰익스피어를 일본어로 하기 위해서는 영어에도 뛰어나고 일본어에도 뛰어날 필요가 있다. 셰익스피어의 영어가 근대 영어와 얼마나 달랐는지, 셰익스피어의 어법은 동시대인의 영어와 얼마나 동떨어진 것이었는지, 또 셰익스피어의 시상詩想이 그 특유의 표현에 의해 어느 만큼 살아나 있는지, 그러한 것을 어학적으로 먼저 충분히 다 알고 있지 않으면 안 된다. 또 그것을 일본어로 재현하기 위해서는 어떠한 어법을 사용하면 표현을 살릴 수 있는지, 그러한 것에 관해서도 정확한 판단을 필요로 한다. 판단의 실현은 시적 재능이 이끈다. 그러므로 시 번역가는 동시에 시인이지 않으면 안 된다. 학재學才와 시재詩才를 겸비해야만 비로소 하나의 시 번역을 완성할 수 있다. 창작을 하고 싶어도 자신이 없어서, 그러니 번역이나 해 볼까 하는 그런 적당한 생각으로는 결코 번역가가 되어서는 안 된다. 또 조금 어학이 되니까 무언가 번역이라도 해 볼까 하고 그런 여가의 잡job으로 들고나와서 해 보려는 번역이어서는 안 된다.

번역가는 어떤 의미에서 하나의 창작가이지만 다만 어디까지나 원작자에게 제약을 받아 자유를 갖지 않는 창작가다. 그 제약은 요약해서 말하자면 질적으로나 양적으로나 원래 것과 동등한 것을 지어내지 않으면 안 된다. 양적으로 보아도 원래 것과 동량의 번역을 지어내는 것은 대단히 곤란한 일이다. 특히 운문에서는 운율에 제한되기 때문에 거의 절대로 불가능하다. 『아이네이스』의 최초 756행을 영역하는 데에도 C. J. 빌슨은 무리하여 십철음＋綴音, 데카실러블[7]인 똑같은 수의 행으로 했지만 로즈는 947행을 필요로 했고 드라이든은 1,065행을 필요로 했다. 빌라모비츠-묄렌도르프[8] 교수는 번역 쪽이 길어지는 것이 보통이라고 말했다.[9] 그것은 주로 원작이 고전인 경우에 관해 말한 것이지만 그는 괴테와 실러의 십이철음삼보구, 三步句[10]은 근대의 십철음blank verse[11]보다 아이스킬로스 작품을 번역하는 데 적합하며, 십철음blank verse 쪽은 오히려 에우리피데스 작품을 번역하는 데 적합하다고 말했다. 그 설이 맞는지 안 맞는지 나는 잘 모르겠지만 운문 번역에서 원래 것의 시격詩格이 반드시 형식적으로 보존될 필요가 없음을 암시한 것이다. 영어의 십철음 시는 라틴의 육각시구六脚詩句, 헥사미터[12]에 필적한다는 말도 듣는다.[13]

　　서양어끼리 사이에서도 고전어와 근대어의 어법 차이가 어쩔 수 없이 양적으로 그만한 격차를 만든다. 그것이 더욱 완전히 어계語系를 달리하는 일본어와 서양어 사이에서는 어떠한가 하면, 엄밀히 말해 서양적인 강약·억양을 갖지 않고 서양적인 시격·각운을 갖지 않는 일본어에서 서양 시법詩法의 형식을 복원하려고 하는 것부터 틀린 일이다. 마치 일본 노래

---

7　10음절로 이루어진 시 형식. 데카실러블(decasyllable).

8　빌라모비츠-묄렌도르프(Emmo Friedrich Richard Ulrich von Wilamowitz-Moellendorff, 1848~1931) : 독일 고전학자.

9　[편자 주] 빌라모비츠-묄렌도르프 교수 번역 『히폴리토스』의 서문 「Was ist Übersetzen?」.

10　고대 3보격의 시 형식인 약강격(弱強格) 트리미터(iambic trimeter)에서 발달하여 12음절로 이루어진 시 형식. 도데카실러블(dodecasyllable).

11　압운이 없는 약강오보격(弱強五步格)의 시. 무운시(無韻詩).

12　6개의 운각(韻脚)으로 이루어진 시 형식. 헥사미터(hexameter). 육보격(六步格). 육각운(六脚韻).

13　[편자 주] T. P 포스트게이트 교수. *Classical Quarterly IV*, 1910.

를 서양의 시형으로 옮기려고 해도 음성학적으로 근저에 있는 방법이 발견되지 않는 것과 마찬가지다.

> I look into the plains of heaven,
>
> The Cloud-ways are hid in mist,
>
> The path is lost.[14]

예를 들면 위 시를 읽어도, 혹은 더욱 설명적인 아래 시를 읽어도

> I look into the flat of heaven, peering; the Cloud-road is all hidden and uncertain; we are lost in the rising mist; I have lost the knowledge of the road. Strange, a Strange sorrow![15]

원래 노래의 격조와 전혀 다른 것임을 누구라도 알 수 있을 것이다.

> Ama-no-hara
>
> Furisake mireba
>
> Kasumi tatsu
>
> Kumoji madoite
>
> Yukue shirazu-mo.

거기에는 원래 노래의 사상은 옮겨져 있지만 그 사상을 표현하는 격조

---

14    [편자 주] 아서 웨일리의 번역.
15    [편자 주] 어니스트 페놀로사와 에즈라 파운드의 번역.

는 완전히 버려져 있다. 서양 시를 일본어로 바꿀 때도 마찬가지다.

이렇다면 일본어로, 또 일본어에서 번역하는 경우, 이제 원래 것의 양뿐만 아니라 질적으로도 대등한 것을 바랄 수 없게 된다. 우리는 쇼요 박사의 『햄릿』을 보아도 오가이 박사의 『파우스트』를 보아도 어디에서도 셰익스피어다운 표현, 괴테다운 표현을 발견할 수 없다. 쇼요 박사의 『햄릿』은 어디까지나 쇼요식 표현으로 일관되어 있고, 오가이 박사의 『파우스트』는 어디까지나 오가이식 표현으로 밀어붙이고 있다. 그렇게 그 표현된 번역과 원래 것의 차이는, 만약 지하에서 셰익스피어를 일으키고 괴테를 일으켜 세운다면 왠지 내 작품과 비슷하기는 한데, 하면서 필시 전자는 크게 웃을 것이며 후자는 쓴웃음을 지을 만큼 다른 작품이 되어 있다. 이렇게 말하는 것은 쇼요 박사가 셰익스피어 시를 일본어로 재현하는 것을 생각하지 않고 셰익스피어를 일본 무대에서 상연하는 경우를 기준으로 삼아 번역했기 때문이며, 오가이 박사는 괴테 시가 일본어가 되지 않을 것을 알고 처음부터 포기해서 독일어를 읽지 못하는 이들에게 그 사상만 전하면 좋다는 정도로 생각했기 때문임이 틀림없다.

그러나 그 결과 번역된 『햄릿』에는 원작과는 다른 색조가 농후하게 드러나 있고, 번역된 『파우스트』는 어떤 색조를 내려는 것조차 생각하지 않았던 것처럼 기교를 부리지 않아 단색이기까지 하다. 번역가가 그 번역에서 원래 것과 다른 색조를 낸다든지 원래 것의 색조를 무시하고 덤벼든다든지 하는 그러한 태도는 충실함으로부터는 매우 멀어지는 것이다. 그러나 그 색조의 기본이 되어야 하는 시격의 이식을 바랄 수 없는 어계에서 번역할 때 달리 무언가 **등량적 효과**를 가져올 수 있을 방법이 없을까?

그 방법으로 적어도 적극적으로는 생각할 수 없지만 소극적으로는 다만 하나 생각할 수 있는 것이 있다. 비유적으로 말하자면 **무색無色**으로 하는 것이다. 눈으로 보는 것을 기대하면 무색이라는 것은 물리학적으로 모순되는 것이지만 비유적으로 상상해서 잠깐 무색이라는 것을 가정해 주었으면 한다. 원래 것에서는 아무리 화려하고 복잡한 색조가 지배하고 있어도 이것을 사진으로 찍으면 검은색이나 세피아[16] 같은 단색이 된다. 그런 방식을 더 파고들어서 사진이라면 하나의 형상을 취하기 때문에 무색이라는 것을 생각할 수 없지만 번역은 언어가 단위가 되는 것이기 때문에 상상 위에서 모든 색조를 추출해 가정하는 것이 가능할 것이다. 원래 것의 색조를 벗겨 내는 것이라면 대개 번역가는 의식적으로든 무의식적으로든, 많은 경우 무의식적으로, 모두 하고 있다. 그러나 벗겨 낸 원래 것의 색조 대신 번역가 자신이 가지고 있는 싸구려 안료로 바꿔 칠하고 있다. 그것을 그만두어 주면 좋겠다는 것이다. 현란한 두루마리 그림을 모사하여 원래 것과 똑같은 색조를 낼 수 없다면 지저분하고 틀려먹은 싸구려 물감을 쓰는 것보다 차라리 백묘白描[17] 상태로 놔두는 것이 그런대로 안전하기 때문이다. 무색적 번역을 만든다는 것도 결국 잘못된 대상적代償的 색채를 방지하는 것에 다름 아니다.

번역을 무색적으로 한다는 것은 어쩌면 나의 하나의 공상에 불과할지 모른다. 그렇지만 원래 것과 똑같은 색조의 표현을 바랄 수 없는 경우, 나는 그 이상으로 무해하고 안전한 방법을 알지 못한다.

---

16　검은색에 가까운 흑갈색.
17　색채를 쓰지 않고 먹으로만 선을 그어 그리는 동양화 기법.

노가미 도요이치로野上豊一郎, 1883~1950는 나쓰메 소세키를 사사師事한 영문학자다. 노能에 관한 연구에서도 저명하며, 만년에는 호세이대학 총장을 지냈다.

쇼와 7년1932 '이와나미 강좌 세계문학' 가운데 한 권으로 『번역론』후에 『번역의 이론』으로 개제된 부분이 상재되었다. 그리고 쇼와 13년1938 「번역의 태도」, 「요쿄쿠謠曲 번역에 대하여」, 「곤냐쿠문도蒟蒻問答」 등의 장이 추가되어 『번역론-번역의 이론과 실제』라는 제목으로 새롭게 출판되었다. 이것은 쇼와 초기 일본의 선구적이고 본격적인 번역론이며, 출판과 동시에 대체로 호의적으로 받아들여졌던 것 같다. 출판 직전에 나카지마 겐조1938.2,[18] 고바야시 히데오1938.3,[19] 아베 도모지1938.5,[20] 고바야시 히데오1938.5,[21] 진자이 기요시1938.9[22] 등이 모두 높게 평가하며 소개하고 있다. 그중에서도 고바야시 히데오1938.3는 "대단히 재미있게 읽고 배운 점이 많았다. 필시 외국에도 이런 종류의 책은 없을 것이다. 있다 해도 이렇게 번역상의 여러 문제를 면밀하게 논평한 것은 없을 것"이라며 절찬하고 있다. 다만 쇼와 19년1944 독일문학가 오야마 데이이치와 중국문학가 요시카와 고지로가 『가쿠카이學海』에서 교환한 왕복 서신후에 『라쿠추 서신』으로 간행. 〈자료 29〉 참조에서 오야마 데이이치로가 말한 것과 같은 부정적 의견도 기억에 남겨 두어야

---

18　나카지마 겐조(中島健蔵, 1903~1979) : 쇼와 시기의 문학평론가. 프랑스문학 번역가.

19　고바야시 히데오(小林秀雄, 1902~1983) : 문예평론가. 편집자.

20　아베 도모지(阿部知二, 1903~1973) : 쇼와 시기의 소설가. 문학평론가. 영미문학 번역가. 메이지대학 교수.

21　고바야시 히데오(小林英夫, 1903~1978) : 언어학자. 경성제국대학 교수. 도쿄공업대학 교수. 소쉬르의 『일반 언어학 강의』를 번역한 『언어학 원론』(1928)을 출판했다.

22　진자이 기요시(神西清, 1903~1957) : 쇼와 시기의 소설가. 문학평론가. 러시아문학 번역가.

할 것이다.

그런데 『번역론』에 앞서 다이쇼 10년<sup>1921</sup> 노가미 도요이치로는 「번역 가능의 표준에 대하여」라는 논고를 『영문학 연구』<sub>도쿄제국대학 영문학회</sub>에 기고하면서 그 속에서 다음과 같이 말하고 있다.

여기 만약 조심성 많은 번역가가 있어 그 사람의 번역이 원래 것과 전혀 다른 종류의 감정·기분을 표현한 것으로 된 것이 아닐까 하는 우려에서 어쩌면 중간적인 무색·무미·무취한 번역을 기대하면서 그것을 만들어 내려고 시도한다면 어떨까 하고 생각해 본다. 가령 그런 것이 만들어진다면 매우 편리할 것이라 생각한다. 그러나 과연 그것을 기대할 수 있을까? (…중략…) 기분을 완전히 제거한 중간적인 무색·무미·무취한 표현을 번역에 기대한다는 것은 아무런 의미가 없는 셈이다.<sub>노가미 도요이치로, 1921, 131~132면</sub>

노가미 도요이치로가 이후 주장하게 되는 '무색적 번역'에의 경도와는 정면으로 모순되는 담론이다. 노가미 도요이치로의 번역 이론이 일면적인 직역 옹호가 아니라 흔들리며 움직이고 있는 고뇌의 흔적이라는 해석도 할 수 있을지 모른다. 다만 이러한 노가미 도요이치로의 '전향'에는 석연치 않은 점이 남는다.

이 점을 해명하는 하나의 단서가 있다. 쿠란<sup>Beverly Curran</sup>은 노가미 도요이치로와 포스트게이트<sup>J. P. Postgate</sup>의 관계라는 참신한 지적을 하고 있다.<sub>쿠란, 2008</sub> 쿠란에 의하면 노가미 도요이치로는 포스트게이트가 사용한 용어·해설·사례를 차용하면서 일본이라는 콘텍스트에서 포스트게이트의 논점을 부연하고 있는 것이라 말한다. 노가쿠<sup>能樂23</sup> 연구자이기도 했던 노가미 도요이치로는 그리스·라틴어 번역에 관한 이론과 실천을 논한 포스트게이트에 의거하면서 요쿄쿠의 서양어 번역을 시야에 넣은 번역론의 재구성을 시도하고 있다는 관점이다.

쿠란은 영문학자로서 노가미 도요이치로가 논한 요쿄쿠 번역에 관한 문헌을 연구하는 과정에서 그와 동시대의 영국 고전학자 포스트게이트의 저작에 봉착했다. 포스트게이트가 1922년에 저술한 책의 제목은 *Translation and Translations : Theory and Practice*이니 노가미 도요이치로의 『번역론—번역의 이론과 실제』와 흡사하다. 분명히 노가미 도요이치로의 주장에는 포스트게이트의 그림자가 언뜻언뜻 비치고 매우 흥미로운 일치가 몇 가지나 보인다.

노가미 도요이치로의 이론적 틀은 포스트게이트를 전면적으로 원용한 것임에도 불구하고 참고문헌으로 언급한 바는 전혀 없다. 그러나 노가미 도요이치로의 '무색적 번역'이라는 발상이 그의 독자적인 것이 아님을 인정하는 부분이 한 군데만 있다면서 쿠란은 다음 대목을 인용하고 있다(이하는 쿠란이 영역해서 인용한 부분에 해당하는 노가미 도요이치로 원문).

> 나의 일본문학 번역에 대한 제안은 그 무색적 번역으로 원래 것의 의미만 이지적으로 전달하고 원래 것의 감정적 표현은 원래 것 그 자체에 의해 음미하게 해야 한다는 것이다. 다만 양해를 구해 두어야 할 것은 그러한 생각이 나의 독창은 아니다. 옥스퍼드 및 케임브리지의 그리스 고전 번역 방식에서 생각해 낸 것이다.노가미 도요이치로, 1938, 125~126면

그러나 여기에서도 '포스트게이트'의 이름과 문헌명 그 자체는 없다.

---

23  노, 교겐(狂言), 시키산반(式三番) 등을 함께 이르는 일본의 전통 예능.

포스트게이트는 동시대에 활약한 미국 고전학자 길더슬리브<sup>Basil Lanneau</sup> <sup>Gildersleeve</sup>에 의거해 '무색성<sup>colourlessness</sup>'이라는 개념을 사용하고 있다. 더욱이 길더슬리브에서 직접 인용한 것에는 '무색적<sup>achromatic</sup>'이라는 말을 사용하여 "Theoretically the translation ought to be achromatic. It may be nothing but an etching"이라고 이론상의 이상理想을 제시하고 있다.<sup>포스트게이트, 1922, 51~63면</sup>

쿠란은 노가미 도요이치로 텍스트의 구체적인 기술과 포스트게이트의 논점을 개별적으로 검증하고 있지는 않지만, 두 책을 비교해 읽어 보면 우연이라고는 말할 수 없는 분명한 일치점이 몇 군데나 보이니 두세 가지 예를 들어 보자.

포스트게이트는 충실성에 대해 "(…중략…) the prime merit of a translation proper is Faithfulness, and he is the best translator whose work is nearest to his original"이라 썼다. 그리고 충실성의 첫째 원리로 삼은 호메로스 번역가 3명<sup>Alexander Pope, William Cowper, F. W. Newman</sup>을 소개한 다음 영국의 시인이자 화가인 로세티의 다음 발언을 인용한다. "The work of the translator (…중략…) is one of some self-denial."<sup>포스트게이트, 1922, 3~4면</sup> 한편 노가미 도요이치로는 "번역의 첫 번째 필요 조건은 충실이라는 것이다. 그래서 원래 것에 가장 가까운 것을 지어 내는 번역가가 최상의 번역가"라며 호메로스 번역가<sup>포스트게이트가 인용한 3명</sup>를 소개한다. 더욱이 로세티를 인용하며 "번역가의 일은 자기 부정의 일"이라 말한다.<sup>5~6면</sup> 이 로세티에 관해서는 우에다 빈도 『해조음』 서문 말미에서 "로세티가 이탈리아 고시 번역의 서문에서 말했다"고 언급하고 있다.<sup>〈자료 11〉 참조</sup> 로세티의 문헌에 관해서 포스트게이트는 "in the preface to his *Translations*, p.xiv"라고 불완전한 정보밖에 제시하지 않았지만 이는 정확하게는 1861년에 발표된 *The*

*Early Italian Poets : together with Dante's Vita Nuova*의 서문을 가리킨다. 노가미 도요이치로의 주석80면에서도 "D. G. Rosseti, *Translations*, p.xiv"라 했으니 포스트게이트가 사용한 불완전한 표시를 그대로 사용하고 있는 것이다. 이 경우 우연의 일치라는 것은 특히 생각하기 힘들 것이다.

또 노가미 도요이치로는 번역의 두 가지 태도로 '회고적·수용적 태도' 와 '선견적·적합적 태도'를 생각한다. 전자는 "언제나 대상은 원작이며, 원작과 동일한 가치의 작품을 다른 국어로 만들어 내는 것이 목적이기 때문에 먼저 완전한 이해가 이루어지고 충실한 표현이 그것에 따르지만" 후자는 "이해하는 일은 이미 해결된 곳에서 시작하여 모든 노력이 표현 에 집중된다."75면 한편 포스트게이트는 두 가지 번역을 지적하면서 각각 다음과 같이 설명한다.

> 회고적 번역에서는 먼저 확인과 이해를 행하고 그 뒤를 이어 표현이 생긴다. 그러나 선견적 번역에서는 이미 이해는 이루어져 있는 것으로 순전히 표현에 지력이 집중될 터다.포스트게이트, 1922, 22면

포스트게이트는 독일 고전 문헌학자 "Professor Wilamowitz"를 10회 이 상 빈번하게 인용한다. 노가미 도요이치로도 수차례 인용하고 있는데, 예 컨대 형식의 복제에 대해 "원문의 말을 정확하게 옮기고는 있지만 원문 의 기분을 정확하게 전하고 있지는 않다. (…중략…) 빌라모비츠–묄렌도 르프 교수가 정확한 번역은 모두 나쁜 흉내Jede rechte Übersetzung ist travestie라 고 한 말이 적절하게 들어맞는다. 축어역이라는 것의 폐해는 거기에 숨어 있다"35면며 축어역의 문제점을 기술하고 있다. 이것은 일면적인 '직역'론 과 일정한 거리를 두려는 것으로 해석할 수 있다.빌라모비츠–묄렌도르프의 번역론 그

노가미 도요이치로가 운문 번역에서 라틴어와 영어 시격의 형식적인 보존을 논할 때 그 주석에서 "T. P. 포스트게이트 교수. (*Classical Quarterly IV*, 1910)"라고 쓴 부분이 실은 한 군데 존재한다. 이니셜이 다르지만 이는 아마 "J. P. 포스트게이트 교수"의 오기일 것으로 추측된다. 동일 인물이라면 이것이 바로 그 포스트게이트를 언급한 유일한 곳이다. 덧붙여 J. P. Postgate[1910]의 논문은 그 저널에 확실히 게재되어 있지만 "*Classical Quarterly* IV, 1910, p.286"이라는 각주는 포스트케이트의 텍스트에도 존재한다.[포스트게이트, 1922, 70면]

노가미 도요이치로의 담론은 쇼와 초기 일본 번역계에서 어느 정도 영향력을 미쳤을 터다. 진자이 기요시[1938]는 "최근 유행하는 단색판적單色版的 번역이라는 것에 약간 느낀 바 있어서 그것이라도 써 보자"고 말하면서 에세이를 시작하고 있다. 모리타 소헤이는 이상적 번역은 "등량적으로 옮겨 전하는 것"이라고 앞머리에서 지적한 다음 「번역의 이론과 실제」[1933]라는 제목을 붙인 논의를 전개하고 있고, 사와무라 도라지로[24]는 두 가지 번역 태도에 대해 노가미 도요이치로에 의거하면서 자신의 「번역론」[1934]을 진행시키고 있다. 또 노가미 도요이치로는 회화 색조의 비유를 사용하여 번역을 논하고 있지만 도스토엡스키 번역가로 저명한 나카무라 하쿠요[1934]도 유화 색조에 비유하여 다음과 같이 기술한다. "뚝뚝 떨어뜨린 개개 색소의 종합에서 하나의 색조가 생겨나는 것은 여러분이 늘 목격하고 있는 바다. 번역에서도 이치는 변함없다. 번역가가 그 가운데 색소 하나라도 마음대로 빼 버린다면 독자에게 주는 색조의 인상이 달라지지 않을

---

24   사와무라 도라지로(澤村寅二郎, 1885~1945) : 영문학자. 도쿄제국대학 교수.

수 없다."<sup>〈자료 26〉 참조</sup> 이같이 노가미 도요이치로의 영향을 엿볼 수 있는 동시대의 발언은 끝없이 흥미롭다.

전체 내용을 개관할 수 있도록 아래에 목차를 들어 둔다. 이 책에 초록한 것은 「번역의 태도」의 주요 부분이다.

서

**번역의 이론**

1. 고찰 범위의 한정

2. 충실이라는 것

3. 형식의 정확한 복제

4. 격조와 표현의 동기

5. 더욱 표현의 동기에 대하여

6. 번역의 두 가지 태도

7. 수용과 적합

8. 결어

주


**번역의 태도**

1. 완전한 번역

2. 무색적 번역

3. 현대어 번역

주

고어와 현대어

단색판적 번역

지성의 문제

부기


쇼와 초기에 주목받은 번역론에서 노가미 도요이치로가 제창했다고 알려진 '무색적 번역', '단색판모노크롬적 번역', '등량적 번역'이라는 전략은 그 후 시간을 거쳐 벳쿠 사다노리[1975; 1985][25]의 비판으로 상징되는 것처럼 번역 실무가들의 평가는 대체로 혹독했다. 이 점은 1970년대 이후 일본의 사회 문화적 배경이 요청한 번역 규범과도 관계된다고 생각한다. 더욱이 쿠란의 지적으로 새로운 사실이 부상한 것을 발판으로 영국 고전학자 포스트게이트의 번역 이론과의 관계에서 앞으로 다시 생각할 새로운 가능성도 있다.


**참고문헌**

고바야시 히데오(小林秀雄), 「野上豊一郎の『飜譯論』」(1938), 『小林秀雄全集』 4, 新潮社, 1968.

______________________, 「野上豊一郎氏著『飜譯論』」, 『東京日日新聞』, 1938.5.9.

나카무라 하쿠요(中村白葉), 「飜譯文の表現と指導」, 前本一男 編, 『日本現代文章講座』 6, 厚生閣, 1934.

나카지마 겐조(中島健蔵), 「『飜譯論』の示唆ー野上豊一郎氏の近著について」(1938), 『帝國大學新聞』, 不二出版(復刻版).

노가미 도요이치로(野上豊一郎), 「飜譯可能の標準について」, 『英文學研究』 3, 東京帝國大

---

[25] 벳쿠 사다노리(別宮貞德, 1927~) : 영문학자. 번역가. 조치대학 교수.

學英文學會, 1921, 131~153면.

______________________, 『飜譯論』, 巖波書店, 1932.

모리타 소헤이(森田草平), 「飜譯と理論と實際」, 『英語英文學講座』, 英語英文學刊行會, 1933.

벳쿠 사다노리(別宮貞德), 『飜譯を學ぶ』, 八潮出版社, 1975.

______________________, 『飜譯と批評』, 講談社學術文庫, 1985.

빌라모비츠-묄렌도르프(U. von Wilamowitz-Moellendorff), 「飜譯とは何か」(1981), 미쓰기 미치오(三ツ木道夫) 編譯, 『思想としての飜譯ーゲーテからベンヤミン, ブロッホ まで』, 白水社, 2008.

사와무라 도라지로(澤村寅二郎), 「飜譯論」, 『英語英文學講座』, 英語英文學刊行會, 1934.

아베 도모지(阿部知二), 「野上豊一郎『飜譯論』」, 『文學界』, 文藝春秋社, 1938.5, 253~255면.

오야마 데이이치(大山定一)·요시카와 고지로(吉川幸次郎), 『洛中書問』, 筑摩書房, 1974.

진사이 기요시(神西淸), 「飜譯の生理·心理」(1938), 『神西淸全集』 6, 文治堂, 1976.

쿠란(B. Curran), *Theatre Translation Theory and Performance in Contemporary Japan : Native Voices, Foreign Bodie*s, Manchester : St. Jerome, 2008.

포스트게이트(J. P. Postgate), *Translation and Translations : Theory and Practice,* London : G. Bell and Sons, 1922.

# 슈퍼임포즈에서 일본어의 빈곤



## 1

외국영화의 일본판, 슈퍼임포즈[1]는 여러 가지 불편과 지장을 가져옴에도 불구하고 역시 당분간 사라지지 않을 것입니다.

일찍이 〈재생의 항구〉[2]와 〈하늘을 나는 악마〉[3] 등에서 시도된 일본어 합성식 아프레코[4] 같은 것도 원래 올 토키[5]로 기획·제작된 작품의 중요한 효과적 부분을 잃어버렸다 하여, 또 당치도 않은 비용이 든다 하여 추종자를 갖지 못했던 것 같습니다. 〈트럼프 이야기〉[6]에서 시도된 독백적 아프레코 같은 것도 특수한 영화 이외에는 응용되기 힘들다고 생각합니다. 해설적 아프레코에 이르러서는 기록영화 전용이라 말씀드려도 지장 없을 것입니다.

이러한 사정으로 기술적으로도 효과적으로도 또 경제적으로도 더 좋은 방법이 발견될 때까지 슈퍼임포즈의 사명은 매우 중대합니다. 그것은

---

1    영화에서 두 화면을 겹쳐서 촬영하는 기법. 일본에서는 화면의 자막 또는 자막을 포개는 작업을 가리키는데, 슈퍼라고 줄여서 부르기도 한다.

2    미국영화 〈The Man Who Came Back〉(1931).

3    미국영화 〈Flying Devils〉(1933).

4    촬영 후 화면에 맞추어 대사, 음악, 효과음 등을 녹음하는 일. 애프터 리코딩의 준말. 후시 녹음.

5    유성영화.

6    프랑스영화 〈어느 사기꾼 이야기(Le Roman d'un tricheur)〉(1936).

마치 무성영화 전성기 무렵의 '변사'와 비교할 수 있지 않을까요?

무성영화는 왜 인기가 있었는가? 규모도 내용도 기술도 그렇게 유치했던 사일런트영화가 어떻게 놀랄 만큼 열광적으로 대중에게 받아들여졌는가? 거기에서 우리는 '변사'의 특이한 역할을 보지 않으면 안 됩니다.

'변사'는 외국영화를 일본영화로 해서 보여주었습니다. 그것은 단순한 회화 번역이 아니고 이야기 해설도 아니며 '변사' 자신이 영화 속 인물 그 자체가 되어 자연스럽게 말하는 일본어였습니다. 그렇기 때문에 훨씬 레벨이 낮은 관객조차 외국영화에 친근함과 흥미를 가질 수 있었을 터입니다.

왕년의 명화로 그 정도 인기를 부른 〈동쪽으로 가는 길〉[7]과 〈오버 더 힐〉[8] 등이 기술적으로도 연기적으로도 한층 세련된 토키영화로 재현되었을 때 왜 옛날처럼 호평을 얻지 못했을까? 그 최대 요인으로 언어의 격리를 지적해야만 할 것입니다. 즉 '변사'를 대신한 슈퍼임포즈의 약점을 보지 않으면 안 됩니다.

게다가 당분간 우리는 슈퍼임포즈에 의지하지 않으면 안 됩니다. 이것을 유일한 매체로 삼아 외국영화를 일본 대중에게 이해시키지 않으면 안 됩니다. 아니, 이해와 같은 지적인 것이 아니라 기분으로도 딱 들어맞아 똑같은 공기 속에 있는 것처럼 외국영화를 일본 대중의 마음속에 스며들게 하지 않으면 안 됩니다.

---

7    미국영화 〈Way Down East〉(1920). 1922년 일본, 1923년 한국에서 무성영화로 큰 인기를 끌었으며, 1927년 변사 김영환의 영화소설 『동도(東道)』가 출간되었다.

8    미국영화 〈Over the Hill〉(1931).

2

이렇게 슈퍼임포즈는 외국어에서 파견된 사절임을 그만두고 일본어로 맞이하는 사절이 되지 않으면 안 되는 것입니다. 바꿔 말하면 외국어 번역이 아니라 외국어가 표현하려고 하는 바를 일본어로 말하는 것이지 않으면 안 됩니다. 그것은 무엇보다 먼저 일본어이지 않으면 안 됩니다. 문자만 일본 문자여도 그 문자의 종합에 의해 입체화된 말 그 자체가 진짜 일본어가 아니라면 영화에서 언어의 격리를 슈퍼임포즈로 극복하는 것은 이룰 수 없습니다.

그럼에도 불구하고 실제 이루어지고 있는 슈퍼임포즈는 대부분 일본어 자체를 그다지 소중하게 다루지 않는 것이 아닐까요? 오히려 그것이 일본어가 되어야 한다기보다 번역하면서 놓치는 것이 없도록 하는 쪽에 지나친 주의를 기울이는 것이 아닐까요?

회사는 슈퍼임포즈를 위해 매우 적은 비용밖에 계상하지 않고 있습니다. 번역 담당자는 아직 연구가 충분하다고 말할 수 없습니다. 적어도 타사 영화의 주요 작품의 슈퍼임포즈를 음미해 볼 만큼의 노력을 번역 담당자는 아끼지 말아야 할 것이며, 국어국문에 대한 부단한 공부와 번역문학을 전체적으로 섭렵하는 것을 게을리해서는 안 됩니다. 회사는 또 이를 위해 충분한 비용과 시간을 제공해야 합니다.

그것은 단순한 취미나 겉치레가 아닙니다. 정말로 일본인의 혼에 딱 들어맞는 슈퍼임포즈인지 아닌지는 바로 영화 자체의 상품 가치에 영향을 미칩니다. 우리는 우수한 영화가 때때로 서투른 슈퍼임포즈 때문에 기대했던 성적을 거두지 못한 많은 실례를 알고 있습니다.

회사는 종종 번역가로 저명한 분들에게 '감수'를 의뢰하곤 합니다. 그러나 우리는 그러한 '감수' 또한 번역으로서 바르고 정교하기는 해도 반드시 좋은 일본어 슈퍼임포즈를 만들어 내고 있다고는 말씀드릴 수 없습니다.

즉 외국영화의 슈퍼임포즈를 위해 우리는 독자적인 연구 과목을 가져야만 하며 독자적인 방법론을 가져야만 합니다. 아니, 오늘날까지 그러한 독자적인 연구가 주목되지 않았다는 것이야말로 오히려 이상할 정도입니다.


## 3


일본인이라면 누구라도 일본어 슈퍼임포즈를 만들 수 있다고 생각하는 것은 외국어를 번역하기만 하면 일본어가 된다고 생각하는 것과 같이 근본적인 잘못입니다.

어느 나라든 그 나라 특유의 국어국문이 있어서 이에 훤히 통하는 것은 쉬운 일이 아닙니다. 하물며 시공간적으로 특이한 전개를 지닌 일본어, 그리고 이른바 돌충계식 '가나 혼합문'으로 쓰지 않으면 안 되는 일본어, 그 바른 습득과 구사를 잘할 수 있는 사람은 일본인이라 해도 결코 다수라고는 말할 수 없을 것입니다.

이렇게 말하면 "슈퍼임포즈는 대학 언어학이 아니다. 영화를 보는 대중이 알아듣기만 하면 괜찮은 것 아닌가?" 하고 반박하는 사람이 있을 것입니다. 그러나 슈퍼임포즈는 영화관에 모여드는 일반 대중에게 보여주는 것입니다. 그렇기 때문에 그것은 외국어 표현 양식을 모르는 사람도, 소학교 졸업 정도의 한자밖에 읽지 못하는 사람도 잘 알 수 있는 일본어이지 않으면 안 됩니다. 소학교 아동에게 읽는 방법을 가르치는 것은 중학생에게 국어를 가르치는 것보다 훨씬 더 어려운 일입니다. 유치원 어린이들에게 이야기를 들려주는 것은 소학교 아동에게 말하는 것보다 훨씬 더 연구와 주의를 요하는 일입니다.

슈퍼임포즈 작성자가 자기 자신의 말로 쓴다면 영화를 보는 대중의 대부분은 아마 작성자의 마음속에 그려진 것의 절반도, 삼분의 일도 읽어낼 수 없을 것입니다.

그저 한자의 제한뿐 아니라 말의 표현 형식 자체도 일본어로서 자연미를 잃어버리지 않도록 주의 깊게 작성되지 않으면 안 됩니다.

그렇게 마음을 다해야만 그 슈퍼임포즈가 영화를 보는 대중의 혼에 직접적으로 말을 걸 수 있는 것이며, 따라서 그 영화 자체를 재미있고 즐거운 영화로 반갑게 맞이할 수 있게 되는 것입니다. 실제로 슈퍼임포즈가 나쁘다는 이유로 영화의 좋고 나쁨을 떠나 감정적으로 싫어지는 경우도 많다고 하지 않습니까?

그렇다면 앞으로 슈퍼임포즈는 어떠해야 하는가? 그 문제 자체의 해결이야말로 첫 번째 연구 제목이지 않으면 안 됩니다.

즉 슈퍼임포즈에서 일본어의 빈곤을 어떻게 극복할 것인가? 이것이 번역 담당자는 물론 회사 수뇌부가 가장 먼저 마음을 써야 하는 문제이며, 또 비평가도 새롭게 주목해야 할 분야가 아닐 수 없습니다.


4


가장 먼저 생각하고 싶은 것은 앞서 언급한 것처럼 외국어의 직역이 아니라 이것을 소화하여 새롭게 일본어로 말하는 슈퍼임포즈이지 않으면 안 된다는 것입니다.

그러기 위해서는 먼저 사람을 필요로 합니다. 외국어 역량과 동시에 국어 및 국문에 대해서도 기초적인 소양이 있고, 게다가 시간과 더불어 성장하고 변천해 가는 일본어의 움직임에 대해 민감하고 바른 인식을 가질 수 있는 사람을 구하지 않으면 안 됩니다. 만약 혼자서 이만큼의 요소를 겸할 수 있는 사람을 발견해 내는 것이 곤란하다면 각각의 요소를 두 사람, 세 사람에게 분담시키는 것도 괜찮을 터입니다.

곧 먼저 번역하는 사람, 이것을 원문과 대비하여 퇴고하는 사람, 다시 그것을 일본어로 세련되게 하는 사람. 현재 양화洋畵 회사에서 이 정도 인적 구비는 결코 곤란한 일이 아닙니다. 물론 회사가 지금 있는 대로의 인력 배치를 현명하게 이용하여 그 소질 향상을 꾀해 똑같은 결과에 도달할 수 있다면 그 또한 괜찮다고 할 수 있겠습니다. 그 때문에 회사는 좋은 인적 자원에 대한 우대 방법을 강구할 것을 잊어서는 안 됩니다. 좋은 작품은 그 비용을 보전하고도 남음이 있을 것입니다.

다음으로 중요한 문제는 한자를 어떻게 구사할 것인가 하는 것입니다.

한마디로 말하자면 우리는 많은 경우 자기 자신의 독서력을 표준으로 하여 무반성적으로 한자를 너무 쓰고 있습니다.

임시국어조사회 지정 상용한자 1,858자, 내지內地 소학교 국어독본 1,362자, 조선 1,460자, 타이완 1,379자라는 계산이 나옵니다만 이 숫자와 비교해 보더라도 현재 슈퍼임포즈에 사용되는 한자는 너무 많습니다.

가령 내지 소학교 졸업자가 1,362자를 배웠다 해도 일상적으로 자유롭게 읽을 수 있는 한자 수는 배운 수의 몇 할 정도밖에 되지 않을 것입니다. 게다가 원래 귀로 듣고 바로 청각 중추에 호소해야 할 말을 먼저 문자로 시각을 통하고 그다음에 비로소 말의 소리로 전화轉化되는 것 같은 복잡한 두뇌의 움직임을 요하는 슈퍼임포즈에서는 일상적으로 읽을 수 있는 문자도 때때로 읽기 힘들 때가 있을 것은 당연합니다. 그리고 화면과 문자 쌍방에 시각을 쓰지 않으면 안 되기 때문에 읽고 이해할 수 있는 문자 수는 더 깎아 내지 않으면 안 됩니다.

그러나 푸티지[9] 제한과 그 밖의 여러 조건을 고려해야 하는 슈퍼임포즈이기 때문에 과연 어느 정도까지 한자 사용을 제한할 것인가 하는 것에 관해서는 충분한 연구를 요합니다. 그렇지만 적어도 원칙으로서 심상소학교 졸업 정도의 독서력을 표준으로 하는 것이 필요하지 않은가 생각됩니다. 특히 대중 본위의 영화일 경우에는 그 표준을 더 끌어내리는 편이 영업상 유리할지도 모릅니다.

이러한 세심한 주의와 노력은 드디어 외국영화 고객 증대에 큰 공헌을 할 것입니다. 부질없이 고답적인 것은 상품으로서의 영화를 이해하지 않는 자위적自慰的 태도일 뿐 아니라 일본어의 진화에 대한 방해이기도 합니다. 어려운 것이 훌륭한 것은 아닙니다. 아니, 보통 정도의 교양 있는 대중이 잘 이해하고 게다가 아름답고 힘차며 함축과 기품을 잃지 않는 일본어야말로 이상적인 일본어입니다. 문자뿐 아니라 문체 자체 또한 이러했으면 합니다. 적어도 우리는 이 이상을 향한 끊임없는 정진을 게을리해서는 안 되겠습니다.

---

9    [편자 주] footage(영화 필름 등에서 피트 단위의 길이). 여기에서는 대사가 말해지는 장면에 상당하는 영화 필름의 길이를 가리킨다. 이것을 기본으로 각 대사에 할당된 자수를 계산하여 자막을 작성한다.

5

이상은 새로운 슈퍼임포즈로 향하는 도상에서 근본 태도에 관해 말씀 드린 것입니다만 더욱 기술적인 여러 문제에 대해서도 충분한 반성과 검토가 더해져야 할 것입니다.

예컨대 푸티지의 표준에서도 영화 내용에 따라 더 구체적인 연구가 필요하게 되겠지요. 반드시 3음<sub>音</sub>이라는 것에 얽매여서는 안 됩니다. 형상문자와 표음문자에 따라서도 차이가 있을 것이고, 화면 변화와 액션의 다소에 따라서도 슈퍼임포즈의 효과가 좌우되는 것에 주의하지 않으면 안 됩니다. 다만 원칙으로서 충분히 피트를 취하는 것은 바람직합니다. 거듭되는 수선 때문에 도회에서 지방으로 필름이 내려가면서 점점 더 판독하기 곤란함에 빠진다는 아이러니한 사실도 고려하지 않으면 안 됩니다. 그 때문에라도 슈퍼임포즈의 문체는 더 교묘한 생략법을 요구하는 셈입니다. 외국어의 단순한 번역으로 할 일이 다 끝났다고 할 수 없는 까닭일 것입니다.

따라서 또 슈퍼임포즈가 너무 많은 것은 도리어 관중에 대한 불친절이 될 것입니다. 예컨대 최근 개봉된 프랑스영화는 저명한 문학가가 '감수'하셨다고 하는데, 모처럼의 명번역도 영화 전반부에 슈퍼임포즈가 너무 많아서 거의 읽어내지 못하고 화면 효과가 반감되었던 것 같습니다. 이러한 실례는 실제로 일일이 꼽기도 어렵습니다.

더욱이 또 한자에 후리가나[10]를 붙이는 것만큼 무의미한 일이 없습니다. 그것은 관객에게 이중의 부담을 주는 것에 지나지 않습니다. 고유명

---

10  한자 옆에 읽는 법을 가나로 단 것. 루비.

사는 가타가나로 써도 괜찮고 어려운 한자는 사용하지 않는 것이 좋습니다. 하물며 번역한 한자에 외국어 발음을 후리가나로 붙이는 것 등은 단순히 취미에 불과합니다. 어쨌든 읽기 좋고 이해하기 쉬운 2행보다 어려운 1행 쪽이 훨씬 시간을 요한다는 것을 생각해야 하는 것이 아닐까요?

상용한자에 대해서도 '御座るます입니다', '成りませぬ안 됩니다', '有ります있습니다', '居りHます있습니다', '於いて에서', '一增더욱', '如何に어떻게' 등은 가능한 한 가나로 표현해야 합니다. 그쪽이 일상적인 말 같고 스무스하게 받아들여질 것 같습니다. 가나 사용에서도 원칙으로는 표음식으로 해야겠습니다만 'たとえ'와 'たとひ',[11] 'おく두다'와 'をる있다', 'やう'와 'よう',[12] 'つかへ일하는 것'와 'つかひ심부름' 등의 구별을 분명히 해 두지 않으면 안 됩니다. 어쩌면 영화는 오락적일 것이 본질일지라도 동시에 문화적 존재라는 점을 잊어서는 안 되기 때문입니다.

쇼와 14년<sup>1939</sup> 4월 3일

---

11    둘 다 '설령'이라는 뜻으로 문어와 구어의 차이.
12    둘 다 '-하도록'이라 뜻으로 문어로는 구어 발음 그대로 적지 않았음.

이것은 쇼와 14년[1939] 5월, 잡지 『일본영화』에 게재된 자막 번역에 관한 소론이다. 발표 연도를 고려하면 세계적으로 보아도 자막 번역에 관한 선구적인 담론에 속한다. 『일본영화』는 쇼와 11년[1936]부터 쇼와 20년[1945]까지 전시 통제하에서 발행되던 영화잡지다. 창간 경위에 대해서는 마키노 마모루[2002]가 상세히 설명하고 있다.

오타 다쓰오太田龍男는 국어국문학을 전공한 후 양화 배급 업무에 종사하게 된 인물로 생몰년과 자세한 경력은 알 수 없지만 자막 번역에 직접 종사한 입장은 아니다. 이 짧은 논고는 학술 연구의 관점에서 쓴 것이 아니라 영화에 흥미를 지닌 일반 독자를 대상으로 한 에세이다. 그렇다 하더라도 현대 번역 연구의 테마로서도 흥미 깊은 논점이 몇 군데 보인다.

먼저 오타 다쓰오는 무성영화사일런트영화가 일찍이 융성한 이유를 이렇게 말하고 있다.

'변사'는 외국영화를 일본영화로 해서 보여주었습니다. 그것은 단순한 회화 번역이 아니고 이야기 해설도 아니고 '변사' 자신이 영화 속 인물 그 자체가 되어 자연스럽게 말하는 일본어였습니다.

이처럼 외국 작품을 일본화하는 수법은 '이화異化'와 '동화同化'라는 대립 개념을 원용하면 후자에 해당한다. 계속해서 오타 다쓰오는, 말하자면 동화적인 전략으로 관객을 매료시킨 변사와 비교하여 기술적으로도 진보하고 세련되었을 터인 자막의 약점을 지적하고 있다. 즉 "일본어 자체를 그다지 소중하게 다루지 않고" 있기 때문에 "일본어가 되어야 한다기보다 번역하면서 놓치는 것이 없도록 하는 쪽에 지나친 주의를 기울이는"

것이다. 동화라는 용어 자체는 사용하고 있지 않지만 오타 다쓰오는 "독자적인 방법론을 가져야만 한다"고 주장하고 있고, 그것은 "영화를 보는 대중의 혼에 직접적으로 말을 거는" 것처럼 "일본어로서 자연미를 잃어버리지 않도록 주의 깊게 작성되어야" 하는 것이라 말한다. 그리고 "외국어의 직역이 아니라 이것을 소화하여 새롭게 일본어로 말하는 슈퍼임포즈이지 않으면 안 된다"고 주장한다. 자막 번역에 대한 오타 다쓰오의 태도는 다음의 진술에서도 현저하게 드러나고 있다.

이해와 같은 지적인 것이 아니라 기분으로도 딱 들어맞아 똑같은 공기 속에 있는 것처럼 외국영화를 일본 대중의 마음속에 스며들게 하지 않으면 안 됩니다.

슈퍼임포즈는 외국어에서 파견된 사절임을 그만두고 일본어로 맞이하는 사절이 되지 않으면 안 되는 것입니다. 바꿔 말하면 외국어 번역이 아니라 외국어가 표현하려고 하는 바를 일본어로 말하는 것이지 않으면 안 됩니다.

이것은 19세기 초[1813] 독일 낭만파 입장에서 번역을 논한 슐라이어마허의 한 절을 방불케 한다. 즉 "저자를 될 수 있는 대로 그대로 두고 독자가 저자 쪽으로 향하도록 움직이거나 혹은 독자를 될 수 있는 대로 그대로 두고 저자가 독자 쪽으로 향하도록 움직인다"는, 번역가가 더듬어 찾아가는 두 가지 길이다. 다만 슐라이어마허 자신이 선호한 것은 전자 쪽인데, "번역가가 원래의 언어에 관한 지식을 바탕으로 있는 그대로의 작품에서 얻은 것과 똑같은 인상을 독자에게 전하고" 이렇게 해서 "독자는 애당초 이질적인 장소로, 번역가의 장으로 움직인다"는 길이다.

쇼와 초기 일본의 자막 번역에 관해 오타 다쓰오가 비판한 것은 바로 이쪽의 길이었다. 다만 이 점은 다른 각도에서 보자면 다른 그림을 그리는 것도 가능하게 된다. 예컨대 노네스1999; 2004, 462면는 정치적 콘텍스트에서 오타 다쓰오의 논고를 고찰하면서 일본의 중국 대륙과 아시아 식민지 정책이라는 시대 배경과 이질성의 배제를 관련지어 논하고 있다.

오타의 소론은 일본이 중국 내륙까지 진출하여 아시아의 식민지화를 기도하던 시기에 집필된 것으로 전체주의가 자막에 무엇을 바라고 있었던가를 보여준다. 자막은 차이를 소거하여 지극히 개량되고 일체가 된 대중 독자층에게 외국어의 의미를 편성해 넣는다. 이것은 일본의 지정학상 야망을 위해 마련된 번역 이론인 셈이다. 오타가 보여준 의미 지향의 번역 비전은 전후戰後에 타락의 코드로 발전한다. 그것은 자막이라는 폭력적인 중개자의 존재를 눈에 띄게 하지 않는 번역 스타일이며, 영화 필름의 코마frame 끝에 숨어 음성 트랙상의 모든 발화를 눈에 띄지 않게 번역해 내는 것이다.

이데올로기와 번역 전략의 관련은 베누티가 지지하는 이화異化 전략으로 대표되는 것처럼 현대 번역학에서 주요한 테마 가운데 하나다. 다만 이질성의 배제와 '전체주의'가 그 정도로 단순하게 연결되는 것은 아니다. 일본이라는 콘텍스트에서 이질성을 논하는 경우에 베누티가 규탄하는 앵글로-아메리카의 상황을 그대로 가져와서는 안 될 것이다. 영어에서 일본어로 번역할 때 생기는 이질성은 영어라는 메이저 언어가 가져오는 것이지만 일본어라는 마이너 언어의 위치는 서양과 동양으로 대치시킬 때 양면성을 띠게 된다.

제목에도 있는 '슈퍼임포즈'란 본래 영상을 겹치는 다중 인화印畵를 말하는 것인데, '슈퍼 자막'과 '자막 슈퍼'는 영화 필름 등에 문자를 겹친 자막을 가리킨다(자막 원고를 영상에 넣는 방법은 여러 가지가 있는데, 초기의 자막 제작 사업에 착수했던 가미시마 기미의 자서전『자막 작업자 일대기』에 자세하다). 일본어 자막이 처음으로 붙여진 외국영화가 스턴버그 감독의 미국영화 〈모로코〉[13]라는 것은 잘 알려져 있는데, 그 번역을 담당한 것은 당시『키네마 순보旬報』주필 다무라 요시히코田村幸彦였다. 영화 평론가 모리 이와오훗날 도호(東寶) 부사장[14]는 이 영화의 개봉에 맞춰「외화 토키의 일본어 자막 기입 문제」라는 제목의 짧은 글을『도쿄아사히신문』에 기고하고 있다.1931.2.8 모리 이와오는 자막의 장점청각의 효과과 단점시각의 혼란을 다른 방법과 비교하며 "외국 토키를 감상하는 데 가장 이상적이라고는 말하기 어렵다"고 논하면서도 "결론으로서 슈퍼임포즈판에 나는 대찬성. 더한 묘안이 없는 한 외국 토키에는 이 방법을 많이 취할 것을 각사에 절실히 바란다"며 호의적인 감상으로 맺고 있다. 〈모로코〉 자막은 쇼와 5년1930 뉴욕의 파라마운트 동부 촬영소에서 만들어졌다. 그리고 이듬해 2월 일본어 슈퍼 자막이 붙은 최초의 작품으로 방영되어 대히트를 쳤다. 당시 상황을 시미즈 슌지[15]는『영화 자막슈퍼 50년』에서 다음과 같이 술회하고 있다.

외국 영화 관객은 슈퍼 자막에 달려들었다. 변사보다 자막 쪽이 더 잘 이해된다거나 하는 뚜렷한 이유 때문이 아니었다. 변변찮은 자막도 있었을 터다. 외국 영화 관객에게는 변사의 '원조'를 받지 않고 영화를 감상할 수 있는 것이

---

13  오스트리아 출신의 미국 영화감독 조셉 폰 스턴버그(요제프 폰 슈테른베르크, Josef von Sternberg, 1894~1969)의 〈Morocco〉(1930).
14  모리 이와오(森巖雄, 1899~1979) : 영화 평론가. 영화 제작자.
15  시미즈 슌지(清水俊二, 1906~1988) : 영화 평론가. 자막 번역가.

'외국'을 직접 접한다는 만족감이 되어 있었던 것이 아닐까?<sup>시미즈 슌지, 1985, 9면</sup>

자막의 도입은 처음부터 성공이 전망되었던 것은 아니며, 시미즈 슌지에 의하면 "변사의 인기가 흥행 성적을 좌우하던 시대에 영화 설명을 그만두고 자막으로 하자는 것이었기 때문에 참으로 엄청난 모험이었다."<sup>8면</sup> 일본인은 이러한 이질적인 외국어에 직접적으로 접하는 길을 선택했다. 따라서 전제로서는 자막을 선택한 것 자체가 외국영화가 가져다주는 이질성과 마주했던 것이라 할 수 있다. 다만 당시의 외국영화란 거의 서양영화와 동의어였다. 그와 같은 상황에서 오타 다쓰오가 비판한 대상은 시미즈 슌지가 말하는 "변변찮은 자막"이다. 그렇다면 앞서 인용한 노네스가 지적한 것 같은 전체주의가 소망하는 번역 스타일이야말로 "잘빠진 자막"이 되는 것일까? 그것은 서양에 대해 변사가 아니라 자막이라는 방법으로 이질성을 바라면서도 서양영화가 마치 일본영화처럼 수용될 수 있도록 이질적인 외국어의 흔적을 일본어에서 배제하려고 했다는 것일까? 포스트콜로니얼 관점에서는 그렇게 읽을 수 있을지도 모른다. 그렇지만 오타 다쓰오의 주장은 극히 실천적인데, 실무가의 관점은 이데올로기와 어떻게 연결되는 것일까? "변변찮은" 이질성과 "잘빠진" 이질성의 준별은 그렇게 단순하지 않다.

멀티미디어 시대를 맞이하여 영상에 관계되는 번역은 실천과 연구 양면에서 극적인 진전을 보이는 분야로 '영상 번역'이라 칭해지기도 한다. 또 종래의 영화뿐 아니라 게임과 인터넷 등의 분야에서 필요한 번역도 포함하여 시청각 번역<sup>AVT, audiovisual translation</sup>이라는 용어로 총칭하는 경우도 있다.

시청각 번역에 관한 이론적 연구의 맹아는 서양에서는 1970년대 독일의 기능주의적 접근으로 거슬러 올라갈 수 있다. 라이스는 번역에서 3개의 텍스트 타이프정보형·표현형·효력형의 특징을 정리할 때 보완적인 제4의 타이프로 '오디오 매체 텍스트'의 존재를 언급하고 있다. 그 후 약 30년의 시간을 거쳐 최근에는 국제 학술지 *The Translator*와 *Meta*가 이 분야의 번역 연구 특집을 편성하기에 이르렀다. 갬비어Yves Gambier는 다양한 번역 활동으로 이언어異言語 간 자막interlingual subtitling, 2개 국어 자막bilingual subtitling, 동일 언어 내 자막intralingual subtitling, 더빙dubbing, 보이스-오버voice-over, 무대 자막surtitling, 음성 가이드audio description 등 여러 갈래에 걸친 종류를 소개하고 있다.새로운 조류에 대해서는 먼디(2009) 제11장 참조

시청각 번역은 다양화하는 미디어의 발전과 로컬리제이션 동향이 맞물려서 앞으로 더욱 주목할 분야가 될 터다. 그곳에서 테크놀로지와 이데올로기가 맞부딪치는 새로운 번역 이론의 전개가 예감된다.

## 참고문헌

가미시마 기미(神島きみ), 『字幕仕掛人一代記-神島きみ自傳』, パンドラ, 1995.

노네스(A. M. Nornes), "For and Abusive Subtilting" (1999) in L. Venuti ed., *Translation Studies Reader*, London & New York : Routledge, 2004(2nd edition).

레이스(K. Reiss), "Text Types, Translation Types and Translation Assessment" (1977) in A. Chesterman ed., *Readings in Translation Theory*, Helsinki : Finn Lectura, 1989.

마키노 마모루(牧野守), 「戰時下の映畫雜誌『日本映畫』の創刊をめぐって」, 牧野守 監修, 『資料'戰時下'のメディア-第1期統制下の映畫雜誌『日本映畫』1, ゆまに書房, 2002.

먼디(J. Munday), 『飜譯學入門』, 鳥飼玖美子 監譯, みすず書房, 2009.

모리 이와오(森巖雄), 「外國トオキイの邦字幕記入問題」, 『東京朝日新聞』, 1931.2.8.

베누티(L. Venuti), *The Translator's Invisibility : A History of Translation*, London & New

York : Routledge, 1995; 2008.

슐라이어마허(F. Schleiermacher), 「飜譯のさまざまな方法について」(1813), 미쓰기 미치오 (三ツ木道夫) 編譯, 『思想としての飜譯ーゲーテからベンヤミン, ブロッホまで』, 白水社, 2008.

시미즈 슌지(清水俊二), 『映畫字幕(スーパー)五十年』, 早川書房, 1985.

# 라쿠추洛中 서신



## 서신 1   3월 31일, 요시카와 고지로

Wandrers Nachtlied[Goethe]

Über allen Gipfeln

Ist Ruh,

In allen Wipfeln

Spürest du

Kaum einen Hauch;

Die Vögelein schweigen im Walde.

Warte nur, balde

Ruhest du auch.


나그네의 밤 노래[오야마 데이이치 역]

산들은

아득히 저물고

가지에 부는

한 줄기의

흔들림도 보이지 않는다

저녁 새의 소리, 나무 그늘에 사라진다

슬프도다, 빨리

내 몸도 쉬게 하자


원시를 반복 암송하면서 소생이 망연해진 것은 서양 시와 중국 시 사이에 있는 거리의 크기입니다. 오랫동안 중국 시에만 익숙해진 눈과 귀에 이 시는 전혀 다른 것이라서 다른 세계의 것과 같이 느껴집니다. 가령


諸峰夕照在

樹杪無隻籟

投林歸鳥盡

物我亦相待


이렇게 고쳐 보고 아무튼 대의만큼은 납득되었습니다만 이런 식으로 고치면 전혀 다른 것이 됩니다. 애당초 말의 구조 자체가 똑같이 인간의 일이면서 이렇게까지 다른 것일까요? 자음은 반드시 모음을 동반한다는 구조에 익숙한 귀에 'spürest', 'schweigen'과 같은 음성은 일종의 불협화음으로 느껴지고 'Gipfeln', 'Wipfeln'에 이르러서는 일말의 요기妖氣조차 떠오르게 합니다. 또 매 행의 자수가 시각적으로 모아져 있지 않고 대문자, 소문자가 뒤죽박죽으로 섞여 튀어나오는 것도 중국 시에 의해 길러진 직감을 깨뜨립니다. 또 오래간만에 바라보는 알파벳은 숫자의 나열과 같이 비치니 이것이야말로 그저 암호 같다는 생각이 듭니다. 어떻든 이 암호가 가리키는 산속의 황혼은 한없이 장엄하고 한없이 향기 있는 것이겠지요. 그러나 이 암호는 암호 그 자체로서 어느 정도 향기를 띠고 있는 것일까

요? 중국 시라면 하나하나의 글자는 주로 과거 용례의 연상에서 오는 어감을 자신의 주변에 감돌게 하면서 머물러 있습니다. (…중략…) 그래서 "Über allen Gipfeln"[1]은 여하튼 저물어 가는 봉우리들의 모습을 떠올리게 하는 것, 이 또한 불가사의의 하나입니다.

(…중략…)

소생은 한편으로는 또 이렇게 시를 짓는 데 적합하지 않은 것처럼 보이는 언어가 게다가 실제로 시를 짓고 있는 것을, 또 어른의 시처럼 보이지 않은 것이 실제로 어른의 시일 수 있다는 것을, 더욱이 숫자 나열 비슷한 것이 그럼에도 불구하고 풍기고 있는 것이 틀림없는 향기를, 불협화음이 사실은 협화음이라는 것을, 요기가 요기가 아니라는 것을 철저하게 분석하고 체험하여 그렇게 분석 체험을 하는 것으로 이를 정복해 보고 싶다는 유혹을 문득 느낍니다. 그러나 이는 하늘이 소생의 학문적 대성을 바라 꽤 많은 세월을 세상에서 보낼 수 있도록 하지 않는 한 불가능하며 단순한 망상으로 그칠 것입니다. 전문가의 건투를 비는 바입니다.

번역에 관하여 한마디 하자면, 당신의 번역도 아베 지로[2] 씨의 번역도 축자역은 아닙니다. 또 존문尊文[3] 속에 "엄밀한 축어역이라는 것은 까칠까칠하게 말라비틀어져 버려서" 운운하는 논지가 보입니다만 가령 이 시를

모든 산들에

있는 것은 휴식

---

1　그대로 옮기자면 "모든 산봉우리들 너머"라는 뜻.

2　아베 지로(阿部次郎, 1883~1959) : 철학자. 작가. 도호쿠제국대학 미학 교수.

3　[편자 주] 오야마 데이이치의 「ゲーテの自然感情について―「旅びとの夜の歌」覺え書」(『文學ノート』, 筑摩叢書, 1970 수록)를 가리킨다. 요시카와 고지로는 「서신1」 앞머리에서 오야마 데이이치의 이 문장을 언급하고 있는데, 이 책에서는 생략했다.

모든 가지에

건드리는 것은 그대

하나의 숨결에조차도

새들은 숲에서 침묵한다

기다리고 있었던, 잠깐

쉬자, 그대도 또


이런 정도의 번역으로 멈춰서는 어째서 안 되는 것일까요? 번역이라는 것은 요컨대 방편이며 동몽童蒙[4]에게 보여주기 위한 것이라고 소생은 생각합니다. 외국문학 연구의 정도正道는 어디까지나 원어에 대해서 이루어지는 것이 아니면 안 됩니다. 똑같은 방편이라면 원문이 가지고 있는 만큼의 관념을 더 많지도 않고 더 적지도 않게 전달하는 쪽이 동몽에게 오히려 편리하지 않을까요? 일본 독자에 대한 과도한 관심은 도리어 일본의 학문 능력을 해칠 염려가 없지 않다고 생각합니다만 어떠신지요?


## 서신 2  4월 3일, 오야마 데이이치


(…중략…) 번역이 진실한 외국문학 연구와 아무런 깊은 관계도 없다는 점에서는 나도 당신의 설說에 찬성입니다만, 번역이 동몽에게 보여주기 위한 방편이며 결국 원작이 가지는 관념보다 더 많지도 않고 더 적지

---

4    어려서 아직 사리에 어두운 아이.

도 않게 전해야만 한다는 부분은 따를 수 없습니다. 대체 외국문학 번역은 어떤 것이 가장 훌륭한 작업일까요? 나도 그것을 생각해 보고 싶습니다. 먼저 오가이와 후타바테이가 했던 작업의 중심이 어디에 있었는가 고찰해 보고 싶습니다. 요컨대 나는 번역문학이라는 것은 오늘날 당연히 쓰이지 않으면 안 되는 문학 작품을 말하자면 번역이라는 형태로 보여준 것이라 생각하고 싶습니다. 단순한 문학의 번역이 아닙니다. 나는 내가 이르는바 **번역문학**이 없어져 버리고 안이한 **문학의 번역**으로 바뀐 것이 오늘날 외국문학 번역서가 재미없는 부분이 아닌가 하는 생각이 듭니다. 외국문학 연구가가 그저 외국어를 읽을 수 있고 외국 사정의 일단을 알고 있다는 이유에서 문학 작품의 내용을 많지도 않고 적지도 않게 정직하게 전달하는 것이 되어서론 번역이라는 작업은 이른바 통변通辯이 하는 일이며 아주 시시한 일이라 말할 수밖에 없습니다.

(…중략…)

오가이와 후타바테이 번역의 훌륭함은 무엇을 번역해야만 하는가, 어떻게 번역해야 하는가를 결정한 그들의 문학적 안목으로부터 나오는 것이라 할 수 있겠지요. 굳이 단정적으로 말하자면 번역은 서양문학의 학문적 연구와는 아무런 관련도 없이 순전히 일본문학가로서의 자각과 실력이 번역의 가부를 결정한다고 말씀드리지 않을 수 없습니다.

## 서신 3  6월 8일, 오야마 데이이치

　오늘 밤 나는 곰곰이 문학과 예술은 결국 릴케가 말하는 것처럼 "reines Zuwenig"[5]가 아닐까 생각했기 때문입니다. "너무나도 지나치게 적은 것" 이고 게다가 "가장 순수한" 것이 가장 중요한 것이 아닐까 하고, 모차르트 의 피아노 소나타의 아름다움을 좇아가면서 나는 그것만을 생각하고 있 었습니다. 하나의 비유를 들어 말씀드리자면, 예를 들어 물의 온도를 점 점 낮추어 0도까지 간다고 해 보지요. 그때 물은 한번에 얼어붙어 청렬 淸冽[6]이 손을 자르는 듯한 얼음으로 바뀝니다. 물리학이 가르치는 것처럼 얼음이 되어 버리면 물의 용적은 오히려 증가할지도 모르겠습니다. 순수 한 'Zuwenig'가 도리어 위대한 'Zuviel너무나도 지나치게 많은 것'로 일변하는, 말 로 표현하기 어려운 순간을 모든 진실한 문학예술은 가져야 한다고 나는 생각했던 것입니다만 어떠신지요?

　나는 시라는 것이 'Urwort'[7]라는 사상을 설명하고 싶습니다만, 왜 이상 과 같은 말을 해 두는가 하면 간혹 잘못하면 세상의 시가 "leeres Zuviel"[8] 한 것이 되는 경향이 있지 않은지, 즉 "너무나도 지나치게 많은 것"이며 게다가 "가장 공허한" 것으로 기울어져 있지 않은가 하는 생각이 끊임없 이 들기 때문입니다. 시가 "leeres Zuviel"이 되어서는 그저 무용의 허식일 수밖에 없습니다. 아무리 아름다워도 그것은 매춘부의 화장과 같이 그 저 'eitel'[9]한 것이라고밖에 말할 수 없습니다. 괴테가 "Über allen Gipfeln

---

5　　순수한 부족.

6　　맑고 차가움.

7　　[편자 주] 태초의 말.

8　　공허한 과잉.

9　　[편자 주] 공허.

ist Ruh"라 썼을 때 나는 유감스럽지만 'Gipfel'이라는 말, 'Ruh'라는 말에서 독일의 역대 시인이 의탁해 온 전통적인 시상을 무엇 하나 느껴 낼 수 없습니다. (…중략…) 그렇지만 "Über allen Gipfeln ist Ruh"라는 두 행의 시구를 나는 시험적으로 "산들은 아득히 저물고"라 번역해 본 것입니다만 그러한 풍의 일본어로 옮기는 한편 괴테의 시구와 나의 번역 일본어 사이에 생기고 있는 메울 수 없는 말의 거리를 나는 마음으로 또렷이 느낍니다. 확실히 괴테의 눈앞에는 먼 산맥의 정상이 짙은 자주색으로 물들고 조용한 저물녘의 대기 속에 저물어 가는 웅대한 풍경이 있는 것이 틀림없겠습니만 괴테의 시구는 이미 이른바 '사생寫生'이 아닙니다. (…중략…) 'Gipfeln'이라는 독일어는 누구라도 "Gipfeln des Berges산꼭대기"처럼 사용하는 극히 평범한 말입니다만 괴테처럼 "Über allen Gipfeln"이라고 하면 돌연히 우리들의 흉중에 황혼의 웅대한 연봉連峰의 모습을 펼칩니다. 세간의 무잡無雜한 말, 지저분하고 뜨듯한 손에 쥐어진 50전 지폐와 같이 쭈글쭈글하게 사용되고 있는 말, 그 말이 "그저 하나의 목적"을 위해 사용되면 이처럼 돌연히 아름다운 호광毫光[10]을 발합니다. 이 말속에 있는 것은 그저 "그 산들"입니다. 게다가 현실의 산의 아름다움은 앗 하고 생각한 순간 이미 사라지는지도 모릅니다. 그 아름다움의 극한은 문득 지나가는 길의 창가에서 흘러나온 바이올린의 소리보다도 헛되다고 말해도 좋겠습니다. "Über allen Gipfeln"은 그와 같은 '지금'을 말로 붙들어 매어 놓고 있다고 생각할 수 없을까요? 방종하게 아무렇게나 사용되는 평범한 말이 팽팽하게 당겨진 화살과 같이 똑바로 하나를 노릴 때 이러한 장엄한 언어의 기적이 나타난다고 나는 말하고 싶습니다. 릴케의 이른바

---

10  부처의 두 눈썹 사이에 있는 흰 털에서 나는 빛을 가리키는 말로 지혜를 상징함.

"reines Zuwenig"가 도리어 모든 것을 뛰어넘어 충실과 과잉으로 일변하는 순간이 이 순간입니다. 'Urwolt'라는 생각은 이러한 시의 한순간을 가리키는 것이라고 나는 넌지시 생각하고 있습니다. 게다가 인간의 덧없는 언어의 무언가 깊이를 알 수 없는 불가사의함은 결코 하나의 언어의 생명이 이 일순간의 연소로 다 불타 버리는 것이 아니라 몇 번이라도 잇달아서 새로운 시인에 의해 다른 격렬한 생명으로 일깨워져 장엄한 발광을 거듭하는 점에 있다고 말할 수 있습니다.

## 서신 4  7월 12일, 요시카와 고지로

다행스럽게도 서신을 두 번 주셔서 매우 많은 가르침을 받았습니다만 저의 의심 또한 많습니다. 바라건대 이를 고명하신 식견에 여쭙도록 하겠습니다.

편의상 문제를 번역에 집중시키겠습니다. 제가 축어적인 직역을 주장하는 것은 다음 두 가지 이유에서입니다.

저는 문학 연구와 문학 창작은 다른 일이라고 생각합니다. 문학이란 무엇인가? 저의 정의는 매우 간단해서 사람을 즐겁게 하는 문자입니다.

(…중략…)

그런데 문학 연구란 이렇게 사람을 즐겁게 하는 문자가 어떤 까닭으로 사람을 즐겁게 하는가, 즉 주신 편지에 이른바 물이 얼음이 되는 순간과 같은 것을 왜 그들 문자가 가지는가, 어째서 그들 문자는 내가 말하는 정밀靜謐[11]을 이룰 수 있는가, 혹은 이룰 수 없는가, 혹은 이룬 것처럼 보이면서 실은 이루지 못한 것이 아닌가 등등 인간의 문학 활동 사이에 있는 이법理法을 연구하는 학문이라고 생각합니다. 즉 인간의 문학 활동을 대상으로 하는 것입니다만 그것 자체는 인간의 과학 활동의 일부를 이루는 것입니다. 무엇보다도 물이 얼음이 되는 순간과 같은 상태는 언어를 초월한 경지이며 논리에서는 도저히 파악할 수 없다는 의론도 혹 있겠지요. 그러나 나는 그러한 생각에 찬성하기 힘들며 그것은 반드시 논리의 세계로 가져올 수 있는 것이라 믿고 있습니다. 또 애당초 언어를 초월한 경지와 같은 것을 때때로 입에 올리는 사람들은 이른바 그 "언어를 초월한 경지"라는 상태를 우리만큼 건드려 본 적이 있는 사람인지 어떤지 의문스러운 경우가 적지 않습니다. 그리고 문학이 언어를 소재로 하는 예술인 이상 문학 연구가 언어 연구에서 출발해야만 하는 것은 말할 것도 없지만 다만 어학 연구와는 방향을 달리한다는 것은 이미 앞선 편지에서 제 생각의 개요를 말씀드렸습니다.

그런데 문학 창작이란 말씀드릴 것도 없이 사람을 즐겁게 하는 문자를 스스로 만드는 것입니다. 나는 이 두 가지는 분명히 다른 일이라고 생각합니다.

(…중략…)

문자의 법칙 구명究明에 따르는 학인學人이 속문屬文[12]을 시도해 보는 것은 수단으로써라고 생각합니다. 바꿔 말하면 창작 의욕을 만족하기 위해서가 아니라 창작 의욕의 만족이란 어떠한 것인가 하는 것을 나의 신상에서 맛보고 그 법칙의 구명에 이바지하고자 하기 때문입니다. 이것은 성실한 학자에게는 필수 수단입니다. 그러나 필수라고는 해도 수단입니다. 목적이 아닙니다.

---

11    고요하고 평온함.
12    문장을 엮어서 지음.

(…중략…)

번역이란 단순히 문학 연구가 아닙니다. 창작의 작용을 반드시 동반하지 않으면 성립하지 않는 것입니다. 또 외국 문화를 단순하게 연구한다는 태도도 아닙니다. 자국 독자에게 주는 것인 이상 단순한 소개의 의도 이상으로 이입移入의 의도도 동반할 수 있는 것입니다. 그렇다면 거기에는 여러 가지 번역의 모습이 있을 수 있는 셈이므로 보내 주신 서간에 이른바 오가이, 후타바테이와 같은 번역이 있어도 괜찮은 셈입니다. 나는 결코 그와 같은 번역의 존재를 부인하지 않습니다. 그것은 그것대로 존재 이유가 있습니다.

(…중략…)

학인의 번역은 그것과는 길을 달리해야 합니다. 그것은 진실의 엄폐掩蔽를 미워하는 정신이 구석구석까지 충만한 것이 아니면 안 됩니다. 원문이 포함하는 한의 것을 가로로도 세로로도 다 탐색한 다음에 그것을 앞의 서신에서도 말씀드린 것처럼 "원문이 가지고 있는 만큼의 관념을 더 많지도 않고 더 적지도 않게 전달"할 수 있는 국어로 정착시키는 것이 아니면 안 됩니다. 아니, 관념이라고 말한 것은 협애狹隘했습니다. 넓게 원어가 띠고 있는 만큼의 것을 즉, 원래의 언어가 그 언어의 세계 속에서 상징하려고 한 만큼의 것을 똑같은 비율로 국어의 세계에서 상징할 수 있는 국어, 그것을 탐색하지 않으면 안 됩니다. 완전하게 그러한 역할을 달성할 수 있는 국어는 있을 수 없다고도 할 수 있겠지요. 그러나 그것을 거의 완전하게 달성하는 국어는 어떠한 경우에도 반드시 있다고 저는 저의 경험에서 거의 확실하게 말할 수 있습니다. 혹 없다고도 보이는 것은 생각하지 않는 까닭입니다. 발분망식發憤忘食하여 먹어도 맛을 모르고 누워도 잘 수 없게 이것을 생각하고 이것을 생각하면 반드시 무엇인가 생각해 내게 됩니다. 혹 이것도 『일본어』 6월호의 졸고 「일본어의 우수성」에서 쓴 것처럼 유연성이 뛰어난 어휘를 가진 우리 국어이기에 특히 가능한 일인지도 모릅니다.

즉 제가 말하는 번역이란 두 개 민족의 언어라는 모순된 존재 가운데 통일된 방향을 발견하려고 하는 노력입니다. 저는 검을 배운 적이 없지만 검을 들고 적에게 향할 때의 기분은 대강 상상할 수 있습니다. 번역어를 생각해 냈을 때의 기분이 거의 그에 가깝다고 믿기 때문입니다. 번역어를 생각해 냈을 때 제가 느끼는 기쁨은 이 세계에 통일된 것이 흐르고 있음을 확인할 수 있었던 즐거움입니다. 이렇게 해서 생각해 낸 번역어가 음성적으로도 원어와의 유사, 특히 대부분은 자음의 유사를 보여주는 것이 있음은 재미있는 일입니다. 최근에는 그것을 역이용하여 번역어를 찾아내기 힘들 때는 먼저 음성이 유사한 국어를 견주어 보기도 합니다.

제가 생각하는 번역이란 이상과 같은 것입니다. 따라서 일본 독자에게는 이렇게 번역하는 편이 알기 쉬울 것이라는 의식을 누를 수 있어야 하겠습니다. 적어도 일단은 누를 수 있어야 할 것입니다. 또 이 의식을 누르는 것이 알기 쉬운 번역어에 도달하는 길인 것 같습니다. 원어가 표현하려고 하는 사태를 딱 맞게 표현하는 국어, 그것이 그 사태를 나타내는 국어로서 가장 알기 쉬운 것임이 틀림없기 때문입니다.

또 원문보다 그 이상의 명석도明晳度를, 또 그 이상의 문학성을 주입하려고 하는 의식은 문사의 번역으로서야 어떻든 학인의 번역으로서는 특히 누를 수 있어야 할 것입니다. 그것은 진실의 엄폐이며 학인으로서는 막대한 죄이기 때문입니다.

(…중략…)

저는 위와 같이 생각한 결과 자연히 축어역을 주장하지 않을 수 없는

것입니다. 적어도 축어역을 이상理想으로 하지 않을 수 없는 것입니다. 즉 문장의 의미라는 것은 그것을 구성하는 단어 a, b, c로 나타낸다면 "a×b×c = abc"가 되지 않고 "a×b×c = a′b′c′"로 되는 것이 보통이라고 생각합니다만 a′, b′, c′를 한 덩어리로서 그것을 한 덩어리의 국어로 바꾸어 배치하는 것보다 "い×ろ×は = い′×ろ′×ば′"라는 형태가 되도록 바꾸어 배치하고 "い = a / ろ = b / は = c", 그리고 동시에 "い′ろ′ば′ = a′b′c′"라는 관계가 성립될 수 있도록 궁리하는 것이야말로 원어의 진실을 더 많이 현현顯現한다고 생각합니다. 서신의 계기가 된 괴테 시의 제1행 "Über allen Gipfeln"의 'allen'과 제3행 "In allen Wipfeln"의 'allen'을 똑같은 말로 번역하는 정도의 준비는 필수라고 생각합니다. 문학이란 언어에 의한 예술입니다. 그와 동시에 언어에 의한 유희라는 성질도 언제나 띠고 있는 것 같습니다. 원래 유희라는 것만으로는 예술이 성립하지 않습니다. 그러나 아무리 고도의 언어 예술일지라도 유희적인 성질이 따라다니는 것처럼 느껴집니다. 그것은 아마도 언어라는 것이 원래 유희적인 성질을 지니기 때문이고, 따라서 언어에 의한 예술인 한 문학이 필연적으로 짊어질 운명과 같되, 다만 유희이면서도 유희를 초극하는 곳에 진정한 언어 예술이 성립되는 것이 아닌가? 그편이 큰 문제이며, 저에게도 미정의 논論이지만 두 개의 'allen'이 일종의 유희의 도식이라는 것을 작가 괴테도 전혀 거부하지 않았음은 거의 확실하게 느껴집니다. 그렇다면 번역에서도 이 도식을 반영해야 한다고 생각합니다.

## 서신 5  8월 9일, 오야마 데이이치

제가 번역의 문제에서 생각하고 싶은 요점의 중심을 한마디로 말하자
면 시의 번역은 '시'이지 않으면 안 된다, 희곡의 번역은 '희곡'이지 않으
면 안 된다, 마찬가지로 소설의 번역은 '소설'이지 않으면 안 된다는 것으
로 다할 수 있을 것입니다. 그런데 현재 세간에서 이루어지는 번역에는
시가 아닌 시, 소설이 아닌 소설이 꽤 많다고 생각합니다. 예를 들어 당장
『햄릿』의 한 절을 들어 생각해 보아도 괜찮을 것입니다. 제 생각에 셰익
스피어는 결코 "있는가 없는가" 등 우스운 언어로 말하지 않았습니다. 어
쩐지 노가미 씨는 셰익스피어의 머릿속까지 꿰뚫어 본 것처럼 이야기하
고 있습니다만 저는 노가미 씨가 말하는 바를 그대로 받아들일 수 없습
니다.[13] 셰익스피어는 "to be or not to be"라는 불과 다섯 단어의 말로 확
실하게 그의 생명 전체를 걸고 있습니다. 그래서 예로부터 많은 학자들이
고심하면서 다양한 해석을 내놓아도 여전히 풀리지 않는 큰 문제가 남아
있다고 저는 생각합니다. 이것은 간단하지도 모호하지도 않습니다. 실로
분명하게 생명의 숨통을 조이고 있는 말입니다. 그러나 "있는가 없는가"
라는 것은 너무 우스운 말입니다. 조금도 생명이 없습니다. 따라서 아무
리 생각해 보더라도 여기서 어떤 문제도 생기지 않습니다. (…중략…)

　가장 깊은 말은 중요한 아슬아슬한 부분을 그저 한마디로 표현한 말이
라 생각합니다. 그것이 생명의 언어입니다. "to be or not to be"가 왜 어쩔
수 없는 상황의 말이 되었는가 하면, 셰익스피어의 머릿속에서 난처한 햄

---

13　노가미 도요이치로의 『번역론—번역의 이론과 실제』를 가리킨다. 〈자료 27〉 참조.

릿의 'Skeptismus'<sup>14</sup>와 'Pessimismus'<sup>15</sup>의 문제가 격렬하게 소용돌이치는 가운데 가장 희곡적인 초점을 잡아내 이 한마디를 생각해 낸 작가적 안목에 있다고 보아도 좋을 것입니다. 셰익스피어는 저것도 말해야지, 이것도 말해야지, 말하고 싶은 것이 머리에 꽉 차 있었을 것이 틀림없습니다만 과감히 모두 끊어내 버렸습니다. 셰익스피어는 괴테와 마찬가지로 많은 희생의 피를 흘렸다고 생각합니다. "있는가 없는가, 셰익스피어가 쓴 것은 그 이상도 아니고 그 이하도 아니다"라는 관점에서 셰익스피어의 이 안타까운 희생의 핏빛이 보일까요? 셰익스피어의 작가로서의 숙명을 엿볼 수 있을까요? 저는 절대 불가능하다고 생각합니다. 작품의 언어를 사전으로 풀어낼 수 없는 이유가 여기에 있지 않을까요? 번역과 어학이 갈라지는 지점이 여기에 있지 않을까요? 번역에는 이처럼 작가의 피에 대한 깊은 애정이 있지 않으면 안 됩니다. 셰익스피어가 쓴 것은 그 이상도 그 이하도 아니라는 식으로 오만하고 냉정하게 내치는 것이 아니라 사려 깊은 애정이 전체에 스며든 것이 번역입니다. 제가 번역과 통변을 굳이 구별해 보고 싶었던 것은 이 넘쳐나는 애정의 유무를 고찰해 보고 싶었기 때문에 다름 아닙니다. 통변의 일은 언어를 그저 기계처럼 전달하는 것에 지나지 않습니다. 그 말의 그늘에 얼마나 깊은 애정이 깃들어 있는지, 그 말의 뒤에 얼마나 높은 인격이 있는지 하는 것은 일절 문제가 되지 않습니다. 밖으로 드러난 말을 그저 표면적으로 등량적<sup>等量的</sup>인 다른 국어로 옮기는 것이 통변입니다. (…중략…)

번역이라는 것의 이상<sup>理想</sup>을 말하자면 번역이 번역으로서 홀로 서는 데에는 단지 하나의 길이 있을 뿐이라 생각합니다. 앞서 문인의 번역을 할

---

14  회의주의.
15  염세주의.

수 있는 재능을 기다려 비로소 학인의 번역이 가능하게 되며, 학인의 번역의 힘을 갖추어야 비로소 문인의 번역이 가능하게 된다는 당신의 논지를 인용했습니다만 저는 이 두 가지 길을 차별하는 것보다 오히려 두 가지 길이 한줄기로 연결되어 있는 근본 태도를 존중해야 한다고 생각합니다. (…중략…)

어떤 충실한 번역에서도 약간의 변형도 없이 원작을 거울에 비추어 모습을 취하는 것도 아니며, 원작을 읽어내는 한 사람의 마음의 움직임, 원작을 옮겨 내는 제각각 눈의 움직임, 즉 해석, 이해, 추체험追體驗, 다른 국어에 의한 표현과 같은 곤란한 개별적 작업을 거치지 않으면 안 되는 이상 번역은 '재생'이라고 정의하는 것이 가장 확실한 것 같습니다.


## 서신 6  9월 28일, 요시카와 고지로


번역에 대한 고견, 보내오신 서신에서 보여주신 부분과 제 생각은 역시 적잖은 차이가 있는 것처럼 생각됩니다. 노가미 씨의 책을 저는 아직 읽지 않았습니다만 제가 걸어온 번역의 길은 당신이 배격하시는 노가미 씨의 설과 오히려 가까운 것이 아닌가 하고 생각됩니다. 제 번역은 무엇보다도 먼저 충실한 통변일 것에 뜻을 두는 것이기 때문입니다.

보내오신 서신에서 또 말씀하십니다. "번역에는 이처럼 작가의 피에 대한 깊은 애정이 있지 않으면 안 됩니다. 제가 번역과 통변을 굳이 구별해 보고 싶었던 것은 이 넘쳐나는 애정의 유무를 고찰해 보고 싶었기 때문에 다름 아닙니다. 통변의 일은 언어를 그저 기계처럼 전달하는 것에 지나지 않습니다. 그 말의 그늘에 얼마나 깊은 애정이 깃들어 있는지, 그 말의 이면에 얼마나 높은 인격이 있는지 하는 것은 일절 문제가 되지 않습니다. 밖으로 드러난 말을 그저 표면적으로 등량적인 다른 국어로 옮기는 것이 통변입니다." 당신께서도 "굳이 구별해"라고 말씀하십니다. 그러나 상대에 대한 애정 없이 통변을 해낼 수 있을까요? 언어의 배후에 있는 것을 의식적·무의식적으로 파악하지 않고 통변을 해낼 수 있을까요? 말의 그늘에 있는 애정, 뒤에 있는 인격, 그것을 전할 수 없는 기계는 조악한 기계입니다. 우리는 정밀 기계의 가능성을 믿고 그 제작에야말로 매진해야 하는 것이 아닐까요? 우리는 번역가로서는 오히려 어디까지나 기계여야 하며 통변이어야 할 것입니다. 당신께서는 기계를 싫어하는 것 같습니다만 저는 신령 요법으로 병을 고치고 싶지는 않습니다. 뢴트겐이 불확실하다면 더욱 새로운 과학의 기적을 구해야만 할 것입니다.

당신께서는 노가미 씨의 설에 반대하는 가장 큰 이유로, 시의 번역은 무엇보다도 '시'이지 않으면 안 되고 희곡의 번역은 무엇보다도 '희곡'이지 않으면 안 되며 소설의 번역은 무엇보다도 '소설'이지 않으면 안 된다는 취지를 말씀하십니다. 그러나 '시'란 무엇일까요? '희곡'이란 무엇일까요? '소설'이란 무엇일까요? '시', '희곡', '소설'이라는 개념을 성립시키는 것은 하나하나의 구체적 작품이며 하나하나의 작품을 성립시키는 것은 실로 하나하나의 언어입니다. 물론 하나하나의 언어의 집적이 통일된 방향을 가지는 까닭에 작품으로 성립하는 것이며, 수많은 작품이 통일된 방향으로 흘러가는 까닭에 '시', '희곡', '소설'이라는 개념이 응결되는 것입니다. 따라서 이 통일의 방향을 중시하여 하나하나의 언어가 혹 희생되는 것도 어쩔 수 없다고 보는 태도도 가능할 것입니다. 당신의 의견은 오히려 그편으로 기울어지는 듯합니다. 그러나 하나하나의 작품을 도외시해서는 '시', '희곡', '소설'이라는 것은 없으며, 하나하나의 언어가 없으면 작품은 존재하지 않습니다. 그렇다면 '시'는, '희곡'은, '소설'은 실로 하나하나의 언어 속에 있다는 관점도 가능합니다. 따라서 하나하나의 언어를 정성껏 추적하고 번역하여 이렇게 정성껏 옮긴 하나하나의 국어에 의해 다시 '시'를, '희곡'을, '소설'을 리컨스트럭트하는 태도도 가능하겠지요. 저는 이 태도를 굳게 유지할 것입니다.


## 서신 7  10월 27일, 오야마 데이이치


당신의 설과 제 의견이 갈라지는 부분은 결국 'ars'와 'scientia'가 갈라지는 부분이 아닌가 하는 생각이 듭니다만 그런 식으로 막연히 구별해 보기 전에 저는 아직 풀지 않으면 안 되는 세세한 문제가 몇 개나 몇 개나 겹쳐 있다고 생각합니다. 확실히 직접 뵙고 이야기를 들을 때는 당신 편에서 제 사견에 동감해 주신 부분과 제 편에서 당신의 설에 찬성의 뜻을 보인 부분이 많았습니다만 서신에서 문자로 써 버리면 도리어 엇갈리는 부분만 이상하게 분명히 눈에 들어옵니다. 쓰면 쓸수록 한층 차이가 명료해질 뿐입니다. 저는 이것이 매우 의미심장하고 재미있는 일이라 생각합니다. 토마스 만은 레싱론에서 원래 언어는 생활의 비평이다, 언어는 대상과 부딪치고 이름을 부여하고 기술記述하고 심판하는 것에 의해 활발한 생명을 부여한다는 의미의 말을 했습니다. 언어 예술은 본래 'kritische Klärung비판적 해명'이라는 생각입니다. 우리들의 서신은 당신은 당신의 길을 걷고 저는 제멋대로의 길을 걸을 뿐 어디까지 가도 결국 하나가 되지 못하는 모습을 드러내게 되었습니다만 저는 실로 많은 것을 여기에서 배울 수 있었다고 생각합니다. 예를 들어 번역의 경우 원작의 시형과 압운의 하나하나, 용

어의 세부적인 다름, 동사 하나의 무게, 형용사 하나의 진폭 등등에 대해
종래 제 태도가 소홀하여 자세하고 깊은 연구에 모자람이 있었던 것은 가
르침을 통해 여러모로 반성했습니다. 이 점 실로 감사하다는 생각이 듭니
다. 그렇지만 역시 저에게는 제가 버릴 수 없는 길이 있습니다. 시 번역은
어디까지나 '시'이지 않으면 안 됩니다. 이것은 어떻더라도 버릴 수 없는
저의 유일한 한줄기 길입니다. 이 한 가지 점에서 번역은 보통의 코멘타
르[16] 이상으로 깊이 작품 안으로 들어가지 않으면 안 됩니다. 번역은 주해
나 총석總釋같이 부분적인 이해에 멈추어서는 안 되는 것입니다. 오히려
세간의 보통 코멘타르 이상으로 세세하고 빈틈없는 것, 피와 피가 맞닿아
서 하나로 녹은 것이 '번역'이라고 말씀드리지 않으면 안 됩니다.

---

16　독일어 Kommentar. 주석. 주해.

오야마 데이이치大山定一, 1904~1974는 제일급의 독일문학가이며, 요시카와 고지로吉川幸次郎, 1904~1980는 일본을 대표하는 중국문학 연구자다. 같은 해에 태어난 이 두 사람의 접촉이 깊어진 것은 태평양전쟁 발발 전후부터라 한다. 다른 멤버와 함께 두보, 마쓰오 바쇼, 괴테 등의 독서회를 여는 가운데 친해졌다. 이 『라쿠추 서신』[17]은 괴테의 「나그네의 밤 노래」에 관한 의론이 계기가 되어 잡지 원고로 집필을 의뢰받아 쇼와 19년1944 3월부터 10월까지 교환한 7통의 서신 형태로 잡지 『가쿠카이學海』 6~12월호에 연재한 것이다. 그 후에 정리되어 몇 차례나 출판되었는데, 1974년 치쿠마쇼보筑摩書房판 「후기」에서 요시카와 고지로는 마지막까지 의론이 들어맞지 않는 부분이 있지만 "우정이 학문에 도움이 된 실례實例"로 회상한다. 거리낌 없는 사이인 까닭에 "감각적인 것을 고귀한 정신적인 것으로 고양시켜 가는" 문학의 기본적이고 초보적인 문제를 논할 수 있었던 "행복한 기회"가 되었다고 말한다.

오야마 데이이치의 「서신7」에 있는 것처럼 두 사람의 논점 차이는 쓰면 쓸수록 부각되어 간다. 의견이 들어맞지 않은 이유에 대해서 다음의 세 가지로 정리해서 말해 두고 싶다.

먼저 첫 번째는 번역 목적의 파악에 대한 차이다. 여기에서 문제가 되고 있는 것은 외국문학 연구자가 행하는 번역에 대해서인데, 요시카와 고지로는 외국문학 연구라는 과학으로서 파악하려고 하는 것에 반해 오야마 데이이치는 어디까지나 문학 창조라는 예술로서 파악하려고 한다. 요

---

17  라쿠추(洛中)는 헤이안시대의 수도 헤이안쿄(平安京), 즉 지금의 교토를 중국의 뤄양(洛陽)에 빗대어 가리키는 말이다. 오야마 데이이치와 요시카와 고지로 모두 교토제국대학 교수로 재직하고 있었기 때문에 붙인 표제다.

시카와 고지로에게 외국문학 연구의 정도正道란 원어로 행하는 것이며 번역은 방편이자 수단이기 때문에 하나하나의 말을 정성스럽게 찾아가는 것을 주지로 삼고 두 언어의 차이와 관계없이 번역어를 생각해 내는 데 이르러서는 "이 세계에 통일된 것이 흐르고 있음을 확인할 수 있었던 즐거움"이 있다고 말한다. 냉정한 과학적 입장에서 진실을 전달하는 것을 중시하며, 그렇지 않은 번역은 "진실의 엄폐이며 학인으로서는 막대한 죄"라고까지 표현한다. 한편 오야마 데이이치에게는 예술적인 정열이 넘치고 있다. 생명 전체에서 작품과 마주하고 "작가의 피에 대한 깊은 애정"을 강조하며, 번역은 한 사람의 마음의 움직임으로서의 추체험이자 재생이라 말한다. 학문적 연구라도 먼저 "문학 창조의 정신"이 중요하다고 말한다. 연구로서의 번역과 예술로서의 번역으로는 때때로 의론이 엇갈린다. 똑같은 외국문학 연구자라 해도 언어로 번역에 접근할 때의 이 괴리는 매우 흥미로운 것이다. "애정 없이 통변을 해낼 수 있습니까"[서신6]라는 표현이 단적으로 보여주는 것처럼 요시카와 고지로에게도 원작에 대한 애정은 전제이며, 두 사람의 인식에는 공통부분도 많다. 그러나 무엇을 위한 번역인가 하는 근본적인 파악의 차이에서 어디에 최대한 신경을 쓰고 무엇을 초점화하는가가 달라지게 된다. 연구 방편으로서의 번역과 문학 창작으로서의 번역에서는 번역의 목적이 다르고 기능이 다른 셈이며, 그것을 똑같은 씨름판에서 논의하려고 해도 무리가 있을 것이다.

두 번째 이유로서는 일본에서의 중국문학 연구와 독일문학 연구의 차이를 들 수 있을 것이다. 중국의 시에서는 하나하나의 글자가 과거 용례의 연상에서 오는 어감과 음영을 띠고 있다고 하는데, 그 한 문자 한 문자에 입각하여 번역하려고 하는 태도가 애당초 가능한 것은 일본과 중국의 지리적·역사적·문화적 관계가 가깝기 때문일 것이다. 똑같은 현상으로서 그리스·로마 고전 원작의 외적 형식 면으로의 접근이라는 번역의 도전 속에서 독일의 새로운 문학적 전통이 구축된 것이 상기된다. 오야마 데이이치는 번역에 의해 이처럼 새로운 문학상의 전통이 구축되는 것 자체를 높이 평가하고 있기는 하지만 독일에서 그것이 가능하게 되었던 것이 실은 요시카와 고지로가 주장하는 것 같은 축어성에 의한 것이라는 점은 아이러니한 일이다. 일본인으로서 중국 고전을 연구하는 요시카와 고지로의 경험적 판단이 독일의 서양 고전 번역에서 생겨난 사상과 일정한 공통점이 있는 것은 매우 흥미롭다. 구미어와 일본어 사이의 번역에서는 애당초 그러한 발상이 생겨나기 힘들다. 오야마 데이이치와 같이 일본인으로서 독일문학을 연구하는 사람에게 전혀 다른 경험적 판단이 생겨나게 되는 것 또한 당연하다고 할 수밖에 없을 것이다.

이케가미 요시히코[1983][18]는 "와카의 나루에 바닷물 차 오면 갯벌을 지우고 갈대 쪽을 향해 학이 울며 건너간다"라는 『만요슈』의 노래와 그 영역에 대해 요시카와 고지로가 "학이 울며 건너간다"와 "cranes go crying"의 차이를 언급한 바를 두고 '하다'의 언어와 '되다'의 언어에 대한 의론을 전개하고 있다. 그래서 양자가 똑같은 사건을 가리킬 수 있지만 일본어에서는 전체적인 장場의 추이, 영어에서는 개체의 운동에 주목한다는 식으로 파악 방식의 차이를 지적하고 있다. 요시카와 고지로도 사물의 파악 방식에서 일본어와 구미어가 근본적인 차이가 있음을 의식하고 있었던 것으로 생각된다. 요시카와 고지로가 원문이 포함하고 있는 만큼의 것을 많지도 않고 적지도 않게 전달할 수 있는 국어가 "어떠한 경우에도 반드시 있다"[서신4]고 단언할 수 있었던 것은 바로 중국어와 일본어 간 번역

---

18    이케가미 요시히코(池上嘉彦, 1934~) : 언어학자. 도쿄대학 교수.

의 '경험'에 의해 뒷받침된 것인데, 구미어와 일본어 사이의 번역에도 그 것이 들어맞는다고는 말할 수 없을 것이다. 예를 들면 번역어가 "음성적 으로도 원어와의 유사, 특히 대부분은 자음의 유사를 보여준다"고 말한 것 등은 구미어와의 사이에서는 우연 이외에는 있을 수 없는 현상이다.

세 번째로 두 사람에게는 몇 가지 개념에 대한 이해의 어긋남이 있어 그것이 논의가 들어맞지 않는 원인이 되었던 것 같다. 여기에서는 '통변通 辯,통역이라는 말에 대하여 그 이해의 차이를 분명히 해 두고 싶다. 오야마 데이이치는 "외국어를 읽을 수 있고 외국 사정의 일단을 알고 있다는 이 유에서 문학 작품의 내용을 많지도 않고 적지도 않게 정직하게 전달"할 뿐인 자를 통변이라 부르며, "언어를 그저 기계처럼 전달할 뿐"이라 표현 하고 있다. 슐라이어마허는 통역과 번역을 구별하고 있는데, 오야마 데이 이치가 그 구별을 알고 있었던 것이 아닌가 생각된다. 슐라이어마허의 구 별에 의하면 통역은 주로 상업 활동에서 이루어지며 그 본질은 사실 경 과의 기술을 기계적으로 옮기는 데 있고 언어 관습에 지배되는 것이지만, 번역은 학술과 예술 영역에서의 활동이며 독자적인 사물의 관점을 전달 하고 언어를 형성하는 힘도 지닌 것이다. 오야마 데이이치의 이해는 슐라 이어마허의 통역 개념과 거의 일치하여 높은 차원의 정신 활동을 동반하 지 않는 기계적 통역을 당연히 부정한다. 한편 요시카와 고지로는 통변을 학인에 가깝다고 생각하여 쿠마라지바[19]가 경전 번역에 대해 "쌀밥을 씹 어서 사람들에게 먹여 주는 것과 같다"고 말한 것을 "통변인 것에 만족하 는 듯하다"고 생각한다. 그리고 "번역가로서는 오히려 어디까지나 기계 여야 하며 통변이어야 한다"고 생각한다. 요시카와 고지로는 표출된 일어

---

19  쿠마라지바(鳩摩羅什, 344~413): 중국 5호 16국 시대의 인도 승려. 『법화경』 등 많은
    불경을 한역(漢譯)하여 불교계에 큰 영향을 끼쳤다.

일어—語—語라는 형식 소재에 객관적으로 냉정하게 접근한다는 측면을 강조하기 위해 굳이 기계적인 통역을 옹호한다. 게다가 이 '통변'은 "상대에 대한 애정"과 "언어의 배후에 있는 것을 의식적·무의식적으로" 파악하고 "정밀 기계"처럼 움직이는 것이며 "리컨스트럭트하는 태도도 가능하다"고까지 말하고 있기 때문에 바로 고차원의 정신 영역의 활동이며 슐라이어마허가 말하는 번역에 해당할 것이다. "기계적 통변"이라는 똑같은 표현을 두 사람이 서로 다른 의미에서 사용한 것도 논의가 들어맞지 않고 괴리를 일으키게 된 원인의 하나일 것이다.

어쨌든 두 거인이 남긴 번역을 둘러싼 이론은 당사자들의 그 후 연구에 큰 의미를 지녔을 뿐 아니라 외국문학 번역에서 전형적으로 다른 두 가지 태도를 명확하게 보여주게 되었다.


**참고문헌**

슐라이어마허(F. Schleiermacher), 「飜譯のさまざまな方法について」(1813), 미쓰기 미치오(三ツ木道夫) 編譯, 『思想としての飜譯—ゲーテからベンヤミン, ブロッホまで』, 白水社, 2008.
이케가미 요시히코(池上嘉彦), 『詩學と文化記號論』, 筑摩書房, 1983.

　이 책은 일본의 번역 문제를 좁은 의미의 '번역론'에 국한하지 않고 여러 영역을 횡단하는 번역학Translation Studies의 역동적인 관점으로 건져 올려 지금 시점에서 '일본 번역론'의 결정판을 간행하고자 하는 시도다.

　이미 살펴본 바와 같이 이 책은 총 2부로 구성되어 있다. 우선 제1부는 일본 번역의 역사를 조망한 총론이다. 야나부 아키라는 고대의 한자 수용을 계기로 하는 일본적 번역의 원형에서 현대의 우리를 둘러싼 '카세트 효과'와 '카세트 문화'까지 1,000년 이상의 장대한 스케일을 꿰뚫어 보고 있다. 야나부 아키라 번역론의 정수가 여기에 응축되어 있다고 해도 좋다. 이 선집은 어디부터 읽어도 상관없으나 항해 전에는 우선 항해도를 살펴보는 것이 보통일 것이다. 그런 의미에서 미즈노 아키라의 해설은 이 선집 전체의 약도가 될 것이다. 또 앞으로의 연구를 위해 나가누마 미카코가 문헌 안내를 추가했다.

　이어지는 제2부는 제1부에서 논한 역사적 전제를 근간으로 하면서도 최신 연구 성과를 받아들여 해제를 붙인 근대 일본의 번역론 선집이다. 원전 자료는 메이지와 다이쇼 시기부터 쇼와 전반기1945년 이전까지 일본의 번역에 관한 텍스트를 편집하여 수록했다. 또 국내외 전문가 9명이 저마다 가장 자신 있는 분야에 맞추어 각각의 해제 집필을 담당했다. 해제는 필요에 따라 텍스트들 사이의 상호 참조를 제시하면서 독자들에게 31편의 원전 자료의 세계로 향하는 항로를 안내해 줄 것이다. 원전 자료에는 영어뿐 아니라 러시아어, 독일어, 중국어, 프랑스어, 덴마크어, 라틴어 등의 번역 혹은 중역에 관한 담론도 포함되어 있으므로 어느 정도 풍부함도 실감할 수 있을 것이다. 이렇게 원전 자료, 해제, 문헌을 살펴 읽음으로써 저마다 독자적인 시점에서 새로운 번역 연구가 이루어질 것이라 기대한다.

이 책은 또 세계 각국에서 번역을 공부하는 대학생과 대학원생, 교육을 담당하는 전문 연구자를 비롯하여 이 학제적인 분야에 관심을 지닌 많은 이들에게 기본서가 되도록 편집 과정에서 고려했다. 원전 자료와 인용 문헌 내의 옛날 한자를 고쳤으며, 헨타이가나와 두 자 이상을 합쳐 한 글자로 만든 합자合字를 흔히 쓰는 가나로 바꾸었다. 특히 젊은 독자를 위한 편의를 도모하여 읽기 어려운 글자에는 후리가나루비를 붙였는데, 이와 반대로 원전에 있는 덧말이라도 번잡하게 느껴지는 것은 뺐다. 이처럼 손쉽게 읽을 수 있도록 고려하면서도 당시 문장의 감촉을 느낄 수 있는 가타카나 표기, 원전 제목과 주제어 등 일부 옛 글자는 그대로 두었다.

이 책의 키워드는 물론 '번역'이다. 그렇다 하더라도 원전 자료로 선집에 수록한 텍스트의 절반 정도에서는 약자 '번翻'이 아니라 정자 '번飜'을 사용했다. 전후 '신자체新字體'로 개정되었을 뿐이라고 생각할지 모르겠지만 다이쇼·쇼와 시기의 평론가 니 이타루新居格는 「번역론」사쿠라기 도시아키 편, 『국어문화강좌』, 아사히신문사, 1941 첫머리에서 "'번역飜譯'은 원래 '번역翻譯'이라고 했다. '翻'도 '飜'도 똑같이 '뒤집다'라는 뜻이다. '譯' 한 글자로 이미 다른 나라의 언어 문자를 제 국어에 맞추어 고쳐서 의미가 통하도록 한다는 것을 나타낸다"고 말했다.

중국에서는 예로부터 줄곧 '翻譯'현대 간체자로는 '翻译' 이라고 표기했는데, 송대宋代의 범한사전梵漢辭典『번역명의집翻譯名義集』에도 "무릇 번역이라는 것은 바라문의 말씀을 뒤집어 한족 땅의 말로 옮겨 이루는 일夫翻譯者, 謂翻梵天之語, 轉成漢地之言"이라고 쓰여 있다. '翻'의 이체자인 '飜'은 송대의 운서韻書『광운廣韻』이나『집운集韻』등 한적에도 들어가 있는 중국 문자이지만 '飜

譯'이라는 조합으로는 사용하지 않았다. '혼야쿠'라는 말에 '飜'을 가져다 붙인 것은 일본인일 가능성이 높다. 당시 일본에서 편찬된 각종 사전류에 '翻譯'과 '飜譯'이 모두 기재되어 있었음에도 불구하고 (더구나 '繙譯'도 기재되어 있었다) 실제 텍스트에서 '飜'이 즐겨 사용된 사실은 우리에게 무엇을 말하는가? 번역 행위가 단순한 언어 치환이 아니라 차이를 비상飛翔하는 행위였던 것은 아닐까? 근대문학의 최전선에서 타자와 만나 서로 다른 것과 교섭·격투를 통해 미지의 언어 사이를 뛰어넘는 지성의 계보. 이 책에 수록한 일련의 텍스트는 그런 측면을 지닌 대표적인 자료들이다.

일본에서 번역 연구가 이제 막 본격적으로 시작되었을 뿐이라고 보는 경향이 있는가 하면 한문 훈독 이래 오랜 역사가 있다고 보는 입장도 있을 것이다. 어쨌든 일본의 번역론은 지금껏 충분히 돌아보지 않았다고 해도 무방하다. 이 책을 간행하는 의의는 실로 이 점에 있다. 다만 우리의 시점 또한 다양한 제약으로 인해 한정적일 수밖에 없다. 바꾸어 말하자면 남은 과제와 연구 주제가 풍요롭다. 예컨대 (이 책에서 거론하지 못한 구로이와 루이코黑巖淚香나 와카마쓰 시즈코若松賤子 등도 포함하는) 번역가라는 주체agent 연구, 묻혀 있는 번역론 발굴, 실제 번역 텍스트 분석을 통한 번역 이론의 재구축, 혹은 문학 이외의 장르『자본론』이나 『진화론』 등 사회과학·자연과학 분야의 일본어 번역의 변천에 초점을 맞춘 번역 연구, 나아가 커뮤니케이션 중심의 외국어 교육과 역독譯讀 문제 등 앞으로 새롭게 탐구되어야 할 영역에 대한 상상력이 끊임없이 이어진다.


일본통역번역학회 번역연구분과회가 실시한 조사에 따르면 일본의 대학과 대학원에서 다양한 분야에 걸쳐 번역 관련 수업이 개설되어 있음을 확인할 수 있다.2007년 당시 전국 756개 학교 중 183개 학교 550개 과목 그리고 그 가운데 다수가 영어 교육과 연동한 실천을 중심으로 전개되고 있고, 소수의 학술 연구에서도 주로 유럽과 영미 계열의 번역 이론을 배우는 실태가 분명히 드러났다. 이와 같은 일본의 번역 교육의 장에서 이 책의 잠재적 독자는 적지 않을 터다.

그러한 배경도 있어서 "일본의 번역론을 선집으로 정리하자", "획기적인 교과서를 만들자" 하면서 제1회 기획 회의가 열린 것은 2009년 4월 초순, 벚꽃이 아름다운 계절이었다. 이케부쿠로의 릿쿄대학 구내 세인트 폴스 회관에서 야나부 아키라 선생을 둘러싸고 뜻있는 몇 명이 모여 그 자리에서 초안을 대강 정리했는데, 과연 이렇게 소박한 기획이 출판으로 실현될 것인가 하는 불안이 남았던 것을 지금도 떠올릴 수 있다.

그것을 기우杞憂로 만들어 준 호세이대학 출판국 전 편집 대표 아키다 고시 씨, 베테랑 편집자 마쓰나가 다쓰로 씨의 이해에 깊이 감사한다. 또 이 책을 담당한 고마 마사토시 씨의 노고가 없었더라면 도저히 이와 같은 모습으로 완성될 수 없었을 것이다. 이 자리를 빌려 마음 깊은 감사의 인사를 적어 둔다.

집필자들을 대표하여<br>
나가누마 미카코

## 자료 출전

1. 渡部温『通俗 伊蘇普物語』例言
   トマス ゼームス 譯, 渡部温(無盡藏書齋主人) 和譯, 『通俗 伊蘇普物語』, 1873.4.
   渡部温 譯, 『通俗 伊蘇普物語』, 平凡社, 2001.9.10(東洋文庫 693).

2-1. 宮島春松『歐洲小說 哲烈禍福譚』緒言
   宮島春松 譯, 『歐洲小說 哲烈禍福譚 卷一』, 大盛堂, 1879.5.

2-2. 伊澤信三郎 譯『經世指針 鐵烈奇談』緒言
   フェネロン 著, 伊澤信三郎 譯, 『經世指針 鐵烈奇談』, 白梅書屋, 1883.12.11.

3. 坪內逍遙『該撒奇談 自由太刀餘波銳鋒』附言
   坪內雄藏 譯, 『該撒奇談 自由太刀餘波銳鋒』, 東洋館, 1884.5.

4. 藤田茂吉·尾崎庸夫『諷世嘲俗 繋思談』例言
   英國 李頓候 著, 佛國 美郷 畫, 藤田茂吉·尾崎庸夫 合譯, 『諷世嘲俗 繋思談 初編』, 報知
   社, 1885.11.

5. 森田思軒「飜譯の心得」
   『國民之友』2-10, 1887.10.21.

6. 森田思軒『夜と朝』叙
   ブルワ リットン 著, 益田克德 譯, 『夜と朝』, 博文館, 1889.10.26.

7. 高橋正次郎『自由之權利』凡例
   高橋正次郎 譯, 『自由之權利』, 譯者兼發行人 高橋正次郎, 販賣元 丸善書店, 1895.12.31.

8. 福澤諭吉『福澤全集緒言』
   福澤諭吉, 『福澤全集緒言』, 時事新報社, 1897.12.5.
   福澤諭吉, 『福澤諭吉選集』 12, 巖波書店, 1981.9.25.

9. 內村鑑三『外國語之硏究』

　內村鑑三, 『外國語之硏究』, 東京獨立雜誌社, 1899.5.7.


10. 山縣五十雄『該撒殺害』「トウェーン論 餘論」

　マーク トウェーン 著, 山縣五十雄 譯注, 『英文學硏究 6－該撒殺害 附抱一庵氏對蠡湖

　生』, 內外出版協會·言文社, 1903.5.19.


11. 上田敏『海潮音』序

　上田敏 譯, 『海潮音』, 本鄕書院, 1905.10.13.


12. 二葉亭四迷「余が飜譯の標準」

　『成功』8-3, 1906.1.

　二葉亭四迷, 『二葉亭四迷全集』4, 筑摩書房, 1985.7.10.


13. 末松謙澄「飜譯上より見たる日本文と歐文」

　『文章世界』1-10, 1906.12.


14. 高橋五郎『英文譯解法』

　高橋五郎, 『英文譯解法』, 同文館, 1908.5.20.


15. 森鷗外「『卽興詩人』の時代と現時の飜譯」

　『文章世界』4-13, 1909.10.


16. 內田魯庵「原文の印象と譯文の趣致」

　『文章世界』4-13, 1909.10.


17. 昇曙夢『露西亞現代代表的作家六人集』自序

　昇曙夢 譯, 『露西亞現代代表的作家六人集』, 易風社, 1910.6.20.


18. 森鷗外「譯本『フアウスト』に就いて」

　『心の花』17-5, 1913.5.

　森鷗外, 『鷗外全集』12, 巖波書店, 1972.10.23.

19. 生田長江『サラムボオ』譯者の序

　フロオベエル 著, 生田長江 譯, 『サラムボオ』, 博文館, 1913.6.28.


20. 巖野泡鳴『表象派の文學運動』譯者の序・例言

　アサ シモンズ 著, 巖野泡鳴 譯, 『表象派の文學運動』, 新潮社, 1913.12.31.


21-1. 竹內謙二『國富論』書後

　竹內謙二 譯, 『全譯 國富論』1, 有斐閣, 1925.7.15(改訂增補再版).


21-2. 氣賀勘重『國富論』上卷 譯者序

　氣賀勘重 譯, 『國富論 上』, 巖波書店, 1926.5.25(經濟學古典叢書 1).
　氣賀勘重 譯, 『國富論 上』, 巖波書店, 1927.8.26(巖波文庫 16-20).


22. 坪內逍遙「自分の飜譯に就いて」

　坪內逍遙, 『シェークスピヤ研究栞』, 早稻田大學出版部, 1928.12.15.


23. 小宮豊隆「發句飜譯の可能性」

　『文藝春秋』11-8, 1933.8.


24. 萩原朔太郎「詩の飜譯について」

　『生理』3, 1933.12.
　萩原朔太郎, 『萩原朔太郎全集』9, 筑摩書房, 1976.5.25.


25. 谷崎潤一郎『文章讀本』「西洋の文章と日本の文章」

　谷崎潤一郎, 『文章讀本』, 中央公論社, 1934.11.5.
　谷崎潤一郎, 『谷崎潤一郎全集』21, 中央公論社, 1968.7.25.


26. 中村白葉「飜譯文の表現と指導」

　前本一男 編, 『日本現代文章講座 6－指導篇』, 厚生閣, 1934.9.12.


27. 野上豊一郎『飜譯論－飜譯の理論と實際』「飜譯の態度」

　野上豊一郎, 『飜譯論－飜譯の理論と實際』, 巖波書店, 1938.1.25.

28. 太田龍男「スーパー・イムポーズにおける日本語の貧困」

『日本映畫』4-5, 1939.5.


29. 大山定一・吉川幸次郎『洛中書問』

『學海』, 1944.6~12.

大山定一・吉川幸次郎, 『洛中書問』, 秋田屋, 1946.11.30.

大山定一・吉川幸次郎, 『洛中書問』, 筑摩書房, 1974.7.15(筑摩叢書 211).

## 편자 · 해제자 약력

**야나부 아키라** 柳父章
도쿄대학 교양학부 교양학과 졸업. 모모야마가쿠인대학 명예교수. 저서『번역어의 논리』,『문체의 논리』,『번역이란 무엇인가』,『번역문화를 생각한다』,『'일본어'를 어떻게 쓰는가』,『번역어 성립 사정』,『현대 일본어의 발견』,『번역어를 읽는다』,『근대 일본어의 사상』,『미지와의 만남』.

**미즈노 아키라** 水野的
도쿄외국어대학 포르투갈 · 브라질어학과 졸업. 아오야마가쿠인대학 영미문학과 교수. 릿쿄대학 대학원 이문화커뮤니케이션연구과 특임교수. 일본통역번역학회장. 저역서『통역학 입문』,『번역학 입문』,『영어 리스닝 클리닉』,『방송 통역의 세계』,『동시통역의 이론』.

**나가누마 미카코** 長沼美香子
히로시마대학 졸업. 도쿄대학 종합문화연구과 박사. 릿쿄대학 이문화커뮤니케이션연구과 특임 준교수. 고베시외국어대학 외국어학부 영미학과 교수. 저역서『통역학 입문』,『번역학 입문』,『심층 문화』,『번역된 근대―문부성『백과전서』의 번역학』.

**고크릴 히로코** コックリル浩子
아이치현립대학 국문과 졸업. 모스크바 푸시킨러시아어연구소 연수. 오스트레일리아 퀸즐랜드 대학 박사. 퀸즐랜드대학 명예연구원. 저역서『후타바테이 시메이의 러시아어 번역』,『나』.

**다나베 기쿠코** 田邊希久子
도쿄교육대학 졸업. 아오야마가쿠인대학 국제정치경제연구과 수료. 고베조가쿠인대학 준교수. 논픽션 출판 번역가. 저역서『*Practical Skills for Better Translation*』,『영일 · 일영 프로가 기초부터 가르치는 번역 스킬』,『더 비전』,『통역 번역 훈련』,『물류의 세계사』.

**사이토 미노** 齊藤美野
템플대학 재팬캠퍼스 교양학부 졸업. 릿쿄대학 이문화커뮤니케이션연구과 박사. 준텐도대학 국제교양학부 준교수. 저역서『이문화 커뮤니케이션학으로의 초대』,『근대 일본의 번역문화와 일본어』,『알기 쉬운 통역번역학』.

**사토 미키** 佐藤美希
홋카이도교육대학 영어과 졸업. 홋카이도대학 국제홍보미디어연구과 박사. 삿포로대학 교수. 저역서『*Across Boundaries : International Perspectives on Translation Studies*』,『번역과 문학』.

**야마오카 요이치** 山岡洋一

도쿄대학 경제학부 중퇴. 아오야마가쿠인대학 문학부 영미문학과 겸임강사. 번역가. 온라인 저널 『번역통신』 주재. 저서 『번역이란 무엇인가 ─ 직업으로서의 번역』, 『실수하기 쉬운 영어 단어 상식 ─ 번역 명인은 이렇게 번역어를 결정한다』. 역서 『자유론』, 『국부론』, 『케인스 설득론』, 『비저너리 컴퍼니』.

**후지나미 후미코** 藤濤文子

오사카외국어대학 독일어과 졸업. 고베대학 국제문화학 연구과 박사. 고베대학 국제문화학 연구과 교수. 일본통역번역학회장. 저역서 『번역 행위와 이문화 간 커뮤니케이션』, 『번역 연구 키워드』, 『스코포스 이론과 텍스트 타입별 번역 이론』.

‘동아시아 심포지아’와 ‘동아시아 메모리아’는 한국연구원과 성균관대학교 비교문화연구소가 공동으로 기획하여 출간하는 총서다. 향연을 뜻하는 라틴어에서 딴 심포지아는 플라톤의 『심포지온』에서 비롯되었으며, 오늘날 학술토론회를 뜻하는 심포지엄의 어원이자 복수형이기도 하다. 메모리아는 과거의 것을 기억하고 기념하기 위해 현재의 기록으로 남겨 미래에 물려주어야 할 값진 자원을 의미한다. 한국연구원과 성균관대학교 비교문화연구소는 지금까지 축적된 한국학의 역량을 바탕으로 새로운 동아시아 인문학의 제창에 뜻을 함께하며, 참신하고 도전적인 문제의식으로 학계를 선도하고 있는 신예 연구자의 저술을 적극적으로 지원하기 위해 학술 총서 ‘동아시아 심포지아’와 자료 총서 ‘동아시아 메모리아’를 펴낸다.

한국연구원은 학술의 불모 상태나 다름없는 1950년대에 최초의 한국학 도서관이자 인문사회 연구 기관으로 출범하여 기초 학문의 토대를 닦는 데 기여해 왔다. 급속도로 달라지고 있는 학술 환경 속에서 신진 학자와 미래 세대에 대한 후원에 공을 들이고 있는 한국연구원은 한국학의 질적인 쇄신과 도약을 향한 교두보로 성장했다. 성균관대학교 비교문화연구소는 2000년대 들어 인문학 연구의 일국적 경계와 폐쇄적인 분과 체제를 극복하기 위해 분투해 왔다. 제도화된 시각과 방법론의 틀을 벗어나기 위해서는 서로 다른 영역이 끊임없이 대화하고 소통하면서 실천적인 동력을 찾아내야 한다는 것이 성균관대학교 비교문화연구소가 지닌 문제의식이자 지향점이다. 대학의 안과 밖에서 선구적인 학술 풍토를 개척해 온 두 기관이 힘을 모음으로써 새로운 학문적 지평을 여는 뜻깊은 계기가 마련되리라 믿는다.

최근 들어 한국학을 비롯한 인문학 전반에 심각한 위기의식이 엄습했지만 마땅한 타개책을 찾지 못하고 있다. 한편으로는 낡은 대학 제도가 의욕과 재량이 넘치는 후속 세대를 감당하지 못한 채 활력을 고갈시킨 데에서 비롯되었고, 또 다른 한편으로는 시대의 변화를 선도하는 학문 정신과 기틀을 모색하지 못했기 때문이라는 것이 우리의 진단이자 자기반성이다. 의자 빼앗기나 다름없는 경쟁 체제, 정부 주도의 학술 지원 사업, 계량화된 관리와 통제 시스템이 학문 생태계를 피폐화시킨 주범임이 분명하지만 무엇보다 학계가 투철한 사명감으로 대응하지 못했을 뿐 아니라 오히려 자발적으로 길들여져 온 것이 엄연한 현실이다.

지금 우리에게 절실한 과제는 새로운 학문적 상상력과 성찰을 통해 자유롭고 혁신적인 학술 모델을 창출해 내는 일이다. 이를 위해서는 다음 시대의 학문을 고민하는 젊은 연구자에게 지원을 망설이지 않아야 하며, 한국학의 내포와 외연을 과감하게 넓혀 동아시아 인문학의 네트워크 속으로 뛰어들기를 두려워하지 말아야 한다. 그 첫걸음을 '동아시아 심포지아'와 '동아시아 메모리아'가 기꺼이 떠맡고자 한다. 우리가 함께 내놓는 학문적 실험에 아낌없는 지지와 성원, 그리고 따끔한 비판과 충고를 기다린다.

한국연구원·성균관대학교 비교문화연구소
동아시아 총서 기획위원회